周先慎文集

第九卷 宋元明清文学作品精选详注

周先慎 著

目　录

明　清

*　　*　　*

近　代

前　言

20世纪50年代以来，我系古代文学教研室（原称北京大学中文系中国文学史教研室）为配合中国文学史的教学，先后选编了先秦、两汉、魏晋南北朝文学史参考资料。目前，隋唐至近代的文学史参考资料正在继续编写之中，仍将由中华书局陆续出版。由于这套书规模较大，内容繁富，不适于课堂教学使用，因此，我们根据教研室全体教师多年的教学实践，又选编了这部《中国文学史参考资料简编》，作为大学文科中国文学史课的基本用书。

考虑到文科各专业开设中国古代文学史课有内容繁简的差异和程度深浅的不同，本书所选文学要籍中的篇章和重要作家的作品，多分为详注和简注两部分，中间用“*”号隔开。详注的作品以字句训释附带串讲，并总结全文大意。简注的部分以注释难字难句为主，一般不作串讲和大意提示。这部分作品可作为中文系文学专业课堂教学的补充教材，也可供其他专业的学生在课余学习时参考。

本书力求精选思想性和艺术性较高的名篇和名家代表作，并反映出每个历史时期文学发展的基本面貌。重要作家和作品后面附有若干研究资料，以便读者了解与文学典籍有关的基本知识，以及前人对名家名作的各种评论。

本书的体例和注释借鉴了我教研室选编的先秦、两汉、魏晋南北朝文学史参考资料，以及林庚、冯沅君主编的《中国历代诗歌选》，并参考了近年来出版的各家注本和研究资料汇编等，同时吸取了我系教师和目前学术界的最新研究成果。

本书分为上、下两册，上册包括先秦至隋唐五代部分，由葛晓音同志选编；下册包括宋元明清及近代部分，由周先慎同志选编。魏晋南北朝隋唐五代部分由陈贻炌同志审阅；先秦两汉、宋元明清及近代部分由赵齐平同志审阅。

由于编写者水平有限，加上时间仓促，书中难免存在缺点错误，热诚欢迎广大读者提出宝贵意见，以期在不断修订中使之逐渐完善。

北京大学中文系古代文学教研室

1988年1月

宋　元

一　北宋诗词散文

王禹偁

王禹偁（954—1001），字元之，巨野（今山东巨野）人。出身农家。宋太宗太平兴国八年（983）进士，历任右拾遗、左司谏、知制诰、翰林学士等官。因直言敢谏，曾三次遭贬。诗歌创作主张继承杜甫和白居易的传统。著有《小畜集》《小畜外集》。

对　雪①

帝乡岁云暮②，衡门③昼长闭。五日免常参④，三馆⑤无公事。读书夜卧迟，多成日高睡⑥。睡起毛骨寒，窗牖琼花⑦坠。披衣出户看，飘飘满天地。岂敢患贫居⑧，聊将贺丰岁⑨。月俸虽无余，晨炊且相继⑩。新刍⑪未缺供，酒肴亦能备。数杯奉亲老，一酌均兄弟⑫。妻子不饥寒，相聚歌时瑞⑬。

因思河朔⑭民，输挽⑮供边鄙：车重数十斛⑯，路遥数百里，羸蹄⑰冻不行，死辙冰难曳⑱；夜来何处宿，阒寂荒陂里⑲。又思边塞兵，荷戈御胡骑⑳：城上卓㉑旌旗，楼中望烽燧㉒，弓劲添气力㉓，甲寒侵骨髓，今日何处行，牢落穷沙际㉔。

自念亦何人，偷安得如是！深为苍生蠹㉕，仍尸谏官位㉖。謇谔㉗无一言，岂得为直士㉘？褒贬无一词，岂得为良史㉙？不耕一亩田，不持一只矢㉚；多惭富人术，且乏安边议㉛。空作对雪吟，勤勤谢知己㉜。

①这首诗作于宋太宗端拱元年（988），时作者任右拾遗直史馆。　②帝乡：京都，这里指北宋的都城汴梁（今河南开封）。岁云暮：一年将尽。云，语助词，无义。　③衡门：

横木为门，引申为简陋的住宅。衡同“横”。 ④“五日”句：免去每五日上朝拜见一次皇帝的常例礼节。参，参见。唐宋时，皇帝按一定日期在前殿（唐时在宣政殿，宋时在文德殿）会见大臣，称为常参。 ⑤三馆：宋代以昭文、集贤、史馆为三馆。这里指史馆，因当时作者任右拾遗直史馆，故以“三馆”代指。 ⑥日高睡：太阳升起很高了还在睡觉。 ⑦牖（yǒu）：窗户。琼花：指雪花，琼用以形容其洁白。 ⑧“岂敢”句：哪里敢为自己的清贫生活而忧虑。 ⑨“聊将”句：姑且为即将到来的丰年而庆贺。谢惠连《雪赋》：“盈尺则呈瑞于丰年。”这里因雪而念及丰收。 ⑩“晨炊”句：指尚能维持生计。晨炊，原意是早饭，这里泛指吃饭。 ⑪薪刍（chú）：柴草。 ⑫“一酌”句：言饮酒时能兄弟共享。酌：斟洒，饮酒。 ⑬时瑞：指下雪。古以为雪兆丰年，故称雪为瑞雪。 ⑭河朔：黄河以北地区。 ⑮输挽：拉车给军队运送给养。当时在北方边境上与契丹（后改称辽）有战事，作者由雪而念及运送军粮者的痛苦。 ⑯斛（hú）：量器名。古以十斗为一斛，后来又以五斗为一斛。 ⑰羸（léi）蹄：指瘦弱的牲口。 ⑱死辙：车道结冰，车轮难于滚动。曳（yè）：拉。 ⑲阒（qù）：寂静。陂（bēi）：山坡。 ⑳胡骑（jì）：异族入侵者的骑兵。 ㉑卓：竖起。 ㉒烽燧：古代边境上发现敌情时举烽烟以报警。举火称烽，燃烟称燧，分别用于夜晚和白天。 ㉓“弓劲”句：弓因天寒而变硬，须用更大的力气才能拉开。 ㉔牢落：辽远空旷。穷沙：荒远的沙漠。 ㉕苍生：百姓。蠹（dù）：蛀虫。 ㉖“仍尸”句：指担任谏官的职务而没有尽到谏官的责任。时作者任右拾遗，故云。 ㉗謇谔（jiǎn è）：正直。 ㉘直士：耿直之士。 ㉙良史：好的史官。古代认为好的史官应该寓褒贬，别善恶。作者时任“直史馆”是史官，故云。 ㉚“不持”句：指没有拿起武器去保卫国家。矢：箭。 ㉛“多惭”二句：是说自己没有富国安民的办法，也提不出御敌安边的建议，深深地感到惭愧。 ㉜勤勤：殷切。谢：道歉、认错。全句意思是：对不起好朋友们对自己的殷切期望。（这首诗表现了作者在下雪时对民生国事的关心，以及因没有尽到为官的职责而产生的惭愧和自责的心情。）

畬田词[①]（五首选二）

其　一

大家齐力劚孱颜[②]，耳听田歌手莫闲。各愿种成千百索[③]，豆萁[④]禾穗满青山。

①通行本题作《畬田调》。约作于宋太宗淳化三年（992）。畬（shē）田：即火种，先将树木砍倒，烧成灰作肥料，然后播种。 ②劚（zhǔ）：砍伐。孱（chán）颜：山高峻的样子，这里指高山。 ③索：绳索，用以量地。作者自注：“山田不知畎亩，但以百尺绳量之，曰：‘某家今年种得若干索’，以为田数。” ④萁（qí）：豆茎。

其　二

北山种了种南山，相助力耕岂有偏[①]。愿得人间皆似我[②]，也应四海少荒田。

① 偏：私心。　② 我：这里指互助力耕的集体。（这两首诗以民歌的清新风格描写了山村农民紧张愉快的劳动情景和互助合作的无私精神。）

黄冈竹楼记[①]

黄冈之地多竹，大者如椽[②]。竹工破之，刳[③]去其节，用代陶瓦。比屋皆然[④]，以其价廉而工省也。

子城西北隅[⑤]，雉堞圮毁[⑥]，蓁莽荒秽[⑦]，因作小楼二间与月波楼通[⑧]。远吞山光[⑨]，平挹江濑[⑩]，幽阒辽夐[⑪]，不可具状[⑫]。夏宜急雨，有瀑布声；冬宜密雪，有碎玉声；宜鼓琴，琴调虚畅[⑬]；宜咏诗，诗韵清绝[⑭]；宜围棋，子声丁丁然[⑮]；宜投壶[⑯]，矢声铮铮然——皆竹楼之所助也[⑰]。

公退之暇[⑱]，披鹤氅[⑲]，戴华阳巾[⑳]，手执《周易》一卷，焚香默坐，消遣世虑[㉑]，江山之外，第见[㉒]风帆沙鸟烟云竹树而已。待其酒力醒，茶烟歇，送夕阳，迎素月，亦谪居之胜概也[㉓]。彼齐云、落星[㉔]，高则高矣，井干、丽谯[㉕]，华则华矣，止于贮妓女，藏歌舞，非骚人之事[㉖]，吾所不取。

吾闻竹工云："竹之为瓦仅十稔[㉗]，若重覆之，得二十稔。"噫！吾以至道乙未岁自翰林出滁上[㉘]；丙申[㉙]，移广陵[㉚]；丁酉[㉛]，又入西掖[㉜]；戊戌岁除日[㉝]，有齐安之命[㉞]；己亥[㉟]闰三月到郡。四年之间，奔走不暇，未知明年又在何处，岂惧竹楼之易朽乎？幸[㊱]后人之与我同志，嗣而葺之[㊲]，庶斯楼之不朽也！

咸平二年八月十五日记。

① 本文题原作《黄州新建小竹楼记》，今从通行本。咸平二年（999）作者贬官黄州时所作。黄冈，今湖北省黄冈县，宋代为黄州治所。　② 椽（chuán）：椽子，放在檩子上架着屋面板和瓦的木条。　③ 刳（kū）：削掉。　④ 比（bì）屋皆然：挨家挨户都是如此。比，并，挨着。　⑤ 子城：也叫"瓮城""月城"，防护城的半圆形城墙。隅：角。　⑥ 雉堞（zhì dié）：城上排列如齿状的矮墙。圮（pǐ）毁：倒塌毁坏。　⑦ 蓁（zhēn）莽荒秽：草木丛生，荒芜不治。蓁：棘丛。莽：草丛。荒秽：犹言荒芜。　⑧ 月波楼：黄冈城上的一座城楼。王

禹偁有《月波楼咏怀》诗，序云："月波之名，不知得于谁氏，图缀故老，皆无闻焉。"诗中有句："兹楼最轩豁，旷望西北陬。" ⑨远吞山光：谓远望则山色尽收眼底。 ⑩平挹（yì）江濑（lài）：谓平视则江流就在眼前，好像抬手就可舀取。挹，舀取。濑，从沙石上流过的急水。 ⑪幽阒（qù）：清幽寂静。辽敻（xiòng）：辽阔广远。 ⑫具状：完全描写出来。 ⑬虚畅：清虚和畅，形容琴声的悠扬。 ⑭诗韵清绝：诗的韵致十分清幽。 ⑮丁丁（zhēng zhēng）然：形容棋子落在棋盘上发出的一种清脆悦耳的声音。 ⑯投壶：古人宴饮时的一种娱乐活动，将箭投入壶中，投中者为胜，负者罚酒。 ⑰皆竹楼之所助：都是因为竹楼所助成。 ⑱公退：办完公事离开官署。 ⑲鹤氅（chǎng）：一种用鸟的羽毛制成的披风。 ⑳华阳巾：道士所戴的头巾。 ㉑世虑：世俗的杂念。 ㉒第：只，但。 ㉓谪居：谪官而居。胜概：佳境，引申为妙处， ㉔齐云、落星：古代著名的高楼。齐云楼在江苏吴县（今苏州市），为唐朝恭王所建。落星楼在建邺（今南京市），为三国时孙权所建。 ㉕井干（hán）、丽谯（qiáo）：也是古代著名的高楼。井干楼在长安，为汉武帝所建。丽谯楼，为魏武帝曹操所建。 ㉖骚人：诗人。也泛指有才学的风雅之士。 ㉗为瓦：做瓦用。十稔（rěn）：十年。谷熟曰稔，古人以一年谷一熟，故称一年为一稔。 ㉘至道乙未岁：宋太宗至道元年（995）。出滁上：指被贬出知滁州（今安徽滁县）。这年孝章皇后卒，未用后礼举丧，王禹偁对宾客说："后尝母仪天下，当遵用后礼。"太宗闻说，以"谤讪朝廷"罪贬王禹偁至滁州。 ㉙丙申：至道二年（996）。 ㉚移广陵：调任扬州（今江苏扬州）。 ㉛丁酉：至道三年（997）。 ㉜又入西掖：重又调回京城任刑部郎中知制诰。西掖，指中书省。王禹偁曾三次在中书省任职，所以说"又入"。 ㉝戊戌岁除日：宋真宗咸平元年（998）除夕那天。 ㉞齐安：即黄州。 ㉟己亥：咸平二年（999）。 ㊱幸：希望。 ㊲嗣：继承，继续。葺（qì）：修整。（这篇文章通过描写黄冈竹楼的生活情趣，表达了作者被贬官以后的旷达胸怀，同时也透露出他内心的不满和愤懑。）

范仲淹

范仲淹（989—1052），字希文，苏州吴县（今江苏苏州）人。宋真宗大中祥符八年（1015）进士。历任参军、知州、司谏、吏部员外郎等官，至参知政事，是一位以天下国家为己任、富于理想的政治革新家；又曾任陕西经略安抚使，是一位戍边有功的军事家。同时又富有文学才能，诗词散文均有创作，并有名篇传世。著有《范文正公集》。

渔家傲①

塞下秋来风景异②，衡阳雁去③无留意。四面边声连角起④。千嶂⑤里，长烟落日孤城闭[⑥]。　浊酒[⑦]一杯家万里，燕然未勒归无计[⑧]。羌管[⑨]悠悠霜满地。人不寐[⑩]，将军白发征夫泪。

① 据魏泰《东轩笔录》："范文正公守边日，作《渔家傲》乐歌数阕，皆以'塞下秋来'为首句，颇述边镇之劳苦。"今仅存此首。这首词大约作于仁宗康定元年（1040）至庆历三年（1043）之间。　② 塞下：指西北边境地区。异：与内地不同。　③ 衡阳雁去：指秋日大雁南飞。衡阳，今湖南衡阳。衡山有回雁峰，相传大雁到此不再南飞。　④ 边声：边塞上的声音，包括胡笳、羌笛、战马的嘶鸣、秋风的呼号等。连角起：各种声音和号角声响成一片。角，号角，这里指角声。　⑤ 嶂（zhàng）：高的山峰如屏障者。　⑥ 长烟：远见荒漠上腾直升起的烟。落日孤城闭：日西落即闭城门，以见出边城的孤寂悲凉气氛。王维《使至塞上》诗："大漠孤烟直，长河落日圆。"王之涣《凉州词》："一片孤城万仞山。"与此二句意境略近。　⑦ 浊酒：质地低劣的酒，边地无好酒，故云。　⑧ 燕然未勒：还没有为国建立功勋。《后汉书·窦宪传》：窦宪大败匈奴，北追至燕然山（在今蒙古人民共和国境内，即杭爱山），刻石纪功而还。勒，刻。归无计：因边塞不安，戍边的将士无法归家。　⑨ 羌管：即羌笛。羌是西方种族名，笛出于羌人，故称羌笛。　⑩ 不寐：不能入睡。（这首词通过描写边塞秋日的风光景色，抒发了词人抗击西夏、为国立功的雄心壮志，同时也流露了壮志未酬，久戍不归的苦闷心情，风格苍凉悲壮。）

苏幕遮[①]

碧云天，黄叶地，秋色连波，波上寒烟翠[②]。山映斜阳天接水[③]，芳草无情，更在斜阳外[④]。　黯乡魂[⑤]，追旅思[⑥]，夜夜除非、好梦留人睡[⑦]。明月楼高休独倚，酒入愁肠，化作相思泪。

① 苏幕遮：此词调从西域传来。《容斋四笔·浑脱队》："唐中宗时，清源尉吕元泰上书言时政曰：'比见坊邑相率为浑脱队，骏马胡服，名曰苏幕遮。旗鼓相当，腾逐喧噪。'"据此，大约是马戏之类所吹奏的曲牌。有人说"苏幕遮"为波斯语之译音，意思是披在肩上的头巾。敦煌曲子词作《苏莫遮》。　②"波上"句：碧波秋水之上笼罩着青色的烟霭。　③"山映"句：斜阳映照着山头，远处水天相接。　④"芳草"二句：芳草无边无际，一直延伸到斜阳之外。暗寓故乡更在芳草尽头无法望见之意。因芳草触动乡愁，故云无情。李煜《清平乐》："离恨恰如春草，更行更远还生。"　⑤ 黯（àn）乡魂：因思念家乡内心感到十分悲伤。用江淹《别赋》"黯然销魂者，唯别而已矣"语意。黯然：内心悲伤的样子。　⑥ 追旅思（sì）：羁旅的愁思无法排解。追，追随，引申为纠缠不能开解的意思。　⑦"夜夜"二句：九字当连读，意谓只有在梦里回到家乡才能得到慰藉。好梦，指回到家乡的梦，但不说破，

更见含蓄蕴藉。（这首词抒发了游子的离愁别恨）。

岳阳楼记①

庆历四年②春，滕子京谪守巴陵郡③。越明年④，政通人和⑤，百废具兴⑥。乃重修岳阳楼，增其旧制⑦，刻唐贤、今人诗赋于其上⑧，属予⑨作文以记之。

予观夫巴陵胜状⑩，在洞庭一湖⑪。衔远山⑫，吞长江⑬，浩浩汤汤⑭，横无际涯⑮；朝晖夕阴⑯，气象万千。此则岳阳楼之大观⑰也，前人之述备⑱矣。然则北通巫峡⑲，南极潇湘⑳，迁客骚人㉑，多会于此，览物之情㉒，得无异乎㉓？

若夫霪雨霏霏㉔，连月不开㉕，阴风怒号，浊浪排空；日星隐曜㉖，山岳潜形㉗；商旅㉘不行，樯倾楫摧㉙；薄暮冥冥㉚，虎啸猿啼。登斯楼也，则有去国㉛怀乡，忧谗畏讥㉜，满目萧然㉝，感极而悲者矣。

至若春和景明㉞，波澜不惊㉟，上下天光㊱，一碧万顷㊲；沙鸥翔集㊳，锦鳞游泳㊴；岸芷汀兰㊵，郁郁青青㊶。而或长烟一空㊷，皓月千里，浮光耀金㊸，静影沉璧㊹；渔歌互答㊺；此乐何极㊻！登斯楼也，则有心旷神怡，宠辱偕忘㊼，把酒㊽临风，其喜洋洋者矣㊾。

嗟夫，予尝求古仁人㊿之心，或异二者之为[51]。何哉？不以物喜[52]，不以己悲。居庙堂之高[53]，则忧其民；处江湖之远[54]，则忧其君；是进[55]亦忧，退[56]亦忧。然则[57]何时而乐耶？其必曰：先天下之忧而忧，后天下之乐而乐欤[58]！噫[59]！微斯人[60]，吾谁与归[61]！

时六年[62]九月十五日。

① 这篇文章作于庆历六年（1046）。岳阳楼：在今湖南岳阳市，面对洞庭湖，自唐以来即负盛名，为历代文人才士登临赋咏之所。 ② 庆历四年：即公元1044年。庆历（1041—1048）为宋仁宗年号。 ③ 滕子京：名宗谅，河南人，与范仲淹同年进士。仁宗时又曾共同防御边郡，抗击西夏的入侵。在守庆州（治所在今甘肃省庆阳县）时，被人诬告私用官钱十六万获罪，时范仲淹任参知政事，竭力申奏救援，初贬知虢州，复徙岳州。谪守巴陵郡：贬官到巴陵郡。巴陵郡，即岳州。宋代的岳州即古巴陵郡地，在今湖南省岳阳市一带。 ④ 越明年：过了一年之后。越，逾。 ⑤ 政通人和：政治清明，人民安居乐业。 ⑥ 百废具兴：一切废弛了的事情都兴办起来。 ⑦ 增其旧制：扩大岳阳楼旧时的规模。 ⑧“刻唐贤”句：唐贤，指唐代有道德学问的人；今人，指当代文士。滕子

京在给范仲淹的求记信中，说他曾“命僚属于韩（愈）、柳（宗元）、刘（禹锡）、白（居易）、二张（张说、张九龄）、二杜（杜甫、杜牧），逮诸大人集中摘出登临寄咏，或古（诗）或律（诗）歌咏并赋七十八首，暨本朝大笔如太师吕公（端）、侍郎丁公（谓）、尚书夏公（竦）之众作，榜于梁栋间”。 ⑨属：同“嘱”，嘱托。 ⑩夫（fú）：语助词，无义。胜状：美景。 ⑪洞庭：长江流域的著名大湖，在湖南省，长二百里，宽百里，湖中有君山等岛屿，气势宏伟，十分壮观。 ⑫衔：包含。这里通过山影倒映水中以形容洞庭湖之大。 ⑬吞：容纳，形容长江水注入湖中。 ⑭浩浩汤汤（shāng）：形容水势辽阔盛大。 ⑮横无际涯：指湖面广阔浩淼，无边无际。际涯，边际。 ⑯朝晖夕阴：指早晚天色的明暗变化。晖，日色明亮；阴，光线晦暗。 ⑰大观：宏伟壮阔的景象。 ⑱前人之述：指前面所说的“唐贤、今人诗赋”。备：详尽。 ⑲巫峡：长江三峡之一，在四川巫山县和湖北巴东县境内，因巫山而得名，全长一百六十里。上下与瞿塘峡、西陵峡相接。 ⑳极：尽，直到。潇湘：湘江发源于广西境内，流至湖南零陵县境与潇水会合，称潇湘。 ㉑迁客：被贬官到偏远地区的人。骚人：诗人。诗人屈原被放逐后曾作《离骚》以言志，后世因称诗人为骚人。 ㉒览物之情：这里指因观赏洞庭湖的景色而产生的感情。 ㉓得无异乎：能不因景物的变化而不同吗？ ㉔霪（yín）雨：久下不停的雨。霏霏：细雨飘落的样子。 ㉕开：指云散天晴。 ㉖日星隐曜（yào）：太阳和星星都隐没了光辉。曜：光亮。 ㉗山岳潜形：山岳的形象也潜伏不见。 ㉘商旅：商人旅客。 ㉙樯（qiáng）：船上桅杆。楫（jí）：划船用的桨。 ㉚冥冥：昏暗貌。 ㉛去国：离开京城。 ㉜忧谗畏讥：对小人的诽谤嘲讽感到担忧害怕。 ㉝萧然：萧条冷落的样子。 ㉞春和景明：春气融和，阳光灿烂。景，日光。 ㉟不惊：不起。 ㊱上下天光：形容湖水与日光相映融成一色。 ㊲顷：百亩为一顷。万顷，极言其大。 ㊳翔：飞翔；集：栖止。 ㊴锦鳞：对鱼的美称。 ㊵芷（zhǐ）：香草名。汀（tīng）：水中沙洲。 ㊶郁郁：香气浓郁。青青（jīng）：同“菁菁”，花叶茂盛的样子。 ㊷而或：或者，这里表示另写一种景象。长烟一空：空中的烟霭全都消散。 ㊸浮光耀金：月光照在湖水上，随波闪耀着金色的光彩。 ㊹静影沉璧：月亮映入平静的水中，犹如一块圆圆的璧玉沉入水底。璧：圆形白玉。 ㊺互答：互相唱和，此起彼落。 ㊻何极：哪有穷尽。 ㊼宠辱：显耀和屈辱。偕：都。 ㊽把酒：端酒，举酒。把，拿。 ㊾洋洋：兴高采烈的样子。 ㊿尝：曾经。仁人：品德高尚的人。这里指作者心目中的理想人物。 51二者：指上文所说：“感极而悲”和“其喜洋洋”两种思想感情。 52“不以”二句：是说古仁人不因境遇的好坏和个人的得失而悲喜。 53居庙堂之高：在朝廷里做高官。庙堂，指朝廷。 54处江湖之远：远离朝廷贬谪到外地做官或隐居江湖。 55进：指做官。 56退：指退隐。 57然则：那么。 58“先天下”二句：意思是，先于天下的人为国家的前途命运而忧虑，国家安定，天下的人都能安居乐业了，自己才跟天下的人同享安乐。这表现了范仲淹高洁的人生理想和远大的政治抱负。 59噫（yī）：叹词。 60微斯人：没有这样的人（作者赞颂向往的古仁人）。微：无。 61吾谁与归：我归向谁呢？与，助词，无义。归：归向，归心于，有宗仰、效法的意思。 62时：指写作这篇文章的时间。六年：仁宗庆历六年（1046）。（这篇文章将叙述、描写、议论、抒情结合在一起，通过岳阳楼上所见洞庭湖的景色及其变化，抒发了他“先天下之忧而忧，后天下之乐而乐”的崇高理想和伟大政治抱负。）

张　先

张先（990—1078），字子野，乌程（今浙江吴兴）人。宋仁宗天圣八年（1030）进士。历任渝州知州、都官郎中等，晚年退居吴兴、杭州一带。有《安陆词》，又名《张子野词》，兼写小令和慢词。

天仙子[①]

时为嘉禾小倅[②]，以病眠，不赴府会。

水调数声持酒听[③]，午醉醒来愁未醒。送春春去几时回？临晚镜，伤流景[④]，往事后期空记省[⑤]。　沙上并禽池上暝[⑥]，云破月来花弄影[⑦]。重重帘幕密遮灯，风不定，人初静，明日落红应满径[⑧]。

①这首词作于秀州通判任上，大约在仁宗庆历元年（1041）。　②嘉禾，嘉禾郡，即秀州，治所在今浙江省嘉兴市。倅（cuì）：辅助州郡长官的官员，这里指通判。　③水调：曲调名，唐代流行。杜牧《扬州三首》：“谁家唱《水调》？”原注：“炀帝凿汴渠成，自造《水调》。”　④流景：逝去的时光。　⑤后期：后来相约的日期。记省（xǐng）：记忆。　⑥并禽：鸳鸯一类双飞双栖的水鸟。暝：天黑。　⑦云破月来：月亮从云层里穿出。花弄影：花被风吹动，好像在摆弄自己的身影。弄，摆弄，戏弄。　⑧落红：落花。（这首词表现了伤春兼怀人的思想感情。）

晏　殊

晏殊（991—1055），字同叔，临川（今江西临川）人。真宗景德二年（1005）以神童召试，赐同进士出身。仁宗时，官至集贤殿学士，同平章事兼枢密使，卒谥元献。他是达官贵人而兼诗人。诗词多写宴游及闲情逸致。著有《珠玉词》。

浣溪沙

一曲新词酒一杯[①]，去年天气旧亭台[②]，夕阳西下几时回[③]？无可奈何花落去，似曾相识燕归来[④]。小园香径独徘徊[⑤]。

①“一曲”句：写以诗酒作排遣。 ②“去年”句：是说园中亭台和天气都跟去年一样。这是以不变引起下文写变。 ③“夕阳”句：这是从变的一面，以夕阳西下写时光流逝，难于挽回。 ④“无可”二句：慨叹花落春归。作者另有《示张寺丞王校勘》诗，五六两句亦用此联，唯“香径”作“幽径”。这两句因情景交融、属对工巧成为名句。 ⑤香径：园中落花满地的小路。（这首词抒写了时光流逝、春意难留引起的内心惆怅。）

蝶恋花

槛菊愁烟兰泣露[①]，罗幕轻寒[②]，燕子双飞去。明月不谙[③]离恨苦，斜光到晓穿朱户。 昨夜西风凋碧树[④]，独上高楼，望尽天涯路。欲寄彩笺兼尺素[⑤]，山长水阔知何处？

①“槛菊”句：被烟雾笼罩的菊花和带露的兰花，好像都在含愁悲泣。这是以拟人化的手法，表现秋日因花草凋零引起的感伤情绪。槛：栏杆。 ②罗幕轻寒：秋凉了，冷空气透过帘幕，室内已有轻寒袭人之感。 ③谙（ān）：了解，熟悉。 ④凋碧树：秋日的树绿叶凋零。 ⑤“欲寄”二句：彩笺、尺素，都是书简的代称。古乐府《饮马长城窟行》：“客从远方来，遗我双鲤鱼。呼童烹鲤鱼，中有尺素书。”此句彩笺、尺素并用，意思是书信再多，奈何山长水阔，无处可寄。（这是一首写闺思的词，以简淡清疏的格调，写出了闺中人秋日怀人的情思。）

梅尧臣

梅尧臣（1002—1060），字圣俞，宣城（今安徽宣城县）人。曾任主簿、都官员外郎等官。他的诗风平淡，较真实地反映了当时的现实生活，是当时的著名诗人，在北宋诗文革新运动中起了重要作用。著有《宛陵先生文集》。

陶　者[①]

陶尽门前土[②]，屋上无片瓦；十指不沾泥，鳞鳞居大厦[③]。

①这首诗作于仁宗景祐三年（1036）。陶者：制造陶器的工人。　②“陶尽”句：意思是烧制了无数的砖瓦陶器，把门前的土都用完了。　③鳞鳞：形容屋顶上的瓦片像鱼鳞一样整齐排列。（这首诗运用对比手法反映了剥削者对劳动人民的剥削压榨。）

汝坟贫女[①]

时再点弓手[②]，老幼俱集。大雨甚寒，道死者百余人；自壤河至昆阳老牛陂[③]，僵尸相继[④]。

汝坟贫家女，行哭音凄怆[⑤]。自言有老父，孤独无丁壮。郡吏来何暴，县官不敢抗。督遣勿稽留[⑥]，龙钟去携杖[⑦]。勤勤嘱四邻[⑧]，幸愿相依傍！适闻闾里[⑨]归，问讯疑犹强[⑩]。果然寒雨中，僵死壤河上。弱质[⑪]无以托，横尸无以葬。生女不如男，虽存何所当[⑫]！拊膺[⑬]呼苍天，生死将奈向[⑭]？

①这首诗作于仁宗康定元年（1040）。汝坟：汝水岸边。汝水，一称北汝河，在河南省。坟，水边高地：《诗经·周南·汝坟》，毛传：“汝，水名也。坟：大防也。”　②时：指康定元年。再点弓手：又一次征集乡兵。这年朝廷下诏征集乡兵，号称“弓箭手”。　③壤河：疑即瀼河镇，在今河南省鲁山县西南十五里。昆阳：今河南省叶县。老牛陂（bēi）：昆阳县地名。　④相继：一个紧挨一个。　⑤行哭：边走边哭。　⑥督遣：监督发遣。稽留：停留。　⑦龙钟：老迈衰弱的样子。去携杖：扶杖而去。　⑧勤勤：恳切。嘱四邻：指贫女请求被征兵与父同行的邻居关照自己的父亲。　⑨适闻：刚才听说。闾里：乡邻。　⑩“问讯”句：是说贫女向生还的邻居打听，怀疑自己的父亲也能勉强活着回来。疑，是希望如此却又不相信如此。　⑪弱质：孤弱之身，贫女自称。　⑫何所当（dàng）：抵得什么，有什么用。　⑬拊膺：捶胸。　⑭“生死”句：活着的和死了的将怎么办呢？奈向：奈何。（这首诗通过汝坟父女的悲惨遭遇，控诉了统治者征兵给人民带来的深重苦难，作意与杜甫的《石壕吏》相近而具体情景不同。）

田家语[①]

庚辰[②]诏书：凡民三丁籍一[③]，立校与长[④]，号“弓箭手”，用备不虞[⑤]。主司欲以多媚上[⑥]，急责郡吏；郡吏畏，不敢辨[⑦]，遂以属县令[⑧]。互搜民口，虽老幼不得免。上下[⑨]愁怨，天雨淫淫[⑩]，岂助圣上抚育之意耶[⑪]？因录田家之言，次为文[⑫]，以俟采诗者云[⑬]。

谁道田家乐？春税秋未足！里胥扣我门[⑭]，日夕苦煎促[⑮]。盛夏流潦多[⑯]，白水高于屋。水既害我菽[⑰]，蝗又食我粟。前月诏书来[⑱]，生齿复板录[⑲]；三丁籍一壮，恶使操弓韣[⑳]。州符今又严[㉑]，老吏持鞭朴；搜索稚与艾[㉒]，唯存跛无目[㉓]。田闾敢怨嗟[㉔]，父子各悲哭。南亩焉可事[㉕]，买箭卖牛犊[㉖]。愁气变久雨，铛缶空无粥[㉗]。盲跛不能耕，死亡在迟速[㉘]。我闻诚所惭，徒尔叨君禄[㉙]；却咏《归去来》[㉚]，刈薪向深谷[㉛]。

①这首诗作于仁宗康定元年（1040）。因拟田家语以成诗，故题作《田家语》。 ②庚辰：即康定元年，时作者任河南襄城令。 ③三丁籍一：据《宋史·兵志》，宋代在正规军外又建乡兵，兵员由当地居民抽来，当时规定，每户二、三丁抽一，四、五丁抽二，六、七丁抽三，八丁以上抽四。丁：壮丁，能服兵役的成年人。籍，本指登记被征者的名册，这里作动词用，即抽、征的意思。 ④校、长：都是军中职务名。 ⑤不虞：意外事变。 ⑥主司：负责征兵的人。媚上：讨好取媚于上级。 ⑦辨：分辨，推托，指不敢说征员太多。 ⑧属：命令，分派。 ⑨上下：上指天，下指人。 ⑩淫淫：久雨不停。 ⑪圣上：指皇帝。抚育：即抚育万民。 ⑫次：编次。 ⑬俟（sì）：等待。采诗者：相传周代设采诗官，通过从民间搜集诗歌，以帮助统治者了解下情。 ⑭里胥：里正，相当于后世的保、甲长。 ⑮煎促：犹言煎迫，煎熬逼迫。 ⑯流潦（lǎo）：水灾。 ⑰菽（shū）：豆类。 ⑱“前月”句：据《宋史·仁宗纪》：因西夏攻宋，康定元年六月朝廷命增置河北、河东及京东西路弓手。当时作者任职的襄城县即属京西路。 ⑲“生齿”句：意即按人口征丁。生齿，人口。板同版，册子。板录，登记入册。 ⑳“恶使”句：迫使被征的丁壮操弓习武。韣（dú）：弓套。 ㉑州符：州里下达的命令。符：文书。 ㉒稚：小孩；艾：老人。 ㉓跛无目：腿脚残者和盲人。 ㉔田闾（lǘ）：乡间居住的人，农民。敢：不敢。 ㉕“南亩”句：田地无法耕种。南亩，泛指一般田地。焉，如何。事，从事，这里指耕作。 ㉖“买箭”句：《汉书·龚遂传》：“民有带持刀剑者，使卖剑买牛，卖刀买犊，曰：‘何为带牛佩犊。’”意思是要农民安心从事农业生产。这里反用其意。 ㉗铛（chēng）：锅。缶（fǒu）：瓦罐。 ㉘迟速：顷刻之间，眼前。 ㉙“徒尔”句：白白地享受朝廷的俸禄。徒尔，徒然，白白地。叨，

享用，多指不当得而得。 ㉚却：还。《归去来》：陶渊明有《归去来辞》。 ㉛刈（yì）薪：砍柴。（这首诗借农民之口，诉说了他们在重税和征兵的敲剥压迫下，田园荒芜、生活无着、濒临死亡的悲惨情状；同时表现了作者面对这种情景的自惭自责心情。）

鲁山山行[①]

适与野情惬[②]，千山高复低。好峰随处改，幽径独行迷。霜落熊升树，林空鹿饮溪。人家在何许？云外一声鸡[③]。

①这首诗作于仁宗康定元年（1040）。鲁山，一名露山，在今河南省鲁山县东北。 ②野情：欣赏山野大自然景色的情趣。惬（qiè）：惬意，满足。 ③“云外”句：谓山上云雾笼罩之处，传来鸡鸣，是知那里住有人家。（这首诗以清疏的笔墨描写了诗人山行时的独特感受，中两联属对精工而又洒脱。）

欧阳修

欧阳修（1007—1072），字永叔，号六一居士，庐陵（今江西吉安市）人。宋仁宗天圣八年（1030）进士。累官至翰林学士、枢密副使、参知政事。曾以翰林学士修《新唐书》。为官直言敢谏，关心民生疾苦。积极支持范仲淹的庆历新政，又是北宋诗文革新运动的领袖人物，大胆提携后进，积极提倡健康的文风。诗、词、散文都有创作，散文成就更为突出。死后谥号文忠。著有《欧阳文忠公文集》《六一词》。

晚泊岳阳[①]

卧闻岳阳城里钟，系舟岳阳城下树。正见空江明月来，云水苍茫失江路[②]。夜深江月弄清辉[③]，水上人歌月下归；一阕声长听不尽[④]，轻舟短楫去如飞[⑤]。

①这首诗作于仁宗景祐三年（1036）。岳阳：今湖南省岳阳市，宋代为岳州治所。欧阳修因支持范仲淹，作《与高司谏书》获罪，被贬为峡州夷陵（今湖北宜昌附近）令，赴贬所途中，于景祐三年九月初四日至岳州，夷陵县吏来接，泊船城外。 ②苍茫：旷远迷茫的样子。 ③弄：戏弄，摆弄。这是用拟人的手法，更加显示出月光泻在江面上那素洁清

幽的光辉。 ④一阕（què）：歌曲一首叫一阕。 ⑤楫（jí）：船桨。（这首诗在清幽静谧的境界中传达出一种盎然生意。）

戏答元珍[①]

春风疑不到天涯[②]，二月山城未见花[③]。残雪压枝犹有橘，冻雷惊笋欲抽芽[④]。夜闻归雁生乡思[⑤]，病入新年感物华。曾是洛阳花下客[⑥]，野芳虽晚不须嗟[⑦]。

①这首诗作于仁宗景祐四年（1037），时作者为夷陵令。元珍：丁宝臣的字，丁宝臣当时任峡州判官。题下原注："一本下云'花时久雨之什'。" ②天涯：指当时作者所在的贬所夷陵。 ③山城：亦指夷陵，其地多山。欧阳修对此诗极为自负，尤其对首二句颇为自得，曾语人曰："修在三峡赋诗云：'春风疑不到天涯，二月山城未见花。'若无下句，则上句不见佳处，并读之，便觉精神顿出。文章难评如此，要当着意详味之耳。"（见蔡绦《西清诗话》）。 ④"残雪"二句：橘和笋都是夷陵的土产美味。欧阳修《夷陵县至喜堂记》云："夷陵风俗朴野，少盗争，而令之日食有稻与鱼，又有橘柚茶笋四时之味，江山秀美，而邑居缮完，无不可爱。" ⑤"夜闻"二句：一作"鸟声渐变知芳节，人意无聊感物华。"春来天暖，大雁北飞，称归雁。物华：美好的景物。隋薛道衡《人日思归》诗："人归落雁后，思发在花前。" ⑥"曾是"句：欧阳修曾任洛阳留守推官，洛阳盛产牡丹，故自称"花下客"。欧阳修还写过《洛阳牡丹记》和《洛阳牡丹图》诗。 ⑦"野芳"句：是说这里的野芳不如洛阳牡丹，而且开放较晚，但用不着嗟叹。王禹偁诗："忆昔西都看牡丹，稍无颜色便心阑；而今寂寞山城里，鼓子花开亦喜欢。"（见吴曾《能改斋漫录》卷十一）这是一种自慰语，含蓄地表现出不满情绪。（这首诗通过对夷陵初春景象及自身感受的描写，抒发了他被贬官僻地的复杂心情。）

食糟民[①]

田家种糯官酿酒，榷利秋毫升与斗[②]。酒沽得钱糟弃物[③]，大屋经年堆欲朽[④]。酒酷瀺灂如沸汤[⑤]，东风来吹酒瓮[⑥]香。累累罂[⑦]与瓶，惟恐不得尝。官酒味浓村酒薄，日饮官酒诚可乐。不见田中种糯人，釜无糜粥[⑧]度冬春，还来就官[⑨]买糟食，官吏散糟以为德[⑩]！嗟彼官吏者，其职称长民[⑪]。衣食不蚕耕[⑫]，所学义与仁。仁当养人义适宜[⑬]，言可闻达力可施[⑭]。上不能宽[⑮]国之利，下不能饱尔[⑯]之饥。我饮酒，尔食糟，尔虽不我责[⑰]，我责[⑱]何由逃！

①这首诗作于仁宗皇祐二年（1050）。糟：酒渣。 ②榷（què）利：政府以专卖获利。榷，专卖。据《宋史·食货志》，北宋时实行酒的专卖，各州城内均设酒务负责酿酒，县镇乡间准许百姓酿酒，但须交纳高额税金。秋毫升与斗：是说政府以酒取利，细小到一升一斗也不放过。 ③沽：卖酒。 ④“大屋”句：酒糟长期堆放大屋里快腐烂变质了。 ⑤酒醅（pēi）：未经过滤的酒。漤潽（chán zhuó）：酒醅因发酵冒泡而发出的声音。沸汤：开水。 ⑥瓮：盛酒的陶制坛子。 ⑦累累：众多貌。罂（yīng）：盛酒的瓶子，大腹小口。 ⑧釜（fǔ）：锅。糜粥：稀饭。 ⑨就官：到官府所设酿酒的地方。 ⑩德：仁德，对老百姓做了好事。 ⑪长（zhǎng）民：做人民的长官。 ⑫“衣食”句：是说有衣穿有饭吃却不从事养蚕和耕作。 ⑬“仁当”句：意思是，讲仁就应当养育人民，使他们过安定的生活；讲义对人民征利就应该适可而止，不能太过分。 ⑭“言可”句：是说做官吏的应尽到的职责：一方面是向上反映人民的疾苦和要求，使统治者了解下情；另一方面是要尽力做一些对人民有利的事情。 ⑮宽：扩大。 ⑯尔：你们，指食糟民。原注：“一作‘民’”。 ⑰不我责：即“不责我”。 ⑱责：罪责。（这首诗通过酒的专卖政策给农民带来的苦难，对官饮酒、民食糟的不合理现象进行了抨击，对被压迫剥削的劳动人民寄予了深切的同情，对假仁假义的官吏进行了尖刻的讽刺和揭露，同时也表达了自己因不能富国裕民而自疚的心情。）

踏莎行

候馆[①]梅残，溪桥柳细，草薰风暖摇征辔[②]，离愁渐远渐无穷，迢迢不断如春水[③]。　　寸寸柔肠[④]，盈盈粉泪[⑤]，楼高莫近危阑倚[⑥]。平芜[⑦]尽处是春山，行人[⑧]更在春山外。

①候馆：旅舍。 ②草薰：花草的香气。草薰风暖，用南朝梁江淹《别赋》“闺中风暖，陌生草薰”意。摇征辔（pèi）：指策马远行。辔，马缰绳。 ③迢迢（tiáo）：形容遥远。 ④“寸寸”句：柔肠寸断，形容十分悲伤。 ⑤“盈盈”句：泪流满面的样子。盈，水满。 ⑥危阑：高楼的栏杆。 ⑦平芜：长满草的原野。 ⑧行人：游子。（这首词结合春景，从游子和思妇两个方面抒写了离愁别绪。）

蝶恋花

庭院深深深几许[①]？杨柳堆烟[②]，帘幕无重数[③]。玉勒雕鞍游冶处[④]，楼高不见章台路[⑤]。　　雨横风狂三月暮[⑥]，门掩黄昏，无计留春住。泪眼问花花不语[⑦]，乱红飞过秋千去。

①深深：是言其深；深几许：是问深多少。②堆烟：烟雾笼罩。③“帘幕”句：帘幕很多，层层阻隔。与首句“庭院深深”相呼应。④玉勒雕鞍：华丽的车马。勒，马笼头。游冶处：指歌楼妓馆。⑤章台：长安街名，这里指繁华游乐之地，即上句所说的“游冶处”。⑥“雨横（hèng）”句：暮春三月，风雨猖狂。此句说到季节（三月暮）和气候（风雨），与下句时刻（黄昏）相配合，点染出美好的春天已无情地逝去。横，凶横，狂暴。⑦“泪眼”二句：《词林纪事》卷四：“《南部新书》记严恽诗（按即《落花》）：‘尽日问花花不语，为谁零落为谁开？’此阕结二句似本此。”乱红：零乱飘落的花瓣。（这首词抒写了一个贵族妇女内心的怨恨和悲愁。）

五代史伶官传序[①]

呜呼！盛衰之理[②]，虽曰天命[③]，岂非人事[④]哉！原[⑤]庄宗之所以得天下，与其所以失之者，可以知之矣。

世言晋王之将终[⑥]也，以三矢[⑦]赐庄宗而告之曰：“梁[⑧]，吾仇也[⑨]；燕王[⑩]，吾所立[⑪]；契丹与吾约为兄弟[⑫]，而皆背晋以归梁。此三者，吾遗恨也。与尔三矢，尔其无忘乃父之志[⑬]！”庄宗受而藏之于庙[⑭]。其后用兵，则遣从事以一少牢告庙[⑮]，请其矢[⑯]，盛以锦囊[⑰]，负而前驱[⑱]，及凯旋而纳[⑲]之。

方其系燕父子以组[⑳]，函梁君臣之首[㉑]，入于太庙，还矢先王[㉒]，而告以成功。其意气之盛，可谓壮哉！及仇雠[㉓]已灭，天下已定，一夫夜呼[㉔]，乱者四应，仓皇东出[㉕]，未及见贼[㉖]，而士卒离散，君臣相顾，不知所归；至于誓天断发[㉗]，泣下沾襟，何其衰也！岂得之难而失之易欤？抑本其成败之迹[㉘]，而皆自于人[㉙]欤？

《书》[㉚]曰：“满招损[㉛]，谦得益。”忧劳可以兴国，逸豫[㉜]可以亡身，自然之理也。故方其盛也，举[㉝]天下豪杰莫能与之争；及其衰也，数十伶人困之[㉞]，而身死国灭，为天下笑。夫祸患常积于忽微[㉟]，而智勇多困于所溺[㊱]，岂独伶人也哉！作《伶官传》。

①这篇文章是欧阳修为《五代史·伶官传》写的一篇序文。欧阳修撰《五代史记》，为与宋初薛居正所撰《五代史》相区别，改称《新五代史》（薛著后称《旧五代史》）。伶官是宫廷中的乐工和艺人。后唐庄宗李存勖（xù）好俳优，宠幸伶人，以致乱政败国。《伶官传》是欧阳修为庄宗宠幸的伶人敬新磨、景进、史彦琼、郭从谦所写的合传。②盛衰之理：国家治乱、兴衰的道理。③天命：上天安排的命运。封建时代统治阶级宣扬皇帝都是“受命于天”的，以此来麻痹人民群众。欧阳修在本文中立论以人事为主。④人

事：人的做为，即人为的因素。 ⑤原：推原，探究。 ⑥世言：世人说。晋王：庄宗的父亲李克用。李存勖的祖上本为西域突厥族，世为沙陀部酋长，其祖父朱邪赤心归顺唐王朝，被赐姓李。其父李克用因镇压黄巢起义有功，被唐昭宗封为晋王，死于后梁开平二年（908）。 ⑦矢：箭。 ⑧梁：朱温（全忠）于天祐四年（907）篡唐后所建，史称后梁。这里即指朱温。 ⑨吾仇也：李克用和朱温是唐昭宗时势力很大的两个军阀，朱温被黄巢起义军围困时，曾求救于李克用，黄巢败退后，朱温曾诱杀李克用，不遂；为争河北地，两家曾连年争战；梁军一度进攻太原，严重威胁李克用。因此二人结成深仇。 ⑩燕王：这里指刘仁恭。 ⑪吾所立：这是一种夸大之辞。刘仁恭因李克用保荐任幽州卢龙军节度使，但后来不听李克用调遣，并与之对抗，李克用亲往讨伐，反为所败，自是刘背晋归梁（朱温）。刘子守光囚父杀兄，篡位自立，始称燕王，这时李克用已死。 ⑫“契丹”句：契丹，当时北方的少数民族。天祐二年（905）五月朱温将篡唐，李克用与契丹主耶律阿保机握手定盟，结为兄弟，相约共同举兵讨伐朱温。但不久阿保机背约与朱温通好，并相约举兵攻晋，因此激怒李克用。 ⑬乃父：你的父亲。志：报仇雪恨的遗愿。 ⑭庙：太庙，古代帝王供奉和祭祀祖先的地方。 ⑮从事：官名，官府里的办事人员，这里泛指侍从属官。少牢：古代祭祀时祭品的名称，祭祀用的牲畜叫牢，用一牛、一羊、一猪的称为太牢，用一羊、一猪的称为少牢。告庙：到庙里祭告祖宗。这里指到李克用庙中举行仪式，表示继承遗志，杀敌报仇。 ⑯请其矢：谓恭敬地取出李克用遗赐的三支箭。 ⑰锦囊：锦缎做的箭袋。 ⑱前驱：走在队伍的前面，表示决心很大。 ⑲纳：放回。 ⑳方：当。系：捆绑。燕父子：指刘仁恭、刘守光父子。组：绳子。这句所说的事实是：天祐八年（911），刘守光自称大燕皇帝；次年，晋王李存勖派周德威攻破幽州，生俘当时被刘守光囚禁的刘仁恭；刘守光逃往沧州（今河北沧州市），后被逮捕送往幽州。天祐十一年（914），李存勖将刘仁恭父子用绳子捆着送往太庙奉献于李克用位前。 ㉑函：作动词用，装到木匣子里。梁君臣：指朱全忠之子梁末帝朱友贞及其侍卫官皇甫麟等。首：首级。这句所说的事实是：同光（庄宗李存勖年号）元年（923），李存勖攻破后梁首都大梁（今河南开封市），朱友贞知死不可免，为使自己不落入李存勖之手，便命部将皇甫麟将他杀死，后皇甫麟亦自杀。李存勖命人割下二人首级，用木匣装着献于李克用之庙。 ㉒还矢先王：指完成父命后将箭送回庙里。 ㉓仇雠（chóu）：仇敌。 ㉔“一夫”句：一夫，指皇甫晖。同光四年（926）正月，因李存勖连杀功臣大将，人心震恐，又加军民缺粮，当时驻贝州（今河北清河县西）军士皇甫晖乘机于夜间杀帅起事，进攻邺都（今河北大名县东北），守城伶官史彦琼弃城逃跑。 ㉕“仓皇”句：指同光四年三月李存勖在听到贝、邺兵变后，由洛阳发兵东趋汴州（今河南开封市）事。 ㉖“未及”四句：当李存勖东趋汴州时，汴州已为叛变的成德节度使李嗣源所占领。李存勖见诸军离散，精神沮丧，登路旁荒冢，视诸将流涕。 ㉗“至于”二句：李存勖率军出发时有兵士二万五千人，及还过汜水时，已损失一万多人，回兵洛阳行至石桥（在洛阳城东）时，置酒野外，哭问诸将：“卿辈事吾以来，急难富贵靡不同之，今致吾至此，皆无一策以相救乎？”时诸将百余人，皆截发置地，誓以相报，因相与号泣（见《资治通鉴》后唐纪三）。 ㉘抑：或。本：推原，探究。迹：事迹。 ㉙自于人：由人事而来。自，由。 ㉚《书》：指《尚书》，下面的两句话，见该书《虞书·大禹谟》。 ㉛“满招”二句：骄傲自满会招来损害，谦虚谨慎会得到好处。“得”字《尚书》原文作“受”。 ㉜逸豫：安乐。指李存勖宠幸伶人，贪图安乐。 ㉝举：全部，所有的。 ㉞“数十”句：李存勖爱好音律，宠幸伶官，致使伶人得以出入宫禁，擅作威福。同光四年（926），从马直（皇帝的近卫军）指挥使伶人郭从谦（艺名郭门高）乘乱进攻宫城，李存勖于乱中中流矢而死。 ㉟忽微：细小之意。忽，本是极小的度量单位。欧阳修这里用以强调大祸是由小事积累发展所致。 ㊱溺：贪爱，迷恋。（这篇文章通过后唐庄宗宠幸伶人而招致灭国亡身的事实，总结了“忧劳可以兴国，逸豫可以亡身”以及“祸患常积于忽微，而智勇多困于所溺”的历史经验，并强调了盛衰之理主要在于人事，表现了作者作为历史学家兼政治家的卓特识见。）

醉翁亭记[①]

环滁皆山也[②]。其西南诸峰，林壑[③]尤美。望之蔚然而深秀[④]者，琅邪[⑤]也。山行六七里，渐闻水声潺潺[⑥]，而泻出于两峰之间者，酿泉也。峰回路转，有亭翼然[⑦]临于泉上者，醉翁亭也。作亭者谁？山之僧智仙也。名之者[⑧]谁？太守自谓也[⑨]。太守与客来饮于此，饮少辄[⑩]醉，而年又最高，故自号曰醉翁也。醉翁之意不在酒，在乎山水之间也。山水之乐，得之心而寓之酒也[⑪]。

若夫日出而林霏开[⑫]，云归而岩穴暝[⑬]，晦明变化者，山间之朝暮也。野芳[⑭]发而幽香，佳木秀而繁阴[⑮]，风霜高洁[⑯]，水落而石出者[⑰]，山间之四时[⑱]也。朝而往，暮而归，四时之景不同，而乐亦无穷也。

至于负者[⑲]歌于途，行者休于树，前者呼，后者应，伛偻提携[⑳]，往来而不绝者，滁人游也。临溪而渔，溪深而鱼肥；酿泉为酒，泉香而酒洌[㉑]；山肴野蔌[㉒]，杂然而前陈者，太守宴也。宴酣之乐，非丝非竹[㉓]；射者中[㉔]，弈[㉕]者胜，觥筹[㉖]交错，起坐而喧哗者，众宾欢也。苍颜白发，颓然[㉗]乎其间者，太守醉也。

已而[㉘]夕阳在山，人影散乱，太守归而宾客从也。树林阴翳[㉙]，鸣声上下，游人去而禽鸟乐也。然而禽鸟知山林之乐，而不知人之乐；人知从太守游而乐，而不知太守之乐其乐[㉚]也。醉能同其乐，醒能述以文[㉛]者，太守也。太守谓谁？庐陵欧阳修也。

①这篇文章作于仁宗庆历六年（1046），时作者贬官滁州。滁州即今安徽省滁县。醉翁

亭在滁县西南七里。作者《题滁州醉翁亭》诗云："四十未为老，醉翁偶题篇，醉中遗万物，岂复记吾言。" ②环滁皆山：滁州的四面都是山。这是一种夸张的写法，实际滁州只西南面有琅邪山。《朱子语类》卷一三九："欧公文，亦多是修改到妙处。顷有人买得他《醉翁亭记》稿，初说滁州四面有山，凡数十字，末后改定，只曰'环滁皆山也'五字而已。" ③壑（hè）：山谷。 ④蔚然：草木茂盛的样子。深秀：幽深秀美。 ⑤琅邪：又写作瑯琊，山名，在滁州西南十里。东晋元帝以琅邪王渡江，常驻滁州，故滁州溪、山皆有琅邪之号（见王禹偁《小畜集》卷十《琅邪山》注）。 ⑥潺潺（chán）：溪水声。 ⑦翼然：形容亭的飞檐如飞鸟展翅。 ⑧名之者：给亭子起名字的人。 ⑨太守：汉代一郡的行政长官称太守，宋人承袭用来称州、军的行政长官。时作者知滁州，故自称太守。自谓：以自己的号来为亭子命名。欧阳修《赠沈遵》诗："我时四十犹强力，自号醉翁聊戏客。" ⑩辄：就。 ⑪"得之"句：心里有所感受而寄托于酒中。 ⑫林霏（fēi）开：树林里的雾气散开。 ⑬"云归"句：傍晚时云烟聚拢来，像是回到山里。岩穴暝：山谷变得晦暗起来。暝，阴暗。 ⑭野芳：野花。 ⑮秀：繁茂。繁阴：树叶浓密。 ⑯风霜高洁：秋高气爽，霜露洁白。 ⑰"水落"句：写水枯时节情景。以上四句分写春夏秋冬四时景象。 ⑱四时：春夏秋冬四季。 ⑲负者：担负行李物品的商旅行人。 ⑳伛偻（yǔ lǚ）：弯腰曲背的老人。提携：指孩子。 ㉑洌（liè）：清澈。 ㉒山肴（yáo）野蔌（sù）：山中的野味和野菜。蔌，菜。 ㉓丝、竹：指弦管乐器。 ㉔射者中：指古时宴饮所进行的投壶游戏，将箭投入壶中，投中者为胜。 ㉕弈（yì）：下棋。 ㉖觥（gōng）：酒杯。筹：行酒令时用来计数的酒筹。 ㉗颓然：形容酒醉的样子。 ㉘已而：不久。 ㉙阴翳（yì）：树荫遮蔽。 ㉚乐其乐：前一"乐"，指太守乐，作动词用；后一"乐"，指从游者之乐。 ㉛述以文：用文章记述下来。（这篇文章通过醉翁亭及周围景色的描写，抒发了作者在贬官后旷达自放、寄情山水和与民同乐的感情）。

*　　　*　　　*　　　*　　　*

朝中措

平山堂[①]

平山栏槛倚晴空，山色有无中[②]。手种堂前垂柳，别来几度春风[③]？　文章太守[④]，挥毫万字，一饮千钟。行乐直须年少，尊前看取衰翁。

①平山堂：在扬州（今江苏省扬州市）西北蜀冈上，是欧阳修于庆历八年（1048）任扬州知州时所建。堂名平山，取意凭堂而望江南群山历历可见。叶梦得《避暑录话》：

"欧阳文忠公在扬州，作平山堂，壮丽为淮南第一。堂据蜀冈，下临江南数百里，真、润、金陵三州隐隐若可见。" ②"山色"句：王维《汉江晚眺》："江流天地外，山色有无中。" ③"别来"句：这首词约作于嘉祐元年（1056），距欧公筑堂植柳已历八年。 ④"文章"三句：写刘敞的才学胸襟。这首词是送刘敞知扬州而作。

秋声赋[①]

欧阳子方夜读书，闻有声自西南来者，悚然而听之，曰："异哉！"初淅沥以萧飒[②]，忽奔腾而砰湃[③]，如波涛夜惊，风雨骤至。其触于物也，鏦鏦铮铮[④]，金铁皆鸣，又如赴敌之兵，衔枚[⑤]疾走，不闻号令，但闻人马之行声。余谓童子："此何声也？汝出视之！"童子曰："星月皎洁，明河在天，四无人声，声在树间。"

余曰："噫嘻悲哉！此秋声也，胡为而来哉？盖夫秋之为状也，其色惨淡，烟霏云敛[⑥]；其容清明，天高日晶[⑦]；其气栗冽[⑧]，砭人肌骨；其意萧条，山川寂寥。故其为声也：凄凄切切，呼号愤发。丰草绿缛[⑨]而争茂，佳木葱茏而可悦；草拂之而色变，木遭之而叶脱；其所以摧败零落者，乃其一气之余烈[⑩]。夫秋，刑官也[⑪]，于时为阴[⑫]；又兵象也[⑬]，于行用金[⑭]；是谓天地之义气[⑮]，常以肃杀[⑯]而为心。天之于物，春生秋实。故其在乐也，商声主西方之音[⑰]；夷则为七月之律[⑱]。商，伤也[⑲]，物既老而悲伤；夷，戮也，物过盛而当杀。

"嗟乎！草木无情，有时飘零；人为动物[⑳]，惟物之灵，百忧感其心，万事劳其形，有动于中，必摇其精[㉑]。而况思其力之所不及，忧其智之所不能，宜其渥然丹者[㉒]为槁木，黟然黑者为星星[㉓]；奈何以非金石之质[㉔]，欲与草木而争荣。念谁为之戕贼，亦何恨乎秋声[㉕]？"

童子莫对，垂头而睡。但闻四壁虫声唧唧，如助余之叹息。

①这篇文章作于仁宗嘉祐四年（1059），在汴京。 ②淅沥（xī lì）：雨声。萧飒（sà）：风声。 ③砰湃（pēng pài）：波涛腾涌之声。 ④鏦鏦（cōng）铮铮（zhēng）：金属碰击之声。 ⑤衔枚：古时秘密行军，让战士口中衔枚，以免发出声音。枚，形似筷子，用竹制成。 ⑥烟霏（fēi）云敛：烟雾迷漫，云层聚集，形容秋色黯淡。 ⑦晶：明亮。 ⑧栗冽（liè）：寒冷。 ⑨缛（rù）：繁密。 ⑩"其所以"二句：古人认为秋主杀，树木衰败零落乃是秋气余威所致。 ⑪刑官：古人称刑官（司寇）为秋官（见《周礼·秋官司寇》）。 ⑫于时为阴：古人以为春夏属阳，秋冬属阴。《汉书·律历志》："春为阳中，万物以生；秋为阴

中，万物以成。” ⑬ 又兵象也：古代练兵征伐多在秋日，故以秋为兵象。《礼记·月令》载：“立秋之日，天子亲帅三公九卿诸侯大夫以迎秋于西郊，还反赏军帅武人于朝。天于乃命将帅，选士厉兵，简练杰俊，专任有功，以征不义。”《汉书·刑法志》：“秋治兵以狝（xiǎn）。”颜师古注：“治兵，观威武也。狝，应杀气也。”《尔雅·释天》：“秋以狝治兵。” ⑭ 于行用金：古时认为秋天属金、木、水、火、土五行中的金。行，五行。用，犹为。 ⑮ 义气：《礼记·乡饮酒义》：“天地严凝之气，始于西南，而盛于西北，此天地尊严之气也，此天地之义气也。”孔颖达疏：“西南，象秋始。”义气，即西南之气，天地凝严之气。 ⑯ 肃杀：指秋气摧败万物。 ⑰ 商声：古代以宫、商、角、徵（zhǐ）、羽五声与四时相配，商声属秋，其余宫属中央，角属春，徵属夏，羽属冬。五声与四方相配，商属西，故曰“商声主西方之音”。 ⑱“夷则”句：古乐分为十二调，即十二律，十二律为黄钟、大吕、太簇、夹钟、姑洗、仲吕、蕤宾、林钟、夷则、南吕、无射、应钟。十二律与十二月相配，夷则属七月，故曰“夷则为七月之律”。 ⑲ 商，伤也：“商”“伤”同音，以音训义。 ⑳“人为”二句：《尚书·泰誓》：“惟人万物之灵。”欧阳修《赠学者》：“人禀天地气，乃物中最灵。” ㉑ 精：精气，元气。 ㉒ 渥（wò）然丹者：《诗经·秦风·终南》：“颜如丹渥。”意思是脸色红润。渥，沾润。 ㉓ 黟（yī）然黑者：指头发乌黑的人，即年轻的人。黟，黑色。星星：形容头发斑白。 ㉔ 非金石之质：指人体。 ㉕“念谁”二句：意谓人与草木不同，是因为自身的忧劳损伤了自己的身体，是不能迁恨于秋声的。戕（qiāng）贼：伤害。

［附录］

关于欧阳修的评价

苏洵曰：（欧文）纡徐委备，往复百折，而条达舒畅，无所间断，气尽语极，急言竭论，而容与闲易，无艰难劳苦之态。(《嘉祐集》卷十一《上欧阳内翰书》)

王安石曰：如公器质之深厚，知识之高远，而辅学术之精微，故充于文章，见于议论，豪健俊伟，怪巧瑰琦。其积于中者，浩如江河之停蓄；其发于外者，烂如日星之光辉；其清音幽韵，凄如飘风急雨之骤至；其雄辞闳辩，快如轻车骏马之奔驰。世之学者，无问乎识与不识，而读其文，则其人可知。(《临川先生文集》卷八十六《祭欧阳文忠公文》)

苏轼曰：愈之后二百有余年而后得欧阳子，其学推韩愈、孟子以达于孔子，著礼乐仁义之实，以合于大道。其言简而明，信而通，引物连类，折之于理，以服人心，故天下翕然而尊之。……士无贤不肖，不谋而同曰：“欧阳子，今之韩愈也。”……

“欧阳子论大道似韩愈，论事似陆贽，记事似司马迁，诗赋似李白。此非余言也，天下之言也。”（《苏轼文集》卷十《六一居士集叙》）

叶梦得曰：欧阳文忠公诗始矫“昆体”，专以气格为主，故其言多平易疏畅。律诗意所到处，虽语有不伦，亦不复问。而学之者往往遂失于快直，倾困倒廪，无复余地。（《石林诗话》卷上）

又曰：至和嘉祐间，场屋举子为文尚奇涩，读或不能成句。欧阳文忠公力欲革其弊，既知贡举，凡文涉雕刻者，皆黜之。（同上卷下）

蔡绦曰：欧阳公诗温丽深稳，自是学者所宗，然似三馆画手，未免多与古人传神。（《诗人玉屑》卷十二引）

吴充曰：盖公之文备众体，变化开阖，因物命意，各极其工，其得意处，虽退之未能过。（《欧阳公行状》）

陈师道曰：国初士大夫例能四六，然用散语与故事尔。杨文公刀笔豪赡，体亦多变，而不脱唐末与五代之气。又喜用古语，以切对为工，乃进士赋体尔。欧阳少师始以文体为对属，又善叙事，不用故事陈言而文益高，次退之云。（《后山诗话》）

王十朋曰：文忠之文，追配韩子，其刚气所激，尤见于《责高司谏书》。（《梅溪先生集》后集卷二十七《蔡端明公文集序》）

魏泰曰：顷年尝与王荆公评诗，余谓：“凡为诗，当使挹之而源不穷，咀之而味愈长。至如永叔之诗，才力敏迈，句亦清健，但恨其少余味耳。”荆公曰：“不然，如‘行人仰头飞鸟警’之句，亦可谓有味矣。”然余至今思之，不见此句之佳，亦竟莫原荆公之意。（《临汉隐居诗话》）

吕本中曰：文章纡徐委曲，说尽事理，唯欧阳公得之。（《宋诗话辑佚》附辑《童蒙诗训》）

张戒曰：欧阳公诗学退之，又学李太白。（《岁寒堂诗话》卷上）

胡仔曰：欧公作诗，盖欲自出胸臆，不肯蹈袭前人，亦其才高，故不见牵强之迹耳。（《苕溪渔隐丛话》后集卷二十三）

朱熹曰：欧公文字，锋刃利，文字好，议论亦好。

又曰：文字到欧、曾、苏，道理到二程，方是畅。

又曰：欧公文字，敷腴温润，曾南丰文字，又更峻洁，虽议论有浅近处，然却平正好。（《朱子语类辑略》）

曾慥曰：欧公一代儒宗，风流自命，词章幼眇，世所矜式。（《乐府雅词序》）

罗大经曰：欧阳公虽游戏小词，亦无愧唐人《花间集》。(《鹤林玉露》)

敖陶孙曰：欧公如四瑚八琏，止可施之宗庙。(《宋诗纪事》卷十二引《臞翁诗评》)

魏了翁曰：余亦雅好欧公诗，简易明畅，若出诸肆笔脱口者。(《鹤山先生大全集》卷五十四《裴梦得注欧阳公诗集序》)

刘克庄曰：国初诗人，如潘阆魏野，规规晚唐格调，寸步不敢走作。杨刘则又专为昆体，故优人有挦扯义山之诮。苏梅二子，稍变以平淡豪俊，而和之者尚寡。至六一坡公，巍然为大家数，学者宗焉。然二公亦各极其天才笔力之所至而已，非必锻炼勤苦而成也。(《江西诗派小序》)

赵秉文曰：亡宋百余年间，唯欧阳公之文不为尖新艰险之语。而有从容闲雅之态，丰而不余一言，约而不失一词，使人读之者亹亹不厌。(《闲闲老人滏水文集》卷十五《竹溪先生文集引》)

王若虚曰：欧公散文，自为一代之祖，而所不足者精洁峻健耳。(《滹南遗老集》《文辨》)

脱脱曰：始从尹洙游，为古文，议论当世事，迭相师友；与梅尧臣游，为诗歌相倡和，遂以文章名冠天下。(《宋史·本传》)

虞集曰：昔者庐陵欧阳公，秉粹美之质，生熙洽之朝，涵淳茹和，作为文章，上接孟韩，发挥一代之盛。英华酞郁，前后千百年，人与世相期，未有如此者也。(《道园学古录》卷三十三《庐陵刘桂隐存稿序》)

李东阳曰：欧阳永叔深于为诗，高自许与。观其思致，视格调为深。然校之唐诗，似与不似，亦门墙藩篱之间耳。(《麓堂诗话》)

俞弁曰：欧阳公之文，粹如金玉；苏文忠公之文，浩如江河。欧公之摹写事情，使人宛然如见；苏公之开陈治道，使人恻然动心。皆前代之所无有也。(《逸老堂诗话》卷上)

贺贻孙曰：谓宋诗不如唐，宋末诗又不如宋，似矣。然宋之欧、苏，其诗别成一派，在盛唐中亦可名家。而宋末诗人，当革命之际，一腔悲愤，尽泄于诗。(《诗筏》)

贺裳曰：欧公古诗苦无兴比，唯工赋体耳。至若叙事处，滔滔汩汩，累千百言，不衍不支，宛如面谈，亦其得也。所惜意随言尽，无复余音绕梁之意。又篇中曲折变化亦少。公喜学韩，韩本诗之别派，其佳处又非学可到。故公诗常有浅直之恨。(《载酒园诗话》)

牟愿相曰：宋初尚昆体，苏、梅二子始矫其失。至欧公波澜愈大，其七言古歌妙处，乃非晚唐所及。（《小澥草堂杂论诗》）

刘大櫆曰：意尽而言止者，天下之至言也，然言止而意不尽者尤佳。意到处言不到，言尽处意不尽，自太史公后，唯韩欧得其一二。（《论文偶记》）

袁枚曰：欧公学韩文，而所作文，全不似韩：此八家中所以独树一帜也。公学韩诗，而所作诗颇似韩：此宋诗中所以不能独成一家也。（《随园诗话》卷六）

方东树曰：欧公情韵幽折，往返咏唱，令人低徊欲绝。一唱三叹，而有遗音，如啖橄榄，时有余味，但才力稍弱耳。（《昭昧詹言》卷十二）

周济曰：永叔词只如无意，而沉着在和平中见。（《介存斋论词杂著》）

冯煦曰：其词与元献同出南唐，而深致则过之。宋至文忠，文始复古，天下翕然师尊之，风尚为之一变。即以词言，亦疏隽开子瞻，深婉开少游。（《宋六十家词选例言》）

刘熙载曰：冯延巳词，晏同叔得其俊，欧阳永叔得其深。（《艺概》卷四）

苏舜钦

苏舜钦（1008—1048），字子美，原籍梓州铜山（今四川中江县）人，生于开封。二十七岁进士及第，历任县令、大理评事、集贤殿校理等职。在庆历党争中，因支持范仲淹新政，被诬罢官，退居苏州，买水石作沧浪亭。在诗歌创作上与梅尧臣齐名。著有《苏学士文集》。

庆州败①

无战王者师②，有备军之志③，天下承平④数十年，此语虽存人所弃⑤。今岁西戎背世盟⑥，直随秋风寇⑦边城，屠杀熟户烧障堡⑧，十万驰骋山岳倾⑨。国家防塞今有谁？官为承制乳臭儿⑩。酣觞大嚼乃事业⑪，何尝识会兵之机⑫！符移火急蒐卒乘⑬，意谓就戮如缚尸⑭。未成一军之出战⑮？驱逐急使缘崄巇⑯。马肥甲重士饱喘⑰，虽有弓剑何所施。连颠自欲堕深谷⑱，虏骑⑲笑指声嘻嘻。一麾发伏雁行出⑳，山下奄截成重围㉑，我军免胄乞死所㉒，承制面缚交涕洟㉓。逡巡下令艺者全㉔，争献小技歌且吹。其余劓馘放之去㉕，东走矢液㉖皆淋漓。首无耳准㉗若怪兽，不自愧死犹生归！守着沮气陷者苦[28]，尽由主将之所为。地机不见欲侥胜[29]，羞辱中国堪伤悲！

①庆州：今甘肃省庆阳县。仁宗景祐元年（1034）七月，西夏主赵元昊侵犯庆州，杨遵、卢训等战败，环庆路都监齐宗矩等出兵抵御，遇伏战败被俘，后放还。这首诗即就此次战事而作，写于齐宗矩放还后。 ②“无战”句：王者之师是敌人不能抵御的。古代认为能以德服人的国君为王者。师，军队。 ③“有备”句：要有充分的军备才能打仗，这是兵书里所记载的。《孙子兵法·九变》：“无恃其不攻，恃吾有所不可攻也。”曹操注：“安不忘危，常设备也。”即俗谓“养兵千日，用在一朝”之意。“军之志”疑即军志，古兵书。之，助词。 ④承平：长时期的太平局面。 ⑤弃：抛弃，忘却。 ⑥世盟：世代和好的盟约。 ⑦直随秋风：因西夏来侵在七月，故云。寇：入寇，侵犯。 ⑧熟户：指边境上已被汉族在风俗习惯上同化了的少数民族居民。障堡：边防所用的堡垒。 ⑨“十万”句：说明来犯敌人的众多和威势的凶猛。 ⑩承制：即内殿承制，武官名。当时齐宗矩以内殿承制出为环庆路都监，这里即以官名指齐宗矩。乳臭儿：谓齐如无知幼孩，视兵事如儿戏。 ⑪“酣觞”句：指斥齐宗矩等以大吃大喝为自己的事业。酣觞：纵情酗酒。 ⑫识会：通晓，懂得。机：机要，机宜。 ⑬符移火急：飞速地发布调兵的命令。符，兵符，调兵的命令。移，旧时公文之一种，用于不相统属的官署间。蒐（sōu）卒乘：汇集部队。卒指士兵，乘指战车。 ⑭“意谓”句：主观地以为捉杀敌人就像捆绑僵尸一样，是说迎战的将领麻痹轻敌。 ⑮军：古代军队的最大编制单位，春秋时齐国一军为一万人，历代军队编制多以军名，人数多少不一。之：而。 ⑯“驱逐”句：意谓驱赶临时调集来的军队火速地攀登险峻的山岭。缘：攀缘。崄（xiǎn）巇（xì）：形容山势险峻。 ⑰“马肥”句：是说军队久不训练，马变肥而不善奔跑，甲生锈而变得沉重，人因平日养尊处优，娇弱得喘息无力。 ⑱连颠：走路不稳的样子。自欲：自己将要，即不能控制自己。 ⑲虏骑（jì）：敌人的骑兵。 ⑳一麾（huī）：一挥。发伏：调出伏兵。雁行：像雁飞一样自成行列，十分整齐。 ㉑奄截：出其不意进行堵截。奄同“掩”。 ㉒免胄（zhòu）：脱掉军盔，表示投降。胄：头盔。乞死所：向敌人告罪，请求处治。 ㉓面缚：两手反绑，面向前，向敌人投降。交涕洟（yí）：眼泪和鼻涕交流。洟，鼻涕。 ㉔逡（qūn）巡：原意为欲进不进、迟疑不决的样子，这里可以理解为顷刻、须臾。艺者全：有技艺的人可以免死。 ㉕劓（yì）：古代酷刑之一，割鼻。馘（guó）：也是一种酷刑，割掉耳朵。 ㉖矢液：屎和尿。 ㉗准：鼻子。 ㉘沮（jǔ）气：精神沮丧。 ㉙地机：地形的险阻。《吴子》卷下《论将第四》：“凡兵有四机：一曰气机，二曰地机，三曰事机，四曰力机。……路狭道险，名山大塞，十夫所守，千夫不过，是谓地机。”侥胜：侥幸胜利。（这是一篇抨击时事的作品，诗人对当时边防的松弛、守将的怯懦，作了大胆而尖锐的揭露和嘲讽，从中表现了诗人对时事的关切和热爱祖国的感情，语言质朴，刻画生动，情感激烈，略无含蓄。）

淮中晚泊犊头[①]

春阴垂野草青青[②]，时有幽花一树明。晚泊孤舟古祠下，满川[③]风雨看潮生。

① 淮：淮河。犊头：未详，大概是淮河岸边停船的一个地名。　② 春阴：春天的阴云。垂野：指阴云笼罩着原野。　③ 川：河。（这首诗写出了春日行旅江上泊船时所见的优美景色，由青草幽花点出春意，由风雨和潮水传达出诗人不平静的心境。）

柳　永

柳永（987？—1053？），原名三变，字耆卿，崇安（今福建崇安县）人。他原本热衷功名富贵，但屡试不中，转而奋力填词。他满腹牢骚，十分自负，长期与下层的乐工歌女交往，过一种"偎红倚翠"的风流浪漫生活，以词抒写他的"狂情怪胆"。近五十岁时改名柳永，才考中进士，官至屯田员外郎，故世称柳屯田。他扩大了词的题材，多写都市的繁华、羁旅行役之苦和下层歌妓们的悲欢。又多写慢词，并运用通俗的口语入词，长于铺叙。他的词在当时被广泛传唱，据传"凡有井水处，皆能歌柳词"。著有词集《乐章集》。

雨霖铃[①]

寒蝉[②]凄切，对长亭[③]晚，骤雨初歇。都门帐饮[④]无绪，留恋处[⑤]，兰舟催发[⑥]。执手相看泪眼，竟无语凝噎[⑦]。念去去千里烟波[⑧]，暮霭沉沉楚天阔[⑨]。　　多情自古伤离别，更那堪、冷落清秋节[⑩]！今宵酒醒何处？杨柳岸、晓风残月[⑪]。此去经年[⑫]，应是良辰好景虚设[⑬]。便纵有千种风情[⑭]，更与何人说？

① 雨霖铃：据《太真外传》："上（唐玄宗）至斜谷口，属霖雨弥旬，于栈道中闻铃声，隔山相应。上既悼念贵妃，因采其声为《雨霖铃曲》，以寄恨焉。"宋词双调《雨霖铃慢》即倚旧曲为新声，由此演化而来。　② 寒蝉：蝉的一种，一名寒蜩、寒螀。《礼记・月令》："孟秋之月，寒蝉鸣。"　③ 长亭：古时在路上修建的馆驿，供行人歇息。十里一长亭，五里一短亭，长亭又是古人送别的地方。　④ 都门帐饮：在汴京的郊外设帐宴饮以送行。绪：心绪，兴致。　⑤ 留恋处：一作"方留恋处"。　⑥ 兰舟：木兰树质坚硬，常用来做舟楫。

这里借以形容船的华美。 ⑦凝噎（yè）：因悲伤而气结声塞，说不出话来。噎同“咽”，哽咽。 ⑧念：想到。去去：一程一程地远去。烟波：形容雾气笼罩着水面。 ⑨暮霭：黄昏时的云气。楚天：泛指江南一带的天空。沉沉：浓重貌。刘长卿《石梁湖有寄》：“相思楚天阔。”阔，辽远。 ⑩清秋节：秋季树木凋零，凄清冷寂，故称清秋节。 ⑪“今宵”二句：是设想旅途上次日清晨所见的情景。 ⑫经年：年复一年。 ⑬“应是”句：系推想之辞，语意却十分肯定。 ⑭纵：纵然，即使。风情：爱情。（这是一首抒写离愁别绪的送别词，大约是词人离汴京南去，与恋人话别时所写。这首词以秋景渲染和衬托别情；并设想别后的种种孤寂情景，生动地展示了离人的内心活动。全词情景交融，感情真挚，情调哀怨凄清。）

望海潮①

东南形胜②，三吴都会③，钱塘④自古繁华。烟柳画桥⑤，风帘翠幕⑥，参差⑦十万人家。云树⑧绕堤沙，怒涛卷霜雪⑨，天堑⑩无涯。市列珠玑⑪，户盈罗绮⑫，竞豪奢。　　重湖叠巘清嘉⑬，有三秋桂子⑭，十里荷花。羌管弄晴⑮，菱歌泛夜，嬉嬉钓叟莲娃⑯。千骑拥高牙⑰，乘醉听箫鼓，吟赏烟霞⑱。异日图将好景⑲，归去凤池⑳夸。

①《望海潮》：此调为柳永所创，大概取意于钱塘可观望海潮。《钱塘遗事》载：“孙何帅钱塘，柳耆卿作《望海潮》词赠之，有‘三秋桂子，十里荷花’之句。此词流播，金主亮闻之，欣然起投鞭渡江之志。”虽为夸大之词，亦可见出当时影响之大。 ②形胜：地理形势优越。《荀子·强国》：“其固塞险，形势便，山川林谷美，天材之利多，是形胜也。” ③三吴：郦道元《水经注·渐江水》谓：吴兴郡、吴郡（今江苏苏州）、会稽郡（今浙江绍兴）“世号三吴”。这里泛指江浙一带。一作“江吴”。都会：人口集中的大城市。 ④钱塘：今浙江省杭州市。 ⑤烟柳：烟雾笼罩的柳。画桥：有雕栏彩绘的桥。 ⑥翠幕：翠绿色的帷幕。 ⑦参差（cēn cī）：这里形容城市建筑物高低错落。 ⑧云树：形容枝叶茂密的大树。 ⑨霜雪：形容浪花色白如霜雪。 ⑩大堑（qiàn）：天然的险阻，多用以指长江，这里指钱塘江。 ⑪珠玑（jī）：泛指各种珍贵的珠玉。玑，不圆的珠子。 ⑫罗绮（qǐ）：泛指绫罗绸缎。绮，有花纹的丝织品。 ⑬重（chóng）湖：西湖分为外湖、里湖，故称。叠巘（yǎn））：重叠的山峰。清嘉：清秀美丽。 ⑭三秋：桂花开在八月，这里“三秋”当概言秋日。桂子：桂花。 ⑮“羌管”句：笛声在晴空中飘荡。与下句“泛夜”相对，“弄晴”当指白天。因笛子相传为羌人所制，故称羌管。 ⑯嬉嬉：嬉笑欢乐。莲娃：采莲的姑娘。 ⑰千骑（jì）：一人一马为一骑，千骑形容随从很多。拥：簇拥。牙：牙旗，军中大旗。这首词是赠给孙何的，孙当时任两浙转运使，驻节杭州。“千骑”以下三句既描写

了一般达官贵人出游的情景，也含有颂扬孙何地位显赫的意思。 ⑱吟赏：吟诗欣赏。烟霞：烟水云霞。 ⑲“异日”句：将来把美好的风景描画出来。异日，他日。图，画。将，语助词，无义。 ⑳凤池：指凤凰池，指最高行政机关中书省的所在地，这里代指朝廷。夸：夸耀杭州美丽的景色。（这首词出色地描写了西湖景色的秀美和杭州都市的繁华，铺张中流露了作者对统治者奢侈享乐生活的赞美和艳羡之情。）

八声甘州

对潇潇①暮雨洒江天，一番洗清秋②。渐霜风凄紧③，关河④冷落，残照⑤当楼。是处红衰翠减⑥，苒苒物华休⑦，惟有长江水，无语东流⑧。

不忍登高临远，望故乡渺邈⑨，归思难收⑩。叹年来踪迹⑪，何事苦淹留？想佳人妆楼长望⑫，误几回天际识归舟⑬。争知我倚阑干处⑭，正恁凝愁⑮。

①潇潇：形容风雨急骤。 ②“一番”句：即洗出一片清秋景色。 ③凄紧：形容秋风的寒冷逼人。 ④关河：山河。 ⑤残照：夕阳的余晖。以上三句很得苏轼欣赏，据赵令畤《侯鲭录》卷七：“苏轼云：‘人皆言柳耆卿词俗，然如“霜风凄紧，关河冷落，残照当楼”，唐人佳处，不过如此。’” ⑥是处：处处，到处。红衰翠减：花败叶落。 ⑦苒苒：同“冉冉”，渐渐地。物华休：风物凋残。 ⑧“惟有”二句：是说只有长江流水默默地向东流去，昼夜不息，没有枯竭的时候。 ⑨渺邈（miǎo）：遥远。 ⑩归思（sì）：归乡的情思。收：收拾，停止。 ⑪“叹年”二句：仍指自己，由思乡不归进而感叹飘流不定。淹留：久留。自问而不答，更见出难以言说的内心凄苦。 ⑫“想佳人”句：此句和下句由自己想佳人，设想佳人在家亦在想望自己。长望：长久地凝望。一作“颙（yóng）望”。颙是向慕、仰望的意思，颙望即举头凝望。 ⑬“误几回”句：因想望心切，多少次以为思念的人乘舟归来，临近才发现错了。谢朓《宣城郡出新林浦向板桥》诗：“天际识归舟，云中辨江树。” ⑭争知：怎知。 ⑮恁（rèn）：如此。凝愁：凝结不能排解的愁思。（这首词写羁旅行役之苦和思乡的愁绪，妙在以秋景写情，并从自身和佳人两面着笔。）

*　　*　　*　　*　　*

蝶恋花①

伫倚危楼风细细，望极春愁②，黯黯生天际。草色烟光残照里，无言谁会凭阑意？　拟把疏狂图一醉③，对酒当歌④，强乐还无味。衣带渐宽终不悔，为伊消得[⑤]人憔悴。

①一本作《凤栖梧》，是同一词调的别名。 ②“望极”二句：是说因登高远望而产生感伤离别的春愁。愁生天际，因为伊人在远方，而登高又不得见。 ③拟把：打算。 ④“对酒”句：曹操《短歌行》：“对酒当歌，人生几何？” ⑤消得：消减，耗费。

定风波

自春来，惨绿愁红，芳心是事可可[①]。日上花梢，莺穿柳带，犹压香衾卧。暖酥消[②]，腻云亸[③]，终日厌厌[④]倦梳裹。无那[⑤]！恨薄情一去，音书无个[⑥]。 早知恁么，悔当初、不把雕鞍锁。向鸡窗[⑦]、只与蛮笺象管[⑧]，拘束教吟课[⑨]。镇[⑩]相随，莫抛躲。针线闲拈伴伊坐，和我，免使年少光阴虚过。

①是事可可：什么事都觉得平淡无味。 ②暖酥消：肌肤消瘦。 ③腻云亸（duǒ）：头发下垂，表示无心梳理。亸，下垂。 ④厌厌：精神萎靡不振。 ⑤无那（nuò）：无奈何。奈何急读合音为那。 ⑥无个：没有。个，助词。 ⑦鸡窗：书房。罗隐《题袁溪张逸人所居》诗：“鸡窗夜静开书卷，鱼槛春深展钓丝。” ⑧蛮笺象管：纸和笔。 ⑨吟课：吟咏诗歌的功课。 ⑩镇：常，久。

［附录］

关于柳永的评价

李清照曰：逮至本朝，礼乐文武大备，又涵养百余年，始有柳屯田永者，变旧声作新声，出《乐章集》，大得声称于时，虽协音律，而词语尘下。（《论词》）

王灼曰：柳耆卿《乐章集》，世多爱赏该洽，序事闲暇，有首有尾，自成一体，唯是浅近卑俗，亦间出佳语，又能择声律谐美者用之。（《碧鸡漫志》）

黄升曰：耆卿长于纤艳之词，然多近俚俗。（《花庵词选》）

陈振孙曰：柳词格固不高，而音律谐婉，词意妥帖，承平气象，形容尽致，尤工于羁旅行役。（《直斋书录解题》）

叶梦得曰：柳耆卿为举子时，多游狭邪，善为歌辞，教坊乐工，每得新腔，必

求永为歌辞，始行于世，于是声传一时。余仕丹徒，尝见一西夏归朝官云："凡有井水处即能歌柳词。"（《避暑录话》）

彭孙遹曰：柳七亦自有唐人妙境，今人但从浅俚处求之，遂使金荃兰畹之音，流入桂枝黄莺之调，此学柳之过也。（《金粟词话》）

宋翔凤曰：柳词曲折委婉，而中具浑沦之气，虽多俚语，而高处足冠群流，倚声家当尸而祝之。（《乐府余论》）

纪昀曰：张端义《贵耳集》亦曰："项平斋言：'诗当学杜诗，词当学柳词；杜诗、柳词，皆无表德，只是实说'云云。"盖本管弦冶荡之音，而永所作旖旎近情，使人易入，虽颇以俗为病，然好之者终不绝也。（《四库全书总目提要·乐章集提要》）

周济曰：柳词总以平叙见长，或发端，或结尾，或换头，以一二语勾勒提掇，有千钧之力。（《宋四家词选》）

又曰：耆卿为世訾謷久矣，然其铺叙委婉，言近意远，森秀幽淡之趣在骨。（《介存斋论词杂著》）

冯煦曰：耆卿词曲处能直，密处能疏，奡处能平，状难状之景，达难达之情，而出之以自然，自是北宋巨手，然好为俳体，词多媟黩？有不仅如《提要》所云以俗为病者。（《六十一家词选例言》）

刘熙载曰：耆卿词细密而妥溜，明白而家常，善于叙事，有过前人，唯绮罗香泽之态，所在多有，故觉风期未上耳。（《艺概》）

陈锐曰：屯田词在院本中如《琵琶记》，美成词如《会真记》；屯田词在小说中如《金瓶梅》，美成词如《红楼梦》。（《袌碧斋词话》）

夏敬观曰：耆卿词，当分雅俚二类。雅词用六朝小品文赋作法，层层铺叙，情景兼融，一笔到底，始终不懈。俚词袭五代淫诐之风气，开金元曲子之先声，比于里巷歌谣，亦复自成一格。耆卿写景无不工，造句不事雕琢，清真效之。故学清真词者，不可不读柳词。耆卿多平铺直叙，清真特变其法，一篇之中，回环往复，一唱三叹。故慢词始盛于耆卿，大成于清真。（《手评乐章集》）

苏 洵

苏洵（1009—1066），字明允，眉州眉山（今四川眉山县）人。相传他二十七岁始发愤读书，晚学有成。仁宗嘉祐年间至京师，受到欧阳修、韩琦等人的推重，荐于朝廷，任秘书省校书郎。长于古文，风格简劲。与其子苏轼、苏辙在文学史上并称“三苏”。著有《嘉祐集》。

六国论[①]

六国破灭，非兵不利，战不善，弊在赂秦[②]。赂秦而力亏，破灭之道也。或曰[③]：六国互丧[④]，率赂秦耶[⑤]？曰：不赂者以赂者丧。盖失强援不能独完。故曰弊在赂秦也。

秦以攻取[⑥]之外，小则获邑[⑦]，大则得城。较秦之所得与战胜而得者，其实百倍；诸侯之所亡与战败而亡者，其实亦百倍。则秦之所大欲，诸侯之所大患，固不在战矣。思厥[⑧]先祖父，暴霜露[⑨]，斩荆棘，以有尺寸之地。子孙视之不甚惜，举以予人，如弃草芥[⑩]。今日割五城，明日割十城，然后得一夕安寝。起视四境，而秦兵又至矣。然则诸侯之地有限，暴秦之欲无厌[⑪]，奉之弥繁[⑫]，侵之愈急。故不战而强弱胜负已判[⑬]矣。至于颠覆[⑭]，理固宜然[⑮]。古人云：“以地事秦，犹抱薪救火，薪不尽，火不灭[⑯]。”此言得之[⑰]。

齐人未尝赂秦，终继五国迁灭[⑱]，何哉？与嬴[⑲]而不助五国也。五国既丧，齐亦不免矣。燕赵之君始有远略[⑳]，能守其土，义不赂秦。是故燕虽小国而后亡，斯用兵之效也。至丹以荆卿为计[㉑]，始速祸焉[㉒]。赵尝五战于秦[㉓]，二败而三胜。后秦击赵者再[㉔]，李牧连却之[㉕]。洎牧以谗诛[㉖]，邯郸为郡，惜其用武而不终也。且燕赵处秦革灭殆尽之际[㉗]，可谓智力孤危，战败而亡，诚不得已。向使三国各爱其地[㉘]，齐人勿附于秦，刺客不行，良将犹在，则胜负之数[㉙]，存亡之理，当与秦相较[㉚]，或未易量[㉛]。

呜呼！以赂秦之地封天下之谋臣，以事秦之心礼天下之奇才，并力西向，则吾恐秦人食之不得下咽也[㉜]。悲夫！有如此之势，而为秦人积威之所劫[㉝]，日削月割，以趋[㉞]于亡。为国者无使为积威之所劫哉[㉟]！

夫六国与秦皆诸侯，其势弱于秦，而犹有可以不赂而胜之之势。苟以天下之大，而从六国破亡之故事[㊱]，是又在六国下矣。

①仁宗嘉祐元年（1056），欧阳修上苏洵所著《几策》《权书》《衡论》二十二篇于仁宗皇帝。《权书》共十篇，是论治道、史事或历史人物的，本篇即是其中的第八篇。原题

《六国》，今从通行本加“论”字。 ②赂秦：指割让土地以贿赂秦国。贾谊《过秦论》：“于是从散约败，争割地而赂秦。” ③或曰：有人说。 ④互丧：互，交错。互丧，指或先或后均为秦所灭。 ⑤率赂秦耶：都因为贿赂秦国吗？率，大率，大都。 ⑥以攻取：用战争取得。 ⑦邑（yì）：小城。与下句的“城”（大城）相对。 ⑧厥：其。 ⑨暴（pù）霜露：将身体暴露于霜露之中。与下句“斩荆棘”都是言创业之艰苦。这是行文夸饰之词，实际上诸侯国内盖由分封而来。 ⑩草芥：比喻极轻微的东西。 ⑪厌：同“餍”，满足。 ⑫“奉之弥繁”二句：你奉献给他越多，他侵占你越急切。 ⑬判：分判，判别。 ⑭颠覆：灭亡。 ⑮理固宜然：道理本来就应该是这样。 ⑯“古人云”以下五句：《史记·魏世家》：“苏代谓魏（安釐）王曰：‘……且夫以地事秦，譬犹抱薪救火，薪不尽，火不灭。” ⑰此言得之：这话说得很在理。 ⑱迁灭：指国家灭亡。古代灭人国家，将迁去其传国重器。《孟子·梁惠王下》：“迁其重器。” ⑲与嬴：亲近秦国。与，相与，亲近。嬴，秦姓，这里指代秦国。 ⑳远略：长远的考虑。略，谋略。 ㉑至丹：到了燕太子丹。以荆卿为计：以派荆轲去刺杀秦王作为对付秦国的办法。 ㉒始：这才。 ㉓“赵尝”二句：《战国策·燕策》：“苏秦将为从（纵），北说燕文侯曰：‘……秦赵五战，秦再胜而赵三胜。’”鲍彪注：“设辞也”，即为苏秦虚构，并非事实。 ㉔再：两次。 ㉕李牧：赵国大将。赵幽缪王迁三年（前233），李牧率军击秦军于宜安（旧址在今河北藁城县西南），大破之。四年（前232），秦攻番（pó）吾（旧址在今河北平山县南），李牧再次败秦。 ㉖“洎（jì）牧”二句：赵王迁七年（前229）秦将王翦攻赵，李牧抗击。秦行赂于赵王宠臣郭开，开进谗言诬陷李牧。李牧被杀后，王翦破赵，虏赵王迁，赵国遂亡。洎，及，到。邯郸为郡，邯郸是赵国的都城，现在成为秦国的一郡，意即赵被秦灭亡。邯郸，故城在今河北邯郸市西南。 ㉗“且燕赵”句：况且燕赵（当时）处于秦国已将六国快消灭完的时候。革，除。革灭，即消灭。殆：几乎，差不多。 ㉘向使：假使。三国：指韩、魏、楚。 ㉙数（shù）：命运。 ㉚当：假如，较：较量。 ㉛或未易量：或许不容易下结论呢。量，估量，判断。 ㉜食之不得下咽：比喻难以吞并。 ㉝积威：逐渐增长起来的威势。劫：胁制。 ㉞趋：走向， ㉟为国者：治理国家的人 ㊱从：跟随，重复。故事：旧事，前例。（这篇文章分析了六国被秦消灭的主要原因在于赂秦，有理有据，有很强的说服力。而总结历史经验的目的在于讽喻现实。）

曾　巩

曾巩（1019—1083），字子固，建昌南丰（今江西南丰县）人。仁宗嘉祐二年（1057）进士，先后在越州（今浙江绍兴市）、济州（今山东济南市）、福州（今福建福州市）等地任地方官，后官至中书舍人。关心民生疾苦，颇有政声。出欧阳修门下，为欧阳修所赏识；文亦学欧阳修。著有《元丰类稿》。

墨池[①]记

临川[②]之城东，有地隐然[③]而高，以临[④]于溪，曰新城。新城之上，有池洼然而方以长[⑤]，曰王羲之[⑥]之墨池者，荀伯子《临川记》[⑦]云也。羲之尝慕张芝临池学书[⑧]，池水尽黑，此为其故迹，岂信然邪[⑨]？

方羲之之不可强以仕[⑩]，而尝极东方[⑪]，出沧海，以娱其意于山水之间；岂有徜徉肆恣[⑫]，而又尝自休[⑬]于此邪？羲之之书晚乃善[⑭]，则其所能，盖亦以精力自致[⑮]者，非天成也。然后世未有能及者，岂其学[⑯]不如彼邪？则学固岂可以少哉[⑰]！况欲深造道德者邪？

墨池之上，今为州学舍[⑱]。教授王君盛恐其不章也[⑲]，书"晋王右军墨池"之六字于楹间以揭之[⑳]。又告于巩曰："愿有记。"推[㉑]王君之心，岂爱人之善，虽一能不以废[㉒]，而因以及乎其迹邪[㉓]？其亦欲推其事[㉔]，以勉其学者邪？夫人之有一能而使后人尚[㉕]之如此，况仁人庄士之遗风余思被于来世者何如哉[㉖]！

庆历八年[㉗]九月十二日，曾巩记。

① 墨池：用毛笔写字，写完后洗涤笔砚的水池水呈黑色，称墨池。 ② 临川：宋代抚州的临川郡，在今江西临川县。 ③ 隐然：形容隆起突出的样子。隐字有威重的意思，故引申用以形容高地。 ④ 临：居高视下。 ⑤ 洼（wā）然：低深貌。方以长：长方形。以，而。 ⑥ 王羲之：晋朝大书法家，字逸少，琅邪临沂（今山东临沂市）人。官至右军将军，会稽内史，世称王右军。善书，其笔势飘若浮云，矫若惊龙，人称"书圣"。 ⑦ 荀伯子：南朝刘宋时颍川颍阴（今河南许昌市）人，曾任临川内史，著有《临川记》六卷，其中记临川王羲之墨池云："王羲之尝为临川内史，置宅于郡城东高坡，名曰新城。旁临回溪，特据层阜，其地爽垲，山川如画。今旧井及墨池犹存。"（见乐史《太平寰宇记》卷一一〇） ⑧ "羲之"句：张芝，字伯英，东汉弘农（今河南灵宝县）人，善草书，号为"草圣"。相传他"临池学书，池水尽黑"。王羲之极仰慕之，在致友人书中曾云："张芝临池学书，池水尽黑，使人耽之若是，未必后之也。"（见《晋书·王羲之传》） ⑨ 信然：确实如此。邪：同"耶"，疑问语词。 ⑩ "方羲之"句：方：当。强（qiǎng）：强迫。全句意思是，当王羲之决意不再做官并不愿别人勉强他做官的时候。史载：当时骠骑将军王述与羲之齐名，而为羲之所轻。羲之任会稽内史时，王述任扬州刺史，羲之耻为其属官，于是称病去职，誓不再仕。此后便隐居会稽山阴（今浙江绍兴市），纵情山水，以弋钓为娱，遍游附近诸郡，并泛舟出海。 ⑪ 尝极东方：曾遍游东方诸名胜。极，遍，穷尽。 ⑫ 徜（cháng）徉（yáng）：徘徊，游览。肆恣：放任，纵情。 ⑬ 休：止息。 ⑭"羲之之书"句：据《晋书·王羲之传》：王羲之的书法，早年不如同时代的庾翼和郗愔，晚年书艺才臻于精妙，庾翼见了他的草书

后大为惊叹，认为可与张芝媲美。 ⑮以精力自致：是通过刻苦的努力才达到的。致，取得，达到。 ⑯学：这里指刻苦学习的精神。 ⑰“则学”二句：刻苦学习的精神实在是不可少的，更何况要在道德修养方面达到很高的造诣呢？造，造诣。 ⑱州学舍：州学的学舍。 ⑲教授：官名。宋代在路、府、州学都设置教授，以经义训导诸生，并掌课试之事。章：同“彰”，显著，为人所知。 ⑳楹（yíng）：房前柱子。揭：悬挂标示。 ㉑推：推想。一作“惟”，也是思忖、推想的意思。 ㉒一能：一技之长。废：废弃不用，埋没。 ㉓及乎：推及，达到于。迹：遗迹，这里指王羲之留下的墨池。 ㉔其：岂，难道。推：推崇。其事：指王羲之刻苦学习书法的事迹。 ㉕尚：推重，尊重。 ㉖仁人庄士：有道德修养而又行为正直的人。遗风余思：指留传下来为人们思慕的典范德行。被于：影响到。来世：后世。何如：怎样。 ㉗庆历八年：即公元1048年。庆历是宋仁宗年号（1041—1048）。（这篇文章就临川王羲之墨池遗迹，指出王氏书艺之精并非出自天才，而由刻苦学习所致，勉励后之学者继承和发扬苦学精神，并进而“深造道德”。）

王安石

王安石（1021—1086），字介甫，号半山，临川（今江西临川县）人。仁宗庆历二年（1042）中进士，做过几任地方官，神宗时为宰相，改革弊政，推行新法，由于遭到保守派的激烈反对，辞官后退居江宁（今江苏南京市）。他是北宋时期杰出的政治家和思想家，也是诗文革新运动的有力推动者。诗、文、词均有创作，诗名尤显。诗文具有浓厚的政治色彩。诗歌多议论，有散文化的倾向。晚年小诗风格深婉，意境新颖。词作不多，却写得清健高俊。著有《临川先生文集》。

河北民[①]

河北民，生近二边[②]长苦辛！家家养子学耕织，输与官家事夷狄[③]。今年大旱千里赤[④]，州县仍催给河役[⑤]。老少相携来就南[⑥]，南人丰年自无食[⑦]。悲愁白日天地昏，路旁过者无颜色[⑧]。汝生不及贞观中[⑨]，斗粟数钱无兵戎[⑩]。

①这首诗作于仁宗庆历六年（1046）。河北：宋代设河北路，辖境包括河北省霸县以南地区以及今山东、河南二省黄河以北地区。这里泛指黄河以北地区。 ②二边：指跟辽和西夏接壤的边境地区。 ③输：交纳。官家：朝廷。事：侍奉，奉给。夷狄：指辽和西夏。 ④赤：庄稼枯死，大地空无所有。 ⑤给河役：出河工（为治理黄河服劳役）。 ⑥就南：逃到黄

河以南谋生。 ⑦“南人”句：意谓黄河以南的人民即使在丰年由于受剥削阶级的掠夺也缺食挨饿。自，尚且。 ⑧无颜色：面色惨白。 ⑨不及：没有赶上。贞观：唐太宗年号（627—649）。贞观年间，天下安定无事，物阜民丰，人民安居乐业，历史上称为“贞观之治”。 ⑩“斗粟”句：史载贞观时农业丰收，长安米贱，每斗仅值三四钱。无兵戎：没有战争。（这首诗对在外族入侵和统治阶级残酷掠夺下劳动人民的悲惨生活寄予了深切的同情，并对唐代贞观时期的清明政治表现出热切的向往。）

明妃曲[①]（二首选一）

其一

明妃初出汉宫时，泪湿春风鬓脚[②]垂；低徊顾影无颜色[③]，尚得君王不自持[④]。归来却怪丹青手[⑤]，入眼平生几曾有[⑥]？意态由来画不成[⑦]，当时枉杀毛延寿。一去心知更不归[⑧]，可怜著尽汉宫衣[⑨]；寄声欲问塞南[⑩]事，只有年年鸿雁飞。家人万里传消息：好在毡城[⑪]莫相忆；君不见咫尺长门闭阿娇[⑫]，人生失意无南北。

①这首诗作于仁宗嘉祐四年（1059）。明妃：王嫱，字昭君，秭归（今湖北秭归县）人。晋时避司马昭讳，改称明君，即明妃。汉元帝时被选入宫，据说因不愿贿赂画工，元帝未能从图像得识她的美貌，数年不能得见元帝。后来汉朝与匈奴和亲，将她嫁给呼韩邪单于。临行时元帝才发现她是一个绝色女子，想留下她，却又怕失信于匈奴，怒而杀画工毛延寿。 ②春风：杜甫《咏怀古迹》其三：“画图省识春风面。”因以春风指脸。鬓脚：鬓的边沿。 ③低徊：徘徊瞻顾，行动迟疑，写不忍即离之情状。顾影：顾视自己的身影而自我怜惜。无颜色：心中悲戚而面色惨淡。 ④尚：尚且。不自持：为美色所吸引而不能把握住自己。 ⑤“归来”句：是说汉元帝回宫后怨恨画工从前未能将昭君的容貌真实地画下来。丹青手：画工。 ⑥入眼平生：平生所见到的。几曾有：何曾有，哪里有过（这般漂亮的）。 ⑦“意态”二句：意谓人的风神气象是从来都画不出来的，汉元帝因此而杀毛延寿等画工是完全错误的。 ⑧更不归：不会再回来。 ⑨著尽汉宫衣：是说昭君久居匈奴，一心思汉，常穿从汉宫带去的衣服，都穿得没有了。 ⑩塞南：边塞以南，指汉王朝的统治区。 ⑪“好在”句：意谓安心地居住在毡城，不要想念家里。毡城：指塞北匈奴单于所在地。因匈奴居毡帐，故云。 ⑫“君不见”句：汉武帝的皇后名陈阿娇，失宠后冷居长门宫，离皇帝所居近在咫尺，却不得相见。咫，古八寸为咫，极言其近。长门，汉宫名。（这首诗赞美了王昭君的美丽，对她的不幸遭遇表示同情，直言责备汉元帝的不能识人，感叹人才之不易为君王所重。）

书湖阴先生壁①（二首选一）

其　一

茅檐长扫静②无苔，花木成畦③手自栽。一水护田将绿绕④，两山排闼送青来。

①湖阴先生：作者住金陵（今南京市）时的邻居杨德逢的别号。　②静：同“净”，由于长扫而显得十分干净。　③畦（qí）：种菜或种花时拨土划出的小区。　④“一水”二句：上句写水，下句写山，从颜色（“绿”和“青”）写出山水对人的感情，实际是表现人对山水景色的喜爱。护田：典出《汉书·西域传序》：“自敦煌西至盐泽，往往起亭，而轮台、渠犁，皆有田卒数百人，置使者校尉领护。”排闼（tà）：推开门。典出《汉书·樊哙传》，大意是：高帝病，不喜见人，卧禁中，诏户者不得让群臣入，哙乃排闼直入。这里用典而不露痕迹。闼：宫中小门。（这首诗以自然轻灵的笔墨写出了湖阴先生家宅内外的优美景色。）

泊船瓜洲①

京口②瓜洲一水间，钟山只隔数重山③。春风又绿④江南岸，明月何时照我还。

①这首诗是诗人离金陵外出，泊船于瓜洲时想念金陵而作。瓜洲：一名瓜步洲，在今江苏扬州市南。　②京口：即今江苏省镇江市，与长江北岸的瓜洲相对。　③钟山：即南京紫金山，是当时王安石的住处。　④绿：这里是形容词作动词用，使……变绿之意。据洪迈《容斋续笔》卷八，这个字作者改了十几次，初用“到”，后改“过”“入”“满”等等，最后才选定这个“绿”字。（这首诗将思家而不能归的普通感情写得极富于艺术感染力。）

桂枝香①

金陵怀古②

登临送目③，正故国④晚秋，天气初肃⑤。千里澄江似练⑥，翠峰如簇⑦。征帆去棹⑧残阳里，背西风、酒旗斜矗⑨。彩舟云淡，星河鹭起⑩，画图难足⑪。　念往昔、繁华竞逐⑫，叹门外楼头⑬，悲恨相续⑭。千古凭高⑮对此，漫嗟荣辱⑯。六朝旧事随流水，但寒烟衰草凝绿⑰。至今商女⑱，寸时犹唱，《后庭》遗曲⑲。

① 这首词大约作于作者罢相后居金陵时期。《桂枝香》这一词调首见于王安石此词。 ② 金陵：今江苏南京市，为六朝（吴、东晋、宋、齐、梁、陈）故都，因此作者登临时不禁怀想前代兴亡之事。 ③ 登临：登山临水。送目：放眼远望。 ④ 故国：旧都，即指金陵。 ⑤ 肃：肃杀，秋天草木凋零的景象。 ⑥ 澄江：清澈的江水。练：白色的绢绸。谢朓《晚登三山还望京邑》："余霞散成绮，澄江静如练。"这里化用其句。 ⑦ 簇（cù）：通"镞"，箭头，形容山峰的挺直峭拔。 ⑧ 征帆去棹（zhào）：指江上来来往往的船。征：远行。棹：船桨，这里指代船。 ⑨ 矗（chù）：竖起。 ⑩ 星河：银河，这里借指长江。鹭（lù）：鹭鸶，一种白色的水鸟。南京西南长江中有白鹭洲，这里是景物与地名双关。 ⑪ 难足：难于充分表现。 ⑫ 繁华竞逐：指南朝时的贵族统治阶级互相比赛着追求奢侈豪华的生活。 ⑬ 门外楼头：这里指隋灭陈的故事。隋朝大将韩擒虎已带兵打到金陵的朱雀门外，而陈后主叔宝却还在跟宠妃张丽华在结绮阁寻欢作乐，后城破被俘。杜牧《台城曲》："门外韩擒虎，楼头张丽华。" ⑭ 悲恨相续：陈代亡国的悲恨是以前南朝各代相继亡国的延续。 ⑮ 千古：古往今来。凭高：登高。 ⑯ 漫嗟荣辱：空叹兴衰荣辱。漫：徒然。 ⑰ 但：只有。寒烟衰草：凄冷的烟雾和衰残的野草。凝绿：暗绿，缺乏光泽和生意的绿色。 ⑱ 商女：以卖唱为业的歌女。 ⑲《后庭》遗曲：指陈后主所作的《玉树后庭花》，其中有句云："玉树后庭花，花开不复久"，后世人们将它看作亡国之音。以上三句，用杜牧《夜泊秦淮》"商女不知亡国恨，隔江犹唱《后庭花》"句意。（这首词描写金陵的壮丽景色，抒发怀古之情，对南朝贵族统治阶级竞逐繁华的腐朽生活进行了揭露和嘲讽。笔力俊健，一洗五代绮靡柔弱之风。）

答司马谏议书[①]

某启[②]：昨日蒙教[③]，窃以为与君实游处相好之日久[④]，而议事[⑤]每不合，所操之术[⑥]多异故也。虽欲强聒[⑦]，终必不蒙见察[⑧]，故略上报[⑨]，不复一一自辩[⑩]。重念蒙君实视遇厚[⑪]，于反复不宜卤莽[⑫]，故今具道所以[⑬]，冀君实或见恕也[⑭]。

盖儒者所争[⑮]，尤在于名实[⑯]，名实已明，而天下之理得[⑰]矣。今君实所以见教者，以为侵官、生事、征利、拒谏[⑱]，以致天下怨谤也[⑲]。某则以谓[⑳]：受命于人主[㉑]，议法度而修[㉒]之于朝廷，以授[㉓]之于有司，不为[㉔]侵官；举[㉕]先王之政，以兴利除弊，不为生事；为天下理财，不为征利；辟邪说[㉖]，难壬人[㉗]，不为拒谏。至于怨诽之多，则固前知[㉘]其如此也。人习于苟且[㉙]非一日，士大夫多以不恤国事[㉚]、同俗自媚于众[㉛]为善。上[㉜]乃欲变此，而某不量敌之众寡，欲出力助上以抗之，则众何为而不汹汹然[㉝]！盘庚之迁[㉞]，胥[㉟]怨者民也，非特[㊱]朝廷士大夫而已。盘庚不为怨者故改其度[㊲]；度义而后动[㊳]，是而不见可悔故也[㊴]。如君实责我以在位㊵久，未能助上大有为㊶，以膏泽斯民㊷，则某知罪矣；如曰今日当一切不事事㊸，守前所为㊹而已，则非某之所敢知㊺。

无由㊻会晤，不任区区向往之至㊼。

①这篇文章写于神宗熙宁三年（1070），是答复司马光攻击新法而写给他的一封信。熙宁二年（1069）王安石任参知政事，推行新法。司马光强烈反对，于熙宁三年一月十七日写了一封长达三千多字的信给王安石，全面攻击新法，并指责王安石“侵官、生事、征利、拒谏”，王安石写这封信一一加以驳斥。谏议：当时司马光任右谏议大夫。②某启：等于说某某人陈述，是旧时书信中的习惯用语。“某”是在书信的草稿上用来指自己姓名的代字，正式发出的信件中则须写上自己的名字。③蒙教：承蒙您的指教。这是接到对方来信的一种客气说法。④窃：谦词，私自。君实：司马光的字。游处：交往相处。⑤议事：议论政事。⑥操：持，抱。术：这里指政治主张。⑦强聒（guō）：强作解释。聒，声音嘈杂。《庄子·天下》：“虽天下不取，强聒而不舍也。”⑧不蒙见察：不会被您理解。⑨略：省略，免去。上报：指复信。⑩自辩：为自己辩解。⑪重（chóng）念：再想到。视遇：看待。⑫反复：书信往来。卤（lǔ）莽：同“鲁莽”，草率，不严肃。⑬具道所以：详细地说明事情的原由。⑭冀：希望。见恕：原谅。⑮儒者：信奉儒家思想的知识分子，这里泛指封建士大夫。争：争论。南宋龙舒本“争”作“重”，“重”即看重之意。⑯名：观念、名义；实：客观事物的实际内容。⑰得：得到，掌握。⑱侵官：指因推行新法，新增设一些机构和官吏，因而侵犯了原有官吏的权力。生事：滋生事端，扰害百姓。征利：搜刮百姓的钱财。司马光攻击王安石变法中的经济措施是与民争利。拒谏：一意孤行，不听从劝告。⑲致：招致。怨谤：怨恨和诽谤。⑳以谓：以为。㉑受命于人主：接受皇帝的命令（推行新法）。人主：皇帝，这里指宋神宗。㉒修：制订。㉓授：交付给。㉔不为：不是，算不得。㉕举：称举，宣扬。㉖辟：抨击，驳斥。邪说：错误言论。㉗难（nàn）壬（rén）人：斥责奸伪巧辩的小人。难，责难。壬人，同“任人”，花言巧语而不行正道的人。《尚书·舜典》：“而难任人。”㉘固：本来。前知：早就预料到。㉙苟且：因循守旧，得过且过。㉚恤（xù）：关心，忧虑。㉛同俗：附和流俗。自媚于众：讨好众人。㉜上：皇帝，这里指宋神宗。㉝汹汹然：大吵大闹的样子。㉞盘庚之迁：《尚书·盘庚·序》：“盘庚五迁，将治亳殷，民咨胥怨。”从商汤到盘庚已有五次迁都。盘庚即位后，为了避免自然灾害和摆脱政治上的困境，决定将国都从奄（yān，今山东曲阜）迁到殷（今河南安阳），遭到了贵族和被贵族鼓动的人们的反对。㉟胥：与，相与。㊱非特：不只是。㊲“盘庚”句：盘庚并没有因为遭到人们的怨恨就改变他的计划。度：计划，作名词用。南宋龙舒本此句作“盘庚不罪怨者，亦不改其度。”㊳度（duó）义而后动：考虑到这是合理的才付诸实施。度：考虑，斟酌，作动词用。义：这里是合理、正确、符合原则一类意思。㊴是：认为做得对。不见可悔：看不出有什么可后悔的。㊵在位：指居宰相之位。㊶大有为：指贤明的君主有所建树。《孟子·公孙丑下》：“故将大有为之

君。”赵岐注：“言古之大圣大贤有所兴为之君。” ㊷膏泽：作动词用，给予恩惠。斯民：这些老百姓。意即使普通百姓得到好处。 ㊸一切不事事：什么事情都不做。前一个“事”字是动词，后一个“事”字是名词。 ㊹守前所为：固守祖宗留下的陈规旧法。前，前辈，祖先。 ㊺非某之所敢知：不是我所敢领教的，是“我坚决不能同意”的一种客气说法。 ㊻由：机会。 ㊼不任（rēn）：不胜，不尽。区区：衷心，诚心。向往之至：仰慕到了极点。这句是旧时书信结尾表示恭敬的客套话。（这篇文章有理有据地驳斥了反对派对变法的攻击和诽谤，表现了作者坚持真理、坚持改革的决心和无所畏惧的精神。文章旗帜鲜明，理直气壮，悍厉雄健，体现出论辩文章的战斗风格。）

游褒禅山记①

褒禅山亦谓之华山。唐浮图慧褒始舍②于其址，而卒③葬之；以故，其后名之曰褒禅④。今所谓慧空禅院者，褒之庐冢⑤也。距其院东五里，所谓华山洞者，以其乃华山之阳⑥名之也。距洞百余步，有碑仆道⑦，其文漫灭⑧，独其为文犹可识曰“花山”⑨。今言“华”如“华实”之“华”者，盖音谬⑩也。

其下平旷，有泉侧出，而记游⑪者甚众，——所谓“前洞”也。由山以上五六里，有穴窈然⑫，入之甚寒，问其深，则虽好游者不能穷⑬也，——谓之“后洞”。余与四人，拥火⑭以入；入之愈深，其进愈难，而其见愈奇。有怠⑮而欲出者，曰：“不出，火且⑯尽。”遂与之俱出。盖予所至，比好游者尚不能十一⑰，然视其左右，来而记之者已少。盖其又深，则其至又加少⑱矣。方是时⑲，予之力尚足以入，火尚足以明⑳也。既其出㉑，则或咎㉒其欲出者，而予亦悔其随之而不得极㉓夫游之乐也。

于是予有叹焉。古人之观于天地、山川、草木、虫鱼、鸟兽，往往有得㉔，以其求思之深而无不在㉕也。夫夷以近㉖，则游者众；险以远，则至者少。而世之奇伟、瑰怪、非常之观㉗，常在于险远，而人之所罕至焉，故非有志者不能至也。有志矣，不随以止㉘也；然力不足者，亦不能至也。有志与力，而又不随以怠，至于幽暗昏惑而无物以相之㉙。亦不能至也。然力足以至焉，于人为可讥㉚，而在己为有悔㉛；尽吾志㉜也而不能至者，可以无悔矣，其孰㉝能讥之乎？此予之所得也。

余于仆碑，又以悲㉞夫古书之不存，后世之谬其传而莫能名者㉟，何可胜道也哉㊱！此所以学者不可以不深思而慎取㊲之也。

四人者：庐陵萧君圭君玉、长乐王回深父、余弟安国平父、安上纯父㊳。至和元年㊴七月某日，临川王某记。

①这篇文章作于仁宗至和元年（1054）。褒禅山：在今安徽含山县北。 ②浮图：梵语译音，意思是佛、塔或和尚，这里指和尚。慧褒：僧名。舍：居住。 ③卒：最后，作“死去”解亦通。 ④禅：梵语“禅那”的省称，也叫“坐禅”、“禅定”，“安静而止息杂虑”，是佛教徒一种修炼养气的方式。 ⑤庐冢（zhǒng）：房屋和坟墓，指慧褒生前居住和死后埋葬的地方。 ⑥阳：山的南面。 ⑦仆道：倒在路上。 ⑧漫灭：腐蚀剥落，模糊不清。 ⑨文：这里指字迹。全句说只“花山”这样残存的字还可以认清。 ⑩音谬：读错音。盖：大概，表示推测性的判断。 ⑪记游：在游览的地方题字留念。 ⑫窈（yǎo）然：深远幽暗的样子。 ⑬穷：指走到尽头。 ⑭拥火：举着照明的火把。 ⑮怠：懈怠，不能坚持。 ⑯且：将要。 ⑰不能十一：还未能达到他们所走到的十分之一。 ⑱加少：更少。 ⑲方是时：当这个时候（指开始往回走的时候）。 ⑳足以明：没有燃尽，足以照明。 ㉑既其出：出来以后。既，已经，事后。 ㉒咎（jiù）：责怪。 ㉓极：穷尽。夫：指示代词，彼，可译为“那次”或“这次”。 ㉔有得：有体会，有心得。 ㉕求思：探索思考。无不在：无所不在，周到，全面。 ㉖夷：平坦。以：而，且。 ㉗瑰（guī）怪：美丽而奇特。观：景观，这里指风景、名胜。 ㉘随以止：跟随别人停下来。 ㉙“至于”二句：到了深远幽暗而令人神昏目迷的地方，又没有东西（如火把之类）帮助，也是走不到的。相（xiàng）：辅助。 ㉚“于人”句：讥，在这里是非议，批评的意思。在“力足以至焉”之后省略了“而不能至”一类的意思。 ㉛在己为有悔：对自己来说是应该感到后悔的。 ㉜尽吾志：尽到自己的努力。志，在这里包括前文所说的“有志”、“有力”，又不“随以止”、“随以怠”。 ㉝孰：谁。 ㉞以：因。悲：感叹。 ㉟谬其传：以讹传讹。莫能名：不能正确地叫出它的名称。 ㊱何可胜（shēng）道：哪里能说得完。胜，尽。 ㊲慎取；慎重吸取。 ㊳庐陵：今江西吉安县。萧君圭：事迹不详，君玉是他的字。长乐：今福建长乐县。王回：字深父（fǔ），宋代理学家，《宋史》有传，称他“敦行孝友，质直平恕”，学问文章为人们所称道。安国：王安石之弟，字平父。安上：王安石之弟，字纯父。 ㊴至和：宋仁宗年号（1054—1056）。（这篇文章触景抒怀，将记叙和议论相结合，从游山观景悟出探求真理和学习应取的态度，提倡有志、有力而又不随以止，坚持努力才能达到目的。）

*　　*　　*　　*　　*

兼　并[①]

三代子百姓[②]，公私无异财。人主擅操柄，如天持斗魁[③]。赋予皆自我[④]，兼并乃奸回[⑤]。奸回法有诛，势[⑥]亦无自来。后世始倒持[⑦]，黔首遂难裁[⑧]。秦王不知此，更筑怀清台[⑨]。礼义日已偷[⑩]，圣经久堙埃。法尚有存者，欲言时所咍[⑪]。俗吏不知方，掊克[⑫]乃为材。俗儒不知变，兼并可无摧。利孔至百出[⑬]，小人私阖开⑭。有司与之争⑮，民愈可怜哉！

①这首诗作于仁宗皇祐五年（1053），时作者任舒州（今安徽潜山县）通判。②三代：指夏、商、周三代。子：作动词用，像待亲子那样对待。③天：这里用以比喻皇帝。斗魁：北斗共七星，第一颗到第四颗星叫“斗魁”，第五颗到第七颗星叫“斗杓”。④赋：征收。予：给予，赏赐。⑤奸回：奸邪。⑥势：指兼并的形势。⑦后世：指三代以后。倒持：化用成语“太阿（宝剑名）倒持，授人以柄”，意思是宝剑的柄倒过来被别人拿着，喻大权旁落。⑧裁：控制，治理。⑨“秦王”二句：据《史记·货殖列传》载，巴地（今四川省东部）有个寡妇叫清，继承祖业，成为经营丹砂矿的大工商主。秦始皇十分器重她的才干，特意筑怀清台来表彰她。作者这里指责秦始皇实际是鼓励兼并。⑩礼义：指三代时的治国之理及道德观念。偷：败坏，浇薄。⑪咍（hài）：讥笑。⑫掊（póu）克：搜刮，掠夺。⑬“利孔”句：《管子·国蓄》：“利出于一孔者，其国无敌；出二孔者，其兵不诎（qū，败退）；出三孔者，不可以举兵；出四孔者，其国必亡。”⑭阖（hé）：关闭。开：开放。这里指小人控制财货的囤积与抛售。⑮“有司”句：指官吏与兼并者相争利。

后元丰行①

歌元丰，十日五日一雨风②。麦行千里不见土，连山没云皆种黍。水秧绵绵复多稌③，龙骨长干挂梁梠④。鲥鱼⑤出网蔽洲渚，荻笋肥甘胜牛乳；百钱可得酒斗许，虽非社日⑥长闻鼓，吴儿踏歌⑦女起舞，但道快乐无所苦。老翁堑水⑧西南流，杨柳中间杙⑨小舟，乘兴欹眠过白下⑩，逢人欢笑得无愁。

①这首诗大约作于元丰四至六年间（1081—1083），时作者罢相后退居江宁。元丰：宋神宗年号（1078—1085）。行：歌行，古典诗歌体裁之一。因作者以前作有《元丰行示德逢》，所以这首诗题为《后元丰行》。②“十日”句：言风调雨顺。《论衡·是应》：“五日一风，十日一雨。”③稌（tú）：水稻。④龙骨：水车。梠（lǚ）：屋檐。⑤鲥（shí）鱼：一种多脂肪而味美的鱼。⑥社日：古时春秋两季祭祀土神的节日。⑦吴儿：指江苏一带的男青年。江苏大部分和安徽、浙江的一部分古属吴地。踏歌：用脚打节拍，边歌边舞。⑧堑（qiàn）水：挖水道。⑨杙（yì）：小木桩。这里作动词用，指将小舟拴在木桩上。⑩欹（qī）眠：斜躺着。白下：白下城，在今江苏南京市北金川门外，唐初金陵县治此，并改名白下县，后人因以白下为南京的别称。

读孟尝君传[①]

世皆称孟尝君能得士[②]，士以故归之，而卒赖其力以脱于虎豹之秦[③]。嗟乎！孟尝君特鸡鸣狗盗之雄耳[④]，岂足以言得士？不然，擅[⑤]齐之强，得一士焉，宜可以南面而制秦[⑥]，尚何取鸡鸣狗盗之力哉？夫鸡鸣狗盗之出其门，此士[⑦]之所以不至也。

①孟尝君传：指《史记·孟尝君列传》。孟尝君，姓田名文，战国时齐人，食邑于薛（今山东滕县南），称孟尝君。他与当时赵国的平原君、楚国的春申君和魏国的信陵君，被称为战国四公子，都以好客养士著名。 ②"世皆"二句：《史记·孟尝君列传》："孟尝君在薛，招致诸侯宾客及亡人有罪者，皆归孟尝君，孟尝君舍业（舍弃产业）厚遇之，以故倾（倾倒，趋附）天下之士食客数千人，无贵贱一与文（指田文）等。" ③"而卒"句：《史记·孟尝君列传》："……（秦）昭王即以孟尝君为秦相。人或说秦昭王曰：'孟尝君贤，而又齐族也，今相秦，必先齐而后秦，秦其危矣。'于是秦昭王乃止。囚孟尝君，谋欲杀之。孟尝君使人抵昭王幸姬求解。幸姬曰：'妾愿得君狐白裘。'此时孟尝君有一狐白裘，直千金，天下无双，入秦献之昭王，更无他裘。孟尝君患之，遍问客，莫能对。最下坐有能为狗盗者……乃夜为狗，以入秦宫臧（同"藏"zàng，仓库）中，取所献狐白裘至，以献秦王幸姬。幸姬为言昭王，昭王释孟尝君。孟尝君得出，即驰去，更封传（zhuàn，封传：通行证），变名姓以出关。夜半至函谷关。秦昭王……使人驰传（驿车）逐之。孟尝君至关。关法（规定）鸡鸣而出客。孟尝君恐追至，客之居下坐者有能为鸡鸣，而鸡齐鸣，遂发传（打开通行证）出。" ④特：只不过。雄：长，首领。 ⑤擅：占据，掌握。 ⑥宜：应该。南面而制秦：制服秦国，南面称王。古代王者之位是坐北面南。 ⑦士：这里指有别于鸡鸣狗盗之徒的真正的士。

［附录］

关于王安石的评价

苏轼曰：荆公暮年诗，始有合处。五字最胜，二韵小诗次之，七言诗终有晚唐气味。如平甫七字，复为佳耳。(《苏轼文集·苏轼佚文汇编》）卷五《书荆公暮年诗》）

黄庭坚曰：荆公暮年作小诗，雅丽精绝，脱去流俗；每讽味之，便觉沆瀣生牙

颊间。(《诗人玉屑》卷十七引)

叶梦得曰：王荆公晚年诗律尤精严，造语用字，间不容发。然意与言会，言随意遣，浑然天成，殆不见有牵率排比处。(《石林诗话》卷上)

又曰：王荆公少以意气自许，故诗语唯其所向，不复更为涵蓄。如“天下苍生待霖雨，不知龙向此中蟠”，又“浓绿万枝红一点，动人春色不须多”，“平治险秽非无力，润泽焦枯是有材”之类，皆直道其胸中事。后为群牧判官，从宋次道尽假唐人诗集，博观而约取，晚年始尽深婉不迫之趣。(同上卷中)

又曰：荆公诗用法甚严，尤精于对偶。尝云：用汉人语，止可以汉人语对，若参以异代语，便不相类。(同上)

蔡绦曰：王介甫诗，虽乏风骨，一番去清新，似方学语小儿，酷令人爱。(《诗人玉屑》卷十二引)

陈师道曰：荆公诗云：“力去陈言夸末俗，可怜无补费精神。”而公平生文体数变，暮年诗益工，用意益苦，故知言不可不慎也。(《后山诗话》)

又曰：诗欲其好，则不能好矣。王介甫以工，苏子瞻以新，黄鲁直以奇。而子美之诗，奇常、工易、新陈莫不好也。(同上)

韩驹曰：王介甫律诗甚是律诗，篇篇作曲子唱得。(《诗人玉屑》卷十二引)

李清照曰：王介甫曾子固文章似西汉，若作一小歌词，则人必绝倒，不可读也。(《论词》)

王灼曰：王荆公长短句不多，合绳墨处，自雍容奇特。(《碧鸡漫志》)

许顗曰：东坡海南诗，荆公钟山寺，超然迈伦，能追逐李杜陶谢。(《彦周诗话》)

无名氏曰：荆公定林后诗，精深华妙，非少作之比。(《宋诗话辑佚》卷上《漫叟诗话》)

张戒曰：王介甫只知巧语之为诗，而不知拙语亦诗也。(《岁寒堂诗话》卷上)

曾季貍曰：绝句之妙，唐则杜牧之，本朝则荆公，此二人而已。(《艇斋诗话》)

又曰：东湖(徐俯)云：“荆公绝句妙天下。”(同上)

又曰：荆公咏史诗，最于义理精深。如《留侯》诗，伊川谓说得留侯极是。余谓《武侯》诗，说得武侯亦出。(同上)

葛立方曰：尝读曾子固集，见子固与介甫书云：“欧公更欲足下少开廓其文，勿为造语及模拟前人。孟韩文虽高，不必似之，但取其自然。”盖荆公之文，因子固而授于欧公者甚多，则知介甫归附欧公，非一日也。(《韵语阳秋》卷十八)

杨万里曰：五七字绝句最少，而最难工，虽作者亦难得四句全好者，晚唐人与介甫最工于此。(《诚斋诗话》)

敖陶孙曰："王荆公如邓艾缒兵入蜀，要以险绝为功。"(《宋诗纪事》卷十五引《臞翁诗评》)

严羽曰：公绝句最高，其得意处高出苏黄陈之上，而与唐人尚隔一关。(《沧浪诗话·诗辨》)

脱脱曰：安石少好读书，一过目终身不忘。其属文，动笔如飞，初若不经意，既成，见者皆服其精妙。友生曾巩携以示欧阳修。修为之延誉。擢进士上第。(《宋史·本传》)

李东阳曰：王介甫点景处，自谓得意，然不脱宋人习气。其咏史绝句，极有笔力，当别用一具眼观之。若《商鞅》诗，乃发泄不平语，于理不觉有碍耳。(《麓堂诗话》)

胡应麟曰：六一洗削"西昆"，然体尚平正，特不甚当行耳。推毂梅尧臣诗，亦自具眼。至介甫创撰新奇，唐人格调始一大变。苏黄继起，古法荡然。(《诗薮》外编卷五)

贺裳曰：读临川诗，常令人寻绎于语言之外，当其绝诣，实自可兴可观，不唯于古人无愧而已。吾尝谓此不当以文恕其人，亦不当以人弃其文，特推为宋诗中第一。其最妙者在乐府五言古，七言律次之，七言古又次之，五言律稍厌安排，七言绝尤嫌气盛，然佳篇亦时在也。(《载酒园诗话》)

田雯曰：王临川恢奇纵横，可为欧阳后劲，苏黄前矛矣。(《古欢堂集杂著》卷二)

叶矫然曰：介甫诗，崛强自喜中，时亦清丽绝人。(《龙性堂诗话续集》)

张谦宜曰：王荆公古诗险刻，如其为人；律诗颇和平，又若思浮手滑。此宋代通病。(《絸斋诗谈》卷五)

朱庭珍曰：半山学杜，而以简拔短炼，变其沉郁飞动。(《筱园诗话》卷一)

吴德旋曰：古来博洽而不为积书所累者，莫如王介甫。渠作文直不屑用前人一字，此所以高。其削尽肤庸，一气转折处，最当玩。(《初月楼古文绪论》)

方东树曰：半山有才而不深，欧公深而才短。(《昭昧詹言》卷十二)

又曰：荆公健拔奇气胜六一，而深韵不及，两人分得韩一体也。荆公才较爽健，而情韵幽深不逮欧公。二公皆从韩出，而雄奇排奡皆逊之。(同上)

刘熙载曰：王半山词瘦削雅素，一洗五代旧习。唯未能涉乐必笑，言哀已叹，故深情之士不无间然。(《艺概》卷四)

晏几道

晏几道（1030？—1106？），晏殊之子，字叔原，号小山。他是一位没落的贵族公子，富有才华，却穷愁潦倒，郁郁不得志。词多言情之作，情调感伤，但语言清新华美。与其父晏殊齐名，号称“二晏”。著有《小山词》。

鹧鸪天

彩袖殷勤捧玉钟①，当年拚却醉颜红②。舞低杨柳楼心月③，歌尽桃花扇底风④。　从别后，忆相逢⑤，几回魂梦与君同⑥。今宵賸把银釭照⑦，犹恐相逢是梦中⑧。

①彩袖：指代歌女舞女。玉钟：酒杯的美称。 ②当年：回忆过去，所指包括上片四句。拚（pàn）却：不顾惜，甘愿。却，助词。 ③“舞低”句：舞到月亮向西低沉。楼前杨柳，楼中月色，都是实景。 ④“歌尽”句：唱到扇底下的风都没有了。桃花扇：扇面上画着桃花的扇子。歌女挥扇起舞唱歌，扇下生风。“歌尽”与上句“舞低”对举，极言时间很久，歌舞酣畅。 ⑤相逢：指上片所写当年宴饮歌舞情景。 ⑥同：指梦中相聚。 ⑦賸：同“剩”，尽。釭（gāng）：灯。 ⑧“犹恐”句：用杜甫《羌村》“夜阑更秉烛，相对如梦寐”句意。这句中的“相逢”是重逢，因其难得而惊喜，故虽实而疑在梦中。(这首词写离别相思的悲和久别重逢的喜，悲喜虚实交错写出，极富情致。)

苏　轼

苏轼（1037—1101），字子瞻，号东坡居士，眉州（今四川眉山县）人。父苏洵、弟苏辙在当时都极负文名，文学史上合称“三苏”。他自少年起即刻苦读书，涉猎极广。仁宗嘉祐二年（1057）进士及第，得到主考官欧阳修的热情赞扬。官至翰林学士、知制诰、礼部尚书。一生经历仁宗、英宗、神宗、哲宗、徽宗五朝，几经贬谪，仕途坎坷不平。年轻时政治上即富于革新思想，但在革新内容及革新方法上与王安石政见不合。因反对新法，后来司马光执政时又反对尽废新法，在新旧两党斗争中屡遭排挤打击。曾因作诗讽刺新法，被人构陷下狱，后贬官黄州，晚年又远贬惠州、儋州。做地方官时勤政爱民，兴利除弊，深得人民的拥戴。

他在政治上主要受传统儒家思想的影响，坚持德治仁政的理想，并表现出浓厚的忠君观念；但他又同时接受佛道思想的影响，特别在人生态度上，表现出一种任乎自然、随缘自适、安时处顺、旷达恬淡的思想倾向。

苏轼是艺术上的全才，除文学外，书法和绘画都取得了很高的成就。在文学创作上，无论诗、词、散文都堪称大家，对后世有深远的影响。著有《东坡全集》《东坡乐府》。

和子由渑池怀旧①

人生到处知何似②？应似飞鸿踏雪泥。泥上偶然留指爪，鸿飞那复计东西。老僧已死成新塔③，坏壁无由见旧题。往日崎岖还记否④？路长人困蹇驴嘶。

①这首诗作于仁宗嘉祐六年（1061）十一月。子由：作者的弟弟苏辙字子由。渑（miǎn）池：在今河南渑池县西。仁宗嘉祐元年（1056）三月，作者与其弟辙同赴汴京应试时路经渑池，时隔五年后的嘉祐六年冬，苏轼赴凤翔府签判任，与子由在郑州分手后再过渑池。苏辙有《怀渑池寄子瞻兄》诗，因有此和作。　②“人生”四句：以飞鸿在雪泥上留下爪印比喻人生飘泊无定在各处留下的痕迹，成语“雪泥鸿爪”出此。苏辙原诗开头两句是：“相携话别郑原上，共道长途怕雪泥。”和诗就此发挥。　③“老僧”二句：苏辙原诗有句“旧宿僧房壁共题”，自注云：“辙昔与子瞻应举，过宿县中寺舍，题其老僧奉闲之壁。”苏轼再过时奉闲已死。新塔：僧人死后火葬，建塔以藏骨灰。　④“往日”二句：句下苏轼有自注：“往岁马死于二陵，骑驴至渑池。”往岁：指嘉祐元年春兄弟二人相携过渑池时。二陵：指东崤和西崤二山，在渑池县西。蹇（jiǎn）：跛脚，蹇驴：指驽劣的驴子。（这首诗抒发了人生飘泊无定和岁月易逝的感慨以及对弟弟的怀念之情。）

游金山寺①

我家江水初发源②，宦游直送江入海③；闻道潮头一丈高④，天寒尚有沙痕在。中泠南畔石盘陀⑤，古来出没随涛波⑥。试登绝顶望乡国⑦，江南江北青山多⑧。

羁愁畏晚寻归楫[9]，山僧苦留看落日；微风万顷靴文细[10]，断霞半空鱼尾赤[11]。是时江月初生魄[12]，二更月落天深黑。江心似有炬火[13]明，飞焰照山栖鸟惊。怅然归卧心莫识，非鬼非人竟何物[14]？江山如此不归山[15]，江神见怪惊我顽[16]。我谢江神岂得已[17]，有田不归如江水！

①这首诗作于神宗熙宁四年（1071）十一月，时作者赴杭州任通判，途经金山寺游览。金山寺：旧名泽心寺，又名龙游寺、江天寺。在今江苏镇江市西北金山上。 ②“我家”句：古人认为长江发源于四川的岷山，苏轼为四川眉州人，家在长江上游，故云。 ③“宦游”句：因做官而离家远游，由西向东，循江而下，好似将长江水送入大海。 ④“闻道”二句：苏轼游金山时是冬日，水潮已退，但从所见沙上的水痕可证实夏日潮头高达一丈的传闻。 ⑤中泠（líng）：泉名，在金山西北。盘陀：山石高大不平的样子。 ⑥“古来”句：从古以来石头都是随水的涨退而出没。 ⑦乡国：家乡。 ⑧“江南”句：言外之意是不见家乡。 ⑨羁愁：出游在外不能归乡而产生的愁绪。归楫：归去的船。这里指回到镇江。 ⑩靴文细：形容微风吹水，江面万顷水波如靴面上的皱纹。文同“纹”。 ⑪断霞：傍晚天边留下的残霞。鱼尾赤：形容晚霞呈红色。 ⑫初生魄：《礼记·乡饮酒义》：“月之三日而成魄”。旧历月初三日，月亮残缺的部分开始转明，谓之成魄或生魄。作者十一月初三日游金山寺，故云“初生魄”。 ⑬炬火：火把。 ⑭“非鬼”句：句下作者自注：“是夜所见如此。”《岭表异物志》载：“海中遇阴晦，波如燃火满海。”苏轼是夜所见，或即此种奇异的自然现象。 ⑮归山：指辞官归隐。 ⑯顽：顽固，指恋官而不肯归隐。以上两句是写作者在看见水中炬火时的心理，以为是江神惊怪他贪恋做官不愿归山才显现出那种景象的。 ⑰“我谢”二句：这是作者面对江神，指水发誓：我在外做官是出于不得已，如有田可耕即归乡隐居，此心江水可以明见。《左传·僖公二十四年》：“所不与舅氏（指子犯）同心者，有如白水。”有如白水，即以白水（指黄河）为证。（这首诗描写了游金山寺所见景色，抒写了思乡之情，并透露出因政治上的苦闷而产生的出仕与归隐的矛盾心情。）

六月二十七日望湖楼醉书[1]（五首选一）

其　一

黑云翻墨[2]未遮山，白雨跳珠乱入船[3]。卷地风来忽吹散，望湖楼下水如天。

①这首诗作于神宗熙宁五年（1072）。望湖楼：在西湖边昭庆寺前。 ②黑云翻墨：写夏日黑云涌起情状。 ③白雨跳珠：雨点如珍珠跳动，写急雨入船情状。（这首诗生动地描写了夏天阵雨前后的西湖景象。）

吴中田妇叹[①]和贾收[②]韵

今年粳稻[③]熟苦迟，庶见霜风来几时[④]。霜风来时雨如泻，杷头出菌镰生衣[⑤]。眼枯泪尽雨不尽，忍见黄穗卧青泥！茆苫一月垄上宿[⑥]，天晴获稻随车归。汗流肩赪[⑦]载入市，价贱乞与如糠秕[⑧]。卖牛纳税拆屋炊[⑨]，虑浅不及明年饥[⑩]。官今要钱不要米[⑪]，西北万里招羌儿[⑫]。龚黄[⑬]满朝人更苦，不如却作河伯妇[⑭]！

①这首诗作于神宗熙宁五年（1072）。吴中：指江浙一带。时作者在杭州任通判，当时亲见亲闻有所感而作。 ②贾收：苏轼的朋友，字耘老，乌程（今浙江吴兴县）人。对苏轼极敬佩，曾建“怀苏亭”，所作诗集名《怀苏集》。 ③粳（jīng）稻：稻子中的一种，米粒短而粗。 ④“庶见”句：幸好不多久霜风一起就入秋了。庶：庶几，将近。几时，不多时。 ⑤杷：同“耙”，整地的工具。生衣：指生锈。 ⑥茆苫（shān）：用茅草搭的棚子。茆，同“茅”。苫，草帘子。这句写农民看守和抢收稻子时紧张劳动的情景。 ⑦赪（chēng）：红色。 ⑧乞与：乞求卖出。秕（bǐ）：没有长饱或全是空的稻粒。秕，一作“粞”，碎米。 ⑨“卖牛”句：是说为了解救眼前的急难而不顾将来。 ⑩“虑浅”句：考虑不到明年饿肚子的问题。 ⑪“官今”句：王安石施行新法以后，规定国家收税要钱不要米，造成钱荒米贱的现象，给农民生活带来极大的困难。 ⑫“西北”句：宋神宗为了灭西夏，采用王韶的建议，花大量的钱财去“招抚”边境上的羌人部落。 ⑬龚黄：龚指龚遂，渤海太守；黄指黄霸，颍川太守。都是汉代著名的清官。这里用来代指当朝的变法派，是讽刺性的反语。 ⑭“不如”句：意思是无法生活，不如投河自尽。褚少孙补《史记·西门豹传》载，巫婆借口说水神要娶妇，以此来向人民敲诈勒索，残害民女。后西门豹作邺县令，将巫婆投入河中，为民除害。河伯妇：河神的妻子，意即投河自尽。（这首诗反映了人民在天灾下的苦难生活，同时揭露了新法实施中的弊端，表现了诗人对人民生活的关怀与同情。）

饮湖上初晴后雨[①]（二首选一）

其　二

水光潋滟[②]晴方好，山色空濛[③]雨亦奇。欲把西湖比西子[④]，淡妆浓抹总相宜[⑤]。

①这首诗作于神宗熙宁六年（1073）。 ②潋滟（liàn yàn）：水波荡漾的样子。 ③空濛：迷茫不清的样子。 ④西子：春秋时越国的美女西施。 ⑤“淡妆”句：是说西施无论是素淡的打扮或是浓艳的修饰都是很美的，用以比喻西湖景色无论晴雨都极迷人。（这首诗

写西湖晴雨景色的变幻及其特点，巧于取譬，将情、景、理三者融为一体。）

题西林壁[①]

横看成岭侧成峰，远近高低各不同。不识庐山真面目，只缘[②]身在此山中。

① 这首诗作于神宗元丰七年（1084）。西林：寺名，在庐山，又名乾明寺。 ② 缘：因为。（这首诗写出了庐山侧峰横岭、参差交错、气象万千的景象，并由此揭示出一条带哲学意味的真理：身在其中，不能统观全局，反而不能认识事物的真实面貌。）

荔支叹[①]

十里一置[②]飞尘灰，五里一堠兵火催[③]；颠阬仆谷相枕藉[④]，知是荔支龙眼[⑤]来。飞车跨山鹘横海[⑥]，风枝露叶[⑦]如新采；宫中美人一破颜[⑧]，惊尘溅血流千载[⑨]。永元荔支来交州[⑩]，天宝岁贡取之涪；至今欲食林甫肉，无人举觞酹伯游。我愿天公怜赤子[⑪]，莫生尤物为疮痏[⑫]；雨顺风调百谷登[⑬]，民不饥寒为上瑞[⑭]。君不见武夷溪边粟粒芽[⑮]，前丁后蔡相笼加，争新买宠各出意，今年斗品充官茶[⑯]。吾君所乏岂此物，致养口体何陋耶[⑰]！洛阳相君忠孝家[⑱]，可怜亦进"姚黄"花！

① 这首诗作于哲宗绍圣二年（1095），时作者贬居惠州（今广东惠阳县）。 ② 置：古时的驿站。 ③ 堠（hòu）：路旁计里程的土堡，这里也指驿站。这两句说向朝廷进贡荔支的车马飞快赶路，尘土飞扬，有如紧急的战事催迫一样。 ④"颠阬"句：是说用车马赶送荔支死伤很多人，倒在坑谷里相互枕垫着。颠，倒。阬，同"坑"。仆，向前倒。枕藉：纵横相枕。 ⑤ 龙眼：即桂圆，圆形，比荔支略小。 ⑥"飞车"句：是说车船运送荔支，跨山横海，飞驰疾驶。鹘（hú），海鹘，鸟名。古代船上常刻上鹘，因又以鹘称船。 ⑦ 风枝露叶：形容荔枝的新鲜，以此映衬出运送的飞速。 ⑧ 宫中美人：指杨贵妃。破颜：笑。 ⑨ 惊尘溅血：与上文"颠阬仆谷"相照应，指因运送荔支而死伤很多人。流：流传。 ⑩"永元"四句：苏轼自注："汉永元中，交州进荔支、龙眼。十里一置，五里一堠，奔腾死亡，罹猛兽毒虫之害者无数。唐羌字伯游，为临武长，上书言状，和帝罢之。唐天宝中，盖取涪州荔支，自子午谷路进入。"永元：汉和帝年号（89—105）。交州：汉代地名，今广东广西等地。天宝：唐玄宗年号（742—756）。岁贡：由地方每年按时向皇帝进贡物品。涪（fú）：涪州，今四川涪陵市，盛产荔支龙眼。林甫：李林甫，唐玄宗时的权相，以"口蜜腹剑"著称。因他向唐玄宗、杨贵妃献媚求宠，故人民极为痛恨。举觞（shāng）：举

杯。酹（lèi）：洒酒在地上表示祭奠。“无人”句是诗人慨叹当今没有人能像汉代的唐羌那样敢于出面阻止进献荔支等贡品。 ⑪ 赤子：指老百姓。 ⑫ 尤物：珍异的东西。这里指荔支、茶、牡丹等给皇帝的贡品。疮痏（wěi）：这里喻指灾祸。痏，有瘢痕的疮。 ⑬ 登：成熟，这里指丰收。 ⑭ 上瑞：最好的祥瑞。 ⑮“君不见”二句：苏轼自注：“大小龙茶，始于丁晋公而成于蔡君谟。欧阳永叔闻君谟进小龙团，惊叹曰：‘君谟士人也，何至作此事耶？’”丁指丁谓，字公言，真宗朝官参知政事，封晋国公。蔡指蔡襄，字君谟，宋代著名书法家，官至知制诰，又在开封、杭州等地任过地方官。精于茶事，著有《茶录》。武夷：山名，在福建，盛产茶叶。庆历年间蔡襄任福建转运使，开始制作小片龙茶（又称为小团，茶品极精）进贡皇帝。粟粒芽：开春时初长出的细芽，为茶中极品。笼：收罗。因为采茶时用竹笼，保藏茶叶用箬笼。加：抢先压倒。 ⑯“今年”句：苏轼自注：“今年闽中监司乞进斗茶，许之。”今年：指绍圣二年（1095）。斗品：宋代有品评茶叶以比赛优劣的风气，斗品即参加比赛的上品茶。官茶：向皇帝进贡的茶。 ⑰“致养”句：《孟子·离娄》载，孟子认为事养父母应该重“养志”（精神上得到满足和安慰）而轻“养口体”（只是在物质上得到照顾）。这句说，向皇帝贡茶，如事父母之“养口体”，是十分鄙陋的。致：送给。 ⑱“洛阳”二句：苏轼自注：“洛阳贡花，自钱惟演始。”钱惟演，字希圣，吴越王钱俶之子，随父降宋，晚年以使相留守西京（洛阳）。宋太宗曾称赞降宋的钱俶“以忠孝而保社稷”，死后谥号“忠懿”，所以这里称钱惟演为“相君”，又称“忠孝家”。可怜：可惜，带轻蔑意。“姚黄”花：牡丹中的佳品。欧阳修《洛阳牡丹记·花释名第二》：“姚黄者，千叶黄花，出于民姚氏家。”钱惟演曾说牡丹是“花王”，而姚黄则为“牡丹之王”。（这首诗从历史上的汉唐一直写到宋代，对一些向皇帝进献贡品以献媚邀宠的官吏进行了尖锐的揭露和谴责，诗意大胆直露，极富讽刺锋芒。）

江城子

乙卯正月二十日夜记梦[①]

十年生死两茫茫[②]，不思量[③]，自难忘。千里孤坟[④]，无处话凄凉[⑤]。纵使相逢应不识[⑥]，尘满面，鬓如霜。　　夜来幽梦[⑦]忽还乡，小轩窗[⑧]，正梳妆。相顾无言，惟有泪千行。料得年年肠断处，明月夜，短松冈[⑨]。

① 乙卯：神宗熙宁八年（1075）。 ②“十年”句：这首词是为悼念作者的亡妻王弗而作。王弗死于英宗治平二年（1065），至作此词时正好是十年。两茫茫：是从生者和死者两方面说的，生死幽隔，渺茫不见。 ③ 思量（liáng）：思念。 ④ 千里孤坟：王弗葬于眉州东北彭山县安镇乡可龙里，时作者知密州（今山东诸城县），远隔千里。 ⑤ 无处话凄

凉：这句也是就生者和死者两方面说的，一生一死，又相隔千里，彼此都不能诉说内心的悲伤。 ⑥“纵使”三句：伤叹别后自己生活蹭蹬，人已衰老。 ⑦幽梦：迷离飘忽的梦。 ⑧轩：有窗槛的小室。 ⑨短松冈：种着松树的山冈，承前“千里孤坟”句意，指亡妻的坟墓所在之地。孟棨《本事诗·征异》“开元中，有幽州衙将姓张者，妻孔氏，生五子，不幸去世。”后妻虐待五子，孔氏忽从冢中出，题诗赠张，有两句是：“欲知断肠处，明月照孤坟。”这三句写从梦境回到现实，又是冷月清光，洒满亡人长眠的松冈，重又陷入了“千里孤坟，无处话凄凉”的悲哀。（这是一首悼亡词，写出了死别之痛，相思之苦，写出了对亡妻的一片真挚深沉的感情。）

江城子[①]

密州出猎

老夫聊发少年狂[②]，左牵黄[③]，右擎苍，锦帽貂裘[④]，千骑卷平冈[⑤]。为报倾城随太守[⑥]，亲射虎[⑦]，看孙郎。　酒酣胸胆尚开张[⑧]；鬓微霜，又何妨！持节云中[⑨]，何日遣冯唐？会挽雕弓如满月[⑩]，西北望，射天狼[⑪]。

①这首词作于神宗熙宁八年（1075）冬。时作者在密州任知州，因天旱去常山祈雨，得雨后复往常山祭谢，归途中与同官梅户曹会猎于铁沟，因作此词。同时有《祭常山回小猎》诗。题一作《猎词》。 ②老夫：苏轼自称，其实当时年仅四十。聊：聊且。少年狂：年少气盛、狂放不羁的感情。 ③“左牵”二句：左牵黄狗，右擎苍鹰。这是打猎时的实际情景，也借以写出打猎时的豪壮气胆。 ④锦帽：锦制的帽子。貂裘：貂鼠皮袍。 ⑤“千骑（jì）”句：形容随猎的人马很多。《祭常山回小猎》诗有“青盖前头点皂旗，黄茅冈下出长围”之句，可证实当时打猎场面确很壮观。 ⑥“为报”句：是说为了报答全城的人都来观看太守打猎的盛情。报：报答，答谢。另有解作传言、报说的，亦通。倾城：尽全城所有的人，这是夸张地形容随观者之多。 ⑦“亲射虎”二句：孙郎指孙权，《三国志·吴主传》载孙权曾“亲乘马射虎于庱亭（今江苏丹阳县东）”。 ⑧“酒酣”句：饮酒之后豪情胆气更加张扬。尚：更加。 ⑨“持节”二句：《史记·冯唐列传》载：汉文帝时魏尚为云中太守，抵御匈奴有功，却错误地被免官。冯唐认为魏尚有功，处罚不当，向汉文帝劝谏，文帝听从了冯唐的意见，便令冯唐持节赦免魏尚，恢复他的云中太守职位。节：符节，古代使者所持，以作凭信。云中，汉代郡名，在今内蒙古自治区托克托一带。这里作者以魏尚自比，希望能得到朝廷信用，效力边防。 ⑩会：将要。雕弓：有彩绘的弓。满月：弓拉满的形状。 ⑪天狼：星名，古人以为主侵掠。这里指当时侵扰宋朝的西夏，也兼指辽。（这首词记述了密州出猎的盛况，并抒发了戍边卫国，报效祖国的豪情壮志，风格豪放。）

水调歌头

丙辰[①]中秋，欢饮达旦，大醉，作此篇兼怀子由[②]。

明月几时有[③]？把酒问青天。不知天上宫阙[④]，今夕是何年？我欲乘风归去，又恐琼楼玉宇[⑤]，高处不胜寒[⑥]。起舞弄清影[⑦]，何似[⑧]在人间！　　转朱阁[⑨]，低绮户，照无眠。不应有恨[⑩]，何事长向别时圆？人有悲欢离合，月有阴晴圆缺，此事古难全。但愿人长久[⑪]，千里共婵娟。

①丙辰：神宗熙宁九年（1076）。　②子由：苏轼的弟弟苏辙的字。苏轼当时在密州，苏辙在齐州（今山东济南市），虽然相距不远，却已有七年没有见面。　③“明月”二句：屈原《天问》：“日月安属？列星安陈？”李白《把酒问月》：“青天有月来几时？我今停杯一问之。”　④“不知”二句：托名牛僧孺所作的唐人传奇《周秦行纪》中有诗云：“香风引到大罗天，月地云阶拜洞仙。共道人间惆怅事，不知今夕是何年。”宫阙（què）：宫殿。阙指皇宫门前两边的望楼。　⑤琼楼玉宇：指月宫。《酉阳杂俎·前集》卷二：“翟天师名乾祐，峡中人。……曾于江岸与弟子数十玩月。或曰：‘此中竟何有？’翟笑曰：‘可随吾指观。’弟子中两人见月规半天，琼楼金阙满焉。数息间，不复见。”　⑥不胜寒：禁受不住寒冷。《明皇杂录》载，八月十五日夜，叶静能邀唐明皇游月宫，叶叫明皇著皮衣，到月宫后果然寒冷难禁。　⑦起舞弄清影：李白《月下独酌》：“我歌月徘徊，我舞影零乱。”弄：戏弄，嬉戏。谓月下起舞，清影随人，相戏不离。　⑧何似：那如，何如。　⑨“转朱阁”三句：写月光的转移。朱阁：华美的楼阁。绮户：雕花的窗户。无眠：不能入睡的人。　⑩“不应”二句：诗人设问，月亮对人不该有什么怨恨，它为什么老是在人们离别的时候圆呢？　⑪“但愿”二句：因不能解决人间悲欢离合的矛盾，便提出一种美好的愿望：彼此健康长在，共享一轮明月，以寄托相思。谢庄《月赋》：“美人迈兮音尘阙，隔千里兮共明月。”婵娟：美人，这里指嫦娥，又借指月亮。（这首词由中秋赏月，抒写人生感慨，表现了词人因政治上的失意而引起的出世与入世的思想矛盾，在矛盾中又透露出他对人生的执着热爱。）

念奴娇[①]

赤壁[②]怀古

大江[③]东去，浪淘[④]尽、千古风流人物[⑤]。故垒[⑥]西边，人道是、三国周郎[⑦]赤壁。乱石穿空[⑧]，惊涛拍岸，卷起千堆雪[⑨]。江山如画，一时多少豪杰。　　遥想公瑾当年，小乔[10]初嫁了，雄姿英发[11]。羽扇纶巾[12]，谈笑间、墙橹[13]灰飞烟灭。故国神游[14]，多情应笑我[15]，早生华发[16]。人生如梦[17]，一樽还酹江月。

①这首词作于神宗元丰五年（1082），时作者贬官黄州（今湖北黄冈）。 ②赤壁：长江两岸名为赤壁的地方有四处，据史学界考证，三国时赤壁之战的赤壁在今湖北省蒲圻县长江南岸。苏轼所游乃黄州赤壁，在今湖北省黄冈县城外，作者据传闻作为赤壁之战的赤壁，借以抒写怀抱。 ③大江：长江。 ④淘：冲洗。 ⑤风流人物：指才能出众、名著一时的杰出人物。 ⑥故垒：旧时代留下的营垒。 ⑦周郎：指赤壁之战时东吴年轻的统帅周瑜，字公瑾，因他年轻而有将才，时人称为周郎。 ⑧乱石穿空：赤鼻矶陡峭高耸的石壁像是要将天刺破一样。"穿空"一作"崩云"，亦言其高，势如使云崩裂。 ⑨千堆雪：指无数的浪花。 ⑩小乔：指周瑜之妻，乔玄之次女。乔玄二女皆有美色，时称大乔、小乔。 ⑪英发：英气勃发。 ⑫羽扇纶（guān）巾：这是描写周瑜儒将的装束，显示其从容闲雅的风采。纶巾，有青丝带的头巾。 ⑬樯橹（qiáng lǔ）：代指曹军的战船。一作"强虏"，指当时声势浩大、不可一世的曹军。 ⑭故国：这里指赤壁古战场。神游：历史已经逝去，凭吊史迹，追念往古，身不可到而心到，故曰"神游"。 ⑮"多情"句：即"应笑我多情"的倒装。"多情"这里应理解为仰慕历史上有成就的英雄人物，自己也想干一番事业的雄心壮志，因此下句才感叹"早生华发"。 ⑯华发：斑白的头发。当时苏轼年仅四十七岁，故叹"早生"。 ⑰"人生"二句：是说人生一世像做梦那样匆促而又难以依凭，追念古代的英雄人物，联想到自己头发已经花白却仍然事功未成，因而只好举起酒杯，面对月光，将酒洒在江上，以表示对古人的凭吊，对自己怀抱不得伸展的悲叹。樽：酒器。酹（lèi）：将酒洒在地上表示祭奠。"人生"一作"人间"，"如梦"一作"如寄"。（这首词借怀古以抒怀抱，通过对祖国壮丽山川的出色描绘，传达出对古代英雄人物的无限倾慕与向往；而联想到自己现实的政治处境，吊古伤今，又流露出一种远大的抱负不得实现的深沉苦闷。全词意境恢宏，气势雄迈，是苏轼豪放词的代表作。）

前赤壁赋[1]

壬戌[2]之秋，七月既望[3]，苏子与客泛舟[4]游于赤壁之下。清风徐来，水波不兴。举酒属[5]客，诵明月之诗[6]，歌窈窕之章。少焉[7]，月出于东山之上，徘徊于斗牛[8]之间。白露横江[9]，水光接天。纵一苇之所如[10]，凌万顷之茫然[11]。浩浩乎如冯虚御风[12]，而不知其所止；飘飘乎如遗世独立[13]，羽化而登仙[14]。

于是饮酒乐甚，扣舷[15]而歌之。歌曰："桂棹兮兰桨[16]，击空明兮泝流光[17]。渺渺[18]兮余怀，望美人兮天一方[19]。"客[20]有吹洞箫者，倚歌而和之[21]。其声呜呜然，如怨如慕[22]，如泣如诉，余音袅袅[23]，不绝如缕[24]，舞幽壑之潜蛟[25]，泣孤舟之嫠妇[26]。

苏子愀然[27]，正襟危坐[28]，而问客曰："何为其然也[29]？"客曰："月明星稀，乌鹊南飞[30]，此非曹孟德[31]之诗乎？西望夏口[32]，东望武昌[33]，山川相缪[34]，郁乎苍苍[35]，此非孟德之困于周郎者乎[36]？方其破荆州[37]，下江陵[38]，顺流而东也，舳舻千里[39]，旌旗蔽空，酾酒[40]临江，横槊[41]赋诗，固一世之雄[42]也，而今安在哉！况吾与子渔樵于江渚之上[43]，侣鱼虾而友麋鹿[44]，驾一叶之扁舟，举匏尊[45]以相属。寄蜉蝣于天地[46]，渺沧海之一粟[47]。哀吾生之须臾[48]，羡长江之无穷。挟飞仙以遨游[49]，抱明月而长终[50]。知不可乎骤得[51]，托遗响于悲风。"

苏子曰："客亦知夫水与月乎？逝者如斯[52]，而未尝往也[53]；盈虚者如彼[54]，而卒莫消长也[55]。盖将自其变者而观之[56]，则天地曾不能以一瞬[57]；自其不变者而观之[58]，则物与我皆无尽也。而又何羡乎？且夫天地之间，物各有主，苟非吾之所有，虽一毫[59]而莫取。惟江上之清风，与山间之明月，耳得之而为声，目遇之而成色，取之无禁，用之不竭，是造物者之无尽藏[60]也，而吾与子之所共适。"

客喜而笑，洗盏更酌[61]。肴核[62]既尽，杯盘狼藉[63]。相与枕藉乎舟中[64]，不知东方之既白[65]。

①这篇文章作于神宗元丰五年（1082）七月，时作者谪居黄州。原题《赤壁赋》，因作者于同年十月再游赤壁，有《后赤壁赋》之作，后来的选本为了区别便改题为《前赤壁赋》。这里的赤壁同《念奴娇·赤壁怀古》中的赤壁，指黄州的赤鼻矶。 ②壬戌：即神宗元丰五年。 ③既望：阴历每月十五日称为望，既望即十六日。 ④泛舟：乘船。"泛"字有任小船自由漂流的意思。 ⑤属（zhǔ）：劝请。 ⑥明月之诗：指《诗经·陈风》中《月出》篇，其第一章云："月出皎兮，佼人僚兮。舒窈纠（yǎo jiáo）兮，劳心悄兮。"因"窈纠"与"窈窕"（yǎo tiǎo）音相近，故下句说"歌窈窕之章"。一说"明月之诗"指曹操《短歌行》，因其中有"明明如月，何时可掇"，"月明星稀，乌鹊南飞"之句；"窈窕之章"指《诗经·周南》中的《关雎》篇，因其中有"窈窕淑女，君子好逑"之句。 ⑦少焉：不一会儿。 ⑧斗牛：星宿名，指斗宿和牛宿。 ⑨白露横江：指白茫茫的水气横在江面上。 ⑩纵：任随。一苇：喻指小船。如：往，去。 ⑪凌：凌驾，越过。万顷：形容宽阔的水面。茫然：无边无际的样子。 ⑫浩浩乎：空阔广大的样子。冯虚御风：凌空驾风。冯，同"凭"。虚，指天空。 ⑬遗世独立：遗弃人世，无牵无挂，形容飞升成仙者的精神境界。 ⑭羽化：道教传说人成仙后可以飞升上天，像长了羽翼一样，故称成仙为羽化，登仙：升入仙境。 ⑮舷（xián）：船边。 ⑯桂棹（zhào）：用桂树做的棹。棹是一种划船的工具，近似桨，长的叫棹，短的叫楫。兰桨：用木兰树做的桨。 ⑰空明：形容月光下水色澄明。

泝（sù）：同“溯”，逆流而行。流光：形容月光下的流水闪耀着光亮。⑱渺渺：心绪邈远的样子。⑲美人：内心向往思慕的贤人。这里是继承楚辞以来用香草美人寄托政治理想的传统手法，以美人隐喻自己的政治追求。天一方：指在遥远的地方，不能相见。⑳客：这里指西川绵竹道士杨世昌，字子京，善吹箫。清赵翼《陔余丛考》卷二十四《赤壁赋洞箫客》条：“东坡《赤壁赋》：‘客有吹洞箫者’，不著姓字。吴匏庵（明人，字原博）有诗云：‘西飞一鹤去何祥？有客吹箫杨世昌。当日赋成谁与注？数行刻石旧曾藏。’”又苏轼《次孔毅父韵》诗云：“杨生自言识音律，洞萧入手清且哀。”㉑倚歌而和：按着所唱歌曲的曲调和节拍进行伴奏。㉒怨：怨恨。慕：爱慕。㉓袅袅（niǎo）：形容箫声轻细悠长。㉔缕：细丝。㉕“舞幽壑”句：形容箫声使潜居深渊中的蛟龙也闻之而起舞。“舞”字是使动用法。㉖嫠（lí）妇：寡妇。㉗愀（qiǎo）然：忧愁的样子。㉘危坐：端坐。㉙“何为”句：为什么箫声如此凄凉忧伤呢？㉚“月明”二句：曹操《短歌行》中的诗句。㉛孟德：曹操的字。㉜夏口：城名，故址在今湖北汉口。㉝武昌：城名，故址在今湖北鄂城县。㉞山川相缪（liǎo）：山和水互相盘绕。缪，盘绕。㉟郁乎苍苍：形容山树繁茂，一片苍翠。郁郁，树木繁茂的样子。㊱周郎：指东吴名将周瑜。孟德之困于周郎，指汉献帝建安十三年（208）曹军在赤壁被周瑜设计用火攻而大败事。㊲方：当。荆州：汉代州名，指今湖北襄阳一带地区。建安十三年（208），曹操南击荆州，时荆州刺史刘表已死，其子刘琮不战而降，曹操即占领荆州。㊳江陵：今湖北江陵县。曹操占领荆州后又继追败刘备，进占江陵。㊴舳舻（zhú lú）千里：指曹操战船前后相连，千里不绝。舳，船后把舵处；舻，船前置櫂处。㊵酾（shī）酒：原意为滤酒，这里是斟酒、饮酒之意。㊶槊（shuò）：长矛。㊷一世之雄：一代英雄。㊸渔：打鱼。樵：打柴。渚（zhǔ）：江中沙洲。㊹“侣鱼虾”句：与鱼虾为伴侣，与麋鹿做朋友。㊺匏（páo）尊：酒器。用匏（葫芦的一种）做成。㊻蜉蝣（fú yóu）：夏秋之际生长在水边的一种小虫，生命极为短促，一般只活几个小时。这句说人生短促犹如蜉蝣寄生于天地之间一样。㊼“渺沧海”句：人活在世上就像大海中的一粒小米那么渺小。㊽须臾：时间短促。㊾“挟飞仙”句：同飞仙一起，在天上乘兴遨游。挟，带，这里是结伴的意思。㊿“抱明月”句：和明月一起永远存在。(51)“知不可”二句：知道这是不可能轻易得到的，便只好把哀伤的心情寄托在洞箫的曲调之中，让它在悲凉的秋风中飘荡。遗响，不绝之音。(52)逝者如斯：指岁月像流水一样逝去。《论语·子罕》：“子在川上曰：‘逝者如斯夫！不舍昼夜。’”斯，此，指流水。(53)“而未尝”句：长江的流水前面流走了，后面又流来，因此滔滔不绝，永远流不尽。(54)盈虚：指月亮的圆和缺。彼，那，指月亮。(55)卒：最终。上句和这句意思是，月亮时圆时缺，但最终并没有缩小，也没有增大。(56)自其变者而观之：从客观事物变化的一面去观察它。(57)天地曾不能以一瞬：天地万物连一眨眼的时间也不能静止不变。(58)“自其不变”二句：如果从客观事物不变的一面去观察它，那么天地万物和我们人类都是没有穷尽，不会消失的。(59)虽：即使。一毫：形容极其细微之物。(60)“是造物者”二句：那么，大自然无穷无尽的宝藏是我和你可以共同享受的。是，是则，那么。造物者，指天，即大自然。藏（zàng），宝藏。适，快意，引申为享受。“适”字苏轼墨迹本作“食”。

食即享用意。 ⑥¹洗盏更酌：洗净酒杯，重新斟酒再饮。 ⑥²肴（yáo）核：菜肴和果品。 ⑥³狼藉：纵横散乱的样子。 ⑥⁴相与枕藉：互相依靠着睡觉。 ⑥⁵既：已经。白：亮。（这是一篇散文赋。作者灵活地运用传统赋体中主客问答的形式，生动形象地表现了他的思想矛盾、对人生的思考以及由悲而喜的感情转化过程。文中表现的变与不变的观点，是一种受庄子思想影响的相对主义和虚无主义哲学思想的表现，并不是辩证法。但它表现了作者善于自我排解，安时处顺、随缘自适的旷达的人生态度，而没有陷入悲观失望和消极颓废之中，有其积极意义。艺术上，写景、抒情、议论相结合，创造了一种情景交融、情理相生、诗情与哲理相结合的艺术境界。）

记承天寺夜游[①]

元丰六年[②]十月十二日，夜，解衣欲睡。月色入户，欣然起行。念无与为乐者[③]，遂至承天寺，寻张怀民[④]。怀民亦未寝，相与步于中庭。

庭下如积水空明；水中藻荇[⑤]交横，盖竹柏影也。

何夜无月，何处无竹柏，但少闲人如吾两人耳。

①《东坡集》原题缺一“寺”字，此据通行本。一题作《月夜寻张怀民》。承天寺：故址在今湖北黄冈县南，离临皋亭不远，苏轼居黄州时常游于此。 ②元丰六年：即公元1083年。元丰为宋神宗赵顼年号（1078—1085）。 ③念无与为乐者：想到没有能够跟自己一起游乐的人。 ④张怀民：即张梦得，清河（今河北清河县）人，当时亦因贬官居黄州，住在承天寺内。 ⑤藻荇（xìng）：两种水草名。（这是苏轼小品文中的精品，信手写来，毫不经意，却极其生动地写出了月夜景色，并传达出作者闲适的心境和超旷的人生态度。）

*　　*　　*　　*　　*

百步洪[①]（二首选一）

其　一

王定国[②]访余于彭城。一日，棹小舟与颜长道携盼、英、卿三子[③]，游泗水[④]，北上圣女山[⑤]，南下百步洪，吹笛饮酒，乘月而归。余时以事不得往，夜著羽衣[⑥]，伫立于黄楼上，相视而笑。以为李太白死，世间无此乐三百余年矣。定国既去，逾月，余复与参寥师[⑦]放舟洪下，追怀曩游，以为陈迹，喟然而叹。故作二诗，一以遗参寥，一以寄定国，且示颜长道、舒尧文[⑧]，邀同赋云。

长洪斗落生跳波，轻舟南下如投梭。水师绝叫凫雁起，乱石一线争磋磨。有如兔走鹰隼落，骏马下注千丈坡，断弦离柱箭脱手，飞电过隙珠翻荷。四山眩转风掠耳，但见流沫生千涡。崄[⑨]中得乐虽一快，何异水伯夸秋河[⑩]。我生乘化日夜逝[⑪]，坐觉一念逾新罗[⑫]。纷纷争夺醉梦里[⑬]，岂信荆棘埋铜驼。觉来俛仰失千劫[⑭]，回视此水殊委蛇[⑮]。君看岸边苍石上，古来篙眼如蜂窠。但应此心无所住[⑯]，造物虽驶如吾何[⑰]。回船上马各归去，多言譊譊师所呵[⑱]。

①这首诗作于神宗元丰元年（1078），是送给参寥的。百步洪：又名徐州洪，在江苏铜山县东南，悬流迅疾，乱石激涛，极为壮观。 ②王定国：即王巩，定国其字，大名莘县（今属山东）人。能诗，是苏轼的好友。 ③颜长道：即颜复，长道其字，山东人。盼、英、卿：都是歌妓。 ④泗水：又名清水，或作清泗。源于今山东泗水县东蒙山南麓，宋时流经江苏沛县及徐州市后转入淮河。 ⑤圣女山：亦名桓山，在铜山县东北，下临泗水。 ⑥羽衣：道服。 ⑦参寥：即僧道潜，苏轼的诗友，参寥是他的字，浙江於潜人。 ⑧舒尧文：疑为舒尧夫之误。舒焕，字尧夫，时任徐州教授。此诗舒焕有和作。 ⑨崄：同"险"。 ⑩"何异"句：《庄子·秋水》："秋水时至，百川灌河，泾流之大，两涘渚崖之间不辨牛马。于是焉河伯欣然自喜，以天下之美为尽在己。"这句说明险中得乐，不过如河神眼光狭小的自我夸耀。 ⑪"我生"句：谓任随生命随着自然的变化而流逝。乘化；乘其运会。陶潜《归去来兮辞》："聊乘化以归尽。"日夜逝：语本《论语·子罕》："子在川上曰：'逝者如斯夫！不舍昼夜。'" ⑫"坐觉"句：谓人的意念不受空间限制，瞬时可达万里之外。《景德传灯录》卷二十三："有僧问从盛禅师：'如何是觌面事？'师曰：'新罗国去也。'"新罗在海外，一念已逾。与《庄子》"俯仰而拊四海"意同。 ⑬"纷纷"二句：意思是人们只是沉迷于纷纷攘攘争权夺利，哪里知道社会将有极大的变乱。晋代索靖预见到天下将要大乱，便指着洛阳宫门边的铜驼说："会见汝在荆棘中耳。"（见《晋书·索靖传》） ⑭觉来：觉醒过来。俛仰：同"俯仰"。千劫：指时间很长。劫，佛家语，梵文音译"劫簸"的省略，指时间久远。 ⑮委蛇（yí）：迂徐舒缓貌。 ⑯无所住：佛家语，谓不牵念世俗杂事，把客观事物看死，因而思想不受束缚，得到解脱。 ⑰造物：天，大自然，驶：运转变化。 ⑱譊譊（náo náo）：多言貌。师：禅师，这里当指参廖。呵：斥责。

惠崇春江晓景[①]（二首选一）

其　一

竹外桃花三两枝，春江水暖鸭先知。蒌蒿[②]满地芦芽短，正是河豚[③]欲上时。

①这首诗神宗元丰八年（1085）作于汴京。诗题诸本多作《惠崇春江晚景》，《东坡七集》《前集》卷十五“晚景”作“晓景”，似更切合诗境。本题共二首，这是其中的第一首。惠崇：淮南人，宋初“九僧”之一，能诗善画。这首诗是题惠崇所作鸭戏图的。　②蒌（lóu）蒿：多年生草木植物，花淡黄色，茎可食。河豚食蒌蒿则肥。　③河豚：一种有毒的鱼，产于海，春江水发时沿江上行，故有“欲上”之说。

汲江煎茶[①]

活水还须活火烹[②]，自临钓石取深清：大瓢贮月归春瓮，小勺分江入夜瓶。雪乳已翻煎处脚[③]，松风忽作泻时声[④]。枯肠未易禁三碗[⑤]，坐听荒城长短更[⑥]。

①这首诗作于哲宗元符三年（1100），作者谪居海南儋耳。　②此句下苏轼自注：“唐人云：‘茶须缓火炙，活火煎。’”活火：有火焰的炭火。　③“雪乳”句：雪乳一作“茶雨”。雪乳指煎茶时泛起的白色泡沫。脚：残余的滓沫。　④“松风”句：意为泻时忽作松风声，是形容倒茶时的声音。　⑤“枯肠”句：卢仝《谢孟谏议寄新茶》诗：“一碗喉吻润，二碗破孤闷。三碗搜枯肠，唯有文字五千卷。四碗发轻汗，平生不平事，尽向毛孔散。五碗肌骨清，六碗通仙灵。七碗吃不得也，唯觉两腋习习清风生。”此句即用此意而有变化，谓如此好茶却只喝三碗便禁受不住了。　⑥长短更：敲更次数多为长，少为短。

澄迈驿通潮阁[①]（二首选一）

其　二

余生欲老海南村，帝遣巫阳招我魂[②]。杳杳天低鹘没处，青山一发是中原[③]。

①这首诗作于哲宗元符三年（1100）六月。苏轼于五月遇大赦量移廉州，六月别儋州

赴廉州，此诗即作于赴廉州途经澄迈县时。澄迈驿：在今海南澄迈县。 ② 帝：天帝，这里指宋徽宗。《楚辞·招魂》："帝告巫阳曰：'有人在下，我欲辅之。魂魄离散，汝筮予之。'"巫阳"乃下招曰：'魂兮归来！'"这里指朝廷召他北还。 ③"青山"句：作者于海南时所作《伏波将军庙碑》中有句云："南望连山，若有若无，杳杳一发耳。"意与此句同，言中原渺远，所见若有若无，连绵的青山形如一发在远处天地相接之际。

六月二十日夜渡海[①]

参横斗转欲三更[②]，苦雨终风[③]也解晴。云散月明谁点缀[④]？天容海色本澄清。空余鲁叟乘桴意[⑤]，粗识轩辕奏乐声[⑥]。九死南荒吾不恨，兹游奇绝冠平生。

① 这首诗作于哲宗元符三年（1100）北归途中渡琼州海峡时。 ②"参（shēn）横"句：参、斗皆星名，参星横空，斗星转移，写出夏日夜深景象。 ③ 终风：《诗经·邶风·终风》："终风且暴。"《毛传》："终日风为终风。" ④"云散"二句：这两句写景，亦别有寄托，意思是天容海色本来是澄清洁白的，却被微云遮翳污染，现在终于云散月明了。这里以洁白澄清自喻，以蔽月之浮云喻政敌。 ⑤"空余"句：鲁叟：指孔子。孔子曾说："道不行，乘桴浮于海。"（见《论语·公冶长》）桴：筏子。这里借孔子的典故，是说：自己现在已是遇赦北归，不必再嗟叹道之不行而怀乘桴浮海之意了。 ⑥ 轩辕：黄帝，传说中华夏族的始祖。《庄子·天运》："黄帝张咸池之乐于洞庭之野。"此处以轩辕之乐声比喻悦耳的海涛声。

浣溪沙[①]（五首选三）

徐门石潭谢雨道上作五首。潭在城东二十里，常与泗水增减，清浊相应。

其　一

照日深红暖见鱼，连村绿暗晚藏乌。黄童白叟聚睢盱[②]。麋鹿逢人虽未惯[③]，猿猱闻鼓不须呼。归来说与采桑姑。

① 这组词作于神宗元丰元年（1078）初夏。时作者知徐州，遇春旱，曾到徐州城东二十里之石潭求雨，得雨后亲赴石潭谢雨。词即作于谢雨道上。 ② 睢盱（suī xū）：张目仰视，这里是喜悦的样子。 ③"麋鹿"二句：石潭在山间，麋鹿、猿猱云云，当是山中实有之景。

其　二

旋抹红妆看使君[①]，三三五五棘篱门[②]，相排踏破蒨[③]罗裙。老幼扶携收麦社，乌鸢翔舞赛神村，道逢醉叟卧黄昏。

①旋（xuàn）抹红妆：因看使君而临时匆忙打扮。旋，今多写作“现”，匆忙急就的意思。　②棘篱门：农村以棘为篱笆做成的门。　③蒨（qiàn）：红色，通“茜”。

其　四

簌簌衣巾落枣花，村南村北响缫车，牛衣[①]古柳卖黄瓜。酒困路长唯欲睡，日高人渴漫[②]思茶，敲门试问野人[③]家。

①牛衣：用麻或草编织成，用来披在牛背上。这里用以形容卖瓜人衣衫破烂。　②漫：随意，不经心。　③野人：村野之人，即农民。

定风波[①]

三月七日，沙湖[②]道中遇雨，雨具先去，同行皆狼狈，余独不觉。已而遂晴，故作此。

莫听穿林打叶声，何妨吟啸且徐行。竹杖芒鞋轻胜马，谁怕？一蓑烟雨任平生[③]。　料峭春风吹酒醒，微冷，山头斜照却相迎。回首向来萧瑟处[④]，归去，也无风雨也无晴[⑤]。

①这首词作于神宗元丰五年（1082），作者谪居黄州。　②沙湖：在黄州东南三十里。　③“一蓑”句：披着蓑衣在风雨中行走一生，也能任其自然，毫不在意。　④萧瑟处：指遇雨的地方。　⑤“也无”句：风雨和晴天都不存于胸中，不足悲，也无足喜。

水龙吟[①]

次韵章质夫杨花词[②]

似花还似非花，也无人惜从教[③]坠。抛家傍路，思量却是，无情有思[④]。萦[⑤]损柔肠，困酣娇眼[⑥]，欲开还闭。梦随风万里[⑦]，寻郎去处，又还被、莺呼起。　不恨此花飞尽，恨西园、落红难缀[⑧]。晓来雨过，遗踪何在？一池萍碎[⑨]。春色三分，二分尘土，一分流水。细看来、不是杨花，点点是离人泪。

①这首词约作于宋神宗元丰四年（1081）春夏，时作者谪居黄州。　②章质夫：章楶（jié），字质夫，浦城（今福建浦城县）人。时任荆湖北路提点刑狱，与苏轼颇多书信往还和唱酬。章质夫原作如下：“燕忙莺懒芳残，正堤上柳花飘坠。轻飞乱舞，点画青林，全无才思。闲趁游丝，静临深院，日长门闭。傍珠帘散漫，垂垂欲下，依前被、风扶起。　兰帐玉人睡觉，怪春衣、雪沾琼缀。绣床渐满，香毬无数，才圆却碎。时见蜂儿，仰粘轻粉，鱼吞池水。望章台路杳，金鞍游荡，有盈盈泪。”　③从教：任使。　④有思（sì）：有情思。“思”在这里作名词用。韩愈《晚春》诗：“杨花榆荚无才思，唯解漫天作雪飞。”苏轼反用其意。　⑤萦：萦绕，牵挂。　⑥娇眼：指柳眼，古人将初生柳叶称为柳眼。这里以柳叶比喻美人娇媚的睡眼。　⑦“梦随风”三句：唐金昌绪《春怨》诗：“打起黄莺儿，莫教枝上啼。啼时惊妾梦，不得到辽西。”这里化用其意。　⑧缀：连结。落红难缀，谓落花难以重上枝头。　⑨萍碎：作者自注：“杨花落水为浮萍，验之信然。”苏轼另有《再次韵曾仲锡荔支》诗云：“柳花着水万浮萍。”自注云：“柳至易成，飞絮落水中经宿即为浮萍。”按苏轼自注不可信。作者所据为三国魏张揖《广雅》“杨花落水化萍”之说。此处用典，意在表现柳花的多情，也表现出杨花的生命力，不可坐实。

日　喻[①]

生而眇[②]者不识日，问之有目者，或告之曰：“日之状如铜盘。”扣盘而得其声，他日闻钟，以为日也。或告之曰：“日之光如烛。”扪烛而得其形，他日揣龠[③]，以为日也。日之与钟龠亦远矣，而眇者不知其异，以其未尝见而求之人也。

道之难见也甚于日，而人之未达[④]也，无以异于眇。达者告之，虽有巧譬善导[⑤]，亦无以过于盘与烛也。自盘而之[⑥]钟，自烛而之龠，转而相之[⑦]，岂有既乎[⑧]？故世之言道者，或即[⑨]其所见而名之，或莫之见而意之，皆求道之过也。

然则道卒不可求欤？苏子曰：“道可致而不可求。”何谓“致”？孙武[⑩]曰：“善战者致人，不致于人[11]。”子夏[12]曰：“百工居肆以成其事，君子学以致其道。”莫之求而自至，斯以为“致”也欤？

南方多没人[13]，日与水居也，七岁而能涉[14]，十岁而能浮，十五而能没矣。夫没者岂苟[15]然哉！必将有得于水之道[16]者。日与水居，则十五而得其道；生不识水，则虽壮[17]，见舟而畏之。故北方之勇者，问于没人，而求其所以没，以其言试之河，未有不溺者也。故凡不学而务求道，皆北方之学没者也。

昔者以声律取士[18]，士杂学而不志于道[19]；今也以经术取士[20]，士知求道而不务[21]学。渤海吴君彦律[22]，有志于学者也，方求举于礼部[23]，作《日喻》以告之。

①这篇文章作于神宗元丰元年（1078），时作者任徐州知州。 ②眇（miǎo）：盲一目叫眇，这里泛指目盲。 ③揣：摸。籥（yuè）：古代管乐器，形长如笛。 ④达：明白，理解。 ⑤导：启发。 ⑥之：到，这里是发展、变化成的意思。下句“之”字同。 ⑦转而相之：辗转地形容、比喻它。相：形容、比喻。 ⑧既：尽。 ⑨即：就。 ⑩意：猜想。 ⑪孙武：春秋齐国人，著名军事家，著有《孙子兵法》十三篇。下面的引文见《虚实篇》，原文作“故善战者致人，而不致于人。”使其自至叫致。致人，指处于主动和有利地位以等待和打击敌人；致于人，指处于被动和不利地位为敌人所打击。 ⑫子夏：卜商，字子夏，春秋卫国人，孔子的弟子。下面的引文见《论语·子张》。肆：指工肆，工人制作的场所。 ⑬没人：会潜水的人。 ⑭涉：徒步渡水。 ⑮苟：随便。 ⑯得于水之道：习水性，掌握水的规律，因而能涉、浮、没。 ⑰壮：三十岁。 ⑱以声律取士：即以诗赋取士。 ⑲志：专注。道：指孔孟之道。 ⑳以经术取士：神宗熙宁四年（1071），王安石罢诗赋取士旧制，改行以经义策论取士。 ㉑务：专力，从事。 ㉒渤海：宋代属河北路滨州，即今山东惠民县。吴彦律：名琯，当时任徐州监酒正字，与苏轼曾有唱和。 ㉓礼部：中央官署名，主持考试是其主要任务之一。

石钟山记[1]

《水经》[2]云：彭蠡[3]之口，有石钟山焉。郦元[4]以为下临深潭，微风鼓浪，水石相搏，声如洪钟。是说也，人常疑之：今以钟磬置水中，虽大风浪，不能鸣也，而况石乎？至唐李渤[5]，始访其遗踪，得双石于潭上，扣而聆之，南声函胡[6]，北音清越[7]，枹止响腾[8]，余韵徐歇，自以为得之矣。然是说也，余尤疑之：石之铿然有声者，所在皆是也，而此独以钟名，何哉？

元丰七年六月丁丑[9]，余自齐安舟行适临汝[10]。而长子迈将赴饶之德兴尉[11]，送之至湖口，因得观所谓石钟者。寺僧使小童持斧，于乱石间择其一、二扣之，硿硿[12]焉，余固笑而不信也。至其夜月明，独与迈乘小舟至绝壁下，大石侧立千尺，如猛兽奇鬼，森然欲搏人。而山上栖鹘，闻人声亦惊起，磔磔[13]云霄间。又有若老人欬[14]且笑于山谷中者，或曰："此鹳鹤也。"余方心动欲还，而大声发于水上，噌吰[15]如钟鼓不绝。舟人大恐。徐而察之，则山下皆石穴罅[16]，不知其浅深，微波入焉，涵澹澎湃[17]而为此也。舟回至两山间[18]，将入港口，有大石当中流，可坐百人，空中而多窍，与风水相吞吐，有窾坎镗鞳之声[19]，与向之噌吰者相应，如乐作[20]焉，因笑谓迈曰："汝识之乎？噌吰者，周景王之无射[21]也；窾坎镗鞳者，魏庄子之歌钟[22]也，古之人不余欺也。

事不目见耳闻，而臆断其有无，可乎？郦元之所见闻，殆与余同，而言之不详；士大夫终不肯以小舟夜泊绝壁之下，故莫能知；而渔工、水师[23]，虽知而不能言，此世所以不传也。而陋者[24]乃以斧斤考击而求之，自以为得其实。余是以记之，盖叹郦元之简，而笑李渤之陋也。

①这篇文章作于神宗元丰七年（1084）六月，时苏轼由黄州赴汝州，途经江西时游石钟山。石钟山：在江西湖口县境内，临鄱阳湖。 ②《水经》：一部记述水系河道的地理书，相传为汉代桑钦著，一说东晋郭璞著。 ③彭蠡（lǐ）：彭蠡泽，即今江西鄱阳湖。 ④郦元：即郦道元，北魏范阳涿鹿（在今河北涿鹿县南）人，字善长，作《水经注》四十卷。苏轼所引《水经》及《水经注》文字均不见今存传本。 ⑤李渤：唐洛阳人，字濬之，唐宪宗元和年间曾任江州（今江西九江市）刺史。作有《辨石钟山记》一文。 ⑥南声：古代将乐音分为宫、商、角、徵（zhǐ）、羽五声，以南、北、东、西、中五个方位与之相配。南声即宫声。函胡：指声音宏大浑厚。这句意思说：南边那块石头发出的声音就象宫声那样宏大浑厚。 ⑦北音清越：北边那块石头发出的声音就像商声那样清脆悠远。 ⑧"枹止"二句：鼓槌已经停止敲击了，但声音却仍腾跃高昂，余音慢慢地才逐渐消失。枹（fú）：同"桴"，木制的鼓槌。 ⑨丁丑：阴历六月初九日，元丰七年六月丁丑，即公元一〇八四年七月十四日。 ⑩齐安：古郡名，即黄州。临汝：今河南汝县。这年四月神宗下诏改苏轼为汝州团练副使。 ⑪长子迈：苏轼有三子，长子迈，次子迨，小子过。迈字伯达。饶之德兴：饶州德兴县，即今江西德兴县。 ⑫硿硿（kōng kōng）：金石相撞发出的声音。 ⑬磔磔（zhé zhé）：鸟鸣声。 ⑭欬：同"咳"。 ⑮噌吰（chēng hóng）：宏亮的声音。 ⑯罅（xià）：缝隙。 ⑰涵澹澎湃：水浪动荡、波涛奔腾的样子。 ⑱两山：石钟山分为南北两山，南面的叫上石钟山，北面的叫下石钟山。 ⑲窾坎（kuǎn kǎn）：击物声。镗鞳（tāng tà）：钟鼓声。 ⑳乐作：演奏音乐。 ㉑周景王：周灵王之子，名贵，公元前544—前520年在位。无射（yì）：钟名。据《左传·昭

公二十一年》载：这年（即周景王二十四年，公元前521年）春天，周景王铸无射。无射原为古代十二音律之一，这里以律名名钟。 ㉒魏庄子：春秋时晋悼公大夫，名绛，谥号庄子。歌钟：即编钟。据《左传·襄公十一年》载：晋悼公把郑国送给他的歌钟二肆（十六为一肆）、镈磬和女乐十六人的一半赐与魏绛。 ㉓水师：船工。 ㉔陋者：见识浅陋的人，这里指李渤。

答谢民师书[①]

近奉违[②]，亟辱[③]问讯，具审[④]起居佳胜，感慰深矣！某受性刚简[⑤]，学迂材下，坐废累年[⑥]，不敢复齿缙绅[⑦]；自还海北，见平生亲旧，惘然如隔世人，况与左右无一日之雅[⑧]，而敢求交乎？数赐见临，倾盖如故[⑨]，幸甚过望，不可言也。

所示书教[⑩]及诗赋杂文，观之熟矣。大略如行云流水，初无定质[⑪]，但常行于所当行，常止于所不可不止，文理自然，姿态横生。孔子曰："言之不文[⑫]，行而不远。"又曰："辞，达而已矣[⑬]。"夫言止于达意，即疑若不文，是大不然。求物之妙，如系风捕影，能使是物了然于心者，盖千万人而不一遇也，而况能使了然于口与手者乎[⑭]？是之谓辞达。辞至于能达[⑮]，则文不可胜用矣。

杨雄[⑯]好为艰深之辞，以文浅易之说；若正言之[⑰]，则人人知之矣。此正所谓"雕虫篆刻"[⑱]者。其《太玄》《法言》皆是类也，而独悔于赋，何哉？终身雕篆，而独变其音节[⑲]，便谓之"经"，可乎？屈原作《离骚经》[⑳]，盖风、雅之再变者[㉑]，虽与日月争光可也，可以其似赋而谓之雕虫乎？使贾谊见孔子[㉒]，升堂有余矣；而乃以赋鄙之，至与司马相如同科[㉓]。雄之陋如此比者甚众。可与知[㉔]者道，难与俗人言也。因论文偶及之耳。

欧阳文忠公[㉕]言："文章如精金美玉，市有定价，非人所能以口舌定贵贱也。"纷纷多言，岂能有益于左右，愧悚不已！

所须惠力法雨堂两字[㉖]，轼本不善作大字，强作终不佳；又舟中局迫难写，未能如教。然轼方[㉗]过临江，当往游焉。或僧有所欲记录，当为作数句留院中，慰左右念亲之意[㉘]。今日至峡山寺[㉙]，少留即去，愈远。惟万万以时自爱。

①此书作于哲宗元符三年（1100），苏轼遇赦由海南岛北归，途经广东清远县时。谢民师：名举廉，新淦（gàn）（今江西新淦县）人，博学工词章，元丰八年（1085）进士。当时谢民师在广州任推官，苏轼北归途经广州时，谢民师携所作诗文谒见，苏轼览

后大加称赏，并喻为“上等紫磨黄金”。这篇文章是作者与谢民师分别后写给他的第二封信。 ②奉：表示谦恭的敬词。违：别离。 ③亟（qì）：屡次。辱：谦词。 ④具审：完全知道。 ⑤受性刚简：生性刚直简慢。 ⑥坐废累年：作者于哲宗绍圣元年（1094）被贬惠州（今广东惠阳县），绍圣四年（1097）再贬儋耳（今海南省儋县），直至元符三年（1100）才遇赦北归，所以说“坐废累年”。坐废：因罪被贬谪。 ⑦“不敢”句：不敢再居于士大夫的行列。 ⑧左右：旧时书信中表示对对方尊敬的一种称呼。无一日之雅：平素没有交往。雅：交往。 ⑨倾盖如故：邹阳《狱中上书自明》：“语曰：白头如新，倾盖如故。”意思是初次见面即一见如故。盖，车盖，形如伞。朋友相遇，停车交谈，车盖稍稍倾斜，故云。 ⑩书教：即指书信，加一“教”字，谓以上语下，是客气的说法。 ⑪初无定质：本来没有一定的体式。 ⑫“言之不文”二句：说话不讲究修辞，没有文采，就不可能流传很远。孔子的这句话见于《左传·襄公二十五年》，“不文”原作“无文”。 ⑬“辞，达而已矣”：语见《论语·卫灵公》篇，意思是言辞能表达出意思就够了。 ⑭了然于口与手：指能用语言和文字将对客观事物的感受认识准确地表达出来。 ⑮“辞至于能达”二句：意谓言辞能做到“达”，那么文采就已经很丰富而用之不尽了，意即“达”本身就极富文采。 ⑯杨雄：字子云，西汉文学家。长于辞赋，作文喜用艰涩之辞。 ⑰正言之：直截了当地说出来。 ⑱雕虫篆刻：杨雄《法言·吾子》：“或问：‘吾子少而好赋？’曰：‘然。童子雕虫篆刻。’俄而曰：‘壮夫不为也。’”雕和篆都作动词用。虫是虫书，笔画如虫形的一种字体；刻是刻符，刻在符信（信用文书）上的一种字体。虫书和刻符是秦代八种字体中的两种。为当时童子所习练。“雕虫篆刻”后来成为成语，引申为专门指在写作中刻意讲求文字技巧。 ⑲独变其音节：不像写作辞赋那样讲求韵律节奏。《太玄》《法言》为散文体，故云。 ⑳《离骚经》：东汉王逸作《楚辞章句》，把《离骚》称为“经”。 ㉑风、雅之再变者：汉朝人讲诗经，认为“国风”和“小雅”“大雅”中表观忧怨和讽刺的作品不合于诗的“正统”，因此称之为“变风”“变雅”，而屈原的《离骚》却继承和发扬了表现忧怨与讽刺的传统，故云风、雅之再变者。《史记·屈原列传》：“‘国风’好色而不淫，‘小雅’怨诽而不乱，若《离骚》者，可谓兼之矣。……虽与日月争光可也。” ㉒“使贾谊见孔子”二句：如果贾谊生得早，能做孔子的弟子，他一定超过“升堂”的阶段了。《论语·先进》：“子曰：‘由（孔子弟子子路的名字）也升堂矣，未入于室也。’”升堂、入室，比喻做学问的不同发展阶段。 ㉓同科：同一品类。杨雄在《法言·吾子》篇中将贾谊和司马相如相提并论：“如孔氏之门用赋也，则贾谊升堂，相如入室矣！如其不用何！”苏轼反对这一看法。 ㉔知：同“智”。 ㉕欧阳文忠公：即欧阳修。这里的引文不见于《欧阳文忠公集》。 ㉖须：求。惠力：寺庙名，在江西临江府城南。“法雨”：惠力寺中堂名，谢民师请苏轼写的即“法雨”二字。 ㉗方：将。 ㉘念亲之意：怀念乡谊和思亲之意。谢民师乃新淦人，新淦属临江军，故苏轼称到临江惠力寺留句作字可“慰左右念亲之意”。 ㉙峡山寺：在今广东清远县清远峡，又名广庆寺。

[附录]

关于苏轼的评价

苏辙曰：东坡先生谪居儋耳，置家罗浮之下，独与幼子过负担渡海，葺茅竹而居之。日啖荼芋，而华屋玉食之念不存于胸中。平生无所嗜好，以图史为园囿，文章为鼓吹。至此皆罢去。独喜为诗，精深华妙，不见老人衰惫之气。（《栾城后集》卷二十一《子瞻和渊明诗集引》）

又曰：公之于文，得之于天。少与辙皆师先君，初好贾谊、陆贽书，论古今治乱，不为空言。既而读《庄子》，喟然叹息曰："吾昔有见于中，口未能言，今见《庄子》，得吾心矣。"……既而谪居于黄，杜门深居，驰骋翰墨，其文一变，如川之方至，而辙瞠目不能及矣。后读释氏书，深悟实相，参之孔老，博辩无碍，浩然不见其涯也。……公诗本似李杜，晚喜陶渊明，追和者几遍，凡四卷。（《栾城后集》卷二十二，《亡兄子瞻端明墓志铭》）

陈师道曰：退之以文为诗，子瞻以诗为词，如教坊雷大使之舞，虽极天下之工，要非本色。今代词手，惟秦七黄九耳，唐诸人不迨也。（《后山诗话》）

又曰：苏诗始学刘禹锡，故多怨刺，学不可不慎也。晚学太白，至其得意，则似之矣。然失于粗，以其得之易也。（同上）

晁以道曰：绍圣初，与东坡别于汴上，东坡酒酣，自歌《古阳关》，则公非不能歌，但豪放，不喜裁剪以就声律耳。试取东坡诸词歌之，曲终，觉天风海雨逼人。（《历代诗余》引）

蔡绦曰：东坡公诗，天才宏放，宜与日月争光。凡古人所不到处，发明殆尽，万斛泉源，未为过也。然颇恨似方朔极谏，时杂滑稽，故罕逢蕴藉。（《竹庄诗话》卷一引）

吴可曰：东坡豪，山谷奇，二者有余，而于渊明则为不足，所以皆慕之。（《藏海诗话》）

韩驹曰：东坡作文，如天花变现，初无根叶，不可揣测。（《诗人玉屑》卷十七引）

范温曰：老坡作文，工于命意，必超然独立于众人之上。（《宋诗话辑佚》卷上《潜溪诗眼》）

李清照曰：至晏元献、欧阳永叔、苏子瞻，学际天人，作为小歌词，直如酌蠡

水于大海，然皆句读不葺之诗尔。(《论词》)

胡寅曰：眉山苏轼，一洗绮罗香泽之态，摆脱绸缪宛转之度，使人登高望远，举首高歌，而逸怀浩气，超乎尘垢之外，于是“花间”为皂隶，而耆卿为舆台矣。(《酒边词序》)

王十朋曰：东坡先生之英才绝识，卓冠一世。平生斟酌经传，贯穿子史，下至小说杂记，佛经道书，古诗方言，莫不毕究。故虽天地之造化，古今之兴替，风俗之消长，与夫山川草木禽兽、鳞介昆虫之属，亦皆洞其机而贯其妙。积而为胸中之文，不啻如长江大河，汪洋闳肆，变化万状。则凡波澜于一吟一咏之间者，讵可以一二人之学而窥其涯涘哉？(《注苏诗序》)

王灼曰：东坡先生以文章余事作诗，溢而作词曲，高处出神入天，平处尚临镜笑春，不顾侪辈。(《碧鸡漫志》)

又曰：长短句虽至本朝而盛，然前人自立与真情衰矣。东坡先生非心醉于音律者，偶尔作歌，指出向上一路，新天下耳目，弄笔者始知自振。(同上)

许顗曰：东坡诗不可指摘轻议，词源如长河大江，飘沙卷沫，枯槎束薪，兰舟绣鹢，皆随流矣。珍泉幽涧，澄泽灵沼，可爱可喜，无一点尘滓，只是体不似江湖，读者幸以此意求之。(《彦周诗话》)

赵昚曰：故赠太师谥文忠苏轼，忠言谠论，立朝大节，一时廷臣无出其右。负其豪气，志在行其所学，放浪岭海，文不稍衰。力斡造化，元气淋漓，穷理尽性，贯通天人，山川风云，草木华实，千汇万状，可喜可愕。有感于中，一寓之于文，雄视百代，自作一家，浑涵光芒。至是而大成矣。(《苏轼文集序》)

吕本中曰：东坡长句，波澜浩大，变化不测；如作杂剧，打猛诨入，却打猛诨出也。(《宋诗话辑佚》附辑《童蒙诗训》)

又曰：读《庄子》令人意宽思大敢作。读《左传》便使人入法度，不敢容易。此二书不可偏废也。近世读东坡、鲁直诗亦类此。(同上)

张戒曰：《国风》《离骚》固不论，自汉魏以来，诗妙于子建，成于李杜，而坏于苏黄。余之此论，固未易为俗人言也。子瞻以议论作诗，鲁直又专以补缀奇字，学者未得其所长，而先得其所短，诗人之意扫地矣。(《岁寒堂诗话》卷上)

又曰：子瞻文章从《战国策》陆宣公奏议中来，长于议论而欠宏丽，故虽杨雄亦薄之，云“好为艰深之词，以文浅易之说”。(同上)

朱弁曰：东坡文章，至黄州以后，人莫能及，唯黄鲁直诗时可以抗衡。晚年过

海，则虽鲁直亦瞠乎其后矣。或谓东坡过海虽为不幸，乃鲁直之大不幸也。（《风月堂诗话》卷上）

刘安世曰：士大夫只看立朝大节如何，若大节一亏，则虽有细行，不足赎也。东坡立朝大节极可观，才意迈峻，唯己之是信。在元丰，则不容于元丰，人欲杀之；在元祐，则虽与老先生议论，亦有不合处，非随时上下人也。（《苕溪渔隐丛话后集》卷二十六引）

曾季貍曰：东坡之文妙天下，然皆非本色，与其它文人之文，诗人之诗不同。文非欧曾之文，诗非山谷之诗，四六非荆公之四六，然皆自极其妙。（《艇斋诗话》）

王直方曰：东坡尝以所作小词示无咎、文潜，曰："何如少游？"二人皆对云："少游诗似小词，先生小词似诗。"（《宋诗话辑佚》卷上《王直方诗话》）

胡仔曰：子瞻佳词最多，其间杰出者……皆绝去笔墨畦径间，直造古人不到处，真可使人一唱三叹。若谓以诗为词，是大不然。（《苕溪渔隐丛话后集》卷二十六）

周必大曰：苏文忠公诗，初若豪迈天成，其实关键甚密。（《二老堂诗话》）

何薳曰：先生尝谓刘景文曰："某平生无快意事。唯作文章，意之所到，则笔力曲折，无不尽意。自谓世间乐事无逾此者。"（《春渚纪闻》）

俞文豹曰：东坡在玉堂日，有幕士善歌，因问："我词何如耆卿？"对曰："郎中词，只好十七八女子，执红牙板，歌'杨柳岸晓风残月'；学士词，须关西大汉，绰铁板，唱'大江东去'。"为之绝倒。（《吹剑录》）

李涂曰：韩如海，柳如泉，欧如澜，苏如潮。（《文章精义》）

朱熹曰：东坡文字明快，苏老文雄浑，尽有好处。（《朱子语类辑略》）

敖陶孙曰：本朝苏东坡如屈注天潢，倒连沧海，变眩百怪，终归雄浑。（《诗人玉屑》卷二引）

魏了翁曰：眉山自苏长公以辞章自成一家，欧、尹诸公赖之，以变文体，后来作者相望，人知苏氏为辞章之宗也。孰知其忠清鲠亮，临死生利害而不易其守？此苏氏之所以为文也。（《鹤山先生大全文集》卷五十四《杨少逸不欺集序》）

刘辰翁曰：词至东坡，倾荡磊落，如诗如文，如天地奇观，岂与群儿雌声学语较工拙；然犹未至用经用史，牵《雅》《颂》入郑、卫也。（《须溪集》卷六《辛稼轩词序》）

赵秉文曰：太白词胜于理，乐天理胜于词。东坡又以太白之豪、乐天之理，合而为一，是以高视古人，然亦不能废古人。（《闲闲老人滏水文集》卷十九《答李天

英书》)

王若虚曰：骏步由来不可追，汗流余子费奔驰。谁言直待南迁后，始是江西不幸时？　信手拈来世已惊，三江衮衮笔头倾。莫将险语夸勍敌，公自无劳与若争。(《滹南遗老集》卷四十五《杂文》)

元好问曰：唐歌词多宫体，又皆极力为之。自东坡一出，情性之外，不知有文字，真有“一洗万古凡马空”气象。虽时作宫体，亦岂可以宫体概之。人有言乐府本不难作，从东坡放笔后便难作。此殆以工拙论，非知坡者。(《新轩乐府引》)

又曰：奇外无奇更出奇，一波才动万波随。只知诗到苏黄尽，沧海横流却是谁？　金入洪炉不厌频，精真那计受纤尘。苏门果有忠臣在，肯放坡诗百态新？(《遗山先生文集》卷十一《论诗三十首》)

脱脱曰：(轼)器识之闳伟，议论之卓荦，文章之雄隽，政事之精明，四者皆能以特立之志为之主，而以迈往之气辅之。故意之所向，言足以达其有猷，行足以遂其有为。(《宋史・本传》)

茅坤曰：行乎其所当行，止乎其不得不止，浩浩洋洋，赴千里之河而注之海者，苏长公也。(《唐宋八大家文钞・论例》)

王世贞曰：读子瞻文，见才矣，然似不读书者。读子瞻诗，见学矣，然似绝无才者。懒倦欲睡时，诵子瞻小文及小词，亦觉神王。(《艺苑卮言》卷四)

胡应麟曰：子瞻虽体格创变，而笔力纵横，天真烂熳。集中如虢国夜游、江天叠嶂、周昉美人、郭熙山水、定惠海棠等篇，往往俊逸豪丽，自是宋歌行第一手。(《诗薮外编》卷五)

袁宏道曰：坡公之可爱者，多其小文小说。使尽去之，而独存高文大册，岂复有坡公哉！(《苏长公合作引》)

吴乔曰：子瞻之文，方可与子美之诗作匹，皆是匠心操笔，无所不可者也。子瞻作诗，亦用其作文之意，匠心纵笔而出之，却去子美远矣。(《围炉诗话》卷五)

贺裳曰：坡公之美不胜言，其病亦不胜摘，大率俊迈而少渊渟，瑰奇而失详慎，故多粗豪处、滑稽处、草率处，又多以文为诗，皆诗之病。(《载酒堂诗话》)

沈德潜曰：苏子瞻胸有洪炉，金银铅锡，皆归熔铸。其笔之超旷，等于天马脱羁，飞仙游戏，穷极变幻，而适如意中所欲出。韩文公后，又开辟一境界也。(《说诗晬语》卷下)

张谦宜曰：长公才大，而深思隽致殊少。坡老精神到处只是豪放，不到处颓唐

淡薄而已。(《岘斋诗谈》卷五)

方以智曰：潜谷曰："子瞻名理类庄，治体类贾陆。其嘻笑怒骂，猝然愤然皆成文可书，其大者驰骋纵逸，如行云流水，浑沦光怪，雄视百代，所自得为多矣。"(《文章薪火》)

刘大櫆曰：子瞻之文，以粲花之舌，运捭阖之词，往复卷舒，一如意中所欲出；而属词比事，翻空易奇，纵横家之文也。(《论文偶记》)

纪昀曰：词自晚唐五代以来，以清切婉丽为宗，至柳永而一变，如诗家之有白居易；至轼而又一变，如诗家之有韩愈，遂开南宋辛弃疾等一派。寻源溯流，不能不谓之别格，然谓之不工则不可。故今日尚与"花间"一派并行，而不能偏废。(《四库全书总目提要·东坡词提要》)

赵翼曰：以文为诗，自昌黎始，至东坡盖大放厥词，成一代之大观。今试平心读之，大概才思横溢，触处生春，胸中书卷繁富，又足以供其左旋右抽，无不如志。其尤不可及者，天生健笔一枝，爽如哀梨。快如并剪，有必达之隐，无难显之情，此所以继李杜后为一大家也。(《瓯北诗话》卷五)

刘熙载曰：东坡词似老杜诗，以其无意不可入，无事不可言也。若其豪放之致，则时与太白为近。(《艺概》卷四)

王国维曰：东坡之词旷，稼轩之词豪。(《人间词话》卷上)

苏　辙

苏辙(1039—1112)，字子由，自号颍滨遗老，眉州眉山(今四川眉山县)人，苏轼之弟。嘉祐时与轼同登进士第，官至尚书右丞、门下侍郎。他在政治态度及创作思想上都与苏轼相近。散文成就较诗歌为高，但都不及苏轼。著有《栾城集》。

黄州快哉亭记①

江出西陵②，始得平地。其流奔放肆大，南合沅湘③，北合汉沔④，其势益张⑤。至于赤壁⑥之下，波流浸灌⑦，与海相若。清河张君梦得⑧，谪居齐安⑨，即⑩其庐之西南为亭，以览观江流之胜⑪，而余兄子瞻⑫名之曰"快哉"。

盖亭之所见，南北百里，东西一舍⑬。涛澜汹涌，风云开阖⑭。昼则舟楫出没于其前，夜则鱼龙悲啸于其下。变化倏忽[15]，动心骇目，不可久视。今乃得玩之几席之上[16]，举目而足。西望武昌诸山[17]，冈陵起伏，草木行列，烟消日出，渔夫樵父之舍，皆可指数[18]：此其所以为“快哉”者也。至于长洲之滨[19]，故城之墟[20]，曹孟德、孙仲谋之所睥睨[21]，周瑜、陆逊之所骋骛[22]，其流风遗迹，亦足以称快世俗[23]。

昔楚襄王从宋玉、景差于兰台之宫[24]，有风飒然至者，王披襟当之曰：“快哉此风！寡人所与庶人共者耶？”宋玉曰：“此独大王之雄风耳，庶人安得共之？”玉之言，盖有讽焉[25]。夫风无雄雌之异，而人有遇不遇之变[26]；楚王之所以为乐，与庶人之所以为忧，此则人之变也，而风何与[27]焉？士生于世，使其中不自得[28]，将何往而非病[29]；使其中坦然，不以物伤性[30]，将何适而非快？今张君不以谪为患，窃会计之余功[31]，而自放[32]山水之间，此其中宜有以过人者。将蓬户瓮牖[33]，无所不快；而况乎濯长江之清流，揖[34]西山之白云，穷耳目之胜以自适[35]也哉？不然，连山绝壑[36]，长林古木，振之以清风，照之以明月，此皆骚人思士之所以悲伤憔悴而不能胜者[37]，乌睹[38]其为快也哉！

元丰六年十一月朔日[39]，赵郡苏辙[40]记。

①这篇文章作于神宗元丰六年（1083）。黄州：今湖北黄冈县。快哉亭在黄冈城南。 ②江：长江。西陵：西陵峡，长江三峡之一，在湖北宜昌市西北。 ③沅湘：沅江和湘江，在湖南省，入洞庭湖，再流入长江。 ④汉沔（miǎn）：汉沔本为一水，源出陕西西南部，流经沔县称为沔水，至汉中称汉水，流入长江。 ⑤张：大。 ⑥赤壁：指黄冈赤鼻矶。 ⑦浸灌：指水波涌流。 ⑧清河：今河北清河县。张梦得：字怀民，时亦谪居黄州，住承天寺，与苏轼有交往。 ⑨齐安：古郡名，即黄州。 ⑩即：就，在。 ⑪胜：胜景。 ⑫子瞻：苏轼的字。 ⑬舍：三十里为一舍。 ⑭风云开阖（hé）：风云变化。阖：同“合”，闭。 ⑮倏（shù）忽：迅急，很快。 ⑯玩：观赏。几席之上：现在因为有了亭子，亭中得几席之安，可以尽情赏玩，不同于从前的“不可久视”了。 ⑰武昌：今湖北鄂城县，与黄州隔江相对。 ⑱指数（shǔ）：指点计数。 ⑲长洲：长江中之沙洲。滨：水边。 ⑳故城之墟：旧城的遗址。 ㉑曹孟德：曹操字孟德。孙仲谋：孙权字仲谋。睥睨（bì nì）：斜视的样子。 ㉒周瑜：字公瑾，赤壁之战时东吴的主将。陆逊：字伯言，吴国将军。史载陆逊曾两次率军驻黄州。骋骛（wù）：疾驰，奔走。 ㉓称快世俗：使世俗的人称快。 ㉔“昔楚襄王”八句：楚襄王：楚怀王之子。宋玉：战国时楚人，楚辞作家，屈原的弟子。景差：楚公族大夫，楚辞作家。《史记·屈原贾生列传》：“屈原既死之后，楚有宋玉、唐勒、景差之徒者，皆好辞而以赋见称。”兰台：地名，在今湖北省钟祥县东。飒（sà）然：形容风声。

披：开。庶人：老百姓。八句所写，见宋玉《风赋》。 ㉕盖有讽焉：大概是包含了讽刺之意在内。 ㉖遇：机遇，这里指得到统治者的赏识、重用。变：不同。 ㉗何与：有什么关系。 ㉘使：假如。中：内心。自得：意近于下文所说的“坦然”，即不为外物所牵累。 ㉙病：忧愁，苦闷。 ㉚“不以”二句：物，外物，如名利得失之类。伤性：损害自己的精神气性。适：往。何适：到哪里。 ㉛窃会（kuài）计之余功：偷职事之闲。会计：掌管钱粮谷物方面的工作。 ㉜自放：自己纵情游乐。 ㉝蓬户：编蓬为门。瓮牖（yǒu）：以破瓮为窗。都是形容贫穷人家的居处。 ㉞揖（yì）：通“挹”，汲取，这里是观览享受的意思。 ㉟胜：美妙。适：安适，快乐。 ㊱绝壑：深不见底的山谷。 ㊲骚人思士：忧伤的诗人和失意的士大夫。胜：任，受。 ㊳乌睹：哪里看得出。 ㊴朔日：旧历每月的初一。 ㊵赵郡苏辙：苏辙先世为赵郡栾城（今河北栾城县）人，故云。（这篇文章融议论于写景之中，就“快哉”二字发挥，宣扬和赞美了一种不以个人得失为念、放情山水的旷达的人生态度，但实际上在旷达中正隐含着因政治上的失意而产生的抑郁不平之气。）

黄庭坚

黄庭坚（1045—1105），字鲁直，号山谷，又号涪翁。洪州分宁（今江西修水）人。英宗治平四年（1067）进士及第，历任县尉、国子监教授、秘书省校书郎、国史编修等职。他政治态度与苏轼相似，一生政治遭遇与新旧党争密不可分。哲宗绍圣年间，新党当权，受到章惇、蔡卞等人的打击，以修《神宗实录》不实的罪名谪贬涪州（今四川涪陵市），徽宗时曾一度起复，蔡京当国，又被除名羁管宜州（今广西宜山县）。诗歌受到苏轼的赏识，与张耒、晁补之、秦观同称为“苏门四学士”。诗学杜甫，讲求学古、融古，有“点铁成金”之说，同时又追求创新和“独辟门户”，诗风瘦硬峭拔而兼具老朴沉雄，但不免有过分追求声律技巧和晦涩生硬之弊。他被后人奉为“江西诗派”的开山祖。他关心现实，诗中有一些关心国计民生的作品。著有《山谷内集》《外集》《别集》。

登快阁①

痴儿了却公家事②，快阁东西倚晚晴③。落木千山天远大④，澄江⑤一道月分明。朱弦已为佳人绝⑥，青眼聊因美酒横⑦。万里归船弄长笛⑧，此心吾与白鸥盟⑨！

①这首诗作于神宗元丰五年（1082），时作者任太和县令。快阁在江西太和县。 ②痴

儿：作者自指，犹言痴人。了却公家事：办完公事。《晋书·傅咸传》载，杨济与傅咸书中说："天下大器，非可稍了，而相观每事欲了。生子痴，了官事，官事未易了也。了事正作痴，复为快耳。"此用其意。 ③倚晚晴：倚栏所见，傍晚晴空。 ④"落木"句：千山树木经秋叶落，天空显得辽阔远大。 ⑤澄江：清澈的赣江。 ⑥"朱弦"句：化用春秋时伯牙和钟子期的故事。伯牙鼓琴，钟子期为知音，钟子期死后，伯牙便绝弦不再弹。 ⑦"青眼"句：《晋书·阮籍传》载：阮籍能作青白眼，对人作青眼表示喜爱，作白眼表示厌恶。这句是说诗人只对美酒感兴趣。"横"字传出眼神的流动。 ⑧"万里"句：写自己希望乘船吹笛，回到万里之外的故乡。 ⑨"此心"句：与白鸥订盟，表示决心归隐。《列子·黄帝篇》："海上之人有好鸥鸟者，每旦之海上，从鸥鸟游，鸥鸟之至者百数而不止。"与鸥鸟结盟为友，表明已没有世俗的诡诈机心。（这首诗写出了作者登上快阁的所见所感，所见为清秋晚晴的明净广远景象，所感则写出了孤寂的心情和归隐的意向。）

题竹石牧牛①

子瞻画丛竹怪石，伯时②增前坡牧儿骑牛，甚有意态。戏咏。

野次小峥嵘③，幽篁④相倚绿。阿童三尺箠⑤，御此老觳觫⑥。石吾甚爱之，勿遣牛砺角⑦。牛砺角尚可，牛斗残我竹。

①这首诗大约作于哲宗元祐三年（1088）。 ②伯时：李公麟（1049—1106）字伯时，北宋著名画家。 ③野次：野地之中。峥嵘：本指山的高峻，这里用以指嶙峋怪石。 ④幽篁（huáng）：幽深的竹林。 ⑤阿童：指牧牛儿。三尺箠：三尺长的赶牛鞭。 ⑥御：驾驭。觳觫（hú sù）：牛恐惧颤抖貌，这里用以指代老牛。 ⑦砺角：磨角。（这是一首题画诗，却同时是一幅具有浓厚生活气息的农村风俗画。石、竹、牛、童本画中物，作者却当作活物来写，写出了他（它）们的生命，也写出了自己的爱惜之情。没有一个字言及画工之妙，对画的赞美却溢于言外。）

清平乐

春归何处？寂寞无行路①。若有人知春去处，唤取归来同住。　　春无踪迹谁知？除非问取黄鹂②。百啭③无人能解，因风飞过蔷薇。

①无行路：指春归的行踪。 ②黄鹂：即黄莺。因黄鹂鸣叫于春夏之间，因此说它应

该知道春的去处。 ③百啭：形容黄鹂鸣声婉转。（这是一首惜春词。语言通俗易懂，却富有情味。）

*　　　*　　　*　　　*　　　*

寄黄几复[①]

我居北海君南海[②]，寄雁传书谢不能[③]。桃李春风一杯酒[④]，江湖夜雨十年灯[⑤]。持家但有四壁立[⑥]，治病不蕲三折肱[⑦]。想见读书头已白[⑧]，隔溪猿哭瘴溪藤[⑨]。

①题下原注："乙丑年德平镇作"。乙丑年即元丰八年（1085），德平镇，在今山东德州。黄几复：名介，豫章（今江西南昌市）人，是作者少年时的旧交，当时在广州四会县（今广东四会县）任县令。 ②"我居"句：当时黄庭坚居德平，在山东，黄几复居四会，在广东，都离海不远，故称北海、南海。《左传》僖公四年："齐侯以诸侯之师侵蔡，蔡溃，遂伐楚。楚子使与师言曰：'君处北海，寡人处南海，唯是风马牛不相及也。'" ③"寄雁"句：意谓音讯难通，古时有鸿雁传书及南飞不过衡阳之说。寄，托。谢，辞谢，指雁因不能传书而辞谢。 ④"桃李"句：追忆二人年轻时交往之乐，情谊之深。 ⑤"江湖"句：黄庭坚与黄几复于熙宁九年（1076）在京师欢聚后相别，距写作此诗时已近十年。江湖飘泊，天各一方，孤灯夜雨，倍增怀念。 ⑥"持家"句：谓黄几复家徒四壁，贫无所有。《史记·司马相如列传》："文君夜奔相如，相如驰归成都，家徒四壁立。" ⑦"治病"句：《左传》定公十三年："三折肱（gōng）知为良医。"意思是一个医生将自己的胳膊折断三次而又治愈，便知他已成为名医。这里反用其意，是说黄几复富有才能，谙练世故，不须经历困难磨练，已有良好的政绩。蕲（qí），求。肱，胳膊。 ⑧"想见"句：称赞黄几复老而勤读不辍。 ⑨"隔溪"句：想象黄几复遭际环境的艰险、凄苦。猿哭，猿啼凄哀，故言哭，瘴溪，旧时广东一带多瘴气，故云。

雨中登岳阳楼望君山[①]（二首）

其　一

投荒[②]万死鬓毛斑，生入瞿塘滟滪关[③]。未到江南先一笑，岳阳楼上对君山。

①这两首诗作于宋徽宗崇宁元年（1102）春。这时作者遇赦，拟回故乡江西分宁，从

荆州动身，经过湖南岳阳。岳阳楼，在今湖南省岳阳市。君山，又名洞庭山，在洞庭湖中。 ②投荒：流窜于荒僻偏远之地。黄庭坚于宋哲宗绍圣二年（1095）贬涪州别驾，安置黔州（今四川彭水县），后又迁徙戎州（今四川宜宾市），在四川谪居近六年，至宋徽宗元符三年（1100）遇赦放还。 ③瞿塘：著名的长江三峡之一，在四川省奉节县东。滟（yàn）滪（yù）：滟滪堆，是瞿塘峡口险滩上的巨礁。

其　二

满川风雨独凭栏，绾结湘娥十二鬟[①]。可惜不当湖水面[②]，银山[③]堆里看青山。

①"绾结"句：形容君山像湘水女神头上绾结的十二螺髻。湘娥，指湘水女神。相传舜之二妃溺死于湘江，变为水神，住在君山。 ②不当湖水面：不在湖水面上。 ③银山：比喻波浪。

新喻道中寄元明[①]

中年畏病不举酒，孤负东来数百觞。唤客煎茶山店远，看人获稻午风凉。但知家里俱无恙，不用书来细作行。一百八盘携手上[②]，至今犹梦绕羊肠。

①新喻：县名，在今江西省新余县南。元明：黄庭坚之兄黄大临，字元明。 ②"一百"二句：黄庭坚被贬黔州时，黄大临曾远送，途中曾历一百八盘和四十八渡等险境。

[附录]

关于黄庭坚的评价

苏轼曰：读鲁直诗，如见鲁仲连、李太白，不敢复论鄙事，虽若不入用，亦不无补于世也。鲁直诗文如蝤蛑江瑶柱，格韵高绝，盘飧尽废；然不可多食，多食则发风动气。（《东坡题跋》卷二）

陈师道曰：豫章之学博矣，而得法于杜少陵，其学少陵而不为者也，故其诗近之，而其进则未也。故仆尝谓豫章之诗如其人，近不可亲，远不可疏，非其好莫闻其声。（《后山集》卷十《答秦觏书》）

张耒曰：以声律作诗，其末流也，而唐至今谨守之。独鲁直一扫古今，直出胸臆，破弃声律，作五七言，如金石未作，钟声和鸣，浑然天成，有言外意。近来作诗者颇有此体，然自吾鲁直始也。（《王直方诗话》引）

惠洪曰：山谷云：诗意无穷，而人之才有限，以有限之才，追无穷之意，虽渊明、少陵不得工也。然不易其意而造其语，谓之换骨法；窥入其意而形容之，谓之夺胎法。（《冷斋夜话》卷一）

蔡绦曰：鲁直自黔南归，诗变前体，且云要须唐律中作活计，乃可言诗，如少陵渊畜云萃，变态百出，虽数十百韵，格律益严，盖操制诗家法度如此。（《西清诗话》）

李清照曰：乃知（词）别是一家，知之者少。后晏叔原、贺方回、秦少游、黄鲁直出，始能知之。又晏苦无铺叙，贺苦少典重，秦即专主情致，而少故实。譬如贫家美女，非不妍丽丰逸，而终乏富贵态。黄即尚故实而多疵病，譬如良玉有瑕，价自减半矣。（《论词》）

胡仔曰：余读《豫章先生传赞》云：山谷自黔州以后诗，句法尤高，笔势放纵，实天下之奇作。自宋兴以来，一人而已。（《苕溪渔隐丛话后集》卷三十二）

张戒曰：黄鲁直自言学杜子美，……鲁直学子美，但得其格律耳。（《岁寒堂诗话》卷上）

又曰：山谷只知奇语之为诗，而不知常语亦诗也。（同上）

林光朝曰：苏、黄之别，犹丈夫女子之应接：丈夫见宾客，信步出将去；如女子，则非涂泽不可。（《艾轩集》卷五）

吴曾曰：晁无咎评本朝乐章，不具诸集，今载于此云："黄鲁直间作小词，固高妙，然不是当行家语？是著腔子唱好诗。"（《能改斋漫录》卷十六）

朱熹曰：江西欧阳永叔、王介甫、曾子固文章如此好，至黄鲁直一向求巧，反累正气。（《朱子语类辑略》）

敖陶孙曰：山谷如陶宏景祇诏入宫，析理谈玄，而松风之梦故在。（《宋诗纪事》卷二十一引）

王若虚曰：鲁直欲为东坡之迈往而不能，于是高谈句律，旁出样度，务以自立而相抗，然不免居其下也。（《滹南诗话》）

又曰：山谷之诗有奇而无妙，有斩绝而无横放，铺张学问以为富，点化陈腐以为新，而浑然天成、如肺肝中流出者不足也。此所以力追东坡而不及欤？（同上）

又曰：鲁直论诗，有夺胎换骨、点铁成金之喻，世以为名言。以予观之，特剽窃之黠者耳。（同上）

元好问曰：古雅难将子美亲，精纯全失义山真。论诗宁下涪翁拜，未作江西社里人。（《遗山先生文集》卷十一《论诗三十首》）

脱脱曰：庭坚学问文章，天成性得。陈师道谓其诗得法杜甫，学甫而不为者。善行草书，楷法亦自成一家。与张耒、晁补之、秦观俱游苏门，天下称为四学士。而庭坚于文章尤长于诗，蜀、江君子以庭坚配轼，故称苏、黄。（《宋史·本传》）

王世贞曰：诗格变自苏、黄，固也。黄意不满苏，直欲凌其上，然故不如苏也。何者？愈巧愈拙，愈新愈陈，愈近愈远。（《艺苑卮言》卷四）

又曰：子瞻多用事实，从老杜五言古排律中来。鲁直用生拗句法，或拙或巧，从老杜歌行中来。（同上）

胡应麟曰：宋黄、陈首创杜学，然黄律诗徒得杜声调之偏者，其语未尝有杜也。至古选歌行，绝与杜不类，晦涩枯槁，刻意为奇而不能奇，真小乘禅耳，而一代学之无上。（《诗薮》内编卷三）

贺裳曰：鲁直好奇，兼喜使事，实阴效杨、钱，而外变其音节，故多矫揉倔佶，而少自然之趣。然气清味冽，胸中亦自有权衡，故佳篇尚多。（《载酒园诗话》卷五）

王士祯曰：七言歌行，杜子美似《史记》，李太白、苏子瞻似《庄子》，黄鲁直似《维摩诘经》。（《带经堂诗话》卷一）

方东树曰：山谷之似杜、韩，在句格，至纵横变化则无之。 山谷不能出杜境界，却有自家面目。 山谷所得于杜，专取其苦涩惨淡、律脉严峭一种，以易夫向来一切意浮功浅、皮傅无真意者耳；其于巨刃摩天、乾坤摆荡者，实未能也。（《昭昧詹言》卷一）

刘熙载曰：黄山谷词用意深至，自非小才所能办，唯故以生字俚语侮弄世俗，若为金、元曲家滥觞（《艺概》卷四）

冯煦曰：后山以秦七、黄九并称，其实黄非秦匹也。若以比柳，差为得之。盖其得也，则柳词明媚，黄词疏宕，而亵诨之作，所失亦均。（《蒿庵论词》）

秦　观

秦观（1049—1100），字少游，又字太虚，自号淮海居士，扬州高邮（今江苏高邮县）人。神宗元丰八年（1085）进士。他少豪隽慷慨，溢于文词。他的文学才能受到苏轼的赏识。由苏轼荐举，曾入朝任秘书省正字、兼国史院编修官等职。后新党章惇当政，打击元祐党人，他先后被贬官处州、郴州、横州、雷州等地，后死藤州。秦观亦写诗，但词名大于诗名。词多写男女爱情及失意文人的愁和恨，有浓厚的感伤情绪。词风秀丽含蓄，但略嫌纤弱，是北宋婉约派代表词家之一。著有《淮海词》。

满庭芳

山抹微云，天粘衰草①，画角声断谯门②。暂停征棹③，聊共引离尊④。多少蓬莱旧事⑤，空回首，烟霭纷纷⑥。斜阳外，寒鸦万点⑦，流水绕孤村。　销魂⑧，当此际，香囊暗解⑨，罗带轻分⑩。漫赢得青楼薄幸名存⑪。此去何时见也，襟袖上空惹啼痕。伤情处，高城望断，灯火已黄昏⑫。

①天粘衰草：远天与衰草相连接。粘一作“连”。　②“画角”句：谯楼上的号角已经吹过，表示天已黄昏。画角，加彩绘的军中号角。谯门：谯楼，城门建楼，可以了望。　③暂停征棹：因天近黄昏，故行船暂泊。征棹：行舟。　④共引离尊：一起饮酒话别。引，举。一作“饮”。尊，同“樽”，酒器。　⑤蓬莱：传说中的仙山。蓬莱旧事，指男女欢恋的往事。承唐人习用语，以游仙、会真喻冶游。　⑥烟霭纷纷：形容往事如云烟般消散。　⑦“寒鸦万点”二句：用隋炀帝“寒鸦飞数点，流水绕孤村”句意。万点，一作“数点”。　⑧销魂：这里是形容因离别引起的悲伤愁苦。　⑨香囊暗解：解下佩带的香囊作为临别的赠物。　⑩罗带轻分：罗带，丝织的带子。古人以罗带打成同心结，以示永远相爱。轻，轻易。这里以罗带轻分表示离别。　⑪“漫赢得”句：用杜牧“十年一觉扬州梦，赢得青楼薄幸名”。（《遣怀》）句意。漫，空，徒然。青楼，指妓院。薄幸，薄情。　⑫“高城望断”二句：回头看爱人所住的高城，已是黄昏时分，但见一片灯火，高城不见，所爱之人更无从寻找了。唐欧阳詹《初发太原途中寄太原所思》诗：“高城已不见，况复城中人。”此化用其意。（这首词写男女离情，以秋日晚景作点染，烘托缠绵浓重的情意，不假雕琢，自然流畅。）

踏莎行①

郴州旅舍

雾失楼台②，月迷津渡，桃源望断无寻处③。可堪孤馆闭春寒④，杜鹃⑤声里斜阳暮。　　驿寄梅花⑥，鱼传尺素⑦，砌⑧成此恨无重数。郴江幸自绕郴山⑨，为谁流下潇湘去？

①这首词作于绍圣四年（1097），时作者贬官郴州（今湖南郴县）。　②“雾失楼台”二句：楼台为夜雾所迷失，渡口也隐没在朦胧的月色里。　③“桃源”句：望尽天涯，桃源却无处可寻。桃源，指可以隐居避世之处。陶渊明《桃花源记》所说桃源，在今湖南桃源县。　④可堪：那堪，受不住。孤馆：孤居馆舍。闭春寒：春寒料峭，闭馆独处。　⑤杜鹃：鸟名，又名杜宇、子规。初夏时昼夜啼叫，鸣声似“不如归去”。　⑥驿寄梅花：陆凯《赠范晔诗》：“折梅逢驿使，寄与陇头人。江南无所有，聊赠一枝春。”　⑦鱼传尺素：古乐府《饮马长城窟行》：“客从远方来，遗我双鲤鱼。呼儿烹鲤鱼，中有尺素书。”以上两名都是说友人从远处来信。　⑧砌：堆积。　⑨“郴江”二句：郴江本来是绕着郴山流的，为什么要流到潇湘去呢？意思是连郴江之水也不为愁人少住而流去，而自己却只能留居于郴州旅舍，以此表现望远思乡之情。郴江，源于郴州黄岑山，北流入湘江。幸自，本自。为谁，为何。潇湘，湘水与潇水在湖南零陵县西合流，故称潇湘。（这首词运用比兴手法，以凄迷的景色表现感伤情绪，抒发了作者在政治上遭到打击以后的孤寂苦闷心情。）

*　　*　　*　　*　　*

鹊桥仙

纤云弄巧①，飞星传恨②，银汉迢迢暗度③。金风玉露一相逢④，便胜却人间无数。　　柔情似水，佳期如梦，忍顾鹊桥归路⑤！两情若是久长时，又岂在朝朝暮暮。

①纤云弄巧：缕缕云彩编织出巧妙的花样。　②飞星传恨：牛郎、织女二星因被阻隔不得相见而表现出内心的怨恨。　③暗度：夜渡。　④“金风”句；指七月七日夜牛郎织女相逢。金风玉露指秋日气候。　⑤忍顾：即不忍顾。鹊桥：传说七月七日夜，喜鹊搭桥，让牛郎织女渡河相会。

贺　铸

贺铸（1052—1125），字方回，原籍山阴（今浙江绍兴市），生长卫州（今河南汲县）。早年任武职，后转为文官，曾任泗州（今江苏盱眙东北）、太平州（今安徽当涂）等地通判。晚年退居苏州，自号鉴湖遗老。他性格刚直豪爽，不肯屈事权贵，又好谈论政治，因而不得志。他的词富于抒情特色，语言绮丽，内容比秦观词为丰富，且间有悲壮豪放之作。著有《东山词》。

青玉案[①]

凌波不过横塘路[②]，但目送，芳尘去[③]。锦瑟华年[④]谁与度？月台花榭[⑤]，琐窗[⑥]朱户，只有春知处。　　碧云冉冉蘅皋暮[⑦]，彩笔[⑧]新题断肠句。试问闲愁都几许[⑨]？一川[⑩]烟草，满城风絮[⑪]，梅子黄时雨[⑫]。

①这首词作于贺铸寓居苏州（今江苏苏州市）时期。　②凌波：曹植《洛神赋》："凌波微步，罗袜生尘。"后人因以凌波形容女人步履的轻盈。横塘：地名，在苏州城外十余里，贺铸在那里筑有小屋，时常往来于其间。　③芳尘：本指美人经过时的尘土，这里借指美人。以上三句，写美人离别一去不复返。　④锦瑟年华：美好的年华。李商隐《无题》诗："锦瑟无端五十弦，一弦一柱思华年。"　⑤月台：露天的平台。花榭（xiè）：花木环绕的厅堂。　⑥琐窗：雕花的窗。琐是连环形的花纹。　⑦冉冉：缓缓移动的样子。蘅（héng）皋（gāo）：长着香草的水边高地。蘅，杜蘅，香草名。　⑧彩笔：比喻富有才华的文笔。《南史·江淹传》载：相传江淹有一支五彩笔，因而作诗多美句，后梦中被一自称为郭璞的人索还，自此才思微尽，再写不出好诗来。　⑨都几许：共有多少。　⑩一川：遍地。川，平地。　⑪风絮：随风飘扬的柳絮。　⑫梅子黄时雨：春夏之交，梅子黄时，江南地区多连绵细雨，称黄梅雨。以上三句是借物象比喻内心愁绪的无穷无尽，连绵不绝。因末句的工巧，贺铸遂有"贺梅子"之称。（见周紫芝《竹坡诗话》）（这首词以思慕美人不来发端，抒写了孤寂的词人在春天的幽恨清愁，比喻恰切，辞语清丽。）

*　　*　　*　　*　　*

六州歌头[①]

少年侠气，交结五都[②]雄。肝胆洞[③]，毛发耸。立谈中，死生同，一诺千金重[④]。推翘勇[⑤]，矜豪纵，轻盖[⑥]拥，联飞鞚[⑦]，斗城[⑧]东。轰饮酒垆，春色浮寒瓮[⑨]，吸海垂虹[⑩]。闲呼鹰嗾[⑪]犬，白羽摘[⑫]雕弓，狡穴[⑬]俄空。乐匆匆[⑭]。　　似黄粱梦[⑮]，辞丹凤[⑯]；明月共[⑰]，漾孤蓬[⑱]。官冗从[⑲]，怀倥偬[⑳]，落尘笼[㉑]，簿书丛[㉒]。

鹖弁[23]如云众，供粗用，忽奇功。笳鼓动[24]，渔阳弄；思悲翁[25]，不请长缨[26]，系取天骄种[27]，剑吼西风。恨登山临水，手寄七弦桐[28]，目送归鸿。

①这首词大约作于贺铸晚年。词中将少年时任侠不羁的豪气和晚年壮志未酬、仕途失意的抑郁作了对比。 ②五都：汉代以洛阳、邯郸、临淄、宛、成都为五都，这里是泛指北宋时的一些大城市。 ③肝胆洞：肝胆照人，明澈可见。 ④一诺千金重：表示恪守信义。《史记·季布栾布列传》："得黄金百斤，不如得季布一诺。" ⑤翘勇：特出的勇敢。 ⑥轻盖：即轻车。盖：车盖，这里代指车 ⑦鞚（kòng）：带嚼子的马笼头，这里指代马。飞鞚，即快马。 ⑧斗城：汉代长安城的别称，因城北凸出形状似北斗，城南屈曲形式似南斗而得名。此指汴京。 ⑨春色浮寒瓮：酒坛子里春色荡漾，香气诱人。 ⑩吸海垂虹：杜甫《饮中八仙歌》："饮如长鲸吸百川。"南朝刘敬叔《异苑》载，晋义熙初，晋陵薛愿，见有虹在他的锅边饮水，转眼便被吸干。愿以酒灌之，随投随干。这里化用两个典故，形容豪饮情状。 ⑪嗾（sǒu）：指使狗的声音。 ⑫白羽：箭名。摘：发。 ⑬狡穴：狡兔之窟，这里泛指兽穴。 ⑭乐匆匆：极一时之乐，另一解释是欢乐很快就过去，亦通。 ⑮黄粱梦：用唐人沈既济《枕中记》故事。 ⑯丹凤：唐代长安有丹凤门，一般用以指京城。 ⑰明月共：只有明月相伴，意谓孤独一人。 ⑱孤蓬：孤舟。 ⑲冗从：散职侍从官，这里指可有可无的闲散官职。这表现了作者对自己离汴京后官位很低的不满。 ⑳倥偬（kǒng zǒng）：愁苦、急迫。这里形容内心烦躁不安。 ㉑落尘笼：陶渊明诗："误落尘网中。"谓为官事所羁累。 ㉒簿书丛：意谓整天与公文打交道。 ㉓鹖弁（hé biàn）：插有鹖鸟羽毛的武官帽子，这里代指武官。 ㉔"笳鼓"二句：渔阳弄，即渔阳掺，汉鼓曲名。弄，一曲为弄，演奏亦曰弄。这里化用白居易《长恨歌》"渔阳鼙鼓动地来，惊破霓裳羽衣曲"句意，借指不断骚扰宋朝的北方少数民族政权。 ㉕思悲翁：汉乐府《郊祀歌》中曲名，这里借用字面意义，自叹衰老。时作者年已过七十。 ㉖请长缨：《汉书·终军传》载：汉武帝时终军请求安定南越（今广东、广西及湖南南部一带），行前对汉武帝说："愿受长缨，必羁南越王而致之阙下。"后因称请求从军报国为请缨。缨，绳子。 ㉗天骄种：指当时侵扰中原的北方少数民族。汉代匈奴王自称"天之骄子"。（见《汉书·匈奴传》） ㉘"手寄七弦桐"二句：七弦桐即七弦琴，古琴用桐木做成，有五弦，有七弦。嵇康《赠秀才入军》："目送征鸿，手挥五弦。"这里化用其意，感叹自己只能以弹琴来寄托内心的悲愤。

陈师道

陈师道（1053—1101），字履常，一字无己，号后山居士，彭城（今江苏徐州市）人。他由人举荐，白衣得官，曾任徐州教授、秘书省正字等职。生活贫困，但为人耿介自守，不阿附权贵。他是江西诗派中的重要作家，后人把他与黄庭坚、陈与义并列称为“三宗”。诗初学黄庭坚，后又致力于学习杜甫，但偏重在形式技巧方面，而缺乏杜诗的深沉雄健。以苦吟著称。他有些诗写得简古拗涩，但也有写得质朴自然、富于真情实感之作。著有《后山集》。

别三子[①]

夫妇死同穴[②]，父子贫贱离。天下宁有此[③]？昔闻今见之！母前三子后，熟视不得追。嗟乎胡不仁[④]，使我至于斯[⑤]。有女初束发[⑥]，已知生离悲；枕我不肯起，畏我从此辞[⑦]。大儿学语言，拜揖未胜衣[⑧]；唤爷我欲去，此语那可思[⑨]！小儿襁褓[⑩]间，抱负有母慈；汝哭犹在耳[⑪]，我怀人得知[⑫]！

①这首诗大约作于神宗元丰七年（1084）或稍后。七年，陈师道的岳父郭概任西川提刑，陈师道因贫困不能养活家口，就让岳父将妻儿都带到四川同住。诗即写与儿女相别情状。 ②死同穴：《诗经·王风·大车》：“死则同穴。”穴，墓穴。这句是说，夫妻因贫贱被迫分离，只有死后才能埋在一起。 ③宁有此：难道有这种情景。 ④胡不仁：为什么这样残酷。 ⑤至于斯：到这样的境地。 ⑥束发：古时女子十五岁将头发束起，加笄（jī，簪子），表示成年，称为及笄或束发。 ⑦畏我从此辞：怕这次分别后再也不会见面。 ⑧拜揖未胜衣：《史记·三王世家》：“皇子赖天，能胜衣趋拜。”这里反用此意，说大儿还幼弱，不能穿起礼服行礼。 ⑨那可思：不忍想，表示十分痛心。 ⑩襁褓（qiǎng bǎo）：包裹婴儿的小被。 ⑪犹在耳：还可以听到。 ⑫我怀人得知：我内心的悲痛别人哪里知道。（这首诗写骨肉分离的深切悲痛，一字一泪，情见乎词。）

十七日观潮[①]（三首选一）

其　三

漫漫平沙走白虹[②]，瑶台失手玉杯空[③]。晴天摇动清江底，晚日浮沉急浪中。

①十七日：指八月十七日，钱塘江潮以八月为最大。 ②白虹：形容江潮涌起的浪花卷向沙岸，如一条走动的白虹。 ③“瑶台”句：形容潮头溅起无数水珠，使人想象是天上的神仙失手碰倒了玉杯，洒下琼浆。（这首诗生动地描写了钱塘江潮的壮观景象。）

周邦彦

周邦彦（1056—1121），字美成，号清真居士，钱塘（今浙江杭州）人。年轻时在汴京太学读书，因献《汴京赋》得到徽宗赏识，拔为太学正。后历任庐州教授、秘书省正字等职。徽宗置议礼局，他任议礼局检讨官；由于精通音律，又做了大晟府提举。他生活放浪，喜欢狎妓。他的词讲究音律，善于铺叙，在严整中有曲折变化。好用事，喜融化古句入词。词风富艳精工。他在艺术技巧以及音律和词调创制上有一定贡献。著有《片玉词》。

六　丑①

蔷薇谢后作②

正单衣试酒③，怅客里④、光阴虚掷。愿春暂留，春归如过翼⑤，一去无迹。为问家⑥何在？夜来风雨，葬楚宫倾国⑦。钗钿堕处遗香泽⑧，乱点桃蹊⑨，轻翻柳陌⑩。多情为谁追惜⑪？但蜂媒蝶使⑫，时叩窗槅⑬。

东园岑寂⑭，渐蒙笼暗碧⑮。静绕珍丛⑯底，成叹息。长条故惹行客⑰，似牵衣待话，别情无极。残英⑱小，强簪巾帻⑲。终不似、一朵钗头颤袅⑳，向人攲侧㉑。漂流处，莫趁潮汐㉒。恐断红、尚有相思字㉓，何由见得！

①《六丑》词调最初见于周邦彦词，可能为他所创。周密《浩然斋雅谈》卷下：“（徽宗）问《六丑》之义，莫能对。急召邦彦问之，对曰：‘此犯六调皆声之美者，然绝难歌。昔高阳氏有子六人，才而丑，故以比之。’” ②一题作《落花》。 ③试酒：宋代有夏历三月末或四月初酒库呈样尝新酒的习俗，见《武林旧事》卷三。这句点明三、四月间天气。 ④怅：一作“恨”，惆怅，愁闷。客里：羁留他乡。在《兰陵王·柳》中词人曾自称“京华倦客”，这里表现的是同样的思想感情。 ⑤如过翼：像鸟飞那样迅速地过去。 ⑥家：一作“花”。 ⑦葬楚宫倾国：这里以美人比落花，意思是蔷薇花被夜来的风雨摧残埋葬了。李延年歌：“北方有佳人，绝世而独立。一顾倾人城，再顾倾人国。”后因以“倾国”作为美人的代称。 ⑧钗钿（diàn）：妇女的首饰，这里用来比喻飘落的花瓣。徐夤《蔷薇》：“晚风飘处似遗钿。”香泽：妇女涂饰用的香膏之类。 ⑨桃蹊（xī）：桃树下的小路。 ⑩轻翻：与上句“乱点”互文，形容凋谢的蔷薇花纷乱飘落在桃树柳树下的小路上。 ⑪为谁：即谁为。为，一作“更”。 ⑫蜂媒蝶使：春天蜂和蝶飞舞于

花枝间，好似花的媒人和使者。称蜂媒蝶使是强调蜂和蝶恋花的感情，以反衬上句无人惜花之意。 ⑬ 槅（gé）：窗槅子。 ⑭ 岑寂：寂静。指花事凋零，已没有了春天的热闹气氛。 ⑮ 蒙笼暗碧：草木葱笼，碧绿幽暗，指暮春景象。 ⑯ 珍丛：已凋谢而值得珍惜的蔷薇花丛。 ⑰“长条故惹行客”三句：将花拟人化，说带刺的蔷薇枝条勾住人的衣服，好像是牵着衣服有什么话要说，表现出恋恋不忍离别的无限深情。 ⑱ 残英：残花。 ⑲ 强：因是残花，故曰勉强。簪（zān）：插戴。巾帻（zé）：头巾。 ⑳“终不似”句：总不如盛开的蔷薇花插在钗头上那么颤动可爱。颤袅：颤抖摆动，形容花朵的婀娜多姿。 ㉑ 攲（qī）侧：斜依，一种取媚于人的姿态。 ㉒ 趁：追逐。潮汐：早潮叫潮，晚潮叫汐。 ㉓“恐断红”二句：借用唐人红叶题诗的故事。据《云溪友议》及《本事诗》等书载，唐代宫女题诗红叶上，置御沟中，随水漂出，后被人拾得，巧结姻缘。这里以残花喻指红叶，是说落花莫要随潮汐漂走，恐怕上面也有相思字，如若漂走，那就永远叫人无从得见了。（这首词是周邦彦咏物词的代表作。全词通过咏凋谢了的蔷薇来表达他的惜春之情，并隐约透露出一种迟暮落寞之感。艺术表现上，运用拟人化的手法，从花和人两面着笔，回环曲折，一唱三叹，写出缠绵不尽之意。）

苏幕遮

燎沉香①，消溽暑②。乌雀呼晴，侵晓③窥檐语。叶上初阳干宿雨④，水面清圆⑤，一一风荷举⑥。　　故乡遥，何日去？家住吴门⑦，久作长安⑧旅。五月渔郎相忆否⑨？小楫⑩轻舟，梦入芙蓉浦⑪。

① 燎：烧。沉香，一种香气浓烈的香料，一名沉水香。 ② 溽（rù）暑：夏季潮湿闷热的天气。溽，湿。 ③ 侵晓：天刚亮时。 ④ 宿雨：昨夜的雨。 ⑤ 清圆：清谓荷叶之质，圆渭荷叶之形。 ⑥“一一”句：晨风吹来，片片荷叶挺立水面。 ⑦ 吴门：苏州的别称。作者为钱塘人，古代吴地包括今浙江省北部，故称“家住吴门”。 ⑧ 长安：借指汴京。时作者居汴京。 ⑨“五月”句：旧时在夏日一起打渔的伴侣还记得我不？ ⑩ 楫（jí）：划船用的工具。 ⑪ 芙蓉浦：荷花塘。这两句是说梦见划着小舟，轻快地驶上开着荷花的水塘中。浦：这里指流动的浅水。（这首词描写夏日荷塘景色，并抒写思乡之情。风格清新雅淡，与其他词作的“富艳精工”不同。描写荷花二句，王国维《人间词话》称其“真能得荷花之神理者”。）

*　　　*　　　*　　　*　　　*

兰陵王[①]

柳

柳阴直，烟里丝丝弄碧。隋堤上[②]，曾见几番，拂水飘绵送行色[③]。登临望故国[④]，谁识京华倦客[⑤]。长亭路，年去岁来，应折柔条过千尺[⑥]。　闲寻旧踪迹[⑦]，又酒趁哀弦[⑧]，灯照离席[⑨]。梨花榆火催寒食[⑩]。愁一剪风快[⑪]，半篙波暖[⑫]，回头迢递便数驿[⑬]，望人在天北[⑭]。

凄恻，恨堆积。渐别浦萦回[⑮]，津堠岑寂[⑯]，斜阳冉冉春无极[⑰]。念月榭[⑱]携手，露桥[⑲]闻笛，沉思前事，似梦里，泪暗滴。

①此篇是周邦彦词的代表作之一，在南宋绍兴年间颇流行，人们常在送别时歌唱。又因全词分三片，故称为“渭城三曲”，见宋毛幵《樵隐笔录》。　②隋堤：隋帝开导汴水，名通济渠，沿渠筑堤，故称隋堤。　③飘绵：柳絮飘飞。　④故国：这里指故乡。　⑤京华倦客：时作者久居汴京，意颇倦怠，故以此自称。　⑥折柔条：古时有折柳送行的习俗。　⑦“闲寻”句：追忆往昔在汴京的游踪。　⑧趁：逐。哀弦：离别时所奏的动人的音乐。“弦”在这里泛指音乐。　⑨离席：送别的筵席。　⑩“梨花”句：点出送别是在梨花开放、寒食节近，也就是春深的时节。榆火：古代钻木取火，称“榆柳之火”。寒食节在清明前二日，古代习俗在寒食节禁火，节后另取新火。这里只是用以点出禁火节令已近。　⑪愁：这是设想离别后令人哀愁的情景。“愁”字为领头字，绾合四句直至“望人在天北”。一剪风快：急风吹水，舟行如箭。　⑫半篙：船民常以篙量河水的深浅，故有“半篙”“一篙”之说。波暖：水暖，言春已深。　⑬迢递：形容遥远。驿：驿站。　⑭“望人”句：行人往南，故望送别的人留在天北。　⑮别浦：河流有支流小口另通称为“别浦”。萦回：回漩。　⑯津：渡口。堠（hòu）：古时供瞭望的土堡，五里或十里一个。岑寂：寂静。　⑰冉冉：慢行貌。　⑱月榭：明月照射的楼台。　⑲露桥：为露水所浸的桥。

二　南宋诗词散文

李清照

李清照（1084—1155？），号易安居士，济南（今属山东）人。她出身于一个具有文化传统的士大夫家庭，父亲李格非是一位散文家兼学者。十八岁与太学生赵明诚结婚，赵是一位金石学家，曾任莱州、淄州知州。1127年靖康之难，赵明诚病死，更兼国破家亡，此后她便在杭州、越州（今浙江绍兴）、金华一带过着孤苦飘零的生活。李清照多才多艺，能书善画，文学上诗、词、散文兼擅，而以词为最著名。存诗不多，其题材、风格与词作迥异。词作多写个人生活及其感受，南渡前基调较开朗乐观，南渡后主要抒写亡国之痛和身世之感，情调哀伤愁苦。风格婉约俊秀，在语言艺术上造诣很高。著有《漱玉词》。

如梦令

昨夜雨疏风骤，浓睡不消残酒①。试问卷帘人②，却道“海棠依旧”③。“知否④？知否？应是绿肥红瘦。”

①浓睡：睡得很深、很熟。残酒：残留的醉意。　②卷帘人：正在卷帘的侍女。　③“却道”句：这句是卷帘侍女的答话，说海棠依旧是原来那样。却，反而。表示问话人不相信卷帘侍女的回话。　④“知否”三句：这是对卷帘侍女回话的纠正，意思是：经过一夜风雨，海棠该是花残叶茂了。肥、瘦，以人喻花树，包含了痛惜凄哀的感情。（这首词通过主人公对花开花落的关怀，抒发了词人惜春伤春的感情。词很短，却有对话，有形象，写得婉曲含蓄，富有情致。）

醉花阴

九　日①

薄雾浓云愁永昼②，瑞脑消金兽③。佳节又重阳，玉枕纱厨④，半夜凉初透。　东篱把酒黄昏后⑤，有暗香盈袖⑥。莫道不消魂⑦，帘卷西风⑧，人比黄花瘦⑨。

①九日：旧历九月初九日，重阳节。　②薄雾浓云：形容闺房里因燃香料而烟雾缭绕。愁永昼：因愁思萦怀而觉得时间过得很慢，白天显得很长。永，长。　③瑞脑：香料名，即龙脑，俗称冰片。消金兽：香炉里的香料逐渐燃尽。金兽，兽形的铜制香炉。　④玉枕：对枕的美称。纱厨：即碧纱厨，以木架做成，形如小屋，中间安置床榻，蒙上绿色轻纱，以避蚊虫。　⑤“东篱”句：黄昏后饮酒赏菊。陶渊明《饮酒》：“采菊东篱下，悠然见南山。”东篱在这里泛指种有菊花的园地。　⑥暗香：指菊花的幽香。盈袖：满袖。古诗《庭中有奇树》：“攀条折其荣，将以遗所思。馨香盈怀袖，路远莫致之。”此用其意。　⑦消魂：同“销魂”，指离愁别绪使人十分悲伤。江淹《别赋》：“黯然销魂者，唯别而已矣。”　⑧帘卷西风：秋风吹动帘子。　⑨黄花：菊花。这句以人比菊瘦表现人的凄哀和憔悴。（这是一首闺怨词，抒写了一个多愁善感的闺中少妇在重阳节怀念自己丈夫的寂寞凄苦感情。）

渔家傲

记　梦

天接云涛连晓雾①，星河欲转千帆舞②。仿佛梦魂归帝所③，闻天语④，殷勤问我归何处？　我报路长嗟日暮⑤，学诗谩有惊人句⑥。九万里风鹏正举⑦。风休住⑧，蓬舟吹取三山去⑨！

①“天接”句：天色微明时，天边的云彩如汹涌的波涛，与晨雾相连接，构成一片迷濛壮观景象。　②“星河”句：天上银河斜转，无数的星星在闪烁，看起来如千帆竞舞。　③帝所：天帝所居的地方。　④天语：指天帝的问话。　⑤报：回答。“路长”“日暮”都是引起嗟叹的原因。这里用屈原《离骚》“欲稍留此灵琐兮，日忽忽其将暮”和“路漫漫其修远兮，吾将上下而求索”句意，表示自己不顾路途的艰苦，将坚持理想的追求。　⑥“学诗”句：是说自己学诗虽也写出过惊人的句子，却是空有诗才，靠写诗不能实现自己的理想。谩，通“漫”，徒，空。　⑦“九万里”句：自己将像大鹏鸟一样乘风展翅高飞九万里。《庄子·逍遥游》：“鹏之徙于南冥也，水击三千里，抟扶摇而上者九万里。”此用其意。　⑧住：

停止。 ⑨蓬舟：小舟，言其轻如蓬草。吹取：吹到。三山：传说蓬莱、方丈、瀛州是海上的三座仙山。（这首词通过记梦，创造出一种雄奇壮阔的意境，表现了作者欲展翅奋飞的豪情壮志和对理想的执着追求，以及道路漫长、理想难于实现的嗟叹和苦闷，风格雄健豪放。）

声声慢

寻寻觅觅①，冷冷清清，凄凄惨惨戚戚。乍暖还寒时候②，最难将息③。三杯两盏淡酒④，怎敌他晚来风急⑤！雁过也，正伤心，却是旧时相识⑥。　满地黄花堆积⑦，憔悴损⑧，如今有谁堪摘⑨？守着窗儿，独自怎生得黑⑩！梧桐更兼细雨，到黄昏点点滴滴。这次第⑪，怎一个愁字了得⑫！

①“寻寻觅觅”三句：三句意思互有关联而又递进，寻寻觅觅写追寻求索、若有所失的心情，冷冷清清写环境的清冷和心情的孤寂，凄凄惨惨戚戚写内心无法排解的忧愁与悲哀。 ②乍暖还寒：指深秋天气变化不定，冷暖无常。 ③将息：调养。 ④淡酒：薄酒，言“淡”也暗含了无饮酒的意趣。 ⑤晚来：犹言“向晚”。一作“晓来”。 ⑥“雁过也”三句：见北雁南飞，引起伤感，而雁又是“旧时相识”（意从北国家乡飞来），就更加勾起怀乡之愁，令人悲苦难禁了。却是，正是。 ⑦黄花：菊花。 ⑧憔悴损：指花的凋残，也指人的消瘦。 ⑨“如今”句：暗指丈夫已经逝去，无人相伴摘菊赏玩。 ⑩怎生：怎样。得黑：挨到天黑。 ⑪这次第：这情景。 ⑫“怎一个”句：一个愁字怎么能概括得了。（这首词生动形象地表现了一个身历国破家亡的孤苦妇女，在秋日黄昏时分的孤寂愁苦心情。全词突出写一个“愁”字，却并不单调，运用铺叙手法，通过一系列景象与事物的描写刻画，反复渲染，将抽象的感情化为具体可感的形象，揭示了词人复杂丰富的内心世界。）

*　　　*　　　*　　　*　　　*

永遇乐

落日熔金①，暮云合璧②，人在何处③？染柳烟浓④，吹梅笛怨⑤，春意知几许⑥？元宵佳节，融和天气，次第⑦岂无风雨？来相召⑧，香车宝马，谢他酒朋诗侣。　中州盛日⑨，闺门多暇，记得偏重三五⑩。铺翠冠儿⑪，捻金雪柳⑫，簇带争济楚⑬。如今憔悴，风鬟雾鬓⑭，怕见⑮夜间出去。不如向帘儿底下⑯，听人笑语。

①落日熔金：落日的红光如熔化的赤金。 ②暮云合璧：傍晚时分云气升腾，连成一片，如合起来的美玉。璧，圆形而中间有孔的玉。 ③人在何处：落日暮云引起内心异乡飘泊之感。 ④染柳烟浓：即浓烟染柳，浓重的雾气笼罩着柳树。 ⑤吹梅笛怨：即笛吹梅怨，羌笛吹出《梅花落》哀怨的曲调。《梅花落》为古曲名。 ⑥几许：多少，意重在少，即春意尚浅。 ⑦次第：转眼。 ⑧"来相召"三句：朋友们乘坐香车宝马邀我同去饮酒作诗，因无游兴，都被我婉言谢绝了。 ⑨中州：河南古称中州，这里指北宋故都汴京。盛日：繁盛时日，指北宋未沦亡时。 ⑩三五：指旧历正月十五，元宵节。 ⑪铺翠冠儿：装饰着翡翠的帽子。 ⑫捻金雪柳：捻，搓。雪柳是宋时妇女在元宵节赏玩时头上所戴饰物的一种。捻金雪柳，捻金作线状以制作雪柳。 ⑬簇带：插带，宋时俗语。济楚：齐整。 ⑭风鬟雾鬓：因经乱离而衰老憔悴，头发零乱，两鬓如霜。 ⑮怕见：怕得，懒得。见，语助词。 ⑯帘儿底下：帘子里。

金石录后序[①]

右[②]《金石录》三十卷者何？赵侯德父[③]所著书也。取上自三代[④]，下迄五季[⑤]，钟、鼎、甗、鬲、盘、匜、尊、敦之款识[⑥]，丰碑、大碣，显人、晦士之事迹[⑦]，凡见于金石刻者二千卷[⑧]，皆是正讹谬[⑨]，去取褒贬[⑩]，上足以合圣人之道[⑪]，下足以订史氏之失者皆载之，可谓多矣。呜呼！自王播、元载之祸[⑫]，书画与胡椒无异[⑬]；长舆、元凯之病[⑭]，钱癖与传癖何殊[⑮]。名虽不同，其惑[⑯]一也。

余建中辛巳，始归赵氏[⑰]。时先君作礼部员外郎[⑱]，丞相时作吏部侍郎[⑲]。侯年二十一，在太学[⑳]作学生。赵、李族寒[㉑]，素贫俭。每朔望谒告[㉒]出，质[㉓]衣取半千钱，步入相国寺[㉔]，市[㉕]碑文、果实归，相对展玩咀嚼，自谓葛天氏之民[㉖]也。后二年，出仕宦[㉗]，便有饭蔬、衣练[㉘]，穷遐方绝域[㉙]，尽天下古文奇字[㉚]之志。日就月将[㉛]，渐益堆积。丞相居政府[㉜]，亲旧或在馆阁[㉝]，多有亡诗、逸史[㉞]，鲁壁、汲冢所未见之书[㉟]。遂尽力传写，浸觉有味[㊱]，不能自已。后或见古今名人书画、三代奇器，亦复脱衣市易[㊲]。尝记崇宁间[㊳]，有人持徐熙《牡丹图》[㊴]，求钱二十万。当时虽贵家子弟，求二十万钱，岂易得耶？留信宿[㊵]，计无所出而还之，夫妇相向惋怅者数日。

后屏居乡里[㊶]十年，仰取俯拾[㊷]，衣食有余；连守两郡[㊸]，竭其俸入以事铅椠[㊹]。每获一书，即同共校勘、整集、签题[㊺]。得书、画、彝[㊻]、鼎，亦摩玩舒卷[㊼]，指摘疵病，夜尽一烛为率[㊽]。故能纸札[㊾]精致，字画[㊿]完整，冠[51]诸收书家。余性偶强记[52]，每饭罢，坐归来堂[53]烹茶，指堆积书史，言某事在某书某卷第几页第几行，以中否角胜负[54]，为饮茶先后。中即举杯大笑，至茶倾覆怀中，反不得饮而起。甘心老是乡[55]矣！故虽处忧患困穷[56]，而志不屈。

收书既成，归来堂起书库大橱，簿甲乙[57]，置书册。如要讲读，即请钥上簿[58]，关出卷帙[59]。或少损污[60]，必惩责揩完涂改[61]，不复向时之坦夷[62]也。是欲求适意而反取憀栗[63]。余性不耐，始谋食去重肉[64]，衣去重采[65]，首无明珠、翡翠之饰，室无涂金、刺绣之具，遇书史百家字不刓缺[66]、本不讹谬者，辄市之[67]，储作副本。自来家传《周易》《左氏传》，故两家者流[68]，文字最备。于是几案罗列，枕席枕藉[69]，意会心谋[70]，目往神授[71]，乐在声色狗马[72]之上。

至靖康丙午[73]岁，侯守淄川[74]，闻金人犯京师，四顾茫然[75]，盈箱溢箧，且恋恋，且怅怅，知其必不为己物矣。建炎丁未[76]春三月，奔太夫人丧南来，既长物[77]不能尽载，乃先去书之重大印本者[78]，又去画之多幅者，又去古器之无款识者，后乃去书之监本[79]者，画之平常者，器之重大者，凡屡[80]减去，尚载书十五车。至东海[81]，连舻渡淮[82]，又渡江，至建康。青州故第[83]，尚锁书册什物，用屋十余间，期明年再具舟载之。十二月，金人陷青州。凡所谓十余屋者，已皆为煨烬[84]矣。

建炎戊申[85]秋九月，侯起复[86]，知建康府。己酉[87]春三月罢，具舟上芜湖，入姑孰[88]，将卜居赣水[89]上。夏五月至池阳[90]。被旨知湖州[91]，过阙上殿[92]，遂驻家池阳，独赴召[93]。六月十三日，始负担舍舟，坐岸上，葛衣岸巾[94]，精神如虎，目光烂烂射人，望舟中告别。余意甚恶[95]，呼曰："如传闻城中缓急[96]，奈何？"戟手[97]遥应曰："从众[98]。必不得已，先去辎重[99]，次衣被，次书册卷轴，次古器，独所谓宗器[100]，可自负抱，与身俱存亡，勿忘也！"遂驰马去。途中奔驰，冒大暑，感疾。至行在[101]，病痁[102]。七月末，书报卧病。余惊怛[103]，念侯性素急，奈何病痁？或热，必服寒药，疾可忧。遂解舟下，一日夜行三百里。经[104]至，果大服柴胡、黄芩药[105]，疟且痢，病危在膏肓[106]。余悲泣仓皇，不忍问后事。八月十八日，遂不起，取笔作诗，绝笔而终，殊无分香卖屦之意[107]。

葬毕，余无所之[108]。朝廷已分遣六宫[109]，又传江当禁渡。时犹有书二万卷，金石刻二千卷，器皿、茵褥[110]，可待[111]百客，他长物称是[112]。余又大病，仅存喘息。事势日迫，念侯有妹婿任兵部侍郎[113]，从卫在洪州，遂遣二故吏先部送[114]行李往投之。冬十二月，金人陷洪州，遂尽委弃[115]。所谓连舻渡江之书，又散为云烟矣！独馀少轻小卷轴、书帖，写本李、杜、韩、柳集，《世说》《盐铁论》[116]，汉、唐石刻副本数十轴[117]，三代鼎鼐十数事[118]，南唐写本书数箧，偶病中把玩，搬在卧内者，岿然[119]独存。

上江[120]既不可往，又虏势叵[121]测，有弟迒[122]，任敕局删定官[123]，遂往依之。到台[124]，守已遁。之剡[125]，出睦[126]，又弃衣被。走黄岩[127]，雇舟入海，奔行朝[128]。时驻跸章安[129]，从御舟海道之温[130]，又之越[131]。庚戌[132]十二月，放散百官[133]，遂之衢[134]。绍兴辛亥[135]春三月，复赴越，壬子[136]，又赴杭。

先，侯疾亟[137]时，有张飞卿学士携玉壶过视侯，便携去，其实珉[138]也。不知何人传道[139]，遂妄言有颁金之语[140]，或传亦有密论列者[141]。余大惶怖，不敢言，亦不敢遂已，尽将家中所有铜器等物，欲赴外廷投进[142]。到越，已移幸四明[143]。不敢留家中，并写本书寄剡。后官军收叛卒，取去，闻尽入故李将军家。所谓“岿然独存”者，无虑[144]十去五六矣！惟有书画砚墨可五六簏[145]，更不忍置他所，常在卧榻下，手自[146]开阖。

在会稽[147]，卜居土民[148]钟氏舍。忽一夕，穴壁[149]负五簏去。余悲恸不得活，立重赏收赎。后二日，邻人钟复皓出十八轴求赏，故知其盗不远矣。万计求之，其余遂牢不可出。今知尽为吴说运使[150]贱价得之。所谓“岿然独存”者，乃十去其七八；所有一二残零不成部帙[151]书册，三数种平平书帖，犹复爱惜如护头目[152]，何愚也耶！

今日忽开此书，如见故人。因忆侯在东莱静治堂[153]，装卷初就，芸签缥[154]带，束十卷作一帙。每日晚吏散，辄校勘二卷，跋题一卷。此二千卷，有题跋者五百二卷耳。今手泽[155]如新，而墓木已拱[156]，悲夫！

昔萧绎江陵陷没[157]，不惜国亡，而毁裂书画；杨广江都倾覆[158]，不悲身死，而复取图书：岂人性之所著[159]，生死不能忘之欤？或者天意以余菲薄[160]，不足以享此尤物耶[161]？抑亦死者有知，犹斤斤[162]爱惜，不肯留人间耶？何得之艰而失之易也？

呜呼！余自少陆机作赋之二年[163]，至过蘧瑗知非之两岁[164]，三十四年之间，忧患得失，何其多也！然有有必有无，有聚必有散，乃理之常。人亡弓，人得之[165]，又胡足道[166]！所以区区[167]记其终始者，亦欲为后世好古博雅[168]者之戒云。

绍兴二年玄黓岁壮月朔甲寅[169]，易安室[170]题。

①《金石录》是李清照的丈夫赵明诚所著。金指古代青铜器，石指石刻。赵明诚是一位金石学家，一生爱好搜集和研究金石。《金石录》一书记述了他们所藏、所见的金石情况

并考订了文字谬误。原书卷首有赵明诚所写的《自序》。这篇后序是李清照在赵明诚死后若干年重读《金石录》时所作。 ② 右：右边，以上。旧时汉字书、刻都是直行自右而左，《后序》置于《金石录》正文之后，故称“右”。 ③ 赵侯德父（fǔ）：德父是赵明诚的字，一写作“德甫”或“德夫”。侯是古代对地方州长官的尊称，因赵明诚曾任莱州、淄州等州郡长官，故称为赵侯。 ④ 三代：夏、商、周三朝。 ⑤ 五季：五代（公元907—960），即后梁、后唐、后晋、后汉、后周。季，季世，最末一代，因五代是宋以前的最后朝代，故称“五季”。 ⑥ 钟：古代乐器。鼎：古代炊器，多为圆形，三足两耳。钟和鼎多用青铜制成，上面刻有文字，后世称为“钟鼎文”。甗（yǎn）：古代炊器，分上下两层，上层蒸下层煮，用青铜或陶制成。鬲（lì）：也是古代炊具，形状近鼎，三足、中空。盘、匜（yí）：古代盥器。古代贵族行礼时盥洗，用匜取水浇洗，用盘承水。尊：古代酒器，口如喇叭形，腰较口略细。敦（duì）：古代食器。盖和器身都是半圆球形，相合后呈球形，有足。以上青铜器物盛行于殷周至战国时期。款：刻。识（zhì）：记。款识，指钟鼎等器物上铭刻的有关贵族的功绩和政治大事的文字。 ⑦ 丰碑、大碣（jié）：大的碑石。凡碑石，方的叫“碑”，圆的叫“碣”。显人：显达有名望的人。晦士：不知名的人。 ⑧ 二千卷：指金石镌刻的文字用墨拓印下来的“拓本”有二千件。这里的“卷”字相当于“幅”或“件”。 ⑨ 是正讹（é）谬（miù）：订正了错误。 ⑩ 去取褒贬：加以选择和品评。 ⑪“上足以”二句：所搜集到的金石文字，既可以印证（相合）经书上记载的圣人之道，又可以订正史官记载的错误。圣人之道载于儒家的经典，为人所尊崇，所以说“上”；史籍次于经，所以说“下”。 ⑫ 王播、元载之祸：王播字明敭（yáng），唐太原（今山西太原）人，文宗时任尚书右仆射，为官贪酷，但平生不曾收藏书画，亦未遭祸。清人何焯以为王播当为王涯之误。王涯字广津，唐太原人，文宗时曾任宰相。他藏书极富，几与神府（皇家图书馆）相等。他将搜集到的名贵书画藏到墙壁中，甘露之变被杀后，人们从秘墙中抢走了金、玉、奁轴等物，而将书画遗弃路旁。元载字公辅，唐岐山（今陕西岐县）人，代宗时曾任宰相，后因专横和贪污受贿被杀。抄没其家产时，得钟乳五百两，胡椒八百石。 ⑬“书画”句：这里以王、元两人为例，说明人们收藏书画跟收藏胡椒之类的东西没有区别。 ⑭ 长舆：晋朝人和峤字长舆，曾任颍川太守、中书令，晋惠帝时为太子太傅。和峤家富可与王者相比，而性极吝啬，人们讥刺他有“钱癖”。元凯：晋朝人杜预字元凯，晋武帝时曾任镇南大将军，都督荆州诸军事，著有《春秋左氏经传集解》《春秋长历》等书，曾自称有“左传癖”。 ⑮ 癖：嗜好或偏爱某种东西成为一种很难改掉的习性。 ⑯ 惑：沉迷。 ⑰“余建中”二句：宋洪迈《容斋四笔》作“余以建中辛巳归赵氏”。建中辛巳，宋徽宗建中靖国元年（1101）。归，嫁于……。作者十八岁时与赵明诚结婚。 ⑱ 先君：对人称自己已死的父亲，这里指李格非。格非字文叔，济南（今属山东）人，聪慧能文，熙宁九年（1076）进士，历任冀州司户参军，郓州教授，国子监学录、博士，校书郎，著作佐郎及礼部员外郎等官。 ⑲ 丞相：指赵明诚的父亲赵挺之。挺之字正夫，徽宗时为礼部侍郎，吏部侍郎，累官尚书右仆射（丞相）。 ⑳ 太学：宋代的大学。当时规定八品以下官员的子弟和庶民中的优秀者可以入太学作学生。 ㉑“赵、李”二句：赵、李两家都是世代官宦的大族，说“族寒”，与实际不符。清人俞正燮《癸巳类稿·易安居士事迹》作“李、赵宦族，然素贫贱”。称“素贫贱”当与其他大贵族官僚的豪华生活相比较而言。 ㉒ 朔望：阴历每月的初一称朔，十五称望。谒告：请假。 ㉓ 质：抵押，典当。 ㉔ 相国寺：北宋首都汴京（今河南开封）的一个著名寺庙，每月有五次庙会，是一个很大的市场，有书、画、古玩等出售。 ㉕ 市：购买。 ㉖ 葛天氏之民：在有德帝王的统治下自由欢乐地生活的臣民。葛天氏是上古时代传说中的一个帝王，是一个标榜“无为而治”的“理想”的统治者。 ㉗“后二年”句：指公元1103年赵明诚离开太学，出来做官 ㉘ 饭（fǎn）：吃。衣（yì）：穿。练（shū）：类似葛布的一种粗布。饭蔬衣练，意思是吃青菜、穿布衣，过一种简单朴素的生活。 ㉙ 遐方绝域：极边远的地区。 ㉚ 古文：秦以前的文字。奇字：古文的别体字。 ㉛ 日就月将：每日每月都有所积累。就，成就。将，进行。语出《诗经·周颂·敬之》。 ㉜ 丞相居政府：中书省是当时掌管国家政令的机构，所以称为政府。徽宗崇宁二年（1103），赵挺之任中书侍郎。 ㉝ 馆阁：宋代皇家藏书的地方。宋初藏书于三馆：史馆、昭文馆、集贤院，以后又先后建崇文院，秘阁、龙图阁、天章阁、宝文阁等，统称“馆阁”，馆阁中藏有典籍、秘记、书画、古玩等。在馆阁供职的称为“在馆阁”，多为知名的文人学士，神宗时改崇文院为秘书省，在秘书省任著作郎、校书郎等官的也称“在馆阁”。 ㉞ 亡诗：《诗经》三〇五篇以外的佚诗。逸史：失传的史书。 ㉟ 鲁壁：汉武帝时，鲁恭王从孔子住宅的墙壁中发现了如《古文尚书》等用科斗古文写的旧籍，后人称为鲁壁。汲冢：晋武帝太康二年（281）汲郡（在今河南汲县西南）人不（biāo）准（人名）发魏襄王墓，得到一批竹书（写在竹简上的书），世称“汲冢书”。这里泛指珍本秘籍。 ㊱ 浸觉有味：渐渐地感到很有兴味。 ㊲ 脱衣市易：脱下衣服典卖来购置书画、奇器。 ㊳ 崇宁：宋徽宗年号（1102—1106）。 ㊴ 徐熙：南唐时著名画家，善画花竹树木草虫等，花果尤佳。宋太宗曾夸赞说：“花果之妙，吾独知有熙。”《牡丹图》是徐熙所作一幅名画。 ㊵ 信宿：住两夜。信，再宿。 ㊶ 屏（bǐng）居：辞官退居。乡里：这里指青州（今山东益都），不是诸城，因当时赵明诚家已移居青州。 ㊷ 仰取俯拾：语出《汉书·货殖传·鲁人丙氏传》：“俯有拾，仰有取。”意思是从上到下，物无大小，都谋取作为生活费用，说明生活简朴节省。 ㊸ 连守两郡：连续出任两个州郡的地方长官。公元1121至1125年前后，赵明诚先后出任淄州（今山东淄博）和莱州（今山东掖县）知州。 ㊹ 事铅椠（qiàn）：从事校勘书籍的工作。铅，白色的铅粉，古代校书时用以作涂改的颜料。椠，书版。 ㊺ 签题：在书的封面签条上写上书名。 ㊻ 彝：古代青铜器的一种，盛酒器的总名。 ㊼ 舒卷（juǎn）：将书画展开和卷合。 ㊽ 夜尽一烛为率：每晚以燃尽一支蜡烛为常事。率，标准，这里是常例的意思。 ㊾ 纸札：印书的纸张，这里代指书籍。札，古时用以写字的小木板。 ㊿ 字画：泛指书法、绘画作品。 (51) 冠（guàn）：居于第一位。 (52) 性偶强记：天性偶然能够强记。说偶然是表示自谦。 (53) 归来堂：赵明诚青州住宅的堂名。 (54) 中（zhòng）：言中。角：较量，比赛。 (55) 甘心老是乡：甘愿在这样的生活环境里终老。 (56) 处忧患困穷：指赵明诚家受宰相蔡京诬陷打击而处于忧惧困顿的环境。 (57) 簿甲乙：登记编目。簿，作动词用，登记于簿册，甲乙，排定次序。 (58) 请钥上簿：索取钥匙，把取用的书登记在簿册上。 (59) 关出：取出。卷帙（zhì）：这里指书籍。 (60) 少：音义同“稍”。 (61)“必惩责”句：一定（对污损书的人）进行惩罚，并责成他揩拭污迹，并加以涂改修饰。 ⑥②向时：从前。坦夷：心中平坦，指亲切随便。 ⑥③憀栗（liáo lì）：紧张，焦虑不安的样子。 ⑥④食去重（chóng）肉：不吃两样以上的肉类菜。 ⑥⑤衣去重采：不穿两件以上色彩艳丽的衣服。以上两句说明过简朴的生活。 ⑥⑥字不刓（wán）缺：书上的字笔画不短缺。刓，磨损。 ⑥⑦辄：就。 ⑥⑧两家者流：指有关注释、疏解《周易》和《左传》的书。 ⑥⑨枕籍：重迭置放。 ⑦⓪意会心谋：心意都放在书上，与书相会相合。 ⑦①目往神授：眼睛与精神都与书接触、交流。以上两句是说全身心都沉浸在书中。 ⑦②声色狗马：指贪恋歌舞女色、喜爱养狗走马等低级庸俗的乐趣。 ⑦③靖康丙午：宋钦宗靖康元年，即公元1126年。 ⑦④淄川：今山东淄博市。 ⑦⑤茫然：不知所措的样子。 ⑦⑥建炎丁未：宋高宗建炎元年，即公元1127年。 ⑦⑦长（zhàng）物：多余的东西。 ⑦⑧重大印本：本数多、开本大的印本。 ⑦⑨监本：指国子监所刻的书，又称"官本"，是一种流行的较普通的版本。 ⑧⓪屡：多次。 ⑧①东海：东海郡（今江苏东海县）。 ⑧②连舻渡淮：用好几只船运载图书渡过淮河。舻，船头，这里指船。 ⑧③故第：旧宅。 ⑧④煨（wēi）烬：灰烬。 ⑧⑤建炎戊申：建炎二年，即公元1128年。 ⑧⑥"侯起复"二句：指赵明诚重新起用任建康府（今江苏南京）知府。起复，按当时制度，现任官吏遇父母丧，须除官在家服丧三年，期未满而任以官职的称为"起复"。 ⑧⑦己酉：建炎三年，即公元1129年。 ⑧⑧姑孰：溪名，在今安徽省当涂县南。 ⑧⑨卜居：选择住所。赣水：在今江西省。 ⑨⓪池阳：池州池阳郡（今安徽贵池县）。 ⑨①被旨：接受皇帝的命令。湖州：今浙江省吴兴县。 ⑨②过阙上殿：上朝朝见皇帝。阙，宫门两旁的望楼，中间是行道。这里指皇宫。 ⑨③独赴召：赵明诚将家属留住池阳，而独自应召上朝见皇帝。 ⑨④葛衣：粗麻布衣服。岸巾：戴上头巾而露出额头。 ⑨⑤恶：心情难受之极。 ⑨⑥缓急：紧急，复词偏义。 ⑨⑦戟手：一种表示愤激或仓皇着急等感情的动作姿态，举手如古代兵器戟的形状。 ⑨⑧从众：跟随大家。 ⑨⑨辎重：较重的行李家具。辎，载衣服的车。重，载重物的车。 ⑩⓪宗器：古代帝王在宗庙里行礼作乐时所用的器物。 ⑩①行（xíng）在：皇帝出行在外居住的地方。这里指建康府。 ⑩②病痁（shān）：患疟疾。病，患病。痁，有热无寒的疟疾。 ⑩③惊怛（dá）：惊恐悲痛。 ⑩④比（bì）至：等到赶至那里。 ⑩⑤柴胡、黄芩（qín）：中药名，都属寒药。黄芩或作"黄苓"。 ⑩⑥危在膏肓（huāng）：病情已危急到不可救治的程度。膏和肓都是人体部位的名称，大约在心膈之间，古代医学家认为这是药力所达不到的地方。 ⑩⑦殊无分香卖屦之意：意思是完全没有关于家人以后如何生活的遗嘱。这里用曹操的典故，据陆机《吊魏武帝文序》引，曹操死前遗命："余香（香料）可分与诸夫人。诸舍中（指众妾）无所为（没有事做），学作履组（鞋带）卖也。" ⑩⑧无所之：无处可去。 ⑩⑨分遣六宫：建炎三年（1129）隆祐皇太后率六宫往洪州（今江西南昌）。六宫，皇后、嫔妃所住的地方，后用以指后妃。 ⑪⓪茵褥：垫褥。 ⑪①待：招待。 ⑪②称（chēng）是：数量与此相当。 ⑪③妹婿任兵部侍郎：当时随从保卫隆祐太后的兵部侍郎是李擢，可能即赵明诚之妹婿。兵部侍郎，兵部的副长官。 ⑪④部送：部署护送。 ⑪⑤委弃：丢弃。 ⑪⑥《世说》：即《世说新语》，南朝宋刘义庆编著。《盐铁论》：汉代桓宽著。 ⑪⑦副本：复本，与正本相对，价值不如正本。轴：古书写本为卷子，中有轴，数十轴即数十卷。 ⑪⑧鼒：大鼎。事：件。 ⑪⑨岿

（kuī）然独存：汉王文考《鲁灵光殿赋》："自西京未央建章之殿，皆见隳坏，而灵光岿然独存。"岿然，屹立的样子。这里借用赋中成句说明只有少数文物书籍保存完好。 ⑫⓪上江：长江上游今安徽一带地方。 ⑫①虏势叵（pǒ）测：金侵略者气势猖狂，形势的发展很难预料。 ⑫②弟迒（háng）：李清照之弟李迒。 ⑫③敕局删定官：负责编辑皇帝诏令机关的官员。 ⑫④台：台州，今浙江临海县。 ⑫⑤剡（shàn）：剡县，宋徽宗时已改称嵊（shèng）县，即今浙江嵊县。 ⑫⑥睦：睦州，今浙江建德县。 ⑫⑦黄岩：今浙江黄岩县。 ⑫⑧行朝：即行在。 ⑫⑨驻跸（bì）：皇帝外出临时居处。章安：故城在今浙江临海县东南。 ⑬⓪温：今浙江温州。 ⑬①越：越州，今浙江绍兴。 ⑬②庚戌：建炎四年，即公元1130年。 ⑬③放散百官：据《建炎以来系年要录》载，皇帝下诏随从百官除侍从、台谏外，都从便寄居，等春暖时再回行在。 ⑬④衢（qú）：衢州，今浙江衢县。 ⑬⑤绍兴辛亥：宋高宗绍兴元年，即公元1131年。 ⑬⑥壬子：绍兴二年，即公元1132年。 ⑬⑦疾亟：病危。 ⑬⑧珉（mín）：似玉而实非玉的石头。 ⑬⑨传道：散布谣言。 ⑭⓪遂妄言有颁金之语：于是有人乱说赵明诚将玉壶送给金人。颁，颁赐，上给下东西。这里有藐视金人的意味。 ⑭①或传亦有密论列者：或者传说也有人秘密向朝廷告发这件事并列举罪状的。 ⑭②外廷：皇帝在外临时听政的地方。投进：投奔进献。 ⑭③移幸四明：皇帝已转移到明州（今浙江宁波）。按：宋高宗于建炎三年十月十七日到越州，十一月二十五日离越州，十二月五日到明州。皇帝出行到某地叫"幸"。四明，本为明州山名，宋人习惯以四明代称明州。 ⑭④无虑：大概。 ⑭⑤可：约略。簏（lù）：竹箱。 ⑭⑥手自：亲自。 ⑭⑦会（guì）稽：今浙江绍兴。 ⑭⑧土民：世代居住在当地的人。 ⑭⑨穴壁：穿墙。 ⑮⓪吴说运使：转运使吴说，说字傅民，是一位书法家。运使，即转运使，主管转运军需粮饷等物资的官员。吴说曾任福建路转运判官。 ⑮①不成部帙：零散而不成套。帙，包书的套子。 ⑮②如护头目：珍惜得如爱护自己的头和眼睛一样。 ⑮③东莱：东莱郡（今山东掖县），莱州的州治所在地。静治堂：赵明诚在莱州任郡守时的书斋名。 ⑮④芸签：即书签。古人用芸香驱除书蠹，故称书签为芸签。缥带：浅青色的束书带，这里指捆扎卷子的带子。 ⑮⑤手泽：指赵明诚题跋的墨迹。 ⑮⑥墓木已拱：坟墓上种的树木已长到要两人合抱那么大，意谓人已死了很久。语出《左传》僖公三十二年。 ⑮⑦"昔萧绎"三句：萧绎，南朝梁元帝。据《隋书·经籍志》："元帝克平侯景，收文德之书及公私经籍，归于江陵（梁国都，今湖北江陵），大凡七万余卷，周师入郢，咸自焚之。"又《南史·梁本纪》："元帝承圣三年（554），魏军逼，烧栅，乃聚图书十余万卷尽烧之。"两书所记互有出入，但都是有关焚毁图书的事。 ⑮⑧"杨广"三句：杨广，隋炀帝。隋大业十二年（616）杨广到江都（今江苏扬州），后为宇文化及所杀。《大业拾遗》载："武德四年东都平后，观文殿宝厨新书八千许卷将载还京师。上官魏梦见炀帝，大叱云：'何因辄将我书向京师！'于时太府监宋遵贵监运，东都调度，乃于陕州下书著大船中，欲载往京师。于河值风覆没，一卷无遗。上官魏又梦见帝，喜曰：'我已得书。'帝平存之日，爱惜书史，虽积如山丘，然一字不许外出。及崩亡之后，神道犹怀爱吝。按宝厨新书者，并大业所秘之书也。"（《太平广记》卷二百八十引）。 ⑮⑨著（zhuó）：执着。 ⑯⓪菲薄：浅薄。 ⑯①尤物：最特异美好之物。 ⑯②斤斤：明察貌，引申为细小、细碎一类意思。 ⑯③"余自”句：意思是十八岁。陆机是晋朝著名的文学家，杜甫《醉歌行》：“陆机二十作文赋，汝更少年能缀文。” ⑯④“至过”句：意思是五十二岁。蘧（qú）瑗，春秋时卫国大夫，字伯玉。《淮南子·原道训》：“蘧伯玉年五十而知四十九年之非。”后来便以“知非之年”指五十岁。 ⑯⑤人亡弓，人得之：有人失掉弓，就有人得到弓，意思是自己有弓和别人有弓是一样的，这样想失弓也就不足惜了。亡，丢失。《孔子家语·好生》：“楚王出游，亡弓。左右求（寻找）之，王曰：‘止！楚王失弓，楚人得之，又何求之？’孔子闻之，曰：‘惜乎其不大（气量狭小）也！不曰“人遗弓，人得之”而已，何必楚也！’” ⑯⑥胡足道：有什么值得说的。 ⑯⑦区区：爱而不舍的样子。 ⑯⑧好古博雅者：爱好古物、学问渊博而不同流俗的人。 ⑯⑨绍兴二年：公元1132年。玄黓（yì）岁：古代以干支纪年，太岁在壬时叫“玄黓”，绍兴二年是壬子年，所以称为“玄黓岁”。壮月：夏历八月的别称。朔甲寅：据浦江清先生考证，这里的作年可能有误。朔是每月初一日，但壬子年的八月初一日干支应是戊子而不是甲寅；且按通例应写作“戊子朔”，而不能写作“朔戊子”，因此认为原题或当作“绍兴四年甲寅岁壮月朔”。可备参考。 ⑰⓪易安室：李清照的书斋名。这里当是“易安室主人”的省略。

[附录]

关于李清照的评价

王灼曰：易安居士……自少年便有诗名，才力华赡，逼进前辈。在士大夫中已不多得。若本朝妇人，当推文采第一。……作长短句，能曲折尽人意，轻巧尖新，姿态百出。闾巷荒淫之语，肆意落笔。自古搢绅之家能文妇女，未见如此无顾籍也。（《碧鸡漫志》卷二）

朱熹曰：本朝妇人能文，只有李易安与魏夫人。李有诗，大略云：“两汉本继绍，新室如赘疣。所以嵇中散，至死薄殷周”云云。中散非汤、武得国，引之以比王莽。如此等语，岂女子所能？（《朱子语类》卷一百四十）

杨慎曰：宋人中填词，李易安亦称冠绝。使在衣冠，当与秦七、黄九争雄，不独雄于闺阁也。（《词品》卷二）

王世贞曰：之诗而词，非词也；之词而诗，非诗也。言其业，李氏、晏氏父子、耆卿、子野、美成、少游、易安至也，词之正宗也。温韦艳而促，黄九精而险，长公丽而壮，幼安辨而奇。又其次也，词之变体也。（《弇州山人词评》）

陈宏绪曰：李易安诗余，脍炙千秋，当在《金荃》《兰畹》之上。古文如《金石录后序》，自是大家举止，绝不作闺阁妮妮语。《打马图序》，亦复磊落不凡。独其诗歌无传。仅见《和张文潜浯溪中兴碑》二篇，……二诗奇气横溢，尝鼎一脔，已知为驼峰、麟脯矣。古文、诗歌、小词并擅胜场。虽秦、黄辈犹难之，称古今才妇第一，不虚也。（《寒夜录》卷下）

宋征璧曰：吾于宋词得七人焉：曰永叔，其词透逸；曰子瞻，其词放诞；曰少游，其词清华；曰子野，其词娟洁；曰方回，其词新鲜；曰小山，其词聪俊；曰易安，其词妍婉。（《倚声初集》卷二《论宋词》）

沈谦曰：男中李后主，女中李易安，极是当行本色。（《填词杂说》）

王士祯曰：张南湖论词派有二：一曰婉约，一曰豪放。仆谓婉约以易安为宗，豪放唯幼安称首，皆吾济南人，难乎为继矣。（《花草蒙拾》）

又曰：凡为诗文，贵有节制，即词曲亦然。正调至秦少游、李易安为极致，若柳耆卿则靡矣。变调至东坡为极致，辛稼轩豪于东坡而不免稍过。若刘改之则恶道矣。学者不可以不辨。（《分甘余话》卷二）

李调元曰：易安在宋诸媛中，自卓然一家，不在秦七、黄九之下。词无一首不工，其炼处可夺梦窗之席，其丽处直参片玉之班。盖不徒俯视巾帼，直欲压倒须眉。（《雨村词话》卷三）

纪昀曰：清照以一妇人，而词格乃抗轶周、柳。张端义《贵耳集》极推其元宵词《永遇乐》、秋词《声声慢》，以为闺阁有此文笔，殆为间气，良非虚美。虽篇帙无多，固不能不宝而存之，为词家一大宗矣。（《四库全书总目提要·漱玉词提要》）

周济曰：闺秀词惟清照最优，究苦无骨，存一篇尤清出者（按指《浣溪沙》【髻子伤春慵更梳】一词）（《介存斋论词杂著》）

冯煦曰：金石遗文迥出尘，一编《漱玉》亦清新。玉箫声断人何处？合与南唐作替人。（《古今词辩·论易安词》）

沈曾植曰：易安倜傥，有丈夫气，乃闺阁中之苏、辛，非秦、柳也。（《菌阁琐谈》）

又曰：易安跌宕昭彰，气调极类少游，刻挚且兼山谷。篇章惜少，不过窥豹一斑。闺房之秀，固文士之豪也。才锋大露，被谤殆亦因此。自明以来，堕情者醉其芬馨，飞想者赏其神骏。易安有灵，后者当许为知己。渔洋称易安、幼安为济南二安，难乎为继。易安为婉约主，幼安为豪放主。此论非明代诸公所及。（同上）

陈廷焯曰：李易安词，独辟门径，居然可观。其源自从淮海、大晟来。而铸语则多生造。妇人有此，可谓奇矣。（《白雨斋词话》卷二）

况周颐曰：李易安时代犹稍后于淑真。即以词格论，淑真清空婉约，纯乎北宋。易安笔情近浓至，意境较沉博，下开南宋风气。（《蕙风词话》卷二）

陈与义

陈与义（1090—1138），字去非，号简斋，洛阳（今河南洛阳）人。徽宗政和年间进士，曾任太学博士。南渡后避乱两湖，辗转至临安，颇得重用，历官中书舍人、吏部侍郎、翰林学士知制诰，至参知政事。他是南北宋之间的一位杰出诗人。他诗学苏轼、黄庭坚和陈师道，而更宗法杜甫。他的诗词句明净、音调响亮。乱离生活的感受使他的诗风趋于雄阔慷慨。著有《简斋集》。

伤　春[①]

庙堂无策可平戎[②]，坐使甘泉照夕烽[③]。初怪上都闻战马[④]，岂知穷海看飞龙[⑤]。孤臣霜发三千丈[⑥]，每岁烟花一万重[⑦]。稍喜长沙向延阁[⑧]，疲兵敢犯犬羊锋[⑨]。

①这首诗作于宋高宗建炎四年（1130）春。建炎三年冬，金兵渡江南下，破临安、越州，宋高宗从海上逃跑。这年春天，金兵又破明州，从海道追宋帝，宋帝逃至温州。诗即感此而作。　②庙堂：指朝廷。平戎：平定、抵御侵略者。　③坐使：因此使得。甘泉：汉宫名。汉文帝时匈奴入侵，边境上点燃的烽火信号直照甘泉宫。这里借指宋王朝无计、无力抵御金人的入侵。　④怪：惊怪。上都：京城，此指北宋都城汴京。闻战马：是沦陷敌手的一种婉曲的说法。　⑤岂知：哪里料到。穷海：僻远的海上。飞龙：指皇帝，这里指宋高宗。这句说没料到皇帝从海上逃跑。　⑥孤臣：失君之臣，作者自称。霜发三千丈：言因忧国而头白。李白《秋浦歌》："白发三千丈，缘愁似个长。"⑦"每岁"句：杜甫《伤春》其一："关塞三千里，烟花一万重。"此用其意，是说诗人每年都为国难而忧愁。　⑧"稍喜"句：稍感欣慰的是还有向子諲在长沙抗金。延阁是汉代史官官署，向子諲曾为直秘阁学士。故以延阁称他。当时向子諲任长沙太守，组织军民力拒金兵。　⑨疲兵：指向子諲所率抗金军队。犬羊：对金兵的蔑称。（这首诗抒发了在金兵入侵、国势危殆的情况下诗人忧国伤时的情怀。）

牡　丹[①]

一自胡尘[②]入汉关，十年伊洛路漫漫[③]。青墩溪畔龙钟客[④]，独立东风看牡丹[⑤]。

①这首诗作于宋高宗绍兴六年（1136）。 ②胡尘：指金兵。 ③十年：从靖康二年（1126）金兵攻陷北宋首都汴京到写作这首诗时正好十年。伊洛：伊水和洛水，都在河南。洛阳是陈与义的故乡，也沦于敌手，故有遥望故乡，长路漫漫的感慨。同时洛阳盛产牡丹，又关合诗题。 ④青墩溪：在浙江桐乡北。龙钟客：作者自称。龙钟，年迈衰惫的样子。时作者年仅四十多岁，称“龙钟客”足见内心的伤感。 ⑤“独立”句：言“独立”，言“牡丹”，暗含怀乡伤感之意。（这首诗以小见大，从赏牡丹花中寄托自己的家国之思。）

张元干

张元干（1091—1175？），字仲宗，自号芦川居士，长乐（今福建长乐）人。他生活于北宋和南宋之际，对金人入侵，北方沦陷深感悲愤，他坚决反对和议，力主抗金，在词中抒发爱国感情，是南宋前期爱国词人的杰出代表。词的主要特色是“长于悲愤”。著有《芦川词》。

贺新郎①

送胡邦衡谪新州②

梦绕神州路③。怅秋风、连营画角④，故宫离黍。底事昆仑倾砥柱⑤，九地黄流乱注⑥？聚万落千村狐兔⑦。天意从来高难问⑧，况人情老易悲难诉。更南浦⑨，送君去！ 凉生岸柳催⑩残暑。耿斜河⑪，疏星淡月，断云微度⑫。万里江山知何处⑬？回首对床夜语⑭。雁不到⑮，书成谁与？目尽青天怀今古⑯，肯儿曹恩怨相尔汝！举大白⑰，听《金缕》⑱。

①这首词作于宋高宗绍兴十二年（1142）。 ②胡邦衡：即胡铨，邦衡其字。绍兴八年（1138），秦桧派王伦为计议使赴金国签订屈辱投降的和约，胡铨当时任枢密院编修官，上书皇帝，请斩王伦、秦桧、孙近三人，因此遭贬。先贬任福州签判，绍兴十二年又被除名押往新州（今广东新兴）编管。张元干时在福州，写这首词为胡铨送行，后亦获罪。题一作《送胡邦衡待制赴新州》，待制是负责应答宫中谘询的官，胡铨二十多年后方任此职，此题显系后人所改。 ③“梦绕”句：在梦中自己的心也萦绕着沦陷的中原地区。神州原指中国，这里指中原地区。 ④“怅秋风”二句：在使人惆怅悲哀的秋风里，从一个连着一个的兵营里传来悲凉的号角之声，想那沦入敌手的汴京城里，昔日的宫殿已变得一片荒

凉了。离黍，“黍离”二字的倒用。《诗经·王风·黍离》首句云：“彼黍离离。”离离是黍穗下垂的样子。《黍离》是哀故都荒废的诗，后因以黍离之悲指亡国的哀痛。 ⑤底事：为什么。昆仑：昆仑山。《神异经》载昆仑山上有支撑天的铜柱。倾：倒塌。砥（dǐ）柱：砥柱山，在黄河中。 ⑥九地：即九州之地，指全国。黄流乱注：黄河之水四处泛滥，比喻金兵侵占中原像洪水那样凶猛。 ⑦“聚万落”句：千村万落为狐兔所盘踞。狐兔，比喻金人。 ⑧“天意”二句：用杜甫《暮春江陵送马大卿公恩命追赴阙下》“天意高难问，人情老易悲”句意。天意，指皇帝的旨意。两句大意是：皇帝的旨意是很难猜测的，况且自己已经衰老，而人之常情是人老易悲，这悲伤又是极难倾诉的。 ⑨南浦：泛指送别之地。浦，水口。 ⑩催：催逼，驱散。 ⑪耿：明亮。斜河：天河。天河斜转，表示夜已很深。 ⑫断云微度：片片残云轻轻飘过。 ⑬“万里”句：指离别后关山阻隔，相距万里，很难知道彼此的踪迹。 ⑭回首：回忆。对床夜语：两人深夜对床相谈的情景。 ⑮“雁不到”二句：是说别后音讯难通。传说北雁南飞，至衡阳而止；新州在衡阳之南，大雁即使能够传书，也是飞不到那里的。 ⑯“目尽青天”二句：指作者和胡铨都是放眼天下，怀想古今的人，关心的是国家大事，怎么肯像小儿女们那样只谈些个人之间的恩怨私情呢！韩愈《听颖师弹琴》：“昵昵儿女语，恩怨相尔汝。” ⑰大白：酒杯名。 ⑱《金缕》：《金缕曲》，《贺新郎》词调的别名。（这首送别词表现了词人与胡邦衡在共同的爱国思想基础上建立的深厚情谊。词中对朋友因反对投降派而受迫害的同情与支持，对统治者屈膝投降的愤慨和谴责，对金入侵者的强烈仇恨，以及杀敌报国的雄心壮志，多种感情有机地交织在一起，写得慷慨悲壮，豪放中透出苍凉之感。）

岳　飞

岳飞（1103—1141），字鹏举，相州汤阴（今属河南）人。南宋初著名的抗金将领和民族英雄。他屡破金兵，战功卓著，累官至太尉，又授少保，为河南河北招讨使。因坚持抗金，反对投降，被奸相秦桧阴谋害死。今存词仅三首，著有《岳武穆集》。

满江红[①]

怒发冲冠[②]，凭阑处、潇潇[③]雨歇。抬望眼[④]，仰天长啸[⑤]，壮怀激烈。三十功名尘与土[⑥]，八千里路云和月[⑦]。莫等闲[⑧]、白了少年头，空悲切。　　靖康耻[⑨]，犹未雪；臣子恨，何时灭！驾长车[⑩]、踏破贺兰山缺[⑪]。壮志饥餐胡虏肉，笑谈渴饮匈奴血。待从头，收拾旧山河，朝天阙[⑫]。

①这首词大约作于宋高宗绍兴二年（1132）前后。对其是否为岳飞所作，尚有争议。②怒发冲冠：形容极其愤怒。③潇潇：下雨的声音。④抬望眼：抬头远望。⑤长啸：长声呼喊。⑥“三十”句：意谓三十壮年为建功立业而跋涉奔波。⑦“八千”句：指披星戴月，转战各地数千里，不辞辛劳，跟金入侵者进行斗争。⑧莫等闲：莫，领字，贯穿至“空悲切”。等闲，平常，用以修饰下句“白了少年头”。⑨靖康耻：指靖康元年（1126）金兵攻陷汴京，掳掠徽、钦二宗的耻辱。⑩长车：古代兵车。⑪贺兰山：在今宁夏回族自治区西北部，这里泛指金人占领的地区。缺，指山的空缺处。⑫朝天阙：朝见皇帝。天阙，指京城里的宫殿。（这首词表现了词人热烈的爱国感情和崇高的民族气节，一气呵成，激昂慷慨，具有强烈的鼓舞力量。）

陆　游

陆游（1125—1210），字务观，号放翁，越州山阴（今浙江绍兴）人。他出身于一个有文化教养和爱国传统的官僚家庭，自小受到很好的文化教育和爱国思想的熏陶，二十岁即立下“上马击狂胡，下马草军书”的雄心壮志。陆游前后做官近三十年，由于坚持抗金复国的主张，遭到投降派的排挤打击，曾四次被罢黜。南郑边防前线的军中生活和入蜀后的生活，都对他的创作产生巨大的影响。晚年退居山阴，过了二十年的闲居生活。陆游忧国忧民，爱国主义精神贯穿他的一生，也是他创作的中心主题。他是南宋时期伟大的爱国诗人，诗歌反映了丰富充实的现实内容，具有鲜明的时代特色。他曾学江西诗派，却不为其所束缚，在生活实践中找到了自己的创作道路，创造了自己独特的风格。诗风凡历三变，早期工巧，中期宏肆，晚期趋于平淡，而以豪迈奔放为主要特色。陆游诗、词、散文兼擅，而以诗名为高。著有《剑南诗稿》《放翁词》《渭南文集》等。

夜读兵书[①]

孤灯耿[②]霜夕，穷山[③]读兵书。平生万里心[④]，执戈王前驱[⑤]。战死士所有，耻复守妻孥[⑥]。成功亦邂逅[⑦]，逆料政自疏[⑧]。陂泽号饥鸿[⑨]，岁月欺贫儒[⑩]。叹息镜中面，安得长肤腴[⑪]。

①这首诗作于宋高宗绍兴二十六年（1156）。②耿：照明。③穷山：深山。④万

里心：立功万里之外以报效祖国的雄心。 ⑤执戈王前驱：《诗经·卫风·伯兮》："伯也执殳，为王前驱。"此用其意。执戈，拿起武器，前驱，先驱，先遣部队。 ⑥妻孥（nú）：妻子儿女。 ⑦"成功"句：建立功业也要靠机遇。邂逅，不期而遇，这里指事物的偶然性。 ⑧"逆料"句：预料将来能否建立功业未免有些迂阔而不现实。逆料，预料，预测。政，同"正"。疏，迂阔。 ⑨陂（bēi）泽：地低而蓄水处。饥鸿：比喻饥饿的人民。 ⑩"岁月"句：岁月很快消逝，而事功未成，壮志难伸，似乎岁月也在有意欺人。贫儒，作者自称。 ⑪"安得"句：怎样才能永葆青春。肤腴，肌肤丰泽，说明年青。（这首诗写诗人夜读兵书的感想，表现了他决心报效祖国的坚强意志和以厮守妻孥为耻的崇高的人生态度，同时也流露了岁华易逝、壮志难伸的内心苦闷。）

游山西村[①]

莫笑农家腊酒浑[②]，丰年留客足鸡豚[③]。山重水复疑无路，柳暗花明又一村。箫鼓追随春社近[④]，衣冠简朴古风存。从今若许闲乘月[⑤]，拄杖无时[⑥]夜叩门。

①这首诗大约作于宋孝宗乾道三年（1167）。乾道二年（1166）七月，陆游因支持张浚北伐，调隆兴府（治所在今江西南昌）任通判，不久被罢职回山阴镜湖的三山居住。 ②腊酒：农历十二月称腊月，腊月所酿之酒称腊酒。 ③豚（tún）：小猪。足鸡豚：有鸡有肉，菜肴丰足。 ④"箫鼓"句：古代以立春后第五个戊日为春社日，在这一天祭土地神以祈求丰年。这句写春社日将到时农村里热闹欢乐的气氛。 ⑤闲乘月：乘月明之夜外出闲游。 ⑥无时：不定时，随时。（这首诗写诗人被罢官归乡时期跟农民的亲切关系和美好感情，表现了他身处逆境而不消极悲观，热爱生活、热爱大自然、热爱人民的美好品德。全诗感情真挚，描写生动，对仗工稳，语言明畅。）

剑门道中遇微雨[①]

衣上征尘[②]杂酒痕，远游无处不消魂[③]。此身合是诗人未[④]？细雨骑驴入剑门。

①这首诗作于宋孝宗乾道八年（1172）。这年十一月，诗人正准备大展宏图时，却突然从南郑（今陕西汉中）前线调任成都府安抚司参议官，途经剑门时作此诗。剑门：山名，在今四川剑阁县北。 ②征尘：旅途中衣服上所蒙的尘土。 ③消魂：本有令人神往、高兴和令人沮丧、凄哀两解，这里两义兼有，表现了诗人复杂矛盾的思想感情。 ④"此身"二句：唐代诗人李白、郑綮、李贺都有骑驴作诗的故事，今在雨中骑驴入剑门，便自然地

联想到自己的命运，自己本不愿只作一个诗人，首先要作的是一个为国捐躯的战士，现在调离前线，到成都去作一个闲官，因而不禁深为感叹：我现在在细雨中骑驴进入剑门，大概命里注定只该做一个诗人的吧？合，该。（这首旅途中即景抒情的小诗，看似自喜，实为自嘲，在富有幽默机趣的笔调中，含蓄婉曲地表现了诗人抑郁愤懑的心情。）

关山月①

和戎诏下十五年②，将军不战空临边③。朱门沉沉按歌舞④，厩⑤马肥死弓断弦。戍楼刁斗催落月⑥，三十从军今白发。笛里谁知壮士心⑦，沙头⑧空照征人骨。中原干戈古亦闻⑨，岂有逆胡传子孙。遗民忍死望恢复⑩，几处今宵垂泪痕！

①这首诗作于宋孝宗淳熙四年（1177），时作者在成都。《关山月》：汉乐府横吹曲名。 ②“和戎诏”句：隆兴元年（1163），宋孝宗以王之望为金国通问使，与金议和，至作此诗时已十五年。和戎，古书中本指与少数民族和平相处，宋人借以指对金人的屈膝投降政策。 ③空：应战而不战，故云“空”，意即“白白地”。临：到。 ④朱门：代指大官僚贵族的住宅。沉沉：深远的样子。按歌舞：按曲调节奏表演歌舞。 ⑤厩（jiù）：马棚。 ⑥戍（shù）楼：守卫边境的岗楼。刁斗：古代一种铜制的军中用具，既可作炊饭用的锅，亦可作打更报时的工具。催落月：是说月亮在刁斗声中下落，暗含在凄凉的刁斗声中战士们度过了无数个清冷的月夜之意，与下句“三十从军今白发”呼应。 ⑦笛：古乐府中横吹曲多用笛。“笛”字照应题目《关山月》。全句说：戍边而不战，岁月空流，人已衰老，内心的苦闷和悲愤只能借笛声传出，却是无人知晓。 ⑧沙头：沙原之上，即边境的战场上。 ⑨“中原”二句：从古以来也曾听说过外族侵入中原地区进行蹂躏掠夺之事，岂能容忍他们子孙相传、长期占领呢？ ⑩遗民：指中原地区沦陷于金人之手的汉族人民。忍死：指在死亡线上挣扎，有所期待。（这首诗以守边将士的身份和口吻，揭露和谴责了南宋统治阶级对金人屈膝投降的政策，写出了守边战士不战而老、沦陷区人民盼望恢复而不得的悲痛感情，充分地抒发了作者爱国愤世的思想，内容丰富深厚，爱憎鲜明强烈，声情苍凉激越，风格悲壮沉郁。）

五月十一日夜且半，梦从大驾亲征，尽复汉唐故地，见城邑人物繁丽，云：西凉府也。喜甚，马上作长句，未终篇而觉。乃足成之①

天宝胡兵陷两京②，北庭安西无汉营③；五百年间④置不问，圣主下诏初亲征。

熊罴百万从銮驾⑤，故地⑥不劳传檄下；筑城绝塞⑦进新图，排仗行宫宣大赦⑧。冈峦极目⑨汉山川，文书初用淳熙年；驾前六军错锦绣⑩，秋风鼓角声满天。苜蓿峰前尽停障⑪，平安火在交河上⑫；凉州女儿满高楼，梳头已学京都样。

①这首诗作于宋孝宗淳熙七年（1180），时作者在抚州（今江西临川）。大驾：皇帝的车驾。汉唐故地：即指凉州。宋初为西凉府，后陷于西夏，旧治在今甘肃省武威县。②“天宝”句：指发生于唐玄宗天宝年间的“安史之乱”。天宝十四载（755），安禄山起兵，先后陷西京长安（今陕西西安）和东京洛阳（今河南洛阳）。③“北庭”句：北庭和安西唐代都设立都护府，北庭都护府旧治在今新疆吉木萨尔县北破城子，安西都护府旧治在今新疆吐鲁番县西。两地都在唐代贞元年间（785—804）陷于吐蕃。④五百年间：从唐天宝十四载（755）至南宋淳熙七年（1180）共历四百二十多年，这里是举其成数。⑤熊罴（pí）：借猛兽喻战士。銮驾：皇帝的车驾，因作为皇帝的代称。⑥故地：指古凉州。⑦绝塞：极远的边塞之地。⑧仗：仪仗。行宫：天子出行在外的临时住所。⑨极目：放眼所见。⑩六军：古制，天子有六军，每军一万二千五百人，这里泛指朝廷的军队。错锦绣：指用锦缎所做的色彩错杂的华丽军衣。⑪苜蓿峰：在今甘肃省及新疆维吾尔自治区边境。停障：即亭障，边境上所设的防戍堡垒。⑫平安火：唐代在边境每三十里置一烽候，每日初夜举烽燧以报平安，称为平安火。交河：旧县名，在今新疆吐鲁番县西，为唐代安西都护府的府治所在地。（由于投降派当权，陆游恢复中原、报效祖国的雄心壮志不得实现，因而常常托之梦境。这首诗即通过记梦，表现了诗人梦寐不忘恢复失地、统一祖国的炽烈的爱国感情。）

书　愤①

早岁那知世事艰？中原北望气如山②。楼船夜雪瓜洲渡③，铁马秋风大散关④。塞上长城空自许⑤，镜中衰鬓已先斑。《出师》一表真名世⑥，千载谁堪伯仲间⑦。

①这首诗作于宋孝宗淳熙十三年（1186），时作者家居山阴。②“中原”句：指北望中原，失地未复，心中愤恨，意气如高山那样磅礴雄放。③“楼船”句：指宋高宗绍兴三十一年（1161）冬，金主亮南侵，宋将虞允文等在瓜洲阻击，金兵败退。瓜洲渡，在江苏省镇江对岸。④“铁马”句：绍兴三十一年秋，金兵攻占大散关，宋将吴璘率部抵御，次年金兵退却。铁马，披铁甲的战马。大散关，在今陕西省宝鸡县西南，是当时宋金边界要地。⑤“塞上”句：南朝宋文帝杀害北伐有功的名将檀道济，死前道济大怒，脱帻投地曰：“乃坏汝万里长城。”（见《南史·檀道济传》）陆游一生以恢复中原为己任，因而以“塞上长城”自许。加一“空”字，见出壮志难伸，悲愤无比。⑥“出师”句：三国时蜀

国丞相诸葛亮向后主刘禅上《出师表》，以表示北伐曹魏的决心。名世，名传后世。 ⑦堪：可。伯仲：古时用以表示长幼次序之词，伯为长，仲为次，因称兄弟为伯仲，又用以指人与人间关系地位之次序等差。全句意思是：千载以来，有谁能跟诸葛亮相提并论呢？（这首诗表现了作者坚持恢复失地，统一祖国的坚强意志和决心，同时又表现了两鬓斑白、壮志难酬的悲愤心情。）

临安春雨初霁①

世味年来薄似纱②，谁令骑马客京华③？小楼一夜听春雨，深巷明朝卖杏花。矮纸斜行闲作草④，晴窗细乳戏分茶⑤。素衣莫起风尘叹⑥，犹及清明可到家⑦。

①这首诗作于宋孝宗淳熙十三年（1186）春。时作者将知严州，由家乡山阴到临安（今浙江杭州）等候召见。霁（jì）：雨止天晴。 ②“世味”句：近年来对人情世态的兴味（这里指做官的兴致）如纱一样淡薄。 ③京华：京城，这里指临安。 ④矮纸：短纸。斜行：歪斜不整，形容作草书。闲：形容从容不迫的样子。草：草书。 ⑤细乳：茶中精品。《茶谱》：“婺州有举岩茶，其片甚细，味极甘芳，煎如碧乳。”又《谈苑》：“茶之精者，北苑名白乳头。”分茶：烹茶的一种方法，煎茶用姜盐，分茶则不用。以上二句是说客居京华，闲暇无事，以写字和分茶自遣。 ⑥“素衣”句：陆机《为颜彦先赠妇》诗：“京洛多风尘，素衣化为缁。”意思是京洛风尘太大，白色的衣服容易变黑。这里取其意而反用，是说不在京城久居，因而不必有素衣变色之叹。 ⑦犹及：还赶得上。清明：二十四节气之一，在每年旧历的四月初五或初六。陆游见孝宗后，三月返家，七月方赴严州任。（这首诗表现了作者对仕宦生活的淡漠和闲居生活的兴致。三、四两句写南方城市春雨初霁情景，对仗工稳，描写生动，是历来传诵的名句。）

示　儿①

死去元②知万事空，但悲不见九州同③，王师北定中原日，家祭无忘告乃翁④。

①这首诗作于宋宁宗嘉定三年（1210）春，是诗人的绝笔诗。 ②元：同“原”。 ③但：只。九州同：指恢复中原，统一全国。 ④无忘：不要忘记。乃翁：你们的父亲，即诗人自己。（这首诗表现了诗人一颗伟大的心灵，他死后也不能忘记祖国的统一，并且坚信祖国必定有统一的一天，他对祖国的热爱是那样的强烈、深挚、执着！）

诉衷情[①]

当年万里觅封侯[②]，匹马戍梁州[③]。关河梦断何处[④]，尘暗旧貂裘[⑤]！　　胡[⑥]未灭，鬓先秋[⑦]，泪空流。此生谁料，心在天山[⑧]，身老沧州[⑨]！

①这首词写作年代不详，从内容看，可能作于罢归山阴的晚年。　②“当年”句：回忆当年，怀着在万里之外建立边功求取封侯的雄心壮志。作者《夜游宫》【记梦寄师伯浑】一词中有“自许封侯在万里”句，可见恢复中原、为国立功是作者从年青时起就一直追求的。古人将立功和封侯联系在一起，东汉班超投笔从戎，曾叹道：“大丈夫无他志略，犹当效傅介子、张骞立功异域，以取封侯，安能久事笔砚间乎？”后出使西域，建立大功，封定远侯。　③“匹马”句：指宋孝宗乾道八年（1172）作者在南郑边境所过的一段军中生活。戍，守卫。梁州，古代九州之一，在今陕西西南部及四川一带地方，这里指南郑。　④关河：指曾经战斗过的边关之地。　⑤“尘暗”句：也是回忆南郑时的军中生活。作者在描写南郑生活的诗中多次提到貂裘。如《三月十七日夜醉中作》：“去年射虎南山秋，夜归急雪满貂裘。”《忆昔》：“挺剑刺乳虎，血溅貂裘殷。”“尘暗”与上句中的“梦断”，都表现出往事已成了陈旧的记忆。　⑥胡：指金侵略者。　⑦秋：秋霜，指鬓毛变白。　⑧天山：即祁连山，在新疆。这里指边疆战地。将军三箭定天山，壮士长歌入汉关。心在天山，说明诗人壮心不衰。　⑨沧州：水边之地，隐者所居。这里指晚年退居的山阴镜湖边的三山。（这首词抒写词人想为国立功而不能的内心苦闷；然而极为可贵的是，晚年退休，却仍向往着投身沙场，杀敌报国。）

卜算子[①]

咏　梅

驿外断桥边，寂寞开无主。已是黄昏独自愁，更著[②]风和雨。　　无意苦争春，一任[③]群芳妒。零落成泥碾作尘[④]，只有香如故。

①这首词作年不详。②著（zhuó）：附着，这里指经受。③一任：完全听凭。④碾作尘：被车轮碾为尘泥。（这是一首托物咏志的词，作者以梅花自比，表现了不怕妒嫉、不怕摧残，始终保持自己高洁本性的孤傲品格。与作者的《言怀》诗“兰碎作香尘，竹裂成直纹。炎火炽昆冈，美玉不受焚”表现了相同的旨趣。）

跋李庄简公家书①

李丈参政罢政归乡里②，某年二十矣。时时来访先君③，剧谈④终日。每言秦氏⑤，必曰："咸阳"⑥，愤切慨慷，形于色辞。一日平旦⑦来共饭，谓先君曰："闻赵相过岭⑧，悲忧出涕。仆⑨不然，谪命下，青鞋布袜⑩，行矣，岂能作儿女态⑪耶！"方⑫言此时，目如炬。声如钟，其英伟刚毅之气，使人兴起。后四十年，偶读公家书，虽徙海表⑬，气不少衰，丁宁⑭训诫之语，皆足垂范百世⑮，犹想见其道青鞋布袜时也。淳熙戊申五月己未笠泽陆某题⑯。

①李庄简公：李光，字泰发，上虞（今属浙江）人。徽宗崇宁年间进士。高宗绍兴八年（1138）任参知政事，因反对向金人屈膝投降、面斥秦桧而罢官。后贬居琼州（今海南琼山县），八年始北归。死后谥号庄简。陆游的父亲陆宰与李光是好友。家书是李光贬居琼州时所写。跋是写在一本书后面的文字。　②李丈：即李光。丈，对长辈的尊称。罢政：李光于绍兴九年（1139）被罢去参知政事。　③先君：对自己已去逝的父亲的称呼。　④剧谈：犹言畅谈。　⑤秦氏：指南宋投降派头子秦桧。　⑥咸阳：秦国故都，这里用以代指秦桧。　⑦平旦：天刚亮时。　⑧赵相：赵鼎，宋高宗时曾两次任宰相，因主张抗金，反对秦桧，被罢谪岭南，后死于崖县（在今海南三亚）。过岭，即指贬谪岭海事。　⑨仆：对自己的谦称。这里是李光自指。　⑩青鞋布袜：用杜甫《奉先刘少府新画山水障歌》"吾独胡为在泥泽，青鞋布袜从此始"句意。意指粗陋简朴的服装。　⑪儿女态：儿女惜别依恋的情态，借指软弱。　⑫方：当其。　⑬徙：迁徙，贬谪。海表：海外，这里指海南岛琼州。　⑭丁宁：犹叮咛。　⑮垂范百世：留下榜样，传于后世。　⑯淳熙戊申：宋孝宗淳熙十五年（1188）。笠泽：在今江苏吴江县一带，有人以为即今太湖。陆氏在唐代世居吴郡，故陆游自署里居为"笠泽"。（这篇跋文实际上是一篇人物素描。短短百余字，通过生动传神的描写，将人物的言语、动作、感情、性格栩栩如生地展现在读者面前，读来如闻其声，如见其人。而从鲜明强烈的爱憎里，又表现了陆游自己的爱国感情和耿直刚毅的品格。）

*　　　*　　　*　　　*　　　*

金错刀行①

黄金错刀白玉装②，夜穿窗扉出光芒。丈夫五十功未立，提刀独立顾八荒③。

京华结交尽奇士④，意气相期共生死⑤；千年史策⑥耻无名，一片丹心报天子。尔来从军天汉滨⑦，南山晓雪玉嶙峋⑧。呜呼楚虽三户能亡秦⑨，岂有堂堂中国空无人。

①这首诗作于宋孝宗乾道九年（1173），时作者在嘉州（今四川乐山）。金错刀：镶嵌有黄金纹饰的刀。错，用金涂饰。 ②白玉装：用白玉装饰刀柄。 ③八荒：八方荒远之地。 ④京华：指南宋首都临安。奇士：才智杰出的人物，这里指主张抗金，具有爱国思想的人。 ⑤"意气"句：志向相同，因而以同生共死相期约。 ⑥史策：同"史册"。 ⑦尔来：近来。天汉滨：汉水之滨。 ⑧南山：终南山。玉嶙峋（lín xún）：如玉一样洁白，参差堆积。 ⑨楚虽三户能亡秦：战国时秦国玩弄外交手段，将楚怀王扣留并逼死在秦国。楚国人民十分愤慨，民间谣谚预言："楚虽三户，亡秦必楚。"意思是即使楚国只剩下几户人家，但最后消灭秦国的必定是楚国。这里用以表现作者和南宋人民抗金复国的意志和信念。

题醉中所作草书卷后①

胸中磊落藏五兵②，欲试无路空峥嵘。酒为旗鼓笔刀槊③，势从天落银河倾④。端溪石池浓作墨⑤，烛光相射飞纵横。须臾收卷复把酒，如见万里烟尘清⑥。丈夫身在要有立⑦，逆虏运尽行当平⑧；何时夜出五原塞⑨，不闻人语闻鞭声？

①这首诗作于宋孝宗淳熙三年（1176），时作者在成都。陆游是南宋时期著名的书法家，常于醉中挥笔作草书。 ②磊落：众多而杂沓的样子。五兵：古代的五种兵器，即戈、殳、戟、酋矛、夷矛。 ③"酒为"句：以战斗比作书。槊（shuò），一丈八尺的长矛。 ④"势从"句：比喻醉中挥笔作书的气势，如银河之水从天上倾下。 ⑤端溪：水名，在今广东高要县，产石宜作砚，世称"端砚"。石池：砚台。 ⑥"如见"句：作书完毕，如战斗胜利结束，心中充满无限喜悦。 ⑦立：建立功勋。 ⑧行：即将，快要。 ⑨五原塞：汉代边界要塞，在今内蒙古自治区五原县境内。汉代曾出兵五原塞北击匈奴，这里借喻南宋的军队北伐金人。

秋夜将晓出篱门迎凉有感①（二首选一）

其　一

三万里河②东入海，五千仞岳③上摩天。遗民泪尽胡尘里，南望王师④又一年！

①此诗作于宋光宗绍熙三年（1192）秋月，时作者家居山阴。 ②三万里：极言其长。河：黄河。 ③仞：古代长度单位，周制八尺为一仞。五千仞，极言其高。岳：高山。当时东岳泰山、西岳华山、中岳嵩山、北岳恒山都已沦陷于金人之手。 ④王师：指南宋朝廷的军队。

十一月四日风雨大作[①]（二首选一）

其 二

僵卧孤村不自哀，尚思为国戍轮台[②]。夜阑[③]卧听风吹雨，铁马冰河入梦来。

①这首诗作于宋光宗绍熙三年（1192）冬，时作者家居山阴。 ②轮台：今新疆维吾尔自治区轮台县，这里泛指边防地区。 ③夜阑：夜深。

沈 园[①]

其 一

城上斜阳画角哀[②]，沈园非复旧池台。伤心桥下春波绿，曾是惊鸿[③]照影来。

①这两首诗作于宋宁宗庆元五年（1199）春，时作者家居山阴。沈园：在山阴城西南四里，禹迹寺南。据《齐东野语》等书记载，陆游初娶唐氏，夫妇感情很好，因陆母不喜唐氏，二人被迫离异。后唐氏改嫁，陆游亦再娶，但感情无法割断。绍兴二十五年（1155）春（一说为绍兴二十一年），二人在沈园重逢，陆游在园壁上题《钗头凤》词，唐氏不久忧愤而死。四十多年以后陆游重游沈园，为悼念唐氏作此诗。 ②画角：彩绘的号角。哀：凄凉感人。 ③惊鸿：比喻妇女体态的轻盈，这里指唐氏之美。曹植《洛神赋》："翩若惊鸿。"李善注："翩翩然若鸿雁之惊。"

其 二

梦断香消[①]四十年，沈园柳老不吹绵[②]。此身行作稽山土[③]，犹吊遗踪一泫然[④]！

①梦断香消：指唐氏之死。 ②绵：柳絮。 ③"此身"句：谓自己年老，将不久于人世。

稽山，会稽山，在今浙江绍兴县东南。 ④吊：凭吊。泫然：悲哀流泪的样子。

追感往事[①]（五首选一）

其 三

诸公[②]可叹善谋身，误国当时岂一秦[③]！不望夷吾出江左[④]，新亭对泣亦无人[⑤]。

①这首诗作于宋宁宗嘉泰元年（1201）。 ②诸公：指当权的投降派人物。 ③秦：指秦桧。 ④“不望”句：东晋初年以王导为相，因当时政权尚未巩固，桓彝、温峤等人皆以为忧，后知王导很有才能，温峤便说：“江左自有管夷吾，吾复何虑哉！”（见《晋书》《王导传》及《温峤传》）江左，江东，指长江下游一带地方。夷吾，管仲号夷吾，春秋时杰出的政治家，辅佐齐桓公成就霸业。 ⑤“新亭”句：东晋初年，过江的士大夫经常在新亭宴饮。周𫖮于坐中感叹说：“风景不殊，正自有山河之异。”众人对泣新亭。新亭，在今南京市南。全句说，不要说恢复中原的人，就连为国家沦亡、山河变色而哭泣的人也没有。

钗头凤[①]

红酥手[②]，黄縢酒[③]，满城春色宫墙柳[④]。东风恶，欢情薄。一怀愁绪，几年离索[⑤]。错！错！错！　春如旧[⑥]，人空瘦[⑦]，泪痕红浥鲛绡透[⑧]。桃花落，闲池阁[⑨]。山盟[⑩]虽在，锦书难托[⑪]。莫！莫！莫[⑫]！

①这首词大约作于宋高宗绍兴二十一年至二十五年之间（1151—1155）。本事参见《沈园》诗注①。宋陈鹄《耆旧续闻》卷十：“余弱冠客会稽，游许氏园，见壁间有陆放翁题词（即此《钗头凤》，原文略），笔势飘逸，书于沈氏园，辛未（绍兴二十一年）三月题。又周密《齐东野语》卷一亦载其事，谓园壁题词时在绍兴乙亥岁（二十五年），未知孰是。《历代诗余》卷一一八引夸娥斋主人说唐氏答词云：“世情薄，人情恶，雨送黄昏花易落。晓风乾，泪痕残。欲笺心事，独语倚阑，难、难、难！　人成各，今非昨，病魂常似秋千索。角声寒，夜阑珊。怕人寻问，咽泪妆欢，瞒、瞒、瞒！”说者多以为是后人据残句“世情薄，人情恶”续成。今录此以备参考。 ②红酥手：形容女子的手细腻红润。 ③黄縢（téng）酒：縢有缄封之义，黄縢酒即黄封酒。宋代官酒有黄纸封口，称黄封酒。陆游《病中偶得名酒，小醉作此篇，是夕极寒》诗中有句：“一壶花露拆黄縢”，足见黄縢酒为名酒。 ④宫墙柳：

记往日游踪，不必特指沈氏园。 ⑤离索：分索，离散。《礼记·檀弓》上：“子夏曰：‘吾离群而索居，亦已久矣。’”郑玄注：“索，犹散也。” ⑥春如旧：言“旧”与上片“满城春色”相呼应，以见今昔离合悲欢之异。 ⑦空瘦：徒瘦，白白地瘦，意即人因悲伤而消瘦，却无济于事，不能再合。 ⑧浥（yì）：润湿。红：妇女脸上的脂粉。鲛绡：手帕的别称。任昉《述异记》载：鲛人（神话传说中的美人鱼）在海底织绡（丝巾），称鲛绡纱，一名龙纱，其价百余金。 ⑨闲池阁：池阁清寂。 ⑩山盟：指山为盟誓，表示二人相爱如山一样永远不变。 ⑪锦书：前秦窦滔妻苏蕙，其夫苻坚时为秦州刺史，被徙流沙，苏氏因织锦为回文旋图诗赠滔，以寄相思之情。（见《晋书·窦滔妻苏氏传》）此用其事，代指书信。 ⑫莫、莫、莫：犹今说罢、罢、罢，愤激而又无可奈何之词。

巫山神女峰[①]

二十三日[②]。

过巫山凝真观[③]，谒妙用真人祠。真人，即世所谓巫山神女也。祠正对巫山，峰峦上入霄汉，山脚直插江中。议者谓太华、衡、庐[④]，皆无此奇。然十二峰者，不可悉见。所见八、九峰，惟神女峰最为纤丽奇峭，宜为仙真[⑤]所托。祝史[⑥]云：每八月十五夜月明时，有丝竹之音[⑦]，往来峰顶，山猿皆鸣，达旦[⑧]方渐止。庙后山半，有石坛平旷。传云：夏禹见神女，授符书于此。坛上观十二峰，宛如屏障。是日，天宇晴霁，四顾无纤翳[⑨]；惟神女峰上有白云数片，如鸾鹤翔舞，裴徊[⑩]久之不散，亦可异也。祠旧有乌数百，送迎客舟。自唐夔州刺史李贻诗已云：“群乌幸胙余”矣[⑪]。近乾道元年[⑫]，忽不至。今绝无一乌，不知其故。泊清水洞。洞极深。后门自山后出；但黮阁[⑬]，水流其中，鲜[⑭]能入者。岁旱祈雨颇应[⑮]。

权知巫山县、左文林郎冉徽之[⑯]，尉、右迪功郎文庶几来[⑰]。

①此篇选自《入蜀记》卷六。作者于宋孝宗乾道五年（1169）十二月被任为夔州（今重庆奉节）通判，次年闰五月方由山阴起身，十月抵夔州住所，历时半年。作者沿途游览名山大川，探访名胜古迹，考察风土民情，写成《入蜀记》六卷。《入蜀记》为日记体游记散文，按日记事，无题，本篇题目为编选者所拟。 ②指乾道六年（1170）十月二十三日。 ③巫山：在今重庆巫山县。凝真观（guàn）：道教庙宇名，观内有巫山神女祠。 ④太华：太华山，在陕西渭南县境内，五岳之一的西岳。衡：衡山，在湖南衡山县西，称南岳。庐：庐山，在江西九江县南。 ⑤仙真：神仙，即前指妙用真人，巫山神女。 ⑥祝史：

祠中主持祭祀的人。 ⑦丝竹之音：演奏音乐的声音。丝指弦乐，竹指管乐。 ⑧达旦：到天亮。 ⑨纤翳：细小的障碍物。 ⑩裴徊：同“徘徊”。 ⑪李贻：当作李贻孙。《蜀中广记》卷二十三引《集古录》云：“神女庙诗李贻孙二首。”《金石录》《夔州志》并作李贻孙。诗已佚。 ⑫乾道元年：公元1165年。 ⑬黮（dàn）闇（àn）：阴暗不明。 ⑭鲜：少。 ⑮祈：求。应：灵验。 ⑯权：代理官职。冉徽之：人名。左文林郎是他的官衔。 ⑰文庶几：人名，当时住巫山县县尉（职掌捕盗之事的官），右迪功郎是他的官衔。

［附录］

关于陆游的评价

朱熹曰：放翁之诗，读之爽然，近代唯见此人为有诗人风致。（《朱子大全集》卷四十三《答徐载叔赓》）

周必大曰：《剑南诗稿》，连日快读，其高处不减曹思王、李太白，其下犹伯仲岑参、刘禹锡，何真积顿悟，一至此也！前又从张镃直阁借得续稿及富沙新编，所谓精明之至，反造疏淡，诗家事业，殆无余蕴矣。（《周益国文忠公集·书稿》卷二）

杨万里曰：今代诗人后陆云，天将诗本借诗人。重寻子美行程旧，尽拾灵均怨句新。鬼啸狨啼巴峡雨，花红玉白剑南春。锦囊缲罢清风起，吹仄西窗月半轮。（《诚斋集》卷二十《跋陆务观剑南诗稿》二首之一）

陆子遹曰：先太史之文，于古则《诗》《书》《左氏》《庄》《骚》《史》《汉》；于唐则韩昌黎；于本朝则曾南丰：是所取法。然禀赋宏大，造诣深远，故落笔成文，则卓然自为一家，人莫测其涯涘。（《陆放翁全集》附录）

戴复古曰：茶山衣钵放翁诗，南渡百年无此奇。入妙文章本平淡，等闲言语变瑰奇。三春花柳天裁剪，历代兴衰世转移。李杜陈黄题不尽，先生摹写一无遗。（《石屏诗集》卷六《读放翁先生剑南诗草》）

刘克庄曰：近岁诗人，杂博者堆队仗，空疏者窘材料，出奇者费搜索，缚律者少变化；唯放翁记问足以贯通，力量足以驱使，才思足以发越，气魄足以陵暴，南渡而后，故当为一大宗。（《后村诗话》）

又曰：放翁长短句，……其激昂感慨者，稼轩不能过；飘逸高妙者，与陈简斋、朱希真相颉颃；流丽绵密者，欲出晏原叔、贺方回之上；而世歌之者绝少。（同上）

魏庆之曰：杨诚斋尝称陆放翁之诗敷腴，尤梁溪复称其诗俊逸；余观放翁之词，尤其敷腴俊逸者也。（《诗人玉屑》）

林景熙曰：前辈评宋南渡后诗，以陆务观拟杜，意在寤寐不忘中原，与拜鹃心事，悲惋实同。（《霁山集》卷五《王修竹诗集序》）

吴师道曰：世称宋诗人句律流丽，必曰陈简斋；对偶工切，必曰陆放翁。（《吴礼部诗话》）

方回曰：梁溪之槁淡细润，诚斋之飞动驰掷，石湖之典雅标致，放翁之豪荡丰腴，各擅一长。（《桐江续集》卷八《读张功父南湖集并序》）

又曰：放翁诗万首，佳句无数。少师曾茶山，或谓青出于蓝。然茶山格高，放翁律熟；茶山专祖山谷，放翁兼入盛唐。（《瀛奎律髓》《登东山》批语）

杨慎曰：放翁词纤丽处似淮海，雄慨处似东坡。（《词品》卷五）

毛晋曰：孝宗一日御华文阁，问周益公曰："今代诗人，亦有如唐李太白者乎？"益公以放翁对，由是人竟呼为小太白。篇什富以万计，今古无双。或评"如怒猊抉石，渴骥奔泉"；或评"如翠岭明霞，碧溪初月"，何足尽其胜概耶？（《陆放翁全集》附录）

王士祯曰：务观闲适，写村林茅舍、农田耕渔、花石琴酒事，每逐月日记寒暑，读其诗如读其年谱也。然中间勃勃有生气。中原未定，梦寐思建功业。其真朴处多，雕镂处少。取其多者为佳。（《带经堂诗话》）

吕留良、吴之振曰：宋诗大半从少陵分支，故山谷云："天下几人学杜甫，谁得其皮与其骨？"若放翁者，不宁皮骨，盖得其心矣。所谓爱君忧国之诚，见乎辞者，每饭不忘。故其诗浩瀚崒嵂，自有神合。呜呼，此其所以为大宗也与！（《宋诗抄·剑南诗抄小序》）

周之麟曰：或谓其语多重沓，摅情貌景，不能远揽穷搜，而仅工于体物。……若其诗之前后错出，譬之深山大泽，包含者多，不暇剪除荡涤，岂如守半亩之宫，一木一石，可屈指计数，而顾欲以此傲彼乎？（《宋四名家诗抄·放翁诗抄序》）

沈德潜曰：《剑南集》原本老杜，殊有独造境地。但古体近粗，今体近滑，逊于杜之沈雄腾踔耳。

又曰：放翁七言律，队仗工整，使事熨贴，当时无与比埒。（《说诗晬语》卷下）

纪昀曰：游诗清新刻露，而出以圆润，实能自辟一宗，不袭黄陈之旧格。……夫游之才情繁富，触手成吟，利钝互陈，诚所不免。故朱彝尊《曝书亭集》有是集

跋，摘其自相蹈袭者至一百四十余联。是陈因窠臼，游且不能自免，何况后来？（《四库全书总目提要·剑南诗稿提要》）

又曰：游以诗名一代，而文不甚著。集中诸作，边幅颇狭，然元祐党家，世承文献，遣词命意，尚有北宋典型。故根柢不必其深厚，而修洁有余；波澜不必其壮阔，而尺寸不失。（同上《渭南文集提要》）

又曰：杨慎《词品》则谓其纤丽处似淮海，雄快处似东坡。平心而论，游之本意，盖欲驿骑于二家之间，故奄有其胜，而皆不能造其极。（同上《放翁词》提要）

赵翼曰：放翁诗凡三变：宗派本出于杜，中年以后，则益自出机杼，尽其才而后止。……可见其宗尚之正，故虽挫龙万有，穷极工巧，而仍归雅正，不落纤佻，此初境也。……是放翁之宏肆，自从戎巴蜀，而境界又一变。及乎晚年，则又造平淡，并从前求工见好之意，亦尽消除，所谓"诗到无人爱处工"者，刘后村谓其皮毛落尽矣，此又诗之一变也。（《瓯北诗话》卷六）

刘熙载曰：放翁诗明白如话，然浅中有深，平中有奇，故足令人咀味。（《艺概》卷二）

又曰：陆放翁词，安雅清赡，其尤佳者在苏、秦间。然乏超然之致，天然之韵，是以人得测其所至。（同上卷四）

王国维曰：南宋词人，白石有格而无情，剑南有气而乏韵。其堪与北宋人颉颃者，唯一幼安耳。（《人间词话》）

范成大

范成大（1126—1193），字致能，早年自号此山居士，晚年退居石湖，又号石湖居士，平江吴郡（今江苏苏州）人。自幼家境贫寒，饱尝流离丧乱之苦。高宗绍兴二十四年（1154）进士及第，此后经历了三十年左右的仕宦生活，官至四川制置使、参知政事，后因疾退居。他是一位关心人民并具有爱国思想的作家，孝宗乾道六年（1170），他出使金国，行前做了"不戮则执"的思想准备，毅然赴命，在金统治者面前大义凛然，终不辱使命，全节而归。范成大诗、文、词兼擅，诗名尤盛，是南宋著名诗人之一。他的诗初学江西诗派，后广泛学习从陶渊明到唐宋诸大家，博采众家之长而加之融汇创造，表现了鲜明的现实主义倾向。晚年退居，写出了不少田园诗，在描绘田园风光和农村劳动场面的同时，不忘揭露剥削者的罪恶，为田园诗的创作开拓了新的蹊径。著有《石湖诗集》。

后催租行[①]

老父[②]田荒秋雨里，旧时高岸今江水。佣耕[③]犹自抱长饥，的知无力输租米[④]。自从乡官新上来，黄纸放尽白纸催[⑤]。卖衣得钱都纳却[⑥]，病骨虽寒聊免缚。去年衣尽到家口[⑦]，大女临歧两分首[⑧]。今年次女已行媒[⑨]，亦复驱将换升斗[⑩]。家中更有第三女，明年不怕催租苦！

①这首诗约作于宋高宗绍兴二十五年（1155）。作者以前曾效唐代王建写过《催租行》，故题为《后催租行》。 ②老父：老翁，老农。 ③佣耕：因自己的田被淹，被迫沦为雇农。 ④的知：确知。输：交纳。 ⑤黄纸：指皇帝赦免租税的诏书，因地方官用黄纸抄录布告，所以叫“翻黄”。白纸：指地方官催交租税的公文。这句是说，对灾民的租税是上免而下不免，皇帝的诏书不过是一纸空文。 ⑥纳却：交完，即把卖衣的钱全花光。 ⑦衣尽到家口：衣服卖完了，只好卖家里的人。 ⑧“大女”句：是说先卖了长女。歧，分离。 ⑨已行媒：媒人已来提过亲，意即已经订婚。 ⑩驱将：驱赶。将，助词，用在动词后。升斗，少量的粮食。（这首诗以一位老农在水灾之年的悲惨遭遇，揭露了统治阶级对灾民宽免租税的虚伪，控诉了他们残酷剥削劳动者的罪行。）

州　桥[①]

南望朱雀门，北望宣德楼，皆旧御路也[②]。

州桥南北是天街[③]，父老年年等驾回[④]；忍泪失声询使者，“几时真有六军来？[⑤]”

①宋孝宗乾道六年（1170），作者出使金国，把使金沿途所见所感写成七十二首绝句，这是其中的一首。州桥：即天汉桥，在汴河上。 ②朱雀门：汴京的正南门。宣德楼：宫城（大内）的正门楼。御路：皇帝车驾出入之路。 ③天街：即御路，由宣德楼往南，经州桥，直通朱雀门。 ④等：企盼。 ⑤六军：周制，天子有六军，每军一万二千五百人。这里指“王师”，即南宋的军队。（这首诗通过出使金国时在旧都汴京的见闻，表现了沦陷区人民殷切盼望恢复的思想感情。）

四时田园杂兴（六十首选三）

淳熙丙午[①]，沉疴少纾[②]，复至石湖旧隐，野外即事，辄书一绝；终岁得六十篇，号《四时田园杂兴》。

其三十一

昼出耘田夜绩麻[③]，村庄儿女各当家[④]。童孙[⑤]未解供耕织，也傍桑阴学种瓜。

① 淳熙丙午：宋孝宗淳熙十三年（1186）。 ② 沉疴（kē）少纾：重病稍减。 ③ 耘：除草。绩麻：把麻捻成线或绳。 ④ 当家：当行，本等职务。 ⑤ 童孙：幼小的孙子。（这首诗写农村中男耕女织、各司其职的劳动生活，极富情趣。）

其三十五

采菱辛苦废犁钼[①]，血指流丹鬼质枯[②]。无力买田聊种水，近来湖面亦收租！

① 钼：同“锄”。这句指经营池面而废种地。 ②“血指”句：采菱时手指被菱角刺破而流血。鬼质枯：人消瘦枯槁如鬼。（这首诗写采菱劳动的艰辛和官府租税的苛重，种地种水皆不可逃。）

其四十四

新筑场泥镜面平，家家打稻趁霜晴。笑歌声里轻雷动，一夜连枷[①]响到明。

① 连枷：一种打稻脱粒的工具。（这首诗写秋收时节农民紧张欢乐的劳动情景。）

［附录］

关于范成大的评价

张镃曰：石湖仙伯住吴门，事业文章两足尊。南北东西曾遍历，焉哉乎也敢轻论。桂园柳色金丝织，笠泽桃花锦浪翻。大小风烟俱自适，鷦巢终莫拟云鲲。（《南湖集》卷六《有怀参政范公因书桂隐近事奉寄》二首其一）

周必大曰：公天资俊明，辅以博学，文章赡丽清逸，自成一家。尤工诗，大篇短章，传播四方。（《省斋文稿》卷二十二，《贤政殿大学士赠银青光禄大夫范公成大神道碑》）

杨万里曰：公之诗文，非能工也，不能不工耳。公风神英迈，意气倾倒，拔新领异之谈，登峰造极之理，萧然如晋、宋间人物。他人戛戛吃吃而不能出诸口者，公瞑呻噫欠之间，猝然谈笑而道之，则其诗文之工，岂十日一水、五日一石之谓也哉！……至于公，训诰具西汉之尔雅，赋篇有杜牧之刻深，骚词得楚人之幽婉，序山水则柳子厚，传任侠则太史迁；至于大篇决流，短章敛芒，缛而不酿，缩而不僒，清新妩丽，奄有鲍、谢，奔逸隽伟，穷追太白，求其只字之陈陈，一倡之呜呜，而不可得也。（《诚斋集》卷八十二，《石湖先生大资参政范公文集序》）

黄震曰：公喜佛老，善文章，踪迹遍天下，审知四方风俗。所至登览啸咏，为世歆慕，往往似东坡。（《黄氏日抄》一百十一卷）

方回曰：石湖风流酝藉，每赋诗必有高致而无寒相。（《瀛奎律髓》卷二十三）

杨慎曰：昔之为诗，推表山川，脍炙人口，于吾蜀者，莫若杜子美之富且著，子美而下，则宋之范致能、陆务观也。三子之集，大行于今，覆视其帙，居蜀之作过半矣。品格之间，古今之值，姑置勿问，且言其所值：杜则流离饥困，寂抑悁恨，故其言志恒多怨；陆则流连光景，肆情皋壤，故其命词恒多欢；若范公，则分弓秉钺，开府行边，功建式遏，名垂不朽，而又以暇日余景，掞藻觚与文士埒能，一人争胜，其所题咏篇释，声叶中和而调谐贞，则亦其时之遇也。（《升庵合集》文集卷五，《东皐三蜀两游集序》）

王世贞曰：右范文穆《田园杂兴绝句六十首》。公好纪事，帅广右有《桂海虞衡志》，帅蜀有《吴船录》，此盖罢金陵阃，以大资领洞霄宫归隐石湖时作。即诗无论竹枝鹧鸪家言，已曲尽吴中农圃故事矣。（《弇州山人四部稿》卷一百三十）

朱彝尊曰：今之言诗者多主于宋。黄鲁直吾见其太生，陆务观吾见其缛，范致能吾见其弱，九僧、四灵吾见其拘，杨廷秀、郑德源吾见其俚，刘潜夫、方巨山、万里，吾见其意之无余而言之太尽，此皆不成乎鹄者也。（《曝书亭集》卷三十九）

陈讦曰：范石湖取境雅瘦，力排丰缛；然气韵自腴，故高峭而不寒俭。（《宋十五家诗选·石湖诗选评语》）

袁枚曰：诗如天生花卉，春兰秋菊，各有一时之秀，不容人为轩轾。音律风趣，能动人心目者，即为佳诗，无所为第一、第二也。……有总其全局而论者，如唐以

李、杜、韩、白为大家，宋以欧、苏、陆、范为大家是也。（《随园诗话》卷三）

纪昀曰：成大在南宋中叶与尤袤、杨万里、陆游齐名。……其才调之健，不及万里，而亦无万里之粗豪；气象之阔不及游，而亦无游之窠臼。初年吟咏，实沿溯中唐以下。……自官新安掾以后，骨力乃以渐而遒，盖追溯苏、黄遗法，而约以婉峭，自为一家，伯仲于杨、陆之间，固亦宜也。（《四库全书总目提要·石湖诗集提要》）

翁方纲曰：石湖于桑麻洲渚，一一有情，而其神不远，其佳处则白石所谓“温润”二字尽之。（《石洲诗话》卷四）

又曰：石湖善作风景语，于《竹枝》颇宜。（同上）

李慈铭曰：石湖律诗虽亦苦槎枒拗涩，堕南宋习气，然尚有雅音；五七古亦多率尔，而大体老到，不失正轨。（《越缦堂日记》光绪乙酉十月初四日）

杨万里

杨万里（1127—1206），字廷秀，号诚斋，吉州吉水（今江西吉水）人。二十八岁时进士及第，初做地方官，后入朝为东宫侍读，官至宝谟阁直学士。他关心国事，敢于直言指摘朝政，因此得罪权相韩侂胄，被罢官家居十五年，忧愤而死。在南宋，他是与范成大齐名的著名诗人。其诗初学江西诗派；中年以后改学唐人和宋代的王安石、陈师道；后又兼取众家之长而独辟蹊径，创造了一种具有独特风格和面貌的“杨诚斋体”。他向大自然吸取诗情，即兴而发，不事雕琢，却善于捕捉和描绘形象，意境新颖，富有情趣。著有《诚斋集》。

悯　农①

稻云不雨不多黄②，荞麦空花早着霜③；已分忍饥度残岁④，更堪岁里闰添长⑤！

①这首诗作于宋孝宗隆兴二年（1164），时作者家居。　②“稻云”句：水稻长势很好，一望如云，却逢天旱不雨，稻粒迟迟不黄。　③“荞麦”句：旱地里的荞麦因遇早来的霜冻而只开花不结实。　④分（fèn）：料想，甘愿。残岁：指岁末，一年中剩下的日子。这句说对于越冬度岁要忍饥挨饿是有充分思想准备的。　⑤更堪：那堪，不堪。闰添长：因

遇闰月而使一年的时间加长。(这首诗写灾年农民的悲苦生活，并寄予了诗人的深切同情。)

初入淮河绝句[①](四首选二)

其　一

船离洪泽岸头沙[②]，人到淮河意不佳[③]。何必桑乾方是远[④]，中流以北即天涯[⑤]。

①这组诗作于宋光宗绍熙元年(1190)。时作者奉命迎接金使，有感而作。　②洪泽：湖名，在江苏西部，与淮水相通。沙：指岸边沙地。　③“人到”句：因当时淮河已成为宋金的国界，故至淮便感到心中有难言的悲愤。　④桑乾：即永定河，源出山西，流经北京(当时的燕山府，已陷入金人之手)西南，至直沽(今天津)入海。方是远：才算是遥远的地方。从前认为桑乾才是靠近塞北的边远之地。　⑤“中流”句：指越过淮河中流向北，就是金国的国境，虽近却使人感到远在天涯。(这首诗写诗人对国土沦陷的悲愤，表现了热烈深沉的爱国感情。)

其　四

中原父老莫空谈[①]，逢着王人诉不堪[②]。却是归鸿不能语[③]，一年一度到江南！

①空谈：指诉说悲苦而无济于事。　②王人：天子的使臣，这里是作者自指。　③“却是”二句：写中原父老向往南宋，却不如不能说话的大雁，每年都有南飞的机会。(这首诗写沦陷区的中原人民对恢复的盼望和失望的心情，同时也寄托了诗人对南宋朝廷无意恢复中原的悲愤。)

闲居初夏午睡起二绝句[①]

其　一

梅子留酸[②]软齿牙，芭蕉分绿与窗纱[③]。日长睡起无情思[④]，闲看儿童捉柳花。

①这两首诗作于宋孝宗乾道二年(1166)，时作者家居。　②留酸：梅子未熟透，食后有余酸。　③“芭蕉”句：窗纱的绿色为芭蕉所分给，写初夏碧绿清幽景象，极为传神。　④情思(sì)：情绪。(这首诗以清新自然的笔调写初夏景象，表现了作者静观宇宙

的闲居心境和透脱的胸襟。)

戏　笔[①]（二首选一）

其　一

野菊荒苔各铸钱[②]，金黄铜绿两争妍。天公支与穷诗客[③]，只买清愁不买田。

①这首诗作于宋孝宗淳熙六年（1179），时作者家居。　②“野菊”二句：以野菊荒苔比钱，首句取其形，次句取其色。联想出奇，乃是为了写出后两句。　③支：支付。穷诗客：诗人自指。（这首诗在一种幽默感中写出了诗人对自然景象的一种独特感受，从中透出作者对生活的一种小小的不满和牢骚，表现了“诚斋体”所特有的奇趣。）

晓出净慈送林子方[①]（二首选一）

其　二

毕竟西湖六月中，风光不与四时同：接天莲叶无穷碧[②]，映日荷花别样红。

①这首诗作于宋孝宗淳熙十四年（1187），时作者在杭州任秘书少监。净慈：寺名，全名为净慈报恩光孝禅寺，与灵隐寺相并为西湖著名寺庙。　②“接天”句：写西湖莲叶碧绿无际，与天相接。（这首诗写西湖夏日景象，抓住荷花盛开这一特点，从“碧”和“红”色彩着笔，既写出了西湖的秀丽，也写出了西湖的开阔。）

［附录］

关于杨万里的评价

张镃曰：造化精神无尽期，跳腾踔厉即时追。目前言句知多少，罕有先生活法诗。（《南湖集》卷七《携杨秘监诗一编登舟因成二绝》其二）

陆游曰：俗子与人隔尘俗，何啻相逢风马牛。夜读杨卿南海句，始知天子有高流。飞卿数阕峤南曲，不许刘郎夸竹枝。四百年来无复继，如今始有此翁诗。（原注：

温飞卿《南乡子》九首，其工不减梦得《竹枝》。)(《剑南诗稿》卷十九《杨廷秀寄〈南海集〉》)

周必大曰：今时士子见诚斋大篇巨章，七步而成，一字不改，皆扫千军、倒三峡、穿天心、透月窟之语，至于状物姿态，写人情意，则铺叙纤悉，曲尽其妙，遂谓天生辩才，得大自在，是固然矣。抑未知公由志学至从心……五十年间，岁锻月炼，朝思夕维，然后大悟大彻，笔端有口，句中有眼，夫岂一日之功哉！（《平园续稿》卷九）

姜夔曰：先生（按指尤袤）因为余言：近世人士喜宗江西，温润有如范致能者乎？痛快有如杨廷秀者乎？高古如萧东夫、俊逸如陆务观？是皆自出机轴，亶有可观者，又奚以江西为？（《白石道人诗集自序》）

葛天民曰：参禅学诗无两法，死蛇解弄活泼泼。气正心空眼自高，吹毛不动全生杀。生机语熟却不排，近代独有杨诚斋。才高万古付公论，风月四时输好怀。知公别具顶门窍，参得彻兮吟得到。(《葛无怀小集·寄杨诚斋》)

刘克庄曰：后来诚斋出，真得所谓活法、所谓流转圜美如弹丸者，恨紫微公不及见耳。(《江西诗派小序·总序》)

又曰：放翁学力也，似杜甫；诚斋天分也，似李白。(《后村诗话》前集卷二)

严羽曰：杨诚斋体。其初学半山、后山，最后亦学绝句于唐人。已而尽弃诸家之体，而别出机杼，盖其自序如此也。(《沧浪诗话·诗体》)

方逢辰曰：诚斋先生胸次磊磊砢砢，挺挺介介，故发为文，则浩气拍天，吞吐溟渤，足以推倒一世之豪杰。(《批点分类诚斋先生文脍序》)

王应麟曰：诚斋始学江西，既而学五字律于后山，学七字绝句于半山，最后学绝句于唐人。(《困学纪闻》卷十八)

方回曰：宋中兴以来……尤、杨、范、陆特擅名天下。……诚斋时出奇峭，放翁善为悲壮，然无一语不天成。(《桐江集》卷三)

又曰：杨诚斋诗一官一集，每一集必一变。(《瀛奎律髓》卷一)

宋濂曰：驯至隆兴、乾道之时，尤延之之清婉，杨廷秀之深刻，范至能之宏丽，陆务观之敷腴，亦皆有可观者；然终不离天圣、元佑之故步，去盛唐为益远。(《宋学士全集》卷二十八)

胡应麟曰：苏、黄矫晚唐而为杜，得其变而不得其正，故生涩崚嶒而乖大雅；杨、范矫宋而为唐，含其格而逐其词，故绮缛闺阃而远大夫。(《诗薮》外编卷五)

陈讦曰：杨诚斋矫矫拔俗，魄力又足以胜之，雄杰排奡，有笼挫万象之概，攀韩颉苏宜也。诚斋诗集甚富，然未免过于摆脱，不但洗净铅华，且粗头乱服矣。（《诚斋诗选评语》）

袁枚曰：诗有音节清脆，如雪竹冰丝，非人间凡响，皆由天性使然，非关学问。在唐，则青莲一人，而温飞卿继之。宋有杨诚斋，元有萨天锡，明有高青邱。（《随园诗话》卷九）

纪昀曰：（万里诗）虽沿江西诗派之末流，不免有颓唐粗俚之处，而才思健拔，包孕富有，自为南宋一作手，非后来四灵、江湖诸派可得而并称。（《四库全书总目提要·诚斋集提要》）

赵翼曰：放翁与诚斋同以诗名，诚斋专以俚言俗语阑入诗中，以为新奇；放翁则一切扫除，不肯落其窠臼。盖自少学诗，即趋向大方家，不屑屑以纤佻自贬也。（《瓯北诗话》卷六）

翁方纲曰：诚斋之诗，巧处即其俚处。（《石湖诗话》卷四）

陈衍曰：宋诗人工于七言绝句而能不袭用唐人旧调者，以放翁、诚斋、后村为最：大抵浅意深一层说，直意曲一层说，正意反一层、侧一层说。（《石遗室诗话》卷十六）

张孝祥

张孝祥（1132—1169），字安国，号于湖居士，历阳乌江（今安徽和县）人。高宗绍兴二十四年（1154）以进士第一及第。历任秘书正字、中书舍人、直学士院兼都督府参赞军事、建康留守等职。坚持抗金，积极主张恢复中原，受到投降派的排挤打击。他的词作在当时颇有影响，抒写爱国感情，慷慨豪迈，词风能继承苏词豪放气格，又兼具悲壮色彩。著有《于湖词》。

六州歌头[①]

长淮望断[②]，关塞莽然平[③]。征尘暗[④]，霜风劲，悄边声。黯销凝[⑤]！追想当年事[⑥]，殆天数[⑦]，非人力。洙泗上[⑧]，弦歌地，亦膻腥。隔水毡乡[⑨]，落日牛羊下，区脱纵横。看名王宵猎[⑩]，骑火一川明[⑪]。笳鼓悲鸣，遣[⑫]人惊。　　念腰间箭[⑬]，匣中剑，空埃蠹[14]，竟何成！时易失，心徒壮，岁将零[15]，渺神京[16]。干羽方怀远[17]，静烽燧[18]，且休兵。冠盖使[19]，纷驰骛[20]，若为情[21]？闻道中原遗老，常南望、翠葆霓旌[22]。使行人到此，忠愤气填膺[23]，有泪如倾。

①这首词约作于宋孝宗隆兴二年（1164）。隆兴元年，张浚北伐大败于符离（今安徽宿县符离集），主和派得势，与金通使议和。次年冬和议成。时张孝祥任建康留守。相传张浚在建康招集抗金志士，商议上书反对和议，张孝祥即席赋此词，张浚深受感动，为之罢席。 ②长淮：指淮河。望断：极目远望。绍兴十一年（1141），南宋与金签订屈辱和约，规定淮河以北大片土地为金所有，自此淮河便成为宋金的边界。“望”字直领以下十余句。 ③关塞：边关要塞。莽然：草木茂密的样子，意思是广远的关塞要地，一片荒芜，暗含边防松弛之意。 ④“征尘暗”三句：路上尘土飞扬，使天也变得昏暗，塞风劲吹，边境上一片寂静。暗指投降派已放弃抗战。 ⑤黯销凝：黯然伤神。指忧思凝结，内心十分伤痛。 ⑥当年事：指从前中原沦陷之事。 ⑦殆：大约，也许。天数：天运、气数。这是愤激之词。 ⑧“洙泗上”三句：洙、泗，洙水和泗水，流经山东曲阜，孔子曾在那里聚徒讲学。弦歌地，指孔讲学之地。古代的文化教育包括诗、乐、礼、义，孔子讲学之地当是弦歌之声不绝。膻（shān）腥，牛羊的腥臊气味，这里喻指被金侵略者所占领。三句意思是：连礼乐文化最繁盛之地也被侵略者野蛮地蹂躏。 ⑨“隔水毡乡”三句：写所见淮河北岸金人占领区的情况。毡乡，金人为游牧民族，聚居之地处处是毡制的帐篷。落日牛羊下，用《诗经·王风·君子于役》“日之夕矣，牛羊下来”句意，写金人的游牧生活。区（ōu）脱，汉代匈奴所筑的土室，作为侦察了望之所。这里指金兵的驻营地和哨所。 ⑩名王：指金人的将帅、首领。宵猎：夜间打猎，这里指军事行动。 ⑪骑（jì）火：骑兵所持的火把。川：原野。 ⑫遣：使，令。 ⑬念：“念”字领以下八句，与上片“望”字呼应。 ⑭空埃蠹（dù）：白白地积满灰尘，被蛀虫咬蚀。 ⑮岁将零：一年将尽。 ⑯渺：渺远。神京：指已沦陷的北宋首都汴京。 ⑰干羽方怀远：干，盾牌；羽，野鸡毛做的舞具。二者都是古代乐舞时所用。怀远，让远方的异民族归服。这里借舜用舞干羽的方法感服苗民之事，隐指南宋朝廷对金妥协。 ⑱静烽燧（suì）：边境平静无战事，暗指警戒松弛。古代在边境筑高台举烟火以报警，黑夜举火叫烽，白日升烟叫燧。 ⑲冠盖使：措派去向金求和的使臣。冠盖，冠服车盖，士大夫所用。 ⑳纷驰骛（wù）：乱纷纷奔走忙碌。 ㉑若为情：何以为情，使人难堪。 ㉒翠葆霓旌：指皇帝的车驾。翠葆，用翡翠鸟羽毛装饰的车盖。霓旌，像虹霓一样美丽的彩旗。 ㉓填膺：充满胸中。（这首词高度概括地描写了在“隆兴和议”前后主和派得势时边防松弛、金人气焰猖狂的形势，以及中原人民期待恢复的心情，并进而抒发了对主和派屈膝投降的愤恨以及岁月流逝、壮志难伸的悲痛感情。全词一气呵成，笔酣墨饱，气势豪迈，风格悲壮沉郁。）

*　　*　　*　　*　　*

念奴娇[①]

过洞庭

洞庭青草[②]，近中秋、更无一点风色。玉鉴琼田[③]三万顷，著我扁舟一叶。素月分辉，明河共影[④]，表里[⑤]俱澄澈。悠然心会[⑥]，妙处难与君说。　应念岭表经年[⑦]，孤光自照[⑧]，肝胆皆冰雪[⑨]。短发萧骚[⑩]襟袖冷，稳泛沧溟[⑪]空阔。尽挹西江[⑫]，细斟北斗[⑬]，万象为宾客[⑭]。扣舷[⑮]独啸，不知今夕何夕[⑯]！

①这首词作于宋孝宗乾道二年（1166）。时作者被谗罢职，由静江府（今广西桂林）北归，过洞庭有感而作。　②青草：湖名，在湖南岳阳县西南，北与洞庭湖相通。　③玉鉴琼田：形容湖面的明亮清澈。鉴，镜。琼，美玉。　④明河：银河。　⑤表里：里里外外。　⑥悠然：闲适的样子。　⑦岭表：五岭以南的地方，指今广东广西一带。五岭指大庾、始安、临贺、桂阳、揭阳。经年：一年或一年以上。作者曾知静江府，兼广南西路经略安抚使，在广西任职。　⑧孤光：清寂的月光。　⑨“肝胆”句：指自己心地光明，品格无瑕。　⑩萧骚：本意为萧条凄凉。这里是头发稀疏的样子。　⑪稳泛：安稳地漂流。沧溟：沧海，这里指茫茫湖水。　⑫挹（yì）：舀取。西江：西来的大江，指长江。　⑬细斟北斗：北斗指北斗七星，其形如酒勺，这是作者想象用天上的北斗舀酒细斟细酌。屈原《九歌·东君》：“援北斗兮酌桂浆。”　⑭“万象”句：邀请宇宙间的万物来做宾客。　⑮扣舷：击打船边。　⑯“不知”句：不知道今夜是个多么好的夜晚。古诗词中常以“今夕何夕”赞叹良辰美景。《诗经·绸缪》：“今夕何夕，见此良人。”苏轼《念奴娇·中秋》：“起舞徘徊风露下，今夕不知何夕。”

辛弃疾

辛弃疾（1140—1207），字幼安，号稼轩，历城（今山东济南）人。他出生于金人统治的沦陷区，生活在民族矛盾十分尖锐的年代，身历目睹金侵略者对北方人民的压迫蹂躏，自幼受到广大人民反对金人入侵、掠夺，反对妥协投降的斗争潮流的影响。他出身在一个世代仕宦之家，父亲辛郁早死，祖父辛赞被迫降金，曾做过金朝的地方官，但他具有爱国思想，曾引辛弃疾“登高远望，指画山河”，以舒国愤。时代和家庭都使他从小受到爱国思想的教育，年青时即立下杀敌报国、恢复中原的雄心壮志。绍兴三十一年（1161），金主完颜亮率大军南侵，促使了北方人民抗金斗争的高涨，二十二岁的辛弃疾组织了两千多人的抗金队伍，并率部投奔济南起义首领耿京，为掌书记。次年叛将张安国杀耿京降金，辛弃疾率五十骑突入敌营，活捉张安国，投奔南宋。南归后，由于投降派当权，不被重用。他先后上《美芹十论》《九议》，陈述自己抗金复国的方针、措施，均不被采纳。曾先后任湖北、湖南、江西安抚使等职，都不能施展其才能和实现其抱负。由于屡遭排挤打击，壮志难伸，四十二岁后先后在上饶带湖和铅山瓢泉筑室闲居近二十年。辛弃疾一生致力于词的创作，词成为他表现爱国思想、跟投降派作斗争的武器。辛词题材广泛，内容丰富多彩，词风雄劲豪迈、悲壮沉郁。他沿苏轼开辟的豪放一路发展，并在题材内容、艺术手法等方面有进一步的开拓；他“以文为词”，不仅丰富了词的内容，也提高了词的表现力。著有《稼轩词》。

水龙吟①

登建康赏心亭②

楚天千里清秋③，水随天去秋无际④。遥岑远目⑤，献愁供恨⑥，玉簪螺髻⑦。落日楼头，断鸿⑧声里，江南游子⑨。把吴钩看了⑩，栏杆拍遍，无人会⑪，登临意。　　休说鲈鱼堪脍⑫，尽西风，季鹰归未？求田问舍⑬，怕应羞见，刘郎才气。可惜流年⑭，忧愁风雨⑮，树犹如此⑯！倩何人唤取⑰、红巾翠袖⑱，揾英雄泪⑲？

①这首词作于宋孝宗淳熙元年（1174），时作者在建康，任江东安抚司参议官。　②建康：今江苏南京市。赏心亭：在建康下水门城上，下临秦淮河。　③楚天：因战国时南方大片土地属楚，故常以楚天泛指南方的天空。清秋：清爽的秋天。　④“水随”句：长江东流，远接天边，秋色无际。　⑤遥岑：远山。远目：极目远望。　⑥献愁供恨：是说远山引起人的愁恨。说“献”和“供”，就使无生命的山与人的感情相通。　⑦玉簪（zān）螺髻（jì）：比喻山的形状像妇女头上绾发的玉簪和螺形的发髻。　⑧断鸿：失群的孤雁。　⑨江南游子：漂泊到江南地区的人，作者自指。　⑩吴钩：古代吴地所造的宝刀，这里泛指刀、剑。看吴钩，表示志在杀敌。　⑪会：理解。　⑫“休说”三句：张翰字季鹰，晋代吴郡人，在洛阳做官，见秋风起，因而想起吴中的莼菜羹和鲈鱼脍，便辞官归家（事见《世说新语·识鉴》）。这里反用其意，是说自己在国难当头之时，不会一见秋风起就忘怀国事，思归故乡的。休说，不要说。堪，可。脍（kuài），把肉切成细片。　⑬“求田”三句：三国时许汜（sì）对刘备说，他过下邳时见陈元龙（即陈登），陈元龙不理睬他，自上大床睡去，使他睡下床，未免太傲慢不敬。刘备批评许汜说：“君有国士之名，今天下大乱，帝王失所，望君忧国忘家，有救世之意；而君求田问舍，言无可采，是元龙所讳也，何缘（有什么理由）

当与君语？如小人（刘备自称），欲卧百尺楼上，卧君于地，何但（只）上下床之间耶！”（事见《三国志·陈登传》）此用其事，意思是说，自己胸怀国家大事，耻于做许汜那样只顾自己一家私利的庸人。求田问舍，买田置屋。刘郎，指刘备。才气，才干、气魄。⑭流年：流逝的岁月。⑮忧愁风雨：为风雨飘摇的国事而忧愁。⑯树犹如此：晋朝桓温北征，看见他早年种的柳树已经长得非常粗大，不禁感慨说：“木犹如此，人何以堪！”（事见《世说新语·言语》）此用其事，意思是说，大好的时光白白地流逝，人已衰老，却只能为国势的危殆而忧愁。⑰倩（qìng）：请。唤取：叫来。⑱红巾翠袖：女子的穿戴，借指女子。这里指歌女。⑲揾（wèn）：拭，擦。（这首词写词人登上建康赏心亭，见祖国大好河山沦于敌手，而自己抗敌复国的壮志不能实现，一片忧国之心也无人理解；抒发了国事飘摇，而自己年华虚度、不能报效祖国的忧愤心情。）

菩萨蛮[①]

书江西造口壁[②]

郁孤台下清江水[③]，中间多少行人[④]泪。西北望长安[⑤]，可怜无数山[⑥]。　　青山遮不住[⑦]，毕竟东流去。江晚正愁余[⑧]，山深闻鹧鸪[⑨]。

①这首词作于宋孝宗淳熙三年（1176），时作者任江西提典刑狱。②江西造口：即皂口镇，在今江西万安县西南。词书于造口壁上。③郁孤台：在今江西赣州市西南，因“隆阜郁然，孤起平地数丈”而得名。唐代李勉为虔州刺史，登台北望长安，感慨地说“心在魏阙”，因又称“望阙台”。宋代为赣州名胜。清江：赣江经郁孤台北流，与袁江合流处称清江。④行人：指四十多年前金兵侵扰江西时流离逃难的人们。高宗建炎三年（1129），金兵大举南侵，一路直下临安，追击宋高宗；一路由湖北入江西，追击隆裕太后（高宗的伯母），至造口，对江西骚扰极大。⑤长安：借指北宋旧都汴京。⑥“可怜”句：可惜被无数青山遮住了视线。⑦“青山”二句：是说青山虽然能遮住远望长安的视线，却不能阻挡东流的江水。暗指抗金复国的斗争潮流是不可遏止的。⑧愁余：使我忧愁。⑨鹧鸪：鸟名，鸣声凄哀，似“行不得也哥哥”。（这首词追忆四十多年前金兵侵扰江西时带给人民的深重苦难，联想到中原沦丧、旧京未复的现实情景，既表现了自己抗金复国的决心和信念，又抒发了壮志难酬的悲愤。）

摸鱼儿

淳熙己亥[①]，自湖北漕移湖南[②]，同官王正之置酒小山亭[③]，为赋。

更能消、几番风雨④，匆匆春又归去。惜春长怕花开早⑤，何况落红无数⑥。春且住⑦，见说道、天涯芳草无归路⑧。怨春不语，算只有殷勤⑨，画檐蛛网，尽日惹飞絮。　长门事⑩，准拟佳期又误，蛾眉曾有人妒。千金纵买相如赋⑪，脉脉此情谁诉？君莫舞⑫，君不见、玉环飞燕皆尘土！闲愁最苦⑬，休去倚危栏⑭，斜阳正在、烟柳断肠处⑮。

①淳熙己亥：宋孝宗淳熙六年（1179）。　②“自湖北”句：从湖北（荆湖北路）转运副使调任湖南（荆湖南路）转运副使。漕，漕司，即转运司，职掌财赋及谷物转运等事务。　③王正之：王正已，字正之，作者的朋友，曾任荆湖北路转运判官，故称“同官”。小山亭：在鄂州（今湖北武昌）转运副使官衙内。　④“更能消”句：再经受不住几番风雨的吹打。消，经得住。　⑤长怕：经常怕，总是怕。　⑥落红：落花。　⑦且住：暂且留下。　⑧“见说”句：见说道，听说，据说。全句意思是，芳草长满天边，春天已没有归路。　⑨“算只”三句：算，算来，看来。画檐，经绘饰的屋檐。惹，招惹，牵挂。飞絮，飞舞的柳絮，象征春天。三句意思是，看来只有画檐上的蛛网整天殷勤地沾惹飞絮，想把春天留住。　⑩“长门”三句：长门事，指汉武帝的陈皇后失宠后贬居长门宫。准拟，约定。佳期，相会的日期。蛾眉，弯而细长的眉毛，借指美人。《离骚》：“众女嫉余之蛾眉兮，谣诼谓余以善淫。”三句字面意思是，因有人嫉妒被贬的陈皇后美貌，进了谗言，使得本来汉武帝和她约定了重新相会的日子又被耽误了。　⑪“千金”二句：相如，指汉代辞赋家司马相如。他所作《长门赋序》说“孝武皇帝陈皇后，时得幸，颇妒。别在长门宫，愁闷悲思。闻蜀郡成都司马相如，天下工为文，奉黄金百斤，为相如、文君取酒，因于解悲愁之辞。而相如为文以悟主上，陈皇后复得亲幸。”此用其事。脉脉，含情而视的样子。二句意思是：纵然花了千金买来司马相如写的赋，可我满怀深情与愁苦又能向谁诉说呢？这里暗喻作者一片忠君爱国之心不能得到皇帝的理解和信任。　⑫“君莫”二句：君，你们，暗指朝中当权的投降派。莫舞，不要手舞足蹈、得意忘形。二句是说你们不要过于高兴，你们没有看见杨玉环和赵飞燕都已化为尘土了吗？意思是嫉贤妒能、得意忘形的人都没有好下场。玉环，杨玉环，唐玄宗的宠妃，安史之乱中被赐死。飞燕，赵飞燕，汉成帝的宠妃，被废后自杀。　⑬闲愁：指为国势危亡而忧愁。　⑭危栏：高楼上的栏杆。　⑮烟柳：烟雾笼罩的柳树。夕阳照射在烟柳之上是令人伤心的景象，所以称为“断肠处”。（这首词采用比兴手法，含蓄婉曲地寄托了词人的身世之感和爱国情怀，表现了对祖国命运的深切关怀和对投降派的强烈憎恨。上片写由惜春而留春，留春不住而怨春的复杂感情，隐微地传达了作者对时光流逝、国势危急的忧虑和悲痛；下片借古人古事来诉说自己受到排挤打击、报国无门的不幸遭遇，并对妒贤嫉能的投降派表示了强烈的憎恨和轻蔑，预言他们不会有好的结果。）

破阵子

为陈同甫赋壮词以寄之①

醉里挑灯看剑，梦回吹角连营②。八百里分麾下炙③，五十弦翻塞外声④，沙场秋点兵⑤。　　马作的卢飞快⑥，弓如霹雳弦惊⑦。了却君王天下事⑧，赢得生前身后名，可怜白发生！

①陈同甫：陈亮字同甫，辛弃疾志同道合的好友，南宋时著名的思想家和爱国词人。孝宗淳熙十五年（1188）冬，辛弃疾住铅山瓢泉，正患小病，陈亮从浙江东阳来看他。两人在瓢泉附近的鹅湖寺纵谈十日，"长歌相答，极论时事"。别后两人以《贺新郎》调作词唱和，互相激励，共抒爱国情怀。这就是南宋词坛上传为美谈的"鹅湖之会"。这首词具体作年不详，大约写于"鹅湖之会"互相唱和之后。　②梦回：梦醒。吹角连营：各个军营里接连不断地响起号角声。　③八百里：牛名。《世说新语·汰侈》："王君夫（恺）有牛，名八百里驳。"麾（huī）下：部下。炙：烤肉。全句意思是把烤牛肉分赏给众多的部下。　④五十弦：指瑟。李商隐《锦瑟》："锦瑟无端五十弦。"这里泛指各种乐器。翻：演奏。塞外声：边塞军中乐曲。全句意思是，乐队演奏出悲壮的军中乐曲。　⑤沙场：战场。点兵：检阅军队。　⑥作：如。的卢：骏马名。《三国志·蜀志·先主传》注引《世说》说：刘备兵败樊城，被敌将追击，陷入檀溪中，所骑的卢马，一跃三丈，遂得脱险。全句说，战马像的卢那样飞快奔驰。　⑦"弓如"句：弓弦发出如霹雳般巨响。形容战斗的激烈。　⑧了却：完成，实现。天下事：指恢复中原的大事。（这首词描写了意气豪壮的抗金战斗生活，抒发了渴望杀敌报国的雄心壮志，以及壮志难酬而年事渐高的深沉苦闷。上片写战地秋天早晨点兵的情景和气氛，是对昔日战斗生活的追忆和概括；下片写紧张激烈的战斗场面，而以报国无门的深长感叹作结。）

鹧鸪天①

有客慨然谈功名②，因追念少年时事③，戏作。

壮岁旌旗拥万夫④，锦襜突骑渡江初⑤。燕兵夜娖银胡𫄧⑥，汉箭朝飞金仆姑⑦。　　追往事，叹今吾，春风不染白髭须⑧。却将万字平戎策⑨，换得东家种树书⑩。

①这首词具体作年不详，从词意看，当作于退居农村时期。　②功名：这里指为国建

功立业。 ③少年时事：指年轻时起义抗金，活捉叛将张安国等战斗生活。 ④“壮岁”句：年轻时曾统帅过上万人的抗金军队。作者率众附耿京及其后南归时仅二十二、三岁，故云“壮岁”。旌旗，军旗。 ⑤“锦襜（chān）”句：指率部渡江南归事。锦襜突骑，穿着锦衣的精锐骑兵。襜，本指围裙一类的蔽前衣，这里泛指衣服。 ⑥燕兵：指作者率领的北方抗金义兵，与下句“汉箭”互文。娖（chuò）：整理，准备。银胡䩮：银色装饰的箭袋。 ⑦汉箭：指抗金义军使用的箭。金仆姑：箭名。以上两句表现了时间的流动，夜里准备，清晨战斗打响。 ⑧“春风”句：春风不会把已经白了的胡须变黑，即不会使自己重新年轻起来。髭（zī），唇上胡子。 ⑨平戎策：平定外族入侵的策略，指他向南宋统治阶级上的《美芹十论》《九议》等。 ⑩“换得”句：意思是壮志难酬，却被迫退居农村，学种庄稼。东家，东邻农家。（这首词追忆了年轻时的抗金战斗生活，表现了词人热烈的爱国感情；而年事已高，壮志未酬，抚今追昔，又不免发出深沉的怨恨和感叹。）

西江月

夜行黄沙道中[①]

明月别枝惊鹊[②]，清风半夜鸣蝉。稻花香里说丰年[③]，听取蛙声一片。　　七八个星天外，两三点雨山前。旧时茅店社林边[④]，路转溪桥忽见。

①这首词具体作年不详。黄沙岭在江西上饶西，距城四十里，因此可能作于1182至1191年闲居上饶带湖时期。 ②别枝：斜出的树枝。全句说，月光惊醒了斜枝上的鸟鹊。 ③“稻花”二句：一片欢快的蛙声，像是在向人们报告丰年的消息。 ④社林：社庙附近的树林。社，古代祭祀土地神的地方。（这首词写作者在夏夜行走在黄沙道上的所见所感。虽然分片，却是前后浑然一体，连续不断地将他于道中所见所闻摄入笔底，情景交融，生动活泼，格调轻快明丽。）

永遇乐[①]

京口北固亭怀古[②]

千古江山，英雄无觅[③]、孙仲谋[④]处。舞榭歌台[⑤]，风流总被、雨打风吹去[⑥]。斜阳草树，寻常巷陌，人道寄奴曾住[⑦]。想当年[⑧]，金戈铁马，气吞万里如虎。　　元嘉草草[⑨]，封狼居胥，赢得仓皇北顾。四十三年[⑩]，望中犹记、烽火扬州路[⑪]。可堪回首⑫，佛狸祠下，一片神鸦社鼓。凭谁问⑬：廉颇老矣，尚能饭否？

①这首词作于宋宁宗开禧元年（1205），时作者知镇江府（今江苏镇江）。 ②京口：今镇江。三国时吴国初在此建都，后迁建业（今江苏南京）。北固亭：又名北固楼，在镇江城北北固山上，为晋蔡谟所建，下临长江，三面濒水，形势险要。梁武帝改名北顾亭。 ③觅（mì）：寻找。 ④孙仲谋：即孙权，仲谋其字，曾建都京口，据江东，与刘备联合，在赤壁大败曹兵。故作者登北固亭怀古首先想到了他。 ⑤舞榭（xiè）歌台：供歌舞用的楼台，这里借指昔日的繁华生活。榭，高台上的建筑物。 ⑥风流：指昔日英雄业绩的流风余韵。 ⑦寄奴：南朝宋武帝刘裕的小字。他曾在京口起兵讨伐桓玄，后来推翻东晋，做了皇帝。《南畿志》："丹徒（今镇江丹徒镇）在镇江城南，宋武帝微时宅也。" ⑧"想当年"三句：写刘裕当年率兵北伐时的威风气势。金戈铁马：形容兵强马壮。气吞万里：指军队的气势极盛，所向无敌。 ⑨"元嘉"三句：指刘裕的儿子宋文帝刘义隆轻率北伐而招致失败事。元嘉，宋文帝年号（424—453）。草草，草率，轻率。封，在山上筑坛祭天。狼居胥，山名，在今内蒙古自治区西北部。汉将霍去病追击匈奴，至狼居胥山，祭天而还。赢得，剩得。仓皇北顾，惊惶逃窜，北望追兵。《宋书·王玄谟传》："玄谟每陈北侵之策，上谓殷景仁曰：'闻玄谟陈说，使人有封狼居胥意。'"据《南史·宋文帝纪》载，元嘉二十七年（450）王玄谟北伐失败，后魏军队乘胜追到长江边，声称要渡江，都城震恐。宋文帝登楼北望，深悔北伐之举。《宋书·索虏传》载，刘义隆有"惆怅惧迁逝，北顾涕交流"诗句。这里作者引历史教训警告南宋统治阶级不可轻率北伐。 ⑩四十三年：辛弃疾于绍兴三十二年（1162）南归，至作此词时，正好四十三年。 ⑪扬州路：即淮南东路，治所在扬州（今江苏扬州），辖境相当今长江以北，安徽、河南、江苏部分地区。作者南归前奉耿京命南下，先至楚州见淮南转运副使杨抗，再赴行在，时完颜亮犯淮甸。 ⑫"可堪"三句：是说往事不堪回首，人们竟在佛狸祠下奏乐祭祀，连一点抗战的迹象也看不到了。可堪，哪堪，怎能忍受。回首，回想。佛狸祠，北魏太武帝拓跋焘小名佛狸，他于公元450年率军追击王玄谟的军队，直至长江北岸的瓜步山，在山上修建一座行宫，后人称为佛狸祠。神鸦，指啄食祭品的乌鸦。社鼓，祭神时的鼓乐之声。这也是借古事感叹今事。 ⑬"凭谁问"三句：以廉颇自比，感慨年纪已老，雄心尚在，却不为统治者所理解和重视。廉颇，战国时赵国的著名将领，善用兵，晚年被排挤奔魏。后来秦国攻赵，赵王想起用廉颇，但怕他年纪已老，便派人去探看。廉颇为表示自己尚能为国效力，在使者面前一顿饭吃了一斗米和十斤肉，还披甲上马。但廉颇的仇人郭开买通使者，回报赵王说："廉将军虽老，尚善饭；然与臣坐顷之，三遗矢（同屎）矣。"赵王因此以为他已衰老而不再起用。（事见《史记·廉颇蔺相如列传》）（这首词题为"怀古"，实际是把古事和今事融合在一起，通过追怀与京口有关的历史人物，抒写自己的爱国情怀，虽已年迈却仍不忘建功立业；同时借历史事件、历史人物，发表对时政的看法，警告统治者在作好充分准备以前不可轻率北伐。在词里发表

政治见解，在辛词以前是极少见的。）

*　　*　　*　　*　　*

青玉案[①]

元　夕[②]

东风夜放花千树[③]，更吹落、星如雨[④]。宝马雕车香满路[⑤]，凤箫声动[⑥]，玉壶光转[⑦]，一夜鱼龙舞[⑧]。　　蛾儿雪柳黄金缕[⑨]，笑语盈盈暗香去[⑩]。众里寻他千百度[⑪]，蓦然回首[⑫]，那人却在[⑬]，灯火阑珊处[⑭]。

①这首词作年不可确考，大约写于宋孝宗乾道七年（1171）左右，或淳熙二年（1175）辛弃疾在临安任职期间。　②元夕：阴历正月十五日之夜。　③花千树：形容灯火灿烂，如千树花开。　④星如雨：形容花灯的繁密如空中的星星一样。《梦粱录·元宵》载："诸营班院于法不得与夜游，各以竹竿出灯毬于半空，远睹若飞星。"　⑤宝马雕车：指贵族官僚出行时所乘坐的豪华车马。　⑥凤箫：排箫，其管排列参差形如凤翼。一说声如凤鸣，故名凤箫。这里泛指奏乐。　⑦玉壶：指月亮。光转：渐渐下落。　⑧鱼龙：指灯的形状，有金鱼灯、龙灯等。解释为元宵灯会舞龙灯一类杂技亦通。　⑨蛾儿、雪柳、黄金缕：都是元宵节观灯妇女头上的装饰。　⑩盈盈：美好的样子。暗香：美人身上发出的幽香，这里代指美人。　⑪千百度：千百回。　⑫蓦（mò）然：忽然。　⑬那人：指所追慕的人。　⑭灯火阑珊：灯火零落。

清平乐[①]

村　居

茅檐低小，溪上青青草。醉里吴音相媚好[②]，白发谁家翁媪[③]？　　大儿锄豆溪东，中儿正织鸡笼。最喜小儿无赖，溪头卧剥莲蓬。

①这首词具体作年不详，大约作于退居带湖时期。　②吴音：泛指南方话。　③媪（ǎo）：老年妇人。

贺新郎[①]

邑中园亭[②]，仆皆为赋此词[③]。一日，独坐停云[④]，水声山色竞来相娱[⑤]，意溪山欲援例者[⑥]。遂作数语，庶几仿佛渊明思亲友之意云[⑦]。

甚矣吾衰矣[⑧]，怅平生、交游零落[⑨]，只今余几[⑩]。白发空垂三千丈[⑪]，一笑人间万事。问何物能令公喜[⑫]？我见青山多妩媚[⑬]，料青山见我应如是。情与貌，略相似。　一尊搔首东窗里[⑭]，想渊明《停云》诗就，此时风味。江左沉酣求名者[⑮]，岂识浊醪妙理。回首叫云飞风起[⑯]，不恨古人吾不见[⑰]，恨古人不见吾狂耳。知我者[⑱]，二三子。

①这首词当作于退居铅山瓢泉之晚年。　②邑中：县中。邑指当时作者所居的铅山县。　③仆：用作自称的谦词，这里是作者自指。此词：指《贺新郎》调。　④停云：指停云堂，以陶诗取名，在铅山县东期思渡。　⑤相娱：使我高兴。　⑥意：料想。欲援例者：希望我按照前例（指前云“邑中园亭，仆皆为赋此词”）也为停云堂写一首。　⑦庶几：差不多。仿佛：好像。渊明思亲友之意：陶渊明曾写过一首《停云》诗，序云：“停云，思亲友也。”　⑧“甚矣”句：《论语·述而》：“子曰：‘甚矣吾衰也，久矣吾不复梦见周公。’”孔子的原话是感叹“道不行”，这里即用此意。　⑨交游：朋友。　⑩只今：如今。余几：剩下不多。　⑪“白发”句：李白《秋浦歌》：“白发三千丈，缘愁似个长。”着一“空”字，含无限感慨。　⑫令公喜：《世说新语·宠礼》：“于时荆州为之语曰：髯参军（郗超），短主簿（王恂），能令公（桓温）喜，能令公怒。”词中的“公”，指作者自己。　⑬妩媚：姿容美好。《新唐书·魏征传》载唐太宗语：“人言征举动疏慢，我但见其妩媚耳。”　⑭“一尊”三句：尊，酒杯。搔首东窗，陶渊明《停云》诗有“良朋悠邈，搔首延伫”及“有酒有酒，闲饮东窗”。这里是说，自己在东窗饮酒，能想见陶渊明当年写作《停云》诗时的情景和感受。　⑮“江左”二句：苏轼《和陶饮酒诗》：“江左风流人，醉中亦求名。渊明独清真，谈笑得此生。”杜甫《晦日寻崔戢李封》：“浊醪有妙理。”这二句意思是东晋那些虽饮酒而仍求名的人怎能像陶渊明那样懂得酒的妙处。浊醪（láo），浊酒。　⑯“回首”句：刘邦《大风歌》：“大风起兮云飞扬。”叫声使得云飞风起，表现诗人的豪情壮志。　⑰“不恨”二句：《南史·张融传》：“融常叹云：‘不恨我不见古人，所恨古人不见我。’”　⑱“知我者”二句：《论语·宪问》：“知我者其天乎？”《沦语·述而》：“二三子以我为隐乎？”

南乡子[①]

登京口北固亭有怀[②]

何处望神州[③]？满眼风光北固楼[④]。千古兴亡多少事[⑤]，悠悠，不尽长江滚滚流。　年少万兜鍪[⑥]，坐断东南战未休[⑦]。天下英雄谁敌手？曹刘[⑧]。生子当如孙仲谋。

①此词作于宁宗嘉泰四年至开禧元年（1204—1205）之间，时作者在镇江任知府。 ②京口北固亭：见辛弃疾《永遇乐・京口北固亭》注②。 ③神州：本指中国，这里指中原沦陷区。 ④北固楼：即北固亭。 ⑤“千古”三句：意思是从古及今不知道经历了多少朝代的兴亡，但都如滚滚东流的长江水一样，一去不复返了。悠悠，长远的样子。 ⑥“年少”句：这里指孙权年轻时就统帅强大的军队。孙权十九岁为吴主。兜鍪（móu），作战时戴的头盔，这里代指军队。 ⑦坐断：占据住。战未休：指跟魏、蜀征战不息。 ⑧“天下”二句：曹刘，指曹操和刘备，曹操煮酒论英雄语。《三国志・吴志・吴主传》裴松之注引《吴历》说，曹操被孙权击败于濡须坞（在今安徽巢县一带），看见孙权的“舟船、器仗、军伍整肃，喟然叹曰：‘生子当如孙仲谋，刘景升儿子（刘琮）若豚犬耳！’”仲谋，孙权的字。

［附录］

关于辛弃疾的评价

陈亮曰：眼光有稜，足以照映一世之豪。背胛有负，足以荷载四国之重。出其毫末，翻然震动。不知须鬓之既斑，庶几胆力之无恐。呼而来，麾而去，无所逃天地之间；挠弗浊，澄弗清，岂自为将相之种。故曰：真鼠枉用，真虎可以不用，而用也者所以为天宠也。（《龙川文集》卷十《辛稼轩画像赞》）

范开曰：世言稼轩居士辛公之词似东坡，非有意于学坡也，自其发于所蓄者言之，则不能不坡若也。……虽然，公一世之豪，以气节自负，以功业自许，方将敛藏其用以事清旷，果何意于歌词哉，直陶写之具耳。故其词之为体，如张乐洞庭之野，无首无尾，不主故常；又如春云浮空，卷舒起灭，随所变态，无非可观。无他，意不在于作词，而其气之所充，蓄之所发，词自不能不尔也。其间固有清而丽、婉而妩媚，此又坡词之所无，而公词之所独也。（《稼轩词序》）

岳珂曰：稼轩以词名，有所作辄数十易稿，累月未竟，其刻意如此。(《桯史》)

刘克庄曰：世之知公者，诵其诗词，而以前辈谓有井水处皆倡柳词。余谓耆卿直留连光景、歌咏太平耳，公所作大声鞺鞳，小声铿訇，横绝六合，扫空万古，自有苍生以来所无。其秾纤绵密者亦不在小晏秦郎之下。(《后村大全集》卷九十八《辛稼轩集序》)

谢枋得曰：公精忠大义，不在张忠献、岳武穆下。一少年书生，不忘本朝，痛二圣之不归，闵八陵之不祀，哀中原子民之不行王化，结豪杰，志斩虏馘，挈中原还君父，公之志亦大矣。(《叠山先生文集》卷七《祭辛稼轩先生墓记》)

陈谟曰：近时作词者只说周美成、姜尧章等，而以稼轩词为豪迈，非词家本色。潘紫岩牥云："东坡为词诗，稼轩为词论。"此说固当。盖曲者曲也，固当以委曲为体；然徒狃于风情婉娈，则亦不足以启人意。回视稼轩所作，岂非万古一清风也哉。(《怀古录》卷中)

刘辰翁曰：词至东坡，倾荡磊落，如诗如文，如天地奇观，岂与群儿雌声学语较工拙；然犹未至用经用史，牵《雅》《颂》入郑卫也。自辛稼轩前，用一语如此者必且掩口。及稼轩横竖烂熳，乃如禅宗棒喝，头头皆是；又如悲笳万鼓，平生不平事并卮酒，但觉宾主酣畅，谈不暇顾。词至此亦足矣。(《须溪集》卷六《辛稼轩词序》)

张炎曰：辛稼轩刘改之作豪气词，非雅词也。于文章余暇，戏弄笔墨，为长短句之诗耳。(《词源》)

脱脱曰：辛弃疾雅善长短句，悲壮激烈。有《稼轩集》行世。(《宋史·辛弃疾传》)

毛晋曰：词家争斗秾艳，而稼轩率多抚时感事之作，磊落英多，绝不作妮子态；宋人以东坡为词诗，稼轩为词论，善评也。(《稼轩词跋》)

王士祯曰：石勒云："大丈夫磊磊落落，终不学曹孟德、司马仲达狐媚。"读稼轩词当作如是观。(《花草蒙拾》)

彭孙遹曰：稼轩词，胸有万卷，笔无点尘，激昂排宕，不可一世。今人未有稼轩一字，辄纷纷为异同之论，宋玉罪人，可胜三叹。(《金粟词话》)

邹衹谟曰：稼轩词，中调、小令亦间作妩媚语，观其得意处，真有压倒古人之意。(《远志斋词衷》)

楼敬思曰：稼轩驱使《庄》、《骚》、经、史，无一点斧凿痕，笔力甚峭。(《词

林纪事》引）

刘体仁曰：文字总要生动，镂金错采，所以为笨伯也。词尤不可参一死句，辛稼轩非不自立门户，但是散仙入神，非正法眼藏；改之处处吹影，乃博刀圭之讥，宜矣。(《七颂堂词绎》)

纪昀曰：弃疾词慷慨纵横，有不可一世之概；于倚声家为变调，而异军特起，能于剪翠刻红之外，屹然别立一宗，迄今不废。(《四库全书总目提要·稼轩词提要》)

黄梨庄曰：辛稼轩当弱宋末造，负管乐之才，不能尽展其用，一腔忠愤，无处发泄；观其与陈同父抵掌谈论，是何等人物？故其悲歌慷慨，抑郁无聊之气，一寄之于其词。今欲与搔首傅粉者比，是岂知稼轩者？（《词苑丛谈》引）

周济曰：稼轩不平之鸣，随处辄发，有英雄语，无学问语，故往往锋颖太露；然其才情富艳，思力果锐，南北两朝，实无其匹，无怪流传之广且久也。世以苏辛并称，苏之自在处，辛偶能到；辛之当行处，苏必不能到：二公之词，不可同日语也。后人以粗豪学稼轩，非徒无其才，并无其情。稼轩固是才大，然情至处，后人万不能及。(《介存斋论词杂著》二二）

又曰：稼轩敛雄心，抗高调，变温婉，成悲凉。(《宋四家词选目录序》)

又曰：苏辛并称。东坡天趣独到处，殆成绝诣，而苦不经意，完璧甚少。稼轩则沉着痛快，有辙可循，南宋诸公，无不传其衣钵，固未可同年而语也。稼轩由北开南；梦窗由南追北：是词家转境。(《宋四家词选目录论》)

谭献曰：稼轩心胸，发其才气；改之而下则犷。何尝不和婉。大踏步出来，与眉山同工异曲。然东坡是衣冠伟人，稼轩则弓刀游侠。(《复堂词话》二五）

又曰：白石稼轩同音笙磬；但清脆与镗鞳异响，此事自关性分。(同上二六）

冯煦曰：稼轩负高世之才，不可羁勒，能于唐宋诸大家外，别树一帜。自兹以降，词遂有门户主奴之见。而才气横轶者，群乐其豪纵而效之。(《蒿庵论词》二四）

吴衡照曰：辛稼轩别开天地，横绝古今，《论》、《孟》、《诗小序》、《左氏春秋》、《南华》、《离骚》、《史》、《汉》、《世说》、选学、李杜诗，拉杂运用，弥见其笔力之峭。(《莲子居词话》)

陈廷焯曰：苏辛并称，然两人绝不相似。魄力之大，苏不如辛；气体之高，辛不逮苏远矣。(《白雨斋词话》卷一)

又曰：辛稼轩，词中之龙也，气魄极雄大，意境却极沉郁。不善学之，流入叫嚣一派，论者遂集矢于稼轩，稼轩不受也。（同上）

刘熙载曰：稼轩词龙腾虎掷，任古书中理语、瘦语，一经运用，便得风流，天姿是何夐异？（《艺概》）

王国维曰：南宋词人，白石有格而无情，剑南有气而乏韵。其堪与北宋人颉颃者，唯一幼安耳。……幼安之佳处，在有性情，有境界。即以气象论，亦有“横素波、干青云”之概，宁后世龊龊小生所可拟耶？（《人间词话》四三）

又曰：东坡之词旷，稼轩之词豪。无二人之胸襟而学其词，犹东施之效捧心也。（同上四四）

陈　亮

陈亮（1143—1194），字同甫，婺州永康（今浙江永康）人。他是南宋时期著名的爱国主义文学家和进步的思想家。一生坚持抗金，反对和议。曾写《上孝宗皇帝书》四篇和《中兴论》等文，提出抗金主张及恢复策略，但不被采用。政治上备受打击，曾几次下狱。晚年中进士第一名，受命任建康府签判，未至任所即卒。他与辛弃疾为好友，爱国思想一致，词风也相近，以豪迈为主，写得比较质朴。著有《龙川集》。

水调歌头

送章德茂大卿使虏[①]

不见南师久[②]，谩说北群空[③]。当场只手[④]，毕竟还我万夫雄[⑤]。自笑堂堂汉使[⑥]，得似洋洋河水，依旧只流东。且复穹庐拜[⑦]，会向藁街逢[⑧]。　尧之都[⑨]，舜之壤，禹之封，于中应有、一个半个耻臣戎。万里腥膻如许[⑩]，千古英灵安在[⑪]，磅礴几时通[⑫]？胡运何须问[⑬]，赫日自当中[⑭]。

①章德茂：章森，字德茂。宋孝宗淳熙十一年（1184）八月及十二年（1185）十一月，他曾两次使金。第一次是贺正旦（阴历正月初一），第二次是贺金主生辰。这首词可

能作于章森第二次使金时。章森当时任试户部尚书，所以尊称为大卿。 ② 南师：南宋北伐的军队。 ③ 谩说：本意为随便说，此处犹且莫说、休说。北群空：韩愈《送温处士赴河阳军序》："伯乐一过冀北之野，而马群遂空。"这里比喻没有杰出的人才。 ④ 只手：指能独立支撑局面的巨手。 ⑤ 还：犹仍旧是、依然是之意。万夫雄：力敌万夫的英雄人物。 ⑥"自笑"三句：自笑，含自我嘲笑之意。三句谓堂堂汉使，却不断地去朝拜金国。"不见"四句一层意思，正面说；"自笑"三句一层意思，反面说；下面"且复"二句一层意思，退一步说。得似，相似，如同。洋洋河水，滔滔奔流的黄河之水。洋洋，水盛貌。 ⑦ 且复：姑且再一次。穹（qióng）庐：古代北方少数民族居住的用毡做的帐篷，犹今蒙古包。 ⑧ 藁街：汉代长安的一条街名，是当时的使馆区。丘迟《与陈伯之书》有"对穹庐以屈膝"和"方当系颈蛮邸，悬首藁街"句。这里是说总有一天会将金统治者的首级斩下悬挂于藁街的。 ⑨"尧之都"四句：意思是：在自古以来汉民族繁衍生存的中原土地上，应该有一个半个耻于向异族侵略者屈膝称臣的志士。都，都邑。壤，土地。封，封疆。三句词语稍有不同，都是指中原乃汉民族历史悠久的故土。 ⑩ 腥膻：原指牛羊的腥臊味，这里喻指北方金侵略者。如许：像这个样子。 ⑪ 千古英灵：指千古以来抗暴御敌的仁人志士的英魂，承上尧、舜、禹。 ⑫ 磅礴：广大貌。这里是郁结不通的意思。 ⑬ 胡运：指金侵略者的命运。 ⑭"赫日"句：以光明的太阳高照天空，比喻抗金斗争必定取得胜利。（这首词不是一般的送别词，而是写出了对一个出使敌国、负有重大使命的朋友的希望、信任和鼓励，深沉婉曲地表现了作者对当权的投降派的不满，对金入侵者的仇恨，对民族命运的忧虑关切，以及对抗金复国斗争的坚强意志和胜利信心。）

刘　过

刘过（1154—1206），字改之，号龙洲道人，吉州太和（今江西泰和）人。他曾四次应举不中，长期浪迹江湖。他力主恢复中原，光宗时上书宰相，陈北伐方略，未被采纳。宁宗时，辛弃疾任浙东安抚使，刘过为幕宾，二人以词唱和，甚相得。词多抒发爱国感情、抗敌意志，激昂慷慨，词风近辛弃疾，粗犷豪壮。著有《龙洲词》。

沁园春①

风雪中欲诣稼轩②，久寓湖上，未能一往，因赋此词以自解。

斗酒彘肩③，风雨渡江，岂不快哉？被香山居士④，约林和靖⑤，与东坡老⑥，驾勒吾回⑦。坡谓⑧："西湖正如西子，浓抹淡妆临镜台。"二公者⑨，皆掉头不顾，只管传杯。　　白云⑩："天竺去来！图画里峥嵘楼阁开。爱东西双涧，纵横水绕；两峰南北，高下云堆。"逋曰⑪："不然。暗香浮动，争似孤山先探梅？须晴去⑫，访稼轩未晚，且此徘徊。"

①这首词作于宋宁宗嘉泰三年（1203）。时辛弃疾知绍兴府（今浙江绍兴）兼浙东安抚使，刘过在杭州，作这首词寄给辛。　②"风雪"四句：一作"寄辛承旨。时承旨招，不赴。"据岳珂《桯史》：当时辛弃疾派人请刘过到绍兴，"适以事不及行"，"因效辛体《沁园春》一词，并缄往。"诣，往。湖上，指杭州西湖。　③"斗酒"三句：是说应辛弃疾之邀，在风雨中渡过钱塘江到绍兴去赴宴，是一件极其快意的事情。斗酒彘（zhì）肩，《史记·项羽本纪》载，鸿门宴上，樊哙见项王，项王喜其豪壮，赐给他斗酒和彘肩（猪肘子）。这里借指辛弃疾的宴请。　④香山居士：白居易号香山居士，曾任杭州刺史。　⑤林和靖：宋代诗人林逋，字和靖。他长期隐居西湖孤山，种梅养鹤，以写梅花诗著名。　⑥东坡老：苏轼，号东坡居士。　⑦驾勒吾回：即勒吾驾回，硬把我的车驾拉了回来。　⑧"坡谓"三句：苏轼有《饮湖上初晴后雨》诗云："水光潋滟晴方好，山色空濛雨亦奇。欲把西湖比西子，淡妆浓抹总相宜。"此用其意。镜台，一作"照台"，即梳妆台。　⑨二公：指白居易和林和靖。　⑩"白云"七句：白居易《留题天竺灵隐两寺》："在郡六百日，入山十二回。"又《寄韬光禅师》："东涧水流西涧水，南山云起北山云。"都是写西湖天竺寺、灵隐寺、东西涧、南北高峰一带风景的。这里综写其意。天竺，山名，在西湖灵隐山飞来峰之南，山上有寺。去来，即去，来字为助词。峥嵘，高峻的样子。　⑪"逋曰"四句：林逋《山园小梅》："疏影横斜水清浅，暗香浮动月黄昏。"是写孤山梅花的。争似，怎似。孤山，在西湖的后湖与外湖之间，上有梅林。　⑫须：等到。（这首词是受招不赴时的游戏自解之作，读来却生动幽默，极富情趣。一则以问答语入词，二则概括三位诗人的诗句，都显得自然熨贴，别开生面。）

姜　夔

姜夔（1155？—1221？），字尧章，号白石道人，饶州鄱县（今江西鄱阳）人。早岁孤贫，生活比较艰苦。没有出仕，以布衣终身。早年流寓长江下游及江淮间；后来接交官宦，依人为生，居停在吴兴、杭州、苏州一带。他与辛弃疾、范成大、杨万里等人均有交往。他的词以纪游咏物和描写爱情为主要内容，也有少数篇章寄寓了家国之感。他能诗，善书法，尤精于音乐，能自度曲。词作有较强的音乐性。姜词讲究章法结构，注意音韵和美，意境和风格清幽峭拔，咏物与抒情常常得到较好的结合。著有《白石词》。

扬州慢[①]

淳熙丙申至日[②]，予过维扬[③]。夜雪初霁[④]，荠麦弥望[⑤]。入其城则四顾萧条，寒水自碧；暮色渐起，戍角悲吟[⑥]。予怀怆然[⑦]，感慨今昔。因自度此曲。千岩老人以为有《黍离》之悲也[⑧]。

淮左名都[⑨]，竹西佳处[⑩]，解鞍少驻初程[⑪]。过春风十里[⑫]，尽荠麦青青。自胡马窥江去后[⑬]，废池乔木[⑭]，犹厌言兵。渐黄昏，清角吹寒，都在空城。　杜郎俊赏[⑮]，算而今[⑯]、重到须惊。纵豆蔻词工[⑰]，青楼梦好，难赋深情。二十四桥仍在[⑱]，波心荡、冷月无声。念桥边红药[⑲]，年年知为谁生?

①《扬州慢》：这是作者自度（创制）曲。　②淳熙丙申：宋孝宗淳熙三年（1176）。至日：冬至这一天。　③维扬：扬州的别名。《尚书·禹贡》："淮南维扬州。"后来因此借维扬指扬州。　④霁（jì）：天由雪转晴。　⑤荠（jì）麦：野生的麦子。弥望：满眼。　⑥戍角：守兵的号角声。　⑦怆然：悲伤的样子。　⑧千岩老人：指作者的叔岳父萧德藻，字东夫，号千岩老人。福建闽清人，在当时颇有诗名。黍离之悲：国家沦亡的悲痛。参见张元干《贺新郎·送胡邦衡谪新州》注④。　⑨淮左：即淮东。宋时在淮河下游的地区设淮南东路。扬州是淮南东路的著名城市。　⑩竹西：亭名，在扬州北门外五里，禅智寺左侧。杜牧《题扬州禅智寺》诗："谁知竹西路，歌吹是扬州。"后人因此以竹西名亭。　⑪少驻初程：完成旅程的最初阶段后在扬州停留稍事休息。　⑫春风十里：杜牧《赠别》诗："娉娉袅袅十三余，豆蔻梢头二月初。春风十里扬州路，卷上珠帘总不如。"此用其意，指昔日扬州的繁华街道。　⑬胡马窥江：宋高宗建炎三年（1129）和绍兴三十一年（1161），金兵曾两次南侵，窥伺欲渡长江，扬州都遭到焚掠。　⑭废池：被战争破坏而未恢复的城池。乔木：古老高大的树木。　⑮杜郎：指唐代著名诗人杜牧。俊赏：眼光很高的鉴赏。　⑯"算而今"二句：是说当年那样赞美扬州的杜牧，要是看到如今的残破景象，也一定会感到吃惊的。算，料想。　⑰"纵豆蔻"三句：是说纵然有像杜牧那样能写出像"豆蔻""青楼"这些美好诗句的才华，也很难写出自己面对扬州残破景象时内心的悲痛之情。豆蔻，指前引《赠别》诗中有"豆蔻梢头二月初"之句。青楼梦好，杜牧《遣怀》诗中有"十年一觉扬州梦，赢得青楼薄幸名"。青楼指歌妓居住之处。　⑱二十四桥：唐代扬州有二十四桥，但北宋时仅残存八座。沈括《梦溪笔谈·补笔谈》卷三中曾记下二十四桥的名字。这里泛指扬州的名桥，非实指。杜牧《寄扬州韩绰判官》诗："二十四桥明月夜，玉人何处教吹

箫？” ⑲“念桥边”二句：桥边的芍药花虽然盛开，却无人欣赏，花又是为谁而生呢？红药，芍药花。据《画舫录》，二十四桥一名红药桥。宋王观《扬州芍药谱》：“扬之芍药甲天下。”（这首词感叹国事，抒发“黍离之悲”。全词着眼于今昔对比，表现了家国残破的悲哀，寄慨很深。写得抑郁低回，凄凉幽怨，情与景交融在一起，婉曲深沉，饶有情韵。）

点绛唇

丁未冬过吴松作[①]

燕雁无心[②]，太湖西畔随云去[③]。数峰清苦，商略黄昏雨[④]。　　第四桥边[⑤]，拟共天随住[⑥]。今何许[⑦]？凭阑怀古，残柳参差舞。

①丁未：宋孝宗淳熙十四年（1187）。吴松：即吴淞江，源出太湖，流经吴江、苏州、松江等地，到上海与黄浦江会合入海。　②燕（yān）雁：北方的大雁。　③“太湖”句：是说北雁飞过太湖西岸，再追随流云继续向南飞去。　④商略：商量，酝酿。　⑤第四桥：吴江城外的甘泉桥，因泉水被品评为全国第四而得名。　⑥天随：唐代诗人陆龟蒙，自号天随子。他辞官后居松江甫里，常泛舟江湖间。姜夔与他形迹相近，每以陆龟蒙自比。这句说打算跟陆龟蒙在第四桥边同住。　⑦今何许：如今在哪里？感叹天随旧居不存，无法跟他同住。（这首词通过写眼前景物，表现了感时伤事的思想感情，并透露出想隐居而不得的苦闷。）

暗　香

辛亥之冬[①]，予载雪诣石湖[②]。止既月[③]，授简索句，且征新声[④]，作此两曲。石湖把玩不已，使工妓隶习之[⑤]，音节谐婉，乃名之曰《暗香》《疏影》[⑥]。

旧时月色[⑦]，算几番照我，梅边吹笛？唤起玉人[⑧]，不管清寒与攀摘[⑨]。何逊而今渐老[⑩]，都忘却春风词笔。但怪得竹外疏花[⑪]，香冷入瑶席[⑫]。　　江国[⑬]，正寂寂。叹寄与路遥[⑭]，夜雪初积。翠尊易泣[⑮]，红萼无言耿相忆[⑯]。长忆曾携手处，千树压西湖寒碧[⑰]。又片片吹尽也，几时见得？

①辛亥：宋光宗绍熙二年（1191）。　②载雪：乘船冒雪。石湖：范成大号石湖居

士。 ③止既月：留居一个多月。 ④征新声：求创新的词调。 ⑤工妓：乐工和歌妓。隶习：演习。 ⑥《暗香》《疏影》：林逋《山园小梅》诗："疏影横斜水清浅，暗香浮动月黄昏。" ⑦"旧时月色"三句：回忆旧时情景，几番月下梅边，笛声悠扬，极其美好。周紫芝《清平乐》："月到旧时明处，共谁同倚阑干。" ⑧玉人：美人。 ⑨与：共，一道。贺铸《浣溪沙》："玉人和月摘梅花。" ⑩"何逊"二句：作者以何逊自况，感叹自己年纪渐老，已不再是风华正茂、才气四溢的时候了。何逊，南朝梁代诗人。官扬州法曹时曾作《早梅诗》。杜甫《和裴迪登蜀州东亭送客逢早梅相忆见寄》诗："东阁官梅动诗兴，还如何逊在扬州。" ⑪竹外疏花：用苏轼《和秦太虚梅花》："江头千树春欲暗，竹外一枝斜更好"句意。 ⑫瑶席：丰盛美好的宴席，这里指范成大设宴与作者同赏梅花。 ⑬江国：江南水乡。 ⑭叹寄与路遥：南朝时陆凯与范晔友善，自江南寄梅花与范晔，并赠诗曰："折梅逢驿使，寄与陇头人。江南无所有，聊赠一枝春。"这里暗用这一典故，感叹所思念的人因路远而不能寄赠梅花。 ⑮翠尊：绿色的酒杯，这里指酒。"泣"字一作"竭"。 ⑯红萼（è）：指红梅。耿：在怀不能忘记。 ⑰"长忆"二句：又是回忆往事，与开首相呼应。千树，指梅树林。宋时西湖孤山种梅最多。（这是一首咏梅花的词，却寄托了对昔日爱情生活的追忆和对情人的思念，既充满昔日相聚时的幸福感，又含蓄着今日分离而不得相见的悲伤。过去多以为此词别有寄托，或以为是写身世之感的，但表现隐晦，很难确指。）

史达祖

史达祖，字邦卿，号梅溪，生卒年不详。汴（今河南开封）人。曾依附宰相韩侂胄，作堂吏，为之起草文书。韩事败后，他受到黥刑，死于贬所。词作多为咏物，亦有抚时爱国之作，精于描写刻画，风格轻盈柔媚，气骨较弱。著有《梅溪词》。

双双燕[①]

咏 燕

过春社了[②]，度帘幕中间[③]，去年尘冷。差池欲住[④]，试入旧巢相并。还相雕梁藻井[⑤]，又软语商量不定。飘然快拂花梢，翠尾分开红影[⑥]。 芳径[⑦]，芹泥雨润。[⑧]爱贴地争飞，竞夸轻俊[⑨]。红楼归晚[⑩]，看足柳昏花暝[⑪]。应自栖香正稳[⑫]，便忘了天涯芳信。愁损翠黛双蛾[⑬]，日日画阑独凭。

①双双燕：这一词牌始见于此，因咏双燕，故名。 ②春社：古时春天祭祀土神的日

子，选在立春后第五个戊日，在清明前。燕子在春社日时从南方飞来。 ③“度帘幕”二句：穿过帘幕，飞入堂屋，见去年旧巢尘封冷落。 ④差池：燕子飞翔时尾翼舒张的样子。《诗经·邶风·燕燕》：“燕燕于飞，差池其羽。” ⑤相（xiàng）：看。雕梁：雕花的屋梁。藻井：画有水草图案的天花板。 ⑥红影：花影。 ⑦芳径：花间小路。 ⑧芹泥：水边长着水芹菜的泥土。燕子衔来筑巢。 ⑨轻俊：轻捷俊美。 ⑩红楼：指富贵人家，燕巢所在之处。 ⑪柳昏花暝：春日傍晚时分花柳朦胧不清景象。 ⑫“应自”二句：是说大概因为燕子贪恋香巢里的安稳生活，就忘了从远方给闺中人捎来书信。《开元天宝遗事》有燕子为思妇传书的故事。应自，推想之辞。 ⑬翠黛双蛾：妇女的眉毛，用青黑色的颜料描画过。蛾，蛾眉。（这首词生动地刻画了春天双燕自由飞翔，穿花度柳的情态，结尾处表现了闺中思妇孤寂愁苦、盼望远人归来的心情。）

戴复古

戴复古（1167—？）字式之，号石屏，黄岩（今浙江黄岩）人。一生没有做官，浪迹江湖，曾游历闽瓯、吴越、襄汉、淮南等地，与陆游、林景思等有交往。他的诗有不少反映人民生活和抒发爱国感情，在江湖派诗人中成就较高。著有《石屏诗集》。

庚子荐饥[①]（六首选一）

其　三

饿走抛家舍，纵横死路歧。有天不雨粟[②]，无地可埋尸[③]。劫数惨如此[④]，吾曹忍见之[⑤]？官司行赈恤[⑥]，不过是文移[⑦]。

①庚子：宋理宗嘉熙四年（1240）。荐：重复，接连。 ②天雨粟：古代传说，天降谷物。见《淮南子·本经训》。雨，作动词用，降落的意思。 ③“无地”句：极言死者之多。 ④劫数：指灾难。 ⑤吾曹：我辈。 ⑥赈恤（zhèn xù）：救济。 ⑦文移：移，文体的一种，文移，这里泛指官方文书。（这首诗描写了灾年人民饿死路旁而政府不加救济的惨状。）

频酌[①]淮河水

有客游濠梁[②]，频酌淮河水。东南水多咸[③]，不如此水美。春风吹绿波，郁郁中原气[④]。莫向北岸汲[⑤]，中有英雄泪。

①频酌：多次地饮。 ②濠：濠水，淮河支流，在今安徽省凤阳县境。梁：桥。 ③"东南"二句：暗寓对南宋朝廷偏安东南一隅的不满，并表现了热爱中原沦陷区的感情。 ④"郁郁"句：古有望气之说，望云气以测吉凶征兆。中原之气浓厚茂旺，说明北方沦陷区广大人民奋起抗金的斗争精神十分高涨，与末句"英雄泪"呼应。 ⑤汲：打水。（这首诗表现了作者对南宋统治者向金屈膝投降政策的不满，以及对沦陷国土的无限热爱之情。）

刘克庄

刘克庄（1187—1269），字潜夫，号后村居士，莆田（今属福建）人。他以荫得官，曾任县令，后遭免职。理宗淳祐六年（1246）赐同进士出身，官至龙图阁直学士。他几次在朝做官，屡进屡退。他关心国家大事，同情人民疾苦，在诗词中多有反映。诗学唐许浑、王建、张籍、姚合等，并推崇陆游；词继承辛弃疾的爱国主义传统，风格豪放而粗犷，表现了更加明显的散文化、议论化的倾向。他是南宋后期"江湖派"中成就最高的诗人。著有《后村大全集》，词集名《后村别调》。

戊辰即事[①]

诗人安得有青衫[②]，今岁和戎百万缣！从此西湖休插柳[③]，剩栽桑树养吴蚕。

①戊辰：宋宁宗嘉定元年（1208）。两年前因韩侂胄草率伐金兵败，这年三月，南宋王朝又与金统治者签订屈辱和议。诗即就此事而发。 ②"诗人"二句：青衫，亦曰青衿，士子所服。士子尚无青衫可服，百姓可知。缣（jiān），细绢。 ③"从此"二句：作者认为，不应在西湖插柳，以追求湖山之乐，而应留出土地栽桑养蚕，以解决人民的穿衣问题。这里作者向统治者愤怒地提出讽谏。（这首诗表现了诗人对与金议和的不满以及对人民贫困生活的同情，讽刺了以百万缣和戎的投降路线。）

军中乐

行营面面设刁斗[①]，帐门深深万人守[②]。将军贵重不据鞍[③]，夜夜发兵防隘口[④]。

自言虏畏不敢犯，射麋捕鹿来行酒。更阑酒醒山月落[5]，彩缣百段支女乐[6]。谁知营中血战人[7]，无钱得合金疮药[8]！

①行营：军营。刁斗：古代的一种军用锅，夜间又可作报更的器具。 ②帐门：指将军所居的军帐之门。 ③据鞍：指亲自骑马视察边防。 ④隘（ài）口：形势险要的关口。 ⑤更阑：更深夜尽。 ⑥彩缣：彩色的丝绸。支：赏赐。女乐（yuè）：歌女。 ⑦血战人：指与敌人浴血战斗的士兵。 ⑧合：配制。金疮药：医治刀伤的药。（这首诗通过对比手法，愤怒地揭露了临边的将军追求歌舞享乐生活的腐败现象，从一个侧面揭示了南宋边防松弛、无力抗金的重要原因。）

贺新郎

实之三和[1]，有忧边之语[2]，走笔答之[3]。

国脉微如缕[4]。问长缨、何时入手[5]，缚将戎主？未必人间无好汉，谁与宽些尺度[6]？试看取当年韩五[7]：岂有谷城公付授[8]，也不干、曾遇骊山母[9]，谈笑起，两河路[10]。　　少时棋柝曾联句[11]，叹而今、登楼揽镜[12]，事机频误[13]。闻说北风吹面急[14]，边上冲梯屡舞。君莫道投鞭虚语[15]。自古一贤能制难[16]，有金汤[17]，便可无张许[18]？快投笔[19]，莫题柱！

①实之：王迈字实之，刘克庄的朋友，仙游（今属福建）人，官至知邵武军。三和：第三次依原韵作词唱和。王实之写了一首《贺新郎》词，与刘克庄五次唱和。 ②忧边：对边防的忧虑。当时蒙古统治者已构成对南宋的威胁。 ③走笔：挥笔。 ④国脉：国家的命运。微如缕：微弱得如一根线，形容形势十分危急。 ⑤“问长缨”二句：是说什么时候才能受命杀敌报国，擒住敌军的首领。长缨，长绳子。《汉书·终军传》载，终军向汉武帝请求，“愿受长缨，必羁南越王而致之阙下”。这里慨叹报国无门。 ⑥宽些尺度：指破格起用人材。尺度，指用人的标准。 ⑦韩五：指南宋抗金名将韩世忠，排行第五。 ⑧谷城公付授：《史记·留侯世家》载，黄石公向张良传授兵书，告诉张良说：“孺子见我，济北谷城山下黄石即我矣。”因又称黄石公为谷城公。 ⑨曾遇骊山母：《太平广记·骊山姥》引《集仙传》载，唐朝将军李筌，在骊山下遇一老母，为他讲析了长期读不懂的黄帝《阴符经》。 ⑩两河路：指宋代行政区划河北东路和河北西路，相当于今天河北、河南、山东部分地区。北宋末年，韩世忠曾多次率军在这一带抗击金人。 ⑪棋柝（tuò）：下棋博戏。联句：两人或多人，每人作一句或一韵以联成一首诗的方法，兼有娱乐

和比试才艺两种性质。 ⑫登楼揽镜：用杜甫《江上》诗“勋业频看镜，行藏独倚楼”句意，谓登楼揽镜自照，感叹人已衰老而事功未成。 ⑬事机频误：成就事业的机会一再地错过。 ⑭“闻说”二句：听说北方的边境上敌人气焰嚣张，边城受到围攻。北风，比喻北方的入侵者。冲梯，冲车和云梯，都是古时攻城的工具。《后汉书·公孙瓒传》：“袁氏之攻，状若鬼神，梯冲舞吾城上，鼓角鸣于地中。”“舞”字形容敌人攻势的猖狂。 ⑮“君莫道”句：意思是，你们不要以为敌人渡江南侵只是口出狂言，说说而已。投鞭，《晋书·苻坚载记》载，前秦王苻坚进攻东晋时自以为渡江甚易，曾狂妄地宣称：“以吾之众旅，足断其流。”虚语，空话，大话。 ⑯一贤：指杰出的人材。制难：挽救危难的局势。 ⑰金汤：金城和汤池，指坚固难攻的防御工事。 ⑱张许：唐代名称张巡和许远。安史之乱时，张巡和许远坚守睢阳（今河南商丘），经年因粮绝而败，张巡与南霁云等三十六人殉难。他们的顽强战斗在平息安史之乱、巩固唐王朝统治中起了重要作用。这里是强调选用杰出人材的重要意义。 ⑲“快投”二句：意思是赶快投笔从戎，不要像历史上的司马相如那样追求荣华富贵。投笔，用汉代班超投笔从戎、建立边功的典故。题柱，据《华阳国志·蜀志》载：成都有升仙桥，司马相如过其下，曾在桥柱上题字说：“不乘赤车驷马，不过汝下也。”表示他追求高官厚禄的决心。（这首词表现了词人对南宋后期蒙古统治者南侵的忧虑，呼吁南宋王朝不拘一格选用人材，以巩固国防，同时抒发了自己愿杀敌立功，挽救国家危难的雄心壮志，又因报国无门流露出深沉的慨叹。）

吴文英

吴文英（约1200—1260左右），字君特，号梦窗，晚年又号觉翁，四明（今浙江宁波）人。本姓翁，出继吴氏。他没有作官，终生为布衣，却以清客身份出入于史宅之、吴潜、贾似道等人之门。中年多居苏州，后移居杭州，晚年做亲王赵与芮的幕客，居绍兴。他的词学周邦彦，词风秾艳含蓄。吴文英词题材狭窄，缺乏现实内容，应酬之作在现存作品中占三分之一以上。他作词讲究音律，并能自度曲；又注意琢炼词句，故作品意旨含蓄，有时不免失于晦涩；用事太多，流于堆砌，也是一病。他在继承北宋周邦彦一派的传统，纠正辛派末流浮躁叫嚣习气上，有一定的积极作用。著有《梦窗词》。

唐多令

何处合成愁[①]？离人心上秋。纵芭蕉不雨也飕飕[②]。都道晚凉天气好，有明月，怕登楼[3]。　　年事梦中休[4]，花空烟水流[5]。燕辞归[6]，客尚淹留。垂柳不萦裙带住[7]，漫长是，系行舟。

①“何处”二句：语含双关，一是指因天气入秋而引起离人心上的愁绪，二是“心”字上面加上“秋”字，合成一个“愁”字。因与离愁相关，就不单纯是一种文字游戏。 ②“纵芭蕉”句：芭蕉经风雨而发出的声音，令人倍增凄凉之感，杜牧《雨》诗：“一夜不眠孤客耳，主人窗外有芭蕉。”这里说纵然没有雨中芭蕉也发出飕飕之声，意思更进一层。 ③怕登楼：是说怕登楼见月而触动离情。 ④“年事”句：岁月像是在梦中消逝。年事，年华，岁月。 ⑤花空：花已落尽。 ⑥“燕辞归”二句：曹丕《燕歌行》：“群燕辞归雁南翔，念君客游思断肠。慊慊思归恋故乡，何为淹留寄他方。”据作者《绛都春》词序，吴文英有姬人名燕，因此，此“燕”字可能双关。客，指作者自己。淹留，久留。 ⑦“垂柳”三句：垂柳本是惜别之树，可是它却不系住姬人的裙带而使之留下，却无情地系住客游者的行舟而不使归去。萦，萦绕，缠住。漫，徒然。长是，总是。（这首词写客中怀人，羁旅愁思，与作者其他一些堆砌词藻的词作相比，算是写得比较有真情实感。张炎《词源》卷下云：“此词疏快，却不质实，如是者集中尚有，惜不多耳。”）

叶绍翁

叶绍翁（生卒年不详），字嗣宗，祖籍建安（今福建建瓯），原姓李，后嗣龙泉（今浙江龙泉）叶氏。他是江湖派诗人，长期隐居钱塘西湖之滨。著有诗集《靖逸小集》。

游小园不值[1]

应怜屐齿印苍苔[2]，小扣柴扉久不开[3]。春色满园关不住，一枝红杏出墙来。

①不值：没有遇到主人，因而不得进园游赏。 ②“应怜”句：是说园主人可能是因为爱惜苍苔，怕被来客踩上木齿鞋的印子。屐（jī），一种木头鞋，底下有齿，泥路中行走，可防滑。 ③“小扣”句：“小”一作“十”，“久”一作“九”。柴扉，柴门，乡村中常见的用树条编扎的简陋的门。（这首诗写春色。作者没有进园门，却比进了园门把春色写得更加生意盎然，构思新颖，末二句是广为传诵的名句。）

刘辰翁

刘辰翁（1232—1297），字会孟，号须溪，庐陵（今江西吉安）人。理宗景定元年（1260）补太学生。景定三年及进士第，因廷对触犯权奸贾似道，被置丙等。曾任濂溪书院山长，临安府学教授。文天祥起兵抗元，他曾短期参与其江西幕府。入元后不仕，隐居终老。他继承辛弃疾的传统，是南宋末年著名的爱国词人。词中多抒发爱国感情，感怀时事，宋亡后追念故国，更是写得凄哀感人。词风于沉痛中显出悲壮，有些激越遒劲之作，直逼辛弃疾。著有《须溪词》。

柳梢青

春　感

铁马蒙毡①，银花洒泪②，春入愁城③。笛里番腔④，街头戏鼓⑤，不是歌声⑥。　那堪独坐青灯，想故国、高台月明⑦。辇下风光⑧，山中岁月⑨，海上心情⑩。

①铁马：战马。蒙毡：因天寒，给马披上一层保暖的毡子。这里指侵宋的元军。　②银花：指元宵节的花灯。苏味道《正月十五日夜》诗："火树银花合，星桥铁锁开。"洒泪：谓灯火（银花）闪烁，如泪水之飘洒。　③愁城：庾信《愁赋》："攻许愁城终不破。"这里指被元军占领的临安故都。　④番腔：指入侵的蒙古族的曲调。　⑤戏鼓：指蒙古族的鼓吹杂戏。　⑥不是歌声：不是往年汉族的歌声。　⑦"想故国"句：用李煜《虞美人》"故国不堪回首月明中"句意。高台，赏月之台。　⑧辇（niǎn）下：皇帝车驾之下，代指京师临安。　⑨"山中"句：指宋亡后作者不仕，在山中过隐居生活。　⑩"海上"句：临安沦陷后，陆秀夫、张世杰等爱国志士拥立帝昺，飘流海上，继续抗元。此指其事。（这首词写元宵灯节之时对故国的怀念，写得凄婉沉痛。）

文天祥

文天祥（1236—1283），字履善，又字宋瑞，号文山，吉州庐陵（今江西吉安）人。理宗宝祐四年（1256）举进士第一。曾任刑部郎官，以后又在湖南、江西等地任地方官。恭宗德祐元年（1257），元军包围临安，文天祥任右丞相兼枢密使，出使元军谈判被拘留。后逃脱，拥立端宗，起兵转战东南，图谋恢复。端宗景炎三年

（1278），兵败被俘，被押解大都（今北京）囚禁四年。狱中坚强不屈，表现了崇高的民族气节，后从容就义。文天祥诗、文、词都有创作，以诗为主。其创作以临安沦陷为界，分为前后两期，前期多应酬之作，后期诗文多抒发他崇高的民族气节和热烈的爱国感情，写得激昂慷慨，苍凉悲壮。著有《文山先生全集》。

过零丁洋①

辛苦遭逢起一经②，干戈落落四周星③。山河破碎风飘絮，身世浮沉雨打萍。惶恐滩头说惶恐④，零丁洋里叹零丁⑤。人生自古谁无死，留取丹心照汗青⑥。

①零丁洋：在今广东中山县南。南宋帝昺祥兴元年（1278），文天祥在五坡岭（今广东海丰县北）兵败被俘。次年，元军都元帅汉奸张弘范挟文天祥进攻厓山（在今广东新会县南海中，是南宋帝昺所居的最后据点），此诗是他过零丁洋时所写。张弘范一再强迫文天祥招降坚守厓山的宋将张世杰，文天祥便出示此诗给张，以明其志不可动摇。 ②“辛苦”句：指他经考试进士及第被朝廷起用。遭逢，遭际，指被朝廷选拔。起一经，因通晓《易》《书》《诗》《礼》《春秋》五经之一而被起用做官。文天祥以明经考取进士。 ③“干戈”句：四年来在抗元战争中度过。干戈，指战争。落落，多貌。四周星，四年。周星，岁星（木星）十二年一周天，称为周星。地球十二个月围绕太阳运行一周，也称为周星。这里的周星，即指一年的时间。文天祥从德祐元年（1275）起兵勤王，至帝昺祥兴元年（1278）被俘，前后共经历了四个年头。 ④惶恐滩：赣江十八滩之一，水流湍急，在今江西万安县境内。端宗景炎二年（1277），文天祥在江西空阬（今江西吉水县附近）为元军所败，经此退往福建。 ⑤叹零丁：感叹自己身陷敌中，孤单而没有依靠。 ⑥留取：留得。汗青：代指史册。古代纪事用竹简，制竹简时，先用火烤竹片，去其水分。称为杀青，因此又称竹简为汗青。（这首诗是作者兵败被俘后的作品，在回顾自己的身世遭遇中，感叹国家山河破碎，并以诗明志，表示将以死来殉自己的爱国理想，表现了坚贞的民族气节。）

金陵驿①（二首选一）

其　一

草合离宫转夕晖②，孤云飘泊复何依③？山河风景原无异④，城郭人民半已非⑤。满地芦花和我老⑥，旧家燕子傍谁飞⑦！从今却别江南路⑧，化作啼鹃带血归⑨。

①这首诗是宋帝昺祥兴二年（1279）作者被押赴燕京（今北京），路过金陵驿时作。 ②草合：草已长满。离宫：即行宫，皇帝出巡时居住的地方。金陵为宋代陪都，故有离宫。 ③“孤云”句：感叹自己的身世飘零。 ④“山河”句：《世说新语·言语》：“过江诸人每至美日，辄相邀新亭，藉卉饮宴。周侯中坐而叹曰：‘风景不殊，举目有山河之异！’”这里暗用其意。 ⑤“城郭”句：《搜神后记》：“丁令威学道于灵虚山，后化鹤归辽，徘徊空中而言曰：‘有鸟有鸟丁令威，去家千里今始归，城郭如故人民非，何不学仙冢累累？’遂高上冲天。”这里借用这个典故，说明金陵在战乱中人民死伤很多。 ⑥“满地”句：谓芦荻暮秋开花，为时已晚；而自己起兵抗元，国势已无法挽救。刘禹锡《西塞山怀古》“金陵王气黯然收”“故垒萧萧芦荻秋”。这里暗用其意。 ⑦“旧家”句：谓民房多毁于战火，燕子归来也难觅旧家。刘禹锡《乌衣巷》：“旧时王谢堂前燕，飞入寻常百姓家。”这里化用其意。 ⑧却：含了结意。却别，犹言告别了，离开了。 ⑨“化作”句：意谓北行必殉国，但灵魂化作杜鹃，也要回归南方。传说周末蜀王杜宇，号望帝，死后灵魂化为杜鹃鸟，啼鸣“不如归去”，直至出血。（这首诗写作者被俘北去，救国无望的悲痛心情，表现了他以死殉国，死后也不忘恢复的民族气节。）

正气歌[①]

余囚北庭[②]，坐一土室。室广八尺，深可四寻[③]，单扉低小[④]，白间短窄[⑤]，汙下而幽暗[⑥]。当此夏日，诸气萃然[⑦]：雨潦四集[⑧]，浮动床几，时则为水气[⑨]；涂泥半朝[⑩]，蒸沤历澜[⑪]，时则为土气；乍晴暴热，风道四塞，时则为日气；檐阴薪爨[⑫]，助长炎虐，时则为火气；仓腐寄顿[⑬]，陈陈逼人[⑭]，时则为米气；骈肩杂遝[⑮]，腥臊汗垢，时则为人气；或圊溷[⑯]浮尸，或腐鼠杂出，时则为秽气。叠是数气[⑰]，当之者鲜不为厉[⑱]，而余以孱弱俯仰其间[⑲]，于兹二年矣[⑳]，是殆有养致然[㉑]。然尔亦安知所养何哉[㉒]？孟子曰：“我善养吾浩然之气[㉓]。”彼气有七，吾气有一，以一敌七，吾何患焉[㉔]？况浩然者，乃天地之正气也。作《正气歌》一首。

天地有正气，杂然赋流形[㉕]，下则为河岳，上则为日星，于人曰浩然，沛乎塞苍冥[㉖]。皇路当清夷[㉗]，含和吐明庭[㉘]；时穷节乃见[㉙]，一一垂丹青[㉚]。在齐太史简[㉛]，在晋董狐笔[㉜]，在秦张良椎[㉝]，在汉苏武节[㉞]。为严将军头[㉟]，为嵇侍中血[㊱]，为张睢阳齿[㊲]，为颜常山舌[㊳]。或为辽东帽[㊴]，清操厉冰雪[㊵]；或为《出师表》[㊶]，鬼神泣壮烈；或为渡江楫[㊷]，慷慨吞胡羯[㊸]；或为击贼笏[㊹]，逆竖头破裂。是气所旁薄[45]，凛烈万古存[46]。当其贯日月[47]，死生安足论！地维赖以立[48]，天柱[49]赖以尊；三纲实系命[50]，道义为之根[51]。嗟余遘阳九[52]，隶也实不力[53]。楚囚缨其冠[54]，传车送穷北[55]。鼎镬甘如饴[56]，求之不可得。阴房阒鬼火[57]，春院闷天黑[58]。牛骥同一皂[59]，鸡栖凤凰食[60]。一朝蒙雾露[61]，分作沟中瘠[62]。如此再寒暑[63]，百沴自辟易[64]。哀哉沮洳场[65]，为我安乐国。岂有他缪巧[66]，阴阳不能贼[67]！顾此耿耿存[68]，仰视浮云白[69]。悠悠我心悲[70]，苍天曷有极？哲人日已远[71]，典型在夙昔[72]。风檐展书读，古道照颜色[73]。

①宋帝昺祥兴元年（1278），文天祥被元兵俘虏，次年十月押抵元都燕京，元世祖至元十九年（1282）被杀。此诗约在1281年作于狱中。 ②北庭：汉代匈奴所居之地称北庭，这里指元大都燕京。 ③可：约。寻：古以八尺为一寻。 ④扉：门。 ⑤白间：窗。 ⑥汙（wā）下：低洼潮湿。 ⑦萃（cuì）然：聚集的样子。 ⑧雨潦（lǎo）：雨后积水。 ⑨时则为：有时就成为。 ⑩涂泥：泥泞。半朝（cháo）：半间屋子。朝，宫室，即房子。 ⑪蒸沤（òu）：因水泡、潮湿而发出熏人的腐败气味。历澜：到处都成了泥潭。澜，大水波，这里形容烂泥潭。 ⑫檐阴：房檐下。薪：柴。爨（cuàn）：煮饭。 ⑬仓腐：仓库里的粮食已经腐烂。寄顿：储藏。 ⑭陈陈逼人：指粮食腐烂的臭气逼人。陈陈，《史记·平准书》："太仓之米，陈陈相因。"意即陈米之上加上陈米。这里指积米日久腐烂之气。 ⑮骈肩：肩挨着肩。杂遝（tà）：纷乱拥挤。 ⑯圊圂（qīng hùn）：厕所。 ⑰叠是数气：这几种气加在一起。 ⑱当：受。鲜（xiǎn）：少。厉：病。 ⑲孱（chán）弱：虚弱的身体。俯仰：局促地生活。 ⑳于兹：到现在。 ㉑"是殆"句：这大概是因为（我）有修养才会这样。殆，大概。 ㉒然尔：然而。安知：哪里知道。 ㉓"我善"句：见《孟子·公孙丑》。浩然之气，盛大刚正之气。 ㉔患：忧虑。 ㉕杂然：纷杂的样子，形容无所不在。赋：赋予，给。流形：各种形体，指宇宙间的万事万物。 ㉖沛乎：充满的样子。苍冥：天空。 ㉗皇路：国运，国家的政治局面。清夷：清平，政治局面稳定。 ㉘明庭：即明堂，天子之堂，指朝廷。 ㉙时穷：时局危急之时。节：人的气节，节操。见（xiàn）：同"现"。 ㉚"一一"句：谓那些有节操的人无不流芳后世，为人们所景仰、怀念。垂，遗留，流芳。丹青，古代丹册记勋，青史记事，丹青犹言史籍。 ㉛"在齐"句：在春秋时代的齐国有良史不畏强横敢于秉笔直书之事。据《左传》襄公二十五年载：春秋时齐大夫崔杼杀死了齐国的国君齐庄公。齐国的史官写道："崔杼弑其君。"如实记事，不留情面。崔杼怒而杀史官。史官的两个弟弟仍然这样写，也被杀。另一个弟弟并未因此被吓住，仍然这样写，崔杼终于无法可想，这段历史便被真实地记载了下来。太史，史官。简，古代用来书写的竹简，这里代指史册。 ㉜"在晋"句：据《左传》宣公二年载：晋灵公想杀大夫赵盾，赵盾逃亡。后来赵穿杀了晋灵公，赵盾回来后不处治赵穿。对这件事当时晋国的史官董狐写道："赵盾弑其君。" ㉝"在秦"句：据《史记·留侯世家》载：张良祖上五世为韩相，韩国为秦所灭，张良决心复仇，请大力士，

铸一百二十斤重的大铁椎，在博浪沙（今河南原阳县东南）出击秦始皇，误中副车。 ㉞“在汉”句：据《汉书·李广苏建传》载：汉武帝时，苏武出使匈奴被扣留，匈奴逼迫他投降，他坚贞不屈，后被流放到北海（今俄罗斯境内贝加尔湖）边牧羊。他仍不屈服，牧羊时手里不离从汉朝带去的符节，历十九年而终于归汉。节，符节，古代使臣所执。 ㉟“为严将军”句：据《三国志·蜀志·张飞传》载：三国时，将军严颜奉刘璋令守巴郡（在今四川东部），被张飞俘获，拒不投降，说：“我州但有断头将军，无有降将军也。”张飞感而释之。 ㊱“为嵇侍中”句：据《晋书·嵇绍传》载：晋惠帝时，嵇绍官侍中。永兴元年（304）皇室内讧，王师败绩于荡阴（今属河南），嵇绍为保护惠帝，被杀死在惠帝身旁，血溅到惠帝身上。后有人要洗血衣，惠帝说：“此嵇侍中血，勿洗。” ㊲“为张睢（suī）阳”句：据《旧唐书·张巡传》：唐代安史之乱时，张巡困守睢阳城（今河南商丘），每次与贼战，他都大呼誓师，气血涌荡，以致眼眶裂开流血，牙齿都被咬碎了。张睢阳，即指张巡。 ㊳“为颜常山”句：据《旧唐书·颜杲（gǎo）卿传》载：唐代安史之乱时，颜杲卿为常山（在今河北正定县南）太守，城破被俘，拒绝投降，大骂安禄山，被断舌而死。颜常山，即指颜杲卿。 ㊴“或为”句：据《三国志·魏志·管宁传》载：管宁是三国时魏人，学行皆高，为当时名士，曾避乱辽东，常戴白帽、穿布衣，拒绝征聘。 ㊵“清操”句：德行品格像冰雪那样洁白坚贞。清操，高洁的品德。厉冰雪，像冰雪一样冷峻坚贞。 ㊶或为《出师表》：三国时诸葛亮于蜀后主建兴五、六年（227、228）两次出师北伐曹魏，都曾向后主刘禅上表，称前后《出师表》，表示自己效忠蜀汉，为统一事业献身的决心。 ㊷或为渡江楫：东晋时，北方土地为外族侵占。豫州刺史祖逖（tì）率军北伐，渡江时中流击楫，发誓一定恢复中原北国，后果然收复了黄河以南失地。 ㊸胡羯（jié）：指祖逖北伐击败的五胡之一的后赵主石勒，石是羯族。 ㊹“或为击贼笏（hù）”二句：据《旧唐书·段秀实传》载：唐德宗时，朱泚谋反，司农卿段秀实以象笏击朱泚的头，并唾面大骂，因此遭害。笏，古代大臣上朝时所持的手板，上可记事。逆竖，叛贼，指朱泚。 ㊺旁薄：同磅礴，充实雄厚而又广大无边的样子。 ㊻凛烈：庄严而又壮烈。 ㊼贯日月：形容气的高扬盛大。暗用荆轲别燕赴秦，白虹贯日事。 ㊽地维：古人相信地是方的，因称四角为地维。 ㊾天柱：古神话传说，天有大柱支撑，才没有坍塌。《神异经》：“昆仑之山有铜柱焉，其高入天，所谓天柱也。”又《淮南子》：“天柱折，地维绝。” ㊿三纲：封建礼教所规定的处理人与人间关系的重要规范，即：君为臣纲，父为子纲，夫为妻纲。系命：赖以存在。 (51)“道义”句：道义（指封建社会的道德行为准则）也是以正气为根本的。为之根：以之（指正气）为根。 (52)嗟：嗟叹。遘：遇到。阳九：指百年难遇的灾难、厄运。 (53)隶：作者对自己的贱称，犹言“仆”。实不力：实在无能为力。 (54)楚囚：春秋时，楚人钟仪被郑国俘虏，送到晋国去。晋侯看见了，便问：“南冠而縶者（戴楚国的帽子而被捆绑的人）谁也？”有司回答说：“郑人所献楚囚也。”后世因以“南冠”或“楚囚”指囚犯。缨：绳子，这里作动词用，捆绑的意思。缨其冠：被捆绑而戴上南冠。 (55)传车：驿车。穷北：极北之地，指元大都燕京。 (56)鼎镬（huò）：古代酷刑，用鼎镬之类煮器将人煮死。饴（yí）：糖浆。 (57)阴房：阴暗的牢房。阒（qù）：寂静。 (58)閟（bì）：闭门。 (59)“牛骥”句：比喻贤愚混杂，好坏不分。牛，比喻庸碌之辈。骥，比喻杰出人物，这里包含作者在内。皂，马槽。 ⑥⓪“鸡栖”句：凤凰吃鸡栖中的鸡食，比喻自己被囚禁。鸡栖，鸡窝。 ⑥①蒙雾露：指生活于阴湿的牢房中，为雾露（湿气）所侵而生病。 ⑥②“分（fèn）作”句：料想必定成为沟中被弃的枯骨。分，料想。瘠，瘦弱，这里指僵枯的尸体。 ⑥③再寒暑：过了两年。 ⑥④百沴（lì）：各种使人致病的恶气，参见序文。辟易：退避。 ⑥⑤沮洳（jù rù）场：低下阴湿之地，即牢房。 ⑥⑥他缪（miù）巧：其他什么诈术和巧计。 ⑥⑦阴阳：指寒热之气。贼：害。 ⑥⑧顾：表示意思转折的连接词，但。耿耿：忠心，亦即浩然之气。 ⑥⑨“仰视”句：《论语·述而》：“不义而富且贵，于我如浮云。”这里暗用其意，表示自己决不屈节投降，以求不义的富贵。 ⑦⓪“悠悠”二句：悠悠，忧思不绝的样子。曷有极：哪有尽头。曷，同“何”。《诗经·鸨羽》：“悠悠苍天，曷其有极。”二句化用其意。 ⑦①哲人：贤哲之人，指前面提到的那些历史上的杰出人物。日已远：指时间离自己越来越远。 ⑦②典型：模范，榜样。夙（sù）昔：从前。 ⑦③“古道”句：指先哲们的风范和光辉榜样照耀在自己的面前。古道，指体现在古代杰出人物身上的传统美德。（这是一首明志的诗，表现了诗人在悠久深厚的民族传统中所产生出的崇高的气节和坚不可摧的斗争意志，浩然之气充满于字里行间，写得气势磅礴，感人肺腑，具有巨大的教育和鼓舞力量。）

* * * * *

指南录后序[①]

德祐二年正月十九日[②]，予除右丞相[③]，兼枢密使[④]，都督诸路军马[⑤]。时北兵已迫修门外[⑥]，战、守、迁皆不及施[⑦]。缙绅大夫士萃于左丞相府[⑧]，莫知计所出。会使辙交驰[⑨]，北邀当国者相见[⑩]，众谓予一行为可以纾祸[⑪]。国事至此，予不得爱身，意北亦尚可以口舌动也[⑫]。初[⑬]，奉使往来，无留北者[⑭]，予更欲一觇北[⑮]，归而求救国之策，于是辞相印不拜[⑯]。翌日[⑰]，以资政殿学士行[⑱]。

初至北营，抗辞慷慨[⑲]，上下颇惊动，北亦未敢遽轻吾国[⑳]。不幸吕师孟构恶于前[㉑]，贾余庆献谄于后[㉒]，予羁縻不得还[㉓]，国事遂不可收拾。予自度不得脱[㉔]，则直前诟虏帅失信[㉕]，数吕师孟叔侄为逆[㉖]；但欲求死，不复顾利害。北虽貌敬[㉗]，实则愤怒。二贵酋名曰馆伴[㉘]，夜则以兵围所寓舍，而予不得归矣。

未几，贾余庆等以祈请使诣北[㉙]。北驱予并往[㉚]，而不在使者之目。予分当引决[㉛]，然而隐忍以行。昔人云：“将以有为也[㉜]。”

至京口[㉝]，得间[㉞]，奔真州[㉟]。即具以北虚实告东西二阃[㊱]，约以连兵大举[㊲]，中兴机会，庶几在此。留二日，维扬帅下逐客之令[38]。不得已，变姓名，诡踪迹[39]，草行露宿，日与北骑相出没于长淮间[40]。穷饿无聊[41]，追购又急[42]，天高地迥[43]，号呼靡及[44]。已而得舟，避渚洲[45]，出北海[46]，然后渡扬子江，入苏州洋[47]，展转四明、天台[48]，以至于永嘉[49]。

呜呼！予之及于死者不知其几矣[50]！诋大酋当死[51]。骂逆贼当死。与贵酋处二十日，争曲直[52]，屡当死。去京口[53]，挟匕首以备不测，几自刭死。经北舰十余里[54]，为巡船所物色[55]，几从鱼腹死[56]。真州逐之城门外，几彷徨死。如扬州[57]，过瓜洲扬子桥[58]，竟使遇哨[59]，无不死。扬州城下，进退不由[60]，殆例送死[61]。坐桂公塘土围中[62]，骑数千过其门，几落贼手死。贾家庄几为巡徼所陵迫死[63]。夜趋高邮[64]，迷失道，几陷死。质明[65]，避哨竹林中，逻者数十骑，几无所逃死。至高邮[66]，制府檄下，几以捕系死。行城子河[67]，出入乱尸中，舟与哨相后先，几邂逅死。至海陵[68]，如高沙，常恐无辜死。道海安、如皋[69]，凡三百里，北与寇往来其间，无日而非可死。至通州[70]，几以不纳死。以小舟涉鲸波[71]，出无可奈何，而死固付之度外矣。呜呼！死生[72]，昼夜事也。死而死矣[73]，而境界危恶[74]，层见错出，非人世所堪[75]；痛定思痛，痛何如哉！

予在患难中，间以诗记所遭[76]。今存其本[77]，不忍废[78]；道中手自抄录[79]。使北营，留北关外[80]，为一卷；发北关外，历吴门、毗陵[81]，渡瓜洲，复还京口，为一卷；脱京口[82]，趋真州、扬州、高邮、泰州、通州[83]，为一卷；自海道至永嘉，来三山[84]，为一卷。将藏之于家，使来者读之[85]，悲予志焉[86]。

呜呼！予之生也幸[87]，而幸生也何所为[88]？求乎为臣[89]，主辱臣死，有余僇；所求乎为子[90]，以父母之遗体，行殆而死，有余责。将请罪于君，君不许；请罪于母，母不许；请罪于先人之墓。生无以救国难，死犹为厉鬼以击贼，义也；赖天之灵，宗庙之福，修我戈矛[91]，从王于师，以为前驱，雪九庙之耻[92]，复高祖之业[93]，所谓"誓不与贼俱生"[94]，所谓"鞠躬尽力，死而后已"[95]，亦义也。嗟夫！若予者，将无往而不得死所矣。向也[96]，使予委骨于草莽，予虽浩然无所愧怍[97]，然微以自文于君亲[98]，君亲其谓予何？诚不自意[99]，返吾衣冠，重见日月，使旦夕得正丘首，复何憾哉！复何憾哉！

是年夏五[100]，改元景炎，庐陵文天祥自序其诗，名曰《指南录》。

①《指南录》是文天祥自编的诗集，共四卷，叙述了他从赴阙、出使、被拘到脱险的

经过和患难遭遇。“指南”，取意于其诗句“臣心一片磁针石，不指南方不肯休。”这揭示了诗集的中心内容及其思想。《指南录》有《自序》和《后序》两篇，这篇是《后序》。②德祐：宋恭帝赵㬎年号（1275—1276），德祐二年即1276年。正月，原作“二月”，误，据《宋史·瀛国公本纪》和文天祥《指南录自序》改。③除：授官。右丞相：南宋设左右丞相，相当于宰相，协助皇帝总管朝政。④枢密使：掌管国家军事的官职。⑤都督：统率。路：宋代行政区划名，大致相当于今天的省。⑥北兵：指入侵南宋的元军。修门：国都的大门。《楚辞·招魂》：“魂兮归来，入修门些（suò）。”王逸注：“修门，郢城门也。”郢是当时楚国的国都。据《指南录自序》：“时北军驻高亭山，距修门三十里。”⑦战：应战。守：固守。迁：迁都。施：实行。⑧缙绅大夫士：意即大小官员。缙绅，古代官僚的装束，后成为官僚的代称。萃：会集。左丞相府：左丞相办公的地方。当时吴坚任左丞相，后降元。⑨会：其时。使辙交驰：双方的使者来往的车子很多，车辙交错。按，元军迫近临安时，南宋当权的投降派人物陈宜中遣使向元人卑词求和，元将伯颜约宜中相见，宜中应约而后逃，元使来邀宜中，宜中已不见。⑩北：指元军。当国者：朝中当权的人。⑪纾（shū）：解除。⑫以口舌动：用言语来打动。⑬初：从前。⑭无留北者：没有被元军拘留不能回来的。⑮觇（zhān）：察看。⑯辞相印不拜：辞去右丞相的职务。⑰翌（yì）日：第二天。⑱资政殿学士：官名。文天祥以此身份赴元军。⑲抗辞慷慨：抗争不屈，勇敢陈辞，激昂慷慨。⑳遽（jù）：立即。轻：轻慢，侮辱。㉑吕师孟：原宋朝襄阳主将、汉奸吕文焕之侄，任宋朝的兵部侍郎。他在德祐元年十二月出使元军，求称侄纳币，以成和议，被元人拒绝。“构恶于前”即指此事。㉒贾余庆：官同签书枢密院事，知临安府，在文天祥辞去右丞相后继任。德祐二年二月，元使者入临安封府库之后，他以右丞相充祈请使使元。《指南录》卷一《纪事》诗序云：“及予既絷维，贾余庆以逢迎继之，而国事遂不可收拾。”又《则堂》诗序云：“北入京城，贾余庆迎逢卖国，既令学士降诏，俾天下州郡归附之。”“献媚于后”即指此事。㉓羁縻（jī mí）：拘留，软禁。㉔度（duó）：估计。㉕诟（gòu）：斥骂。虏帅：指元军统帅伯颜。失信：因原来伯颜说定事情办完即让文天祥回去，后却反悔。㉖数（shǔ）：列举，揭露。逆：叛逆。㉗貌敬：表面上尊敬。㉘二贵酋：指元军万户忙古歹和招讨使唆都，他们都是元军的高级将领。馆伴：在宾馆中负责接待外国使节的人。㉙“贾余庆等”句：德祐二年二月初五日，元使臣入临安封府库；第二天，已经降元的宋帝㬎派贾余庆、吴坚、谢堂等人为“祈请使”赴元大都。㉚“北驱予”二句：元军将文天祥同时押送大都，不再把他看作使者。《指南录》卷一《使北》诗序云：“贾余庆凶狡残忍，出于天性，密告伯颜，使启北庭，拘予于沙漠。”目，列。㉛分（fèn）：当，理当。引决：自杀。㉜“将以有为也”：语见韩愈《张中丞传后序》。唐安史之乱时，张巡、许远守睢阳，城破，张巡等被俘。“贼以刃胁降巡，巡不屈，即牵去，将斩之。又降霁云（张巡的部将南霁云），云未应。巡呼云曰：‘南八（南霁云排行第八），男儿死耳，不可为不义屈。’云笑曰：‘欲将以有为也。公有言，云敢不死！’”㉝京口：今江苏镇江市。㉞得间（jiàn）：得到一个空子，乘机。㉟真州：今江苏仪征县。《指南录》卷三《脱京口》诗序云：“二月二十九日夜，予自京口城中间道出江浒，登舟溯金山，走真州。”㊱东西二阃(kǔn):指当时的淮东制置司李庭芝和淮西制置司夏贵。阃,门橛,代指城门。《史记·冯唐列传》:“上古王者之遣将也,跪而推毂曰:‘阃以内者寡人制之,阃以外者(指郭门之外)将军制之。’”后因以“阃”字代指统兵在外的将帅。 ㊲“约以”三句:文天祥逃到真州,守将苗再成向他陈述恢复策略,文天祥“喜不自制”,认为“中兴机会在此”。于是作书与夏贵(时实已降元)、李庭芝约以连兵大举。庶几,大概。 ㊳“维扬帅”句:维扬帅指李庭芝,因他当时驻扬州,故称。李庭芝得文天祥书,心存怀疑,又误信谣传,以为天祥乃元人派来真州说降,欲杀之。苗再成不忍,放他出走,于是文天祥变姓名东逃。 ㊴诡踪迹:隐蔽行踪。 ㊵长淮:指淮河。 ㊶穷:困窘。无聊:无所依靠。 ㊷追购:悬赏追捕。 ㊸迥(jiǒng):远。 ㊹号(háo):大呼。靡:无,不。 ㊺避渚洲:当时长江中的沙洲为元军所占,故作者须绕道而行。(见《指南录》卷四《北海口》诗序)。 ㊻北海:长江口以北的海。 ㊼苏州洋:指今上海市附近的海。 ㊽四明:今浙江宁波市。天台:今浙江天台县。 ㊾永嘉:宋温州永嘉郡,今浙江温州市。 ㊿及于死者:临近死的边缘。几:几回。 (51)诋(dǐ);诟骂,斥责。大酋:即上文所指“虏帅”。 (52)曲直:是非。 (53)“去京口”三句:去,离开。刭(jǐng),以刀割颈。《指南录》卷三《候船难》诗序云:“予先遣二校坐舟中,密约待予甘露寺下。及至,船不知所在。意窘甚。交谓船已失约,奈何!予携匕首,不忍自残,甚不得已,有投水耳。余元庆褰裳涉水,寻一二里许,方得船至。各稽首以更生为贺。” (54)“经北舰”句:从元军的战船旁经过约有十多里的距离。 (55)“为巡船”句:物色,发现,搜寻。《指南录》卷三《上江难》诗序云:“至七里江,忽有巡者喝云:‘是何船?’梢答以‘河鲀船’。巡者大呼云:‘歹船!’歹者,北以是名反侧奸细之称。巡者欲经船前,适潮退,阁浅,不能至。是时舟中皆流汗。其不来,侥幸耳!” (56)几从鱼腹死:几乎死在水中。《楚辞·渔父》:“宁赴湘流,葬于江鱼之腹中。” (57)如:往。 (58)瓜洲:在扬州市南四十里长江边,扬子桥:在扬州市南十五里。 (59)竟使:假使。哨:元军巡逻的哨兵。 (60)不由:为难,不由自主。 (61)殆:将近,几乎。例送死:类乎送死。 (62)“坐桂公塘”句:《指南录》卷三《至扬州》诗,其中一首后记云:“予不得已,去扬州城下,随卖柴人趋其家,而天色渐明,行不能进。至十五里头,半山有土围一所,旧是民居,毁荡之余,无椽瓦,其间马粪堆积。时唯恐北有望高者,见一队人行,即来追逐,只得入此土围中暂避。”此处指桂公塘,当即在扬州附近十五里处。 (63)“贾家庄”句:贾家庄:在扬州之北。巡徼(jiào):指扬州宋军的巡逻兵。陵迫:欺凌迫害。《指南录》卷三《扬州地分官》诗序云:“初五至晚,地分官(地方上维持治安的官军,即巡徼)五骑咆哮而来,挥刀欲击人,凶焰甚于北,亟出濡沫(指给钱),方免毒手。” (64)高邮:今江苏高邮县。文天祥于三月初五日夜赴高邮。 (65)“质明”四句:质明,天刚亮时。《指南录》卷三《高沙道中》诗序云:“予雇骑夜趋高沙。至板桥,迷失道。一夕行田畈(fàn,平坦的田地)中,不知东西。风露满身,人马饥乏,且行雾中不相辨。须臾,四山渐明,忽隐忽见(现)北骑。道有竹林,亟入避。须臾,二十余骑绕林呼噪。……北马入林,过吾傍三四,皆不见,不自意得全。” (66)“至高邮”三句:制府,指李庭芝的府署。檄(xí),声讨或命令的文告。捕系,捕捉拘系。《指南录》卷三《发高沙》诗序云:“予至高沙,奸细之禁甚严,……闻制使有文字报诸郡,有以丞相来赚城，令觉察关防。于是不敢入城，急买舟去。” ⑰“行城子河”四句：城子河，在高邮附近。邂逅，不期而遇。《指南录》卷三《发高沙》诗第一首后记云：“二月六日城子河一战，我师大捷。”第二首后记云：“自至城子河，积尸盈野，水中流尸无数，臭秽不可当，上下几二十里无间断。”第四首诗后记云：“自高邮至稽家庄，方有一团人家，以水为寨，统制官稽耸，……云：‘今早报，湾头马出（湾头镇的元军出动），到城子河边，不与之相遇，公福人也。’为之嗟叹不置。” ⑱海陵：在今江苏泰县东。 ⑲“道海安”四句：道，取道，经过。海安，今江苏海安县。如皋，今江苏如皋县。寇，土匪。《指南录》卷三《泰州》诗序云：“予至海陵，问程趋通州，凡三百里河道，北与寇出没其间，真畏途也。” ⑳“至通州”二句：通州，今江苏南通市。《指南录》卷三《闻谍》诗序云：“予既不为制钺（指李庭芝。钺，大斧，将帅所执）所容，行至通州，得谍者云：‘镇江府走了文相公，浒浦（镇名，在常熟县东北）一路有马来捉。’闻之悚然。” ㉑鲸波：巨浪。 ㉒“死生”二句：谓随时可死。 ㉓死而死矣：死了就死了，意谓对死本身无所谓。 ㉔境界：境况，处境。 ㉕非人世所堪：不是人所能忍爱的。 ㉖间（jiàn）：间或，有时。 ㉗本：指诗作的稿本。 ㉘废：抛弃。 ㉙手自：亲手。 ㉚北关外：指元兵驻地高亭山。 ㉛吴门：今江苏苏州市的别称。毗（pí）陵：今江苏常州市。 ㉜脱：逃脱。 ㉝趋：急奔。 ㉞三山：今福建福州市的别称，因市内有闽山、越王山、九仙山，故名。 ㉟来者：后来的人。 ㊱悲予志焉：悲悼我的不死之志。 ㊲幸：幸运。 ㊳何所为：有什么作为。 ㊴“求乎为臣”三句：意思是作为臣子，皇帝蒙难受辱，我是死有余辜。《国语·越语下》：“范蠡对（越王）曰：‘臣闻之：为人臣者，君忧臣劳，君辱臣死。”僇（lù），通“戮”，杀戮，引申为罪过。 ㊵“所求乎”四句：作为人子，以受之父母的肤体，经受危险而至死，也是有余罪的。《孝经·开宗明义章》：“身体发肤，受之父母，不敢毁伤，孝之始也。”殆，危险。责，过失。 ㊶“修我戈矛”三句：修整我的武器，跟随帝王的军队，作为先锋走在最前面。《诗经·秦风·无衣》：“王于兴师，修我戈矛，与子同仇。”《诗经·卫风·伯兮》：“伯也执殳（兵器名），为王前驱。”这里合用其意。王，指南宋王朝。 ㊷九庙之耻：有辱于祖先的耻辱。九庙，历代帝王立庙祭祀祖先，祖庙五，亲庙四，称为九庙。 ㊸高祖之业：宋代开国皇帝赵匡胤所开创的基业。 ㊹“誓不与贼俱生”：唐代裴度为平淮（淮西）、蔡（蔡州）叛乱时向宪宗表示效忠的决心说：“臣誓不与此贼俱生。”（见《资治通鉴》）这里引用裴度的话，所以加了“所谓”二字。 ㊺“鞠躬尽力”二句：诸葛亮《后出师表》：“臣鞠躬尽瘁，死而后已。”鞠躬，恭敬谨慎的样子。 ㊻向：从前。 ㊼愧怍（zuò）：惭愧。 ㊽“然微以”二句：但是在君亲的面前我不能掩饰自己的过失（指作为人臣不能救亡国家，免君遭辱；作为人子，不能爱惜肤体，免遭危害），他们将怎样对我说呢？（意即不会原谅自己的）微以，无以。文，掩饰。其谓予何，以反诘语气表示责难。 ㊾“诚不自意”四句：实在是自己也没有想到，我还能活着回来，重见君王，迟早可以死在自己的故国了。衣冠，指汉族的服装。日月，比喻君王。正丘首，《礼记·檀弓上》：“狐死正丘首。”郑玄注：“正丘首，正首丘也。”意即狐死后，其首必向着出生的丘穴。后即引申为死于故土、故国。 ㊿“是年夏五”二句：《宋史·瀛国公本纪》载德祐二年（1276）五月：“宋臣拥立赵昰（shì）于福州，以为宋主（端宗），改年号为景炎。”夏五，即夏五月。《春秋》桓公十五年：“夏五。”杜预注：“不书月，缺文。”这里不书月，是摹仿《春秋》。

张　炎

张炎（1248—1320？），字叔夏，号玉田，又号乐笑翁。祖籍西秦（今陕西），家居临安（今杭州）。宋亡后，他落拓浪游。元世祖至元二十七年（1290），他曾北上大都（今北京），希望能谋得一个职位，结果失意而归。后闲游纵饮于江浙一带，潦倒以终。其祖张濡、父张枢皆通音律，对张炎作词有一定影响。张词学周邦彦和姜夔，注重音律，讲求形式技巧，尤精琢句炼字，格调雅丽清畅。内容多写个人生活与哀感，长于咏物写景。宋亡后多有感叹身世之作。后人常将他与姜夔并称。著有词论专著《词源》和词集《山中白云词》（又名《玉田词》）。

解连环①

孤　雁

楚江空晚②，怅离群万里，恍然惊散③。自顾影、欲下寒塘④，正沙净草枯⑤，水平天远。写不成书⑥，只寄得、相思一点。料因循误了⑦，残毡拥雪，故人心眼。　　谩怜旅愁荏苒⑧？谩长门夜悄⑨，锦筝弹怨。想伴侣、犹宿芦花⑩，也曾念春前，去程应转。暮雨相呼，怕蓦地玉关重见。⑪未羞他双燕归来⑫，画帘半卷。

①这首词作于宋亡以后。　②楚江：相传雁南飞至彭蠡、衡阳等处，在江边过冬，春来再飞回北方。因上述地方古属楚地，故称楚江。　③恍（huǎng）然：失意的样子。　④“自顾影”句：顾影自怜，孤单地欲下寒塘栖歇。崔涂《孤雁》诗：“暮雨相呼失，寒塘欲下迟。”　⑤“正沙净”二句：水退沙净，经霜草枯，江空寥廓，一片秋色。　⑥“写不成书”二句：雁群集队飞行，常组成“人”字或“一”字，孤雁失群，故云“写不成书”。《汉书·苏武传》中有雁足传书的记载，因孤雁排不成字，在空中只是一点，故云“只寄得相思一点”。　⑦“料因”三句：《汉书·李广苏建传》载，匈奴“幽武，置大窖中，绝不饮食。天雨雪，武卧啮雪与毡毛并咽之，数日不死。”“残毡拥雪”即用此典故，以暗寓被迫北行的南宋守节者。这里是说，孤雁失群，耽误了传书，辜负了在北地遭难的故人的深情托付。　⑧荏苒（rěn rǎn）：辗转。　⑨“谩长门”二句：长门宫为汉武帝陈皇后失宠后所

居之处，因用为冷宫的代称。锦筝：筝的美称。言锦筝弹出凄哀的宫怨之声。杜牧《早雁》诗："仙掌月明孤影过，长门灯暗数声来。"又钱起《孤雁》诗："二十五弦弹夜月，不胜清怨却飞来。"这里是借冷宫深夜哀怨的筝声，以比喻和烘染空中孤雁的凄苦哀愁。 ⑩"想伴侣"三句：想那些失散的伴侣，宿于芦花之中，它们也该想到在春天到来之前飞回北方去。 ⑪"怕蓦（mò）地"句：恐怕（也许）会在北方的玉门关跟旧时的伴侣们忽然重见。 ⑫"未羞"二句：谓当画帘半卷、双燕归来时，就不再为自己的孤单而感到羞愧了。（这首词咏失群的孤雁，不仅描摹其姿态，而且刻绘渲染其凄悲，暗寓了家国身世之感和飘泊无依的愁苦心情。因词中"写不成书，只寄得、相思一点"最著名，被人称为"张孤雁"。）

谢 翱

谢翱（1249—1295），字皋羽，晚号晞发子。福州长溪（今福建霞浦县）人。十九岁时，应进士不第。景炎元年（1276）七月，文天祥起兵抗元，设置幕府，他以布衣身分，率乡兵数百人投效，任谘事参军。文天祥死难后，谢翱拒不仕元，漫游两浙以终。他对文天祥的民族气节十分景仰，多次作诗文表示哀悼。他诗文俱作，散文在南宋亡国前后为代表作家之一。生平著书颇多，今存《晞发集》。

登西台恸哭记[①]

始[②]，故人唐宰相鲁公开府南服[③]，余以布衣从戎[④]。明年[⑤]，别公漳水湄。后明年[⑥]，公以事过张睢阳庙及颜杲卿所尝往来处[⑦]，悲歌慷慨[⑧]，卒不负其言而从之游[⑨]。今其诗具在[⑩]，可考也。

余恨死无以藉手见公[⑪]，而独记别时语，每一动念，即于梦中寻之。或山水池榭，云岚草木[⑫]，与所别之处，及其时适相类，则徘徊顾盼，悲不敢泣[⑬]。又后三年[⑭]，过姑苏[⑮]；姑苏，公初开府旧治也[⑯]，望夫差之台而始哭公焉[⑰]。又后四年而哭之于越台[⑱]。又后五年及今[⑲]，而哭于子陵之台。

先是一日，与友人甲、乙若丙约[⑳]，越宿而集[㉑]。午，雨未止，买榜江涘[㉒]。登岸，谒子陵祠；憩祠帝僧舍，毁垣枯甃[㉓]，如入墟墓[㉔]。还，与榜人治祭具[㉕]。须臾，雨止。登西台，设立于荒亭隅[㉖]；再拜，跪伏；祝毕，号而恸者三[㉗]，复再拜，起。又念余弱冠时[㉘]，往来必谒拜祠下。其始至也，侍先君焉[㉙]。今余且老，江山人物，睠焉若失[㉚]。复东望，泣拜不已。有云从南来，渰浥浡郁[㉛]，气薄林木[㉜]若相助以悲者。乃以竹如意击石㉝，作楚歌招之曰㉞：“魂朝往兮何极㉟？暮归来兮关塞黑。化为朱鸟兮有咮焉食㊱？”歌阕㊲，竹石俱碎。于是，相向感唶㊳。复登东台，抚苍石，还憩于榜中。榜人始惊余哭，云：“适有逻舟之过也㊴，盍移诸？”遂移榜中流，举酒相属㊵，各为诗以寄所思㊶。薄暮，雪作风凛，不可留，登岸宿乙家。夜复赋诗怀古。明日，益风雪，别甲于江，余与丙独归。行三十里，又越宿乃至。其后，甲以书及别诗来，言：“是日风帆怒驶㊷，逾久而后济㊸；既济，疑有神阴相㊹，以著兹游之伟㊺。”余曰：“呜呼！阮步兵死㊻，空山无哭声且千年矣！若神之助固不可知，然兹游亦良伟㊼。其为文词因以达意，亦诚可悲已！”余尝欲仿太史公，著《季汉月表》㊽，如秦楚之际。今人不有知余心，后之人必有知余者。于此宜得书㊾，故纪之，以附季汉事后㊿。

时，先君登台后二十六年也(51)。先君讳某字某。登台之岁在乙丑云(52)。

① 这篇文章作于元世祖至元二十八年（1291）。西台，在浙江桐庐县西富春山下，与东台对峙，相传为汉代隐士严光（字子陵）钓鱼之所，又称钓台。此文为作者登西台哭祭文天祥后作。 ② 始：指宋端宗景炎元年（1276）七月。 ③ 故人：老朋友。唐宰相鲁公：颜真卿，这里借以隐指宋宰相文天祥。颜真卿在唐代安禄山之乱时起兵抵抗，代宗时封鲁郡公，世称颜鲁公。开府：开建幕府。南服：南方。景炎元年（1276），文天祥在南剑州（今福建南平）开府聚兵，图谋恢复。 ④ 以布衣从戎：以老百姓的身分参加军队。胡翰《谢翱传》：“宋相文天祥亡走江上，逾海至闽，檄州郡大举勤王之师。翱倾家赀，率乡兵数百人赴难，遂参军事。” ⑤“明年”二句：《宋史·瀛国公纪》载，景炎二年（1277）正月，“文天祥走漳州（今福建漳州）”，三月“取梅州（今广东梅县）。”其地都在漳江附近。湄，水边。二月前后谢翱与文天祥分别。 ⑥ 后明年：宋帝昺祥兴元年，元世祖至元十五年（1278）。这年十二月，文天祥兵败被俘。 ⑦“公以事”句：次年（1279），文天祥被执北行，“以事”即隐指此。北行途中经睢阳（今河南商丘）、常山（今河北正定），曾凭吊前代英雄遗迹。唐安史之乱时，张巡、许远守睢阳，颜杲卿守常山，后城陷均被杀。睢阳有合祀张巡、许远的双庙。 ⑧ 悲歌慷慨：指文天祥诗《颜杲卿》：“常山义旗奋，范阳哽喉咽。……人世谁不死，公死千万年。”及《许远》：“起师哭玄元，义气震天地。” ⑨“卒不负”句：指文天祥终于不负自己的诺言而追随张巡、许远、颜杲卿之后，以自己的生命殉国。 ⑩ 今其诗具在：《指南后录》中收有文天祥《平原》《颜杲卿》《许远》诸诗。 ⑪ 无以藉手见公：没有东西捧在手上去见文公，即空手去见文公。意思是对国事无所贡献，死后无颜见文公。藉手，以手捧物。 ⑫ 云岚：山林中的云雾。 ⑬ 悲不敢泣：因到处有元兵巡逻，虽悲痛而不敢哭出来。 ⑭ 又后三年：指元世祖至元十九年（1282），文天祥于这年殉国。 ⑮ 姑苏：今江苏苏州市。 ⑯“公初开府”句：《宋史·瀛国公纪》载，恭帝德祐元年（1275）八月，“以

文天祥为浙西、江东制置使兼知平江府”。平江府治在姑苏。治，治所，地方长官驻地。 ⑰夫差之台：即姑苏台，在今苏州市西南姑苏山上，为春秋时吴王夫差所筑。 ⑱又后四年：指元世祖至元二十三年（1286）。越台：即禹陵，在浙江绍兴会稽山上。 ⑲又后五年及今：指元世祖至元二十八年（1291），即写作此文的一年。 ⑳甲、乙若丙：因虑元统治者迫害，故以甲、乙、丙指代具体人名。若：和。据黄宗羲考证，甲指吴思齐，乙指严侣，丙指冯桂芳。（详见《南雷文集二·谢皋羽年谱游录注序》）。 ㉑越宿而集：越一夜（即第二天）会合。 ㉒榜（bàng）：代指船。买榜：雇船。江涘（sì）：江边。 ㉓毁垣枯甃（zhòu）：坏墙枯井。甃，原意为井壁，这里指井。 ㉔墟墓：坟墓。 ㉕榜人：船夫。 ㉖主：神主，被祭人的牌位。隅：角落。 ㉗号（háo）：大声哭。 ㉘弱冠：古代称男子二十岁左右为弱冠。《礼记·曲礼上》：“二十曰弱，冠。”孔颖达疏：“二十成人初加冠，体犹未壮，故曰弱也。” ㉙先君：指已去世的父亲，谢钥。 ㉚睠（juàn）：同“眷”，眷恋。若失：指江山易主，人物凋谢，心中怅然若失。 ㉛渰（yǎn）浥（yì）浡（bó）郁：云气蒸腾的样子。 ㉜薄：迫近。 ㉝如意：一种指划、赏玩的器具，柄端作心形、芝形或云形。 ㉞楚歌：楚地的歌曲。招：《楚辞》有《招魂》篇。谢翱仿《楚辞》作歌招文天祥之魂。 ㉟“魂朝往兮”二句：杜甫《梦李白》：“魂来枫林青，魂返关塞黑。”何极，到了什么地方。关塞，边关要塞。 ㊱“化为”句：暗指文天祥的精魂化为朱鸟，依恋南方；而宋已沦亡，不能为他立庙奉祀，虽然有嘴，却不得食。朱鸟，火星名，在南。咮（zhòu），鸟嘴。 ㊲歌阕（què）：歌罢。一曲终了叫阕。 ㊳感喈（jiè）：感叹。 ㊴适：恰才。逻舟：指元军巡逻的船。盍移诸：何不把船移到别处去呢？盍：何不的合音。诸：之乎的合音。 ㊵相属：举酒相劝。 ㊶“各为诗”句：大家分别作诗以哀悼文天祥。黄宗羲注载有谢翱诗和吴思齐诗。谢翱诗即著名的《西台哭所思》：“残年哭知己，白日下荒台。泪落吴江水，随潮到海回。故衣犹染碧，后土不怜才。未老山中客，唯应赋《八哀》。” ㊷风帆怒驶：船因帆鼓风而疾行。 ㊸济：渡河。 ㊹阴相（xiàng）：暗中帮助。 ㊺著：表明。 ㊻“阮步兵”二句：阮籍，三国时魏人，字嗣宗，官步兵校尉，世称阮步兵。《晋书·阮籍传》载：“籍本有济世志，属魏晋之际，天下多故，名士少有全者，籍由是不与世事，遂酣饮为常。……时率意独驾，不由径路，车迹所穷，辄痛哭而反。”谢翱在宋亡后的处境与阮籍有类似之处，故托以寄意。 ㊼良伟：确实盛大。 ㊽“余尝欲仿”二句：太史公（司马迁）著有《秦楚之际月表》，记秦楚之间的史事。此表只记月，不记年，意思是当时天下没有帝国正统。这里说“月表”，亦暗喻宋已沦亡，天下无正统。季汉，隐喻季宋。方凤《谢君皋羽行状》：“尝欲仿太史法，著《季汉月表》，采独行全节事为之传，大率不务为一世人所好，而独求故老与同志以证其所得。” ㊾宜得书：应该写下来。 ㊿以附季汉事后：用来附于《季汉月表》之后。 51先君：指作者之父谢钥。 52乙丑：宋度宗咸淳元年（1265），距此次登台的1291年，正好二十六年。（这篇文章写作者登西台哭祭文天祥的情景和思想感情，恸哭的是殉国的文天祥，也是已经沦亡的宋王朝。虽然文中因避免元人的残酷统治，隐去了真实的人、地、事，显得有些隐晦不明；但作者对故国的怀念，对殉国英烈的悲悼，对异族入侵者的愤恨，其感情之强烈，溢于言表。）

三　金元诗词

元好问

元好问（1190—1257），字裕之，号遗山，太原秀容（今山西忻县）人。系出北朝魏代鲜卑贵族拓跋氏。曾从郝天挺习经学诗。金宣宗兴定五年（1221）进士及第，哀宗正大元年（1224）中博学宏词科，授儒材郎，充国史院编修，历任镇平、内乡、南阳县令，官至尚书省掾、左司都事。金亡后不仕，著述甚丰，编有《东坡乐府集选》《唐诗鼓吹》和金诗总集《中州集》等。他诗、词、文、散曲、小说均有创作，以诗的成就最高。他年轻时即身历战乱，诗作反映了金元之际的社会现实和人民的苦难，有较强的现实内容。他的词也为金代之冠，题材广泛，有充实的内容。著有《元遗山先生全集》。

论诗绝句[①]（三十首选三）

其　七

慷慨歌谣绝不传[②]，穹庐一曲本天然[③]。中州万古英雄气[④]，也到阴山敕勒川[⑤]。

①题下作者自注："丁丑岁三乡作。"丁丑为金宣宗正定元年（1217）。三乡：今河南洛宁县三乡镇。作者效法杜甫《戏为六绝句》的形式，以诗评诗，对汉魏以来至宋的重要诗家发表评论，发表了他对诗歌创作的重要见解。　②"慷慨"句：古代北方敕勒族人民慷慨悲壮的诗歌传统中绝而没有流传下来。　③"穹庐"句：指北魏民歌《敕勒歌》："敕勒川，阴山下。天似穹庐，笼盖四野。天苍苍，野茫茫，风吹草低见牛羊。"天然，指自然真实，不事雕琢。　④中州：中原地区，今河南一带。　⑤敕勒川：在今大青山南境。（这首诗讲

北方鲜卑族的诗歌传统是以慷慨悲壮为特色。）

其　八

沈宋横驰翰墨场[①]，风流初不废齐梁[②]。论功若准平吴例[③]，合着黄金铸子昂[④]。

① 沈宋：指初唐诗人沈佺期、宋之问。他们所代表的靡丽诗风，曾一时笼罩诗坛。翰墨场：指诗坛。　②“风流”句：以沈宋为代表的初唐诗歌继承了南朝齐梁时代绮靡柔媚的诗风。　③“论功”句：《吴越春秋》载，春秋时范蠡辅助越王勾践灭掉吴国，越王为嘉奖他的功勋，为他用黄金塑像。这句说，如果以平吴论功为范蠡塑像作为标准的话。　④“合着”句：子昂，指初唐诗人陈子昂。他在唐初诗风转变上起了很好的作用，作者认为他的功劳很大，应该像越王奖赏范蠡那样，用黄金来为陈子昂塑像。（这首诗通过对初唐诗人沈佺期、宋之问和陈子昂的不同评价，批判了六朝唐初绮靡纤弱的诗风，而提倡一种爽朗刚健的诗风。）

其十二

望帝春心托杜鹃，佳人锦瑟怨华年[①]。诗家总爱西昆好[②]，独恨无人作郑笺[③]。

①“望帝”二句：唐李商隐《锦瑟》诗：“锦瑟无端五十弦，一弦一柱思华年。庄生晓梦迷蝴蝶，望帝春心托杜鹃。……”首句用李诗成句，次句用李诗首联句意。望帝，周末蜀国皇帝，号望帝，国亡身死，灵魂化为杜鹃，悲鸣不已。春心，指对某种美好事物的向往和追求。原诗语意隐晦，可能是借望帝魂化杜鹃的故事，以寄托诗人美好理想不能实现的愁恨。佳人，美好的人，喻指所追慕、怀想的人。意思是从凄哀的锦瑟声中不禁感叹自己的年华身世。　② 西昆：北宋初以杨亿、刘筠、钱惟演为代表的一个诗歌流派，作诗宗法李商隐，因唱和诗集编为《西昆酬唱集》而得名。　③ 郑笺：指东汉郑玄对《毛诗》《周礼》《仪礼》《礼记》《周易》《春秋》等经典的笺注。意思是李商隐和学习李商隐的西昆派诗，含义晦涩，很难索解，没有人能像郑玄给儒家经典作笺注那样作出精确深刻的解释。（这首诗对李商隐及在他影响下产生的西昆体诗提出了批评。）

岐　阳[①]（三首选一）

其　二

百二关河草不横[②]，十年戎马暗秦京[③]。岐阳西望无来信[④]，陇水东流闻哭声[⑤]。

野蔓有情萦战骨[⑥]，残阳何意照空城[⑦]。从谁细向苍苍问[⑧]，争遣蚩尤作五兵[⑨]？

①这组诗作于金哀宗正大八年（1231）。据《金史纪事本末》：正大八年春正月，蒙古兵围凤翔，四月凤翔陷。这组诗即作者哀凤翔陷落而作。岐阳，即凤翔。 ②“百二”句：《史记·高祖本纪》：“秦，形胜之国，带山河之险，悬隔千里，持戟百万，秦得百二焉。”《集解》引苏林注云：“行百中之二焉。秦地险固，二万人足以当诸侯百万人也。”关河，关塞山河。草不横，汉代终军自称“无横草之功”，颜师古注以为“横草”即是在草里走，使草倒伏。元好问用这个典故说明关河无人防守。 ③“十年”句：从金宣宗兴定五年（1221）蒙古兵攻金陕北，至凤翔城破（1231），共十一年，举成数，言“十年”。秦京，即指凤翔。因凤翔为秦地重镇。暗秦京，杜甫《愁》诗：“十年戎马暗万国。”全句是说，蒙古军长期进行侵略战争，使凤翔蒙受了巨大的灾难。 ④“岐阳”句：凤翔消息断绝，诗人十分焦急。 ⑤“陇水”句：陇水即陇头水。全句用《陇头歌辞》“陇头流水，鸣声呜咽。遥望秦川，心肝断绝”之意，意思是说战乱中凤翔人民流离失所，哭泣逃亡。这是纪实，据元好问《中州集》载雷琯《商歌十章序》里说：“客有自关辅来，言秦民之东徙者余数十万口，携持负戴，络绎山谷间。昼餐无糗糒，夕休无室庐，饥羸暴露，滨死无几。” ⑥“野蔓”句：写金兵战死，横尸野草丛中惨状。萦，缠绕。 ⑦“残阳”句：想象凤翔城破后被屠掠一空的惨状。残阳，夕阳。 ⑧苍苍：苍天。 ⑨争遣：怎遣，为什么遣。蚩尤：传说中黄帝时期作乱的部族首领，这里代指蒙古军。《史记·五帝本纪》：“蚩尤作乱，黄帝征师诸侯，与蚩尤战于涿鹿之野，遂禽杀蚩尤。”五兵，指戈、殳、戟、酋矛、夷矛五种兵器。作五兵，指发动战争。（这首诗描写了凤翔城被蒙古军攻陷时苦难人民流离失所和金兵横尸野草的惨状，并表现了诗人对侵略战争的谴责。）

壬辰十二月车驾东狩后即事[①]（五首选一）

其　二

惨淡龙蛇日斗争，干戈直欲尽生灵[②]。高原水出山河改[③]，战地风来草木腥。精卫有冤填瀚海[④]，包胥无泪哭秦廷[⑤]。并州豪杰今谁在[⑥]，莫拟分军下井陉[⑦]。

①壬辰：金哀宗天兴元年（1232）。这年正月，蒙古军围汴京（金朝的南京，今河南开封）。四月，金乞和，形势曾一度缓解。七月后和议断绝，汴京便长期被围。十二月，哀宗兵败，退走归德（今河南商丘）。车驾东狩（shòu）：指此。这时元好问任左司都事，居汴京围城中。 ②“惨淡”二句：是说蒙古军发动侵金战争，百姓消灭殆尽。惨淡，惨暗无色。龙蛇，《阴符经》有“天发杀机，龙蛇起陆”。《易》坤卦上六爻辞：“龙战于野，其

血玄黄。”这里以龙蛇比喻金和蒙古。日斗争，指绵延不绝的战争。生灵，百姓。 ③“高原”句：指自然界出现灾异现象，山河将要改色，喻指金朝将亡。《左传·桓公元年》：“秋大水。凡平原出水为大水。”旧注以为平原高地不积停雨水，也无泉水涌出，故“水不入于土而出于地上”，是一种灾异现象。 ④精卫：鸟名，又称冤禽。古代神话传说，炎帝的女儿女娃“游于东海，溺而不返”，后化为精卫，常衔西山木石，以填东海（见《山海经·北山经》）。据《金史·宣帝纪》载，贞祐二年（1214）三月，奉卫绍王公主归于大元太祖皇帝，是为公主皇后。翰海：指大沙漠。这里以精卫暗喻金卫绍王公主。就象精卫填海是个悲剧一样，卫绍王公主远度沙漠嫁给元太祖也不能挽救金朝的危亡，所以说“有冤”。 ⑤“包胥”句：包胥，申包胥，春秋时楚国大夫。吴攻楚都郢，情势危急，申包胥到秦国请求援助，在秦依廷墙而哭，七日不绝声，感动了秦哀公，终于发兵救楚。这里是说，即使有像申包胥那样的爱国志士，如今也是欲哭无泪了。《金史·世宗诸子琦传》载，金哀宗要派年幼的曹王作为人质，出使蒙古求和，他的叔父完颜琦认为曹王年幼，“恐不能办大事”，请求哀宗派自己做副使，或派自己出使。此句可能指这一史实。 ⑥“并州”句：感叹当时没有像西晋时刘琨那样能孤军奋战的爱国将领。西晋末，北方混乱，刘琨出任并州刺史，孤军苦斗，辗转始达治所。而当时哀宗出征兵败时，河朔诸帅拥重兵而不救。 ⑦“莫拟”句：更不打算分兵去攻打蒙古军了。莫拟，不打算。下，征服，占有。井陉（xíng），关名，在今河北井陉山上，形势险要。（这首诗抒发了作者在蒙古军包围汴京、哀宗东征兵败、人民遭受苦难，而又无人能挽救金亡的危局时无比悲愤的心情。）

癸巳五月三日北渡[①]（三首选一）

其　二

随营木佛贱于柴[②]，大乐编钟满市排[③]。虏掠几何君莫问[④]，大船浑载汴京来[⑤]。

①癸巳：金哀宗天兴二年（1233）。这年正月，金西面元帅崔立在汴京叛变，投蒙古汗国。四月，崔立将监国的梁王及宗室男女五百余人，押赴青城（在汴京东五里，今开封市郊）受蒙古处置。蒙古将领速不台杀二王及宗室，送后妃等于和林（在今蒙古人民共和国乌兰巴托西南）。四月二十九日，元好问以亡金故官出汴京，到达青城。五月三日，他与大批俘虏一起，被蒙古军拘系着北渡黄河到聊城（今山东聊城），这组诗即作于北渡途中。 ②营：蒙古军营。木佛：指被蒙古军掠夺的汴京城寺庙里的木雕佛像。这句和下句都是写蒙古军队对金国文化设施的破坏和掠夺。 ③大乐：宫廷音乐。编钟：古代乐器名，因大小不同而音阶各异，编排配套使用，用于宗庙祭祀及宫廷盛典。全句说，金太乐署里珍贵的宫廷乐器，被蒙古军劫掠后弃置满市。 ④几何：多少。 ⑤“大船”句：形容蒙古军队劫掠之狂肆，大船简直要把整个汴京都装走了。浑，简直。（这是一首战乱纪实诗，真实地记

录了金亡时蒙古军队肆意掠夺的罪行，充满了悲愤感情。）

*　　　　*　　　　*　　　　*　　　　*

摸鱼儿

乙丑岁赴并州①，道逢捕雁者，云："今旦获一雁，杀之矣。其脱网者悲鸣不能去，竟自投于地而死。"予因买得之，葬之汾水之上②，累石为识③，号曰雁丘。时同行者多为赋诗，予亦有《雁丘辞》。旧所作无宫商④，今改定之。

问人间情是何物，直教生死相许？天南地北双飞客⑤，老翅几回寒暑⑥！欢乐趣，离别苦、是中更有痴儿女⑦。君应有语⑧：渺万里层云，千山暮景，只影为谁去⑨！　横汾路⑩，寂寞当年箫鼓⑪，荒烟依旧平楚⑫。招魂楚些何嗟及⑬，山鬼自啼风雨⑭。天也妒，未信与、莺儿燕子俱黄土⑮。千秋万古，为留待骚人⑯，狂歌痛饮，来访雁丘处。

①乙丑：金章宗泰和五年（1205）。并（bīng）州：今山西太原市。　②汾（fén）水：水名，黄河支流，发源于宁武县管涔山，经太原市、新绛县，于河津县西入黄河。　③识（zhì）：通"誌（志）"，标志，记号。　④无宫商：指不协音律。宫、商、角、徵、羽是古代五级音阶的名称，因以宫商代指音律。　⑤双飞客：指雁。雁多结伴双飞，因本词咏情，故强调其双飞。　⑥几回寒暑：多少次寒暑，强调时间之久。故又名并飞之翅为"老翅"。　⑦是中：这中间，即雁群之中。痴儿女：痴情儿女。　⑧君：指殉情的雁。　⑨"渺万里"三句：这是悬拟的殉情之雁的遗言，意思是在渺远的万里云层之中，凄暗的暮色笼罩着千山，亲爱的情侣已经不在，孤零零的自己能与谁同去呢！　⑩横汾路：汉代帝王曾经到汾水上巡游。横汾路即横渡汾水之路。汉武帝《秋风辞》："泛楼船兮济汾河，横中流兮扬素波。"　⑪"寂寞"句：指汉代帝王巡游时的鼓乐之声已经绝响。　⑫平楚：即平林，平原上的树林。楚，丛木。　⑬招魂楚些（suò）：楚辞中有《招魂》，句尾用"些"字，故言"楚些"。招魂楚些，即用"楚些"招魂。何嗟及：即嗟何及，本《诗经·王风·中谷有蓷》"何嗟及矣"。　⑭山鬼：山神。自啼风雨：谓山鬼枉自哀啼，而不能使死雁复生。《楚辞·九歌·山鬼》："杳冥冥兮羌昼晦，东风飘兮神灵雨。"　⑮"天也妒"二句：谓雁为殉情而死，与莺、燕的死葬黄土不同；她因多情而为人所赞赏，连天也会产生嫉妒的。　⑯骚人：诗人。

水调歌头

赋三门津[1]

黄河九天上，人鬼瞰重关[2]。长风怒卷高浪，飞洒日光寒[3]。峻似吕梁千仞[4]，壮似钱塘八月[5]，直下洗尘寰[6]。万象入横溃[7]，依旧一峰闲[8]。　仰危巢[9]，双鹄过[10]，杳难攀[11]。人间此险何用，万古秘神奸[12]。不用燃犀下照[13]，未必佽飞强射[14]，有力障狂澜[15]。唤取骑鲸客[16]，挝鼓过银山[17]。

①三门津：即三门峡，在今河南省。《陕州志》："三门：中神门，南鬼门，北人门，惟人门修广可行舟。鬼门尤险，舟筏入者罕得脱。三门之广，约三十丈。" ②人鬼：指三门津的人、鬼二门。瞰：俯视。 ③"长风"二句：写长风卷浪、黄河咆哮的声威，浪花飞溅。连目光也变得寒冷了。 ④"峻似"句：写三门峡的高峻与千仞的吕梁山相似。吕梁山，主峰在今山西省离石县东北。《列子·黄帝》篇："孔子观于吕梁，悬水三十仞，流沫三十里，鼋鱼鳖之所不能游也。" ⑤壮：雄壮，壮丽。钱塘八月：每年八月钱塘江潮水腾涌，蔚为奇观。这句写黄河通过三门峡时水势之急。 ⑥尘寰：尘世。 ⑦横溃：洪水横流。 ⑧一峰：指砥柱山。闲：从容闲静，这里指岿然不动的样子。 ⑨仰：仰视。危巢：高巢。 ⑩鹄（hú）：鸟名，善高飞。 ⑪杳（yǎo）：杳冥，本指极远之处，这里极言其高。 ⑫"万古"句：是说三门峡的险要有如神鬼控制，永远奇奥莫测。 ⑬燃犀下照：《晋书·温峤传》："至牛渚矶，水深不可测。世云其下多怪物，峤遂燃犀角而照之。须臾，见水族复灭，奇形异状，或乘马车著赤衣者。" ⑭佽（cì）飞：汉代武官名，掌管弋射。 ⑮障狂澜：阻障狂澜。韩愈《进学解》："障百川而东之，回狂澜于既倒。" ⑯骑鲸客：指隐逸或仙游的文人。杨雄《羽猎赋》："乘巨鳞，骑京（鲸）鱼。" ⑰挝（zhuā）鼓：击鼓。银山：白浪腾空，高大如银山。

萨都剌

萨都剌（1272？—1355？），字天锡，号直斋，蒙古族人，答失蛮氏之后。祖父及父镇守云、代，因出生于雁门（今山西代县）。出身将门，却自幼生活贫困。元泰定四年（1327）进士及第，官至淮西廉访使经历。晚年辞官，寓居武林（今浙江杭州）。传说他曾参加过方国珍的农民起义军。他的诗清新绮丽，自成一家。词作不多而有名篇传世。著有《雁门集》。

上京即事[①]（五首选一）

其　一

牛羊散漫落日下[②]，野草生香乳酪甜。卷地朔风沙似雪，家家行帐下毡帘[③]。

①这组诗写于元顺帝元统元年（1333）。上京：上都，故址在今内蒙古自治区正蓝旗东闪电河北岸，在元代与大都（今北京）并称为两都。　②散漫：形容牛羊悠闲地散落在广大草原之上。　③行帐：毡帐，即蒙古包，因易于拆迁，故称行帐。（这首诗以清新活泼的笔调描写了北国的草原风光。）

百字令

登石头城[①]

石头城上，望天低吴楚[②]，眼空无物。指点六朝形胜地[③]，惟有青山如壁。蔽日旌旗，连云樯橹，白骨纷如雪[④]。一江南北，消磨多少豪杰。　寂寞避暑离宫[⑤]，东风辇路[⑥]，芳草年年发。落日无人松径里，鬼火高低明灭[⑦]。歌舞尊前[⑧]，繁华镜里[⑨]，暗换青青发[⑩]。伤心千古，秦淮一片明月[⑪]。

①石头城：在今南京市清凉山，即金陵城。②天低：极目远望，见天地相接，故云天低。吴楚：从石头城上东望为吴旧地，西望、北望为楚旧地。　③六朝形胜地：吴、东晋、宋、齐、梁、陈六朝，都建都于金陵（今南京）。形胜，指地理形势优越。　④“蔽日”三句：指从前在这里发生过多次战争，白骨遍野，纷乱横陈如雪。樯（qiáng）橹，指江上战船。　⑤离宫：行宫，古代帝王出行时临时居住的宫室。⑥辇（niǎn）路：宫中道路。⑦“落日”二句：写旧日辉煌繁华的宫殿，如今已变得荒芜冷落。里，一作“冷”。明灭，忽隐忽现。　⑧尊前：即樽前。古代宫中酒宴之前有歌伎舞女歌舞。　⑨繁华：指青春美丽的容颜。　⑩暗换青青发：不知不觉一头黑发都变白了。　⑪秦淮：秦淮河，横贯南京城，刘禹锡《石头城》：“淮水东边旧时月，夜深还过女墙来。”这里化用其意，指明月如旧，而六朝时的歌舞繁华景象却是一去不复返了。（这首词用苏轼《念奴娇·赤壁怀古》原韵，写词人登上石头城的所见所感，追怀古事，叹昔日繁华已去，又暗伤岁月流逝。在怀古中显然含寓了对现实生活和个人遭遇的感叹。）

王冕

王冕（？—1359），字元章，诸暨（今浙江诸暨）人。幼时家贫，借佛寺刻苦攻读，成通儒。应进士试不第，又拒荐举，曾隐居鉴湖，以布衣终生。工于画梅，又长于诗。诗中表现了对人民痛苦生活的同情，揭露统治阶级的腐化和骄奢，并抒发了蔑视功名利禄的高洁情怀。诗风质朴自然。著有《竹斋诗集》。

墨梅

我家洗砚池头树，个个花开淡墨痕①。不要人夸好颜色，只留清气满乾坤②。

①淡墨痕：因由洗砚池水浇灌而开花，花朵上便显出淡淡的墨痕。②“只留”句：只求得将纯朴清香之气充满于天地之间。（这首诗咏梅，实际是自抒怀抱，表现了诗人高洁的品格和节操。）

悲苦行

悲风吹茅附空屋，老乌号鸣屋上木①。谁家男子从远征②，父母妻孥相送哭③。哭声呜咽已别离，道旁复对行人悲。去者一心事，归者百感随。前年鬻大女④，去年卖小儿，皆因官税迫，非以饥所为⑤。布衣磨尽草衣拆⑥，一冬幸喜无霜雪。今年老小不成群⑦，赋税未知何所出。昨夜忽惊雷破山，北来瀑雨如飞湍⑧。此时江南正六月，酸风入骨生苦寒⑨。东村西村无火色⑩，凝云著地如墨黑⑪。聩翁瞽妪相唤忙⑫，屋漏床床眠不得⑬。开门不敢大声语，门外磨牙多猛虎⑭。自来住此十世余，古老未尝罹此苦⑮。我感此情重叹吁⑯，不觉泪下沾裳裾⑰。安得壮士挽天河，一洗烦郁清九区⑱，坐令尔辈皆安居⑲。

①屋上木：指房梁。因屋破茅坠，故老乌能号于屋梁之上。②从远征：从军远去。③孥（nú）：儿女。④鬻（yù）：卖。⑤非以饥所为：并非因为饥荒造成的。⑥草衣：用草编织成的衣。拆：破损。⑦不成群：谓不能全家团聚。因有人投军远去，所以这样说。⑧飞湍（tuān）：急流。⑨酸风：刺骨的寒风。⑩无火色：指断火停炊。⑪凝云著地：浓重的黑云压得很低。著，同“着”。⑫聩（kuì）：耳聋。瞽（gǔ）：目盲。⑬床床：每

一张床。 ⑭猛虎：指凶狠敲剥百姓的官吏。 ⑮罹（lí）：遭受。 ⑯叹吁（xū）：叹息。 ⑰裳（cháng）裾（jū）：裳指下衣，裾指衣襟，这里泛指胸前的衣服。 ⑱九区：即九州，指全国。 ⑲坐：遂，将。令：使。（这首诗反映了元代人民在兵役和赋税的摧残剥削下悲苦的生活情景，表达了作者深切的同情。）

杨维桢

杨维桢（1296—1370），字崖夫，号铁崖，会稽（今浙江绍兴）人。泰定四年（1327）进士及第。历任天台尹、钱清场盐司令及江西等处儒学提举。元末避居富春山、钱塘、苏州等地。入明后不仕。创作以诗歌为主，尤擅古乐府，在当时颇有影响，称为“铁崖体”。著有《复古诗集》及《铁崖先生古乐府》。

海乡竹枝词（四首选二）

其　一

潮来潮退白洋沙，白洋女儿把锄耙。苦海熬干是何日？免得侬来爬雪沙。

其　三

颜面似墨双脚赪①，当官脱裤受黄荆②。生女宁当嫁盘瓠③，誓莫近嫁东家亭④。

①赪（chēng）：赤色。 ②脱裤受黄荆：遭受杖刑。 ③盘瓠：指边远地区的少数民族。 ④东家亭：邻近的煮盐人家。亭，亭户，即灶户，海边以煮盐为业的人家。（这是一组带有民歌风味的诗歌，反映了海边盐场女儿的悲苦生活。）

四　金诸宫调

董解元

董解元，姓董，解元是金、元时代人们对读书人的敬称。生平事迹不可详考。元钟嗣成《录鬼簿》称他是“大金章宗时（1190—1208）人”。有《西厢记诸宫调》传世。

西厢记诸宫调①

小亭送别

后数日，生行，夫人暨②莺送于道，法聪与焉。经于蒲西十里小亭置酒。悲欢离合一樽酒，南北东西十里程。

【大石调】【玉翼蝉】蟾宫客③，赴帝阙④，相送临郊野。恰俺与莺莺，鸳帏暂相守，被功名使人离缺。好缘业⑤！空悒怏⑥，频嗟叹，不忍轻离别。早是恁凄凄凉凉，受烦恼，那堪值暮秋时节！雨儿乍歇，向晚风如漂冽⑦，那闻得衰柳蝉鸣凄切！未知今日别后，何时重见也，衫袖上盈盈，揾⑧泪不绝。幽恨眉峰暗结。好难割舍，纵有千种风情，何处说⑨？

【尾】莫道男儿心如铁，君不见满川红叶，尽是离人眼中血！

【越调】【上平西缠令】景萧萧，风淅淅⑩，雨霏霏，对此景怎忍分离？仆人催促，雨停风息日平西。断肠何处唱《阳关》⑪？执手临岐。蝉声切，蛩⑫声细，角声韵⑬，雁声悲，望去程依约天涯⑭。且休上马，苦无多泪与君垂。此际情绪你争知⑮，更说甚湘妃⑯！

【斗鹌鹑】嘱咐情郎："若到帝里[17]，帝里酒酽花秾[18]，万般景媚，休取次[19]共别人，便学连理[20]。少饮酒，省游戏，记取奴言语，必登高第。专听着伊家[21]，好消好息；专等着伊家，宝冠霞帔。妾守空闺，把门儿紧闭；不拈丝管，罢了梳洗。你咱是必[22]，把音书频寄。"

【雪里梅】"莫烦恼，莫烦恼！放心地，放心地！是必是必，休恁做病做气[23]！""俺也不似别的，你情性俺都识。临去也，临去也！且休去，听俺劝伊。"

【错煞】"我郎休怪强牵衣，问你西行几日归？着[24]路里小心呵，且须在意。省可里[25]晚眠早起，冷茶饭莫吃，好将息[26]，我倚着门儿专望你。"

生与莺难别。夫人劝曰："送君千里，终有一别。"

【仙吕调】【恋香衾】冉冉征尘动行陌[27]，杯盘取次安排。三口儿连法聪，外更无别客。鱼水似夫妻正美满，被功名等闲离拆。然[28]终须相见，奈[29]时下难捱。君瑞啼痕污了衫袖，莺莺粉泪盈腮。一个止不定长吁，一个顿不开眉黛。君瑞道"闺房里保重"，莺莺道"途路上宁耐[30]"。两边的心绪，一样的愁怀。

【尾】仆人催促怕晚了天色，柳堤儿上把瘦马儿连忙解。夫人好毒害[31]，道："孩儿每回取个坐车儿来[32]。"

生辞。夫人及聪皆曰："好行！"夫人登车。生与莺别。

【大石调】【蓦山溪】离筵已散，再留恋应无计。烦恼的是莺莺，受苦的是清河君瑞。头西下控着马，东向驭坐车儿[33]。辞了法聪，别了夫人，把樽俎[34]收拾起。 临上马，还把征鞍倚。低语使红娘，"更告[35]一盏以为别礼"。莺莺君瑞，彼此不胜愁，厮觑者[36]，总无言，未饮心先醉。

【尾】满斟离杯长出口儿气，比及[37]道得个"我儿将息"，一盏酒里，白泠泠的滴彀[38]半盏儿泪。

夫人道："教郎上路，日色晚矣！"莺啼哭，又赋诗一首赠郎。诗曰："弃置今何道[39]，当时且自亲。还将旧来意，怜取眼前人。"

【黄钟宫】【出队子】最苦是离别，彼此心头难弃舍。莺莺哭得似痴呆，脸上啼痕都是血，有千种恩情何处说？ 夫人道："天晚教郎疾去。"怎奈红娘心似铁，把莺莺扶上七香车[40]。君瑞攀鞍空自攧[41]，道得个"冤家[42]宁耐些"。

【尾】马儿登程，坐车儿归舍；马儿往西行，坐车儿往东拽：两口儿一步儿离得远如一步也！

① 诸宫调：宋金时期流行于民间的一种说唱文学形式。它取同一宫调中的若干曲牌联成短套，再用不同宫调组成的许多短套联成长篇，以演唱一个完整的故事。因演唱时以琵琶等乐器伴奏，所以又称为“弦索”或“挡弹词”。董解元的《西厢记诸宫调》，是演述张生和崔莺莺的爱情故事的，取材于唐代元稹的《莺莺传》。这是迄今保存最完整的一部诸宫调作品。后人为与元代王实甫的杂剧《西厢记》区别，简称为《董西厢》。《董西厢》有说有唱，唱的部分用了十四种宫调的一百九十三套组曲，结构宏伟，全长五万余字。《董西厢》共八卷，《小亭送别》选自第六卷，题目为后人所拟。 ② 暨（jì）：和，同。 ③ 蟾宫客：科举时代把科考得中比作“蟾宫折桂”，因此称赴考的举子为“蟾宫客”，这里指张生。蟾宫，月宫。 ④ 帝阙：宫门，这里代指京城。 ⑤ 缘业：即业缘。“业”同“孽”。好缘业即好事多磨之意。 ⑥ 悒（yì）怏（yàng）：忧闷不乐貌。 ⑦ 向晚风：傍晚时的风。如漂冽：寒冷得像在水里一样。一说“漂冽”当作“凛冽”，指寒气。 ⑧ 揾（wèn）：揩拭。 ⑨“纵有”二句：用柳永《雨霖铃》“便纵有千种风情，更与何人说”句意。 ⑩ 淅（xī）淅：风声。 ⑪《阳关》：即《阳关三叠》，古人离别时所唱的歌曲。 ⑫ 蛩（qióng）：蟋蟀。 ⑬ 韵：声音和谐，这里指悠长不绝。 ⑭ 依约：依稀。天涯：形容极远之处。 ⑮ 争知：怎知。 ⑯ 湘妃：古代神话：娥皇、女英为舜的两个妃子，舜南巡死于苍梧，二妃溺于湘水，为湘水之神，称为湘妃。这里以湘妃的悲伤比喻自己的愁苦。 ⑰ 帝里：指京城。 ⑱ 酒酽（yàn）：形容酒极醇浓。花秾：形容花开得很茂盛。 ⑲ 取决：随便。 ⑳ 连理：不同根的草木，其枝干连生在一起，比喻男女不可分割的爱情。 ㉑ 伊家：即你家。“家”是人称代词词尾。 ㉒ 你咱：即你。“咱”是人称代词词尾。是必：一定。 ㉓ 休恁做病做气：不要这样惹病惹气。 ㉔ 着：吩咐。“着”后省一“你”字。 ㉕ 省可里：休要。 ㉖ 将息：保重，保养。 ㉗ 冉冉征尘：形容风卷尘土渐渐远去的样子。这是难于离别而产生的想家之词。行陌：行旅的道路。 ㉘ 然：虽然，纵然。 ㉙ 奈：无奈。 ㉚ 宁耐：忍耐。 ㉛ 好毒害：好狠心。 ㉜“孩儿每”句：吩咐仆人准备套车回去。 ㉝“头西下”二句：张生将骑西去，莺莺将随夫人坐车东归，形容最后分途作别。 ㉞ 樽：酒器。俎（zǔ）：食器。 ㉟ 更告：再求。 ㊱ 厮觑（qù）者：相互看着。 ㊲ 比（bì）及：等到。 ㊳ 彀：同“够”。 ㊴“弃置”四句：这首诗在《莺莺传》中原是莺莺谢绝张生而作，此处借作送别。 ㊵ 七香车：古代贵族官僚人家妇女乘坐的彩车，用香木制成。 ㊶ 攧（diān）：这里指顿脚的动作。 ㊷ 冤家：对相爱的人的昵称。（这一段曲词，通过张生和莺莺离别时难舍难分情景的渲染，写出了这对恋人相爱之深，也揭露了夫人的冷酷无情。客观的物象跟人物的心境融合在一起，构成了强烈的艺术感染力。）

五　元代散曲

关汉卿

关汉卿，号已斋（一说名一斋，字汉卿），大都（今北京）人，一说祁州（今河北安国县）人。生卒年不可确考，大约生于金末，卒于元成宗大德年间（1300年左右）。他大概是当时太医院所属的一个医户，本人可能会行医，也可能不会。他活动的地区主要在大都，也曾到过汴梁，南宋亡后还到过临安，是一位生活落拓而不肯仕进的知识分子，熟悉下层人民的生活，一生致力于戏剧创作。今见于著录的杂剧六十五本，存十八本。著名的有《窦娥冤》《救风尘》《望江亭》《单刀会》等。他的剧作反映了元代黑暗的现实生活，歌颂了人民的反抗斗争精神，有很强的现实性和战斗性。在杂剧艺术上也取得了杰出的成就。除杂剧外，也创作散曲，今存小令五十七首，套曲十四套，多反映他的个人生活与性格特征，成就不及杂剧。有今人吴晓铃等编校的《关汉卿戏曲集》。

〔南吕〕一枝花①

不伏老

【一枝花】攀出墙朵朵花②，折临路枝枝柳。花攀红蕊嫩③，柳折翠条柔。浪子风流，凭着我折柳攀花手④，直煞得花残柳败休。半生来折柳攀花，一世里眠花卧柳⑤。

【梁州第七】我是个普天下郎君领袖⑥，盖世界浪子班头⑦。愿朱颜不改常依旧，花中消遣，酒内忘忧；分茶攧竹⑧，打马藏阄⑨，通五音六律滑熟⑩，甚闲愁到我心头。伴的是银筝女银台前理银筝笑倚银屏⑪，伴的是玉天仙携玉手并玉肩同登玉楼⑫，伴的是金钗客歌金缕捧金樽满泛金瓯⑬。你道我老也暂休⑭，占排场风月功名首⑮，更玲珑又剔透⑯。我是个锦阵花营都帅头⑰，曾玩府游州。

【隔尾】子弟每是个茅草岗沙土窝初生的兔羔儿乍向围场上走⑱，我是个经笼罩受索网苍翎毛老野鸡蹅踏的阵马儿熟⑲。经了些窝弓冷箭铁枪头⑳，不曾落人后。恰不道“人到中年万事休”，我怎肯虚度了春秋㉑。

【尾】我是个蒸不烂煮不熟捶不扁炒不爆响珰珰一粒铜豌豆㉒，恁子弟每谁教你钻入他锄不断斫不下解不开顿不脱慢腾腾千层锦套头㉓。我玩的是梁园月㉔，饮的是东京酒㉕，赏的是洛阳花㉖，攀的是章台柳㉗。我也会吟诗，会篆籀㉘；会弹丝㉙，会品竹㉚；我也会唱鹧鸪㉛，舞垂手㉜；会打围㉝，会蹴踘㉞；会围棋，会双陆㉟。你便是落了我牙，歪了我口，瘸了我腿，折了我手，天赐与我这几般儿歹症候㊱，尚兀自不肯休㊲。则除是阎王亲自唤，神鬼自来勾，三魂归地府，七魄丧冥幽㊳，天哪，那其间才不向烟花路儿上走㊴！

①〔南吕〕一枝花：〔南吕〕是宫调名，《一枝花》是〔南吕〕宫中常用的套数。一般以《一枝花》《梁州第七》《尾声》三支曲子组成。本套因为加了一支曲子，故《尾声》改为《隔尾》。这一套数以首曲《一枝花》命名，称《一枝花》套。 ②“攀出”二句：这里的“出墙花”和“临路柳”都是指妓女。 ③红蕊嫩：喻指妓女的年轻美貌。下句“翠条柔”意同。 ④折柳攀花手：指狎妓老手。 ⑤“半生来”二句：指一辈子也不会改变狎妓的生活。 ⑥郎君领袖：浪荡公子的头儿。 ⑦浪子：与上句“郎君”意同，指狎妓的人。班头：下层人民中各种行业的头领。 ⑧分茶：品评茶味以分等次的活动，可能当时妓院中经常进行，将茶沏好后分注于小杯中，分别请狎客饮尝。一说分茶为烹茶的一种方法。攧（diān）竹：是一种赌博性质的抽签活动。攧是摇动的意思，竹签上有字，摇出竹签以决胜负。 ⑨打马藏阄（jiū）：都是古代的两种博戏。打马即打双陆。双陆是一种棋名，黑白棋子各十五枚，称为黑马、白马，各沿棋盘上所定路线前行，先走到对方的为胜。藏阄亦称藏钩，参加活动的人分为两方，一方将钩藏在手里，另一方猜，猜中为胜。 ⑩五音：指宫、商、角、徵、羽。六律：指黄钟、太簇、姑洗、蕤宾、夷则、无射，是十二律中的阳声之律。滑熟：非常熟悉。 ⑪银筝女：弹拨银筝的歌女。 ⑫玉天仙：形容妓女的美丽姣好。句中的“玉”字都是美好的意思。 ⑬金钗客：插戴金钗的人，指修饰华艳的歌女。金缕：曲调名，即《金缕衣》。又，词调《贺新郎》又名《金缕曲》。金瓯：盛酒的金杯，这里转义为指酒。 ⑭老也暂休：年龄老了就该退下来，意即不能再作风月场中的首领。 ⑮“占排场”句：指在演戏及其他伎艺的表演上都是杰出人物。排场，即做场，指戏剧演出或其他伎艺的表演。 ⑯玲珑剔透：指伎艺十分精巧熟练。 ⑰锦阵花营：指歌儿舞女活动的场所，或说在歌儿舞女群中。都帅头：总头

领。⑱子弟每：子弟指风流子弟，花花公子。每，同“们”。围场：打猎的场所。⑲“我是个”句：“经笼罩受索网”云云，是指经过考验和锻炼的。蹅（chǎ）踏，糟踏，践踏。阵马儿熟，指有应付猎人的经验。这句意思是说在风月场中他处处超过年轻人（即“子弟每”）。⑳窝弓：猎人捕兽时暗藏的弓箭。㉑春秋：岁月。㉒“我是个蒸不烂”句：这里以铜豌豆作比喻，说明自己经得起一切磨难和考验。㉓恁：你们。他：指风月场中的艺人妓女。锦套头：网套，用以比喻妓女笼络嫖客的手段。㉔梁园：汉代梁孝王所建的兔园，在今河南开封附近，有池馆林木。这里代指名胜之地。㉕东京：可能是指宋代的东京，即汴京（今河南开封）。金设有东京路，辖境相当于今辽宁东部和吉林东南部地区，但从关汉卿的行迹看，不可能是指金东京。亦可理解为泛指名都，不必拘泥指实。㉖洛阳花：洛阳产花，以牡丹为最著名。㉗章台柳：章台是汉代长安的街名，为娼妓所居之处。唐韩翃有《寄柳氏》词：“章台柳，章台柳，昔日青青今在否？纵使长条似旧垂，也应攀折他人手。”（见孟棨《本事诗》）㉘会篆（zhuàn）籀（zhòu）：会写字。篆和籀都是古代的书体名，籀相传为周宣王时太史所造。篆在这里作动词用。㉙弹丝：演奏弦乐器。㉚品竹：演奏管乐器。㉛鹧鸪：曲调名。㉜垂手：舞蹈名。㉝打围：打猎。㉞蹴（cù）踘（jū）：踢球。㉟双陆：古代一种博戏名，又称十二棋。参见前⑨打马注。㊱歹症候：指前面所说喜爱歌、舞、球、棋等癖好。㊲尚兀自：尚自，仍然。㊳冥幽：阴间。迷信以为人死后到了阴间。㊴那其间：那时候。以上六句说，只有死才能改变自己的爱好和习性。（这首套曲生动率直地表现了关汉卿与下层歌女演员之间的亲密关系，以及他多才多艺的慧质和放浪不羁的性格，使我们从一个侧面看出他在戏曲艺术上取得杰出成就的原因。他肯定并大胆渲染眠花宿柳、追欢逐乐的生活，是有其特定历史条件和特定内容的，在今天不足为训。）

〔南吕〕四块玉①

别　情

自送别，心难舍，一点相思几时绝。凭阑袖拂杨花雪②：溪又斜，山又遮，人去也。

①〔南吕〕：宫调名。四块玉：散曲曲名。以下各首准此，不再另注。②杨花雪：如雪的杨花。说明凭阑远望，思念自己的心上人，时间是杨花飞舞的暮春。（这首曲词抒写了别情愁绪。）

白 朴

白朴（1226—1306），字太素，一字仁甫，号兰谷。原籍隩州（今山西河曲），后移居真定（今河北正定）。父白华，在金朝任枢密院判官。白朴幼年时适逢蒙古统治者灭金，身历丧乱，母被虏，父又适远方，后随父亲的朋友元好问北渡黄河避乱。他在思想和文学方面都受到元好问的影响。金亡后他放浪形骸，郁郁不乐。有人荐举他到元朝做官，他辞谢不就。元灭南宋后他徙家金陵，诗酒优游，放情山水。他的杂剧创作在当时很有名，与关汉卿、马致远、郑光祖合称为元曲四大家。所著杂剧十六种，今存三种：《梧桐雨》《墙头马上》《东墙记》。有词集《天籁集》，他的散曲作品附于词集后，名“摭遗”（清初杨友敬掇拾编辑），存小令三十六首，套数四套。杂剧与散曲都以绮丽婉约为主要风格特色。

〔双调〕沉醉东风

渔 夫

黄芦岸白蘋渡口①，绿杨堤红蓼滩头②。虽无刎颈交③，却有忘机友④，点秋江白鹭沙鸥⑤。傲煞人间万户侯⑥，不识字烟波钓叟。

① 白蘋：又名大萍，生于浅水中，夏天开白花。 ② 红蓼（liǎo）：草本植物名，多生于水边，花呈淡红色。 ③ 刎颈交：旧时代谓同生共死的患难之交。 ④ 忘机友：彼此间以诚相待，没有机心的朋友。古有鸥鹭忘机的故事（见《列子·黄帝》），说没有机心的人，连鸟类都愿跟他交朋友。 ⑤ 白鹭：即鹭鸶，水鸟名，羽白，腿长。沙鸥：水鸟名，善飞。 ⑥“傲煞”句：对人间富贵表示出极大的藐视。煞，极。万户侯，食邑万户之侯，这里借指大官。（这首曲子歌颂了渔夫自由自在、无忧无虑的生活，并表现出对功名利禄的轻视，从中寄寓了作者的隐逸思想。）

马致远

马致远（约 1250—1321 至 1324 间），号东篱，大都（今北京市）人。曾任江浙行省务官，晚年退隐山林，以诗酒自娱。与关汉卿、郑光祖、白朴并称为元曲四大家。著有杂剧十五种，今存《汉宫秋》《荐福碑》《岳阳楼》《黄粱梦》《陈抟高卧》

《青衫泪》《任风子》七种。他在当时大都的元贞书会中是一位杰出的作者，被推为“曲状元”。散曲有今人任中敏辑录的《东篱乐府》一卷，存小令一百十五首，套数二十二曲及残曲。多为“叹世”之作，抒发了作者怀才不遇、愤世疾俗的感情。描写自然风景的作品最有特色。

〔越调〕天净沙

秋　思

枯藤老树昏鸦[①]，小桥流水人家，古道西风瘦马[②]。夕阳西下，断肠人在天涯[③]。

①昏鸦：黄昏时归巢的乌鸦。　②古道：古老荒凉，行人稀少的道路。　③断肠人：飘泊在外，思家而不得归的伤心人。（这首小令通过以景传情的手法，将客观的环境、景色与作者主观的心境、感受融合为一体，创造出一种充满凄清孤寂之感的艺术境界，抒发了飘泊天涯的游子思家而不得归的惆怅心情。）

张养浩

张养浩（1270—1329），字希孟，号云庄，山东济南人。初出仕，担任过监察御史、礼部尚书、参议中书省事等职。他为官清正，直言敢谏，因得罪当权者，便弃官归隐。元文宗天历二年（1329），关中大旱，他被征为陕西行台中丞，到关中治旱救灾，因勤劳公事，死于任所。他的散曲多创作于辞官归里之后，许多作品在对隐居生活的讴歌中透露了对仕途险恶的不满；另一些作品表现了对人民疾苦的关怀并揭露了统治阶级的罪恶，在元代曲家中是很难得的。在艺术上自然流畅，较少雕琢。著有散曲集《云庄休居自适小乐府》，简称《云庄乐府》。

〔中吕〕山坡羊

潼关怀古[①]

峰峦如聚[②]，波涛如怒[③]，山河表里潼关路[④]。望西都[⑤]，意踟蹰[⑥]。伤心秦汉经行处⑦，宫阙万间都做了土⑧。兴，百姓苦；亡，百姓苦。

①潼关：关名，在今山西省潼关县。关城雄踞山腰，下临黄河，地势险要，为古代兵家必争之地。 ②如聚：形容山峰的密集。 ③如怒：形容黄河波涛的汹涌澎湃。 ④“山河”句：说潼关依山临水，地理形势极为险要。 ⑤西都：东汉建都洛阳，称为东都，因称长安为西京或西都。这里指古都长安。 ⑥踟（chí）蹰（chú）：本意为犹豫，引申为心潮起伏，感到十分悲伤。 ⑦秦汉经行处：指西望所见秦汉以来的历史旧迹。 ⑧“宫阙”句：指无数的皇帝宫殿因历史的荡涤而化为尘土。（这首曲词写作者登潼关所见，抚今追昔，从历代王朝的兴亡替废，想到人民的痛苦，表现了作者对历史的思索和对苦难人民的同情。）

睢景臣

睢景臣，字景贤，生卒年不详。元成宗大德年间在世。扬州人。曾写过《屈原投江》《牡丹记》《千里投人》三部杂剧，都没有流传下来。散曲今仅存套曲三首和几句残句，但他的〔般涉调·哨遍〕《高祖还乡》却使他在散曲史上占有不容忽视的地位。

〔般涉调〕哨遍

高祖还乡①

【**哨遍**】社长排门告示②，但有的差使无推故③。这差使不寻俗④：一壁厢纳草除根⑤，一边又要差夫⑥，索应付⑦。又言是车驾，都说是銮舆⑧，今日还乡故。王乡老执定瓦台盘⑨，赵忙郎抱着酒葫芦⑩。新刷来的头巾⑪，恰糨来的绸衫⑫，畅好是妆么大户⑬。

【**耍孩儿**】瞎王留引定火乔男女⑭，胡踢蹬吹笛擂鼓⑮。见一彪人马到庄门⑯，匹头里几面旗舒⑰。一面旗白胡阑套住个迎霜兔⑱，一面旗红曲连打着个毕月乌⑲，一面旗鸡学舞⑳，一面旗狗生双翅㉑，一面旗蛇缠葫芦㉒。

【**五煞**】红漆了叉㉓，银铮了斧㉔，甜瓜苦瓜黄金镀㉕。明晃晃马鐙枪尖上挑㉖，白雪雪鹅毛扇上铺㉗。这几个乔人物，拿着些不曾见的器仗，穿着些大作怪衣服㉘。

【**四煞**】辕条上都是马㉙，套项上不见驴㉚，黄罗伞柄天生曲㉛。车前八个天曹判㉜，车后若干递送夫[33]。更几个多娇女[34]，一般穿着，一样妆梳。

【三煞】那大汉下的车[35]，众人施礼数[36]。那大汉觑得人如无物[37]。众乡老展脚舒腰拜，那大汉挪身着手扶。猛可里抬头觑[38]，觑多时认得，险气破我胸脯！

【二煞】你身须姓刘[39]，你妻须姓吕[40]，把你两家儿根脚从头数[41]。你本身做亭长耽几盏酒[42]，你丈人教村学读几卷书。曾在俺庄东住，也曾与我喂牛切草，拽坝扶锄[43]。

【一煞】春采了桑[44]，冬借了俺粟，零支了米麦无重数[45]。换田契强秤了麻三秤[46]，还酒债偷量了豆几斛[47]。有甚胡突处[48]？明标着册历[49]，见放着文书[50]。

【尾声】少我的钱差发内旋拨还[51]，欠我的粟税粮中私准除[52]。只道刘三[53]，谁肯把你揪捽住[54]？白甚么改了姓、更了名、唤做汉高祖[55]！

①高祖：汉高祖刘邦。高祖十二年（前195），刘邦平定英布后，凯旋而归，经过故乡沛县，志得意满，威风凛凛，这首套曲毫不留情地揭露了他的可笑和可耻的本来面目。 ②社长：基层小吏。社是古代地方基层组织的单位，设有社长，以负责管理事务。元代乡村组织约五十家为一社。排门告示：挨家通知。 ③但有的：凡是摊派下来的。无推故：不得借故推脱。 ④不寻俗：不同寻常。 ⑤一壁厢：一边。纳草除根：交纳草料要去掉草根。 ⑥差夫：服劳役的民夫。 ⑦索：须。 ⑧车驾、銮（luán）舆：前者指皇帝出行时的车马仪仗，后者指皇帝出行时所用的车子，这里都代指皇帝。 ⑨乡老：在当地年长而较有地位的人。瓦台盘：陶制的用来奉献贡品的高盘。 ⑩忙郎：宋元时期俗语，指牧童，又写作芒郎。这里是对社长仆役的戏称。酒葫芦：用葫芦做成的酒器。 ⑪新刷来的：新洗过的。 ⑫恰：刚刚。糨（jiàng）：旧时洗衣为求干后挺直，在清洗完后再浸入掺有米汤之类的水里称为糨。 ⑬畅好是：真正是。妆幺大户：装模做样的大户。 ⑭瞎王留：乡村人物的浑名。火：同“伙”。乔：装腔做势。 ⑮胡踢蹬：胡乱地。 ⑯一彪（biāo）：一彪，一队。 ⑰匹头：劈头，当头。舒：展开。 ⑱白胡阑：即白环。胡阑的合音为“环”。迎霜兔：白色的兔子。这句写月旗。传说月亮里有白兔捣药，所以这里用白环里套着个兔子来进行调侃。 ⑲红曲连：即红圈。曲连的合音为“圈”。毕月乌：传说太阳里有三足乌鸦，因以毕月乌代指太阳。这句写日旗。 ⑳鸡学舞：写凤旗。 ㉑狗生双翅：写飞虎旗。 ㉒蛇缠葫芦：写蟠龙旗。 ㉓红漆了叉：涂上红色的叉。叉和下句中的斧都是仪仗中的兵器。 ㉔银铮：镀了银的。 ㉕“甜瓜”句：写金瓜锤。 ㉖“明晃晃”句：写朝天镫。镫，马镫。 ㉗“白雪雪”句：写鹅毛宫扇。鹅毛之白好似铺了雪一样。 ㉘大作怪：怪里怪气的。 ㉙辕条：驾车用的辕木。 ㉚套顶：牲口拉车时套在脖颈上的圈套和绳子。不见驴：指没有用驴拉车。这是写车驾的异样，与农村日常所见不同。 ㉛黄罗伞：皇帝乘舆所用的车盖，称“曲盖”，形如一把曲柄大伞。 ㉜天曹判：天上的判官，写皇帝侍从的可怕形象。 ㉝递送夫：

指奔前跑后侍候皇帝生活的随从。㉞多娇女：娇态媚人的妇女，指随驾的嫔妃宫女。㉟大汉：对刘邦的蔑称。㊱施礼数：行礼。㊲觑（qù）：看。㊳猛可里：突然间。㊴须：应该。㊵你妻：指吕后，姓吕名雉。㊶根脚：根底，底细。数（shǔ）：列举，揭露。㊷亭长：秦时十里为一亭，十亭为一乡，亭设亭长。刘邦发迹前曾担任过泗水亭长的职务。耽（dān）：嗜好，沉迷。㊸拽（zhuài）坝：拉耙。坝，通“耙”。㊹采：这里当指刘邦偷采或强行采。㊺零支：零星借支。无重数：数不清。㊻“换田”句：是说刘邦因换田契缺钱，曾强行向他借了三秤麻。第一个“秤”（chēng）字作动词用，是称重量的意思；第二个“秤”字是名词作量词用。㊼斛：量器名。古以十斗或五斗为一斛。㊽胡突：胡涂。㊾册历：账本。㊿见：同“现”。文书：契约，借据。(51)“少我的”句：是说过去借的钱要在现在摊派的官差钱里扣除。差发，当官差。旋，立即。(52)私准除：私下里扣除。(53)刘三：刘邦排行第三，称他刘三，是藐视他的地位。(54)捽（zuó）：揪。(55)白甚么：凭什么，即平白无故地。（这首散套是元代曲中的讽刺杰作。作品以辛辣的语言，生动的描绘，剥掉了刘邦至尊天子的外衣，还他以一个流氓无赖的本来面目。处处以村民眼中所见描写，越是渲染他的威风气派，就越是煞他的风景。嬉笑怒骂，痛快淋漓，表现出一种幽默诙谐的独特风格。）

乔　吉

乔吉（？—1345），一作乔吉甫，字梦符，号笙鹤翁，又号惺惺道人。太原（今山西太原）人，流寓杭州。“美容仪，能辞章，以威严自饬，人敬畏之。”（《录鬼簿》）作杂剧十二种，今仅存《扬州梦》《金钱记》《两世姻缘》三种。散曲创作成就较杂剧为高，与张可久齐名。散曲内容多写他寄情山水、以诗酒自娱的生活。他精于音律，散曲风格婉丽奇峻，文辞精炼，雅俗共赏。今存小令二百一十首，套数十一首。有明代李开先所辑《乔梦符小令》一卷及无名氏辑《文湖州集词》一卷。

〔双调〕水仙子

重观瀑布①

天机织罢月梭闲，石壁高垂雪练寒②。冰丝带雨悬霄汉③，几千年晒未干。露华凉人怯衣单④。似白虹饮涧⑤，玉龙下山，晴雪飞滩⑥。

①作者〔双调·水仙子〕有《乐清白鹤寺瀑布》一首，故题《重观瀑布》。乐清，指

浙江乐清县。 ②“天机”二句：将高垂石壁的瀑布想象为天上的织女织出的白绢，将运行于天际的月亮想象为天机上的梭子。 ③霄汉：犹云汉，天河。这句又想象飞溅的冰丝雨珠是从天河倾泻而下的。 ④露华：露水。 ⑤白虹饮涧：天上白色的虹飞到溪涧来饮水。 ⑥晴雪：形容水珠的明亮晶莹。（这首曲词通过大胆丰富的艺术想象，写出了瀑布从高空飞泻而下的动人景象，并传达出了作者的独特感受，创造了一种既飞动而又清凉洁白的艺术境界。）

刘时中

刘时中（生卒年不详），号逋斋，古洪都（今江西南昌）人。与钟嗣成同时。今存小令七十四首，套数四首。有人将他与刘致相混。刘致字时中，石州宁乡（今山西中阳）人。实则为不同的两人，刘致时代较刘时中为早。

〔正宫〕端正好

上高监司[①]

【端正好】众生灵遭磨障[②]，正值着时岁饥荒。谢恩光拯济皆无恙，编做本词儿唱[③]。

【滚绣球】去年时正插秧，天反常，那里取若时雨降[④]？旱魃生四野灾伤[⑤]。谷不登[⑥]，麦不长，因此万民失望，一日日物价高涨。十分料钞加三倒[⑦]，一斗粗粮折四量[⑧]，煞是凄凉[⑨]。

【倘秀才】殷实户欺心不良[⑩]，停塌户瞒天不当[⑪]。吞象心肠歹伎俩[⑫]，谷中添秕屑[⑬]，米内插粗糠，怎指望他儿孙久长。

【滚绣球】甑生尘老弱饥[⑭]，米如珠少壮荒。有金银那里每典当[⑮]？尽枵腹高卧斜阳[⑯]。剥榆树餐，挑野菜尝。吃黄不老胜如熊掌[⑰]，蕨根粉以代糇粮[⑱]。鹅肠苦菜连根煮[⑲]，荻笋芦莴带叶哇[⑳]，则留下杞柳株樟[㉑]。

【倘秀才】或是捶麻柘稠调豆浆[㉒]，或是煮麦麸稀和细糠[㉓]，他每早合掌擎拳谢上苍[㉔]。一个个黄如经纸[㉕]，一个个瘦似豺狼，填街卧巷。

【滚绣球】偷宰了些阔角牛，盗斫了些大叶桑[㉖]。遭时疫无棺活葬，贱卖了些家业田庄。嫡亲儿共女[㉗]，等闲参与商。痛分离是何情况！乳哺儿没人要撇入长江。那里取厨中剩饭杯中酒[28]，看了些河里孩儿岸上娘，不由我不哽咽悲伤！

【倘秀才】私牙子船湾外港[29]，行过河中宵月朗[30]。则发迹了些无徒米麦行[31]。牙钱加倍解[32]，卖面处两般装[33]，昏钞早先除了四两[34]。

【滚绣球】江乡前[35]，有义仓[36]，积年系税户掌[37]。借贷数补搭得十分停当[38]，都侵用过将官府行唐[39]。那近日劝粜到江乡[40]，按户口给月粮。富户都用钱买放[41]，无实惠尽是虚桩[42]。充饥画饼诚堪笑，印信凭由却是谎[43]，快活了些社长知房[44]。

【伴读书】磨灭尽诸豪壮[45]，断送了些闲浮浪[46]。抱子携男扶筇杖[47]，尫羸伛偻如虾样[48]，一丝游气沿途创[49]，阁泪汪汪[50]。

【货郎】见饿莩成行街上[51]，乞丐拦门斗抢。便财主每也怀金鹄立待其亡[52]。感谢这监司主张，似汲黯开仓[53]。披星带月热中肠，济与粜亲临发放[54]。见孤孀疾病无皈向[55]，差医煮粥分厢巷[56]。更把赃输钱分例米多般儿区处的最优长[57]。众饥民共仰，似枯木逢春，萌芽再长。

【叨叨令】有钱的贩米谷置田庄添生放[58]，无钱的少过活分骨肉无承望；有钱的纳宠妾买人口偏兴旺，无钱的受饥馁填沟壑遭灾障[59]。小民好苦也么哥[60]，小民好苦也么哥，便秋收鬻妻卖子家私丧[61]。

【三煞】这相公爱民忧国无偏党[62]，发政施仁有激昂[63]。恤老怜贫，视民如子，起死回生，扶弱摧强。万万人感恩知德，刻骨铭心，恨不得展草垂缰[64]。覆盆之下，同受太阳光[65]。

【二煞】天生社稷真卿相，才称朝廷作栋梁[66]。这相公主见宏深，秉心仁恕，治政公平，莅事慈祥[67]，可与萧曹比并[68]，伊傅齐肩[69]，周召班行[70]。紫泥宣诏[71]，花衬马蹄忙[72]。

【一煞】愿得早居玉笋朝班[73]，伫看金瓯姓字香[74]。入阙朝京[75]，攀龙附凤[76]，和鼎调羹[77]，论道兴邦。受用取貂蝉济楚[78]，衮绣峥嵘[79]，珂佩丁当[80]。普天下万民乐业，都知是前任绣衣郎[81]。

【尾声】相门出相前人奖，官上加官后代昌[82]。活彼生灵恩不忘，粒我烝民德怎偿[83]。父老儿童细较量，樵叟渔夫曾论讲。共说东湖柳岸旁，那里清幽更舒畅。靠着云卿苏圃场[84]，与徐孺子流芳挹清况[85]。盖一座祠堂人供养，立一统碑碣字数行[86]，将德政因由都载上，使万万代官民见时节想。

①《上高监司》套数共前后两篇，前篇写饥荒，后篇写钞法积弊。这里选的是第一篇。

高监司可能是指高纳麟，他当时任江西廉访使。元文宗天历二年（1329），江西大旱，高纳麟发赈救灾。这两篇套数就可能是这时写给高纳麟的。监司，监察州、郡地方的长官。 ②生灵：百姓。磨障：或作魔障，佛家语，这里指灾难。 ③词儿：指可供演唱的套曲。 ④若时雨：那么及时的雨。若，通“偌”，那么。 ⑤旱魃（bá）：旱神，相传他到哪儿哪儿就会发生旱灾。 ⑥登：谷熟。 ⑦“十分”句：料钞是元代政府所发的粮食票证，因为粮价上涨，十分料钞在市场上便以加三倍的价钱倒卖。 ⑧“一斗”句：粮商卖粮，卖一斗量出时要扣去四升。折，扣。 ⑨煞是：实在是，甚是。 ⑩殷实户：家财富足的商户。 ⑪停塌户：囤积粮食以待高价的商户。瞒天：指欺骗。 ⑫吞象心肠：贪得无厌的心肠。《山海经·海内南经》：“巴蛇食象，三岁而出其骨。” ⑬秕（bǐ）屑：不饱满的谷粒和碎屑。 ⑭甑（zèng）生尘：指断炊。甑是用来蒸饭用的瓦器，也有用竹或木制的。 ⑮那里每：即那里。每是语气词。典当（dàng）：一种以物抵押的借贷方式。这里指换取粮食。 ⑯枵（xiāo）腹：空肚。高卧斜阳：一直睡到太阳落山，指因饥饿而卧床不起。 ⑰黄不老：即黄檗（bò），一种落叶乔木，果实如豆，可食用。按《滚绣球》调句律要求，“不老”应是一个字，故唱时“不老”即合音读作“檗”。熊掌：一种珍贵食物。 ⑱蕨：多年生草本植物，嫩叶可食用，根茎可制作淀粉。糇（hóu）粮：干粮。 ⑲鹅肠苦菜：一种野菜名。 ⑳荻：一种生长在水边的多年生草本植物，其嫩芽称荻笋，可吃。芦莴（wō）：芦笋。咗（zhuāng）：吃，吞食。 ㉑杞（qǐ）柳：一种生长在水边的落叶灌木。株樟：即樟树。杞柳和樟树都不能食用。意思是凡能吃的都吃掉了。 ㉒麻柘（zhè）：柘树的果实，可食。稠调豆浆：指用捣碎的麻柘倒入豆浆里，使本来很稀的豆浆变稠。 ㉓和：掺和，加。 ㉔他每：他们。合掌擎拳：敬神时表示虔敬的姿态。上苍：上天。 ㉕经纸：古代抄写或刻印佛经用黄色的纸，这里以经纸形容灾民面色枯黄。 ㉖“偷宰”二句：耕牛和桑树都是生产资料，为了活命，也无所顾惜地加以宰斫（zhuó 砍）了。 ㉗“嫡亲”二句：被迫将亲生儿女卖掉，永远不能相见。参（shēn）商，星宿名，一在西，一在东，因不会在天空中同时出现，旧诗词中常用以比喻亲友不能会面。等闲，指将骨肉间的生离死别看得很随便，意即多所发生，司空见惯。 ㉘“那里”句：指无处可以乞食。 ㉙私牙子：走私贩子。湾：停泊。 ㉚“行过河”句：指走私贩在月夜用船偷运粮食。 ㉛则：只。发迹：暴发致富。无徒米麦行：做粮食买卖的无赖。 ㉜牙钱：佣金。解：送交，给。 ㉝“卖面”句：指卖面时在分量上捣鬼赚钱。或谓与下句相连，意指使用不同的钞票就给不同的分量，给昏钞的就一斤扣除四两（少给四分之一）。 ㉞昏钞：指破损的钞票，或指贬值的钞票。 ㉟江乡：水边乡村。 ㊱义仓：政府设立为救济灾荒而囤粮的仓库。 ㊲积年：历年。系：是。税户：向官府交纳租税的人家。掌：管理。 ㊳借贷数：指管理义仓的人挪用救灾粮食的数目。补搭：补合应付，掩盖罪恶行径。 ㊴行唐：敷衍搪塞。 ㊵劝粜（tiào）：指官府派人下乡让地方义仓向灾民发放粮食。 ㊶买放：财主们花钱买通管理义仓的人向他们发放粮食。 ㊷无实惠：饥民们没有得到真正的好处。尽是虚桩：所谓“按户口给月粮”全是假的。 ㊸印信凭由：盖了官府印章的正式文书。 ㊹社长：地方基层小吏。元义仓法规定，一社设一仓，由社长主持。知房：族长。 ㊺磨灭：消磨泯灭。豪壮：

指体力强壮的人。 ㊻闲浮浪：这里指失业而浮浪不定的人，即逃荒的人。 ㊼筇（qióng）杖：竹杖。筇，竹子的一种。 ㊽尪（wāng）羸（léi）：瘦弱。伛（yǔ）偻（lǚ）：驼背。 ㊾“一丝”句：只要还剩一口气就还沿途闯荡。创，疑是“闯”的借用字。 ㊿阁泪：眼中含泪。 ⑤①饿莩（piǎo）：饿死的人。 ⑤②便：即便是。怀金鹄（hù）立：怀揣着金银却买不到粮食，只好像天鹅那样伸长脖子挺立着。 ⑤③汲黯（àn）开仓：汲黯是汉武帝时人，他曾奉命到河内（今河南省黄河以北地区）巡视火灾，去后发现火灾不足忧，而水旱灾却使人民饥饿无食，他便果断地开仓赈济饥民。这里以高监司比汲黯。 ⑤④济与粜：救济和出卖。 ⑤⑤孤孀（shuāng）：孤女寡妇。皈（guī）向：归依，依靠。 ⑤⑥差医：派遣医生。厢巷：城外与城内。 ⑤⑦赃输钱：向官员行贿的钱。分例米：私分按例应发放给灾民的粮食。多般儿区处的最优长：分别情况作不同处理十分恰当。这句是对高监司的赞扬。 ⑤⑧生放：放债。 ⑤⑨填沟壑（hè）：指饿死野外。灾障：灾难。 ⑥⓪也么哥：曲中惯用语气词，相当于“呀”“啊”。 ⑥①鬻：卖。丧（sàng）：失掉。 ⑥②无偏党：公正无私。 ⑥③有激昂：充满热情。 ⑥④展草垂缰：指来生变为犬马以报恩德。展草的传说是：三国时李信纯蓄一狗，一日李醉后卧草地上，草地失火，狗跳入沟中沾水以压草地，火灭而李得救。垂缰的传说是：十六国时前秦苻坚为慕容冲所追袭，骑马奔逃，误落涧底，马跪涧边，垂缰涧下，使坚援缰登岸，得以逃生。 ⑥⑤“覆盆之下”二句：颂扬高监司使生活于黑暗中的人民重见光明。覆盆之下，指暗无天日的生活。《抱朴子・辩问》：“是责三光不照覆盆之内也。”“覆盆不照太阳晖”是元代常用成语，曲中常见。 ⑥⑥称（chèn）：合适，相副。 ⑥⑦莅（lì）事：处理事情。莅，临，到，引申为处理。 ⑥⑧萧、曹：萧何与曹参，都是汉代名相，开国功臣。 ⑥⑨伊、傅：伊尹和傅说，商代著名贤相。 ⑦⓪周、召：周公旦和召公奭，周代名相。班行：处于同一班辈行列之中。 ⑦①紫泥宣诏：古代皇帝的诏书用紫泥封印，故称紫泥宣诏。宣，宣示、传达。 ⑦②花衬马蹄忙：形容高监司春风得意，得到升迁。 ⑦③玉笋朝班：手执玉笏朝见皇帝，这里是指取得宰相的职位。笏（hù）是古代臣子朝见皇帝时所执手板，其上可书事以备忘，分别由玉、象牙或竹板制成，显示不同的官职和地位。 ⑦④金瓯姓字香：美名传遍全国。金瓯，指国家。 ⑦⑤入阙：进宫朝见皇帝。 ⑦⑥攀龙附凤：旧时指人臣辅佐帝王成就功业。 ⑦⑦和鼎调羹：调好鼎（烹器）中羹汤的味道，比喻宰相辅佐帝王治理好国家。 ⑦⑧貂蝉：汉代高级官员的冠饰。济楚：整齐漂亮的样子。貂蝉济楚，指做了大官。 ⑦⑨衮（gǔn）绣：绣有龙的礼服，古代帝王及上公所穿。峥嵘：气象不凡。 ⑧⓪珂佩丁当：古代高级官员礼服上佩带玉饰，走起路来丁当作响。 ⑧①绣衣郎：汉代侍御史有绣衣直指，监司是肃政廉访使，职务与绣衣直指相类，这里指高监司。 ⑧②昌：昌盛。 ⑧③粒我烝民：使百姓都有饭吃。粒，名词作动词用。烝民，百姓。 ⑧④云卿：指苏云卿，南宋时人，隐居豫章（今江西南昌东湖），以种菜度日。圃场：菜园。 ⑧⑤徐孺子：徐稚，字孺子，东汉时人，豫章高士，家贫而不肯做官，隐居躬耕。 ⑧⑥一统：指一块。（这篇套曲是赞颂江西廉访使高纳麟赈救灾民的功德的，真实生动地反映了当时社会的黑暗和人民的痛苦生活。一方面描写了人民群众在灾荒中饿死道旁的种种惨状，另一方面又揭露了富商大户借灾发财的罪恶行径，描绘生动具体，爱憎鲜明强烈。套曲反映了作者对人民生活的深切关怀，但对清官的肯定和颂扬显得过分而不切实际。）

张可久

张可久（约1280—1348后），字小山（一说字久可，号小山），庆元（今浙江宁波）人。生平不可详考。仕途很不顺利，以路吏转首领官，曾为桐庐曲史，七十多岁时为昆山幕僚。时官时隐，足迹遍及江、浙、皖、闽、湘、赣等地。作品题材狭隘，多描写归隐生活，间有感叹身世和愤世嫉俗之作。他是元散曲中清丽派的代表作家，艺术上讲究格律音韵，注意句法词藻，常熔铸诗、词名句于散曲中，工丽而不失自然，他的散曲作品在当时颇有影响，明清以来也受人推重。著有《小山乐府》，今存小令855首，套曲九篇。

〔越调〕天净沙

江　上

嗈嗈落雁平沙①，依依孤鹜残霞②，隔水疏林几家。小舟如画，渔歌唱入芦花。

①嗈嗈（yōng）：雁鸣声。　②“依依”句：从王勃《滕王阁序》“落霞与孤鹜齐飞”化来。依依，依恋的样子。鹜（wù），水鸭子。（这首小令写江上晚景，显得疏淡而轻快自然。）

〔双调〕庆东原

次马致远先辈韵①

诗情放，剑气豪，英雄不把穷通较②。江中斩蛟，云间射雕，席上挥毫。他得志笑闲人，他失脚闲人笑③。

①次……韵：依照所和原作用韵及其顺序写作诗、词、曲。亦称“步韵”。作者和马致远的〔双调·庆东原〕，一共九首，这是其中的第五首。马致远原作已佚。　②穷：困窘。通：通达，走运。　③“他得志”二句：闲人：指不追求功名利禄的人。作者所写〔庆东原〕九首，每首都用这两句结尾，表现出一种勘破世情的意味。（这首曲词表现了一种敢作敢为、

不计穷通得失的英雄豪气，但也流露出一种看破人生的消极情绪。)

无名氏

〔正宫〕醉太平

堂堂大元①，奸佞专权②。开河变钞祸根源③，惹红巾万千④。官法滥，刑法重，黎民怨。人吃人，钞买钞⑤，何曾见？贼做官，官做贼，混愚贤，哀哉可怜！

①大元：指元朝。 ②奸佞（nìng）：玩弄权术的坏人。 ③开河：元顺帝至正四年（1344）夏，因暴雨造成黄河崩堤，沿岸十几个郡县受灾。至正十一年（1351），朝廷命贾鲁为宣抚首领官，组织二十万人治理黄河，结果水患未除，官吏敲剥搜刮，人民遭受到更大的苦难。变钞：同年丞相脱脱变更钞法，铸至正通钱，与宝钞并用，结果引起物价飞涨。这两件事都使人民遭到很大灾难，所以称为“祸根源”。 ④红巾：至正十一年五月，韩山童等在河北永定县白鹿庄聚众起义，后来发展为几十万人的队伍，声势浩大。因起义军用红巾裹头，称为红巾军。 ⑤钞买钞：因滥发钱钞而使货币贬值，人们以旧钞倒买新钞。（这首曲词以民歌率直尖锐的手法，揭露了元末社会政治的黑暗腐败，肯定并歌颂了红巾起义的合理性和正义性。）

六　宋元话本

碾玉观音[①]

（上）

山色晴岚景物佳，暖烘回雁起平沙。东郊渐觉花供眼，南陌依稀草吐芽。　堤上柳，未藏鸦，寻芳趁步到山家。陇头几树红梅落，红杏枝头未着花。

这首《鹧鸪天》说孟春景致[②]，原来又不如《仲春词》做得好：

每日青楼醉梦中，不知城外又春浓。杏花初落疏疏雨，杨柳轻摇淡淡风。　浮画舫，跃青骢，小桥门外绿阴笼。行人不入神仙地，人在珠帘第几重？

这首词说仲春景致，原来又不如黄夫人[③]做着《季春词》又好：

先自春光似酒浓，时听燕语透帘栊。小桥杨柳飘香絮，山寺绯桃散落红。　莺渐老，蝶西东，春归难觅恨无穷。侵阶草色迷朝雨，满地梨花逐晓风。

这三首词都不如王荆公[④]看见花瓣儿片片风吹下地来，原来这春归去，是东风断送的。有诗道：

春日春风有时好，春日春风有时恶。
不得春风花不开，花开又被风吹落！

苏东坡[⑤]道：“不是东风断送春归去，是春雨断送春归去。”有诗道：

雨前初见花间蕊，雨后全无叶底花。
蜂蝶纷纷过墙去，却疑春色在邻家。

秦少游[⑥]道：“也不干风事，也不干雨事，是柳絮飘将春色去。”有诗道：

三月柳花轻复散，飘扬淡荡送春归。
此花本是无情物，一向东飞一向西。

邵尧夫[⑦]道：“也不干柳絮事，是蝴蝶采将春色去。”有诗道：

花正开时当三月，蝴蝶飞来忙劫劫。
采将春色向天涯，行人路上添凄切。

曾两府[⑧]道：“也不干蝴蝶事，是黄莺啼得春归去。”有诗道：

花正开时艳正浓，春宵何事恼芳丛？
黄鹂啼得春归去，无限园林转首空。

朱希真[⑨]道：“也不干黄莺事，是杜鹃啼得春归去。”有诗道：

杜鹃叫得春归去，吻边啼血尚犹存。
庭院日长空悄悄，教人生怕到黄昏。

苏小妹[⑩]道：“都不干这几件事，是燕子衔将春色去。”有《蝶恋花》词为证：

妾本钱塘江上住，花开花落，不管流年度。燕子衔将春色去，纱窗几阵黄梅雨。　　斜插犀梳云半吐，檀板轻敲，唱彻《黄金缕》。歌罢彩云无觅处，梦回明月生南浦。

王岩叟[11]道：“也不干风事，也不干雨事，也不干柳絮事，也不干蝴蝶事，也不干黄莺事，也不干杜鹃事，也不干燕子事；是九十日春光已过，春归去。”曾有诗道：

怨风怨雨两俱非，风雨不来春亦归。
腮边红褪青梅小，口角黄消乳燕飞。
蜀魄健啼花影去，吴蚕强食柘桑稀。
直恼春归无觅处，江湖辜负一蓑衣[12]！

说话的因甚说这春归词？绍兴年间[13]，行在有个关西延州延安府人[14]，本身是三镇节度使咸安郡王[15]，当时怕春归去，将带着许多钧眷游春[16]，至晚回家，来到钱塘门里，车桥前面。钧眷轿子过了，后面是郡王轿子到来。只听得桥下裱褙铺[17]里一个人叫道：“我儿出来看郡王！”当时郡王在轿里看见，叫帮总虞候[18]道：“我从前要寻这个人，今日却在这里！只在你身上，明日要这个人入府中来！”当时虞候声诺[19]，来寻这个看郡王的人，是甚色目人[20]？正是：

尘随车马何年尽？情系人心早晚休。

只见车桥下一个人家，门前出着一面招牌，写着“璩家装裱古今书画”。铺里一个老儿，引着一个女儿，生得如何？

云鬓轻笼蝉翼[21]，蛾眉淡拂春山[22]。朱唇缀一颗樱桃[23]，皓齿排两行碎玉[24]。莲步半折小弓弓[25]，莺啭一声娇滴滴[26]。

便是出来看郡王轿子的人。虞候即时来他家对门一个茶坊里坐定，婆婆把茶点来[27]，虞候道：“启请婆婆，过对门裱褙铺里，请璩大夫[28]来说话。”婆婆便去请到来。两个揖[29]了就坐。璩待诏问:"府干有何见谕[30]?"虞候道:"无甚事,闲问则个[31]。适来[32]叫出来看郡王轿子的人,是令爱么[33]?"待诏道:"正是拙女,止有三口。"虞候又问:"小娘子贵庚[34]?"待诏应道:"一十八岁。"再问:"小娘子如今要嫁人,却是趋奉官员[35]?"待诏道:"老拙[36]家寒,哪讨钱来嫁人?将来也只是献与官员府第。"虞候道:"小娘子甚本事?"待诏说出女孩儿一件本事来,有词寄《眼儿媚》[37]为证:

深闺小院日初长,娇女绮罗裳。不做东君造化[38],金针刺绣群芳[39]。斜枝嫩叶包开蕊[40],唯只欠馨香。曾向园林深处,引教蝶乱蜂狂。

原来这女儿会绣作。虞候道:"适来郡王在轿里,看见令爱身上系着一条绣裹肚[41]。府中正要寻一个绣作的人,老丈何不献与郡王?"璩公归去与婆婆说了,到明日写一纸献状[42],献来府中,郡王给与身价,因此取名秀秀养娘[43]。

不则一日[44],朝庭赐下一领团花绣战袍,当时秀秀依样绣出一件来。郡王看了欢喜道:"主上赐与我团花战袍,却寻甚么奇巧的物事献与官家[45]?"去府库里寻出一块透明的羊脂美玉来,即时叫将门下碾玉待诏道:"这块玉堪[46]做甚么?"内中一个道:"好做一副劝杯[47]。"郡王道:"可惜!恁般[48]一块玉,如何将来[49]只做得一副劝杯!"又一个道:"这块玉上尖下圆,好做一个摩侯罗儿[50]。"郡王道:"摩侯罗儿只是七月七日乞巧使得,寻常间无用处。"数中一个后生[51],年纪二十五岁,姓崔名宁,趋事[52]郡王数年,是升州建康府[53]人;当时叉手[54]向前,对着郡王道:"告恩王:这块玉上尖下圆,甚是不好,只好碾一个南海观音。"郡王道:"好!正合我意!"就叫崔宁下手,不过两个月,碾成了这个玉观音。郡王即时写表[55]进上御前,龙颜大喜。崔宁就本府增添请给[56],遭遇[57]郡王。

不则一日,时遇春天,崔待诏游春回来,入得钱塘门,在一个酒肆[58],与三四个相知[59]方才吃得数杯,则[60]听得街上闹吵吵。连忙推开楼窗看时,见乱烘烘道:"井亭桥有遗漏[61]!"吃不得这酒成,慌忙下酒楼看时,只见:

初如萤火,次若灯火。千条蜡烛焰难当,万座糁盆[62]敌不住;六丁神[63]推倒宝天炉,八力士[64]放起焚山火。骊山会上[65],料应褒姒[66]逞娇容;赤壁矶[67]头,想是周郎[68]施妙策。五通神[69]牵住火葫芦;宋无忌[70]赶翻赤骡子。又不曾泻烛浇油,直恁的[71]烟飞火猛!

崔待诏望见了，急忙道："在我本府前不远！"奔到府中看时，已搬挈得罄尽[72]，静悄悄地无一个人。崔待诏既不见人，且循着左手廊下入去。火光照得如同白日，去那左廊下，一个妇女摇摇摆摆从府堂里出来，自言自语，与崔宁打个胸厮撞[73]。崔宁认得是秀秀养娘，倒退两步，低声唱个喏[74]。原来郡王当日尝[75]对崔宁许道："待秀秀满日[76]，把来嫁与你。"这些众人都撺掇[77]道："好对夫妻！"崔宁拜谢了，不则一番。崔宁是个单身，却也痴心；秀秀见恁地个后生，却也指望。当日有这遗漏，秀秀手中提着一帕子金珠富贵[78]，从左廊下出来，撞见崔宁，便道："崔大夫！我出来得迟了，府中养娘，各自四散，管顾不得。你如今没奈何，只得将我去躲避则个。"

当下崔宁和秀秀出府门，沿着河走到石灰桥。秀秀道："崔大夫！我脚疼了，走不得。"崔宁指着前面道："更行几步，那里便是崔宁住处。小娘子到家中歇脚，却也不妨。"到得家中坐定，秀秀道："我肚里饥，崔大夫与我买些点心来吃。我受了些惊，得杯酒吃更好。"当时崔宁买将酒来，三杯两盏，正是：

三杯竹叶[79]穿心过，两朵桃花上脸来。

道不得个"春为花博士，酒是色媒人"。秀秀道："你记得当时在月台上赏月，把我许你，你兀自[80]拜谢。你记得也不记得？"崔宁叉着手，只应得喏。秀秀道："当日众人都替你喝采：'好对夫妻！'你怎地倒忘了？"崔宁又则应得喏。秀秀道："比似只管等待，何不今夜我和你先做夫妻？不知你意下如何？"崔宁道："岂敢！"秀秀道："你知道不敢，我叫将起来，教坏了你。你却如何将我到家中？我明日府里去说！"崔宁道："告小娘子：要和崔宁做夫妻不妨；只一件，这里住不得了。要好趁这个遗漏，人乱时，今夜就走开去，方才使得。"秀秀道："我既和你做夫妻，凭你行。"当夜做了夫妻。

四更已后，各带着随身金银物件出门。离不得[81]饥餐渴饮，夜住晓行，迤逦来到衢州[82]。崔宁道："这里是五路总头[83]，是打哪条路去好？不若取信州[84]路上去。我是碾玉作，信州有几个相识，怕那里安得身。"即时取路到信州。住了几日，崔宁道："信州常有客人到行在往来，若说道我等在此，郡王必然使人来追捉，不当稳便[85]。不若离了信州，再往别处去。"两个又起身上路，径取潭州[86]。

不则一日，到了潭州，却是走得远了。就潭州市里，讨间房屋，出面招牌，写着"行在崔待诏碾玉生活"。崔宁便对秀秀道："这里离行在有二千余里了，料得无事。你我安心，好做长久夫妻。”潭州也有几个寄居官员[87]，见崔宁是行在待诏，日逐[88]也有生活得做。崔宁密使人打探行在本府中事，有曾到都下的，得知府中当夜失火，不见了一个养娘，出赏钱寻了几日，不知下落，也不知道崔宁将他走了，见在[89]潭州住。

时光似箭，日月如梭，也有一年之上。忽一日，方早开门，见两个着皂衫的[90]，一似[91]虞候、府干打扮，入来铺里坐地[92]，问道："本官[93]听得说有个行在崔待诏，教请过来做生活[94]。"崔宁分付了家中，随这两个人到湘潭县路上来。便将崔宁到宅里相见官人，承揽了玉作生活，回路归家，正行间，只见一个汉子，头上戴个竹丝笠儿，穿着一领白缎子两上领布衫[95]，青白行缠[96]扎着裤口子，着一双多耳[97]麻鞋，挑着一个高肩担儿，正面来，把崔宁看了又看。崔宁却不见这汉面貌，这个人却见崔宁，从后大踏步尾着崔宁来。正是：

谁家稚子鸣榔板[98]，惊起鸳鸯两处飞。

（下）

竹引牵牛花满街，疏篱茅舍月光筛[99]。琉璃盏内茅柴酒[100]，白玉盘中簇豆梅[101]。 休懊恼，且开怀，平生赢得笑颜开。三千里地无知己，十万军中挂印来。

这只《鹧鸪天》词是关西秦州雄武军刘两府[102]所作；从顺昌入战之后[103]，闲在家中，寄居湖南潭州湘潭县。他是个不爱财的名将，家道贫寒，时常到村店中吃酒，店中人不识刘两府，欢呼啰唣[104]，刘两府道："百万番人[105]，只如等闲。如今却被他们诬罔[106]！"做了这只《鹧鸪天》，流传直到都下。当时殿前太尉是阳和王[107]，见了这词，好伤感："原来是刘两府直恁孤寒！"教提辖官差人送一项钱与刘两府。今日崔宁的东人[108]郡王，听得说刘两府恁地孤寒，也差人送一项钱与他。却经由潭州路过，见崔宁从湘潭路上来，一路尾着崔宁到家，正见秀秀坐在柜身子里。便撞破[109]他们道："崔大夫！多时不见，你却在这那！秀秀养娘他如何也在这里？郡王教我下书来潭州，今遇着你们，原来秀秀养娘嫁了你，也好！"当时吓杀崔宁夫妻两个，被他看破。

那人是谁？却是郡王府中一个排军[110]，从小伏侍郡王，见他朴实，差他送钱与刘两府。这人姓郭名立，叫做郭排军。当下夫妻请住郭排军，安排酒来请他，分付道："你到府中，千万莫说与郡王知道。"郭排军道："郡王怎知得你两个在这里？我没事却说甚么？"当下酬谢了出门。回到府中，参见郡王，纳了回书，看看郡王道："郭立前日下书回，打潭州过，却见两个人在那里住。"郡王问："是谁？"郭立道："见秀秀养娘并崔待诏两个，请郭立吃了酒食，教休来府中说知。"郡王听说，便道："叵耐[111]这两个做出这事来！却如何直走到那里？"郭立道："也不知他仔细。只见他在那里住地，依旧挂招牌做生活。"郡王教干办[112]去分付临安府，即时差一个缉捕使臣[113]，带着做公的，备了盘缠，径来湖南潭州府，下了公文，同来寻崔宁和秀秀。却似：

皂雕[114]追紫燕，猛虎啖[115]羊羔。

不两月，捉将两个来，解到府中；报与郡王得知，即时升厅。原来郡王杀番人时，左手使一口刀，叫做"小青"；右手使一口刀，叫做"大青"；这两口刀不知剁了多少番人。那两口刀，鞘内藏着，挂在壁上。郡王升厅，众人声喏，即将这两个人押来跪下。郡王好生焦躁，左手去壁牙[116]上取下小青，右手一掣，掣刀在手，睁起杀番人的眼儿，咬得牙齿剥剥地响，当时唬杀夫人，在屏风背后道："郡王！这里是帝辇之下[117]，不比边廷上面。若有罪过，只消解去临安府施行。如何胡乱凯[118]得人？"郡王听说道："叵耐这两个畜生逃走，今日捉将来，我恼了，如何不凯？既然夫人来劝，且捉秀秀入府后花园去；那崔宁解去临安府断治[119]。"

当下喝赐钱酒赏犒捉事人。解这崔宁到临安府，一一从头供说："自从当夜遗漏，来到府中，都搬尽了。只见秀秀养娘从廊下出来，揪住崔宁道：'你如何安手在我怀中？若不依我口，教坏了你。'要共逃走。崔宁不得已，与他同走。只此是实。"临安府把文案呈上郡王。郡王是个刚直的人，便道："既然恁地，宽了崔宁，且与从轻断治。"崔宁不合[120]在逃，罪杖，发遣[121]建康府居住。当下差人押送。

方出北关门，到鹅项头，见一顶轿儿，两个人抬着，从后面叫："崔待诏且不得去！"崔宁认得像是秀秀的声音，赶将来又不知恁地，心下好生疑惑。伤弓之鸟[122]，不敢揽事，且低着头只顾走。只见后面赶将上来，歇了轿子，一个妇人走出来，不是别人，便是秀秀，道："崔待诏，你如今去建康府，我却如何？"崔宁道："却是怎地好？"秀秀道："自从解你去临安府断罪，把我捉入后花园，打了三十竹篦，遂便赶我出来。我知道你建康府去，赶将来同你去。”崔宁道：“恁地却好。”讨了船，直到建康府。押发人自回。若是押发人是个学舌的[123]，就有一场是非出来。因晓得那郡王性如烈火，惹着他不是轻放手的；他又不是王府中人，去管这闲事怎地？况且崔宁一路买酒买食，奉承得他好，回去时，就隐恶而扬善了。

再说崔宁两口在建康府居住，既是问断[124]了，如今也不怕有人撞见，依旧开个碾玉作铺，浑家道[125]：“我两口却在这里住得好。只是我家爹妈，自从我和你逃去潭州，两个老的吃了些苦；当日捉我入府时，两个去寻死觅活。今日也好教人去行在取我爹妈来这里同住。”崔宁道：“最好！”便教人来行在取他丈人丈母。写了他地理、脚色[126]与来人，到临安府寻见他住处，问他邻舍，指道：“这一家便是。”来人去门首看时，只见两扇门关着，一把锁锁着，一条竹竿封着。问邻舍：“他老夫妻那里去了？”邻舍道：“莫说！他有个花枝也似女儿，献在一个奢遮去处[127]，这个女儿不受福德，却跟一个碾玉的待诏逃走了。前日从湖南潭州捉将回来，送在临安府吃官司！那女儿吃[128]郡王捉进后花园里去，老夫妻见女儿捉去，就当下寻死觅活，至今不知下落，只恁地关着门在这里。”来人见说，再回建康府来，兀自未到家。且说崔宁正在家中坐，只见外面有人道：“你寻崔待诏住处，这里便是。”崔宁叫出浑家来看时，不是别人，认得是璩公、璩婆。都相见了，喜欢的做一处[129]。

那去取老儿的人，隔一日才到，说如此这般，寻不见，却空走了这遭。两个老的且自来到这里了。两个老人道：“却生受你[130]！我不知你们在建康住，教我寻来寻去，直到这里。”其时四口同住，不在话下。

且说朝庭官里[131]，一日到偏殿看玩宝器，拿起这玉观音来看。这个观音身上，当时有一个玉铃儿失手脱下。即时问近侍官员：“却如何修理得？”官员将玉观音反复看了，道：“好个玉观音！怎地脱落了铃儿？”看到底下，下面碾着三字“崔宁造”，“恁地容易。既是有人造，只消得宣这个人来教他修整。”敕[132]下郡王府，宣取碾玉匠崔宁。郡王回奏：“崔宁有罪，在建康府居住。”

即时使人去建康取得崔宁到行在歇泊[133]了。当时宣崔宁见驾[134]，将这玉观音教他领去用心整理。崔宁谢了恩，寻一块一般的玉，碾一个铃儿接住了，御前交纳；破分请给养了崔宁[135]，令只在行在居住。崔宁道：“我今日遭际御前[136]，争得气再来清湖河下，寻间屋儿开个碾玉铺，须不怕你们撞见！”可煞事有斗巧[137]，方才开得铺三两日，一个汉子从外面过来，就是那郭排军，见了崔待诏便道：“崔大夫恭喜了！你却在这里住？”抬起头来，看柜身里却立着崔待诏的浑家。郭排军吃了一惊，

拽开脚步就走。浑家说与丈夫道："你与我叫住那排军，我相问则个。"正是

平生不作皱眉事，世上应无切齿人。

崔待诏即时赶上扯住，只见郭排军把头只管侧来侧去，口里喃喃地道："作怪！作怪！"没奈何只得与崔宁回来，到家中坐地。浑家与他相见了，便问："郭排军！前者我好意留你吃酒，你却归来说与郡王，坏了我两个的好事。今日遭际御前，却不怕你去说。"郭排军吃他相问得无言可答，只道得一声"得罪！"相别了，便来到府里，对着郡王道："有鬼！"郡王道："这汉则甚[138]？"郭立道："方才打清湖河下过，见崔宁开个碾玉铺，却见柜身里一个妇女，便是秀秀养娘。"郡王焦躁道："又来胡说！秀秀被我打杀了，埋在后花园，你须也看见，如何又在那里？却不是取笑我！"郭立道："告恩王，怎敢取笑？方才叫住郭立，相问了一回，怕恩王不信，立下军令状[139]了去。"郡王道："真个在时，你勒[140]军令状来。"那汉也是合苦[141]，真个写一纸军令状来。郡王收了，叫两个当值的轿番[142]，抬一顶轿子，教："取这妮子[143]来。若真个在，把来凯取一刀；若不在，郭立你须替他凯取一刀！"郭立同两个轿番，来取秀秀。正是：

麦穗两歧[144]，农人难辨。

郭立是关西人，朴直，却不知军令状如何胡乱勒得！三个一径来到崔宁家里，那秀秀兀自在柜身里坐地，见那郭排军来得恁地慌忙，却不知他立了军令状来取你。郭排军道："小娘子！郡王钧旨，教命取你则个。"秀秀道："既如此，你们小等，待我梳洗了同去。"即时入去梳洗，换了衣服，出来上了轿，分付了丈夫。两个轿番便抬着径到府前。郭立先入去。

郡王正在厅上等待。郭立唱了喏道："已取到秀秀养娘。"郡王道："着[145]他入来。"郭立出来道："小娘子！郡王教你进来。"掀起帘子看一看，便是一桶水倾在身上，开着口则合不得。就轿子里不见秀秀养娘！问那两个轿番，道："我不知。则见他上轿，抬到这里，又不曾转动。"那汉叫将入来道："告恩王，恁地真个有鬼！"郡王道："却不叵耐，教人捉这汉，等我取过军令状来，如今凯了一刀！"先去取下小青来。那汉从来伏待郡王，身上也有十数次官了[146]；盖缘[147]是粗人，只教他做

排军。这汉慌了道："现有两个轿番见证，乞叫来问。"即时叫将轿番来道："见他上轿，抬到这里，却不见了。"说得一般，想必真个有鬼，只消得叫将崔宁来问。便使人叫崔宁来到府中。崔宁从头至尾说了一遍。郡王道："恁地，又不干崔宁事，且放他去。"崔宁拜辞去了。郡王焦躁，把郭立打了五十背花棒[148]。

崔宁听得说浑家是鬼，到家中问丈人丈母。两个面面厮觑[149]，走出门，看着清湖河里，扑通地都跳下水去了。当下叫"救人"，打捞，便不见了尸首。原来当时打杀秀秀时，两个老的听得说，便跳在河里，已自死了，这两个也是鬼。

崔宁到家中，没情没绪，走进房中，只见浑家坐在床上，崔宁道："告姐姐，饶我性命！"秀秀道："我因为你，吃郡王打死了埋在后花园里。却恨郭排军多口，今日已报了冤仇，郡王已将他打了五十背花棒。如今都知道我是鬼，容身不得了。"道罢，起身双手揪住崔宁，叫得一声，四肢倒地。邻舍都来看时，只见：

两部脉[150]尽总皆沉，一命已归黄壤下。

崔宁也被扯去和父母四个一块儿做鬼去了。后人评论得好：

咸安王捺[151]不下烈火性，郭排军禁不住闲磕牙[152]。
璩秀娘舍不得生眷属，崔待诏撇不脱鬼冤家。

①本篇选自《京本通俗小说》卷十，冯梦龙编的《警世通言》卷八也选入了这一篇，题为《崔待诏生死冤家》。《京本通俗小说》是宋元小说家话本选集，为清末民初人缪荃孙所刻印，编入《烟画东堂小品》中。据缪氏称，此书"的是影元人写本"，但近年来经不少研究者考证，认为出于伪造，是缪荃孙据《警世通言》《醒世恒言》纂辑而成。书虽出于伪托，但作品系宋元话本则基本上可以肯定。因其流行广泛，影响很大，故本篇及下篇文字仍从此书。碾（niǎn）：琢磨，雕刻。碾玉观音：即玉雕观音。 ②孟春：农历正月。旧时以孟、仲、季三字分别指每季中的三个月。 ③黄夫人：南宋初女词人，身世不详。有人认为是黄铢的母亲孙道绚，即冲虚居士，疑不可靠。 ④王荆公：即王安石，北宋著名政治家和文学家，神宗时曾封为荆国公，世称王荆公。 ⑤苏东坡：即苏轼，北宋著名文学家，字子瞻，号东坡居士，世称苏东坡。 ⑥秦少游：即秦观，字少游，北宋著名词人。 ⑦邵尧夫：即邵雍，北宋理学家，字尧夫。 ⑧曾两府：曾是姓，两府指官衔。不详所指为谁。宋代宰相兼管东西两府事务，东府即中书省，西府即枢密院，因此对担任过宰相或枢密使职务的人称为"两府"。 ⑨朱希真：即朱敦儒，字希真，南宋时词人。 ⑩苏

小妹：传说是苏东坡的妹妹，秦观的妻子，颇有文才。但下面引的《蝶恋花》词，传说是司马才仲在梦中听到南齐名妓苏小小所唱，又为宋代的秦观所补足。 ⑪ 王岩叟：北宋时谏官，字彦霖。 ⑫ 篇中所引诗词，多为说话人信手拈来连缀敷演而成，作者、词句很难一一符合。 ⑬ 绍兴：南宋高宗赵构的年号（1131—1162）。 ⑭ 行（xíng）在：皇帝出外巡行临时居住的地方。这里指南宋都城临安（今浙江杭州）。延州延安府：今陕西省延安市。 ⑮ 三镇：指镇南、武安、宁国三个地方。节度使：官名，唐代开始设立，为掌管军事、政务、财务大权的地方长官。宋代已成为虚衔。咸安郡王：南宋名将韩世忠的封号。 ⑯ 钧眷：对官员家属的敬称。 ⑰ 裱（biǎo）褙（bèi）铺：装裱书画的店铺。 ⑱ 帮总虞候：指跟随郡王的侍从人员。帮总，指帮助料理事务的小官。虞候是宋朝军校的一种，负责禁卫，当时高级武官多以虞候为随从。 ⑲ 声诺：答应。 ⑳ 甚色目人：什么样人。色目，种类。 ㉑ “云鬓”句：是说鬓发轻轻地笼罩着，象蝉翼一样柔薄光泽。 ㉒ “蛾眉”句：是说细长的眉毛淡淡地描画着，像春山一样秀美。 ㉓ “朱唇”句：是说红红的小嘴像是点缀着的一颗樱桃。 ㉔“皓齿”句：洁白的牙齿像是整齐排列着的两行细碎的玉石。 ㉕ 莲步：旧称裹过的小脚为三寸金莲。折（zhǎ）：拇指和食指伸开的距离，两折为一尺。小弓弓：缠脚女子所穿的鞋。 ㉖ “莺啭”句：形容说话像黄莺鸣啭那么好听。 ㉗ 把茶点来：泡了茶来。点，泡，沏。 ㉘ 大夫：宋代常用官职专名来作为一般手艺人的尊称，这里的“大夫”和下文的“待诏”都是如此，犹如今天称“师傅”。 ㉙ 揖（yī）：作揖，古时一种行礼方式。 ㉚ 府干：对在贵族官僚家中办事的人的敬称。见谕：吩咐，是一种客气的说法。 ㉛ 则个：句末加强语气的助词，略等于“罢了”“而已”一类意思。 ㉜ 适来：适才，刚才。 ㉝ 令爱：对别人女儿的客气称呼。 ㉞ 贵庚：询问别人多大年纪的一种客气说法。 ㉟ 却是：还是。趋奉：伺候，服侍。 ㊱ 老拙：年老的人对自己的谦称。 ㊲ 寄：按谱填词。《眼儿媚》，词调名。调寄……即以什么词调作词。 ㊳ “不做”句：虽然不能像东君神那样化育出春天。东君，春天之神。造化，化育，创造。 ㊴ 群芳：装饰春天的百花。 ㊵ 包开蕊：簇拥着已经开放的花朵。 ㊶ 绣裹肚：绣花的围裙。 ㊷ 献状：卖女契据。献，奉献，这里是出卖的一种体面说法。 ㊸ 养娘：婢女。 ㊹ 不则一日：不只一天，即不久。则，只。 ㊺ 奇巧物事：又稀奇又精巧的东西。官家：指皇帝。 ㊻ 堪：可以，能够。 ㊼ 劝杯：一种长颈大酒杯，用来敬酒，所以叫劝杯。 ㊽ 恁（rèn）般：这样。 ㊾ 将来：拿来。 ㊿ 摩侯罗儿：一种农历七月七日乞巧时用的类似玩具的小偶像。 (51) 数中：当中，其中。后生：青年男子。 (52) 趋事：服事，伺候。 (53) 升州建康府：今江苏省南京市。 (54) 叉手：作揖行礼。 (55) 表：即奏章，臣下写给皇帝的文书。 (56) 请给：薪俸，工资。 (57) 遭遇：得到赏识器重。 (58) 酒肆：酒店。 (59) 相知：朋友。 (60) 则：便。 (61) 遗漏：失火。 (62) 糁（sǎn）盆：同“杣（shēn）盆”：旧时风俗，除夕送神时焚烧用松柏搭成的高架叫“杣盆”。 (63) 六丁神：民间传说中的火神。 (64) 八力士：传说中的八位天神。 (65) 骊（lí）山：在今陕西省临潼县东南。 (66) 褒（bāo）姒（sì）：周幽王的宠妃。为了博她一笑，周幽王竟在骊山燃起烽火，向诸侯告急，以戏弄取乐。 (67) 赤壁矶：这里应指今湖北蒲圻县长江边上的赤壁，三国时著名的赤壁之战在这里进行。 (68) 周郎：对周瑜的美称，他是三国时东吴杰出的将领，赤壁之战时他是吴军统帅，当时年纪很轻，用计大败曹操。 ⑲ 五通神：民间传说中的妖神。 ⑳ 宋无忌：传说中的火仙，骑一匹载火的骡子。 ㉑ 直恁的：竟这样。 ㉒ 挈（qiè）：提，拿。罄（qìng）尽：精光，一点不剩。 ㉓ 打个胸厮撞：当胸相撞。 ㉔ 唱个喏（rě）：古代男子见面时行礼的一种方式，一边作揖，一边口中连声说“喏、喏”，以表恭敬。 ㉕ 尝：曾经。 ㉖ 满日：秀秀卖到郡王府中为工奴有一定期限，满日即到期。 ㉗ 撺（cuān）掇（duō）：怂恿，用言语鼓动。 ㉘ 金珠富贵：金银珠宝等贵重的东西。 ㉙ 竹叶：竹叶青，一种酒名。 ㉚ 兀（wù）自：还。 ㉛ 离不得：少不得。 ㉜ 迤（yǐ）逦（lǐ）：连绵不断地，不停息地。衢（qú）州：今浙江省衢州市。 ㉝ 五路总头：四通八达的交通枢纽。 ㉞ 信州：今江西省上饶市。 ㉟ 不当稳便：不大稳妥。 ㊱ 径取：直往。潭州：今湖南省长沙市。 ㊲ 寄居官员：即不在本地做官而家住那儿的外地官员。 ㊳ 日逐：每天。 ㊴ 见在：同“现在”。 ㊵ 着皂衫的：官府的差役。古代公差穿黑色衣服。 ㊶ 一似：好像。 ㊷ 坐地：坐下。地，语助词。 ㊸ 本官：自己的上司，这里指湘潭县宫。 ㊹ 做生活：做活儿。 ㊺ 两上领：在衣领上再加一层衬领。 ㊻ 青白行缠：用黑白两种颜色的布做的裹腿。 ㊼ 耳：麻鞋的鞋绊。 ㊽ 鸣榔板：敲击榔板。榔板是一种赶鱼用的木板，捕鱼时用榔板敲击船边，使鱼受惊而入网。 ㊾ 筛：漏射。 ㊿ 茅柴酒：一种质量低劣的酒，味苦而性烈。 (101) 簇（cù）豆梅：用盐渍的梅脯，味酸咸。 (102) 秦州：今甘肃省天水市。雄武军：在今河北省蓟县东北。军是宋代比州小的行政区划。刘两府：指南宋抗金名将刘錡，因他曾在两府供职，所以称为刘两府。这里关西秦州是指他做官的地方，而雄武军应是指他的籍贯。刘錡实际是德顺军人，当是说话人误记。 (103) 顺昌：今安徽阜阳市。刘錡曾在顺昌大败金兵。 (104) 欢呼啰唣：喧闹呼喊。 (105) 番人：指金兵。 (106) 诬罔：本是诬陷、冤枉的意思，这里引申为轻蔑。 (107) 殿前太尉：宋代最高一级的武官。阳和王：“阳”字当系“杨”字之误，南京将领杨存中，死后追封为和王。 (108) 东人：主人，指咸安郡王。 (109) 撞破：说破，揭穿。 (110) 排军：即牌军，卫兵。 (111) 叵（pǒ）耐：不可耐，可恨。 (112) 干办：宋代官府里办事的官员。 (113) 缉捕使臣：捕捉罪犯的公差头目。 (114) 皂雕：黑色的大鹰。 (115) 啖（dàn）：吃。 (116) 壁牙：墙上挂东西的钉子。 (117) 帝辇（niǎn）之下：即在京城之中。辇，皇帝乘坐的车子。 (118) 剀：同“砍”。 (119) 断治：判刑治罪。 (120) 不合：不该。 (121) 发遣：发配充军。 (122) 伤弓之鸟：意同“惊弓之鸟”，指吃了苦头因而十分怕事的人。 (123) 学舌的：多嘴的。 (124) 问断了：判过罪的。 (125) 浑家：妻子。 (126) 地理：居住地址。脚色：身分、年龄、面貌等情况。 (127) 奢遮去处：了不起的地方，指富贵人家。 (128) 吃：被。 (129) 喜欢的做一处：高兴得成一团，形容十分欢喜、亲热。 (130) 生受你：难为你，麻烦你。 (131) 官里：犹如说“官家”，指皇帝。 (132) 敕（chì）：皇帝的命令。 (133) 歇泊：安顿，住下。 (134) 见驾：拜见皇帝。 (135) 破分（fèn）：打破常例，破格。给（jǐ）养：工钱。 (136) 遭际御前：受到皇帝的赏识。 (137) 可煞：可是，真是。斗巧：凑巧。 (138) 则甚：干什么。 (139) 军令状：古代军队里接受命令后写下的保证书，表示如不能完成任务，愿受最严厉的处分。 (140) 勒：立下，写下。 (141) 合苦：合该倒霉。 (142) 当值的轿番：值班的轿夫。 (143) 妮子；对女孩子的贱称，犹如说“丫头”。 (144) 麦穗两歧：一支麦杆上长出两个麦穗，很难辨认。 (145) 着：让，命。 (146)“身上”句：意思是他立过十几次功，已有十几次可以做官的机会了。 ⑭⑦盖：大概。缘：由于。 ⑭⑧背花棒：用棒打脊背。脊背被打破，伤处叫背花。 ⑭⑨面面厮觑（qù）：你看着我，我看着你。 ⑮⓪两部脉尽：两只手腕的脉博已停止跳动。 ⑮①捺（nà）：按捺，控制。 ⑮②闲磕牙：多嘴多舌，爱说闲话。（这篇小说写了一个爱情婚姻的悲剧。悲剧是由残酷的阶级剥削和压迫所造成。工奴卖身到贵族官僚家里，不仅遭受剥削，而且丧失了人身自由。璩秀秀大胆热情地争取爱情婚姻的斗争，是跟她反压迫剥削、争取人身自由的斗争紧密结合的。这是秀秀性格的光辉之处，也是这篇小说在思想上的独特成就。小说以同情的笔调，描写了官僚府第中工奴的悲苦命运，热情地赞颂了她追求自由幸福、大胆坚决的斗争精神，同时也揭露了官僚阶级的残忍暴戾。崔宁的形象与秀秀的形象形成鲜明的对比，各有特色。情节的安排也曲折生动，颇具匠心。）

错斩崔宁[①]

聪明伶俐自天生，懵懂[②]痴呆未必真。
嫉妒每因眉睫浅[③]，戈矛时起笑谈深[④]。
九曲黄河心较险，十重铁甲面堪憎。
时因酒色亡家国，几见诗书误好人？

这首诗单表为人难处：只因世路窄狭，人心叵测[⑤]，大道既远[⑥]，人情万端。熙熙攘攘[⑦]，都为利来；蚩蚩蠢蠢[⑧]，皆纳祸去。持身保家，万千反复。所以古人云：“颦有为颦，笑有为笑[⑨]，颦笑之间，最宜谨慎。”

这回书单说一个官人，只因酒后一时戏笑之言，遂至杀身破家，陷了[⑩]几条性命。且先引下一个故事来，权做个“得胜头回[⑪]”。

我朝元丰[⑫]年间，有一个少年举子[⑬]，姓魏名鹏举，字冲霄，年方一十八岁，娶得一个如花似玉的浑家。未及一月，只因春榜动，选场开[⑭]，魏生别了妻子，收拾行囊，上京应取[⑮]。临别时，浑家分付丈夫：“得官不得官，早早回来；休抛闪[⑯]了恩爱夫妻。”魏生答道：“功名二字，是俺本领前程，不索贤卿忧虑[⑰]。”别后登程到京，果然一举成名，榜上一甲第九名[⑱]，除授京职[⑲]，到差[⑳]甚是华艳动人。少不得修了一封家书，差人接取家眷入京。书上先叙了寒温及得官的事；后却写下一行道是：“我在京中早晚无人照管，已讨了一个小老婆。专候夫人到京，同享荣华。”

家人收拾书程[㉑]，一径到家，见了夫人，称说贺喜，因取家书呈上。夫人拆开看了，见是如此如此，这般这般，便对家人道："官人直恁负恩！甫能[22]得官，便娶了二夫人！"家人便道："小人在京，并没见有此事，想是官人戏谑之言。夫人到京便知端的[23]，休得忧虑。"夫人道："恁地说，我也罢了。"却因人舟未便，一面收拾起身，一面寻觅便人，先寄封平安家信到京中去。那寄书人到了京中，寻问新科魏进士寓所，下了家书，管待酒饭，自回不题。

却说魏生接书，拆开来看了，并无一句闲言闲语，只说道："你在京中娶了一个小老婆，我在家中也嫁了一个小老公，早晚同赴京师也。"魏生见了，也只道是夫人取笑的说话，全不在意。未及收好，外面报说有个同年[24]相访。京邸[25]寓中不比在家宽转，那人又是相厚[26]的同年，又晓得魏生并无家眷在内，直至里面坐下。叙了些寒温，魏生起身去解手。那同年偶翻桌上书贴，看见了这封家书，写得好笑，故意朗诵起来。魏生措手不及，通红了脸，说道："这是没理的事。因是小弟戏谑了他，他便取笑写来的。"那同年呵呵大笑道："这节事却是取笑不得的。"别了就去。

那人也是一个少年，喜谈乐道，把这封家书一节，顷刻间遍传京邸。也有一班妒忌魏生少年登高科的，将这桩事只当做风闻言事的一个小小新闻，奏上一本，说是魏生年少不检[27]，不宜居清要之职[28]，降处外任[29]。魏生懊悔无及。后来毕竟做官蹭蹬[30]不起，把锦片也似一段美前程，等闲[31]放过去了。

这便是一句戏言，撒漫[32]了一个美官。

今日再说一个官人，也只为酒后一时戏言，断送了堂堂七尺之躯，连累两三个人，枉屈害了性命。却是为着甚的？有诗为证：

世路崎岖实可哀，傍人笑口等闲开。
白云本是无心物，又被狂风引出来。

却说高宗[33]时，建都临安[34]，繁华富贵，不减那汴京故国[35]。去那城中箭桥左侧，有个官人姓刘名贵，字君荐。祖上原是有根基的人家[36]。到得君荐手中，却是时乖运蹇[37]，先前读书，后来看看不济，却去改业做生意。便是半路上出家的一般，买卖行中一发不是本等伎俩[38]。又把本钱消折去了。渐渐大房改换小房，赁[39]得两三间房子，与同浑家王氏，年少齐眉[40]；后因没有子嗣，娶下一个小娘子，姓陈，是陈卖糕的女儿，家中都呼为二姐。这也是先前不十分穷薄的时候做下的勾当[41]。至亲三口，并无闲杂人在家。那刘君荐极是为人和气，乡里见爱，都称他："刘官人，你是一时运限不好，如此落寞，再过几时，定时有个亨通的日子。”说便是这般说，哪得有些些好处？只是在家纳闷，无可奈何。

却说一日闲坐家中，只见丈人家里的老王，年近七旬，走来对刘官人说道：“家间老员外生日，特令老汉接取官人、娘子去走一遭。”刘官人便道：“便是我日逐[42]愁闷过日子，连那泰山的寿诞[43]也都忘了！”便同浑家王氏，收拾随身衣服，打迭个包儿，交与老王背了；分付二姐看守家中：“今日晚了，不能转回；明晚须索[44]来家。”说了就去。

离城二十余里，到了丈人王员外家，叙了寒温。当日座间客众，丈人、女婿不好十分叙述许多穷相[45]。到得客散，留在客房里歇宿。直到天明，丈人却来与女婿攀话，说道：“姐夫，你须不是这等算计。‘坐吃山空，立吃地陷’；‘咽喉深似海，日月快如梭[46]。你须计较一个常便[47]。我女儿嫁了你一生也指望丰衣足食，不成只是这等就罢了！”刘官人叹了一口气，道是：“泰山在上，道不得个‘上山擒虎易，开口告人难’。如今的时势，再有谁似泰山这般怜念我的？只索守困[48]。若去求人，便是劳而无功。”丈人便道：“这也难怪你说！老汉却是看你们不过，今日赍助你些少本钱[49]，胡乱[50]去开个柴米店，赚得些利息来过日子，却不好么？”刘官人道：“感蒙泰山恩顾，可知[51]是好。”当下吃了午饭，丈人取出十五贯钱来，付与刘官人道：“姐夫，且将这些钱去收拾起店面。开张有日，我便再应付[52]你十贯。你妻子且留在此过几日，待有了开店日子，老汉亲送女儿到你家，就来与你作贺。意下如何？”

刘官人谢了又谢；驮[53]了钱，一径出门。到得城中，天色却早晚了。却撞着一个相识，顺路在他家门首经过。那人也要做经纪[54]的人，就与他商量一会，可知是好。便去敲那人门时，里面有人应诺，出来相揖，便问：“老兄下顾，有何见教？”刘官人一一说知就里[55]。那人便道：“小弟闲在家中，老兄用得着时，便来相帮。”刘官人道：“如此甚好。”当下说了些生意的勾当，那人便留刘官人在家，现成杯盘，吃了三杯两盏。刘官人酒量不济，便觉有些朦胧起来，抽身作别，便道：“今日相扰，明早就烦老兄过寒家计议生理。”那人又送刘官人至路口，作别回家，不在话下。若是说话的[56]同年生，并肩长，拦腰抱住，把臂拖回，也不见得受这般灾晦[57]，却教刘官人死得不如：

《五代史》李存孝[58]，《汉书》中彭越[59]。

却说刘官人驮了钱，一步一步挨到家中敲门，已是点灯时分。小娘子二姐独自在家，没一些事做，守得天黑，闭了门，在灯下打瞌睡。刘官人打门，他哪里便听见？敲了半晌，方才知觉，答应一声：“来了！”起身开了门。

刘官人进去，到了房中，二姐替刘官人接了钱，放在桌上，便问：“官人何处挪移[60]这项钱来？却是甚用？”那刘官人一来有了几分酒，二来怪他开得门迟了，且戏言吓他一吓。便道：“说出来，又恐你见怪；不说时，又须通你得知。只是我一时无奈，没计可施，只得把你典[61]与一个客人。又因舍不得你，只典得十五贯钱。若是我有些好处，加利赎你回来，若是照前这般不顺溜[62]，只索罢了！”那小娘子听了，欲待不信，又见十五贯钱堆在面前；欲待信来，他平白与我没半句言语，大娘子又过得好，怎么便下得这等狠心辣手？疑惑不决，只得再问道：“虽然如此，也须通知我爹娘一声。”刘官人道：“若是通知你爹娘，此事断然不成。你明日且到了人家，我慢慢央人与你爹娘说通，他也须怪我不得。”小娘子又问：“官人今日在何处吃酒来？”刘官人道：“便是把你典与人，写了文书，吃他的酒才来的。”小娘子又问：“大姐姐如何不来？”刘官人道：“他因不忍见你分离，待得你明日出了门才来。这也是我没计奈何，一言为定。”说罢，暗地忍不住笑，不脱衣裳，睡在床上，不觉睡去了。

那小娘子好生摆脱不下：“不知他卖我与甚色样人家？我须先去爹娘家里说知。就是他明日有人来要我，寻到我家，也须有个下落。”沉吟了一会，却把这十五贯钱，一垛儿堆在刘官人脚后边，趁他酒醉，轻轻的收拾了随身衣服，款款的[63]开了门出去，拽上了门，却去左边一个相熟的邻舍叫做朱三老儿家里，与朱三妈借宿了一夜，说道：“丈夫今日无端[64]卖我，我须先去与爹娘说知。烦你明日对他说一声，既有了主顾，可同我丈夫到爹娘家中来讨个分晓，也须有个下落。”那邻居道：“小娘子说得有理。你只顾自去，我便与刘官人说知就里。”过了一宵，小娘子作别去了，不题。正是：

鳌鱼脱却金钩去，摆尾摇头再不回。

放下一头。却说这里刘官人一觉直至三更方醒，见桌上灯犹未灭，小娘子不在身边，只道他还在厨下收拾家伙，便唤二姐讨茶吃。叫了一回，没人答应，却待挣扎起来，酒尚未醒，不觉又睡了去。不想却有一个做不是的[65]，日间赌输了钱，没处出豁[66]，夜间出来掏摸些东西，却好到刘官人门首。因是小娘子出去了，门儿拽上不关，那贼略推一推，豁地开了。捏手捏脚，直到房中，并无一人知觉。到得床前，灯火尚明，周围看时，并无一物可取。摸到床上，见一人朝着里床睡去，脚后却有一堆青钱。便去取了几贯。不想惊觉了刘官人，起来喝道："你须不尽道理[67]！我从丈人家借办得几贯钱来养身活命，不争[68]你偷了我的去，却是怎的计结[69]？"那人也不回话，照面一拳。刘官人侧身躲过，便起身与这人相持。那人见刘官人手脚活动[70]，便拔步出房。刘官人不舍，抢出门来，一径赶到厨房里，恰待声张[71]邻舍起来捉贼。那人急了，正好没出豁，却见明晃晃一把劈柴斧头，正在手边。也是人急计生，被他绰[72]起一斧，正中刘官人面门，扑地倒了。又复一斧，斫倒一边。眼见得刘官人不活了，呜呼哀哉，伏惟尚飨[73]！那人便道："一不做，二不休。却是你来赶我，不是我来寻你索命。"翻身入房，取了十五贯钱，扯条单被包裹得停当，拽扎得爽利[74]，出门，拽上了门就走，不题。

次早邻舍起来，见刘官人家门也不开，并无人声息，叫道："刘官人！失晓[75]了！"里面没人答应。挨将进去，只见门也不关。直到里面，见刘官人劈死在地。他家大娘子两日前已自往娘家去了，小娘子如何不见？免不得声张起来。却有昨夜小娘子借宿的邻家朱三老儿说道："小娘子昨夜黄昏时到我家宿歇，说道刘官人无端卖了他，他一径先到爹娘家里去了。教我对刘官人说，既有了主顾，可同到他爹娘家中，也讨得个分晓。今一面着人去追他转来，便有下落；一面着人去报他大娘子到来，再作区处[76]。"众人都道："说得是。"

先着人去到王老员外家报了凶信。老员外与女儿大哭起来，对那人道："昨日好端端出门，老汉赠他十五贯钱，教他将来[77]作本，如何便恁的被人杀了？"那去的人道："好教老员外、大娘子得知：昨日刘官人归时，已自昏黑，吃得半酣[78]，我们都不晓得他有钱没钱，归迟归早。只是今早刘官人家门儿半开，众人推将进去，只见刘官人杀死在地；十五贯钱一文也不见，小娘子也不见踪迹。声张起来，却有左邻朱三老儿出来，说道他家小娘子昨夜黄昏时分，借宿他家。小娘子说道刘官人无端把他典与人了，小娘子要对爹娘说一声；住了一宵，今日径自去了。如今众人计议，一面来报大娘子与老员外，一面着人去追小娘子。若是半路里追不着的时节，直到他爹娘家中，好歹[79]追他转来，问个明白。老员外与大娘子须索去走一遭，与刘官人执命[80]。"老员外与大娘子急急收拾起身，管待来人酒饭；三步作一步，赶入城中。不题。

却说那小娘子清早出了邻舍人家，挨上路去，行不上一二里，早是脚疼走不动，坐在路旁。却见一个后生，头带万字头巾，身穿直缝宽衫，背上驮了一个搭膊[81]，里面却是铜钱，脚下丝鞋净袜[82]，一直走上前来。到了小娘子面前，看了一看，虽然没有十二分颜色，却也明眉皓[83]齿，莲脸生春[84]，秋波送媚，好生动人！正是：

野花偏艳目，村酒醉人多。

那后生放下搭膊，向前深深作揖："小娘子独行无伴，却是往哪里去的？"小娘子还了万福[85]道："是奴家[86]要往爹娘家去。因走不上，权[87]歇在此。"因问："哥哥是何处来？今要往何方去？"那后生叉手不离方寸[88]："小人[89]是村里人，因往城中卖了丝账，讨得些钱，要往褚家堂那边去的。"小娘子道："告哥哥则个。奴家爹娘也在褚家堂左侧，若得哥哥带挈[90]奴家同走一程，可知是好。"那后生道："有何不可？既如此说，小人情愿伏侍小娘子前去。"

两个厮赶[91]着，一路正行，行不到三二里田地，只见后面两个人脚不点地[92]赶上前来，赶得汗流气喘，衣服拽开，连叫："前面小娘子慢走！我却有话说知！"小娘子与那后生看见赶得跷蹊[93]，都立住了脚。后边两个赶到跟前，见了小娘子与那后生，不容分说，一家扯了一个，说道："你们干得好事！却走往那里去？"小娘子吃了一惊，举眼看时，却是两家邻舍，一个就是小娘子昨夜借宿的主人。小娘子便道："昨夜也须告过公公得知，丈夫无端卖我，我自去对爹娘说知。今日赶来，却有何说？"朱三老道："我不管闲账[94]。只是你家里有杀人公事，你须回去对理。"小娘子道："丈夫卖我，昨日钱已驮在家中，有甚杀人公事？我只是不去。"朱三老道："好自在性儿！你若真个不去，叫起地方[95]；有杀贼人在此，烦为一捉。不然，须要连累我们，你这里地方不得清净！"

那个后生见不是话头，便对小娘子道："既如此说，小娘子只索回去。小人自家去休[96]。"那两个赶来的邻舍，齐叫起来，说道："若是没有你在此便罢；既然你与小娘子同行同止，你须也去不得！"那后生道："却又古怪！我自半路遇见小娘子，偶然伴他行一程，路途上有甚皂丝麻线[97]，要勒掯[98]我回去？"朱三老道："他家有了杀人公事，不争放你去了，却打没对头官司？"当下怎容小娘子与那后生做主。看的人渐渐立满，都道："后生，你去！不得你'日间不作亏心事，半夜敲门不吃惊'，便去何妨？"那赶来的邻舍道："你若不去，便是心虚。我们却和你罢休不得！"四个人只得厮挽[99]着一路转来。

到得刘官人门首，好一场热闹！小娘子入去看时，只见刘官人斧劈倒在地死了，床上十五贯钱，分文也不见，开了口合不得，伸了舌缩不上去。那后生也慌了，便道："我恁的晦气！没来由和那小娘子同走一程，却做了干连[100]人。"众人都和闹着，正在那里分豁[101]不开，只见王员外和女儿一步一攧[102]走回家来，见了女婿尸身，哭了一场，便对小娘子道："你却如何杀了丈夫，劫了十五贯钱逃走出去？今日天理昭然[103]，有何理说？"小娘子道："十五贯钱委[104]是有的。只是丈夫昨晚回来，说是无计奈何，将奴家典与他人，典得十五贯身价在此，说过今日便要奴家到他家去。奴家因不知他典与甚色样人家，先去与爹娘说知。故此趁夜深了，将这十五贯钱，一垛儿堆在他脚后边，拽上门，到朱三老家住了一宵，今早自去爹娘家里说知。我去之时，也曾央朱三老对我丈夫说，既然有了主儿，便同到我爹娘家里交割[105]。却不知因甚杀死在此？"那大娘子道："可又来！我的父亲昨日明明把十五贯钱与他驮来作本，养赡[106]妻小，他岂有哄你说是典来身价之理？这是你两日因独自在家，勾搭上了人，又见家中好生不济[107]，无心守耐[108]，又见了十五贯钱，一时见财起意，杀死丈夫，劫了钱，又使见识[109]，往邻舍家借宿一夜，却与汉子通同计较，一处逃走。现今你跟着一个男子同走，却有何理说，抵赖得过？"众人齐声道："大娘子之言，甚是有理！"又对那后生道："后生！你却如何与小娘子谋杀亲夫？却暗暗约定在僻静处等候，一同去逃奔他方，却是如何计结？"那人道："小人自姓崔名宁，与那小娘子无半面之识。小人昨晚入城卖得几贯丝钱在这里，因路上遇见小娘子，小人偶然问起往哪里去的，却独自一个行走。小娘子说起是与小人同路，以此作伴同行。却不知前后因依[110]。"

众人哪里肯听他分说，搜索他搭膊中，恰好是十五贯钱，一文也不多，一文也不少！众人齐发起喊来，道是："天网恢恢，疏而不漏[111]！你却与小娘子杀了人，拐了钱财，盗了妇女，同往他乡。却连累我地方邻里打没头官司！"当下大娘子结扭了小娘子，王老员外结扭了崔宁，四邻舍都是证见，一哄都入临安府中来。

那府尹[112]听得有杀人公事，即便升堂，便叫一干人犯逐一从头说来。先是王老员外上去告说："相公[113]在上，小人是本府村庄人氏，年近六旬，只生一女，先年嫁与本府中刘贵为妻，后因无子，娶了陈氏为妾，呼为二姐。一向三口在家过活，并无片言。只因前日是老汉生日，差人接取女儿、女婿到家住了一夜，次日因见女婿家中全无活计，养赡不起，把十五贯钱与女婿作本开店养身。却有二姐在家看守，到得昨夜，女婿到家时分，不知因甚原故，将女婿斧劈死了；二姐却与一个后生，名唤崔宁，一同逃走，被人追捉到来。望相公可怜见老汉的女婿身死不明，奸夫淫妇，赃证见在，伏乞[114]相公明断！”府尹听得如此如此，便叫：“陈氏上来！你却如何通同奸夫杀死了亲夫，劫了钱，与人一同逃走？是何理说？”二姐告道：“小妇人嫁与刘贵，虽是个小老婆，却也得他看承[115]得好，大娘子又贤慧，却如何肯起这片歹心？只是昨晚丈夫回来，吃得半酣，驮了十五贯钱进门。小妇人问他来历，丈夫说道为因养赡不周[116]，将小妇人典与他人，典得十五贯身价在此。又不通我爹娘得知，明日就要小妇人到他家去。小妇人慌了，连夜出门，走到邻舍家里借宿一宵，今早一径先往爹娘家去。教他对丈夫说：既然卖我有了主顾，可到我爹妈家里来交割。才走得到半路，却见昨夜借宿的邻家赶来，捉住小妇人回来。却不知丈夫杀死的根由。”那府尹喝道：“胡说！这十五贯钱，分明是他丈人与女婿的，你却说是典你的身价，眼见的没巴臂的说话[117]了。况且妇人家如何黑夜行走？定是脱身之计！这桩事须不是你一个妇人家做的，一定有奸夫帮你谋财害命。你却从实说来！”

那小娘子正待分说，只见几家邻舍，一齐跪上去告道：“相公的言语，委是青天[118]！他家小娘子昨夜果然借宿在左邻第二家的，今早他自去了。小的们见他丈夫杀死，一面着人去赶，赶到半路，却见小娘子和那一个后生同走，苦死[119]不肯回来。小的们勉强捉他转来。却又一面着人去接他大娘子与他丈人，到时，说昨日有十五贯钱付与女婿做生意的，今者女婿已死，这钱不知从何而去，再三问那小娘子时，说道他出门时，将这钱一堆儿堆在床上。却去搜那后生身边，十五贯钱分文不少，却不是小娘子与那后生通同谋杀！赃证分明，却如何赖得过？”

府尹听他们言言有理，就唤那后生上来道：“帝辇之下，怎容你这样胡行！你却如何谋了他小老婆，劫了十五贯钱，杀死他亲夫，今日同往何处？从实招来！”那后生道：“小人姓崔名宁，是乡村人氏。昨日往城中卖了丝，卖得十五贯钱。今早偶然路上撞着这小娘子。并不知他姓甚名谁，那里晓得他家杀人公事？”府尹大怒，喝道：“胡说！世间不信有这等巧事，他家失去了十五贯钱，你却卖的丝恰好也是十五贯钱。这分明是支吾[120]的说话了。况且他妻莫爱，他马莫骑。你既与那妇人没甚首尾[121]，却如何与他同行同宿？你这等顽皮赖骨，不打如何肯招！”

当下众人将那崔宁与小娘子死去活来拷打一顿。那边王老员外与女儿并一干邻右人等，口口声声咬他二人。府尹也巴不得了结这段公案。拷讯一回，可怜崔宁和小娘子受刑不过，只得屈招了，说是一时见财起意，杀死亲夫，劫了十五贯钱，同奸夫逃走是实。左邻右舍都指画了十字。将两人大枷枷了，送入死囚牢里。将这十五贯钱给还原主。也只好奉与衙门中人做使用，也还不够哩！

府尹迭成文案[122]，奏过朝廷，部复申详[123]，倒下圣旨，说崔宁不合奸骗人妻，谋财害命，依律处斩；陈氏不合通同奸夫杀死亲夫，大逆不道，凌迟[124]示众。当下读了招状，大牢内取出二人来，当厅判一个“斩”字，一个“剐”字，押赴市曹[125]行刑示众。两人浑身是口，也难分难说。正是：

哑子漫尝黄檗[126]味，难将苦口对人言。

看官听说：这段公事，果然是小娘子与那崔宁谋财害命的时节，他两人须连夜逃走他方，怎的又去邻舍人家借宿一宵，明早又走到爹娘家去，却被人捉住了？这段冤枉，仔细可以推详[127]出来。谁想问官糊涂，只图了事，不想捶楚[128]之下，何求不得！冥冥[129]之中，积了阴骘[130]，远在儿孙近在身，他两个冤魂也须放你不过。所以做官的切不可率意断狱[131]，任情[132]用刑，也要求个公平明允[133]。道不得个死者不可复生，断者不可复续。可胜叹哉[134]？

闲话休题。却说那刘大娘子到得家中，设个灵位，守孝过日。父亲王老员外劝他转身[135]，大娘子说道：“不要说起三年之久，也须到小祥[136]之后。”父亲应允自去。

光阴迅速，大娘子在家巴巴结结[137]，将近一年。父亲见他守不过，便叫家里老王去接他来，说：“叫大娘子收拾回家，与刘官人做了周年，转了身去罢。”大娘子没计奈何，细思父言，亦是有理，收拾了包裹，与老王背了，与邻舍家作别，暂去再来。一路出城，正值秋天，一阵乌风猛雨，只得落路往一所林子去躲。不想走错了路，正是：

猪羊走屠宰之家，一脚脚来寻死路。

走入林子里去，只听他林子背后大喝一声：“我乃静山大王在此！行山住脚，须把买路钱与我！”大娘子和那老王吃那一惊不小，只见跳出一个人来：

头带干红凹面巾，身穿一领旧战袍，腰间红绢搭膊裹肚，脚下蹬一双乌皮皂靴，手执一把朴刀。

舞刀前来。那老王该死，便道：“你这剪径的毛团[138]！我须是认得你。做这老性命着与你兑[139]了罢！”一头撞去，被他闪过空，老人家用力猛了，扑地便倒。那人大怒道：“这牛子[140]好生无礼！”连搠[141]一两刀，血流在地，眼见得老王养不大[142]了。那刘大娘子见他凶猛，料道脱身不得，心生一计，叫做脱空计[143]。拍手叫道：“杀得好！”那人便住了手，睁圆怪眼，喝道：“这是你甚么人？”那大娘子虚心假气的答道：“奴家不幸，丧了丈夫，却被媒人哄诱，嫁了这个老儿，只会吃饭。今日却得大王杀了，也替奴家除了一害。”那人见大娘子如此小心，又生得有几分颜色，便问道：“你肯跟我做了压寨夫人[144]么？”大娘子寻思，无计可施，便道：“情愿伏侍大王。”那人回嗔作喜[145]，收拾了刀杖，将老王尸首撺[146]入涧中；领了刘大娘子到一所庄院前来，甚是委曲[147]。只见大王向那地上抬些土块，抛向屋上去，里面便有人出来开门。到得草堂之上，分付杀羊备酒，与刘大娘子成亲。两口儿且是说得着[148]。正是：

明知不是伴，事急且相随。

不想那大王自得了刘大娘子之后，不上半年，连起了几注大财，家间也丰富了。大娘子甚是有识见，早晚用好言语劝他：“自古道：‘瓦罐不离井上破，将军难免阵中亡[149]。你我两人，下半世也够吃用了，只管做这没天理的勾当，终须不是个好结果。却不道是‘梁园[150]虽好，不是久恋之家’。不若改行从善，做个小小经纪，也得个养身活命。”那大王早晚被他劝转，果然回心转意，把这门道路撇[151]了，却去城市间赁下一处房屋，开了一个杂货店。遇闲暇的日子，也时常去寺院中念佛赴斋。

忽一日在家闲坐，对那大娘子道：“我虽是个剪径的出身，却也晓得冤各有头，债各有主。每日间只是吓骗人东西，将来过日子；后来得有了你。一向不大顺溜，今已改行从善。闲来追思既往，正会枉杀了两个人，又冤陷了两个人，时常挂念，思欲做些功德，超度他们[152]，一向不曾对你说知。”大娘子便道：“如何是枉杀了两个人？”那大王道：“一个是你丈夫，前日在林子里的时节，他来撞我，我却杀了他。他须是个老人家，与我往日无仇，如今又谋了他老婆，他死也是不肯甘心的。”大娘子道：“不恁的时，我却那得与你厮守？这也是往事，休题了。”又问：“杀那一个又是甚人？”那大王道：“说起来这个人，一发天理上放不过去，且又带累了两个人，无辜偿命。是一年前，也是赌输了：身边并无一文，夜间便去掏摸些东西。不想到一家门首，见他门也不闩，推进去时，里面并无一人。摸到门里，只见一人醉倒在床；脚后却有一堆铜钱。便去摸他几贯，正待要走，却惊醒了那人，起来说道：‘这是我丈人家与我做本钱的，不争你偷去了，一家人口都是饿死！’起身抢出房门，正待声张起来。是我一时见他不是话头[153]，却好一把劈柴斧头在我脚边，这叫做人急计生，绰起斧来，喝一声道：‘不是我，便是你！’两斧劈倒。却去房中将十五贯钱尽数取了。后来打听得他，却连累了他家小老婆，与那一个后生，唤做崔宁，冤枉了他谋财害命，双双受了国家刑法。我虽是做了一世强人，只有这两桩人命是天理人心打不过去的。早晚还要超度他也是该的。”

那大娘子听说，暗暗地叫苦：“原来我的丈夫也是吃这厮[154]杀了！又连累了我家二姐与那个后生无辜受戮[155]。思量起来，是我不合当初做弄他两人偿命，料他两人阴司中也须放我不过！”当下权且欢天喜地，并无他说。明日捉个空，便一径到临安府前叫起屈来。

那时，换了一个新任府尹，才得半月，正值升厅，左右[156]捉将那叫屈的妇人进来。刘大娘子到于阶下，放声大哭。哭罢，将那大王前后所为：“怎的杀了我丈夫刘贵，问官不肯推详，含糊了事，却将二姐与那崔宁朦胧[157]偿命；后来又怎的杀了老王，奸骗了奴家。今日天理昭然，一一是他亲口招承，伏乞相公高抬明镜[158]，昭雪前冤！”说罢又哭。

府尹见他情词可悯，即着人去捉那静山大王到来，用刑拷讯，与大娘子口词一些不差。即时问成死罪，奏过官里。待六十日限满，倒下圣旨来：“勘[159]得静山大王谋财害命，连累无辜，准律杀一家非死罪三人者斩加等[160]，决不待时[161]；原问官断狱失情，削职为民；崔宁与陈氏枉死可怜，有司[162]访其家，量行优恤[163]，王氏既系强徒威逼成亲，又能伸雪夫冤，着将贼人家产一半没入官[164]，一半给与王氏，养赡终身。”

刘大娘子当日往法场上看决了静山大王，又取其头去祭献亡夫，并小娘子及崔宁，大哭一场。将这一半家私舍[165]入尼姑庵中。自己朝夕看经念佛，追荐亡魂[166]，尽老百年而终。

有诗为证：

善恶无分总丧躯，只因戏语酿灾危。
劝君出语须诚实，口舌从来是祸基[167]。

① 本篇选自《京本通俗小说》卷十五。冯梦龙编《醒世恒言》卷三十三也入选，题为

《十五贯戏言成巧祸》。 ② 懵(měng)懂：糊涂，不明事理。 ③ 眉睫浅：目光短浅。 ④ 戈矛：指矛盾、争端。笑谈深：玩笑开得太过头。 ⑤ 叵（pǒ）测：不可测。 ⑥ 大道既远：指人们不按做人的正道做事。 ⑦ 熙熙攘攘：纷繁忙乱的样子。 ⑧ 蚩蚩蠢蠢：愚昧无知的样子。 ⑨ 颦（pín）有为颦，笑有为笑：指人的忧喜都各有原因。颦，皱眉，忧愁的样子。 ⑩ 陷了：害了。 ⑪ “得胜头回”：宋元说话人在讲正文故事之前，为下等候听众或为了静场，常在开头有一段“入话”(意思是进入正文故事)。“入话”形式有诗词、议论，也有用一段小故事的，用小故事的，称为“头回”或“得胜头回”。 ⑫ 元丰：北宋神宗赵顼（xū）年号（1078—1085）。 ⑬ 举子：参加科举考试的读书人。 ⑭ 春榜动：指考进士的日期已近。唐宋以来选取进士的考试在春天举行，称为春试。选场：考场。 ⑮ 应取：即应试。 ⑯ 抛闪：丢下。 ⑰ 不索：不须。贤卿：丈夫对妻子的爱称。 ⑱ 一甲：古代科举考试，会试录取后还须参加由皇帝亲自主持的殿试，成绩分为一甲、二甲、三甲，每甲录取若干名。一甲第一名称为状元。 ⑲ 除授：任命。京职：在首都任职。 ⑳ 到差：赴任，上任。 ㉑ 书：书信。程：程仪，送给人的路费。这里泛指行李。 ㉒ 甫能：刚刚。 ㉓ 端的：真情，究竟。 ㉔ 同年：指同一次考取举人或进士的人。 ㉕ 京邸(dǐ)：京中寓所。 ㉖ 相厚：交情较深的。 ㉗ 不检：不检点，言行不合道德规范。 ㉘ 清要之职：地位高、职务重要的官职。 ㉙ 降处外任：降职处理，放到外地去做官。 ㉚ 蹭（cèng）蹬（dèng)：失意，运气不好。 ㉛ 等闲：随随便便地。 ㉜ 撒漫：抛失，丢掉。 ㉝ 高宗：南宋第一个皇帝赵构。 ㉞ 临安：今浙江省杭州市。 ㉟ 汴京：今河南省开封市，北宋都城。旧国：旧日的国都。 ㊱ 有根基的人家：富贵人家。 ㊲ 时乖运蹇（jiǎn)：命运不好。 ㊳ 一发：更加。本等伎俩：原本所学的技能。 ㊴ 赁（lìn)：租。 ㊵ 齐眉：形容夫妻和美。东汉时孟光对丈夫十分体贴，丈夫梁鸿做工回家，孟光总是举案齐眉(把盛着食品的托盘恭敬地举到眉际)。 ㊶ 勾当：事情。 ㊷ 日逐：每天。 ㊸ 泰山：岳父。寿诞：生日。 ㊹ 须索：必定。 ㊺ 穷相：生活困窘的情况。 ㊻ “咽喉”二句：是说日子过得很快，而每天都要吃饭，生活是很艰难的。 ㊼ 计较：考虑。常便：长远的打算。 ㊽ 只索：只得。守困：守着穷困的日子，指无法可想。 ㊾ 赍(jī)助：用钱财帮助。 ㊿ 胡乱：随便。 51 可知：当然。 52 应付：这里是资助的意思。 53 驮（tuó)：用肩背扛。 54 做经纪：做买卖。 55 就里：底细，详情。 56 说话的：说书人。 57 灾晦：灾难。 58 李存孝：五代时后唐李克用的养子，被人陷害，车裂而死。事见《五代史》。 59 彭越：汉初名将，有人告发他谋反，被刘邦砍成肉酱而死。事见《汉书》。 60 挪移：借。 61 典：典当。 62 不顺溜：不顺利。 63 款款地：慢慢地。 64 无端：无缘无故。 65 做不是的：干坏事的人，这里指小偷。 66 出豁：想出办法。 67 须：实在。不尽道理：不讲道理。 68 不争：要是。 69 计结：了结。 70 活动：机敏灵活。 71 恰待：正要。声张：呼喊。 72 绰（chāo）起：抓起。 73 “呜呼”二句：旧时祭文哀悼死者的套语。伏惟尚飨（xiǎng)，请来享用祭品吧。 74 拽扎得爽利：包扎得干净利落。 75 失晓：睡得不知道天已经亮了。 76 区处：处理，安排。 77 将来：拿来。 78 酣：醉。 79 好歹：无论如何。 80 执命：做主追究。 81 搭膊：一种长袋子，中间开口，两头可放东西，用时搭在肩上。 82 净袜：本色布袜。 83 皓：洁白。 84 莲脸生春：形容容貌姣美。 ⑧⑤万福：古时妇女行礼，一面两手松松抱拳在胸前右下侧上下移动，一面说“万福”。 ⑧⑥奴家：古时妇女自称。 ⑧⑦权：暂且。 ⑧⑧叉手不离方寸：表示行礼时十分恭敬。方寸，心。 ⑧⑨小人：后生自称。 ⑨⓪带挈（qiè）：带领。 ⑨①厮赶：相跟，即结伴赶路。 ⑨②脚不点地：形容飞快行走。 ⑨③跷（qiāo）蹊（qī）：奇怪。 ⑨④闲账：闲事。 ⑨⑤地方：指在一个地区维持治安、管理民事的基层小吏。 ⑨⑥休：语助词，算了，罢了。 ⑨⑦皂丝麻线：比喻有牵连。 ⑨⑧勒掯（kèn）：逼迫。 ⑨⑨厮挽：互相扭结。 ⑩⓪干连人：脱不了关系的人。 ⑩①分豁：摆脱，分解。 ⑩②一步一攧（diān）：形容跌跌撞撞，走得很急的样子。 ⑩③天理：公理。过去认为上天最公正，故称公理为天理。昭然：清清楚楚的样子。 ⑩④委：确实。 ⑩⑤交割：交代。 ⑩⑥养赡（shàn）：赡养，养活。 ⑩⑦好生不济：指生活十分艰难。 ⑩⑧守耐：安心忍耐。 ⑩⑨使见识：耍小聪明，用计骗人。 ⑪⓪前后因依：事情发展的前后因由。 ⑪①“天网”二句：法律的网像天那么广大，网眼虽宽，也绝不会漏掉一个犯罪的人。 ⑪②府尹：一府的最高行政长官。 ⑪③相公：犹如说“长官”，是老百姓对官员的尊称。 ⑪④伏乞：表示恭敬地请求。 ⑪⑤看承：看待，照顾。 ⑪⑥养赡不周：养赡得不周全，即难以养活之意。 ⑪⑦没巴臂的说话：没有根据的活，即编造的谎言。 ⑪⑧青天：旧时代老百姓对公正贤明官吏的美称。 ⑪⑨苦死：拼命。 ⑫⓪支吾：抵赖搪塞。 ⑫①首尾：关系。 ⑫②迭成文案：做成公文案卷。 ⑫③部复：由刑部批复了处理办法。申详：向皇帝报告。 ⑫④凌迟：一种酷刑，用刀剐使犯人慢慢致死。 ⑫⑤市曹：闹市。古时处决犯人多在闹市，以示惩戒。 ⑫⑥漫尝：不要尝。黄蘖（bò）：草药名，味极苦。 ⑫⑦推详：推究考察。 ⑫⑧捶楚：严刑拷打。 ⑫⑨冥冥：昏暗的地方，暗中。 ⑬⓪积了阴骘（zhì）：指暗中做了好事，有德于人。阴骘，阴德。这里反用其意，是指损了阴德。 ⑬①率意断狱：草率随意地判案。 ⑬②任情：随心所欲地。 ⑬③明允：明白公允。 ⑬④可胜（shēng）叹哉：真是令人感叹不尽啊。 ⑬⑤转身：改嫁。 ⑬⑥小祥：穿丧服满一年。按封建礼教，妇女死了丈夫，一般要服丧三年才能改嫁，至少也要守满一年。 ⑬⑦巴巴结结：形容勉强度日，十分困难。 ⑬⑧剪径的毛团：拦路抢劫的畜生。 ⑬⑨兑：换，拼。 ⑭⓪牛子：骂人性情执拗。 ⑭①搠（shuò）：刺。 ⑭②养不大：指死。 ⑭③脱空计：脱身的计策。 ⑭④压寨夫人：指强盗头领的妻子。因强盗多占居山头，因称强盗首领为寨主，其妻即称为压寨夫人。 ⑭⑤回嗔（chēn）作喜：转怒为喜。 ⑭⑥撺（cuān）：抛。 ⑭⑦委曲：这里形容道路曲折。 ⑭⑧且是：倒是。说得着：说话投机。 ⑭⑨“瓦罐”二句：比喻老干强盗行劫之事，难免有一天会落入法网的。 ⑮⓪梁园：汉代梁孝王在汴京东南修建的大花园。 ⑮①撇：丢弃。 ⑮②功德：旧时迷信，认为念佛诵经可以超度亡魂、消灾得福，叫“功德”。超度：让亡魂脱离地狱。 ⑮③不是话头：话中的意思对自己不利。 ⑮④这厮：这家伙。 ⑮⑤受戮（lù）：被处死。 ⑮⑥左右：衙门里的公差。 ⑮⑦朦胧：糊里糊涂地。 ⑮⑧高抬明镜：指官吏判案清明公正。 ⑮⑨勘：勘案，调查。 ⑯⓪准律：依照法律。加等：加倍。 ⑯①决不待时：意即判处死刑，立即执行。古时死刑多在秋天执行，但重大案犯可以不待秋天，立即执行。 ⑯②有司：主管官员。 ⑯③量行优恤（xù）：根据实际情况给予优厚抚恤。 ⑯④没入官：没收归官府。 ⑯⑤舍：施舍。 ⑯⑥追荐亡魂：为死者做佛事，以使他的灵魂得到安宁、幸福。 ⑯⑦口舌：指说括。祸基：灾祸的根源。（这是一篇公案小说。

作品通过善良无辜的陈二姐和崔宁被冤屈处死，以及最后得到昭雪的过程，揭露了封建社会官吏滥施刑罚、胡乱判案、草菅人命的罪行。作者对善良无辜的受害者表现出深切的同情，对昏庸残暴的官吏投以愤怒的谴责。但作者在真实地写出这个社会悲剧的同时，又将悲剧的产生归结为“戏言酿祸”，这反映了处于下层的市民群众建立在狭隘生活经验基础上的思想和心理，这种认识削弱了小说主题的批判力量。小说在构思上，在叙事艺术和语言上，都反映了宋元话本的艺术成就。）

七　元代杂剧

关汉卿

窦娥冤[1]

楔　子[2]

（卜儿[3]蔡婆婆上，诗云）花有重开日[4]，人无再少年；不须长富贵，安乐是神仙。老身蔡婆婆是也，楚州[5]人氏，嫡亲三口儿家属。不幸夫主亡逝已过，止有一个孩儿，年长八岁。俺娘儿两个，过其日月。家中颇有些钱财。这里一个窦秀才，从去年向我借了二十两银子，如今本利该银四十两。我数次索取，那窦秀才只说贫难，没得还我。他有一个女儿，今年七岁，生得可喜，长得可爱，我有心看上他，与我家做个媳妇，就准[6]了这四十两银子，岂不两得其便。他说今日好日辰，亲送女儿到我家来。老身且不索钱去，专在家中等候。这早晚窦秀才敢待来也[7]。（冲末[8]扮窦天章引正旦[9]扮端云上，诗云）读尽缥缃[10]万卷书，可怜贫杀马相如[11]；汉庭一日承恩召，不说当垆说子虚[12]。小生姓窦，名天章，祖贯长安京兆[13]人也。幼习儒业，饱有文章；争奈[14]时运不通，功名未遂。不幸浑家[15]亡化已过，撇下这个女孩儿，小字端云，从三岁上亡了他母亲，如今孩儿七岁了也。小生一贫如洗，流落在这楚州居住。此间一个蔡婆婆，他家广有钱物；小生因无盘缠[16]，曾借了他二十两银子，到今本利该对还[17]他四十两。他数次问小生索取，教我把甚么还他？谁想蔡婆婆常常着人[18]来说，要小生女孩儿做他儿媳妇。况如今春榜动，选场开[19]，正待上朝取应[20]，又苦盘缠缺少。小生出于无奈，只得将女孩儿端云送与蔡婆婆做儿媳妇去。（做叹科[21]，云）嗨！这个那里是做媳妇？分明是卖与他一般。就准了他那先借的四十两银子，分外[22]但得些少东西，勾[23]小生应举之费，便也过望了。说话之间，早来到他家门首。婆婆在家么？（卜儿上，云）秀才，请家里坐，老身等候多时也。（做相见科。窦天章云）小生今日一径的[24]将女孩儿送来与婆婆，怎敢说做媳妇，只与婆婆早晚使用。小生目下就要上朝进取功名去，留下女孩儿在此，只望婆婆看觑则个[25]。（卜儿云）这等，你是我亲家了。你本利少我四十两银子，兀的[26]是借钱的文书，还了你；再送与你十两银子做盘缠。亲家你休嫌轻少。（窦天章做谢科，云）多谢了婆婆。先少你许多银子，都不要我还了，今又送我盘缠，此恩异日必当重报。婆婆，女孩儿早晚呆痴[27]，看小生薄面，看觑女孩儿咱[28]。（卜儿云）亲家，这不消你嘱咐，令爱到我家，就做亲女儿一般看承他，你只管放心的去。（窦天章云）婆婆，端云孩儿该打呵，看小生面则[29]骂几句；当骂呵，则处分[30]几句。孩儿，你也不比在我跟前，我是你亲爷，将就的你；你如今在这里，早晚若顽劣呵，你只讨那打骂吃，儿呀！我也是出于无奈。（做悲科，唱）

【仙吕赏花时[31]】我也只为无计营生四壁贫，因此上割舍得亲儿[32]在两处分。从今日远践洛阳[33]尘，又不知归期定准，则落的无语暗消魂。（下）

（卜儿云）窦秀才留下他这女孩儿与我做媳妇儿，他一径上朝应举去了。（正旦做悲科，云）爹爹，你直下的[34]撇了我孩儿去也！（卜儿云）媳妇儿，你在我家，我是亲婆，你是亲媳妇，只当自家骨肉一般。你不要啼哭，跟着老身前后执料去来[35]。（同下）

①剧名全称是《感天动地窦娥冤》。 ②楔（xiē）子：一种用以塞木器缝隙的小木片。元杂剧体制，一般为每本四折，四折之外，有时为了交代故事缘由或连接剧情，加上一个近于序幕或过场戏的小场子（前一种加在第一折之前，后一种加在折与折之间），称为楔子。 ③卜儿：元杂剧角色名，在剧中扮演老妇人。 ④“花有重开日”四句：这是戏剧开始时的定场诗。定场诗之后，人物有一段独白，叫定场白。其作用在介绍剧情，叙述人物身世，安定观众情绪。 ⑤楚州：今江苏省淮安县。 ⑥准：抵偿。 ⑦这早晚：这时候。敢待：大概，就要。 ⑧冲末：末是元杂剧角色名，扮演男角，相当于京剧中的“生”。末又分为正末（男主角）、副末、冲末、外末、小末等。 ⑨正旦：旦是元杂剧角色名，扮演女角。旦又分为正旦（女主角）、副旦、贴旦、外旦、小旦、大旦、老旦、花旦，色旦、搽旦等。 ⑩缥（piǎo）缃（xiāng）：缥是青白色的绸子，湘是淡黄色的绸子，古人用来包书或作书囊，后因以代指书卷。 ⑪贫杀：即贫煞，穷得很。马相如：司马相如，汉代著名文学家。 ⑫“汉庭”二句；司马相如早年十分贫困，与卓文君相爱后，在成都卖酒，文君当垆沽酒，司马相如洗涤酒器。后来他写作《子虚赋》，汉武帝读后十分

赏识，因此召他到朝中作官。⑬祖贯：祖上所居之地。京兆：本指汉代长安及其附近地区，这里指京都。⑭争奈：怎奈。⑮浑家：妻子。⑯盘缠：本指路费，这里指生活费用。⑰对还：加倍偿还。⑱着人：派人。⑲春榜动，选场开：唐宋时期进士考试都在春天，因此称为春榜。选场，试场。这两句是说进士考试就要开始了。⑳上朝取应：进京赴考。㉑科：元杂剧剧本中表示人物动作、表情或提示舞台效果的术语。叹科就是演员做出叹息的动作表情。㉒分外：额外。㉓勾：同“够”。㉔一径的：直接的。㉕看觑（qù）：照顾。则个：表示希望的语尾助词。㉖兀的：有时也写作“兀底”“兀得”“阿的”，指示词，这个、这里的意思。有时也兼表惊叹或郑重的语气。㉗早晚：随时。呆痴：愚笨，不懂事。㉘咱：语尾助词，这里表示希望。㉙则：只。㉚处分：吩咐、开导。㉛仙吕赏花时：戏曲宫调和曲牌的名称。宫调是古代戏曲里使用的乐调，常用的有仙吕、南吕、中吕、黄钟、正宫、大石、双调、商调、越调等九种。赏花时是仙吕调中的一个曲牌。㉜亲儿：父亲与女儿。㉝洛阳：代指京城。㉞直下的：竟然下得了这样的狠心。直，简直，竟然。下的，即下得。㉟执料：照料。去来：即去，来是语尾助词，无义。（楔子相当于全剧的序幕。在剧情展开之前，作者先在楔子里简要地介绍了窦娥悲惨的身世。窦天章穷困潦倒，被迫出卖亲生女儿，上京应考。一开始就将窦娥悲剧的根源指向罪恶的社会。窦天章的赴考，又为后文窦娥冤屈的昭雪先伏一笔。）

第一折①

（净扮赛卢医②上，诗云）行医有斟酌，下药依《本草》③；死的医不活，活的医死了。自家姓卢，人道我一手好医，都叫做赛卢医，在这山阳县南门开着生药局④。在城⑤有个蔡婆婆，我问他借了十两银子，本利该还他二十两；数次来讨这银子，我又无的还他。若不来便罢，若来呵，我自有个主意。我且在这药铺中坐下，看有甚么人来？（卜儿上，云）老身蔡婆婆。我一向搬在山阳县居住，尽也静办⑥。自十三年前窦天章秀才留下端云孩儿与我做儿媳妇，改了他小名，唤做窦娥。自成亲之后，不上二年，不想我这孩儿害弱症⑦死了。媳妇儿守寡，又早⑧三个年头，服孝⑨将除了也。我和媳妇儿说知，我往城外赛卢医家索钱去也。（做行科，云）蓦过隅头⑩，转过屋角，早来到他家门首。赛卢医在家么？（卢医云）婆婆，家里来。（卜儿云）我这两个银子长远了，你还了我罢。（卢医云）婆婆，我家里无银子，你跟我庄上去取银子还你。（卜儿云）我跟你去。（做行科）（卢医云）来到此处，东也无人，西也无人，这里不下手，等甚么？我随身带的有绳子。兀那⑪婆婆，谁唤你哩？（卜儿云）在那里？（做勒卜儿科。孛老⑫同副净张驴儿冲上，赛卢医慌走下。孛老救卜儿科）（张驴儿云）爹，是个婆婆，争些⑬勒杀了。（孛老云）兀那婆婆，你是那里人氏？姓甚名谁？因甚着这个人将你勒死？（卜儿云）老身姓蔡，在城人氏，止有个寡媳妇儿，相守过日。因为赛卢医少我二十两银子，今日与他取讨；谁想他赚[14]我到无人去处，要勒死我，赖这银子，若不是遇着老的和哥哥呵，那得老身性命来。（张驴儿云）爹，你听的他说么？他家还有个媳妇哩。救了他性命，他少不得要谢我；不若你要这婆子，我要他媳妇儿，何等两便？你和他说去。（孛老云）兀那婆婆，你无丈夫，我无浑家，你肯与我做个老婆，意下如何？（卜儿云）是何言语！待我回家，多备些钱钞相谢。（张驴儿云）你敢是[15]不肯，故意将钱钞哄我？赛卢医的绳子还在，我仍旧勒死了你罢。（做拿绳科。）（卜儿云）哥哥，待我慢慢地寻思咱。（张驴儿云）你寻思些甚么？你随我老子，我便要你媳妇儿。（卜儿背云[16]）我不依他，他又勒杀我。罢罢罢，你爷儿两个随我到家中去来。（同下）（正旦上，云）妾身姓窦，小字端云，祖居楚州人氏。我三岁上亡了母亲，七岁上离了父亲。俺父亲将我嫁与蔡婆婆为儿媳妇，改名窦娥。至十七岁与夫成亲；不幸丈夫亡化，可早三年光景，我今二十岁也。这南门外有个赛卢医，他少俺婆婆银子，本利该二十两，数次索取不还，今日俺婆婆亲自索取去了。窦娥也，你这命好苦也呵！（唱）

【仙吕点绛唇[17]】满腹闲愁，数年禁受[18]，天知否？天若是知我情由，怕不待和天瘦[19]。

【混江龙】则问那黄昏白昼，两般儿忘餐废寝几时休？大都来[20]昨宵梦里，和着这今日心头。催人泪的是锦烂熳花枝横绣闼[21]，断人肠的是剔团圞[22]月色挂妆楼。长则是急煎煎[23]按不住意中焦，闷沉沉展不彻眉尖皱，越觉的情怀冗冗[24]，心绪悠悠。

（云）似这等忧愁，不知几时是了也呵！（唱）

【油葫芦】莫不是八字儿[25]该载着一世忧，谁似我无尽头！须知道人心不似水长流。我从三岁母亲身亡后。到七岁与父分离久，嫁的个同住人，他可又拔着短筹[26]；撇的俺婆妇每都把空房守，端的个[27]有谁问，有谁偢？

【天下乐】莫不是前世里烧香不到头，今也波生招祸尤[28]？劝今人早将来世修。我将这婆侍养，我将这服孝守，我言词须应口[29]。

（云）婆婆索钱去了，怎生这早晚不见回来？（卜儿同孛老、张驴儿上）（卜儿云）你爷儿两个且在门首，等我先进去。（张驴儿云）奶奶，你先进去，就说女婿在门首哩。（卜儿见正旦科）（正旦云）奶奶回来了，你吃饭么？（卜儿做哭科，云）孩儿也，你教我怎生说波！（正旦唱）

【一半儿】为甚么泪漫漫不住点儿流？莫不是为索债与人家惹争斗？我这里连忙迎

接慌问候，他那里要说缘由。（卜儿云）羞人答答的[30]，教我怎么说波！（正旦唱）则见他一半儿徘徊一半儿丑[31]。

（云）婆婆，你为甚么烦恼啼哭那？（卜儿云）我问赛卢医讨银子去，他赚我到无人去处，行起凶来，要勒死我。亏了一个张老并他儿子张驴儿，救得我性命。那张老就要我招他做丈夫，因这等烦恼。（正旦云）婆婆，这个怕不中[32]么？你再寻思咱：俺家里又不是没有饭吃，没有衣穿，又不是少欠钱债，被人催逼不过；况你年纪高大，六十以外的人，怎生又招丈夫那？（卜儿云）孩儿也，你说的岂不是，但是我的性命全亏他这爷儿两个救的。我也曾说道：待我到家，多将些钱物，酬谢你救命之恩。不知他怎生知道我家里有个媳妇儿，道我婆媳妇又没老公，他爷儿两个又没老婆，正是天缘天对。若不随顺，他依旧要勒死我。那时节我就慌张了，莫说自己许了他，连你也许了他。儿也，这也是出于无奈。（正旦云）婆婆，你听我说波。（唱）

【后庭花】遇时辰[33]我替你忧，拜家堂我替你愁；梳着个霜雪般白鬏髻[34]，怎戴那销金锦盖头[35]？怪不的女大不中留[36]。你如今六旬左右，可不道到中年万事休！旧恩爱一笔勾，新夫妻两意投，枉把人笑破口。

（卜儿云）我的性命都是他爷儿两个救的，事到如今，也顾不得别人笑话了。（正旦唱）

【青哥儿】你虽然是得他、得他营救，须不是笋条[37]、笋条年幼，刬的[38]便巧画蛾眉成配偶！想当初你夫主遗留，替你图谋，置下田畴，早晚羹粥，寒暑衣裘，满望你鳏寡孤独，无捱无靠，母子每到白头。公公也，则落得干生受[39]！

（卜儿云）孩儿也，他如今只待过门，喜事匆匆的，教我怎生回得他去？（正旦唱）

【寄生草】你道他匆匆喜，我替你倒细细愁：愁则愁兴阑删[40]咽不下交欢酒，愁则愁眼昏腾扭不上同心扣，愁则愁意朦胧睡不稳芙蓉褥。你待要笙歌引至画堂前[41]，我道这姻缘敢落在他人后。

（卜儿云）孩儿也，再不要说我了，他爷儿两个都在门首等候，事已至此，不若连你也招了女婿罢。（正旦云）婆婆，你要招你自招，我并然[42]不要女婿。（卜儿云）那个是要女婿的？争奈他爷儿两个自家挨过门来，教我如何是好？（张驴儿云）我们今日招过门去也。帽儿光光，今日做个新郎；袖儿窄窄，今日做个娇客[43]。好女婿，好女婿，不枉了，不枉了。（同孛老入拜科）（正旦做不理科，云）兀那厮，靠后！（唱）

【赚煞】我想这妇人每休信那男儿口，婆婆也，怕没的贞心儿自守，到今日招着个村老子[44]，领着个半死囚。（张驴儿做嘴脸[45]科，云）你看我爷儿两个这等身段，尽也选得女婿过，你不要错过了好时辰，我和你早些儿拜堂罢。（正旦不理科，唱）

则被你坑杀人燕侣莺俦[46]。婆婆也，你岂不知羞！俺公公撞府冲州，挣扎的铜斗儿家缘[47]百事有。想着俺公公置就，怎忍教张驴儿情受[48]？（张驴儿做扯正旦拜科，正旦推跌科，唱）兀的不是俺没丈夫的妇女下场头！（下）

（卜儿云）你老人家不要恼躁。难道你有活命之恩，我岂不思量报你？只是我那媳妇儿气性最不好惹的，既是他不肯招你儿子，教我怎好招你老人家？我如今拚的好酒好饭养你爷儿两个在家，待我慢慢的劝化俺媳妇儿；待他有个回心转意，再作区处[49]。（张驴儿云）这歪刺骨[50]！便是黄花女儿[51]，刚刚扯的一把，也不消这等使性，平空的推了我一交，我肯干罢！就当面赌个誓与你：我今生今世不要他做老婆，我也不算好男子。（词[52]云）美妇人我见过万千向外[53]，不似这小妮子生得十分惫赖[54]；我救了你老性命死里重生，怎割舍得不肯把肉身陪待？（同下）

①折：元杂剧根据剧情发展划分演唱场次的单位，大致相当于现代戏剧中的一幕。元杂剧的结构形式，一般为四折加上一个楔子。 ②净：元杂剧角色名，一般扮演被批判或被嘲讽的人物，性格或滑稽可笑，或粗野凶暴，有时也扮演正面人物，但也多带诙谐幽默色彩。一般为男角，有时也扮女角。净又分副净、二净等。赛卢医：赛是超过的意思。卢医是中国著名的医家扁鹊，因他家在卢（今山东省长清县西面），所以称为卢医。赛卢医是元杂剧中对庸医的一种讽刺性称呼。 ③《本草》：中国古代一部关于药物的书。 ④山阳县：今江苏省淮安县。生药局：中草药药店。 ⑤在城：本城。 ⑥尽也静办：倒也清静。 ⑦弱症：指心力衰竭之类的疾病。 ⑧早：已。 ⑨服孝：按封建礼教，妇女在丈夫死后必须守孝三年，穿戴上也要有所标志，称为服孝。 ⑩蓦（mò）过隅头：迈过拐弯的地方。蓦，迈过，跨过。 ⑪兀那：就是"那"，"兀"是词头，无义，起加重语气的作用。 ⑫孛（bó）老：元杂剧中扮演老头的角色。 ⑬争些：差一点儿。 ⑭赚：骗。 ⑮敢是：莫不是，大概是。 ⑯背云：戏剧术语，指剧中人背着舞台上别的戏剧人物，假设他们都听不见，向观众讲出自己的心理活动，或白或唱，白的称为背白，唱的称为背唱。 ⑰仙吕点绛唇：仙吕是宫调名，点绛唇是仙吕宫中的一种曲牌的名称。按元杂剧体制，每本戏四折，每一折用不同宫调的若干支曲子组成。各折宫调不能重复，同一宫调的曲子须一韵到底。第一折宫调常用《仙吕》宫，曲牌通常用《点绛唇》《混江龙》《油葫芦》《天下乐》等调联成。 ⑱禁受：忍受。 ⑲和天瘦：连天也会消瘦。 ⑳大都来：大抵，不过。 ㉑绣闼（tà）：绣房。闼，门内。 ㉒剔团圞（luán）：非常圆。剔，表示程度高的副词。团圞，即圆。 ㉓急煎煎：十分焦急的样子。 ㉔冗冗：形容心情烦闷。 ㉕八字儿：古人迷信，将人出生的年、月、日，时的天干地支八个字跟人的命运联系起来，认为八字好的命就好，反之就不好。 ㉖拔着短筹：这里指短命。筹，古代计数用的一种竹签，赌博、饮酒时常用，抽着数目少的就认输。拔短或拔短筹，有半途而废的意思。 ㉗端的个：真

个。 ㉘ 今也波生：即今生。“也波”是行腔中有声无义的衬字。祸尤：灾祸。 ㉙ 言辞须应口：意即说到做到。 ㉚ 羞人答答的：不好意思的样子。 ㉛ 丑：羞惭。 ㉜ 不中：不行，使不得。 ㉝ 遇时辰：指成亲的日子。 ㉞ 白鬏（dí）髻（jì）：带孝的发髻。 ㉟ 销金锦盖头：用金银丝线绣花的新娘的锦缎盖头。 ㊱ 女大不中留：俗语，意指女儿大了就要出嫁，无法留在家里。 ㊲ 笋条：嫩笋，比喻年纪轻。 ㊳ 刬（chǎn）的：平白无故地。 ㊴ 干生受：白辛苦。生受，用在自己方面是受苦、受罪的意思；用在他人方面是难为、辛苦的意思。 ㊵ 阑删：同“阑珊”，这里是形容精神懈怠的样子。 ㊶ 笙歌引至画堂前：元时成语，指举行婚礼。 ㊷ 并然：断然，绝对。 ㊸ “帽儿”四句：是元代举行婚礼时人们对新郎恭贺赞美之词。 ㊹ 村老子：意为粗野的老头子。 ㊺ 做嘴脸：装模做样。 ㊻ 坑杀人：害死人。燕侣莺俦：指结为夫妻。 ㊼ 铜斗儿家缘：比喻家财殷实。铜斗儿是一种分量重、容积大的量器。 ㊽ 情受：承受。 ㊾ 区处：分别处置、处理。 ㊿ 歪剌骨：辱骂妇女的话，包含轻贱、不正派、泼辣等意思。 51 黄花女儿：闺女，处女。 52 词：一折完了人物下场时的下场词。 53 向外：以外。 54 小妮子：犹如说“小丫头”，对年轻妇女的轻贱的称呼。惫（bèi）赖：泼赖，不驯顺。（在第一折里，剧本迅速地展开了戏剧冲突，通过赛卢医赖债想勒死蔡婆，以及张驴儿父子乘人之危想霸占窦娥婆媳为妻，揭露了当时社会恶势力对婆媳两代寡妇的迫害和欺凌。而恃强凌弱现象的普遍存在，正反映了当时社会的黑暗腐败和法制纲纪的松弛。作者在社会冲突中展开了人物的性格冲突，剧本通过蔡婆和窦娥两人对张驴儿父子逼嫁的截然不同的态度，表现了婆媳两人的不同性格特征：一个忍辱妥协以求苟安，一个勇敢刚强，坚决反抗。这一折为表现窦娥悲剧的形成，刻画她的反抗形象，打下了重要的基础。）

第二折

（赛卢医上，诗云）小子太医[①]出身，也不知道医死多人，何尝怕人告发，关了一日店门？在城有个蔡家婆子，刚少的他廿两花银，屡屡亲来索取，争些捻断脊筋[②]。也是我一时智短，将他赚到荒村，撞见两个不识姓名男子，一声嚷道：“浪荡乾坤[③]，怎敢行凶撒泼，擅自勒死平民！”吓得我丢了绳索，放开脚步飞奔。虽然一夜无事，终觉失精落魂；方知人命关天关地，如何看做壁上灰尘。从今改过行业，要得灭罪修因[④]，将以前医死的性命，一个个都与他一卷超度[⑤]的经文。小子赛卢医的便是。只为要赖蔡婆婆二十两银子，赚他到荒僻去处，正待勒死他，谁想遇见两个汉子，救了他去。若是再来讨债时节，教我怎生见他？常言道的好：“三十六计，走为上计。”喜得我是孤身，又无家小连累；不若收拾了细软行李，打个包儿，悄悄的躲到别处，另做营生，岂不干净？（张驴儿上，云）自家张驴儿。可奈[⑥]那窦娥百般的不肯随顺我；如今那老婆子害病，我讨服毒药，与他吃了，药死那老婆子，这小妮子好歹做我的老婆。（做行科，云）且住，城里人耳目广，口舌多，倘见我讨毒药，可不嚷出事来？我前日看见南门外有个药铺，此处冷静，正好讨药。（作行科，叫云）太医哥哥，我来讨药的。（赛卢医云）你讨甚么药？（张驴儿云）我讨服毒药。（赛卢医云）谁敢合[⑦]毒药与你？这厮好大胆也！（张驴儿云）你真个不肯与我药么？（赛卢医云）我不与你，你就怎地我？（张驴儿做拖卢云）好呀，前日谋死蔡婆婆的，不是你来？你说我不认的你哩！我拖你见官去。（赛卢医做慌科，云）大哥，你放我，有药有药。（做与药科。张驴儿云）既然有了药，且饶你罢。正是："得放手时须放手，得饶人处且饶人。"（下）（赛卢医云）可不悔气[⑧]！刚刚讨药的这人，就是救那婆子的。我今日与了他这服毒药去了，以后事发，越越要连累我；趁早儿关上药铺，到涿州[⑨]卖老鼠药去也。（下）

（卜儿上，做病伏几科）（孛老同张驴儿上，云）老汉自到蔡婆婆家来，本望做个接脚[⑩]，却被他媳妇坚执不从。那婆婆一向收留俺爷儿两个在家同住，只说好事不在忙，等慢慢里劝转他媳妇；谁想那婆婆又害起病来。孩儿，你可曾算我两个的八字，红鸾天喜[⑪]几时到命哩？（张驴儿云）要看什么天喜到命！只赌本事[⑫]，做得去自去做。（孛老云）孩儿也，蔡婆婆害病好几日了，我与你去问病波。（做见卜儿问科，云）婆婆，你今日病体如何？（卜儿云）我身子十分不快哩。（孛老云）你可想些甚么吃？（卜儿云）我思量些羊肚儿汤吃。（孛老云）孩儿，你对窦娥说，做些羊肚儿汤与婆婆吃。（张驴儿向古门[⑬]云）窦娥，婆婆想羊肚儿汤吃，快安排将[⑭]来。（正旦持汤上，云）妾身窦娥是也。有俺婆婆不快，想羊肚汤吃，我亲自安排了与婆婆吃去。婆婆也，我这寡妇人家，凡事也要避些嫌疑，怎好收留那张驴儿父子两个？非亲非眷的，一家儿同住，岂不惹外人谈议？婆婆也，你莫要背地里许了他亲事，连我也累做不清不洁的。我想这妇人心好难保也呵！（唱）

【南吕一枝花】他则待一生鸳帐眠，那里肯半夜空房睡；他本是张郎妇，又做了李郎妻。有一等妇女每相随，并不说家克计[⑮]，则打听些闲是非；说一会不明白打凤的机关[⑯]，使了些调虚器[⑰]捞龙的见识。

【梁州第七】这一个似卓氏般当垆涤器[⑱]，这一个似孟光般举案齐眉[⑲]，说的来藏头盖脚多伶俐！道着难晓，做出才知。旧恩忘却，新爱偏宜；坟头上土脉犹湿，架儿上又换新衣。那里有奔丧处哭倒长城[⑳]？那里有浣纱时甘投大水[㉑]？那里有上山来便化顽石[㉒]？可悲，可耻！妇人家直恁的[㉓]无仁义，多淫奔，少志气；亏杀前人在那里，更休说百步相随[㉔]。

（云）婆婆，羊肚汤做成了，你吃些儿波。（张驴儿云）等我拿去。（做接尝科，云）这里面少些盐醋，你去取来。（正旦下）（张驴儿放药科）（正旦上，云）这不是盐醋？（张驴儿云）你倾下些。（正旦唱）

【隔尾】你说道少盐欠醋无滋味，加料添椒才脆美。但愿娘亲早痊济，饮羹汤一杯，胜甘露灌体，得一个身子平安倒大来[25]喜。

（孛老云）孩儿，羊肚汤有了不曾？（张驴儿云）汤有了，你拿过去。（孛老将汤云）婆婆，你吃些汤儿。（卜儿云）有累你。（做呕科，云）我如今打呕，不要这汤吃了，你老人家吃罢。（孛老云）这汤特做来与你吃的，便不要吃，也吃一口儿。（卜儿云）我不吃了，你老人家请吃。（孛老吃科）（正旦唱）

【贺新郎】一个道你请吃，一个道婆先吃，这言语听也难听，我可是气也不气！想他家与咱家有甚的亲和戚？怎不记旧日夫妻情意，也曾有百纵千随[26]？婆婆也，你莫不为黄金浮世宝[27]，白发故人稀[28]，因此上把旧恩情全不比新知契[29]？则待要百年同墓穴，那里肯千里送寒衣。

（孛老云）我吃下这汤去，怎觉昏昏沉沉的起来？（做倒科）（卜儿慌科，云）你老人家放精细[30]着，你挣扎着些儿。（做哭科，云）兀的不是死了也！（正旦唱）

【斗虾蟆】空悲戚，没理会，人生死，是轮回[31]。感着这般病疾，值[32]着这般时势；可是风寒暑湿，或是饥饱劳役；各人证候[33]自知，人命关天关地；别人怎生替得，寿数非干今世。相守三朝五夕，说甚一家一计。又无羊酒段匹[34]，又无花红财礼；把手[35]为活过日，撒手[36]如同休弃。不是窦娥忤逆[37]，生怕傍人论议，不如听咱劝你，认个自家悔气，割舍的一具棺材停置，几件布帛收拾。出了咱家门里，送入他家坟地。这不是你那从小儿年纪指脚的夫妻[38]。我其实不关亲无半点恓惶泪。休得要心如醉，意似痴，便这等嗟嗟怨怨，哭哭啼啼。

（张驴儿云）好也啰！你把我老子药死了，更待干罢，（卜儿云）孩儿，这事怎了也？（正旦云）我有什么药在那里，都是他要盐醋时，自家倾在汤儿里的。（唱）

【隔尾】这厮搬调[39]咱老母收留你，自药死亲爷待要唬吓谁？（张驴儿云）我家的老子，倒说是我做儿子的药死了，人也不信。（做叫科云）四邻八舍听着：窦娥药杀我家老子哩。（卜儿云）罢么，你不要大惊小怪的，吓杀我也。（张驴儿云）你可怕么？（卜儿云）可知[40]怕哩。（张驴儿云）你要饶么？（卜儿云）可知要饶哩。（张驴儿云）你教窦娥随顺了我，叫我三声的的亲亲[41]的丈夫，我便饶了他。（卜儿云）孩儿也，你随顺了他罢。（正旦云）婆婆，你怎说这般言语！（唱）我一马难将两鞍鞴[42]，想男儿在日，曾两年匹配，却教我改嫁别人，其实做不得。

（张驴儿云）窦娥，你药杀了俺老子，你要官休[43]？要私休？（正旦云）怎生是官休？怎生是私休？（张驴儿云）你要官休呵，拖你到官司，把你三推六问[44]，你这等瘦弱身子，当不过拷打，怕你不招认药死我老子的罪犯！你要私休呵，你早些与我做了老婆，倒也便宜了你。（正旦云）我又不曾药死你老子，情愿和你见官去来。（张驴儿拖正旦、卜儿下）（净扮孤引祗候[45]上，诗云）我做官人胜别人，告状来的要金银；若是上司当刷卷[46]，在家推病不出门。下官楚州太守桃杌[47]是也。今早升厅坐衙，左右，喝撺厢[48]。（祗候幺喝科）（张驴儿拖正旦、卜儿上，云）告状告状。（祗候云）拿过来。（做跪见。孤亦跪科，云）请起。（祗候云）相公[49]，他是告状的，怎生跪着他？（孤云）你不知道，但来告状的，就是我衣食父母[50]。（祗候幺喝科。孤云）那个是原告？那个是被告？从实说来。（张驴儿云）小人是原告张驴儿，告这媳妇儿，唤做窦娥，合毒药下在羊肚汤儿里，药死了俺的老子。这个唤做蔡婆婆，就是俺的后母。望大人与小人做主咱。（孤云）是那一个下的毒药？（正旦云）不干小妇人事。（卜儿云）也不干老妇人事。（张驴儿云）也不干我事。（孤云）都不是，敢是我下的毒药来？（正旦云）我婆婆也不是他后母，他自姓张，我家姓蔡。我婆婆因为与赛卢医索钱，被他赚到郊外，勒死我婆婆，却得他爷儿两个救了性命。因此我婆婆收留他爷儿两个在家，养膳[51]终身，报他的恩德。谁知他两个倒起不良之心，冒认婆婆做了接脚，要逼勒小妇人做他媳妇。小妇人元[52]是有丈夫的，服孝未满，坚执不从。适值我婆婆患病，着小妇人安排羊肚儿汤吃。不知张驴儿那里讨得毒药在身，接过汤来，只说少些盐醋，支转[53]小妇人，暗地倾下毒药。也是天幸，我婆婆忽然呕吐，不要汤吃，让与他老子吃，才吃的几口，便死了。与小妇人并无干涉[54]。只望大人高抬明镜[55]，替小妇人做主咱。（唱）

【**牧羊关**】大人你明如镜，清似水，照妾身肝胆虚实。那羹本五味俱全，除了外[56]百事不知。他推道尝滋味，吃下去便昏迷。不是妾讼庭上胡支对[57]，大人也，却教我平白地说甚的？

（张驴儿云）大人详情[58]：他自姓蔡，我自姓张，他婆婆不招俺父亲接脚，他养我父子两个在家做甚么？这媳妇年纪儿虽小，极是个赖骨顽皮，不怕打的。（孤云）人是贱虫，不打不招。左右，与我选大棍子打着。（祗候打正旦，三次喷水科）（正旦唱）

【**骂玉郎**】这无情棍棒教我捱不的。婆婆也，须是你自做下，怨他谁？劝普天下前婚后嫁婆娘每，都看取我这般傍州例[59]。

【感皇恩】呀！是谁人唱叫扬疾[60]，不由我不魄散魂飞。恰消停[61]，才苏醒，又昏迷。捱[62]千般打拷，万种凌逼，一杖下，一道血，一层皮。

【采茶歌】打的我肉都飞，血淋漓，腹中冤枉有谁知！则我这小妇人毒药来从何处也？天那，怎么的覆盆不照太阳晖[63]！

（孤云）你招也不招？（正旦云）委的[64]不是小妇人下毒药来。（孤云）既然不是，你与我打那婆子。（正旦忙云）住住住，休打我婆婆，情愿我招了罢，是我药死公公来。（孤云）既然招了，着他画了伏状[65]，将枷来枷上，下在死囚牢里去。到来日判个斩字，押赴市曹典刑[66]。（卜儿哭科，云）窦娥孩儿，这都是我送了你性命，兀的不痛杀我也！

（正旦唱）

【黄钟尾】我做了个衔冤负屈没头鬼，怎肯便放了你好色荒淫漏面贼[67]！想人心不可欺，冤枉事天地知，争到头，竞到底，到如今待怎的？情愿认药杀公公，与了招罪。婆婆也，我怕把你来便打的，打的来恁的。我若是不死呵，如何救得你？（随祗候押下）

（张驴儿做叩头科，云）谢青天老爷做主！明日杀了窦娥，才与小人的老子报的冤。（卜儿哭科，云）明日市曹中杀窦娥孩儿也，兀的不痛杀我也！（孤云）张驴儿，蔡婆婆，都取保状[68]，着随衙听候[69]。左右，打散堂鼓[70]，将马来，回私宅去也。（同下）

①太医：本指宫廷医生，后用作对一般医生的尊称。 ②捻（niǎn）断脊筋：揉搓断了筋骨，这里形容讨债催逼的紧迫。 ③浪荡乾坤：即浩荡乾坤，本指天下太平，这里是光天化日之下的意思。 ④灭罪修因：消除今生罪过，修造来世福缘。 ⑤超度：旧时迷信，认为替死者念经祈祷，就可以使他的灵魂升天，脱离苦海。称为超度。 ⑥可奈：怎奈。 ⑦合：配制。 ⑧悔气：同“晦气”，倒霉。 ⑨涿州：今河北省涿县。 ⑩接脚：接脚婿的省称，指寡妇招上门的后夫。 ⑪红鸾天喜：指结婚的喜事。古代迷信的说法，红鸾星是主婚姻的，命中遇到红莺星，就可成就婚姻。天喜，吉日。 ⑫只赌本事：只凭本事。 ⑬古门：戏剧术语，舞台上通向后台的门，又称鬼门。 ⑭将：拿。 ⑮家克计：指持家的办法。“克”是入声字，按曲调这里该用平声字，疑有误。 ⑯打凤：指安排圈套，使人受骗中计。下句“捞龙”意同。机关：计策。 ⑰虚嚣：虚浮，奸诈。 ⑱卓氏：指卓文君。当垆卖酒：指卓文君在临邛当垆卖酒，司马相如亲涤酒器的故事。 ⑲孟光：东汉时人。举案齐眉：相传孟光与丈夫梁鸿夫妻和美，相敬如宾，吃饭时孟光总是将食案高举到眉，以表示恭谨。 ⑳哭倒长城：相传秦代杞梁修筑长城，其妻孟姜女为他送去寒衣，经千里到长城时丈夫已死，孟姜女痛哭，竟使长城为之坍塌。 ㉑浣纱时甘投大水：春秋时，伍子胥从楚国逃奔吴国，途中遇一浣纱女，对他十分同情，并赐饭给他。伍子胥叮嘱浣纱女不要向追兵泄漏他逃走

的秘密，浣纱女为了表示自己帮助伍子胥的诚意，投江而死。 ㉒ 上山来便化顽石：古代民间传说，一妇女因丈夫外出长久不归，她每天站立在山石之上盼望丈夫归来，后竟化为石头，称为望夫石。 ㉓ 直恁的：竟这样的。 ㉔ 百步相随："相随百步，尚有徘徊意"，是当时成语。 ㉕ 倒大来：倒大是十分、非常的意思。来是语尾助词，无义。 ㉖ 百纵千随：千依百顺。 ㉗ 黄金浮世宝：黄金是世俗所宝贵的。这句和下句都是当时成语， ㉘ 白发故人稀：指从小相交一直到老都维持旧日情谊的情况是极少有的。 ㉙ 新知契：新的知心人。 ㉚ 精细：这里指清醒。 ㉛ 轮回：佛教的说法，认为人死后会再生，生死相续，一直在天、人、阿修罗、地狱、饿鬼、畜生等六道中轮转，称为轮回。 ㉜ 值：逢。 ㉝ 证候：同"症候"。 ㉞ 羊酒段匹：与下句的"花红财礼"，都指宋元时定婚的礼物。段，同"缎"。 ㉟ 把手：携手。 ㊱ 撒手：指人死。 ㊲ 忤（wǔ）逆：对父母不孝顺。 ㊳ 指脚的夫妻：指结发夫妻。 ㊴ 搬调：挑拨，搬弄。 ㊵ 可知：当然。 ㊶ 的的亲亲：同"嫡嫡亲亲"，即亲亲热热。 ㊷ 一马难将两鞍鞴（bèi）：比喻一女不嫁二夫，难于改嫁。鞴，将马鞍驾到牲口身上。 ㊸ 官休：到官府去了结，即打官司。 ㊹ 三推六问：反复审问。 ㊺ 孤：杂剧角色名，在剧中扮演官员。祇（zhī）候：本是宋代武官名，后来又用以称呼较高的衙役。富贵人家的仆役头也有称祇候的。 ㊻ 刷卷：元代由肃政廉访使清查复核下级官员处理的刑狱案卷。 ㊼ 梼杌（wù）：古代四凶之一，这里作者借用来作楚州太守的名字，包含了讽刺揭露的意思。 ㊽ 喝撺厢：封建时代官吏升堂审案，站在两厢的衙役大声吆喝，以威慑告状受审的人，称为喝撺厢。厢或作"箱"。 ㊾ 相公：这里是对官员的尊称。 ㊿ 衣食父母：即衣食所靠的父母。这里是对贪官搜刮民财的刻骨讽刺。 (51) 养膳：供养。 (52) 元：同"原"。 (53) 支持：支使离开。 (54) 干涉：关系。 (55) 高抬明镜：比喻官吏公正清明判案。 (56) 除了外：这里是除此之外的意思。 (57) 胡支对：胡乱应对搪塞。 (58) 详情：仔细考察事情的真相。 (59) 傍州例：邻近州县的判例，这里引申为例子、榜样。 (60) 唱叫扬疾：吵闹喧嚷，大声吆喝。 (61) 消停：停止，停顿。 (62) 捱：同"挨"。 (63) 覆盆不照太阳晖：将盆倒扣着，阳光不能照入，比喻封建官府的暗无天日。 (64) 委的：实在的。 (65) 画了伏状：在招供的状词后面签名或画押。 (66) 市曹：在热闹的市街上。典刑：执行死刑。古时死刑多在闹市执行。 (67) 漏面贼：疑即镂面贼，一望而知的坏人。宋代在犯人脸上刺字称为镂面。 (68) 保状：保释回家的文书。 (69) 随衙听候：即保释回家后随时听候衙门里的传讯。 (70) 散堂鼓：官吏审案完毕，击鼓散堂，称为打散堂鼓。（第二折写戏剧冲突进一步发展。在张驴儿逼嫁，窦娥坚执不从的情况下，因张父被毒死而将戏剧冲突由民间引入了官府。审案过程的描写，既表现了窦娥的坚强不屈，又表现了她的善良；同时也深刻地揭露了官吏的贪鄙和昏庸。窦娥被冤判问斩，悲剧的结局已经形成）

第三折

（外①扮监斩官上，云）下官监斩官是也。今日处决犯人，着做公的②把住巷口，休放往来人闲走。（净扮公人，鼓三通、锣三下科）（刽子磨旗③、提刀，押正旦带枷上）

（刽子云）行动些[④]，行动些，监斩官去法场上多时了。（正旦唱）

【正宫端正好】没来由犯王法，不提防遭刑宪，叫声屈动地惊天！顷刻间游魂先赴森罗殿[⑤]，怎不将天地也生埋怨。

【滚绣球】有日月朝暮悬，有鬼神掌著生死权。天地也只合把清浊分辨，可怎生错看了盗跖颜渊[⑥]：为善的受贫穷更命短，造恶的享富贵又寿延。天地也，做得个怕硬欺软，却元来也这般顺水推船。地也，你不分好歹何为地？天也，你错勘贤愚枉做天！哎，只落得两泪涟涟。

（刽子云）快行动些，误了时辰也。（正旦唱）

【倘秀才】则被这枷纽的我左侧右偏，人拥的我前合后偃[⑦]，我窦娥向哥哥行[⑧]有句言。（刽子云）你有甚么话说？（正旦唱）前街里去心怀恨，后街里去死无冤，休推辞路远。

（刽子云）你如今到法场上面，有甚么亲眷要见的，可教他过来，见你一面也好。（正旦唱）

【叨叨令】可怜我孤身只影无亲眷，则落得吞声忍气空嗟怨。（刽子云）难道你爷娘家也没的？（正旦云）止有个爹爹，十三年前上朝取应去了，至今杳无音信。（唱）早已是十年多不睹爹爹面。（刽子云）你适才要我往后街里去，是什么主意？（正旦唱）怕则怕前街里被我婆婆见。（刽子云）你的性命也顾不得，怕他见怎的？（正旦云）俺婆婆若见我披枷带锁赴法场餐刀[⑨]去呵，（唱）枉将他气杀也么哥[⑩]，枉将他气杀也么哥。告哥哥，临危好与人行方便！

（卜儿哭上科，云）天那，兀的不是我媳妇儿！（刽子云）婆子靠后。（正旦云）既是俺婆婆来了，叫他来，待我嘱咐他几句话咱。（刽子云）那婆子，近前来，你媳妇要嘱咐你话哩。（卜儿云）孩儿，痛杀我也！（正旦云）婆婆，那张驴儿把毒药放在羊肚儿汤里，实指望药死了你，要霸占我为妻。不想婆婆让与他老子吃，倒把他老子药死了。我怕连累婆婆，屈招了药死公公，今日赴法场典刑。婆婆，此后遇着冬时年节，月一十五，有瀽[⑪]不了的浆水饭，瀽半碗儿与我吃；烧不了的纸钱，与窦娥烧一陌儿[⑫]。则是看你死的孩儿面上！（唱）

【快活三】念窦娥葫芦提当罪愆[⑬]，念窦娥身首不完全，念窦娥从前已往干家缘[⑭]；婆婆也，你只看窦娥少爷无娘面。

【鲍老儿】念窦娥伏侍婆婆这几年，遇时节将碗凉浆奠；你去那受刑法尸骸上烈些[⑮]纸钱，只当把你亡化的孩儿荐。（卜儿哭科，云）孩儿放心，这个老身都记得。天那，兀的不痛杀我也！（正旦唱）婆婆也，再也不要啼啼哭哭，烦烦恼恼，怨气冲天。这都是我做窦娥的没时没运，不明不暗，负屈衔冤。

（刽子做喝科，云）兀那婆子靠后，时辰到了也。（正旦跪科）（刽子开枷科）（正旦云）窦娥告监斩大人，有一事肯依窦娥，便死而无怨。（监斩官云）你有甚么事？你说。（正旦云）要一领净席，等我窦娥站立；又要丈二白练，挂在旗枪[16]上：若是我窦娥委实冤枉，刀过处头落，一腔热血休半点儿沾在地下，都飞在白练上者。（监斩官云）这个就依你，打甚么不紧[17]。（刽子做取席站科，又取白练挂旗上科）（正旦唱）

【耍孩儿】不是我窦娥罚下这等无头愿[18]，委实的冤情不浅；若没些儿灵圣与世人传，也不见得湛湛[19]青天。我不要半星热血红尘洒，都只在八尺旗枪素练悬。等他四下里皆瞧见，这就是咱苌弘化碧[20]，望帝啼鹃[21]。

（刽子云）你还有甚的说话，此时不对监斩大人说，几时说那？（正旦再跪科，云）大人，如今是三伏天道[22]，若窦娥委实冤枉，身死之后，天降三尺瑞雪，遮掩了窦娥尸首。（监斩官云）这等三伏天道，你便有冲天的怨气，也召不得一片雪来，可不胡说！（正旦唱）

【二煞】你道是暑气暄，不是那下雪天；岂不闻飞霜六月因邹衍[23]？若果有一腔怨气喷如火，定要感的六出冰花[24]滚似绵，免着我尸骸现；要甚么素车白马[25]，断送出古陌荒阡[26]！

（正旦再跪科，云）大人，我窦娥死的委实冤枉，从今以后，着这楚州亢旱[27]三年！（监斩官云）打嘴！那有这等说话！（正旦唱）

【一煞】你道是天公不可期，人心不可怜，不知皇天也肯从人愿。做甚么三年不见甘霖降？也只为东海曾经孝妇冤[28]。如今轮到你山阳县。这都是官吏每无心正法，使百姓有口难言。

（刽子做磨旗科，云）怎么这一会儿天色阴了也？（内做风科，刽子云）好冷风也！（正旦唱）

【煞尾】浮云为我阴，悲风为我旋，三桩儿誓愿明题遍。（做哭科，云）婆婆也，直等待雪飞六月，亢旱三年呵，（唱）那其间才把你个屈死的冤魂这窦娥显。

（刽子做开刀。正旦倒科）（监斩官惊云）呀，真个下雪了，有这等异事！（刽子云）我也道平日杀人，满地都是鲜血，这个窦娥的血都飞在那丈二白练上，并无半点落地，委实奇怪。（监斩官云）这死罪必有冤枉。早两桩儿应验了，不知亢旱三年的说话，准也不准？且看后来如何。左右，也不必等待雪晴，便与我抬他尸首，还了那蔡婆婆

去罢。（众应科，抬尸下）

①外：“外末”的省称，指正末以外的次要角色，在元杂剧中一般扮演老年男子。“外净”“外旦”有时也省作“外”。 ②着：命，派。做公的：衙门里的差役。 ③磨旗：挥旗开路。 ④行动些：催促之词，即走快点。 ⑤森罗殿：即阎王殿。迷信，人死后灵魂将到阴间，属阎王管辖。 ⑥错看了盗跖（zhí）颜渊：即不分是非、善恶。盗跖是春秋时一个著名的“大盗”（实际是奴隶起义的领袖）；颜渊是春秋时孔子的学生，是当时和后世著名的贤人。这里即将两人举以作坏人和好人的代称。 ⑦前合后偃（yǎn）：前倾后倒，行走不稳。 ⑧哥哥行（háng）：就是哥哥那边的意思。“行”在宋元语言里是一个指示方位的词，一般用在人称名词之后，如哥哥行、我行、伊行等。 ⑨餐刀：被杀。 ⑩也么哥：表示感叹的语气词，用在句末，有声无义。【叨叨令】曲牌中照例用这几个字，并且重迭。有时也写作“也波哥”或“也末哥”。 ⑪瀽（jiǎn）：泼，倒。这里指祭祀时浇奠酒浆。 ⑫一陌儿：即一百个纸钱。陌通“百”。 ⑬葫芦提：糊里糊涂，不明不白。有时也写作“胡卢题”或“胡卢提”。罪愆（qiān）：罪过。 ⑭干家缘：操持家务。家缘，家计、家业，这里指家务。 ⑮烈些：烧一些。 ⑯旗枪：装有枪头的旗杆。 ⑰打甚么不紧：即没什么要紧。 ⑱无头愿：拿头来相拼的誓愿。 ⑲湛（zhàn）湛：清澈而深远的样子。 ⑳苌（cháng）弘化碧：苌弘是周朝的大夫，他受诬被杀于蜀地，蜀人将他的血藏起来，三年后化成一块碧玉。碧，青绿色的美石。 ㉑望帝啼鹃：望帝即传说中的蜀王杜宇，他被迫传位给臣子，死后魂化为杜鹃鸟，日夜悲鸣，其声凄切。 ㉒三伏天道：即一年中最热的季节。三伏，即初伏、中伏、末伏。天道，时令，季节。 ㉓“飞霜”句：邹衍是战国时人，他事燕惠王十分尽忠，后被诬陷下狱，他仰天大哭，天为之感动，五月天竟为之下霜。 ㉔六出冰花：即雪。因雪的结晶体为六瓣，故称雪为“六出花”。 ㉕素车白马：运载棺木的车马。 ㉖断送：指送葬。古陌（mò）荒阡（qiān）：荒凉的野外。阡和陌均指田间小路，这里泛指野外。 ㉗亢（kàng）旱：大旱。 ㉘东海曾经孝妇冤：汉代传说：东海有一个寡妇叫周青，对婆婆十分孝敬。后婆婆因他故自缢身死，周青被诬问斩。行刑前，她呼冤说：我如果有罪，被杀后血往下流；如为诬枉，则血逆流向上染红长竿。后其血果染长竿，天为之所感，东海地区三年干旱不雨，后来冤屈昭雪方才下雨。窦娥临死前三桩誓愿并皆实现的情节，作者显然化用了东海孝妇的故事，并加以改造。（这一折是全剧情节发展的高潮。主要内容写行刑、诉冤，作者将整场戏让给了女主角一个人，通过她一系列的道白和唱腔，充分展示了她既善良而又刚强不屈的性格，同时以血泪文字深刻地揭露下官吏的贪鄙残暴。尤其是三桩誓愿，突出地表现了窦娥感天动地的沉冤和她不屈不挠的反抗精神，既是被压迫者负屈含冤的痛苦呼喊，也是对黑暗社会的血泪控诉和抗议。）

第四折

（窦天章冠带引丑张千、祗从上[①]，诗云）独立空堂思黯然，高峰月出满林烟；非关有事人难睡，自是惊魂夜不眠。老夫窦天章是也。自离了我那端云孩儿，可早十六年光景。老夫自到京师，一举及第，官拜参知政事[2]。只因老夫廉能清正，节操坚刚，谢圣恩可怜，加老夫两淮提刑肃政廉访使[3]之职，随处审囚刷卷，体察滥官污吏，容老夫先斩后奏。老夫一喜一悲：喜呵，老夫身居台省[4]，职掌刑名[5]，势剑金牌[6]，威权万里；悲呵，有端云孩儿，七岁上与了蔡婆婆为儿媳妇，老夫自得官之后，使人往楚州问蔡婆婆家，他邻里街坊道，自当年蔡婆婆不知搬在那里去了，至今音信皆无。老夫为端云孩儿，啼哭的眼目昏花，忧愁的须发斑白。今日来到这淮南地面，不知这楚州为何三年不雨？老夫今在这州厅安歇。张千，说与那州中大小属官，今日免参[7]，明日早见。（张千向古门云）一应大小属官，今日免参，明日早见。（窦天章云）张千，说与那六房吏典[8]，但有合刷照文卷[9]，都将来，待老夫灯下看几宗波。（张千送文卷科）（窦天章云）张千，你与我掌上灯。你每都辛苦了，自去歇息罢。我唤你便来，不唤你休来。（张千点灯，同祗从下）（窦天章云）我将这文卷看几宗咱。"一起犯人窦娥，将毒药致死公公。……"我才看头一宗文卷，就与老夫同姓；这药死公公的罪名，犯在十恶不赦[10]，俺同姓之人也有不畏法度的。这是问结了[11]的文书，不看他罢，我将这文卷压在底下，别看一宗咱。（做打呵欠科，云）不觉的一阵昏沉上来，皆因老夫年纪高大，鞍马劳困之故。待我搭伏定[12]书案，歇息些儿咱。（做睡科。魂旦[13]上，唱）

【双调新水令】我每日哭啼啼守住望乡台[14]，急煎煎把仇人等待，慢腾腾昏地里走，足律律[15]旋风中来。则被这雾锁云埋，撺掇[16]的鬼魂快。

（魂旦望科，云）门神户尉[17]不放我进去。我是廉访使窦天章女孩儿，因我屈死，父亲不知，特来托一梦与他咱。（唱）

【沉醉东风】我是那提刑的女孩，须不比现世的妖怪，怎不容我到灯影前，却拦截在门桯[18]外？（做叫科，云）我那爷爷呵！（唱）枉自有势剑金牌，把俺这屈死三年的腐骨骸，怎脱离无边苦海？

（做入见哭科，窦天章亦哭科，云）端云孩儿，你在那里来？（魂旦虚下[19]）（窦天章做醒科，云）好是奇怪也！老夫才合眼去，梦见端云孩儿，恰便似来我跟前一般；如今在那里？我且再看这文卷咱。（魂旦上做弄灯科）（窦天章云）奇怪，我正要看文卷，怎生这灯忽明忽灭的？张千也睡着了，我自己剔灯咱。（做剔灯，魂旦翻文卷科。窦天章云）我剔的这灯明了也，再看几宗文卷。"一起犯人窦娥，药死公公。……"（做疑怪科，云）这一宗文卷，我为头[20]看过，压在文卷底下，怎生又在这上头？这几时问结了的，还压在底下，我别看一宗文卷波。（魂旦再弄灯科。窦天章云）怎么这灯又是半明半暗的？我再剔这灯咱。（做剔灯。魂旦再翻文卷科）（窦天章云）我剔的这灯明了，我另拿一宗文卷看咱。“一起犯人窦娥，药死公公。……”呸！好是奇怪！我才将这文书分明压在底下，刚剔了这灯，怎生又翻在面上？莫不是楚州后厅里有鬼么？便无鬼呵，这桩事必有冤枉。将这文卷再压在底下，待我另看一宗如何？（魂旦又弄灯科。窦天章云）怎生这灯又不明了？敢有鬼弄这灯？我再剔一剔去。（做剔灯科。魂旦上，做撞见科。窦天章举剑击桌科，云）呸！我说有鬼！兀那鬼魂，老夫是朝廷钦差带牌走马[21]肃政廉访使，你向前来，一剑挥之两段。张千，亏你也睡的着，快起来，有鬼有鬼。兀的不吓杀老夫也！（魂旦唱）

【乔牌儿】则见他疑心儿胡乱猜，听了我这哭声儿转惊骇。哎，你个窦天章直恁的威风大，且受你孩儿窦娥这一拜。

（窦天章云）兀那鬼魂，你道窦天章是你父亲，“受你孩儿窦娥拜”，你敢错认了也？我的女儿叫做端云，七岁上与了蔡婆婆为儿媳妇。你是窦娥，名字差了，怎生是我女孩儿？（魂旦云）父亲，你将我与了蔡婆婆家，改名做窦娥了也。（窦天章云）你便是端云孩儿？我不问你别的，这药死公公是你不是？（魂旦云）是你孩儿来。（窦天章云）噤声[22]！你这小妮子，老夫为你啼哭的眼也花了，忧愁的头也白了，你刬地[23]犯下十恶大罪，受了典刑！我今日官居台省，职掌刑名，来此两淮审囚刷卷，体察滥官污吏；你是我亲生之女，老夫将你治不的，怎治他人？我当初将你嫁与他家呵，要你三从四德：三从者，在家从父，出嫁从夫，夫死从子；四德者，事公姑，敬夫主，和妯娌，睦街坊。今三从四德全无，刬地犯了十恶大罪。我窦家三辈无犯法之男，五世无再婚之女；到今日被你辱没祖宗世德，又连累我的清名。你快与我细吐真情，不要虚言支对。若说的有半厘差错，牒发[24]你城隍祠[25]内，着你永世不得人身，罚在阴山[26]永为饿鬼。（魂旦云）父亲停嗔息怒，暂罢狼虎之威，听你孩儿慢慢的说一遍咱。我三岁上亡了母亲，七岁上离了父亲，你将我送与蔡婆婆做儿媳妇。至十七岁与夫配合，才得两年，不幸儿夫亡化，和俺婆婆守寡。这山阳县南门外有个赛卢医，他少俺婆婆二十两银子，俺婆婆去取讨，被他赚到郊外，要将婆婆勒死；不想撞见张驴儿父子两个，救了俺婆婆性命。那张驴儿知道我家有个守寡的媳妇，便道：“你婆儿媳妇既无丈夫，不若招我父子两个。”俺婆婆初也不肯，那张驴儿道：“你若不肯，我依旧勒死你。”俺婆婆惧怕，不得已含糊许了。只得将他父子两个领到家中，养他过世[27]。有张驴儿数次调戏你女孩儿，我坚执不从。那一日俺婆婆身子不快，想羊肚儿汤吃，你孩儿安排了汤。适值张驴儿父子两个问病，道："将汤来我尝一尝。"说："汤便好，只少些盐醋。"赚的我去取盐醋，他就暗地里下了毒药。实指望药杀俺婆婆，要强逼我成亲。不想俺婆婆偶然发呕，不要汤吃，却让与老张吃，随即七窍流血药死了。张驴儿便道："窦娥药死了俺老子，你要官休？要私休？"我便道："怎生是官休？怎生是私休？"他道："要官休，告到官司，你与俺老子偿命；若私休，你便与我做老婆。"你孩儿便道："好马不鞴双鞍，烈女不更二夫。我至死不与你做媳妇，我情愿和你见官去。"他将你孩儿拖到官中，受尽三推六问，吊拷绷扒[28]，便打死孩儿，也不肯认。怎当州官见你孩儿不认，便要拷打俺婆婆；我怕婆婆年老，受刑不起，只得屈认了。因此押赴法场，将我典刑。你孩儿对天发下三桩誓愿：第一桩，要丈二白练挂在旗枪上，若系冤枉，刀过头落，一腔热血休滴在地下，都飞在白练上；第二桩，现今三伏天道，下三尺瑞雪，遮掩你孩儿尸首；第三桩，着他楚州大旱三年。果然血飞上白练，六月下雪，三年不雨，都是为你孩儿来。（诗云）不告官司只告天，心中怨气口难言。防他老母遭刑宪，情愿无辞认罪愆。三尺琼花骸骨掩，一腔鲜血练旗悬；岂独霜飞邹衍屈，今朝方表窦娥冤。（唱）

【雁儿落】你看这文卷曾道来不道来[29]，则我这冤枉要忍耐如何耐？我不肯顺他人，倒着我赴法场；我不肯辱祖上，倒把我残生坏。

【得胜令】呀，今日个搭伏定摄魂台[30]，一灵儿怨哀哀。父亲也，你现掌着刑名事，亲蒙圣主差。端详这文册，那厮乱纲常当合败。便万剐了乔才[31]，还道报冤仇不畅怀。

（窦天章做泣科，云）哎！我那屈死的儿，则被你痛杀我也！我且问你：这楚州三年不雨，可真个是为你来？（魂旦云）是为你孩儿来。（窦天章云）有这等事！到来朝[32]我与你做主。（诗云）白头亲[33]苦痛哀哉，屈杀了你个青春女孩。只恐怕天明了，你且回去，到来日我将文卷改正明白。（魂旦暂下）（窦天章云）呀，天色明了也。张千，我昨日看几宗文卷，中间有一鬼魂来诉冤枉。我唤你好几次，你再也不应，直恁的好睡那。（张千云）我小人两个鼻子孔一夜不曾闭，并不听见女鬼诉什么冤状，也不曾听见相公呼唤。（窦天章做叱科，云）嘅！今早升厅坐衙，张千，喝撺厢者。（张千做幺喝科，云）在衙人马平安！抬书案[34]！（禀云）州官见。（外扮州官入参科）（张千云）该房吏典[35]见。（丑扮吏入参见科）（窦天章问云）你这楚州一郡，三年不雨，是为着何来？（州官云）这个是天道亢旱，楚州百姓之灾，小官等不知其罪。（窦天章做怒云）你等不知罪么！那山阳县有用毒药谋死公公犯妇窦娥，他问斩之时曾发愿道：

“若是果有冤枉，着你楚州三年不雨，寸草不生。”可有这件事来？（州官云）这罪是前升任桃州守问成的，现有文卷。（窦天章云）这等糊突[36]的官也着他升去！你是继他任的，三年之中可曾祭这冤妇么？（州官云）此犯系十恶大罪，元不曾有祠，所以不曾祭得。（窦天章云）昔日汉朝有一孝妇守寡，其姑自缢身死，其姑女告孝妇杀姑，东海太守将孝妇斩了。只为一妇含冤，致令三年不雨。后于公治狱，仿佛见孝妇抱卷哭于厅前。于公将文卷改正，亲祭孝妇之墓，天乃大雨。今日你楚州大旱，岂不正与此事相类？张千，分付该房签牌[37]下山阳县，着拘张驴儿、赛卢医、蔡婆婆一起人犯，火速解审，毋得违误片刻者。（张千云）理会得。（下）（丑扮解子[38]押张驴儿、蔡婆婆同张千上，禀云）山阳县解到审犯听点。（窦天章云）张驴儿。（张驴儿云）有。（窦天章云）蔡婆婆。（蔡婆婆云）有。（窦天章云）怎么赛卢医是紧要人犯不到？（解子云）赛卢医三年前在逃，一面着广捕批缉拿[39]去了，待获日解审。（窦天章云）张驴儿，那蔡婆婆是你后母么？（张驴儿云）母亲好冒认的？委实是。（窦天章云）这药死你父亲的毒药，卷上不见有合药的人，是那个的毒药？（张驴儿云）是窦娥自合就的毒药。（窦天章云）这毒药必有一个卖药的医铺。想窦娥是个少年寡妇，那里讨这药来。张驴儿，敢是你合的毒药么？（张驴儿云）若是小人合的毒药，不药别人，倒药死自家老子？（窦天章云）我那屈死的儿㖿，这一节是紧要公案，你不自来折辩[40]，怎得一个明白？你如今冤魂却在那里？（魂旦上，云）张驴儿，这药不是你合的，是那个合的？（张驴儿做怕科，云）有鬼有鬼，撮盐入水，太上老君急急如律令，敕[41]。（魂旦云）张驴儿，你当日下毒药在羊肚儿汤里，本意药死俺婆婆，要逼勒我做浑家。不想俺婆婆不吃，让与你父亲吃，被药死了。你今日还敢赖哩！（唱）

【川拨棹】猛见了你这吃敲材[42]，我只问你这毒药从何处来？你本意待暗里栽排[43]，要逼勒我和谐[44]，倒把你亲爷毒害，怎教咱替你耽[45]罪责！

（魂旦做打张驴儿科）（张驴儿做避科，云）太上老君急急如律令，敕。大人说这毒药必有个卖毒药的医铺，若寻得这卖药的人来和小人折对[46]，死也无词。（丑扮解子解赛卢医上，云）山阳县续解到犯人一名赛卢医。（张千喝云）当面[47]。（窦天章云）你三年前要勒死蔡婆婆，赖他银子，这事怎么说？（赛卢医叩头科。云）小的要赖蔡婆婆银子的情是有的，当被两个汉子救了，那婆婆并不曾死。（窦天章云）这两个汉子你认的他叫做什么名姓？（赛卢医云）小的认便认得，慌忙之际可不曾问的他名姓。（窦天章云）现有一个在阶下，你去认来。（赛卢医做下认科，云）这个是蔡婆婆。（指张驴儿云）想必这毒药事发了。（上云）是这一个。容小的诉禀：当日要勒死蔡婆婆时，正遇见他爷儿两个救了那婆婆去。过得几日，他到小的铺中讨服毒药。小的是念佛吃斋人，不敢做昧心的事，说道：“铺中只有官料药㊽，并无什么毒药。”他就睁着眼道；“你昨日在郊外要勒死蔡婆婆，我拖你见官去。”小的一生最怕的是见官，只得将一服毒药与了他去。小的见他生相是个恶的，一定拿这药去药死了人，久后败露，必然连累。小的一向逃在涿州地方，卖些老鼠药。刚刚是老鼠被药杀了好几个，药死人的药，其实再也不曾合。（魂旦唱）

【**七弟兄**】你只为赖财，放乖㊾，要当灾㊿。（带云）这毒药呵，（唱）原来是你赛卢医出卖张驴儿买，没来由填做我犯由牌[51]，到今日官去衙门在。

（窦天章云）带那蔡婆婆上来。我看你也六十外人了，家中又是有钱钞的，如何又嫁了老张，做出这等事来？（蔡婆婆云）老妇人因为他爷儿两个救了我的性命，收留他在家养膳过世；那张驴儿常说要将他老子接脚进来，老妇人并不曾许他。（窦天章云）这等说，你那媳妇就不该认做药死公公了。（魂旦云）当日问官要打俺婆婆，我怕他年老受刑不起，因此咱认做药死公公，委实是屈招个！（唱）

【**梅花酒**】你道是咱不该，这招状供写的明白。本一点孝顺的心怀，倒做了惹祸的胚胎。我只道官吏每还覆勘[52]，怎将咱屈斩首在长街！第一要素旗枪鲜血洒，第二要三尺雪将死尸埋，第三要三年旱示天灾：咱誓愿委实大。

【**收江南**】呀，这的是[53]衙门从古向南开，就中无个不冤哉！痛杀我娇姿弱体闭泉台[54]，早三年以外，则落的悠悠流恨似长淮。

（窦天章云）端云儿也，你这冤枉我已尽知，你且回去。待我将这一起人犯并原问官吏另行定罪，改日做个水陆道场[55]超度你生天[56]便了。（魂旦拜科，唱）

【**鸳鸯煞尾**】从今后把金牌势剑从头摆，将滥官污吏都杀坏，与天子分忧，万民除害。（云）我可忘了一件，爹爹，俺婆婆年纪高大，无人侍养，你可收恤家中，替你孩儿尽养生送死之礼，我便九泉之下，可也瞑目。（窦天章云）好孝顺的儿也！（魂旦唱）嘱付你爹爹，收养我奶奶。可怜他无妇无儿，谁管顾年衰迈！再将那文卷舒开，（带云）爹爹也，把我窦娥名下，（唱）屈死的于伏[57]罪名儿改。（下）

（窦天章云）唤那蔡婆婆上来，你可认的我么？（蔡婆婆云）老妇人眼花了，不认的。（窦天章云）我便是窦天章。适才的鬼魂，便是我屈死的女孩儿端云。你这一行人听我下断：张驴儿毒杀亲爷，奸占寡妇，合拟凌迟[58]，押赴市曹中钉上木驴[59]，剐一百二十刀处死。升任州守桃杌并该房吏典，刑名违错[60]，各杖一百，永不叙用。赛卢医不合赖钱，勒死平民；又不合修合毒药，致伤人命，发烟障地面[61]，永远充军。

蔡婆婆我家收养。窦娥罪改正明白。（词云）莫道我念亡女与他灭罪消愆，也只可怜见楚州郡天旱三年。昔于公曾表白[62]东海孝妇，果然是感召得灵雨如泉。岂可便推诿道天灾代有[63]，竟不想人之意感应通天。今日个将文卷重行改正，方显得王家法不使民冤。

题目[64]秉鉴持衡[65]廉访法

正名　感天动地窦娥冤

①冠带：官员的衣着打扮。丑：元杂剧角色名，多扮演反面人物或小人物，多由男演员扮演。祗从：同前“祗候”（见第二折）。　②参知政事：元代官职，从二品，隶属中书省，职位在右丞和左丞之下。　③提刑肃政廉访使：元代官职，正三品，分地区掌管考察地方官吏的政绩并复查刑狱案件。　④台省：台指御史台，省指中书省。窦天章任参知政事，属中书省；兼任提刑肃政廉访使，属御史台。　⑤职掌刑名：负责刑事案件的审理工作。　⑥势剑金牌：势剑又称“誓剑”“尚方剑”，皇帝所赐，执之有“先斩后奏”的权力。金牌，元代官制，武官万户（官职名）可佩带朝廷所赐的金虎符，表明有很高的地位和权力。　⑦免参：免去地方官吏的参拜之礼。　⑧六房吏典：即地方上分管吏、户、兵、刑、工、礼六个方面日常政务的基层官吏。⑨刷照文卷：需要复查勘审的案卷。⑩十恶不赦：说明罪恶极大。《元史・刑法志一》所列举的不能赦免的十恶是：谋反、谋大逆、谋叛、恶逆、不道、大不敬、不孝、不睦、不义、内乱。　⑪问结了：即已审讯结案的。　⑫搭伏定：伏靠好。　⑬魂旦：指扮演女鬼的角色。　⑭望乡台：迷信的说法，人死后灵魂到了阴间，先至望乡台，可以望见阳间家里的亲人。　⑮足（jù）律律：拟声词，形容风声。一说形容风物迅疾转动的样子。　⑯撺（cuān）掇（duō）：原意为怂恿，此处意为挟持。　⑰门神户尉：旧时迷信，为了挡住鬼怪入户，在门上贴上两张神像，左边为门丞，右边是户尉，都叫门神。通常画的是尉迟恭和秦琼的像。　⑱门桯（tīng）：门槛。　⑲虚下：元杂剧术语，表示演员背身作下场状。　⑳为头：开头，先前。　㉑朝廷钦差：皇帝命令委派的官差。带牌：佩带金牌。走马：骑着官马，使用驿道，到各地巡察。这是肃政廉访使的特权。　㉒噤声：住口。　㉓刬（chǎn）地：犹反而，倒。　㉔牒发：签发官府文书押送。　㉕城隍祠：即城隍庙，奉祀守城的神，宋以后各府州县均有城隍庙。又民间迷信，以城隍庙为阴司的地方官府衙门。　㉖阴山：迷信以为阴间有大石山，极阴冷，为发配惩罚罪鬼之所。　㉗过世：养老终生。　㉘吊拷绷扒：谓各种严刑拷打。吊拷是将犯人吊起来毒打；绷扒或作绑扒，是剥去衣服，用绳子捆绑起来。　㉙曾道来不道来：说过还是没有说过，指文卷上是否照实记录事件的经过。　㉚摄魂台：迷信说法，指能勾摄、镇压死人鬼魂的高台。　㉛乔才：坏蛋。　㉜来朝：明朝，明天。　㉝白头亲：年老的父母亲。　㉞“在衙”二句：元杂剧中官员升堂理事之前，公差照例这么吆喝，以示吉祥平安。　㉟该房吏典：六房中主管这一部门（指刑狱）的官吏。　㊱糊突：昏庸糊涂。　㊲签牌：签发文书。　㊳解子：押解

犯人的公差。 ㊴广捕批缉拿：发通缉令，四处发文捉拿。 ㊵折辩：当面分辩。 ㊶“有鬼”以下数句：是模仿道士驱鬼时的动作与声口。撮盐入水：道士念咒驱鬼时要在房中洒盐水。太上老君：传说中道教的祖宗老子。急急如律令：急急，赶快；如律令，汉代公文的例行用语，意即要对方按照律令办事。敕（chì），表示命令。道士画符念咒，口念“太上老君，急急如律令，敕”，大意是请求太上老君，迅速按符咒所要求的去办理。 ㊷吃敲材：犹说该死的家伙。元律中杖杀之刑叫“敲”。 ㊸栽排：安排，布置。 ㊹和谐：这里指成亲。 ㊺耽：担当。 ㊻折对：对证。 ㊼当面：公差喝令犯人跪下见官。 ㊽官料药：官方允许的合法经营的药物。 ㊾放乖：玩弄小聪明。 ㊿要当灾：合该遭受灾祸。 ⑤①犯由牌：记录犯人罪行的牌子。 ⑤②覆勘：重新考察。 ⑤③的是：确实是。 ⑤④泉台：坟墓。 ⑤⑤水陆道场：请和尚念经，设斋供奉仙鬼水陆众生，以使死者亡魂得到超度的仪式。 ⑤⑥坐天：即升天，使鬼魂从地狱中超度上天。 ⑤⑦于（wū）伏：诬服，屈招。 ⑤⑧凌迟：即剐刑，古代酷刑之一。先肢解犯人身体，然后断其咽喉，让他慢慢痛死。 ⑤⑨木驴：执行剐刑的刑具，用以固定犯人手脚。 ⑥⓪刑名违错：违背事实，胡乱判案。 ⑥①发：发配，充军。烟障地面：遥远荒僻、充满雾瘴毒气的流放犯人的地方。障，同“瘴”。 ⑥②表白：辨明昭雪。 ⑥③推诿：推脱责任。代有：每个朝代都有。 ⑥④题目：元杂剧体制，每本戏的结尾处，用两句或四句对偶句式，概括全剧内容。前面的称为“题目”，后面的称为“正名”。正名就是一本戏的全名。 ⑥⑤秉鉴持衡：歌颂廉访使勘案的清明公正。秉鉴，举着镜子。持衡，主持公道。（这折戏写窦娥的冤案得到昭雪，使戏剧矛盾得到最后解决。魂旦的上场不能简单地视为宣扬鬼神迷信，而是以一种非现实的形式继续刻画窦娥的反抗斗争精神。鬼魂形象在戏剧冲突的发展和解决中起到了主导和关键的作用：没有窦娥鬼魂的拨弄作怪，窦天章不会发现这是一桩冤案；没有魂旦上场对质，案情不会大白，真犯不会伏罪。因此，冤案得以昭雪，从本质上看，实际上是窦娥自身不屈不挠斗争的结果，只不过采用了一种超现实的特殊形式罢了。本折中也宣扬了三从四德一类封建思想，是白璧微瑕。）

*　　　　*　　　　*　　　　*　　　　*

救风尘[①]

第三折

（周舍同店小二[②]上，诗云）万事分已定，浮生空自忙；无非花共酒，恼乱我心肠。店小二，我着你开着这个客店，我那里希罕你那房钱养家；不问官妓私科子[③]，只等有好的来你客店里，你便来叫我。（小二云）我知道，只是你脚头乱[④]，一时间那里寻你去？（周舍云）你来粉房[5]里寻我。（小二云）粉房里没有呵？（周舍云）赌房里来寻。（小二云）赌房里没有呵？（周舍云）牢房里来寻。（下）（丑扮小闲挑笼上，诗云）钉靴雨伞为活计，偷寒送暖作营生；不是闲人闲不得，及至得了闲时又闲不成。自家张小闲的便是。平生做不的买卖，止是与歌者姐姐每叫些人，两头往来，传消寄信都是我。这里有个大姐赵盼儿，着我收拾两箱子衣服行李，往郑州去。都收拾停当了，请姐姐上马。（正旦上，云）小闲，我这等打扮，可冲动得那厮么？（小闲做倒科）（正旦云）你做甚么哩？（小闲云）休道冲动那厮，这一会儿连小闲也酥倒了。（正旦唱）

【正宫端正好】则为他满怀愁，心间闷，做的个进退无门。那婆娘家一涌性无思忖[6]，我可也强打入迷魂阵。

【滚绣球】我这里微微的把气喷，输个姓因[7]，怎不教那厮背槽抛粪[8]！更做道普天下无他这等郎君。想着容易情[9]，忒献勤[10]，几番家待要不问[11]；第一来我则是可怜见无主娘亲[12]，第二来是我惯曾为旅偏怜客[13]，第三来也是我自己贪杯惜醉人。到那里呵，也索费些精神。

（云）说话之间，早来到郑州地方了。小闲，接了马者。且在柳阴下歇一歇咱。（小闲云）我知道。（正旦云）小闲，咱闲口论闲话：这好人家好举止，恶人家恶家法。（小闲云）姐姐，你说我听。（正旦唱）

【倘秀才】县君[14]的则是县君，妓人的则是妓人。怕不扭捏着身子蓦入他门[15]；怎禁他使数的到支分[16]，背地里暗忍[17]。

【滚绣球】那好人家将粉扑儿浅淡匀，那里像咱干茨腊[18]手抢着粉；好人家将那篦梳儿慢慢地铺鬅[19]，那里像咱解了那襻胸带[20]，下颏上勒一道深痕。好人家知个远近，觑个同顺，衠[21]一味良人家风韵；那里像咱们，恰便是空房中锁定个猢孙：有那千般不实乔躯老[22]，有万种虚嚣[23]歹议论，断不了风尘。

（小闲云）这里一个客店，姐姐好住下罢。（正旦云）叫店家来。（店小二见科）（正旦云）小二哥，你打扫一间干净房儿，放下行李。你与我请将周舍来，说我在这里久等多时也。（小二云）我知道。（做行叫科，云）小哥在那里？（周舍上，云）店小二，有什么事？（小二云）店里有个好女子请你哩。（周舍云）咱和你就去来。（做见科，云）是好一个科子也。（正旦云）周舍，你来了也。（唱）

【幺篇】俺那妹子儿有见闻，可有福分，抬举的个丈夫俊上添俊，年纪儿恰正青春。（周舍云）我那里曾见你来？我在客火[24]里，你弹着一架筝，我不与了你个褐色绸段[25]儿？（正旦云）小的，你可见来？（小闲云）不曾见他有甚么褐色绸段儿。（周舍云）哦，早起杭州客火散了，赶到陕西客火里吃酒。我不与了大姐一分饭来？（正旦云）小的每，你可见来？（小闲云）我不曾见。（正旦唱）你则是忒现新，忒忘昏[26]，更做道你眼钝。那唱词话[27]的有两句留文："咱也曾武陵溪畔曾相识，今日佯推不认人[28]。"我为你断梦劳魂。

（周舍云）我想起来了，你敢是赵盼儿么？（正旦云）然也。（周舍云）你是赵盼儿，好，好！当初破亲也是你来。小二，关了店门，则打这小闲。（小闲云）你休要打我。俺姐姐将着锦绣衣服，一房一卧[29]来嫁你，你倒打我？（正旦云）周舍，你坐下，你听我说。你在南京[30]时，人说你周舍名字，说的我耳满鼻满的，则是不曾见你。后得见你呵，害的我不茶不饭，只是思想着你。听的你娶了宋引章，教我如何不恼？周舍，我待嫁你，你却着我保亲！（唱）

【倘秀才】我当初倚大呵妆儇[31]主婚，怎知我嫉妒呵特故里[32]破亲？你这厮外相儿通疏就里村[33]！你今日结婚姻，咱就肯罢论。

（云）我好意将着车辆鞍马奁房来寻你，你划地将我打骂？小闲，拦回车儿，咱家去来。（周舍云）早知姐姐来嫁我，我怎肯打舅舅？（正旦云）你真个不知道？你既不知，你休出店门，只守着我坐下。（周舍云）休说一两日，就是一两年，您儿也坐的将去。（外旦上，云）周舍两三日不家去，我寻到这店门首，我试看咱。原来是赵盼儿和周舍坐哩。兀那老弟子不识羞，直赶到这里来。周舍，你再不要来家，等你来时，我拿一把刀子，你拿一把刀子，和你一递一刀子戳哩。（下）（周舍取棍科，云）我和你抢生吃[34]哩！不是奶奶在这里，我打杀你。（正旦唱）

【脱布衫】我更是的不待饶人，我为甚不敢明闻；肋底下插柴自忍[35]，怎见你便打他一顿？

【小梁州】可不道一夜夫妻百夜恩，你可便息怒停嗔。你村时节背地里使些村，对着我合恩忖：那一个双同叔打杀俏红裙[36]？

【幺篇】则见他恶哏哏[37]摸按着无情棍，便有火性的不似你个郎君。（云）你拿着偌粗的棍棒，倘或打杀他呵，可怎了？（周舍云）丈夫打杀老婆，不该偿命。（正旦云）这等说，谁敢嫁你？（背唱）我假意儿瞒，虚科儿喷[38]，着这厮有家难奔。妹子也，你试看咱风月救风尘。

（云）周舍，你好道儿[39]。你这里坐着，点的[40]你媳妇来骂我这一场。小闲，拦回车儿，咱回去来。（周舍云）好奶奶，请坐。我不知道他来；我若知道他来，我就该死。（正旦云）你真个不曾使他来？这妮子不贤惠。打一棒快毬子[41]，你舍的宋引章，我一发[42]嫁你。（周舍云）我到家里就休了他。（背云）且慢着，那个妇人是我平日间打怕的，若与了一纸休书，那妇人就一道烟去了。这婆娘他若是不嫁我呵，可不弄的尖担两头脱？休的造次[43]，把这婆娘摇撼的实着[44]。（向旦云）奶奶，你孩儿肚肠是驴马的见识。我今家去把媳妇休了呵，奶奶，你把肉吊窗儿放下来[45]，可不嫁我，做的个尖担两头脱。奶奶，你说下个誓着。（正旦云）周舍，你真个要我赌咒？你若休了媳妇，我不嫁你呵，我着堂子里马踏杀，灯草打折臁儿骨[46]。你逼的我赌这般重咒哩！（周舍云）小二，将酒来。（正旦云）休买酒，我车儿上有十瓶酒哩。（周舍云）还要买羊。（正旦云）休买羊，我车上有个熟羊哩。（周舍云）好、好、好，待我买红[47]去。（正旦云）休买红，我箱子里有一对大红罗。周舍，你争甚么那？你的便是我的，我的就是你的。（唱）

【二煞】则这紧的到头终是紧，亲的原来只是亲。凭着我花朵儿身躯，笋条儿年纪[48]，为这锦片儿前程，倒赔了几锭儿花银。拼着个十米九糠[49]，问什么两妇三妻！受了些万苦千辛，我着人头上气忍，不枉了一世做郎君[50]。

【黄钟尾】你穷杀呵甘心守分捱贫困，你富呵休笑我饱暖生淫惹议论。您心中觑个意顺[51]，但休了你这眼下人，不要你钱财使半文，早是我走将来自上门。家业家私待你六亲，肥马轻裘待你一身，倒贴了奁房和你为眷姻。（云）我若还嫁了你，我不比那宋引章，针指油面、刺绣铺房、大裁小剪，都不晓得一些儿的。（唱）我将你写了的休书正了本[52]。（同下）

①《救风尘》：全名为《赵盼儿风月救风尘》。戏剧内容是：年幼无知的歌妓宋引章，经不起周同知的儿子、富商周舍的引诱欺骗，不顾赵盼儿真诚的劝诫，答应嫁给周舍。嫁去后果然落入火坑，备受凌辱摧残。赵盼儿闻讯后，满腔义愤，急人之急，设计以风月场中卖笑调情的手段，把沦落于风尘之中的姊妹宋引章救出了火坑。这是一本色调明朗、爱憎分明的喜剧，作者热情地歌颂了女主人公赵盼儿的侠肝义胆和聪明机智，塑造了一个下层妇女的光辉形象。 ② 店小二：客店中的伙计。 ③ 私科子：即私窝子，私娼，与入籍的官妓相对。 ④ 脚头乱：到处走，行踪不定。 ⑤ 粉房：妓院。 ⑥ 婆娘家：指宋引章。一涌性无思忖：一时冲动没有很好考虑。 ⑦ 输个姓因：疑为“输个婚姻”之误。 ⑧ 背槽抛粪：牲口在槽中吃食，又背槽下粪，比喻周舍的反脸无情，忘恩负义。 ⑨ 容易情：指宋引章轻易就将自己的感情交给周舍。容易，轻易，随便。 ⑩ 忒（tēi）献勤：过分地奉献殷勤。 ⑪ 几番家：几次。不问：指不理睬宋引章。 ⑫ 无主娘亲：指没有主意的娘亲（指宋引章的母亲）。 ⑬ 为旅偏怜客：自己出门在外，对别的旅客也自然抱着同情。与下句“贪杯惜醉人”，都是比喻同病相怜。 ⑭ 县君：唐宋以来对贵族妇女的封号，一

般指官太太。⑮蓦（mò）入：迈进。⑯使数的：指奴仆。支分：使唤，支使。全句意思是：不能忍受（入门后）他家的奴仆倒支使起自己来。⑰暗忍：暗中忍受凌辱痛苦。⑱干茨腊：或作“干支刺”，很干的意思。茨腊，加强语气的助词。⑲铺髩（bìn）：梳整鬓发。髩，同“鬓”。⑳襻（pàn）胸带：古代妇女梳头时用以束发的带，包裹至下颏。㉑衠（zhūn）：真，纯。㉒乔躯老：坏身段，坏样子。乔，即矫，假装，不自然，引申为坏。老，语尾助词，无义。㉓虚嚣：虚浮、奸诈。㉔客火：即客伙，旅客。这里指旅店。㉕绸段：即绸缎。㉖忒现新，忒忘昏：俗语，意指喜新厌旧。㉗词话：宋元时期一种说唱体通俗文艺形式，略近于今天的弹词、鼓书。㉘“咱也曾”二句：武陵溪畔曾相识，指曾有过爱情关系。神话故事：刘晨、阮肇入山采药，在武陵溪畔遇仙女而发生爱情。㉙一房一卧：一房妆奁，一房铺盖，泛指嫁妆。㉚南京：指汴梁（今河南开封）。金主亮改汴梁为南京。㉛妆儇（xuān）：装乖，弄巧。儇，或作谖，慧黠的意思。㉜特故里：特意。㉝外相儿通疏就里村：外貌看起来聪明通达内里却是愚蠢粗野。㉞抢生吃：不等食物煮熟就抢来吃，形容性急。这是承上文“和你一递一刀子戳哩”说的。㉟肋底下插柴自忍：元代歇后语，元剧中习用，意即肋骨底下插木柴，别人不知道，只有自己忍痛。㊱双同叔打杀俏红裙：双同叔，指宋代双渐，他是元丰年间进士，相传他与妓女苏小卿相恋，当时勾栏中流传双渐赶苏小卿的故事。俏红裙，指妓女。㊲恶哏哏：即恶狠狠。㊳虚科儿：假情假意。喷：骗说。㊴道儿：诡计。㊵点的：指点的，即暗里唆使。㊶打一棒快毬子：宋元时代打毬的术语，这里比喻采用干脆痛快手段迅速解决问题。㊷一发：索性。㊸休的造次：不可鲁莽。㊹实着：确有把握的定着。㊺肉吊窗儿放下来：肉吊窗儿指眼皮，眼皮吊下来，即闭上眼不理睬。㊻“我着堂子里”二句：是当时一种很重的誓词。据钱塘丁氏藏本《罗李郎》杂剧第一折，其中人物汤哥誓词云：“塘子里洗澡马踏杀，灯草打折臁（qiǎn）儿骨。”意即在不该遭灾的地方也会遭灾。堂子，即塘子，洗澡池。臁儿骨，臁同“肷”，指肋骨与胯骨之间的部分。㊼买红：指买订婚用红色绸缎之类的喜庆之物。㊽笋条儿年纪：指青春年少。㊾十米九糠：指生活穷困。一说，疑指彼此不相称。㊿“受了些万苦千辛”三句：意思是，不论吃多少苦，受多少气，也不能让你白做了一辈子郎君（丈夫）。(51)觑个意顺：看得称心如意。(52)正了本：本指本钱，正了本就是够本，意思是你休了宋引章，娶了我，是够本的。（这折戏写赵盼儿使用风月手段，制伏恶棍流氓周舍的过程，美和丑，聪明与愚蠢，崇高与卑劣，在这里形成了鲜明强烈的对比。）

单刀会①

第四折

（鲁肃上，云）欢来不似今朝，喜来那逢今日。小官鲁子敬是也。我使黄文持书去请关公，欣喜许今日赴会，荆襄地合归还江东。英雄甲士已暗藏壁衣之后，令人江上相候，见船到便来报我知道。

（正末关公引周仓上，云）周仓，将到那里也？（周云）来到大江中流也。（正云）看了这大江，是一派好水也呵！（唱）

【双调新水令】大江东去浪千叠[②]，引着这数十人驾着这小舟一叶。又不比九重龙凤阙[③]，可正是千丈虎狼穴。大丈夫心别[④]，我觑这单刀会似赛村社[⑤]。

（云）好一派江景也呵！（唱）

【驻马听】水涌山叠，年少周郎[⑥]何处也？不觉的灰飞烟灭[⑦]，可怜黄盖转伤嗟。破曹的樯橹一时绝，鏖兵的江水犹然热[⑧]，好教我情惨切！（云）这也不是江水，（唱）二十年流不尽的英雄血！

（云）却早来到也，报复[⑨]去。（卒报科）（做相见科）（鲁云）江下小会，酒非洞里之长春[⑩]，乐乃尘中之菲艺[⑪]，猥劳[⑫]君侯屈高就下，降尊临卑，实乃鲁肃之万幸也！（正云）量某有何德能，着[⑬]大夫置酒张筵，既请必至。（鲁云）黄文，将酒来。二公子满饮一杯。（正云）大夫饮此杯。（把盏科）（正云）想古今咱这人过日月[⑭]好疾也呵！（鲁云）过日月是好疾也。光阴似骏马加鞭，浮世似落花流水。（正唱）

【胡十八】想古今立勋业，那里也舜五人、汉三杰[⑮]？两朝相隔数年别，不付能[⑯]见者，却又早老也。开怀的饮数杯，（云）将酒来。（唱）尽心儿待醉一夜。

（把盏科）（正云）你知“以德报德，以直报怨”[⑰]么？（鲁云）既然将军言“以德报德，以直报怨”，借物不还者谓之怨。想君侯文武全材，通练[⑱]兵书，习《春秋》《左传》，泼拔颠危[⑲]，匡扶社稷[⑳]，可不谓之仁乎？待玄德如骨肉，觑曹操若仇雠，可不谓之义乎？辞曹归汉，弃印封金[㉑]，可不谓之礼乎？坐服于禁，水淹七军[㉒]，可不谓之智乎？且将军仁义礼智俱足，惜乎只少个信字，欠缺未完。再若得全个信字，无出君侯之右也[㉓]。（正云）我怎生失信？（鲁云）非将军失信，皆因令兄玄德失信。（正云）我哥哥怎生失信来？（鲁云）想昔日玄德公败于当阳之上，身无所归，因鲁肃之故，屯军三江夏口。鲁肃又与孔明同见我主公，即日兴师拜将，破曹兵于赤壁之间。江东所费巨万，又折了首将黄盖[㉔]。因将军贤昆玉[㉕]无尺寸地，暂借荆州以为养军之资；数年不还。今日鲁肃低情曲意，暂取荆州，以为救民之急；待仓廪丰盈，然后再献与将军掌领。鲁肃不敢自专，君侯台鉴[㉖]不错。（正云）你请我吃筵席来那，是索荆州来？（鲁云）没，没，没，我则这般道。孙、刘结亲，以为唇齿，两国正好和谐。（正唱）

【庆东原】你把我真心儿待，将筵宴设，你这般攀今览古[㉗]，分甚枝叶[㉘]？我根前使不着你“之乎者也”“诗云子曰”，早该豁口截舌[29]！有意说孙刘，你休目下番成吴越[30]！

（鲁云）将军原来傲物轻信！（正云）我怎么傲物轻信？（鲁云）当日孔明亲言：破曹之后，荆州即还江东。鲁肃亲为代保。不思旧日之恩，今日恩变为仇，犹自说“以德报德，以直报怨”。圣人道：“信近于义，言可复也[31]。”去食去兵，不可去信[32]。“大车无輗，小车无軏，其何以行之哉[33]？”今将军全无仁义之心，枉作英雄之辈。荆州久借不还，却不道“人无信不立！”（正云）鲁子敬，你听的这剑戛[34]么？（鲁云）剑戛怎么？（正云）我这剑戛，头一遭诛了文丑[35]，第二遭斩了蔡阳[36]，鲁肃呵，莫不第三遭到你也？（鲁云）没，没，我则这般道来。（正云）这荆州是谁的？（鲁云）这荆州是俺的。（正云）你不知，听我说。（唱）

【沉醉东风】想着俺汉高皇图王霸业，汉光武秉正除邪，汉献帝将董卓诛，汉皇叔把温侯[37]灭，俺哥哥合承受汉家基业。则你这东吴国的孙权，和俺刘家却是甚枝叶[38]？请你个不克己先生[39]自说！

（鲁云）那里甚么响？（正云）这剑戛二次也。（鲁云）却怎么说？（正云）这剑按天地之灵，金火之精，阴阳之气，日月之形；藏之则鬼神遁迹，出之则魑魅[40]潜踪；喜则恋鞘沉沉而不动，怒则跃匣铮铮而有声。今朝席上，倘有争锋，恐君不信，拔剑施呈。吾当摄剑，鲁肃休惊。这剑果有神威不可当，庙堂之器岂寻常；今朝索取荆州事，一剑先交[41]鲁肃亡。（唱）

【雁儿落】则为你三寸不烂舌，恼犯我三尺无情铁。这剑饥餐上将头，渴饮仇人血。

【得胜令】则是条龙向鞘中蛰[42]，唬得人向坐间呆，今日故友每才相见，休着俺弟兄每相间别[43]。鲁子敬听者，你心中休乔怯[44]，畅好是随邪[45]，休怪我十分酒醉也。

（鲁云）臧宫动乐。（臧宫上，云）天有五星，地攒[46]五岳，人有五德，乐按五音。五星者：金、木、水、火、土。五岳者：常、恒、泰、华、嵩。五德者：温、良、恭、俭、让。五音者：宫、商、角、徵、羽。（甲士拥上科）（鲁云）埋伏了者。（正击案，怒云）有埋伏也无埋伏？（鲁云）并无埋伏。（正云）若有埋伏，一剑挥之两段！（做击案科）（鲁云）你击碎菱花[47]。（正云）我特来破镜[48]！（唱）

【搅筝琶】却怎生闹炒炒军兵列，休把我当拦者！（云）当着我的，呵呵！（唱）我着他剑下身亡，目前流血。便有那张仪口、蒯通舌[49]，休那里躲闪藏遮。好生的送我到船上者，我和你慢慢的相别。

（鲁云）你去了倒是一场伶俐[50]。（黄文云）将军，有埋伏哩。（鲁云）迟了我的也。（关平领众将上，云）请父亲上船，孩儿每来迎接哩。（正云）鲁肃，休惜殿后[51]。（唱）

【离亭宴带歇指煞】我则见紫袍银带公人列，晚天凉风冷芦花谢，我心中喜悦。昏惨惨晚霞收，冷飕飕江风起，急飐飐[52]云帆扯。承管待、承管待，多承谢、多承谢。唤梢公[53]慢者，缆解开岸边龙[54]，船分开波中浪，棹[55]搅碎江中月。正欢娱有甚进退，且谈笑不分明夜[56]。说与你两件事先生记者：百忙里趁[57]不了老兄心，急切里[58]倒不了俺汉家节。

题目　孙仲谋独占江东地　请乔公言定三条计[59]

正名　鲁子敬设宴索荆州　关大王独赴单刀会

①《单刀会》：全名是《关大王独赴单刀会》。戏剧内容是：鲁肃为了索还荆州，约请关羽过江赴会，企图威逼关羽接受，不成则出伏兵擒住关羽，以武力夺还荆州。关羽明知过江是置身于“千丈虎狼穴”，但为了蜀汉的利益，毅然置个人安危于不顾，以大无畏的精神单刀赴会。剧本采用虚实结合的手法，突出地刻画并热情地歌颂了关羽的智慧、勇敢和忠心，表现了带有理想色彩的英雄主义主题。　②“大江东去”句：苏轼《念奴娇·赤壁怀古》有“大江东去，浪淘尽千古风流人物”句，此用其意，以表现关羽面对东去的长江滔滔流水引起的感叹。　③九重龙凤阙：指皇帝所住华丽幽深的宫殿。　④别：一本作“烈”，是。烈：壮烈，即具有英雄气胆。　⑤似赛村社：像是乡村社日迎神赛会一般，意即虽入虎狼之穴却视若等闲。　⑥周郎：指东吴年轻的将领周瑜。　⑦灰飞烟灭：指赤壁之战用火烧曹操战船事。苏轼《念奴娇·赤壁怀古》有“谈笑间，樯橹灰飞烟灭”句。　⑧鏖（áo）兵：即鏖战，激烈的战斗。犹然：仍然。　⑨报复：报告，回复。　⑩洞里之长春：指窖藏多年的好酒。长春，酒名。　⑪尘中之菲艺：世俗中普通的技艺。菲，菲薄，引申为平凡的，普通的。　⑫猥劳：犹言“辱劳”，是一种客气的说法。猥，意为卑下，这里表示谦虚。　⑬着：让，使得。　⑭日月：时光，岁月。　⑮舜五人：相传舜有五个贤臣：禹、弃、契、皋陶（yáo）、夔。汉三杰：汉初辅佐高祖平定天下的三位谋臣：张良、萧何、韩信。　⑯不付能：即不甫能，好不容易。　⑰“以德报德”二句：语出《论语·宪问》，意思是：对有恩德于我的人，将以恩德来回报他；对跟我有怨仇的，也要以公正的态度来对待他。　⑱通练：通晓。　⑲泼拔颠危：挽回危险的局面。　⑳匡扶：匡正扶持。社稷：社为土地神，稷为五谷神，这里代指国家。　㉑弃印封金：关羽因兵败曾留居许昌曹操处，曹操对他甚厚，授以“汉寿亭侯”印，并赠金银，后关羽得知刘备消息，即弃印封金离曹操而去，这表现了关羽对刘备的忠心不二。　㉒“坐服于禁”二句：指关羽用计挫败于禁事。曹操命于禁统领七军（七支部队）进攻刘备所在的樊城，以庞德为先锋，关羽机智地决襄

江之水淹了七军，生擒庞德。㉓“无出……之右”：没有比……更高的。㉔折了首将黄盖：此处所讲情节与后来的《三国演义》有所不同。小说写周瑜用苦肉计，打了黄盖，使他向曹操诈降，并未在赤壁之战中折损。㉕贤昆玉：对别人弟兄的敬称。㉖台鉴：犹言“您明察”。台是对别人的敬称。㉗攀今览古：意指重提旧事以达到今天的目的。览，一作“揽”，义亦通。㉘分甚枝叶：意思是一棵树上的枝叶是不可分割的，暗示鲁肃要索回荆州就要破坏吴蜀间的密切关系。㉙豁口截舌：豁开口把舌头截断，意思是责怪鲁肃说了不该说的话。㉚番：同“翻”。吴越：春秋时的吴国和越国，因世为仇敌，常用以比喻对立关系。㉛“信近于义“二句：语见《论语·学而》，意思是守信用而接近于义，他的话是可以用实践来证明的。㉜“去食去兵”二句：《论语·颜渊》：“足食足兵，民信之矣。子贡曰：‘必不得已而去，于斯三者何先？’曰：‘去兵。’子贡曰：‘必不得已而去，于斯二者何先？’曰：‘去食。’自古皆有死，民无信不立。”这里引用这两句话，是说宁可没有饭吃，没有武装，也不能不守信用。㉝“大车无輗”三句：《论语·为政》：“子曰：人而无信，不知其可也。大车无輗（ní），小车无軏（yuè），其何以行之哉？”古代牛车叫大车，马车叫小车。驾牲口的横木上的活塞，大车叫輗，小车叫軏，缺少它们，就不能驾车行走。这里借以比喻人如果没有信用，就不能在社会上立身行事。㉞剑戛：剑响。戛，原作“界”，误。㉟诛了文丑：文丑是袁绍手下名将，为关羽所杀。㊱蔡阳：曹操手下的将军，被关羽所斩。以上二事与史书记载不合，出于小说家言。㊲温侯：指吕布，字奉先，曾封温侯，为董卓部将，后被曹操、刘备所擒杀。㊳枝叶：关系。㊴不克己先生：不肯吃亏的人。㊵魑（chī）魅（mèi）：古代传说中害人的山林精怪。㊶交：同“教”。㊷蛰：藏伏。㊸间别：离间，分别。㊹乔怯：假装害怕。㊺畅好是：真是。随邪：不正经。㊻攒（zǎn）：积聚。㊼菱花：因古代铜镜背后多用菱花做装饰图案，后因以菱花代指镜子。㊽破镜：承上句“菱花”来。镜与“子敬”的“敬”字谐音，故破镜语含双关。㊾张仪口、蒯通舌：指巧言善辩的人。张仪，战国时魏人，相于秦，曾游说六国连横事秦。蒯通，楚汉相争时的著名辩士，韩信用其计平定了齐地。㊿伶俐：干净利落。51休惜殿后：意思是要鲁肃随后护送，语含讥刺。殿后，队伍的后军，起掩护作用。52急飐飐（zhǎn）：风急吹貌。53梢公：撑船的人。54岸边龙：指停靠在岸边的船。55棹（zhào）：桨，划船的工具。56明夜：白天和黑夜。57趁：同“称”。58急切里：忽迫之间。59请乔公言定三条计：本剧第一折里写鲁肃为索回荆州，定下三条计策，与乔公商量。三条计是：请关羽过江赴宴，先以礼索还荆州；此计不成，则拘留关羽，胁迫交还荆州；此计再不成，则于席间出伏兵擒拿关羽，以武力夺回荆州。（本折是戏剧情节发展的高潮，在前面三折充分铺垫的基础上，正面描写关羽与鲁肃的冲突，席间关羽以非凡的英雄气概，拒绝交出荆州，并喝退伏兵，在关平的接应下安然回到了荆州，剧本最后完成了一个光彩照人的英雄形象的塑造。）

［附录］

一、关于关汉卿的生平和评价

钟嗣成曰：关汉卿，大都人，太医院尹，号已斋叟。(《录鬼簿》，按:《录鬼簿》有不同版本，孟称舜本“太医院尹”的“尹”字作“户”，疑“户”字是。)

朱经曰：我皇元初并海宇，而金之遗民若杜散人、白兰谷、关已斋辈，皆不屑仕进，乃嘲风弄月，留连光景。(《〈青楼集〉序》)

熊自得曰：关一斋，字汉卿，燕人。生而倜傥，博学能文，滑稽多智，蕴藉风流，为一时之冠。是时文翰晦盲，不能独振，淹于辞章者，久矣。(《析津志・名宦传》)

贾仲明曰：珠玑语唾自然流，金玉词源即便有，玲珑肺腑天生就。风月情，忒惯熟；姓名香，四大神洲。驱梨园领袖，总编修帅首，捻杂剧班头。(《凌波仙》吊词，天一阁本《录鬼簿》关汉卿传下附)

臧晋叔曰：关汉卿辈争挟长技自见，至躬践排场，面傅粉墨，以为我家生活，偶倡优而不辞者。(《〈元曲选〉序》)

朱权曰：关汉卿之词如琼筵醉客。观其词语，乃可上可下之才。盖所以取者，初为杂剧之始，故卓以前列。(《太和正音谱》卷上)

王国维曰：其最有悲剧之性质者，则如关汉卿之《窦娥冤》，纪君祥之《赵氏孤儿》。剧中虽有恶人交构其间，而其蹈汤赴火者，仍出于其主人翁之意志，即列之于世界大悲剧中，亦无愧色也。(《宋元戏曲考》十二《元剧之文章》)

又曰：……关汉卿之《救风尘》，其布置结构，亦极意匠惨淡之致，宁较后世之传奇，有优无劣也。(同上)

吴梅曰：大抵元剧之盛，首推大都，自实甫继解元之后，创为研炼艳冶之词，而关汉卿以雄肆易其赤帜，所作《救风尘》《玉镜台》《谢天香》诸剧，类皆雄奇排奡，无搔首弄姿之态……。(《中国戏曲概论》四《元人杂剧》)

二、关于《窦娥冤》的资料

《汉书》卷七十一《于定国传》：东海有孝妇，少寡，亡子，养姑甚谨，姑欲嫁之，终不肯。姑谓邻人曰："孝妇事我勤苦，哀其亡子守寡。我老，久累丁壮，奈何？"后其姑自经死，姑女告吏："妇杀我母。"吏捕孝妇，孝妇辞不杀姑。吏验治，孝妇自诬服。具狱上府。于公以为此妇养姑十余年，以孝闻，必不杀也。太守不听，于公争之，弗能得，乃抱其具狱，哭于府上，因辞疾去。太守竟论杀孝妇。郡中枯旱三年。后太守至，卜筮其故，于公曰："孝妇不当死，前太守强断之，咎倘在是乎？"于是太守杀牛自祭孝妇冢，因表其墓，天立大雨，岁熟。郡中以此大敬重于公。

干宝《搜神记》卷十一《东海孝妇》：汉时，东海孝妇，养姑甚谨。姑曰："妇养我勤苦。我已老，何惜余年，久累年少。"遂自缢死。其女告官云："妇杀我母。"官收系之，拷掠毒治。孝妇不堪苦楚，自诬服之。时于公为狱吏，曰："此妇养姑十余年，以孝闻彻，必不杀也。"太守不听。于公争不得理，抱其狱词，哭于府而去。自后郡中枯旱，三年不雨。后太守至，于公曰："孝妇不当死，前太守枉杀之，咎当在此。"太守即时身祭孝妇冢，因表其墓。天立雨，岁大熟。长老传云："孝妇名周青。青将死，车载十丈竹竿，以悬五幡。立誓于众曰：'青若有罪，愿杀，血当顺下；青若枉死，血当逆流。'既行刑已，其血青黄，缘幡竹而上极标，又缘幡而下云。"

白　朴

梧桐雨[①]

第四折

（高力士上，云）自家高力士是也。自幼供奉内宫，蒙主上抬举，加为六宫提督太监[②]。往年主上悦杨氏容貌，命某取入宫中，宠爱无比，封为贵妃，赐号太真。后来逆胡称兵[③]，伪诛杨国忠为名，逼的主上幸蜀[④]。行至中途，六军不进，武将陈玄礼奏过，杀了国忠，祸连贵妃。无可奈何，只得从之，缢死马嵬驿中。今日贼平无事，主上还国，太子做了皇帝；主上养老，退居西宫[⑤]，昼夜只是想贵妃娘娘。今日教某挂起真容[⑥]，朝夕哭奠，不免收拾停当，在此伺候咱。（正末上，云）寡人自幸蜀还京，太子破了

逆贼，即了帝位，寡人退居西宫养老，每日只是思量妃子，教画工画了一幅真容供养着，每日相对，越增烦恼也呵！（做哭科）（唱）

【正宫端正好】自从幸西川，还京兆[7]，甚的是月夜花朝[8]。这半年来白发添多少？怎打迭[9]愁容貌？

【幺篇】瘦岩岩[10]不避群臣笑，玉叉儿将画轴高挑；荔枝花果香檀桌，目觑了伤怀抱。

（做看真容科）（唱）

【滚绣球】险些把我气冲倒，身漫靠，把太真妃放声高叫，叫不应雨泪嚎咷。这待诏[11]，手段高，画的来没半量儿差错。虽然是快染能描，画不出沉香亭畔回鸾舞[12]，花萼楼前上马娇[13]，一段儿妖娆。

【倘秀子】妃子呵，常记得千秋节华清宫宴乐[14]，七夕会长生殿乞巧[15]，誓愿学连理枝比翼鸟；谁想你乘彩凤，返丹霄[16]，命夭。

（带云）寡人越看越添伤感，怎生是好？（唱）

【呆骨朵】寡人有心待盖一座杨妃庙，争奈无权柄谢位辞朝[17]！则俺这孤辰限难熬，更打着离恨天最高[18]。在生时同衾枕，不能够死后也同棺椁。谁承望马嵬坡尘土中[19]，可惜把一朵海棠花零落了。

（带云）一会儿身子困乏，且下这亭子，去闲一会咱。（唱）

【白鹤子】挪身离殿宇，信步下亭皋[20]，见杨柳袅翠蓝丝，芙蓉拆胭脂萼。

【幺】见芙蓉怀媚脸[21]，遇杨柳忆纤腰。依旧的两般儿点缀上阳宫[22]，他管一灵儿[23]潇洒长安道。

【幺】常记得碧梧桐阴下立，红牙筯[24]手中敲；他笑整缕金衣[25]，舞按霓裳乐[26]。

【幺】到如今翠盘[27]中荒草满，芳树下暗香消。空对井梧阴，不见倾城貌。

（做叹科，云）寡人也怕闲行，不如回去来。（唱）

【倘秀子】本待闲散心追欢取乐，倒惹的感旧恨天荒地老。快快归来凤帏悄，甚法儿，捱今宵，懊恼！

（带云）回到这寝殿中，一弄儿[28]助人愁也。（唱）

【芙蓉花】淡氤氲串烟袅[29]，昏惨刺银灯照[30]；玉漏迢迢[31]，才是初更报。暗觑清霄，盼梦里他来到。却不道口是心苗[32]，不住的频频叫。

（带云）不觉一阵昏迷上来，寡人试睡些儿。（唱）

【伴读书】一会家心焦躁，四壁厢秋虫闹。忽见掀帘西风恶，遥观满地阴云罩。俺这里披衣闷把帏屏靠，业眼难交[33]。

【笑和尚】原来是滴溜溜彫闲阶败叶飘[34]，疏剌剌刷落叶被西风扫[35]，忽鲁鲁[36]风闪得银灯爆，厮琅琅鸣殿铎[37]，扑簌簌动朱箔[38]，吉丁当玉马儿[39]向檐间闹。

（做睡科）（唱）

【倘秀才】闷打颏[40]和衣卧倒，软兀剌[41]方才睡着。（旦上云）妾身贵妃是也，今日殿中设宴，宫娥，请主上赴席咱。（正末唱）忽见青衣[42]走来报，道太真妃将寡人邀、宴乐。

（正末见旦科，云）妃子，你在那里来？（旦云）今日长生殿排宴，请主上赴席。（正末云）吩咐梨园子弟[43]齐备着。（旦下）（正末做惊醒科，云）呀，原来是一梦，分明梦见妃子，却又不见了。（唱）

【双鸳鸯】斜亸翠鸾翘[44]，浑一似去浴的旧风标[45]，映着云屏一半儿娇[46]。好梦将成还惊觉，半襟情泪湿鲛绡[47]。

【蛮姑儿】懊恼，窨约[48]。惊我来的又不是楼头过雁，砌下寒蛩[49]，檐前玉马，架上金鸡，是兀那[50]窗儿外梧桐上雨潇潇。一声声洒残叶[51]，一点点滴寒梢，会把愁人定虐。

【滚绣球】这雨呵，又不是救旱苗，润枯草，洒开花萼，谁望道秋雨如膏。向青翠条，碧玉梢，碎声儿必剥，增百倍歇和芭蕉[52]。子管里[53]珠连玉散飘千颗，平白地瀽瓮翻盆[54]下一宵，惹的人心焦。

【叨叨令】一会价紧呵，似玉盘中万颗珍珠落；一会价响呵，似玳筵[55]前几簇笙歌闹；一会价清呵，似翠岩头一派寒泉瀑；一会价猛呵，似绣旗下数面征鼙[56]操。兀的不恼杀人也么哥！兀的不恼杀人也么哥！则被他诸般儿雨声相聒噪。

【倘秀才】这雨一阵阵打梧桐叶凋，一点点滴人心碎了。枉着金井银床紧围绕[57]，只好把泼枝叶做柴烧，锯倒。

（带云）当初妃子舞翠盘时，在此树下；寡人与妃子盟誓时，亦对此树。今日梦境相寻，又被他惊觉了。（唱）

【滚绣球】长生殿那一宵，转回廊说誓约。不合对梧桐并肩斜靠，尽言词絮絮叨叨。沉香亭那一朝，按霓裳，舞六幺[58]，红牙筯击成腔调，乱宫商闹闹吵吵。是兀那当时欢会栽排下，今日凄凉厮凑着，暗地量度。

（高力士云）主上，这诸样草本，皆有雨声，岂独梧桐？（正末云）你那里知道！我说与你听者。（唱）

【三煞】润濛濛杨柳雨，凄凄院宇侵帘幕；细丝丝梅子雨，装点江干[59]满楼阁；杏花雨红湿阑干，梨花雨玉容寂寞[60]；荷花雨翠盖翩翩，豆花雨绿叶萧条。都不似你惊魂破梦，助恨添愁，彻夜连宵。莫不是水仙弄娇，蘸杨柳洒风飘[61]。

【二煞】咪咪似喷泉瑞兽临双沼[62]，刷刷似食叶春蚕散满箔[63]。乱洒琼阶，水传宫漏，飞上雕檐，酒滴新槽。直下的更残漏断，枕冷衾寒，烛灭香消。可知道夏天不觉，把高凤麦来漂[64]。

【黄钟煞】顺西风低把纱窗哨，送寒气频将绣户敲。莫不是天故将人愁闷搅，度铃声响栈道[65]。似花奴羯鼓调[66]，如伯牙水仙操[67]。洗黄花润篱落，渍苍苔倒墙角。渲湖山漱石窍，浸枯荷溢池沼，沾残蝶粉渐消，洒流萤焰不着，绿窗前促织叫，声相近雁影高，催邻砧处处捣，助新凉分外早。斟量来这一宵，雨和人紧厮熬，伴铜壶点点敲，雨更多泪不少。雨湿寒梢，泪染龙袍，不肯相饶，共隔着一树梧桐直滴到晓。（下）

题目　安禄山反叛兵戈举　陈玄礼拆散鸾凤侣

正名　杨贵妃晓日荔枝香　唐明皇秋夜梧桐雨

①《梧桐雨》：全名是《唐明皇秋夜梧桐雨》，是演述唐明皇和杨贵妃的爱情故事的。最早描写李杨故事的是唐白居易的《长恨歌》和同时陈鸿所作《长恨歌传》，《梧桐雨》就是根据这一传统题材进行改编创作的。剧本将李杨二人爱情关系的发展，置于当时的政治历史环境之中，一方面描写了唐明皇歌舞享乐、贪恋女色、朝政松弛，以致酿成权奸误国，安禄山反叛，出现了严重的政治危机；另一方面又描写了唐明皇与杨贵妃之间真挚爱情的发展。李杨之间的爱情悲剧是唐明皇不理朝政、享乐腐化的结果，也是当时政治危机发展的结果。作者对唐明皇既有一定的揭露和批判，又对他与杨贵妃之间的爱情关系及其悲剧的结局寄予了深切的同情。作者的思想显然存在着难以克服的矛盾。　②六宫提督太监：总管皇帝后宫诸事的太监。　③逆胡：指叛将安禄山，因他系少数民族出身，故蔑称为逆胡。称兵：起兵反叛。　④幸蜀：指唐玄宗在安禄山反叛后仓皇逃往四川。幸，皇帝所到。　⑤退居西宫：肃宗至德二年（757）冬，收复两京；年底，玄宗还都，居兴庆宫内。上元元年（760）李辅国矫诏迁西内甘露殿。　⑥真容：画像。　⑦京兆：本指汉代首都长安的辅佐地区，这里指唐代首都长安。　⑧甚的是：意即从不曾。月夜花朝：指欢快的日子。古称二月十五日为花朝，八月十五日夜为月夕。　⑨打迭：收拾，料理。　⑩瘦岩岩：形容面目瘦削憔悴的样子。　⑪待诏：据《旧唐节·职官志》，唐代翰林院有待诏之所，凡精通文词、经术、医卜、艺术等有一技之长者，都居其中，随时准备听候皇帝诏宣，称为待诏。这里指画工。　⑫沉香亭：在长安兴庆宫内，唐玄宗与杨贵妃常游乐于此。回鸾舞：六朝舞曲名。　⑬花萼楼：即花萼相辉楼，也在兴庆宫内，同为宴游之所。上马娇：宋元时有《杨妃上马娇图》。　⑭千秋节：八月五日是唐玄宗的生日，开元十七年的这一天，为欢庆

诞日，“大置酒合乐，燕百僚于华萼楼下”，群臣上表请定这一天为“千秋节”。天宝七载，改为“天长节”。华清宫：唐宫名，在今陕西省临潼县骊山上。 ⑮“七夕会”句：指七月七日夜杨贵妃与唐明皇在长生殿对月盟誓。白居易《长恨歌》：“七月七日长生殿，夜半无人私语时，在天愿作比翼鸟，在地愿为连理枝。” ⑯乘彩凤，返丹霄：传说杨贵妃为天上仙女下凡，故以“乘彩凤，返丹霄”以喻其死。 ⑰“寡人有心”二句：《旧唐书·后妃传》载，唐玄宗还京后，欲令改葬贵妃，为礼部侍郎李揆阻止。故有此感叹。 ⑱“则俺这”二句：意思是，我这孤寡独居的日子已经十分难熬，再加上生离死别的相思痛苦。孤辰限，指孤寡不吉的日子。旧时以十天干和十二地支计算日辰，每旬多出的地支称为孤辰。打，遭逢，忍受。离恨天，佛教的说法，三十三天中以离恨天为最高。 ⑲马嵬坡尘土中：指杨贵妃死于马嵬坡。《长恨歌》：“马嵬坡下尘土中。” ⑳亭皋：水边亭子。 ㉑“见芙容”二句：用《长恨歌》“归来池苑皆依旧，太液芙蓉未央柳；芙蓉如面柳如眉，对此如何不泪垂”句意，改柳眉为柳腰。 ㉒上阳宫：唐宫殿名，本在东都洛阳，这里用为长安宫名，不必指实。 ㉓管：包管。一灵儿：灵魂。 ㉔红牙筯：敲击乐器的工具，用象牙做成，饰以红色。 ㉕缕金衣：刺金缕绣的舞衣。 ㉖霓裳乐：即霓裳羽衣曲，唐代宫廷乐舞。相传为开元时西凉节度使杨敬述所献，原名《婆罗门曲》，经玄宗润色并制歌词，改名《霓裳羽衣曲》。 ㉗翠盘：舞具。本剧第二折曾描写杨贵妃登台跳舞。 ㉘一弄儿：一片，一派。 ㉙氤（yīn）氲（yūn）：烟气飘动的样子。串烟：徐徐上升的烟气。 ㉚昏惨：昏暗、惨凄的样子。剌：语助词。 ㉛玉漏迢迢：形容时间过得很慢。 ㉜口是心苗：即所谓“根情言苗”（白居易《与元九书》），心有所想，发而为言。 ㉝业眼难交：指难于入睡。 ㉞滴溜溜：形容树叶飘落的样子。飐（diū）：加强语音，无义。 ㉟疏剌剌：形容落叶被风吹扫而显得疏落的样子。刷：加强语音，无义。 ㊱忽鲁鲁：风吹的声音。 ㊲厮琅琅：风吹殿铃发出的声音。殿铎：殿铃。 ㊳朱箔：朱帘。 ㊴玉马儿：古代建筑常在屋檐上挂铁片，风吹时发出撞击声，称铁马儿。据传最早由玉做成，故称玉马儿。 ㊵闷打颏：形容忧闷的样子。打颏，一写作“答孩”“打孩”，语助词。 ㊶软兀剌：形容软弱无力的样子。兀剌，语助词。 ㊷青衣：古代贱者着青衣，因作为丫环、奴仆的代称，这里指宫女。 ㊸梨园子弟：梨园是唐玄宗时训练乐使的地方，梨园弟子即指皇帝乐工。 ㊹斜亸（duǒ）：斜垂着。翠鸾翘：古代妇女珍贵的首饰。 ㊺浑一似：完全一样。出浴旧风标：指汤泉赐浴事。风标：风韵。白居易《长恨歌》：“春寒赐浴华清池，温泉水滑洗凝脂，侍儿扶起娇无力，始是新承恩泽时。” ㊻“映着云屏”句：谓出浴后云屏半掩，掩映中又能见其娇媚之态。云屏，云母装饰的屏风。 ㊼鲛（jiāo）绡（xiāo）：传说中鲛人所织的绡，这里指薄纱。鲛人是传说中的人鱼。 ㊽窨（yìn）约：忖量，思量。有时也写作“暗约”“喑约”“黯约”“恁约”。 ㊾砌：阶。寒蛩（qióng）：秋虫。蛩，蟋蟀。 ㊿兀那：指点词，就是那。 (51)“一声声”三句：温庭筠《更漏子》：“梧桐树，三更雨；不道离恨更苦。一叶叶，一声声，空阶滴到明。”这里化用其意。定虐，即定害，打扰、扰乱的意思。 (52)歇和芭蕉：指雨点打在芭蕉叶上，雨声断断续续。歇和，指雨声断续。 (53)子管里：即只管里，只管、一味的意思。 (54)瀽（jiǎn）瓮翻盆：形容雨大，犹今说“倾盆大雨”。瀽，倾倒，浇出。 (55)玳

（dài）筵：犹华筵，指丰盛的筵席。 ㊻ 征鼙（pí）：战鼓。 ㊼ 金井：泛指宫廷或园林中的井。银床：井上的辘轳架，一说指井边的围栏。这里形容梧桐落叶飘洒在冷落庭院中的情景。李白《赠别舍人弟台卿之江南》诗："梧桐落金井，一叶飞银床。" ㊽ 六幺：唐代曲名，一作《绿腰》《录要》。 ㊾ 江干：江岸，江边。 ㊿ "梨花雨"句：《长恨歌》："玉容寂寞泪阑干，梨花一枝春带雨。"是形容杨妃的，这里泛用来写雨景，但亦与所取素材有关。 [61] "蘸杨柳"句：俗传观音菩萨持杨柳洒露，这里挪用到"水仙"身上。 [62] 哝哝（chuáng）：形容雨声。喷泉瑞兽临双沼：池边喷泉从石兽口中喷出。 [63] 箔（bó）：养蚕用的竹筛或竹席一类工具。 [64] 把高凤麦来漂：形容忘神。高凤，东汉时人。年轻时，妻子下田工作，晒麦于庭中，嘱他看麦吆鸡。高凤专心读书，天暴雨而未觉，致麦粒漂流。 [65] 度铃声响栈道：据《明皇杂录》《杨太真外传》等书载：玄宗避安史之乱入蜀时，行经栈道，霖雨连日，铃声凄切，仿其声作《雨霖铃》曲，以悼念杨妃。还京后，命梨园弟子张野狐奏此曲，其声哀怨，四顾凄然。 [66] 花奴羯鼓：唐汝阳王李琎小名花奴，擅长羯鼓。羯鼓，一种少数民族的乐器，如桶，两头均可敲击。关于羯鼓调，宋璟曾说："头如青山峰，手如白雨点，此即羯鼓之能事也。"（见《羯鼓录》）这里取其"白雨点"意以状水声。 [67] 伯牙：春秋时人，善鼓琴。《水仙操》：琴曲名，相传伯牙在东海蓬莱山上，闻海水、山水、鸟鸣之声，感而制《水仙操》琴曲，其声悲切。（这折戏写唐明皇退居西宫以后对杨贵妃的刻骨思念。全折戏以正末的独唱为主，将眼前情景与对昔日的追忆相比映，将自然景象与人物的思想感情融为一体，尤其对秋夜梧桐雨声的描绘，多方取喻，极尽形容，将人物内心的悲痛之情表现得淋漓尽致，悲剧气氛也渲染得十分浓烈。曲词优美，缠绵动人，具有抒情诗的特色。）

马致远

汉宫秋[1]

第三折

（番使拥旦上，奏胡乐科，旦云）妾身王昭君，自从选入宫中，被毛延寿将美人图点破[2]，送入冷宫。甫能得蒙恩幸[3]，又被他献与番王形像[4]。今拥兵来索，待不去，又怕江山有失；没奈何将妾身出塞和番。这一去，胡地[5]风霜，怎生消受也！自古道："红颜胜人多薄命[6]，莫怨春风当自嗟。"（驾引文武内官上[7]，云）今日灞桥饯送明妃，却早来到也。（唱）

【双调新水令】锦貂裘生[8]改尽汉宫妆，我则索[9]看昭君画图模样。旧恩金勒短[10]，新恨玉鞭长。本是对金殿鸳鸯；分飞翼，怎承望[11]！

（云）您文武百官计议，怎生退了番兵，免明妃和番者。（唱）

【驻马听】宰相每商量，大国使还朝多赐赏。早是俺夫妻悒怏[12]，小家儿出外也摇装[13]。尚兀自渭城衰柳[14]助凄凉，共那灞桥流水添惆怅。偏您不断肠，想娘娘那一天愁都撮[15]在琵琶上。

（做下马科）（与旦打悲[16]科）（驾云）左右慢慢唱者[17]，我与明妃饯一杯酒。（唱）

【步步娇】您将那一曲阳关[18]休轻放，俺咫尺如天样，慢慢的捧玉觞。朕本意待尊前捱[19]些时光，且休问劣了宫商[20]，您则与我半句儿俄延[21]着唱。

（番使云）请娘娘早行，天色晚了也。（驾唱）

【落梅风】可怜俺别离重[22]，你好是[23]归去的忙。寡人心先到他李陵台[24]上，回头儿却才魂梦里想，便休题贵人多忘。

（旦云）妾这一去，再何时得见陛下？把我汉家衣服都留下者。（诗云）正是：今日汉宫人[25]，明朝胡地妾；忍着主衣裳[26]，为人作春色！（留衣服科）（驾唱）

【殿前欢】则甚么[27]留下舞衣裳，被西风吹散旧时香[28]，我委实怕宫车再过青苔巷，猛到椒房[29]，那一会想菱花镜里妆，风流相，兜的[30]又横心上。看今日昭君出塞，几时似苏武还乡[31]？

（番使云）请娘娘行罢，臣等来多时了也。（驾云）罢罢罢！明妃你这一去，休怨朕躬[32]也。（做别科，驾云）我那里是大汉皇帝！（唱）

【雁儿落】我做了别虞姬楚霸王[33]，全不见守玉关[34]征西将。那里取保亲的李左车[35]，送女客的萧丞相？

（尚书云）陛下不必挂念。（驾唱）

【得胜令】那里也架海紫金梁[36]？枉养着那边庭上铁衣郎[37]。您也要左右人扶侍，俺可甚糟糠妻[38]下堂？您但提起刀枪，却早小鹿儿心头撞[39]。今日央及煞[40]娘娘，怎做的男儿当自强！

（尚书云）陛下，咱回朝去罢。（驾唱）

【川拨棹】怕不待[41]放丝缰，咱可甚鞭敲金镫响[42]？你管燮理阴阳[43]，掌握朝纲，治国安邦，展土开疆；假若俺高皇，差你个梅香[44]，背井离乡，卧雪眠霜，若是他不恋恁春风画堂，我便官封你一字王[45]。

（尚书云）陛下不必苦死留他，着他去了罢。（驾唱）

【七弟兄】说甚么大王、不当、恋王嫱，兀良[46]，怎禁他临去也回头望！那堪这散风雪旌节影悠扬，动关山鼓角声悲壮。

【梅花酒】呀！俺向着这迥野[47]悲凉。草已添黄，兔早迎霜[48]。犬褪得毛苍[49]，人搠起缨枪，马负着行装，车运着糇粮[50]，打猎起围场[51]。他他他，伤心辞汉主；我我我，携手上河梁[52]。他部从[53]入穷荒，我銮舆[54]返咸阳。返咸阳，过宫墙；过宫墙，绕回廊；绕回廊，近椒房；近椒房，月昏黄；月昏黄，夜生凉；夜生凉，泣寒螀[55]；泣寒螀，绿纱窗；绿纱窗，不思量！

【收江南】呀！不思量除是铁心肠！铁心肠也愁泪滴千行。美人图今夜挂昭阳[56]，我那里供养，便是我高烧银烛照红妆[57]。

（尚书云）陛下回銮罢，娘娘去远了也。（驾唱）

【鸳鸯煞】我只索大臣行说一个推辞谎[58]，又则怕笔尖儿那火编修讲。不见他花朵儿精神，怎趁[59]那草地里风光？唱道伫立多时，徘徊半晌，猛听的塞雁南翔，呀呀的声嘹亮，却原来满目牛羊，是兀那载离恨的毡车半坡里响。（下）

（番王引部落拥昭君上，云）今日汉朝不弃旧盟，将王昭君与俺番家和亲。我将昭君封为宁胡阏氏[60]，坐我正宫。两国息兵，多少是好。众将士，传下号令，大众起行，望北而去。（做行科）（旦问云）这里甚地面了？（番使云）这是黑龙江，番汉交界去处；南边属汉家，北边属我番国。（旦云）大王，借一杯酒，望南浇奠，辞了汉家，长行去罢。（做奠酒科，云）汉朝皇帝，妾身今生已矣，尚待来生也。（做跳江科）（番王惊救不及，叹科，云）嗨！可惜，可惜！昭君不肯入番，投江而死。罢罢罢！就葬在此江边，号为青冢者。我想来，人也死了，枉与汉朝结下这般仇隙，都是毛延寿那厮搬弄出来的。把都儿[61]，将毛延寿拿下，解送汉朝处治。我依旧与汉朝结和，永为甥舅，却不是好？（诗云）则为他丹青画误了昭君，背汉主暗地私奔；将美人图又来哄我，要索取出塞和亲。岂知道投江而死，空落的一见消魂。似这等奸邪逆贼，留着他终是祸根；不如送他去汉朝哈喇[62]，依还的甥舅礼，两国长存。（下）

① 汉宫秋：全名《破幽梦孤雁汉宫秋》，写昭君被选出塞和亲的故事。贪恋女色的汉元帝派毛延寿挑选宫女，容貌出众的王昭君因不愿向毛延寿行贿，便未选中，被打入冷宫。后元帝发现了昭君动人的容貌，遂纳为贵妃。毛延寿畏罪，逃入匈奴，并挑拨匈奴单于向汉朝强索王昭君。在匈奴单于以武力相威胁面前，文武大臣庸懦投降，都主张献出昭君。元帝虽不肯，出于无奈只得忍痛将昭君送至匈奴和亲。昭君到了边境，投入界河以生命殉国。昭君和亲的故事，反映了汉代各民族人民要求民族团结和文化交流的美好愿望。马致远在这本戏中，将这个传统故事加以改造，以汉元帝与王昭君的爱情关系为线索，揭露了

毛延寿这一奸佞小人的卑劣无耻，以及满朝文武的庸懦无能，突出表现了昭君对汉朝忠贞不屈的爱国精神。这无疑反映了元朝处于民族压迫下人民的思想情绪。剧本对汉元帝的昏庸腐朽虽不无揭露，却更多地对他流露了深切的同情。 ② 点破：指在画像上破坏她本来十分美好的容貌。 ③ 恩幸：皇帝的宠爱。 ④ 形像：图像。 ⑤ 胡地：指匈奴所居的北方。 ⑥“红颜胜人”二句：是宋代欧阳修《明妃曲》中的原句。红颜胜人，容貌出众的女子。 ⑦ 驾：扮演皇帝的角色，这里指汉元帝。内官：侍奉皇帝的宦官、近臣。 ⑧ 生：勉强，违背心愿地。 ⑨ 则索：只得。 ⑩“旧恩”二句：以金勒（金饰的笼辔）喻旧恩，言其短；以玉鞭（玉饰的马鞭）喻新恨，言其长。 ⑪ 怎承望：哪里料想得到。 ⑫ 悒（yì）怏（yàng）：愁闷不乐。 ⑬ 摇装：或作“遥装”，是从南北朝流传下来的习俗，远行的人在正式离家前，选吉日先期出门，由亲友送至江边，被送者上船行一会儿即折回，改日再正式出发，或求平安之意。 ⑭ 渭城衰柳：唐王维《送元二使安西》诗：“渭城朝雨裛轻尘，客舍青青柳色新。”此用其意。渭城，在今陕西省咸阳县东。 ⑮ 撮：凝聚，集中。 ⑯ 打悲：做出悲伤的样子。 ⑰ 唱者：唱着。 ⑱ 一曲阳关：上引王维《送元二使安西》诗三、四句云：“劝君更进一杯酒，西出阳关无故人。”后人谱作送别歌，称《阳关三叠》。 ⑲ 捱：拖延。 ⑳ 劣了宫商：使音调混乱，不协调。宫商，古代分音阶为五，即宫、商、角、徵、羽。这里代指音调声律。 ㉑ 俄延：缓慢地。 ㉒ 别离重：难分难舍。 ㉓ 好是：真是，甚是。 ㉔ 李陵台：李陵是汉代名将，因兵败投降于匈奴。李陵台在今内蒙古自治区波罗城，至此已到匈奴边界。 ㉕“今日”二句：采自唐李白《王昭君》诗。 ㉖“忍着”二句：采自宋陈师道《妾薄命》诗。着，穿上。 ㉗ 则甚么：做什么。 ㉘ 西风吹散旧时香：元代诗人元淮《昭君出塞》诗云：“西风吹散旧时香，收起宫妆换北妆。”诗题下自注云：“马智（致）远词”，当是诗人看了《汉宫秋》后所作，并非如有的注本所说是马致远化用成句。 ㉙ 椒房：后妃居住的宫室，因用椒香涂墙，故称。 ㉚ 兜的：陡的，突然地。 ㉛ 苏武还乡：汉代的苏武，出使匈奴被扣，坚贞不屈，被禁十九年后始归汉。 ㉜ 朕躬：皇帝自称。 ㉝ 别虞姬楚霸王：楚霸王项羽垓下兵败，其爱姬虞姬与他刎别。 ㉞ 玉关：玉门关。此指边塞。 ㉟“那里取”二句：李左车：汉初著名的谋士；萧丞相：指萧何，汉初功臣。二人历史上都无送亲的记载，这里是汉元帝讽刺文武大臣们除了懦弱妥协，将王昭君送给匈奴外，别无能耐。保亲与送客相对成文，都是指旧时婚礼习俗中的送亲人（将新娘陪送到夫家去的人）。 ㊱ 架海紫金梁：元杂剧中常以“擎天白玉柱，架海紫金梁”比喻得力的将相。 ㊲ 铁衣郎：指身着戎装的守边将军。 ㊳ 糟糠妻：指曾经共过患难的妻子。《后汉书·宋弘传》载，汉光武帝想把阳湖公主嫁给宋弘，宋弘不同意，回答说：“贫贱之交不可忘，糟糠之妻不下堂。” ㊴ 小鹿儿心头撞：比喻心情紧张、恐惧。 ㊵ 央及：央求。煞：极甚之词。 ㊶ 怕不待：难道不。待，语助词。 ㊷ 鞭敲金镫响：元杂剧中常以“鞭敲金镫响，人唱凯歌回”形容得胜归来时的气概。 ㊸ 燮（xiè）理阴阳：调理阴阳，比喻大臣辅助皇帝治理国事。 ㊹ 梅香：古代戏曲小说中对婢女的通称。 ㊺ 一字王：指最高的封爵。辽制，封王只用一个字的，如赵王、魏王，地位最高，称为“一字王”；用两个字的，如混同郡王、兰陵郡王，地位稍次，称为“二字王”。汉代无此制度，这里是随意借用。 ㊻兀良：用于句首以加强语气，本身无义，略同于“呀”。 ㊼迥（jiǒng）野：广阔的原野。 ㊽迎霜：指白色。 ㊾苍：这里指灰白色。 ㊿糇（hóu）粮：干粮。 51打猎起围场：打猎的布下了围场。围场，打猎时形成的围捕野兽的场地。 52携手上河梁：《文选·李少卿与苏武诗》：“携手上河梁，游手暮何之。”表示惜别的意思。 53部从（zòng）：从属，随从。这里作动词“入”字的状语，是“率领部队”的意思。 54銮舆：皇帝乘坐的车驾。这里是“乘坐车子”的意思。 55泣寒螀（jiāng）：秋虫悲鸣如哭泣。 56昭阳：宫殿名，皇后所居。 57高烧银烛照红妆：宋苏轼《海棠》诗：“只恐夜深花睡去，高烧银烛照红妆。”原诗以人比花，这里化用其意。 58“我只索大臣”二句：意思是：我只要在大臣们面前说一句推托的话，又怕那伙编修罗苏。那火，即那伙。编修，官名，掌管编写国史，记录皇帝的言行。 59趁：赶，追寻。 60阏（yān）氏（zhī）：匈奴族对皇后的称呼。 61把都儿：蒙古语“勇士”的译音。又写作“阿秃儿”“拔突”“巴图鲁”等。 62哈喇：蒙古语“杀”的译音。又写作“阿阑”。（这折戏以同情的笔调写王昭君被迫离汉和番，汉元帝送别时生离死别的感情；又以赞美的激情描写了昭君忠于汉朝，在边界投江殉国的壮烈行动。作者通过汉元帝之口，唱出“全不见守玉关征西将”和“枉养着那边庭上铁衣郎”等愤激之词，对庸懦无能、贪生怕死的文臣武将进行了斥责；又通过番王之口，对背主私奔的奸邪逆贼毛延寿的罪恶进行了尖锐的揭露。汉元帝的唱词有大段的内心抒情，但却并未离开戏剧矛盾的发展。曲词优美，富于文采、情韵，创造出诗的意境，出色地揭示了人物的内心世界。）

王实甫

王实甫（生卒年不详），名德信，大都（今北京）人。他的活动年代跟关汉卿相去不远，主要创作活动时期大致在元成宗元贞、大德年间（1295—1307前后）。他早年可能做过官，但仕途蹭蹬。他主要的生活经历，跟关汉卿很相似，是一位生活于城市“勾栏”“瓦舍”之中，和下层的歌妓、艺人有密切交往的知识分子。他聪明过人，才华出众，是一位驰骋于城市下层艺坛，跟演员歌妓合作得很好的“书会才人”中的大作手。他的杂剧创作，今存目十四种。完整地保存下来的有三种：《崔莺莺待月西厢记》《四丞相歌舞丽堂春》和《吕蒙正风雪破窑记》。仅存残曲的有两种：《苏小卿月夜贩茶船》《韩彩云丝竹芙蓉亭》。其余九种亡佚。他的杂剧，词章华美，富有风韵，在当时极负盛誉。尤其是《西厢记》，被标为“天下夺魁”之作。王实甫也有少量散曲流传，但影响不大。

西厢记[①]

第二本　崔莺莺夜听琴

第三折

（夫人排桌子上云）红娘去请张生，如何不见来？（红见夫人云）张生着红娘先行，随后便来也。（末上见夫人施礼科）（夫人云）前日若非先生，焉得有今日；我一家之命，皆先生所活也。聊备小酌，非为报礼，勿嫌轻意。（末云）“一人有庆[②]，兆民赖之。”此贼之败，皆夫人之福。万一杜将军不至，我辈皆无免死之术。此皆往事，不必挂齿。（夫人云）将酒来，先生满饮此杯。（末云）“长者赐[③]，少者不敢辞。”（末做饮酒科）（末把夫人酒了）（夫人云）先生请坐！（末云）小子侍立座下，尚然[④]越礼，焉敢与夫人对坐。（夫人云）道不得个“恭敬不如从命”。（末谢了，坐）（夫人云）红娘，去唤小姐来，与先生行礼者！（红朝鬼门道唤云）老夫人后堂待客，请小姐出来哩！（旦应云）我身子有些不停当[⑤]，来不得。（红云）你道请谁哩？（旦云）请谁？（红云）请张生哩！（旦云）若请张生，扶病也索走一遭。（红发科[⑥]了）（旦上云）免除崔氏全家祸，尽在张生半纸书。

【双调】【五供养】若不是张解元识人多，别一个怎退得干戈。排着酒果，列着笙歌。篆烟[⑦]微，花香细，散满东风帘幙。救了咱全家祸，殷勤呵正礼，钦敬呵当合[⑧]。

【新水令】恰才向碧纱窗下画了双蛾[⑨]，拂拭了罗衣上粉香浮涴[⑩]，只将指尖儿轻轻的贴了钿窝[⑪]。若不是惊觉人呵，犹压着绣衾卧。

（红云）觑俺姐姐这个脸儿吹弹得破[⑫]，张生有福也呵！

【幺篇】没查没利谎偻罗[⑬]，你道我宜梳妆的脸儿吹弹得破。

（红云）俺姐姐天生的一个夫人的样儿。（旦）

你那里休聒[⑭]，不当一个信口开合[⑮]。知他命福是如何？我做一个夫人也做得过。

（红云）往常两个都害，今日早则喜也！（旦唱）

【乔木查】我相思为他，他相思为我，从今后两下里相思都较可[⑯]。酬贺间礼当酬贺，俺母亲也好心多。

（红云）敢着[⑰]小姐和张生结亲呵！怎生不做大筵席，会亲戚朋友？安排小酌为何？

（旦云）红娘，你不知夫人意。

【搅筝琶】他怕我是赔钱货[18]，两当一便成合[19]。据着他举将除贼，也消得[20]家缘过活。费了甚一股那[21]？便待要结丝萝[22]。休波[23]，省人情的奶奶忒虑过[24]，恐怕张罗[25]。

（末云）小子更衣[26]咱。（做撞见旦科）（旦唱）

【庆宣和】门儿外，帘儿前，将小脚儿那[27]。我恰待目转秋波，谁想那识空便[28]的灵心儿早瞧破。唬得我倒趓[29]，倒趓。

（末见旦科）（夫人云）小姐近前拜了哥哥者！（末背云）呀，声息[30]不好了也！（旦云）呀，俺娘变了卦也！（红云）这相思又索害也。（旦唱）

【雁儿落】荆棘刺[31]怎动那！死没腾无回豁[32]！措支剌[33]不对答！软兀剌难存坐[34]！

【得胜令】谁承望这即即世世[35]老婆婆，着莺莺做妹妹拜哥哥。白茫茫溢起蓝桥水[36]，不邓邓点着祆庙火[37]。碧澄澄清波，扑剌剌将比目鱼分破[38]；急攘攘因何，扢搭地把双眉锁纳合[39]。

（夫人云）红娘看热酒，小姐与哥哥把盏者！（旦唱）

【甜水令】我这里粉颈低垂，蛾眉频蹙，芳心无那[40]，俺可甚“相见话偏多”[41]？星眼朦胧，檀口嗟咨[42]，攧窨[43]不过，这席面儿畅好是乌合[44]！

（旦把酒科）（夫人央科）（末云）小生量窄。（旦云）红娘接了台盏者[45]！

【折桂令】他其实咽不下玉液金波[46]。谁承望月底西厢，变做了梦里南柯。泪眼偷淹，酩子里揾湿香罗[47]。他那里眼倦开，软瘫做一垛[48]；我这里手难抬，称[49]不起肩窝。病染沈疴[50]，断然难活。则被你送了人呵，当甚么偻罗。

（夫人云）再把一盏者！（红递盏了）（红背与旦云）姐姐，这烦恼怎生是了！（旦唱）

【月上海棠】而今烦恼犹闲可[51]，久后思量怎奈何？有意诉衷肠，争奈母亲侧坐，成抛趓[52]，咫尺间如间阔[53]。

【幺篇】一杯闷酒尊前过，低首无言自摧挫[54]。不甚醉颜酡[55]，却早嫌玻璃盏大。从因我[56]，酒上心来觉可。

（夫人云）红娘送小姐卧房里去者！（旦辞末出科）（旦云）俺娘好口不应心也呵！

【乔牌儿】老夫人转关儿[57]没定夺，哑谜儿怎猜破；黑阁落甜话儿将人和[58]，请将来着人不快活。

【江儿水】佳人自来多命薄，秀才每从来懦。闷杀没头鹅[59]，撇下陪钱货；下场头那答儿发付我！

【殿前欢】恰才个笑呵呵，都做了江州司马泪痕多[60]。若不是一封书将半万贼兵破，俺一家儿怎得存活。他不想结姻缘想甚么？到如今难着莫[61]。老夫人谎到天来大；当日成也是恁个母亲[62]，今日败也是恁个萧何。

【离亭宴带歇指煞】从今后玉容寂寞梨花朵[63]，胭脂浅淡樱桃颗[64]，这相思何时是可？昏邓邓黑海来深，白茫茫陆地来厚，碧悠悠青天来阔；太行山般高仰望，东洋海般深思渴。毒害的恁么。俺娘呵，将颤巍巍双头花蕊搓，香馥馥同心缕带割，长搀搀连理琼枝挫。白头娘不负荷[65]，青春女成担搁，将俺那锦片也似前程蹬脱[66]。俺娘把甜句儿落空了他，虚名儿误赚了我。（下）

（末云）小生醉也，告退。夫人根前，欲一言以尽意，未知可否？前者贼寇相迫，夫人所言："能退贼者，以莺莺妻之。"小生挺身而出，作书与杜将军，庶几得免夫人之祸。今日命小生赴宴，将谓有喜庆之期；不知夫人何见，以兄妹之礼相待？小生非图哺啜[67]而来，此事果若不谐，小生即当告退。（夫人云）先生纵有活我之恩，奈小姐先相国在日，曾许下老身侄儿郑恒。即日有书赴京唤去了，未见来。如若此子至，其事将如之何？莫若多以金帛相酬，先生拣豪门贵宅之女，别为之求。先生台意[68]若何？（末云）既然夫人不与，小生何慕金帛之色。却不道"书中有女颜如玉"。则今日便索告辞。（夫人云）你且住者，今日有酒也，红娘扶将哥哥去书房中歇息，到明日咱别有话说。（下）（红扶末科）（末念）有分只熬萧寺[69]夜，无缘难遇洞房春。（红云）张生，少吃一盏却不好。（末云）我吃什么来？（末跪红科）小生为小姐昼夜忘餐废寝，魂劳梦断，常忽忽如有所失。自寺中一见，隔墙酬和，迎风待月，受无限之苦楚。甫能[70]得成就婚姻，夫人变了卦，使小生智竭思穷，此事几时是了？小娘子，怎生可怜见小生，将此意申与小姐，知小生之心。就小娘子前解下腰间之带，寻个自尽。（末念）可怜刺股悬梁志[71]，险作离乡背井魂。（红云）街上好贱柴[72]，烧你个傻角！你休慌，妾当与君谋之。（末云）计将安在？小生当筑坛拜将[73]。（红云）妾见先生有囊琴一张，必善于此。俺小姐深慕于琴。今夕妾与小姐同至花园内烧夜香，但听咳嗽为令，先生动操[74]，看小姐听得时，说什么言语。却将先生之言达知。若有话说，明日妾来回报；这早晚怕夫人寻我，回去也。（下）

① 西厢记：全名《崔莺莺待月西厢记》，演述崔莺莺和张生的爱情故事。最初写崔张故事的是唐代元稹的传奇小说《莺莺传》，以后由宋金至元。崔张故事在文人和下层艺人中同时流传，不断得到加工改造。通俗文艺中演唱崔张故事现存最完整也最重要的作品，是金代董解元的《西厢记诸宫调》。王实甫的《西厢记》，在前代崔张故事长期流传的基础

上，进行了带总结性的艺术创造，使这个故事无论在情节、人物、主题思想上都产生了新的面貌。剧本热情地肯定和歌颂了青年男女的爱情追求，揭露和批判了封建家长和封建礼教对自由爱情的压制和束缚，表达了作者“愿天下有情的都成了眷属”的美好理想。全剧结构宏大，由五本二十一套曲子组成。第二本《崔莺莺夜听琴》写崔张爱情的发展和跟老夫人的冲突。第四本《草桥店梦莺莺》写在红娘的帮助下，崔张二人私下结合；并通过曲折的斗争，迫使老夫人同意将莺莺许配张生，却又要张生进京赴考，以考中得官为结合的条件，使两人经受了离别的痛苦。 ②“一人有庆”二句：语见《尚书·吕刑》。庆，福。兆民，指普天下的百姓。兆，极言其多。 ③“长者赐”二句：语出《礼记·曲礼》：“长者赐，幼者贱者不敢辞。” ④尚然：尚且。 ⑤不停当：不舒服。 ⑥发科：元代戏曲术语，指演员一种引人发笑的动作和表情。 ⑦篆烟：即盘香，因其形状盘曲如篆文，故称。或称作“香篆”。 ⑧当合：合当的倒文，押韵所需。 ⑨双蛾：双眉。 ⑩浮涴（wò）：浮尘。涴，污。 ⑪钿（diàn）窝：疑即钿窠，衣服上的饰品。 ⑫吹弹得破：形容面庞娇嫩。 ⑬没查没利：即没查利，又写作“卖查梨”“没遭罹”，卖弄口舌，说话不实。这里引申为调皮的意思。偻罗：即喽罗，能干、伶俐的意思。这里作名词用，略近于今人说“家伙”。 ⑭休聒（guō）：不要罗嗦。 ⑮不当一个：即不当个，意思是不应当。个字是语助词。信口开合：即信口开河，随便乱说。 ⑯较可：有时写作“较好”，病愈。 ⑰敢着：犹“敢则”，必定，表现一种肯定的意思。 ⑱赔钱货：旧时男尊女卑观念，因称生女为赔钱货。 ⑲两当一便成合：以两个当一个成交，意即廉价卖出。 ⑳消得：消受得了。 ㉑一股那：一股犹“一分”（钱财），那，语词。 ㉒结丝萝：兔丝女萝互相缠绕，比喻结婚。古诗：“与君为婚姻，兔丝附女萝。” ㉓休波：算了吧！波，语助词。 ㉔省（xǐng）人情：懂得人情。妳妳：同“奶奶”。忒：太。虑过：过虑，担心。 ㉕张罗：筹划，办理。 ㉖更衣：指上厕所。 ㉗那：同“挪”，移动。 ㉘识空便：机灵，聪慧。 ㉙趓：同“躲”。 ㉚声息：说话的语气意思。 ㉛荆棘刺：形容神情惊慌。“荆”与“惊”同音假借，棘刺为语助词，无义。 ㉜死没腾：发愣的样子。无回豁：无反应。豁，语助词。 ㉝措支剌：惊谎失措的样子。 ㉞软兀剌：软瘫无力的样子。兀剌，语助词。难存坐：坐不稳。 ㉟即即世世：即积积世世，形容阅历深，狡黠世故。 ㊱“白茫茫”句：传说尾生跟所爱的女子相约在蓝桥相会，尾生先至，河水突然上涨，尾生不肯失约，紧抱桥柱被淹死了。 ㊲“不邓邓”句：传说蜀帝的公主与陈生相爱，两人相约在祆（xiān）庙相会。公主去时见陈生已睡熟，便将玉环放到他的怀里回宫去了。陈生醒后十分后悔，怨气变成了火焰，烧毁了庙宇，自己也被烧死。不邓邓，形容火势凶猛。 ㊳朴剌剌：形容声势猛烈。剌剌，语助词。比目鱼：即鲽鱼，据传两鱼相合，比目才能游行，因此常用以比喻夫妇。 ㊴扢搭：形容动作快速。这里可作“一下子”解。双眉锁纳合，即双眉紧锁。 ㊵无那：无奈。 ㊶“俺可甚”句：意思是我那里有什么话可说？“相见话偏多”是当时成语。 ㊷檀口：女子涂红的嘴唇。嗟咨：叹息。 ㊸攧（diān）窨（yìn）：顿足忍气，表示心中怨恨。 ㊹乌合：杂乱的样子。 ㊺台盏：酒具。 ㊻玉液金波：指美酒。 ㊼酩子里：暗地里。揾：拭。香罗：手帕。 ㊽一垛：一堆。 ㊾称：支撑。 ㊿沉疴（kē）：重病。 (51)闲可：不打紧。 (52)抛趓：同“抛躲”，抛开，分离。 ㉝间阔：远离。 ㉞摧挫：这里指伤心。 ㉟醉颜酡（tuó）：因喝酒而脸红。 ㊱"从因我"二句：意思是张生因我而不胜酒力，要真因为酒醉，心里还好受一点。觉可，即较可，较好。 ㊲转关儿：玩弄权术。 ㊳黑阁落：暗地里，引申为不光明正大，搞阴谋。和（huò）：哄骗。 ㊴没头鹅：没有头的鹅，比喻摸不着头脑，这里指张生。 ㊵江州司马泪痕多：白居易《琵琶行》作于贬官江州司马时，诗中有"座中泣下谁最多，江州司马青衫湿"之句。江州司马，这里借指张生。 ㊶着莫：同"捉摸"，猜测。 ㊷"当日成"二句：活用成语"成也萧何，败也萧何"。萧何为汉高祖谋士，由他举荐成就了韩信的功名，后来又由他设计将韩信害死。 ㊸玉容寂寞梨花朵：白居易《长恨歌》："玉容寂寞泪阑干，梨花一枝春带雨。"这里化用其意，用以形容莺莺的寂寞苦闷。 ㊹"胭脂"句：指无心打扮。 ㊺不负荷：不负责任。 ㊻蹬脱：拆散，这里引申为断送。 ㊼啡啜（chuò）：吃喝。 ㊽台意：犹如说"尊意"。台是表示尊敬之词。 ㊾萧寺：即佛寺。梁武帝萧衍信佛，喜建寺院，后世因称佛寺为萧寺。 ㊿甫能：方能。 (71)刺股悬梁志：发愤读书的志向。刺股，指战国时苏秦苦读的故事，他用锥子刺股，以防倦怠。悬梁，指汉代人孙敬发愤读书的故事，他用绳子将头发悬于梁上，以避免昏睡。 (72)"街上"二句；意思是死是十分容易的，死了就把你烧掉，反正劈柴是很便宜的。这是红娘嘲笑张生的话。 (73)筑坛拜将：这里是酬劳、奖赏的意思。汉高祖筑坛拜韩信为大将军。 (74)动操（cào）：弹琴。操，琴曲的一种。（这一折俗本简目题为《赖婚》，承接上一折，戏剧情节的发展出现了突变，掀起了波澜。孙飞虎兵围普救寺，在危难之际，老夫人当众宣称谁有退兵之策就将莺莺嫁他为妻，可是在张生请白马将军杜确解围之后，却马上翻脸悔婚，在设宴酬张时，只让莺莺拜张生为兄。这折戏在矛盾冲突中揭示了老夫人自私、老于世故、坚持封建礼教和"门当户对"的婚姻观念等思想性格，同时也表现了崔张二人相爱的真挚、内心的悲苦以及潜伏着、酝酿着的坚强的反抗精神。这对全剧反封建主题的表现，戏剧冲突的推进和人物性格的刻画，都有着重要意义。）

第四本　草桥店梦莺莺

第三折

（夫人长老[1]上，云）今日送张生赴京，就十里长亭[2]，安排下筵席。我和长老先行，不见张生小姐来到。（旦末红同上）（旦云）今日送张生上朝取应[3]。早是离人伤感，况值那暮秋天气，好烦恼人也呵！悲欢聚散一杯酒，南北东西万里程。（唱）

【正宫端正好】碧云天[4]，黄花地，西风紧，北雁南飞。晓来谁染霜林醉？总是离人泪。

【滚绣球】恨相见得迟，怨归去得疾。柳丝长玉骢难系[5]，恨不得倩[6]疏林挂住斜晖。

马儿迍迍[⑦]的行，车儿快快的随。却告了相思回避[⑧]，破题儿又早别离。听得道一声“去也”，松了金钏；遥望见十里长亭，减了玉肌。此恨谁知！

（红云）姐姐今日怎么不打扮？（旦云）你那知我的心哩！（唱）

【叨叨令】见安排著车儿、马儿，不由人熬熬煎煎的气。有甚么心情将花儿、靥儿[⑨]，打扮的娇娇滴滴的媚。准备著被儿、枕儿，则索昏昏沉沉的睡。从今后衫儿、袖儿，都揾湿做重重叠叠的泪。兀的不闷杀人也么哥，兀的不闷杀人也么哥！久已后书儿、信儿，索与我恓恓惶惶[⑩]的寄。

（做到了科，见夫人了）（夫人云）张生和长老坐，小姐这壁坐，红娘将酒来。张生，你向前来，是自家亲眷，不要回避。俺今日将莺莺与你，到京师休辱没[⑪]了俺孩儿，挣揣[⑫]一个状元回来者。（末云）小生托夫人余荫[⑬]，凭着胸中之才，视得官如拾芥[⑭]耳。（洁[⑮]云）夫人主张不差，张生不是落后的人。（把酒了，坐）（旦长吁科）（唱）

【脱布衫】下西风黄叶纷飞，染寒烟衰草萋迷[⑯]。酒席上斜签著坐的[⑰]，蹙愁眉死临侵地[⑱]。

【小梁州】我见他阁泪汪汪不敢垂，恐怕人知。猛然见了把头低，长吁气，推整素罗衣。

【幺篇】虽然久后成佳配，奈时间[⑲]，怎不悲啼。意似痴，心如醉，昨宵今日，清减[⑳]了小腰围。

（夫人云）小姐把盏者！（红递酒了，旦把盏长吁科，云）请吃酒！（唱）

【上小楼】合欢未已，离愁相继。想著俺前暮私情，昨夜成亲，今日别离。我谂知[㉑]这几日相思滋味，却原来比别离情更增十倍。

【幺篇】年少呵轻远别，情薄呵易弃掷。全不想腿儿相压，脸儿相偎，手儿相携。你与俺崔相国做女婿，妻荣夫贵，但得个并头莲[㉒]，煞强如[㉓]状元及第。

（红云）姐姐不曾吃早饭，饮一口儿汤水。（旦云）红娘，什么汤水咽得下！（唱）

【满庭芳】供食太急，须臾对面，顷刻别离。若不是酒席间子母每当回避，有心待与他举案齐眉。虽然是厮守得一时半刻，也合著俺夫妻每共桌而食。眼底空留意[㉔]，寻思起就里[㉕]，险化做望夫石。

（夫人云）红娘把盏者！（红把酒科）（旦唱）

【快活三】将来的酒共食，尝著似土和泥；假若便是土和泥，也有些土气息，泥滋味。

【朝天子】煖溶溶玉醅[㉖]，白泠泠似水，多半是相思泪。眼面前茶饭怕不待要吃，恨塞满愁肠胃。“蜗角虚名，蝇头微利”[㉗]，拆鸳鸯在两下里。一个这壁，一个那壁，一递一声[28]长吁气。

（夫人云）辆起车儿[29]，俺先回去，小姐随后和红娘来。（下）（末辞洁科）（洁云）此一行别无话说，贫僧准备买登科录[30]看，做亲的茶饭少不得贫僧的。先生在意[31]，鞍马上保重者！"从今经忏无心礼[32]，专听春雷第一声[33]。"（下）（旦唱）

【四边静】霎时间杯盘狼籍，车儿投东，马儿向西。两意徘徊，落日山横翠。知他今宵宿在那里？有梦也难寻觅。

（旦云）张生，此一行得官不得官，疾早便回来。（末云）小生这一去，白夺一个状元。正是："青霄有路终须到，金榜无名誓不归"。（旦云）君行别无所赠，口占一绝[34]，为君送行："弃掷今何道[35]，当时且自亲。还将旧来意，怜取眼前人。"（末云）小姐之意差矣，张珙更敢怜谁？谨赓[36]一绝，以剖寸心[37]："人生长远别，孰与最关亲？不遇知音者，谁怜长叹人？"（旦唱）

【耍孩儿】淋漓襟袖啼红泪[38]，比司马青衫更湿[39]。伯劳东去燕西飞[40]，未登程先问归期。虽然眼底人千里，且尽樽前酒一杯。未饮心先醉，眼中流血，心内成灰。

【五煞】到京师服水土，趁程途[41]节饮食，顺时自保揣身体[42]。荒村雨露宜眠早，野店风霜要起迟！鞍马秋风里，最难调护，最要扶持。

【四煞】这忧愁诉与谁？相思只自知，老天不管人憔悴。泪添九曲黄河溢[43]，恨压三峰华岳低[44]。到晚来闷把西楼倚，见了些夕阳古道，衰柳长堤。

【三煞】笑吟吟一处来，哭啼啼独自归。归家若到罗帏里，昨宵个绣衾香暖留春住，今夜个翠被生寒有梦知。留恋你应无计，见据鞍上马，阁不住[45]泪眼愁眉。

（末云）有什么言语嘱咐小生咱？（旦唱）

【二煞】你休忧"文齐福不齐"[46]，我则怕你"停妻再娶妻"[47]。你休要"一春鱼雁[48]无消息"！我这里青鸾[49]有信频须寄，你却休"金榜无名誓不归"。此一节君须记：若见了那异乡花草[50]，再休似此处栖迟[51]。

（末云）再谁似小姐？小生又生此念。小姐放心，小生就此拜辞。（旦唱）

【一煞】青山隔送行，疏林不做美，淡烟暮霭相遮蔽。夕阳古道无人语，禾黍秋风听马嘶。我为甚么懒上车儿内，来时甚急，去后何迟？

（红云）夫人去好一会，姐姐，咱家去！（旦唱）

【收尾】四围山色中，一鞭残照里，遍[52]人间烦恼填胸臆，量这些大小车儿[53]如何载得起？

（旦红下）（末云）仆童赶早行一程儿，早寻个宿处。泪随流水急，愁逐野云飞。（下）

①长（zhǎng）老：寺院里的住持和尚，这里指普救寺里的法本。 ②十里长亭：原为建于路旁供行人休息的亭舍，后来常成为人们送别的地方。 ③上朝取应：赴京应试。 ④“碧云天”二句：化用范仲淹《苏幕遮》“碧云天，黄叶地”句意。 ⑤玉骢难系：形容难留离人远去。玉骢，青白两色的马。 ⑥倩：请。 ⑦迍（zhūn）迍：缓慢的样子。 ⑧“却告了”二句：意思是刚刚摆脱了相思之苦，又开始了离别之愁。却，义同恰。破题儿，唐宋人做诗赋，常在开头几句点破题意，称为破题，因称事情的开始叫“破题儿”。 ⑨靥（yè）儿：面颊上的酒涡，这里指在面颊上贴的妆饰物。 ⑩索：须。恓恓惶惶：急迫、匆忙的样子，犹言及时。 ⑪辱没：玷污，指未考中，身分地位与相国小姐不相配。 ⑫挣揣：奋力争取。 ⑬余荫：剩余的恩泽、福分，是一种客气的说法。托……余荫，犹今说“托您的福”。 ⑭拾芥：形容毫不费力。芥，小草。 ⑮洁：元代民间称和尚为洁郎，省称洁，这里指法本。 ⑯“染寒烟”句：寒冷的烟雾笼罩着枯草，显得迷离凄凉。萋，通凄。 ⑰斜签著坐的：斜侧着身子坐着的，这种坐法表示晚辈侍坐的一种礼节，这里指张生。 ⑱死临侵地：形容表情呆滞。 ⑲奈时间：无奈眼前这时候。 ⑳清减：消瘦。 ㉑谂（shěn）知：知悉，体会到。 ㉒并头莲：即并蒂莲，比喻男女相爱，不能分离。 ㉓煞强如：远远胜过。 ㉔“眼底”句：只能从眼神传达情意。 ㉕就里：就中，指心中的一片深情。 ㉖煖：同“暖”。玉醅（pēi）：美酒。 ㉗“蜗角”二句：比喻追名逐利，这里指张生进京赴考，求取功名，原本微不足道。《庄子·则阳》：“有国于蜗之左角者，曰蛮氏；国于蜗之右角者，曰触氏，争地而战，伏尸百万。”苏轼《满庭芳》词：“蜗角虚名，蝇头微利。” ㉘一递一声：你一声，我一声，接连不断地。 ㉙辆起车儿：套上车子。 ㉚登科录：科举考试被录取的人名册。 ㉛在意：留意，小心。 ㉜经忏：指佛经。礼：这里是诵习的意思。 ㉝春雷第一声：指考中状元的捷报。 ㉞口占一绝：随口吟出一首绝句。 ㉟“弃置今何道”四句：这四句诗原是元稹《莺莺传》中莺莺谢绝已婚的张生要求跟她会面时写的，借用在这里，以表现莺莺提醒张生中了状元后不要另爱他人，诗的大意是：当时表现得那么亲热，现在抛弃了我有什么好说的；你还是将你从前爱我的那分情意，去爱你眼前的新人吧。 ㊱赓（gēng）：续作。 ㊲剖：表白。 ㊳红泪：伤心至极之泪。《拾遗记》：“薛灵芸选入宫时，别父母，以玉唾壶承泪，壶即红色。” ㊴司马青衫：唐代诗人白居易任江州司马时，一次听到船上的歌女弹琵琶诉说悲凉的身世，引起共鸣而流泪，他在长诗《琵琶行》中写道：“座中泣下谁最多，江州司马青衫湿。” ㊵“伯劳”句：伯劳，鸟名，善鸣。乐府诗《东飞伯劳歌》：“东飞伯劳西飞燕，黄姑织女时相见。”这里比喻情人离别。 ㊶趁程途：赶路程。 ㊷“顺时”句：顺应季节变化，好好保重身体。揣，揣度，估量。 ㊸“泪添”句：形容眼泪很多。黄河从积石山到龙门一段曲折极多，故有“九曲黄河”之称。 ㊹“恨压”句：形容愁恨极重。西岳华山有三座高峰：莲花峰、毛女峰、松桧峰。 ㊺阁不住：禁不住。 ㊻“文齐福不齐”：当时成语，意思是很有文才运气却不好。 ㊼“停妻再娶妻”：当时成语，意思是弃置前妻而另外再娶。 ㊽鱼雁：古时相传鱼和雁都能替人传书。 ㊾青鸾：神话传说中能传信的鸟。 ㊿花草：比喻女子。 51栖迟：留恋、停息。这里指产生恋情。 52遍：整个。 53大小车儿：意即小

车儿。（这折戏写在老夫人的逼迫下张生进京赴考，莺莺、红娘和老夫人同到十里长亭送别。通过唱词，充分地表现莺莺在同张生分别时内心的痛苦和怨恨。戏剧冲突以人物内心独白的形式得到强化和发展。客观景物的描写烘托出一种凄凉的气氛，与人物内心的痛苦和谐地统一在一起。莺莺的唱词，在怨恨中表现出抗争的锋芒。她的反抗性格在这一折中有了进一步的发展，但仍然保持了她作为一个相国小姐的特点，既是大胆的，又同时是深沉含蓄的。对张生赴考，莺莺既盼望他成功，又担心他考中后在他乡见异思迁，内心充满了矛盾。本折的唱词具有抒情诗的特色，以景写情，情景交融，构成一种凄清哀婉的诗的意境，曲词精炼优美，充满诗情画意。）

[附录]

关于王实甫的生平和评价

钟嗣成曰：王实甫。名德信。大都人。（《录鬼簿》卷上）

贾仲明曰：风月营，密匝匝，列旌旗。莺花寨，明飚飚，挑剑戟。翠红乡，雄纠纠，施谋智。作词章，风韵美。士林中，等辈伏低。新杂剧，旧传奇，《西厢记》，天下夺魁。（《凌波仙》吊词，见天一阁本《录鬼簿》王实甫传下附）

朱权曰：王实甫之词，如花间美人。铺叙委婉，深得骚人之趣。极有佳句，若玉环之出浴华清，绿珠之采莲洛浦。（《太和正音谱·古今群英乐府格式》）

何良俊曰：金、元人呼北戏为杂剧，南戏为戏文。近代人杂剧以王实甫之《西厢记》，戏文以高则诚之《琵琶记》为绝唱，大不然。……盖《西厢》全带脂粉，《琵琶》专弄学问，其本色语少。盖填词须用本色语，方是作家。（《曲论》）

又曰：王实甫才情富丽，真辞家之雄；但《西厢》首尾五卷，曲二十一套，始终不出一“情”字，亦何怪其意之重复，语之芜颣耶！（《曲论》）

王世贞曰：北曲故当以《西厢》压卷。（《曲藻》）

王骥德曰：人之赋才，各有所近。马东篱、王实甫，皆胜国名手。马于《黄粱梦》《岳阳楼》诸剧，种种妙绝，而一遇丽情，便伤雄劲；王于《西厢》《丝竹芙蓉亭》之外，作他剧多草草不称。尺有所短，信然。（《曲律·杂论第三十九上》）

又曰：世称曲手，必曰关、郑、白、马，顾不及王，要非定论。（同上）

又曰：古戏必以《西厢》《琵琶》称首，递为桓、文。然《琵琶》终以法让《西厢》，故当离为双美，不得合为联璧。（同上）

又曰:《西厢》组艳,《琵琶》修质,其体固然。(同上)

又曰:勤之《曲品》所载,搜罗颇博,而门户太多。旧曲列品有四:曰神,曰妙,曰能,曰具。而神品以属《琵琶》《拜月》。夫曰神品,必法与词两擅其极,惟实甫《西厢》可当之耳。”(《曲律·杂论第三十九下)

徐复祚曰:(北词)马东篱、张小山自应首冠,而王实甫之《西厢》,直欲超而上之。盖诸公所作,止于四折,而《西厢》则十六折,多寡不同,骨力更陡,此其所以胜也。(《曲论》)

张琦曰:今丽曲之最胜者,以王实甫《西厢》压卷。(《衡曲麈谭》)

李贽曰:《拜月》《西厢》,化工也;《琵琶》,画工也。(《焚书·杂说》)

金圣叹曰:《西厢记》不同小可,乃是天地妙文。自从有此天地,他中间便定然有此妙文,不是何人做得出来,是他天地直会自己劈空结撰而出。若定要说是一个人做出来,圣叹便说此一个人即是天地现身。(《〈西厢记〉读法一》)

李渔曰:一部《西厢》止为张君瑞一人,而张君瑞一人,又止为白马解围一事。其余枝节,皆从此一事而生——夫人之许婚,张生之望配,红娘之勇于作合,莺莺之敢于失身,与郑恒之力争原配而不得,皆由于此。是“白马解围”四字,即作《西厢记》之主脑也。(《闲情偶寄》卷一)

又曰:吾于古曲之中,取其全本不懈,多瑜鲜瑕者,惟《西厢》解之。(同上)

又曰:能于浅处见才,方是文章高手。施耐庵之《水浒》、王实甫之《西厢》,世人尽作戏文、小说看,金圣叹特标其名曰“五才子书”“六才子书”者,其意何居?盖愤天下之小视其道,不知为古今来绝大文章,故作此等惊人语以标其目。(同上)

又曰:填词除杂剧不论,止论全本,其文字之佳,音律之妙,未有过于北《西厢》者。(同上卷二)

康进之

康进之(生卒年不详),棣州(今山东惠民)人。生平事迹不详。作有杂剧两种:《梁山泊李逵负荆》《黑旋风老收心》,后者已亡佚。

李逵负荆[1]

第二折

（宋江同吴学究、鲁智深领卒子上）（宋江诗云）旗帜无非人血染，灯油尽是脑浆熬。鸦御肝肺扎煞尾[2]，狗啃骷髅抖搜毛[3]。某乃宋江是也。因清明节令，放众头领下山踏青[4]赏玩去了。今日可早三日光景也，在那聚义堂上，三通鼓罢，都要来齐。小偻罗，寨门首觑者，看是那一个先来。（卒子云）理会得。（正末上，云）自家李山儿的便是。将着这红褡膊，见宋江走一遭来。（唱）

【正宫端正好】抖搜着黑精神，扎煞开黄髭髯[5]，则今番不许收拾[6]。俺可也磨拳擦掌，行行里，按不住莽撞心头气。

【滚绣球】宋江俫，这是甚所为，甚道理？不知他主着何意，激的我怒气如雷。可不道他是谁，我是谁，俺两个半生来岂有些嫌隙；到今日却做了日月交食[7]。不争[8]几句闲言语，我则怕恶识多年旧面皮，展转猜疑。

（云）小偻罗报复去，道我李山儿来了也。（卒子做报科，云）喏，报的哥哥得知，有李山儿来了也。（宋江云）着他过来。（卒子云）着过去。（做见科）（正末云）学究哥哥，喏！帽儿光光，今日做个新郎；袖儿窄窄，今日做个娇客[9]。俺宋公明在那里？请出来和俺拜两拜。俺有些零碎金银在这里，送与嫂嫂做拜见钱。（宋江云）这厮好无礼也！与学究哥哥施礼，不与我施礼。这厮胡言乱语的，有甚么说话。（正末唱）

【倘秀才】哎！你个刎颈的知交[10]庆喜。（宋江云）庆什么喜？（正末唱）则你那压寨的夫人在那里？（指鲁智深科，云）秃驴，你做的好事来！（唱）打干净毬儿[11]不道的[12]走了你。（宋江云）怎么？智深兄弟，也有你那？（正末唱）强赌当[13]，硬支持，要见个到底。

（宋江云）山儿，你下山去，有什么事，何不就明对我说？（正末做恼不言语科）（宋江云）山儿，既然不好和我说，你就对学究哥哥跟前说波。（正末唱）

【滚绣球】俺哥哥要娶妻，这秃厮会做媒。（宋江云）智深兄弟，说你曾做什么媒来。（鲁智深云）你看这厮，到山下去噇[14]了多少酒，醉的来似踩不杀的老鼠一般，知他支支的说甚么哩。（正末唱）原来个梁山泊有天无日。（做拔斧斫旗科）（唱）就恨不斫倒这一面黄旗！（众做夺斧科）（宋江云）你这铁牛，有甚么事，也不查个明白，就提起板斧来，要斫倒我杏黄旗，是何道理？（学究云）山儿，你也忒口快心直哩！（正末唱）你道我忒口快，忒心直，还待要献勤出力。（做喊科，云）众兄弟们，都来！（宋江云）都来做甚么？（正末唱）则不如做个会六亲庆喜的筵席。（宋江云）做什么筵席？（正末唱）走不了你个撮合山师父唐三藏[15]，更和这新女婿郎君，哎，你个柳盗跖[16]，看那个便宜。

（宋江云）山儿，你下山，在那里吃酒，遇着甚人？想必说我些甚么，你从头儿说，则要说的明白。（正末唱）

【倘秀才】不争你抢了他花朵般青春艳质，这其间抛闪[17]杀那草桥店白头老的。（宋江云）这事其中必有暗昧[18]。（正末唱）这桩事分明甚暗昧，生割舍，痛悲凄。（带云）宋江咪，（唱）他其实怨你。

（宋江云）原来是老王林的女孩儿，说我抢将来了。休道不是我，便是我抢将来。那老子可是喜欢也是烦恼？你说我试听。（正末唱）

【叨叨令】那老儿，一会家便哭啼啼在那茅店里，（带云）觑着山寨，宋江，好恨也！（唱）他这般急张拘诸[19]的立。那老儿，一会家便怒吽吽[20]在那柴门外，（带云）哭道，我那满堂娇儿也！（唱）他这般乞留曲律[21]的气。（宋江云）他怎生烦恼那？（正末唱）那老儿，一会家便闷沉沉在那酒瓮边，（带云）那老儿，拿起瓢来，揭开蒲墩[22]，舀一瓢冷酒来汩汩[23]的咽了。（唱）他这般迷留没乱[24]的醉。那老儿，托着一片席头，便慢腾腾放在土坑上，（带云）他出的门来，看一看，又不见来，哭道，我那满堂娇儿也！（唱）他这般壹留兀渌[25]的睡。似这般过不的也么哥，似这般过不的也么哥。（宋江云）这厮怎的？（正末唱）他道俺梁山泊水不甜人不义！

（宋江云）学究兄弟，想必有那依草附木，冒着俺家名姓，做这等事的，也不可知。只是山儿也该讨个显证，才得分晓。（正末云）有有有，这红褡膊不是显证？（宋江云）山儿，我今日和你打个赌赛。若是我抢将他女孩儿来，输我这六阳会首[26]；若不是我，你输些甚么？（正末云）哥，你与我赌头？罢，您兄弟摆一席酒。（宋江云）摆一席酒倒好了，你须要配得上我的。（正末云）罢罢罢，哥，倘若不是你，我情愿纳这颗牛头。（宋江云）既如此，立下军状，学究兄弟收着。（正末云）难道花和尚就饶了他？（鲁智深云）我这光头不赌他罢，省得你叫不利市[27]。（做立状科）（正末唱）

【一煞】则为你两头白面搬兴废[28]，转背言词说是非。这厮敢狗行狼心，虎头蛇尾。不是我节外生枝，囊里盛锥[29]。谁要你夺人爱女，逞己风流，被咱都知。（宋江云）你看黑牛这村沙样势[30]那。（正末唱）休怪我村沙样势，平地上起孤堆[31]。

（宋江云）若不是我呵，我不道的饶了你哩！（正末唱）

【黄钟尾】那怕你指天画地能瞒鬼，步线行针[32]待哄谁。又不是不精细，又不是不伶俐。（宋江云）我和你就下山去。（正末唱）下山寨，到那里，李山儿，共质对，认的真，觑的实，割你头，塞你嘴。（宋江云）这铁牛怎敢无礼？（正末唱）非铁牛敢无礼，既赌赛，怎翻悔？莫说这三十六英雄，一个个都是弟兄辈。（云）众兄弟每，都来听着！（宋江云）你着他听什么？（正末云）俺如今和宋江、鲁智深同到那杏花庄上，只等那老王林道出一个是字儿，你那做媒的花和尚，休要怪我，一斧分开两个瓢[33]，谁着你拐了一十八岁满堂娇！单把宋江留将下，待我亲手伏侍哥哥这一遭。（宋江云）你怎生伏侍我？（正末云）我伏侍你！我伏侍你！一只手揪住衣领，一只手搭[34]住腰带，滴留扑[35]摔个一字；阔脚板踏住胸脯，举起我那板斧来，觑着脖子上，可叉[36]！（唱）便跳出你那七代先灵，也将我来劝不得。（下）

（宋江云）山儿去了也，小偻罗备两匹马来，某和智深兄弟，亲下山寨，与老王林质对去走一遭。（诗云）老王林出乖露丑，李山儿将没做有。如今去杏花庄前，看谁输六阳魁首。（同下）

①《李逵负荆》：全名《梁山泊李逵负荆》，是《水浒传》产生以前一部著名的水浒戏。剧本写两个歹徒宋刚和鲁智恩到杏花庄王林店里喝酒，冒名宋江和鲁智深抢走了王林十八岁的女儿满堂娇。梁山英雄李逵听说后，认为这是一种不义行为，有损梁山起义军的声誉，于是回到梁山泊，讽刺指斥宋江和鲁智深，砍倒杏黄旗，大闹聚义堂。后李逵同宋江下山对质，发现由于自己的莽撞而产生误会，便承认错误，向宋江负荆请罪，并亲自去捉拿真正的歹徒，为百姓除害报仇。于是误会消释，兄弟言归于好。剧本塑造了鲁莽天真、纯朴正直的李逵形象，他心直口快，嫉恶如仇，关心人民利益，爱护集体荣誉，又能尊重事实，勇于承认错误，是一个带有浓厚喜剧色彩的十分可爱的人物。剧本利用偶然性因素组织戏剧情节，生动自然，戏剧冲突紧凑，结构严谨。 ②“鸦御”句：乌鸦吃了人的肝肺，高兴得张开了尾巴。扎煞，一写作奓沙，张开。 ③抖搜毛：抖动身上的毛，也是高兴的样子。 ④踏青：旧俗于清明节时到郊外游赏叫踏青。 ⑤髭（zì）髮（lì）：胡须。 ⑥不许收拾：不能甘休。 ⑦日月交食：以日月交蚀形容互不相容，须成了冤家对头。 ⑧不争：没料到。 ⑨“帽儿光光”四句：宋元时代嘲弄新郎的话，也含有祝贺的意思。 ⑩刎颈的知交：同生死共患难的朋友。 ⑪打干净毬儿：原意指打毬干净利落，这里比喻做了坏事又想脱离干系。 ⑫不道的：岂肯、怎么能，即不能。 ⑬强赌当：即强堵挡，勉强应付，搪塞。 ⑭噇（chuáng）：拼命地吃、喝。 ⑮撮合山：媒人。唐三藏：唐僧玄奘，这里借指花和尚鲁智深。 ⑯柳盗跖：即柳下跖，春秋时期著名的奴隶起义领袖，被统治阶级视为盗贼，后因以盗跖称之，并用以指代坏人。 ⑰抛闪：抛撇。 ⑱暗昧：隐蔽而不为人知的事实。 ⑲急张拘诸：一写作“急张拒逐”，焦急不安的样子。 ⑳怒吽

吽（hōng）：怒气冲冲。 ㉑乞留曲律：形容生气的样子。 ㉒蒲墩：用蒲草做成的酒瓮盖子。 ㉓汩汩（gǔ）：水流声，这里形容喝酒很急很猛。 ㉔迷留没乱：因喝醉酒而迷迷糊糊的样子。 ㉕壹留兀渌：一写作“伊哩乌芦”，睡觉时发出的酣声。这里形容睡不安稳。 ㉖六阳会首：指头。古代医书上说，人手三阳脉，足三阳脉，总会于头，因称人头为六阳会首，或六阳魁首。 ㉗不利市：不吉利，运气不好。古人迷信，常回避和尚，故有此说。 ㉘两头白面：元剧中常以白面或面糊比喻人糊涂或蒙蔽，两头白面即两面蒙蔽的意思。搬兴废：搬弄是非。 ㉙囊里盛锥：比喻好出头露面。 ㉚村沙样势：粗野、凶狠的样子。 ㉛平地上起孤堆：无缘无故生出事来。孤堆，土堆。 ㉜步线行针：原指裁缝缝衣服的技术，这里比喻安排缜密。 ㉝一斧分开两个瓢：意即将鲁智深的和尚头劈成两半。 ㉞揝（zuàn）：同“攥”，抓住。 ㉟滴留扑：人滑倒的声音。 ㊱可叉：同“咯嚓”，砍头的声音。（这折戏写李逵因误以为宋江鲁智深抢掠民女而大闹聚义堂，砍倒杏黄旗，他义愤填膺，暴跳如雷，其原因出于维护梁山泊水甜人义的声誉，以及对被压迫百姓的深切同情。通过人物的唱白和动作，充分地揭示了他嫉恶如仇、粗豪质朴的性格。矛盾虽出于误会，但却十分尖锐，因为充分地写出了产生这一矛盾的人物的思想基础。因而显得自然真实，而没有编造的痕迹。唱白配合动作，情节的发展富于喜剧色彩。宋江雍容大度，胸有成竹，不急不躁，表现了义军领袖人物的风格气度，这是与今传《水浒传》不完全相同的。）

纪君祥

纪君祥（生卒年不详）一作纪天祥，大都（今北京市）人，生平事迹无可考。据《录鬼簿》的零星记载，知道他与元代前期杂剧作家李寿卿、郑廷玉同时。作有杂剧六种，今仅存《赵氏孤儿》一种及《陈文图悟道松阴梦》一剧的残曲。

赵氏孤儿①

第二折

（屠岸贾领卒子上，云）事不关心，关心者乱。某屠岸贾，只为公主生下一个小的，唤做赵氏孤儿。我差下将军韩厥把住府门，搜检奸细；一面张挂榜文，若有掩藏赵氏孤儿者，全家处斩，九族不留。怕那赵氏孤儿会飞上天去？怎么这早晚还不见送到孤儿？使我放心不下。令人，与我门外觑者。（卒子报科，云）报元帅，祸事到了也！（屠岸贾云）祸从何来？（卒子云）公主在府中将裙带自缢而死。把府门的韩厥将军也自刎身亡了也。（屠岸贾云）韩厥为何自刎了？必然走了赵氏孤儿。怎生是好？眉头一皱，计上心来。我如今不免诈传灵公的命，把晋国内但是半岁之下，一月之上，新添的小厮，都与我拘刷[②]将来，见一个剁三剑，其中必然有赵氏孤儿。可不除了我这腹心之害？令人，与我张挂榜文，着晋国内但是半岁之下，一月之上，新添的小厮，都拘刷到我帅府中来听令。违者全家处斩，九族不留。（诗云）我拘刷尽晋国婴孩，料孤儿没处藏埋；一任他金枝玉叶，难逃我剑下之灾。（下）（正末扮公孙杵臼，领家童上，云）老夫公孙杵臼是也，在晋灵公位下为中大夫之职。只因年纪高大，见屠岸贾专权，老夫掌不得王事，罢职归农，苫庄[③]三顷地，扶手一张锄，住在这吕吕太平庄上。往常我夜眠斗帐听寒角[④]，如今斜倚柴门数雁行。倒大来[⑤]悠哉也呵！（唱）

【南吕一枝花】兀的不屈沉杀大丈夫，损坏了真梁栋。被那些腌臜[⑥]屠狗辈，欺负俺慷慨钓鳌翁[⑦]。正遇着不道[⑧]的灵公，偏贼子加恩宠，着贤人受困穷。若不是急流中将脚步抽回，险些儿闹市里把头皮断送。

【梁州第七】他他他，在元帅府扬威也那耀勇；我我我，在太平庄罢职归农。再休想鹓班豹尾[⑨]相随从。他如今高官一品，位极三公[⑩]；户封八县，禄享千钟。见不平处有眼如蒙，听咒骂处有耳如聋。他他他，只将那会谄谀的着列鼎重茵[⑪]，害忠良的便加官请俸，耗国家的都叙爵论功。他他他，只贪着目前受用，全不省爬的高来可也跌的来肿，怎如俺守田园学耕种？早跳出伤人饿虎丛，倒大来从容。

（程婴上，云）程婴，你好慌也！小舍人[⑫]，你好险也！屠岸贾，你好狠也！我程婴虽然担着个死，撞出城来，闻的那屠岸贾见说走了赵氏孤儿，要将晋国内半岁之下一月之上小孩儿每，都拘摄到元帅府里。不问是孤儿不是孤儿，他一个个亲手剁作三段。我将的这小舍人送到那厢去好？有了，我想吕吕太平庄上公孙杵臼，他与赵盾是一殿之臣，最相交厚。他如今罢职归农。那老宰辅[⑬]是个忠直的人，那里堪可掩藏。我如今来到庄上，就在这芭棚下放下这药箱。小舍人，你且权时歇息咱，我见了公孙杵臼便来看你。家童报复去，道有程婴求见。（家童报科，云）有程婴在于门首。（正末云）道有请。（家童云）请进。（正末见科，云）程婴，你来有何事？（程婴云）在下[⑭]见老宰辅在这太平庄上，特来相访。（正末云）自从我罢官之后，众宰辅每好么？（程婴云）嗨！这不比老宰辅为官时节，如今屠岸贾专权，较往常都不同了也。（正末云）也该着众宰辅每劝谏劝谏。（程婴云）老宰辅，这等贼臣自古有之，便是那唐虞之世，也还有四凶[⑮]哩！（正末唱）

【隔尾】你道是古来多被奸臣弄，便是圣世何尝没四凶，谁似这万人恨千人嫌一人重。他不廉不公，不孝不忠，单只会把赵盾全家杀的个绝了种。

（程婴云）老宰辅，幸得皇天有眼，赵氏还未绝种哩！（正末云）他家满门良贱三百余口，诛尽杀绝，便是驸马也被三般朝典[16]短刀自刎了，公主也将裙带缢死了，还有什么种在那里？（程婴云）那前项的事，老宰辅都已知道，不必说了，近日公主囚禁府中，生下一子，唤做孤儿。这不是赵家是那家的种？但恐屠岸贾得知，又要杀坏，若杀了这一个小的，可不将赵家真绝了种也！（正末云）如今这孤儿却在那里？不知可有人救的出来么？（程婴云）老宰辅既有这点见怜之意，在下敢不实说。公主临亡时，将这孤儿交付与了程婴，着好生照觑他，待到成人长大，与父母报仇雪恨。我程婴抱的这孤儿出门，被韩厥将军要拿的去报与屠岸贾。是程婴数说了一场，那韩厥将军放我出了府门，自刎而亡。如今将的这孤儿无处掩藏，我特来投奔老宰辅。我想宰辅与赵盾原是一殿之臣，必然交厚，怎生可怜见救这个孤儿咱！（正末云）那孤儿今在何处？（程婴云）现在芭棚下哩！（正末云）休惊諕着孤儿，你快抱的来。（程婴做取箱开看科，云）谢天地，小舍人还睡着哩。（正末接科）（唱）

【牧羊关】这孩儿未生时绝了亲戚，怀着时灭了祖宗，便长成人也则是少吉多凶。他父亲斩首在云阳，他娘呵囚在禁中。那里是有血腥的白衣相，则是个无恩念的黑头虫[17]。（程婴云）赵氏一家，全靠着这小舍人，要他报仇哩。（正末唱）你道他是个报父母的真男子；我道来，则是个妨爷娘的小业种。

（程婴云）老宰辅不知，那屠岸贾为走了赵氏孤儿，晋国内小的都拘刷将来，要伤害性命。老宰辅，我如今将赵氏孤儿偷藏在老宰辅跟前，一者报赵驸马平日优待之恩，二者要救晋国小儿之命。念程婴年近四旬有五，所生一子，未经满月。假妆做赵氏孤儿，等老宰辅告首与屠岸贾去，只说程婴藏着孤儿，把俺父子二人，一处身死；老宰辅慢慢的抬举[18]的孤儿成人长大，与他父母报仇，可不好也？（正末云）程婴，你如今多大年纪了？（程婴云）在下四十五岁了。（正末云）这小的算着二十年呵，方报的父母仇恨。你再着二十年，也只是六十五岁；我再着二十年呵，可不九十岁了？其时存亡未知，怎么还与赵家报的仇？程婴，你肯舍的你孩儿，倒将来交付与我，你自首告屠岸贾处，说道太平庄上公孙杵臼藏着赵氏孤儿。那屠岸贾领兵校来拿住，我和你亲儿一处而死。你将的赵氏孤儿抬举成人，与他父母报仇，方才是个长策。（程婴云）老宰辅，是则是，怎么难为的你老宰辅？你则将我的孩儿假妆做赵氏孤儿，报与屠岸贾去，等俺父子二人一处而死吧。（正末云）程婴，我一言已定，再不必多疑了。（唱）

【红芍药】须二十年报仇的主人公，恁时节才称心胸，只怕我迟疾死后一场空。（程婴云）老宰辅，你精神还强健哩。（正末唱）我精神比往日难同，闪下这小孩童怎见功？你急切里老的不形容[19]，正好替赵家出力做先锋。（带云）程婴，你只依着我便了。（唱）我委实的捱不彻暮鼓晨钟[20]。

（程婴云）老宰辅，你好好的在家，我程婴不识进退，平白地将着这愁布袋连累你老宰辅，以此放心不下。（正末云）程婴，你说那里话？我是七十岁的人，死是常事，也不争这早晚。（唱）

【菩萨梁州】向这傀儡棚[21]中，鼓笛搬弄。只当做场短梦。猛回头早老尽英雄。有恩不报怎相逢，见义不为非为勇。（程婴云）老宰辅既应承了，休要失信。（正末唱）言而无信言何用。（程婴云）老宰辅，你若存的赵氏孤儿，当名标青史，万古留芳。（正末唱）也不索[22]把咱来厮陪奉，大丈夫何愁一命终；况兼我白发鬔松。

（程婴云）老宰辅，还有一件。若是屠岸贾拿住老宰辅，你怎熬的这三推六问，少不得指攀我程婴下来。俺父子两个死是分内，只可惜赵氏孤儿，终归一死，可不把你老宰辅干连累了也。（正末云）程婴，你也说的是。我想那屠岸贾与赵驸马呵，（唱）

【三煞】这两家做下敌头重[23]。但要访的孤儿有影踪，必然把太平庄上兵围拥，铁桶般密不通风。（云）那屠岸贾拿住了我，高声喝道：老匹夫岂不见三日前出下榜文，偏是你藏下赵氏孤儿，与俺作对，请波请波！（唱）则说老匹夫请先入瓮[24]，也须知榜揭处天都动；偏你这罢职归田一老农，公然敢剔蝎撩蜂[25]。

【二煞】他把绷扒吊拷般般用，情节根由细细穷；那其间枯皮朽骨难禁痛，少不得从实攀供，可知道你个程婴怕恐。（带云）程婴，你放心者。（唱）我从来一诺似千金重，便将我送上刀山与剑峰，断不做有始无终。

（云）程婴，你则放心前去，抬举的这孤儿成人长大，与他父母报仇雪恨。老夫一死，何足道哉。（唱）

【煞尾】凭着赵家枝叶千年永，晋国山河百二雄[26]。显耀英材统军众，威压诸邦尽伏拱；遍拜公卿诉苦衷。祸难当初起下宫[27]，可怜三百口亲丁饮剑锋；刚留得孤苦伶仃一小童，巴到今朝袭父封。提起冤仇泪如涌，要请甚旗牌下九重[28]，早拿出奸臣帅府中，断首分骸祭祖宗，九族全诛不宽纵。恁时节才不负你冒死存孤报主公，便是我也甘心儿葬近要离[29]路旁冢。（下）

（程婴云）事势急了，我依旧将这孤儿抱的我家去，将我的孩儿送到太平庄上来。（诗云）甘将自己亲生子，偷换他家赵氏孤；这本程婴义分应该得，只可惜遗累公孙老大夫。（下）

①《赵氏孤儿》：全名《赵氏孤儿大报仇》。这是一部悲壮的历史剧，内容有真实的历史根据，其素材在《左传》《史记》中都有记载。剧本的故事内容是：春秋时晋灵公有一文臣叫赵盾，武臣叫屠岸贾，屠岸贾蓄意杀害赵盾，向灵公进谗言，致使赵盾全家三百口满门遭杀。赵盾的儿子赵朔因是附马，被赐自杀，公主已怀孕，腹中之子就成为屠岸贾扼杀的对象。赵氏孤儿出生后，公主托草泽医生程婴将孩子带出府门。屠岸贾派去守卫府门的将军韩厥，在程婴的说服和启发下，辨是非，明大义，将孤儿放走后自刎而死。屠岸贾为了斩草除根，竞假灵公之命，进行全国大搜捕，在三天之内要将所有一月以上半岁以下的婴儿全部杀死。程婴带着孤儿跟退职的中大夫公孙杵臼商议，决定将自己未满月的儿子冒充赵氏孤儿藏在公孙家中，然后自己去出首。结果屠岸贾杀死假孤儿，公孙亦撞阶而死。程婴因此受到屠岸贾的信任，被收为门客，赵氏孤儿（名义是程婴之子）也成了屠岸贾的义子。二十年后，赵氏孤儿长大成人，并学得高强的武艺，程婴告知他赵氏一门被杀的真相，后屠岸贾被杀，赵氏孤儿终于报了血海深仇。剧本揭露了屠岸贾凶残奸诈的罪恶本质，歌颂了韩厥、程婴、公孙杵臼等人富于正义感和自我牺牲精神的崇高品质。剧本是非观念鲜明，爱憎感情强烈，矛盾尖锐激烈，情节曲折生动，人物形象鲜明突出。 ②拘刷：拘查。 ③苫庄：用茅草盖成的房子。 ④斗帐：小帐。寒角：凄凉的号角声。 ⑤倒大来：十分，非常。 ⑥腌（ā）臜（zɑ）：肮脏，不干净，引申为卑劣。 ⑦钓鳌翁：鳌是传说中的海中大龟，能钓鳌的人即有气魄有本领的人。 ⑧不道：昏庸无道。 ⑨鹓（yuān）班豹尾：指做官上朝。鹓是一种鸟，飞行时一只只紧跟着，很有秩序，这里用来比喻官员一个跟一个排列上朝。豹尾，即豹尾班。古时皇帝出行时随从的最后一辆车子上以豹尾作为饰物，称为豹尾车，豹尾班指随从皇帝的朝官行列。 ⑩三公：古以太师、太傅、太保为三公，这里泛指大臣的最高品位。 ⑪列鼎重（chóng）茵（yīn）：鼎为食器，茵为褥子，吃饭时排列出许多食品，坐卧时铺着重重锦褥，可见生活十分奢侈豪华。 ⑫小舍人：舍人是旧时对贵族子弟的称呼，这是指赵氏孤儿。 ⑬宰辅：辅佐皇帝治理国家的大臣，一般指宰相，也泛指朝中重臣。 ⑭在下：对自己的谦称。 ⑮四凶：传说中唐虞时代的四位恶人，即：浑敦、穷奇、梼杌（táo wù）、饕餮（tāo tiè）。 ⑯三般朝典：古时愚忠思想，将皇帝赐死看作朝廷的恩典，这里指晋灵公逼驸马赵朔自杀时赐与的弓弦、药酒和短刀。 ⑰黑头虫：民间传说，黑头虫和黄口鸮都是吃父母的虫和鸟，因而用来比喻忘恩负义的人。 ⑱抬举：照料，抚养。 ⑲急切里：一时间，短时间。老的不形容：即“老不的形容”，容颜不会变老。 ⑳捱不彻暮鼓晨钟：捱不完那日日夜夜，意思是年纪老了，再不会活多少日子。 ㉑傀儡棚：演木偶戏的戏棚，比喻人世间。 ㉒不索：不用，无须。 ㉓敌头重：怨仇很深。 ㉔入瓮：就范，受刑。唐朝武则天要来俊臣捉拿周兴，先让周教他怎样才能让犯人招供，周告知他：把一个大瓮烧红，要犯人钻进去，他就不能不招供了。来俊臣便用这种办法，将瓮烧红，让周兴钻入，周惧而伏罪。 ㉕剔蝎撩蜂：比喻胆量极大。 ㉖晋国山河百二雄：山河百二，原是指秦国地势险要，以二万兵力即可抵抗关东诸侯的百万人，这里借指晋国的强固不败。 ㉗祸难当初起下宫：追溯赵盾和屠岸贾结仇的原因：晋灵公在宫中建绛绡楼，在楼上用弹弓射人取乐，赵盾切谏，与屠岸贾发生争

论，因而结仇。 ㉘ 旗牌：传达皇帝命令的官员。九重（chóng）：指皇帝所居之地。 ㉙ 要离：春秋末年吴国的勇士，他效忠于吴王，为了替吴王谋刺在卫国的公子庆忌，让吴王断其右手，杀其妻子，使庆忌相信他与吴王有仇，后寻机杀死庆忌，自己亦伏剑而死。（这折戏写屠岸贾为了斩绝赵家根苗，竟然诈传灵公之命，在全国搜杀赵氏孤儿，所有一月以上半岁以下婴儿一律处死。在此紧急情景之下，程婴和公孙杵臼商议藏孤救孤，公孙杵臼决定牺牲自己的性命，程婴牺牲自己的儿子，表现了他们舍己救人和见义勇为的高贵品质。公孙杵臼出场时的一段唱词，表现了他对朝政的清醒认识和鲜明的是非观念，这是他和程婴义行的共同思想基础。屠岸贾在全国搜孤，作为这折戏情节发展的背景，不仅加强了戏剧冲突，烘染了紧张气氛，而且将程婴救孤的行为从为报赵朔之恩，扩大到拯救全晋国小儿之命，赋予了更高的思想意义。）

第三折

（屠岸贾领卒子上，云）兀的不走了赵氏孤儿也！某已曾张挂榜文，限三日之内，不将孤儿出首，即将晋国内小儿但是半岁以下，一月以上，都拘刷到我帅府中，尽行诛戮。令人，门首觑者，若有首告之人，报复某家知道。（程婴上，云）自家程婴是也，昨日将我的孩儿送与公孙杵臼去了；我今日到屠岸贾跟前首告去来。令人，报复去，道有了赵氏孤儿也。（卒子云）你则在这里，等我报复去。（报科，云）报的元帅得知，有人来报赵氏孤儿有了也。（屠岸贾云）在那里？（卒子云）现在门首哩。（屠岸贾云）着他过来。（卒子云）着过来。（做见科，屠岸贾云）兀那厮，你是何人？（程婴云）小人是个草泽医士程婴。（屠岸贾云）赵氏孤儿今在何处？（程婴云）在吕吕太平庄上，公孙杵臼家藏着哩。（屠岸贾云）你怎生知道来？（程婴云）小人与公孙杵臼曾有一面之交，我去探望他，谁想卧房中锦绷绣褥上，躺着一个小孩儿。我想公孙杵臼年纪七十，从来没儿没女，这个是那里来的？我说道：这小的莫非是赵氏孤儿么？只见他登时变色，不能答应。以此知孤儿在公孙杵臼家里。（屠岸贾云）咄！你这匹夫，你怎瞒的过我。你和公孙杵臼往日无仇，近日无冤，你因何告他藏着赵氏孤儿？你敢是知情么！说的是，万事全休；说的不是，令人，磨的剑快，先杀了这个匹夫者。（程婴云）告元帅暂息雷霆之怒，略罢虎狼之威，听小人诉说一遍咱。我小人与公孙杵臼原无仇隙，只因元帅传下榜文，要将晋国内小儿拘刷到帅府，尽行杀坏。我一来为救晋国内小儿之命；二来小人四旬有五，近生一子，尚未满月。元帅军令，不敢不献出来，可不小人也绝后了？我想有了赵氏孤儿，便不损坏一国生灵，连小人的孩儿也得无事，所以出首。（诗云）告大人暂停嗔怒，这便是首告缘故；虽然救晋国生灵，其实怕程家绝户。（屠岸贾笑科，云）哦！是了。公孙杵臼原与赵盾一殿之臣，可知有这事来。令人，则今日点就本部下人马，同程婴到太平庄上，拿公孙杵臼走一遭去。（同下）（正末公孙杵臼上，云）老夫公孙杵臼是也。想昨日与程婴商议救赵氏孤儿一事，今日他到屠岸贾府中首告去了。这早晚屠岸贾这厮必然来也呵！（唱）

【双调新水令】我则见荡征尘飞过小溪桥，多管是损忠良贼徒来到。齐臻臻摆着士卒，明晃晃列着枪刀。眼见的我死在今朝，更避甚痛笞掠。

（屠岸贾同程婴领卒子上，云）来到这吕吕太平庄上也。令人，与我围了太平庄者。程婴，那里是公孙杵臼宅院？（程婴云）则这个便是。（屠岸贾云）拿过那老匹夫来。公孙杵臼，你知罪么？（正末云）我不知罪。（屠岸贾云）我知你个老匹夫和赵盾是一殿之臣。你怎敢掩藏着赵氏孤儿！（正末云）老元帅，我有熊心豹胆？怎敢掩藏着赵氏孤儿！（屠岸贾云）不打不招。令人，与我拣大棒子着实打者。（卒子做打科）（正末唱）

【驻马听】想着我罢职辞朝，曾与赵盾名为刎颈交。（云）这事是谁见来？（屠岸贾云）现有程婴首告着你哩。（正末唱）是那个埋情[①]出告，原来这程婴舌是斩身刀。（云）你杀了赵家满门良贱三百余口，则剩下这孩儿，你又要伤他性命。（唱）你正是狂风偏纵扑天雕，严霜故打枯根草。不争把孤儿又杀坏了。可着他三百口冤仇甚人来报。

（屠岸贾云）老匹夫，你把孤儿藏在那里？快招出来，免受刑法。（正末云）我有甚么孤儿藏在那里？谁见来？（屠岸贾云）你不招？令人，与我采[②]下去，着实打者。（做打科）（屠岸贾云）这老匹夫赖肉顽皮不肯招承，可恼，可恼。程婴，这原是你出首的，就着你替我行杖者。（程婴云）元帅，小人是个草泽医士，撮药尚然腕弱，怎生行的杖？（屠岸贾云）程婴，你不行杖，敢怕指攀出你么？（程婴云）元帅，小人行杖便了。（做拿杖子科）（屠岸贾云）程婴，我见你把棍子拣了又拣，只拣着那细棍子，敢怕打的他疼了，要指攀下你来。（程婴云）我就拿大棍子打者。（屠岸贾云）住者。你头里只拣着那细棍子打，如今你却拿起大棍子来，三两下打死了呵，你就做的个死无招对。（程婴云）着我拿细棍子又不是，拿大棍子又不是，好着我两下做人难也。（屠岸贾云）程婴，你只拿着那中等棍子打。公孙杵臼老匹夫，你可知道行杖的就是程婴么？（程婴行杖科，云）快招了者！（三科了[③]）（正末云）哎哟！打了这一日，不似这几棍子打的我疼，是谁打我来？（屠岸贾云）是程婴打你来。（正末云）程婴，你划的[④]打我那？（程婴云）元帅，打的这老头儿兀的不胡说哩。（正末唱）

【雁儿落】是那一个实丕丕将着粗棍敲？打的来痛杀杀精皮掉。我和你狠程婴有甚的仇？却教我老公孙受这般虐。

（程婴云）快招了者。（正末云）我招，我招。（唱）

【得胜令】打的我无缝可能逃，有口屈成招。莫不是那孤儿他知道，故意的把咱家指定了。（程婴做慌科）（正末唱）我委实的难熬，尚兀自强着牙根儿闹；暗地里偷瞧，只见他早谎的腿挺儿⑤摇。

（程婴云）你快招吧，省得打杀你。（正末云）有，有，有。（唱）

【水仙子】俺二人商议要救这小儿曹。（屠岸贾云）可知道指攀下来也。你说二人，一个是你了，那一个是谁？你实说将出来，我饶你的性命。（正末云）你要我说那一个，我说，我说。（唱）哎！一句话来到我舌尖上却咽了。（屠岸贾云）程婴，这桩事敢有你么？（程婴云）兀那老头儿，你休妄指平人。（正末云）程婴，你慌怎么？（唱）我怎生把你程婴道，似这般有上梢无下梢⑥。（屠岸贾云）你头里说两个，你怎生这一会儿可说无了？（正末唱）只被你打的来不知一个颠倒。（屠岸贾云）你还不说，我就打死你个老匹夫。（正末唱）遮莫⑦便打的我皮都绽，肉尽销，休想我有半个字儿攀⑧着。

（卒子抱俫儿上科，云）元帅爷贺喜，土洞中搜出个赵氏孤儿来了也。（屠岸贾笑科，云）将那小的拿近前来，我亲自下手，剁做三段。兀那老匹夫，你道无有赵氏孤儿，这个是谁？（正末唱）

【川拨棹】你当日演神獒⑨，把忠臣来扑咬。逼的他走死荒郊，刎死钢刀，缢死裙腰，将三百口全家老小尽行诛剿。并没那半个儿剩落，还不厌⑩你心苗。

（屠岸贾云）我见了这孤儿，就不由我不恼也。（正末唱）

【七弟兄】我只见他左瞧、右瞧、怒咆哮，火不腾⑪改变了狰狞貌，按狮蛮⑫拽札起锦征袍，把龙泉⑬扯离出沙鱼鞘。

（屠岸贾怒云）我拔出这剑来。一剑，两剑，三剑。（程婴做惊疼科，屠岸贾云）把这一个小业种剁了三剑，兀的不称了我平生所愿也。（正末唱）

【梅花酒】呀！见孩儿卧血泊。那一个哭哭号号，这一个怨怨焦焦，连我也战战摇摇。直恁般歹做作，只除是没天道。呀！想孩儿离褥草⑭，到今日恰十朝，刀下处怎耽饶⑮，空生长枉劬劳⑯，还说甚要防老。

【收江南】呀！兀的不是家富小儿骄。（程婴掩泪科）（正末唱）见程婴心似热油浇，泪珠儿不敢对人抛，背地里揾了。没来由割舍的亲生骨肉吃三刀。

（云）屠岸贾那贼，你试觑者。上有天哩，怎肯饶过的你，我死打甚么不紧！（唱）

【鸳鸯煞】我七旬死后偏何老[17]，这孩儿一岁死后偏何小。俺两个一处身亡，落的个万代名标[18]。我嘱咐你个后死的程婴，休别[19]了横亡的赵朔。畅道[20]是光阴过去的疾，冤仇报复的早。将那厮万剐千刀，切莫要轻轻的素放[21]了。

（正末撞科，云）我撞阶基，觅个死处。（下）（卒子报科，云）公孙杵臼撞阶基身死了也。（屠岸贾笑科，云）那老匹夫既然撞死，可也罢了。（做笑科，云）程婴，这一桩里多亏了你；若不是你呵，如何杀的赵氏孤儿？（程婴云）元帅，小人原与赵氏无仇，一来救晋国内众生；二来小人跟前也有个孩儿，未曾满月。若不搜的那赵氏孤儿出来，我这孩儿也无活的人也。（屠岸贾云）程婴，你是我心腹之人，不如只在我家中做个门客，抬举你那孩儿成人长大。在你跟前习文，送在我跟前演武。我也年近五旬，尚无子嗣，就将你的孩儿与我做个义儿。我偌大年纪了，后来我的官位，也等你的孩儿讨个应袭，你意下如何？（程婴云）多谢元帅抬举。（屠岸贾诗云）则为朝纲中独显赵盾，不由我心中生忿；如今削除了这点萌芽，方才是永无后衅[22]。（同下）

①埋情：昧情，违背良心。　②采：抓。　③三科了：演员动作重复三次的舞台提示。　④刬（chǎn）的：怎的。　⑤腿挺（tǐng）儿：腿肚子。　⑥有上梢无下梢：有头无尾。　⑦遮莫：不论，尽教。　⑧攀：招供出同案人。　⑨“你当日演神獒（áo）”六句：这是公孙杵臼揭露屠岸贾残害赵盾全家的种种罪行。屠岸贾养了一只神獒，扎一个草人穿着赵盾衣装，并在其中藏着羊肝肺，训练它见赵盾就咬。后向晋灵公进谗言，并说神獒能辨忠奸，结果在灵公面前让神獒扑向赵盾，赵盾为躲避神獒向郊外逃跑。赵盾之子赵朔被赐用钢刀自刎而死，赵朔之妻晋公主亦自缢身亡，赵盾全家三百口满门良贱均被屠岸贾残害。　⑩厌：满足。　⑪火不腾：马上，立即。　⑫狮蛮：束战袍的带子，上有狮子蛮王的图案。　⑬龙泉：剑名。　⑭蓐草：产妇生孩子时的蓐垫。　⑮耽饶：宽恕，这里是无法活命的意思。　⑯劬（qú）劳：养育儿女的辛劳。　⑰七旬死后偏何老：“后”字是语气词，与“呵”字相近，下句同。　⑱万代名标：留名青史，传于后代。　⑲别了：撇下。　⑳畅道：曲中衬字。元杂剧中【双调·鸳鸯煞】调必用此二字，是为定格。其意义略近于“正是”“简直是”。　㉑素放：平白地放过。　㉒后衅：后患。衅，事端。（这折戏矛盾双方短兵相接，写得剑拔弩张，惊心动魄。在戏剧冲突的发展中，充分地展示了人物性格，屠岸贾的精明狡诈、凶狠残忍，程婴和公孙杵臼的机智沉稳、坚强不屈，都写得栩栩如生。对人物复杂的内心活动，如程婴的悲痛和紧张，也通过动作和唱词，作了精细的描写。）

无名氏

陈州粜米[①]

第一折

（小衙内同杨金吾引左右捧紫金锤上，诗云）我做衙内真个俏，不依公道则爱钞；有朝事发丢下头，拚着贴个大膏药。小官刘衙内的孩儿小衙内，同着这妹夫杨金吾两个来到这陈州，开仓粜米。父亲的言语，着俺二人粜米，本是五两银子一石，改做十两银子一石；斗里加上泥土糠秕，则还他个数儿；斗是八升小斗，秤是加三大秤。如若百姓们不服，可也不怕，放着有那钦赐的紫金锤哩。左右，与我唤将斗子[②]来者。（左右云）本处斗子安在？（二丑斗子上，诗云）我做斗子十多罗[③]，觅些仓米养老婆；也非成担偷将去，只在斛里打鸡窝[④]。俺两个是本处仓里的斗子。上司见我们本分老实，一颗米也不爱，所以积年只用俺两个。如今新除[⑤]将两个仓官来，说道十分利害，不知叫我们做甚么？须索见他走一遭去。（做见科，云）相公，唤小人有何事？（小衙内云）你是斗子，我分付你；现有钦定价是十两银子一石米，这个数内，我们再剋落[⑥]一毫不得的；只除非把那斗秤私下换过了，斗是八升的小斗，秤是加三的大秤。我若得多的，你也得少的，我和你四六家分。（大斗子云）理会的。正是这等，大人也总成[⑦]俺两个斗子，图一个小富贵。如今开了这仓，看有甚么人来？（杂扮粜米百姓三人同上，云）我每是这陈州的百姓，因为我这里亢旱了三年，六料[⑧]不收，俺这百姓每好生的艰难。幸的[⑨]天恩，特地差两员官来这里开仓卖米。听的上司说道，钦定米价是五两白银粜一石细米；如今又改做了十两一石，米里又插上泥土糠秕；出的是八升的小斗，入的又是加三的大秤。我们明知这个买卖难和他做，只是除了仓米，又没处籴米[⑩]，教我们怎生饿得过！没奈何，只得各家凑了些银子，且买些米去救命。可早来到了也。（大斗子云）你是那里的百姓？（百姓云）我每是这陈州百姓，特来买米的。（小衙内云）你两个仔细看银子，别样假的也还好看，单要防那“四堵墙”[⑪]，休要着他哄了。（二斗子云）兀那百姓，你凑了多少银子来籴米？（百姓云）我众人则凑得二十两银子。（大斗子云）拿来上天平弹[⑫]着。少少少，你这银子则十四两。（百姓云）我这银子还重着五钱哩。（小衙内云）这百姓每刁泼[⑬]，拿那金锤来打他娘。（百姓云）老爷不要打，我每再添上些便了。（大斗子云）你趁早儿添上，我要和官四六家分哩。（百姓做添银科，云）又添上这六两。（二斗子云）这也还少些儿，将就他罢。（小衙内云）既然银子足了，打与他米去。（二斗子云）一斛，两斛，三斛，四斛。（小衙内云）休要量满了，把斛放趄[14]着，打些鸡窝儿与他。（大斗子云）小人知道，手里赶着哩。（百姓云）这米则有一石六斗，内中又有泥土糠皮，舂将来则勾一石多米。罢罢罢，也是俺这百姓的命该受这般磨灭。正是："医的眼前疮，剜却心头肉！"（同下）（正末扮张憋古同孩儿小憋古上，诗云）穷民百补破衣裳，污吏春衫拂地长；稼穑不知谁坏却，可教风雨损农桑。老汉陈州人氏，姓张，人见我性儿不好，都唤我做张憋古。我有个孩儿张仁。为因这陈州缺少米粮，近日差的两个仓官来。传闻钦仓官改做十两银子一石细米，又使八升小斗，加三大秤。庄院里攒零合整[15]，收拾的这几两银子，籴米走一遭去来。（小憋古云）父亲，则一件，你平日间是个性儿古憋[16]的人，倘若到的那买米处，你休言语则便了也。（正末云）这是朝廷救民的德意，他假公济私，我怎肯和他干罢了也呵。（唱）

【仙吕点绛唇】则这官吏知情，外合里应，将穷民併[17]。点纸连名[18]，我可便直告到中书省[19]。

（小憋古云）父亲，咱遇着这等官府也，说些甚么！（正末唱）

【混江龙】做的个上梁不正[20]，只待要损人利己惹人憎。他若是将咱刁蹬[21]，休道我不敢掀腾[22]。柔软莫过溪涧水，到了不平地上也高声。他也故违了皇宣命，都是些吃仓廒[23]的鼠耗，咂脓血的苍蝇。

（云）可早来到也。（做见斗子科）（大斗子云）兀那老子，你来籴米，将银子来我秤。（正末做递银子科，云）兀的不是银子？（大斗子做秤银子科，云）兀那老的，你这银子则八两。（正末云）十二两银子，则秤的八两，怎么少偌多？（小憋古云）哥，我这银子是十二两来，怎么则秤八两？你也放些心平着。（二斗子云）这厮放屁！秤上现秤八两，我吃了你一块儿那？（正末云）嗨！本是十二两银子，怎生秤做八两？（唱）

【油葫芦】则这攒典哥哥[24]休强挺，你可敢教我亲自秤？（大斗子云）这老的好无分晓，你的银子本少，我怎好多秤了你的？只头上有天哩。（正末唱）今世人那个不聪明，我这里转一转，如上思乡岭[25]；我这里步一步，似入琉璃井[26]。（大斗子云）则这般秤，八两也还低哩。（正末唱）秤银子秤得高，（做量米科）（二斗子云）我量与你米，打个鸡窝，再掠[27]了些。（小憋古云）父亲，他那边又秤了些米去了。（正末唱）哎，量米又量的不平。元来是八升呣[28]小斗儿加三秤，只俺这银子短二两，怎不和他争？

（大斗子云）我这两个开仓的官，清耿耿[29]不受民财，干剥剥则要生钞[30]，与民做主哩。

（正末云）你这官人是甚么官人？（二斗子云）你不认的，那两个便是仓官。（正末唱）

【天下乐】你比那开封府包龙图少四星[31]。（大斗子云）兀那老子，休要胡说，他两个是权豪势要的人，休要惹他。（正末唱）卖弄你那官清，法正行，多要些也不到的[32]担罪名。（二斗子云）这米还尖[33]，再掠了些者。（小懒古云）父亲，他又掠了些去了。（正末唱）这壁厢去了半斗，那壁厢掠了几升，做的一个轻人来还自轻[34]。

（二斗子云）你挣着口袋，我量与你么。（正末云）你怎么量米哩？俺不是私自来籴米的。（大斗子云）你不是私自来籴米，我也是奉官差，不是私自来粜米的。（正末唱）

【金盏儿】你道你奉官行，我道你奉私行。俺看承的一合米[35]，关着[36]八九个人的命，又不比山麋野鹿众人争。你正是饿狼口里夺脆骨，乞儿碗底觅残羹。我能可[37]折升不折斗，你怎也图利不图名？

（大斗子云）这老子也无分晓[38]，你怎么骂仓官？我告诉他去来。（大斗子做禀科）（小衙内云）你两个斗子有甚么话说？（大斗子云）告的相公得知，一个老子来籴米，他的银子又少，他倒骂相公哩。（小衙内云）拿过那老子来。（正末做见科）（小衙内云）你这个虎剌孩[39]作死也。你的银子又少，怎敢骂我？（正末云）你这两个害民的贼！于民有损，为国无益。（大斗子云）相公，你看小人不说谎，他是骂你来么？（小衙内云）这老匹夫无礼，将紫金锤来打那老匹夫。（做打正末科）（小懒古做拴头[40]科，云）父亲，精细[41]者！我说甚么来？我着你休言语；你吃了这一金锤，父亲，眼见的无那活的人也。（杨金吾云）打的还轻，依着我性，则一下打出脑浆来，且着他包不成网儿[42]。（正末做渐醒科）（唱）

【村里迓鼓】只见他金锤落外，恰便似轰雷着顶，打的来满身血迸，教我呵怎生扎挣[43]。也不知打着的是脊梁，是脑袋，是肩井；但觉的刺牙般酸，剜心般痛，剔骨般疼。哎哟，天哪，兀的不送了我也这条老命。

（云）我来买米，如何打我？（小衙内云）把你那性命则当根草，打甚么不紧[44]！我打你来，随你那里告我去。（小懒古云）父亲也，似此怎了？（正末唱）

【元和令】则俺个籴米的有甚罪名，和你这粜米的也不干净[45]。（小衙内云）是我打你来，没事没事，由你在那里告我。（正末唱）现放着徒流笞杖[46]，做下严刑，却不道家家门外千丈坑，则他这得填平处且填平[47]，你可也被人推更不轻[48]。

（杨金吾云）俺两个清似水，白如面，在朝文武，谁不称赞我的？（正末唱）

【上马娇】哎，你个萝卜精，头上青[49]。（小衙内云）看起来我是野菜，你怎么骂我做萝卜精？（正末唱）坐着个爱钞的寿官厅[50]，面糊盆里专磨镜[51]。（杨金吾云）俺两个至一[52]清廉有名的。（正末唱）哎，还道你清，清赛玉壶冰。

（小衙内云）怕不是皆因我二人至清，满朝中臣宰举保将我来的。（正末唱）

【胜葫芦】都只待遥指空中雁做羹[53]，那个肯为朝廷？（杨金吾云）你那老匹夫，把朝廷来压我哩。我不怕，我不怕。（正末唱）有一日受法餐刀正典刑[54]，恁时节，钱财使罄，人亡家破，方悔道不廉能。

（小衙内云）我见了那穷汉似眼中疔，肉中刺，我要害他，只当捏烂柿一般，值个甚的？（正末云）噤声（唱）

【后庭花】你道穷民是眼内疔，佳人是颏下瘿[55]。（带云）难道你家没王法的？（唱）便容你酒肉摊场吃，谁许你金银上秤秤[56]？（云）孩儿，你也与我告去。（小懒古云）父亲，你看他这般权势，只怕告他不得么。（正末唱）儿也，你快去告，不须惊。（小懒古云）父亲，要告他，指谁做证见？（正末唱）只指着紫金锤，专为照证[57]。（小懒古云）父亲，证见便有了，却往那里告他去？（正末唱）投词院直至省[58]，将冤屈叫几声，诉出咱这实情。怕没有公与卿？必然的要准行。（小懒古云）若是不准，再往那里告他？（正末唱）任从他贼丑生，百般家着智能[59]，遍衙门告不成，也还要上登闻[60]将怨鼓鸣。

【青哥儿】虽然是输赢输赢无定，也须知报应报应分明。难道紫金锤就好活打杀人性命？我便死在幽冥，决不忘情，待告神灵，拿到阶庭，取下招承[61]，偿俺残生，苦恨才平。若不沙[62]，则我这双儿鹘鸰[63]也似眼中睛应不瞑。

（云）孩儿，眼见得我死了也，你与我告去。（小懒古云）您孩儿知道。（正末云）这两个害民的贼，请[64]了官家大俸大禄，不曾与天子分忧，倒来苦害俺这里百姓，天那！（唱）

【赚煞尾】做官的要了钱便糊突，不要钱方清正，多似你这贪污的，枉把皇家禄请。（带云）你这害民的贼，也想一想，差你开仓粜米是为着何来？（唱）兀的赈济饥荒，你也该自省，怎倒将我一锤儿打坏天灵[65]？（小懒古云）父亲，我几时告去？（正末唱）则今日便登程，直到王京。常言道"斯杀无如父子兵"；拣一个清耿耿明朗朗官人每告整，和那害民的贼徒折证。（小懒古云）父亲，可是那一位大衙门告他去？（正末叹云）若要与我陈州百姓除了这害呵，（唱）则除是包龙图[66]那个铁面没人情。（下）

（小懒古哭科，云）父亲亡逝已过，更待干罢！我料着陈州近不的他，我如今直至京师，拣那大大的衙门里告他去。（诗云）尽说开仓为救荒，反教老父一身亡；此生不是空桑出[67]，不报冤仇不姓张。（下）（小衙内云）斗子，那老子要告俺去，我算着就告到京师，放着我老子在哩。况那范学士[68]是我老子的好朋友，休说打死一个，就打死十个，也则当五双。俺两个别无甚事，都去狗腿湾王粉头家里喝酒去来。一了[69]说仓厫府库，抹着便富；王粉头家，不误主顾。（下）

①《陈州粜米》：全名《包待制陈州粜米》，是元杂剧中公案戏的代表作。剧本写陈州大旱三年，人民受饥，权豪刘衙内保举自己的儿子小衙内和女婿杨金吾前去开仓粜米。二人假公济私，敲诈盘剥灾民，刚直的张憋古愤起揭露并指斥他们的罪行，被小衙内用紫金锤打死。小憋古向包拯告状，包拯到陈州微服私访，深入调查案情，机智地斩了杨金吾，又让小憋古用紫金锤打死小衙内，又利用刘衙内向皇帝请来的赦书“只赦活的，不赦死的”，保护了小憋古，惩罚了恶人，为人民伸了冤。剧本揭露了贪官污吏的罪行，塑造了敢于跟黑暗势力进行勇敢斗争的张憋古的形象，热情地歌颂了机智无私、为民除害的包公，充满幽默风趣的喜剧气氛。陈州：今河南淮阳一带。 ②斗子：管仓库的差役。 ③多罗：梵语音译，意为眼睛，引申为精明之意。 ④打鸡窝：一种量米时的克扣手段，即以斗量米时在中间留下空隙。 ⑤新除：新任命。 ⑥剋落：剋扣。 ⑦总成：成全，照顾。 ⑧六料：六种粮食，即黍、稷、稻、粱、菰、大豆。 ⑨的：同“得”。 ⑩籴（dí）米：买米。 ⑪“四堵墙”：一种里面灌铅外面包银的假银锭。 ⑫弹：称，检验。 ⑬刁泼：耍赖，不老实。 ⑭放趄（qiè）着：将量器斜放着。 ⑮攒零合整：积攒零碎银子凑成整数。 ⑯古憋：性情刚正倔强。 ⑰併：挤榨。 ⑱点纸连名：连名告状。 ⑲中书省：官署名，在元代中书省是总领百官的最高行政机关。 ⑳上梁不正：俗谚“上梁不正下梁歪”的省略。 ㉑刁蹬：刁难，坑害。 ㉒掀腾：张扬揭发。 ㉓仓厫（áo）：粮仓。 ㉔攒典：管粮仓的吏役，这里是对斗子的尊称。 ㉕“我这里转一转”二句：以人上思乡岭比喻思绪万千，形容张憋古在对方将十二两银子称成八两时的激怒心情。 ㉖“我这里步一步”二句：以人步入琉璃井比喻思无所得，茫然不知所措。 ㉗捺（wā）：抓。 ㉘嘏：同“呀”，语助词。 ㉙清耿耿：清白正直。 ㉚干剥剥：干脆，这里有“清一色”的意思。 ㉛少四星：意即差十分。星指秤星，宋元时以二分半为一星，四星即为十分。 ㉜不到的：不至于，不见得。 ㉝尖：冒尖，指量米时米还高出斗面。 ㉞轻人来还自轻：当时成语，意为轻贱别人的人到头来反而轻贱了自己。 ㉟看承：看成，看作。合（gě）：容量单位，十合为一升。 ㊱关着：关系到。 ㊲能可：宁可。 ㊳分晓：明白，晓事。 ㊴虎剌孩：或作“忽剌孩”“忽剌海”，蒙古语强盗的意思。 ㊵拴头：抱头。 ㊶精细：细心。 ㊷包不成网儿：指把头打破，包不成头巾。网儿，束发的头巾。 ㊸扎挣：即挣扎。 ㊹打甚么不紧：有什么要紧。 ㊺不干净：不肯善罢甘休。 ㊻徒流笞（chī）杖：四种刑罚：徒是服劳役，流是流放，笞是用竹板打，杖是用棍棒打。 ㊼家家门外千丈坑，则他这得填平处且填平：当时俗谚，意为家家门外都有个千丈陷坑，应该填平它来方便自己也方便别人。 ㊽“你可”句：有一天你会被人推下陷坑，跌得也不会轻。 ㊾萝卜精，头上青：当时俗谚，青谐

“清”，讽刺贪官表面上清廉，实际上贪鄙污浊，这里是讽刺和揭露杨金吾二人的。 ⑳ 寿官厅：本指衙门中的厅堂，这里引申为做官的人。 ㉑ 面糊盆里专磨镜：当时俗谚，意为在面糊盆里去磨镜子（古时用铜镜，日久即需重磨），越磨越糊涂。这里是揭露杨金吾二人本来就污浊不干净，越把自己装得清白廉洁，就越暴露出自己的本来面目。 ㉒ 至一：最，第一。 ㉓ 只待：只希望。遥指空中雁做羹：当时俗谚，意为贪得无厌，中饱私囊。 ㉔ 受法餐刀正典刑：依法判刑问斩。 ㉕ 颏下瘿（yǐng）：下巴上长的瘤子，比喻血肉相连。 ㉖“谁许”句：谁准许你在秤金银的秤上作弊。前一“秤”字是名词，后一“秤”字是动词。 ㉗ 照证：明证。 ㉘“投词院”句：向官府投递讼词，从大理院直至中书省。大理院是最高司法机关，元代未设大理院，这里泛指司法机关。 ㉙ 着智能：玩弄聪明，施展诡计。 ㉚ 登闻：古代在朝堂外面设有登闻鼓，百姓告状时先击鼓上达。 ㉛ 招承：招供状。 ㉜ 沙：同“咇”，语助词，无义，略同于“呵”。 ㉝ 鹘鸰（hú líng）：一种眼光敏锐的猛禽。 ㉞ 请：领受。 ㉟ 天灵：指头顶部。 ㊱ 包龙图：即包拯，宋代著名清官，合肥人，宋仁宗时为龙图阁直学士，曾任开封府尹。 ㊲ 空桑出：古代传说，一个女子在空桑树中拾得一个婴儿，长大以后就是商代著名的政治家伊尹。这里意思是我不是空桑树中拣来的，而是父母所生，因此要为父母报仇。 ㊳ 范学生：指范仲淹，宋仁宗时曾任参知政事。 ㊴ 一了：一向，向来。（这折戏写小衙内、杨金吾到陈州粜米赈灾，却以大秤秤银，小斗卖粮，假公济私，压榨百姓，遭到了张憋古愤怒的揭露和斥责。在尖锐的戏剧矛盾中，暴露了贪官污吏的丑恶本质和凶残面目，热情歌颂了被压迫人民的觉醒和反抗精神。）

第三折

（小衙内同杨金吾上）（小衙内诗云）日间不做亏心事，半夜敲门不吃惊。自家刘衙内孩儿。俺二人自从到陈州开仓粜米，依着父亲改了价钱，插上糠土，尅落了许多钱钞，到家怎用得了？这几日只是吃酒耍子[①]。听知圣人差包待制来了，兄弟，这老儿不好惹，动不动先斩后闻。这一来，则怕我们露出马脚来了。我们如今去十里长亭接老包走遭去。（诗云）老包姓儿抄[②]，荡[③]他活的少，若是不容咱，我每则一跑。（同下）（张千背剑上）（正末骑马做听科）（张千云）自家张千的便是。我跟着这包待制大人，上五南路采访回来，如今又与了势剑金牌，往陈州粜米去。他在这后面，我可在前面，离的较远，你不知这个大人清廉正直，不爱民财。虽然钱物不要，你可吃些东西也好；他但是到的府州县道，下马升厅，那官人里老[④]安排的东西，他看也不看。一日三顿，则吃那落解粥[⑤]。你便老了吃不得，我是个后生家。我两只脚伴着四个马蹄子走，马走五十里，我也跟着走五十里；马走一百里，我也走一百里。我这一顿落解粥，走不到五里地面，早肚里饥了。我如今先在前面，到的那人家里，我则说：“我是跟包待制大人的，如今往陈州粜米去，我背着的是势剑金牌，先斩后闻，你快些安排下马饭我吃。”肥草鸡[6]儿，茶浑酒儿；我吃了那酒，吃了那肉，饱饱儿的了，休说五十里，我咬着牙直走二百里则有多哩。嗨！我也是个傻弟子孩儿！又不曾吃个，怎么两片口里劈溜扑剌的；猛可里[7]包待制大人后面听见，可怎了也！（正末云）张千，你说甚么哩？（张千做怕科，云）孩儿每不曾说甚么。（正末云）是甚么“肥草鸡儿”？（张千云）爷，孩儿每不曾说甚么“肥草鸡儿”。我才则走哩，遇着个人，我问他：“陈州有多少路？”他说道：“还早哩。”几曾说甚么“肥草鸡儿”？（正末云）是甚么“茶浑酒儿”？（张千云）爷，孩儿每不曾说甚么儿“茶浑酒”。我走着哩，见一个人，问他：“陈州那里去？”他说道：“线也似一条直路，你则故[8]走。”孩儿每不曾说甚么“茶浑酒儿”。（正末云）张千，是我老了，都差听了也。我老人家也吃不的茶饭，则吃些稀粥汤儿。如今在前头有的尽你吃，尽你用，我与你那一件厌饫[9]的东西。（张千云）爷，可是甚么厌饫的东西？（正末云）你试猜咱。（张千云）爷说道：“前头有的尽你吃，尽你用。”又与我一件儿厌饫的东西，敢是苦茶儿？（正末云）不是。（张千云）萝卜简子[10]儿？（正末云）不是。（张千云）哦！敢是落解粥儿？（正末云）也不是。（张千云）爷，都不是，可是甚么？（正末云）你脊梁上背着的是甚么？（张千云）背着的是剑。（正末云）我著你吃那一口剑。（张千怕科，云）爷，孩儿则吃些落解粥儿倒好。（正末云）张千，如今那普天下有司[11]官吏，军民百姓，听的老夫私行[12]，也有那欢喜的，也有那烦恼的。（张千云）爷不问，孩儿也不敢说；如今百姓每听的包待制大人到陈州粜米去，那个不顶礼[13]，都说：“俺有做主的来了！”这般欢喜可是为何？（正末云）张千也，你那里知道，听我说与你咱。（唱）

【南吕一枝花】如今那当差的民户喜，也有那干请俸[14]的官人每怨。急切里称不了包某的心，百般的纳不下帝王宣[15]；我如今暮景衰年，鞍马上实劳倦。如今那普天下人尽言，道“一个包龙图暗暗的私行，吓得些官吏每兢兢打战”。

【梁州第七】请俸禄五六的这万贯[16]，杀人到三二十年，随京随府随州县。自从俺仁君治世，老汉[17]当权，经了这几番刷卷[18]，备细的究出根原。都只是庄农每争竞桑田，弟兄每分另家缘[19]。俺俺俺，宋朝中大小官员；他他他，剩与你财主每追征了些利钱；您您您，怎知道穷百姓苦恹恹[20]叫屈声冤！如今的离陈州不远，便有人将咱相凌贱，你也则诈眼[21]儿不看见；骑着马，揣着牌，自向前，休得要捋袖揎拳[22]。

（云）张千，离陈州近也，你骑着马，揣着牌，先进城去，不要作践[23]人家。（张千云）理会的。爷，我骑着马去也。（正末云）张千，你转来，我再分付你。我在后面，如有人欺负我打我，你也不要来劝，紧记者。（张千云）理会的。（张千做去科）（正末云）

张千，你转来。（张千云）爷，有的说，就马上说了罢。（正末云）我分付的紧记者。（张千云）爷，我先进城去也。（下）

（搽旦王粉莲赶驴上，云）自家王粉莲的便是。在这南关里狗腿湾儿住，不会别的营生买卖，全凭着卖笑求食。俺这此处有上司差两个开仓粜米官人来，一个是杨金吾，一个是刘小衙内。他两个在俺家里使钱，我要一奉十[24]，好生撒镘[25]。他是权豪势要，一应闲杂人等，再也不敢上门来。俺家尽意的奉承他，他的金银钱钞可也都使尽俺家里。数日前，将一个紫金锤当[26]在俺家，若是他没钱取赎，等我打些钗儿戒指儿，可不受用。恰才几个姊妹请我吃了几杯酒，他两个差人牵着个驴子来取我。三不知[27]我骑上那驴子，忽然的叫了一声，丢了个撅子[28]，把我直跌下来，伤了我这杨柳细[29]，好不疼哩。又没个人扶我，自家挣得起来，驴子又走了。我赶不上，怎么得人来替我拿一拿住也好那？（正末云）这个妇人，不像个良人家的妇女；我如今且替他笼住那头口儿[30]，问他个详细，看是怎么？（旦儿做见正末科，云）兀那个老儿，你与我拿住那驴儿者。（正末做拿住驴子科）（旦儿做谢科，云）多生受[31]你老人家也。（正末云）姐姐，你是那里人家？（旦儿云）正是个庄家老儿，他还不认的我哩。我在狗腿湾儿里住。（正末云）你家里做甚么买卖？（旦儿云）老儿，你试猜咱。（正末云）我是猜咱。（旦儿云）你猜。（正末云）莫不是油磨房？（旦儿云）不是。（正末云）解典库？（旦儿云）不是。（正末云）卖布绢段匹？（旦儿云）也不是。（正末云）都不是，可是甚么买卖？（旦儿云）俺家里卖皮鹌鹑儿[32]。老儿，你在那里住？（正末云）姐姐，老汉只有一个婆婆，早已亡过，孩儿又没，随处讨些饭儿吃。（旦儿云）老儿，你跟我去，我也用的你着。你只在我家里，有的好酒好肉，尽你吃哩。（正末云）好波，好波！我跟将姐姐去，那里使唤老汉？（旦儿云）好老儿，你跟我家去，我打扮你起来：与你做一领硬挣挣的上盖[33]，再与你做一顶新帽儿，一条茶褐绦儿[34]，一对干净凉皮靴儿。一张凳儿，你坐着在门首，与我家照管门户，好不自在哩。（正末云）姐姐，如今你跟前可有什么人走动？姐姐，你是说与老汉听咱。（旦儿云）老儿，别的郎君子弟，经商客旅，都不打紧。我有两个人，都是仓官，又有权势，又有钱钞，他老子在京师现做着大大的官。他在这里粜米，是十两一石的好价钱，斗又是八升的小斗，秤是加三大秤，尽有东西，我并不曾要他的。（正末云）姐姐不曾要他钱，也曾要他些东西么？（旦儿云）老儿，他不曾与我甚么钱，他则与了我个紫金锤，你若见了就吓杀你。（正末云）老汉活偌大年纪，几曾看见什么紫金锤。姐姐，若与我见一见儿，消灾灭罪，可也好么？（旦儿云）老儿，你若见了，好消灾灭罪，你跟我家去来，我与你看。（正末云）我跟姐姐去。（旦儿云）老儿，你吃饭也不曾？（正末云）我不曾吃饭哩。（旦儿云）老儿，你跟将我去来，只在那前面，他两个安排酒席等我哩。到的那里，酒肉尽你吃。扶我上驴儿去。（正末做扶旦儿上驴子科）（正末背云）普天下谁不知个包待制正授南衙开封府尹之职，今日到这陈州，倒与这妇人笼驴，也可笑哩。（唱）

【**牧羊关**】当日离豹尾班多时分；今日在狗腿湾行近远，避甚的马后驴前？我则怕按察司[35]迎着，御史台撞见。本是个显要龙图职，怎伴着烟月鬼狐缠；可不先犯了个风流罪，落的价葫芦提罢俸钱[36]。

（旦儿云）老儿，你跟将我去来，我把那紫金锤与你看者。（正末云）好好，我跟将姐姐去，则与老汉紫金锤看一看，消灾灭罪咱。（唱）

【**隔尾**】听说罢，气的我心头颤，好着我半晌家气堵住口内言。直将那仓库里皇粮痛作践，他便也不怜，我须为百姓每可怜。似肥汉相博[37]，我着他只落的一声儿喘。

（小衙内、杨金吾领斗子上）（小衙内诗云）两眼梭梭跳，必定悔气到，若有清官来，一准屋梁吊。俺两个在此接待老包，不知怎么，则是眼跳。才则喝了几碗投脑酒[38]，压一压胆，慢慢的等他。（正末同旦儿上，正末云）姐姐，兀的不是接官厅？我这里等着姐姐。（旦儿云）来到这接官厅，老儿，你扶下我这驴儿来。你则在这里等着我，我如今到了里面，我将些酒肉来与你吃；你则与我带着这驴儿者。（做见小衙内、杨金吾科）（小衙内笑科，云）姐姐，你来了也。（杨金吾云）我的乖，你偌远的到这里来。（旦儿云）该杀的短命！你怎么不来接我？一路上把我掉下驴来，险不跌杀了我。那驴子又走了，早是[39]撞见个老儿，与我笼着驴子。嗨！我争些儿可忘了那老儿，他还不曾吃饭，先与他些酒肉吃咱。（杨金吾云）兀那斗子，与我拿些酒肉与那牵驴的老儿吃。（大斗子做拿酒肉与正末科，云）兀那牵驴的老儿，你来，与你些酒肉吃。（正末云）说与你那仓官去，这酒肉我不吃，都与这驴子吃了。（大斗子做怒科，云）哏！这个村老子好无礼！（做见小衙内科，云）官人，恰才拿将酒肉，赏那牵驴的老儿，那老儿一些不吃，都请了这驴儿也。

（小衙内云）斗子，你与我将那老儿吊在那槐树上，等我接了老包，慢慢的打他。（大斗子云）理会的。（做吊起正末科）（正末唱）

【**哭皇天**】那刘衙内把孩儿荐，范学士怎也就将敕命[40]宣？只今个贼仓官享富贵，全不管穷百姓受熬煎，一划的[41]在青楼缠恋。那斯每不依钦定，私自加添，盗粜了仓米，干没[42]了官钱，都送与泼烟花[43]、泼烟花王粉莲。早被俺亲身儿撞见，可便肯将他来轻轻的放免。

【乌夜啼】为头儿先吃俺开荒剑[44]，则他那性命不在皇天。刘衙内也，可怎生着我行方便？这公事体察完全，不是流传；那怕你天章学士有夤缘[45]，就待乞天恩走上金銮殿[46]；只我个包龙图元铁面，也少不得着您名登紫禁[47]，身丧黄泉。

（张千云）受人之托，必当终人之事，大人的分付，着我先进城去，寻那杨金吾、刘衙内。直到仓里寻他，寻不着一个。如今大人也不知在那里？我且到这接官厅试看咱。（做看见小衙内、杨金吾科，云）我正要寻他两个，原来都在这里吃酒。我过去吓他一吓，吃他几钟酒，讨些草鞋钱儿[48]。（见科，云）好也！你还在这里吃酒哩！如今包待制爷要来拿你两个，有的话都在我肚里。（小衙内云）哥，你怎生方便，救我一救，我打酒请你。（张千云）你两个真傻厮，岂不晓得求灶头不如求灶尾[49]？（小衙内云）哥说的是。（张千云）你家的事，我满耳朵儿都打听着，你则放心，我与你周旋便了。包待制是坐的包待制，我是立的包待制，都在我身上。（正末云）你好个"立的包待制"，张千也！（唱）

【牧羊关】这厮马头前无多说，今日在驿亭中夸大言。信人生不可无权！哎，则你个祗候王乔[50]诈仙也那得仙？（张千奠酒科，云）我若不救你两个呵，这酒就是我的命。（做见正末怕科，云）兀的不吓杀我也！（正末唱）吓的来面色如金纸，手脚似风颠。老鼠终无胆，猕猴怎坐禅[51]。

（张千云）您两个傻厮，到陈州来粜米，本是钦定的五两官价，怎么改做十两？那张憋古道了几句，怎么就将他打死了？又要买酒请张千吃，又擅吊了牵驴子的老儿。如今包待制私行，从东门进城也，你还不去迎接哩。（小衙内云）怎了，怎了！既是包待制进了城，咱两个便迎接去来。（同杨金吾、斗子下）（张千做解正末科）（旦儿云）他两个都走了也，我也家去。兀那老儿，你将我那驴儿来。（张千骂旦儿科，云）贼弟子[52]，你死也！还要老爷替你牵驴儿哩。（正末云）嗯！休言语。姐姐，我扶你上驴儿去。（正末做扶旦儿上驴科）（旦儿云）老儿，生受你。你若忙便罢，你若得那闲时，到我家来看紫金锤咱。（下）（正末云）这害民贼好大胆也呵。（唱）

【黄钟煞尾】不忧君怨和民怨，只爱花钱[53]共酒钱。今日个家破人亡立时见，我将你这害民的贼鹰鹯[54]，一个个拿到前，势剑上性命捐。莫怪咱不矜怜，你只问王家的那泼贱，也不该着我笼驴儿步行了偌地远。（同张千下）

① 耍子：玩耍，享乐。 ② 姓儿㤘（chōu）：性格固执、厉害。姓，疑为"性"字的误写。㤘同"㑇"，执拗，褊狭。 ③ 荡：碰上。 ④ 里老：里正、乡绅。 ⑤ 落解（xiè）粥：稀粥。

落解是稀薄的意思。 ⑥草鸡：母鸡。 ⑦猛可里：突然间。 ⑧则故：只顾，只管。 ⑨厌饫（yù）：吃腻了。 ⑩萝卜简子：萝卜条。 ⑪有司：对官员的泛称。 ⑫私行：官员为了勘察案情，穿上老百姓的衣服，私下里深入下层，叫微服私访或私行。 ⑬顶礼：佛教徒拜佛时的一种最尊敬的礼节，头和手足都同时伏地叩拜，这里表示尊敬。 ⑭干请俸：白领俸禄而不干事。 ⑮纳不下帝王宣：交纳不了帝王给予的差事。宣，诏命。 ⑯五六的这万贯：即五六万贯。“的这”二字助唱腔，无义。 ⑰老汉：包拯自指。 ⑱刷卷：查核案卷，亦指讼事。 ⑲家缘：家庭财产。 ⑳恹恹（yān）：精神萎靡不振的样子。 ㉑诈眼：假装闭眼，即俗谓睁只眼闭只眼。 ㉒捋（luō）袖揎（xuān）拳：卷起袖子挥动拳头，即动武打架。 ㉓作践：欺凌。 ㉔要一奉十：要一个就给十个。 ㉕撒镘：挥霍钱财。镘，本指钱的背面，因以代指钱。 ㉖当（dàng）：抵押。 ㉗三不知：对一件事情的开始、中间、结尾都不知道，引申为突然的意思。 ㉘撅（juě）子：同“蹶子”，骡马用后腿向后踢。 ㉙杨柳细：代指女人的腰。 ㉚口儿：牲口，这里指驴子。 ㉛生受：麻烦、受累，即感谢之意。 ㉜卖皮鹌鹑儿：卖淫的隐语。 ㉝上盖：上衣。 ㉞绦儿：用丝编织成的带子。 ㉟按察司：同下句的御史台，都是封建时代监督考核官吏的监察机关。 ㊱价：语助词，相当于“个”。葫芦提：糊里糊涂地。罢俸钱：即指罢官。 ㊲相博：相扑，摔跤。 ㊳投脑酒：一种杂有肉类、药料等所煮的热酒，一作“头脑酒”或“脑儿酒”。 ㊴早是：幸好。 ㊵敕命：皇帝的命令。 ㊶一刬（chàn）的：一味地。 ㊷干没：侵吞，贪污。 ㊸泼烟花：对娼妓的骂语。 ㊹开荒剑：首次杀人的剑。 ㊺天章学士：指在朝中任参知政事的范仲淹。夤（yín）缘：攀附，这里指私人关系好。 ㊻金銮殿：唐代大明宫内殿名，这里指皇帝接受大臣朝拜的宫殿。 ㊼紫禁：古人以紫微星垣比喻皇帝的居处，因称皇宫为紫禁宫。 ㊽草鞋钱儿：即脚力钱。 ㊾求灶头不如求灶尾：元时俗谚，比喻向当官的求情不如向他手下的人求情。 ㊿王乔：古代传说中的一个神仙，据说他能把药物变成鞋，又能把鞋变成大鸟。 (51)猕猴怎坐禅：好动的猕猴是不能象佛教徒那样静心坐禅的，比喻张千一见到包公就禁不住心慌意乱。 (52)弟子：即婊子，是对妓女的蔑称。 (53)花钱：嫖妓的钱。 (54)鹰鹯（zhān）：一种猛禽。（这折戏通过包拯微服私访的过程，一方面表现了清官廉洁的品格、清苦的生活和办案时深入调查的精神，另一方面也表现了贪官污吏奢侈荒淫的生活和色厉内荏的虚弱本质。王粉莲和张千两个人物活动的穿插，不仅使戏剧矛盾的组织显得生动紧凑，而且机趣横生，在严肃的主题表现中体现出一种诙谐幽默的喜剧格调。）

八 元末南戏

高 明

高明（约 1307—约 1371），字则诚，号菜根道人。浙江瑞安（今浙江瑞安县）人。瑞安属古永嘉郡，地处浙东，故人称东嘉先生。高明自幼聪敏博学，能诗文。元顺帝至正五年（1345）进士，历任处州录事、江浙行省丞相掾、福建行省都事等职。他为官清正，能关心民间疾苦。元末方国珍在浙东起事，他参与镇压活动，但与主帅意见不合，“避不治文书”。方国珍招安后被封为“万户”，想聘高明为幕僚，力辞不从。后退居明州（今浙江宁波）栎社之沈氏楼，闭门著书，以词曲自娱。南戏《琵琶记》是他的代表作，此外还有南戏《闵子骞单衣记》，已佚；有诗文集《柔克斋集》二十卷，今仅存诗文五十余篇。

琵琶记[①]

第二十一出 糟糠自厌[②]

（旦上，唱）

【山坡羊】乱荒荒不丰稔[③]的年岁，远迢迢不回来的夫婿。急煎煎不耐烦的二亲，软怯怯不济事的孤身已[④]。衣尽典，寸丝不挂体。几番要卖了奴身已，争奈没主公婆教谁看取？（合）思之，虚飘飘命怎期？难捱，实丕丕[⑤]灾共危。

【前腔】滴溜溜难穷尽的珠泪，乱纷纷难宽解的愁绪。骨崖崖[⑥]难扶持的病体，战钦钦[⑦]难捱过的时和岁。这糠呵，我待不吃你，教奴怎忍饥？我待吃呵，怎吃得？（介）苦！思量起来不如奴先死，图得不知他亲死时。（合前[⑧]）

（白）奴家早上安排些饭与公婆，非不欲买些鲑菜[9]，争奈无钱可买。不想婆婆抵死埋冤[10]，只道奴家背地吃了甚么。不知奴家吃的却是细米皮糠，吃时不敢教他知道，只得回避。便埋怨杀了[11]，也不敢分说。苦！真实这糠怎的吃得。（吃介）（唱）

【孝顺歌】呕得我肝肠痛，珠泪垂，喉咙尚兀自牢嗄[12]住。糠！遭砻[13]被舂杵，筛你簸扬你，吃尽控持[14]。悄似[15]奴家身狼狈，千辛万苦皆经历。苦人吃着苦味，两苦相逢，可知道[16]欲吞不去。（吃吐介）（唱）

【前腔】糠和米，本是两倚依，谁人簸扬你作两处飞？一贱与一贵，好似奴家共夫婿，终无见期。丈夫，你便是米么，米在他方没寻处。奴便是糠么，怎的把糠救得人饥馁？好似儿夫出去，怎的叫奴，供给得公婆甘旨[17]。（不吃放碗介）（唱）

【前腔】思量我生无益，死又值甚的！不如忍饥为怨鬼。公婆年纪老，靠着奴家相依倚，只得苟活片时。片时苟活虽容易，到底日久也难相聚。谩[18]把糠米来相比，这糠尚兀自有人吃，奴家骨头，知他埋在何处？

（外净上探白）媳妇，你在这里说甚么？（旦遮糠介）（净搜出打旦介）（白）公公，你看么？真个背后自逼逻[19]东西吃，这贱人好打！（外白）你把他吃了，看是什么物事？（净荒吃介）（吐介）（外白）媳妇，你逼逻的是甚么东西？（旦介）（唱）

【前腔】这是谷中膜，米上皮，将来逼逻堪疗饥。（外净白）这是糠，你却怎的吃得？（旦唱）尝闻古贤书，狗彘食人食[20]，公公，婆婆，须强如草根树皮。（外净白）这的不嗄杀了你？（旦唱）嚼雪餐毡苏卿犹健[21]，餐松食柏到做得神仙侣[22]，纵然吃些何虑？（白）公公，婆婆，别人吃不得，奴家须是吃得。（外净白）胡说！偏你如何吃得？（旦唱）爹妈休疑，奴须是你孩儿的糟糠妻室[23]！

（外、净哭介，白）原来错埋冤了人，兀的不痛杀了我！（倒介）（旦叫介，唱）

【雁过沙】他沉沉向迷途，空教我耳边呼。公公，婆婆，我不能尽心相奉事，番[24]教你为我归黄土。公公，婆婆，人道你死缘何故？公公，婆婆，你怎生割舍抛弃了奴？

（白）公公，婆婆。（外醒介，唱）

【前腔】媳妇，你耽饥[25]事公姑。媳妇，你耽饥怎生度？错埋冤你也不肯辞[26]，我如今始信有糟糠妇。媳妇，我料应不久归阴府。媳妇，你休便为我死的把生的受苦。（旦叫婆婆介，唱）

【前腔】婆婆，你还死教奴家怎支吾[27]，你若死教我怎生度？我千辛万苦回护丈夫[28]，如今到此难回护。我只愁母死难留父，况衣衫尽解，囊箧[29]又无。（外叫净介，唱）

【前腔】婆婆，我当初不寻思，教孩儿往皇都。把媳妇闪得苦又孤，把婆婆送入黄泉路，只怨是我相耽误。我骨头未知埋在何处所？

(旦白)婆婆都不省人事了，且扶入里面去。正是：青龙共白虎同行[30]，吉凶事全然未保。(并下)

(末上，白)福无双至犹难信，祸不单行却是真。自家为甚说这两句？为邻家蔡伯喈妻房，名唤做赵氏五娘子，嫁得伯喈秀才，方才两月，丈夫便出去赴选。自去之后，连年饥荒，家里只有公婆两口，年纪八十之上，甘旨之奉，亏杀这赵五娘子，把些衣服首饰之类尽皆典卖，籴些粮米做饭与公婆吃，他却背地里把些细米皮糠逼逻充饥。唧唧[31]，这般荒年饥岁，少什么[32]有三五个孩儿的人家，供膳[33]不得爹娘。这个小娘子，真个今人中少有，古人中难得。那公婆不知道，颠到[34]把他埋冤；今来[35]听得他公婆知道，却又痛心都害了病。俺如今去他家里探取消息则个。(看介)这个来的却是蔡小娘子，怎生恁地走得慌？(旦慌走上介，白)天有不测风云，人有旦夕祸福。(见末介)公公，我的婆婆死了。(末介)我却要来。(旦白)公公，我衣衫首饰尽行典卖，今日婆婆又死，教我如何区处？公公可怜见，相济[36]则个。(末白)不妨，婆婆衣衾棺椁[37]之费皆出于我，你但尽心承值[38]公公便了。(旦哭介，唱)

【玉包肚】千般生受[39]，教奴家如何措手？终不然[40]把他骸骨，没棺椁送在荒丘？(合)相看到此，不由人不珠泪流，正是不是冤家不聚头[41]。(末唱)

【前腔】不须多忧，送婆婆是我身上有。你但小心承直公公，莫教又成不救。(合前)

(旦白)如此，谢得公公！只为无钱送老娘。(末白)娘子放心，须知此事有商量。(合)正是：归家不敢高声哭，只恐人闻也断肠。(并下)

①《琵琶记》是在宋元说唱文学有关题材和戏文《赵贞女蔡二郎》的基础上改编创作而成。剧本写蔡伯喈与赵五娘婚后不久即赴京应试，考中了状元，被牛丞相强招为婿。其妻赵五娘在家侍奉公婆，时值家乡陈留地方大旱，五娘自己吃糠度日，变卖衣物买粮供养公婆。后公婆相继去世，五娘安葬好以后，即弹着琵琶一路卖唱行乞进京寻夫。牛小姐是一个贤慧而又通情达理的人，在她的帮助下，赵五娘与蔡伯喈终于团聚。牛小姐甘居于五娘之下，一夫二妇，同归故乡守孝，最后三人都受到皇帝的旌表和赏赐。作者将一个“弃亲背妇”的蔡伯喈改写成了全忠全孝的人物，又歌颂了赵五娘的贞节行为，表现了鲜明的封建伦理道德观念；但剧本也反映了社会的黑暗和人民的苦难生活，表现了较真实的历史内容，赵五娘和蔡伯喈都具有一定的典型意义。 ②厌：通“餍”，饱，满足。 ③丰稔(rěn)：粮食丰收。 ④身已：身体。 ⑤实丕丕：实实在在地。 ⑥骨崖崖：瘦骨嶙峋的样子。 ⑦战钦钦：战兢兢。 ⑧合前：合指合唱，前指前段合唱部分的唱词，意即此段

合唱部分跟前段合唱部分唱词相同。 ⑨鲑（xié）：鱼类菜肴的总称。 ⑩抵死埋冤：拼命埋怨。 ⑪杀了：死了，表示程度很高。 ⑫牢嗄（shà）：紧紧地卡住。 ⑬砻（lóng）：磨，碾，这里作动词用。 ⑭控持：折磨，苦头。 ⑮悄似：浑似，恰似。 ⑯可知道：难怪。 ⑰甘旨：美好的食物。 ⑱谩：随便。 ⑲逼逻：一作“佯锣”，安排吃食之意。 ⑳狗彘（zhì）食人食：《孟子·梁惠王》：“狗彘食人食而不知检”，意思是用人吃的食物来喂猪狗却不知道去制止纠正。这里意思相反，是说人吃猪狗的食物。彘，猪。 ㉑“嚼雪”句：西汉苏武字子卿，武帝时奉命出使匈奴被扣，逼降不从，被关在大窖中。又将他放逐到北海边牧羊，十九年不屈。嚼雪餐毡，指苏武的艰苦生活，吃雪时与毡毛并咽。 ㉒“餐松”句：传说神仙不食人间烟火，以松柏果实为食。 ㉓糟糠妻室：贫贱时共患难的妻子。 ㉔番：反而。 ㉕耽饥：挨饿。 ㉖辞：这里是辩白的意思。 ㉗支吾：支持，应付。 ㉘回护：曲意辩护，这里是替远离双亲的丈夫敬孝之意。 ㉙囊箧（qiè）：口袋和小箱子，用以存放衣物钱财，这里代指家庭财产。 ㉚青龙共白虎同行：意谓吉凶未卜。青龙和白虎都是星宿名，古代星命家认为青龙为吉星，白虎为凶星。 ㉛唧唧：赞叹声。 ㉜少什么：即不少。 ㉝供膳：赡养。 ㉞颠到：同“颠倒”，即不符合事实。 ㉟今来：现今。 ㊱相济：帮助。 ㊲棺椁（guǒ）：棺材。椁是棺外的套棺。 ㊳承值：照料，侍候。 ㊴生受：难为。 ㊵终不然：难道。 ㊶不是冤家不聚头：俗语，这里是倒霉的事都凑到了一起的意思。

（这出戏写赵五娘在灾荒之年艰苦备尝的生活，她典当尽衣物买米供养公婆，而自己却悄悄地吃糠充饥。其间表现了她对公婆的敬爱，对丈夫的忠诚，虽然在她身上确有封建伦理道德观念的影响，但我们看到的却更多是处于逆境中的一个普通妇女那种纯朴、善良、坚忍、屈己待人等等优秀品德，因而她的遭遇和表现得到了读者深深的同情和敬重。）

明　清

一　明代诗文

宋　濂

宋濂（1310—1381），字景濂，号潜溪，浦江（今浙江浦江县）人。元至正时曾荐授翰林院编修，以奉养双亲，辞不赴。后隐居龙门山，闭门著书十余年。元至正二十年（1360），被朱元璋征用，相佐平定天下。后总修《元史》，除翰林学士承旨，知制诰，兼修国史，朝廷礼文大政他都参与制作裁定，深得朱元璋赞赏，称他为“开国文臣之首”。宋濂长于散文，在元时曾从散文家吴莱、柳贯等人学习，在明初颇负文名。作品以人物传记成就较高。散文学习唐宋时的韩愈和欧阳修，文笔平易畅达。著有《宋学士文集》。

送东阳马生序①

余幼时即嗜学②，家贫无从致书③以观，每假借于藏书之家，手自笔录④，计日以还⑤。天大寒，砚冰坚，手指不可屈伸，弗之怠⑥。录毕，走⑦送之，不敢稍逾约。以是人多以书假余，余因得遍观群书。

既加冠⑧，益慕圣贤之道⑨，又患无硕师⑩、名人与游。尝趋⑪百里外，从乡之先达⑫，执经叩问⑬。先达德隆望尊⑭，门人弟子填⑮其室，未尝稍降辞色⑯。余立侍左右，援疑质理⑰，俯身倾耳以请。或遇其叱咄⑱，色愈恭，礼愈至⑲，不敢出一言以复⑳。俟其忻悦㉑，则又请焉。故余虽愚，卒㉒获有所闻。

当余之从师也，负箧曳屣㉓，行深山巨谷中。穷冬㉔烈风，大雪深数尺，足肤皲裂㉕而不知。至舍㉖，四肢僵劲㉗不能动，媵人持汤沃灌㉘，以衾㉙拥覆，久而乃和。寓逆旅㉚，主人日再食㉛，无鲜肥滋味之享。同舍生皆被绮绣㉜，戴朱缨宝饰之帽[33]，腰白玉之环，左佩刀，右备容臭[34]，烨然[35]若神人。余则缊袍敝衣[36]处其间，略无慕艳[37]意；以中有足乐者[38]，不知口体之奉[39]不若人也。盖余之勤且艰若此。

今虽耄老[40]，未有所成，犹幸预[41]君子之列，而承天子之宠光[42]，缀[43]公卿之后，日侍坐备顾问[44]，四海亦谬称[45]其氏名；况才之过于余者乎？

今诸生学于太学[46]，县官日有廪稍之供[47]，父母岁有裘葛之遗[48]，无冻馁之患矣；坐大厦之下而诵诗书，无奔走之劳矣；有司业、博士[49]为之师，未有问而不告、求而不得者也；凡所宜有之书，皆集于此，不必若余之手录，假诸人而后见也。其业有不精，德有不成者，非天资之卑[50]，则心不若余之专耳，岂他人之过哉！

东阳马生君则，在太学已二年，流辈[51]甚称其贤。余朝京师[52]，生以乡人之子谒[53]余，譔长书以为贽[54]，辞甚畅达；与之论辨，言和而色夷[55]。自谓少时用心于学甚劳，是可谓善学者矣！其将归见其亲也，余故道为学之难以告之。谓余勉乡人以学者，余之志也；诋我夸际遇之盛[56]而骄乡人者，岂知予者哉！

① 东阳：今浙江省东阳县。马生：名君则。生是对年轻读书人的称呼。序：古代文体之一种，分书序和赠序，这是一篇赠序。 ② 嗜学：好学。 ③ 致书：得到书，这里是买书的意思。 ④ 手自笔录：亲手抄录。 ⑤ 计日以还：约定日期归还。 ⑥ 弗之怠：对抄书这件事一点也不懈怠。 ⑦ 走：原意是跑，这里是赶快的意思。 ⑧ 加冠：男子成年。古代男子二十岁行加冠礼，表示已经成年。 ⑨ 圣贤之道：指儒家的孔孟之道，这是封建时代读书人最重要的学习内容。 ⑩ 硕师：学问渊博而有名望的老师。 ⑪ 趋：奔走。 ⑫ 乡：同乡。先达：学问通达的前辈。 ⑬ 执经叩问：拿着经书请教。 ⑭ 德隆望尊：品德崇高，名望很大。 ⑮ 填：充满。 ⑯ 稍降辞色：言辞表情变得稍微温和亲切些。 ⑰ 援疑质理：提出疑问，询问道理。 ⑱ 叱咄（chì duō）：呵斥。 ⑲ 至：周到。 ⑳ 复：回答。 ㉑ 俟（sì）：等待。忻：同“欣”。 ㉒ 卒：最后，终于。 ㉓ 负箧（qiè）曳屣（yè xǐ）：背着书箱，拖着鞋。 ㉔ 穷冬：深冬。 ㉕ 皲（jūn）裂：皮肤因天气寒冷干燥而开裂。 ㉖ 舍：旅店。 ㉗ 僵劲：僵硬麻木。 ㉘ 媵（yìng）人：原意为随嫁的婢女，这里指旅店中的仆役。汤：热水。沃灌：浇洗。 ㉙ 衾（qīn）：被子。 ㉚ 逆旅：旅店。 ㉛ 日再食（sì）：（主人）每天给两顿饭吃。 ㉜ 被绮（qǐ）绣：穿着丝绸绣花的衣服。 ㉝ 朱缨宝饰之帽：有红色穗子和用宝石装饰的帽子。 ㉞ 容臭（xiù）：香囊。臭是气味的意思。 ㉟ 烨（yè）然：光彩夺目的样子。 ㊱ 缊（yùn）袍：旧絮棉袍。敝衣：破旧衣服。 ㊲ 慕艳：羡慕。 ㊳ 以中有足乐者：因为心中有足以感到快乐的事。 ㊴ 口体之奉：吃穿方面的享用。 ㊵ 耄（mào）老：年老。《礼记·曲礼上》：“八十九十曰耄。” ㊶ 幸预：很幸运地能列入。 ㊷ 承天子之宠光：受到皇帝给予的信

任和荣誉。 ㊸ 缀：连缀，引申为追随。 ㊹ 日侍坐备顾问：每日侍奉在皇帝身旁，以备皇帝的询问。 ㊺ 谬称：不该称而称。这是作者自谦的说法。 ㊻ 诸生：这里指太学生。太学：即国子监，明代设于京城的最高学府。 ㊼ 县官：这里指朝廷或皇帝。廪（lǐn）稍：官府供给的粮食。 ㊽ 裘：皮衣。葛：夏天穿的葛布衣。遗（wèi）：给予。 ㊾ 司业、博士：太学里的学官和导师。 ㊿ 卑：低下。 51 流辈：同辈。 52 朝京师：这里指宋濂退休后到京师去朝见皇帝。 53 谒（yè）：拜见辈分或地位比自己高的人。 54 课：同“撰”，写作。长书：长信。贽：见面礼。 55 夷：平和。 56 诋（dǐ）：攻击，毁谤。夸际遇之盛：向人夸耀自己好的遭遇（指得到皇帝的信任而地位很高）。（这篇文章是作者写给他的同乡后辈太学生马君则的一篇赠序。作者以他亲身的实践和体会告诉马生：学习必须勤奋刻苦，专心致志，不辞辛劳，才能取得好的成绩。作者态度平易近人，文笔质朴生动，读来使人感到十分亲切，富于启发意义。）

刘 基

刘基（1311—1375），字伯温，处州青田（今浙江青田）人。元至顺二年（1331）进士，曾任江西高安县丞、江浙儒学副提举。因与当权者不合，愤而弃官归田里，隐居于青田山中。明初为朱元璋征用，为开国功臣，曾任太史令、御史中丞、弘文馆学士等职，封诚意伯。他诗文兼长，散文“气昌而奇”，以揭露性的寓言故事和杂文较有影响，诗风质朴雄健。著有《诚意伯文集》二十卷。

田 家①

田家无所求，所求在衣食。丈夫事耕稼②，妇女攻纺绩③。侵晨荷锄出，暮夜不遑息④。饱暖匪⑤天降，赖尔筋与力。租税所从来⑥，官府宜爱惜。如何恣刻剥⑦，渗漉尽涓滴⑧？怪当休明时⑨，狼藉⑩多盗贼。岂无仁义矛⑪，可以弭锋镝⑫？安得廉循吏⑬，与国共欣戚⑭？清心罢苞苴⑮，养民瘳国脉⑯。

① 这首诗约作于元顺帝至正十五年（1355）左右。 ② 事耕稼：从事农业生产。 ③ 攻纺绩：从事纺线绩麻的劳动。 ④ 不遑（huáng）息：无暇休息。 ⑤ 匪：同“非”。 ⑥ 所从来：由此而来。 ⑦ 恣刻剥：恣意地进行剥削。 ⑧ 渗漉（lù）：将水进行过滤。涓滴：细小的水点。这句形容对农民的剥削，滴水不留，十分严酷。 ⑨ 休明时：政治清明的时期。 ⑩ 狼藉：同“狼籍”，这里形容社会动荡不安。 ⑪ 仁义矛：以仁义作为平息百姓

叛乱的武器。这里反映的是作者仁政德治的思想。 ⑫弭（mǐ）：平息。锋镝：战争，这里指农民起义。 ⑬廉循吏：清廉正直的官吏。 ⑭欣戚：喜忧。 ⑮苞苴（jū）：馈赠的礼物，引申为贿赂。 ⑯瘳（chōu）国脉：恢复国家的气脉。瘳，病愈。（这首诗尖锐地揭出了统治阶级对人民残酷剥削的事实，并提出了缓和阶级矛盾的方法，表现了作者对人民的同情，也反映了他的德治仁政的思想。在元末农民大起义的时期是具有现实意义的。）

卖柑者言①

杭②有卖果者，善藏柑，涉寒暑不溃③，出之烨然④，玉质而金色。置于市，贾⑤十倍，人争鬻⑥之。

予贸⑦得其一，剖之，如有烟扑口鼻，视其中，则干若败絮⑧。予怪而问之曰："若所市于人者，将以实笾豆⑨、奉祭祀、供宾客乎？将炫外以惑愚瞽乎⑩？甚矣哉，为欺也！"

卖者笑曰："吾业是有年矣⑪，吾赖是以食吾躯⑫。吾售之，人取之，未尝有言，而独不足子所乎⑬？世之为欺者不寡矣，而独我也乎？吾子未之思也。今夫佩虎符、坐皋比者⑭，洸洸乎干城之具也⑮，果能授孙吴之略耶⑯？峨大冠、拖长绅者⑰，昂昂乎庙堂之器也⑱，果能建伊皋之业耶⑲？盗起而不知御，民困而不知救，吏奸而不知禁，法斁⑳而不知理，坐糜廪粟㉑而不知耻，观其坐高堂、骑大马、醉醇醴而饫肥鲜者㉒，孰不巍巍乎可畏，赫赫乎可象也㉓？又何往而不㉔金玉其外，败絮其中也哉！今子是之不察㉕，而以察吾柑！"

予默然无以应。退而思其言，类东方生滑稽之流㉖。岂其愤世疾邪者㉗耶？而托于柑以讽㉘耶？

①言：谈话。 ②杭：今浙江杭州市。 ③涉：经历。溃：腐烂。 ④烨（yè）然：鲜亮夺目的样子。 ⑤贾：同"价"。 ⑥鬻（yù）：卖，这里是买的意思。 ⑦贸：购买。 ⑧败絮：破棉絮。 ⑨实：盛放，装满。笾（biān）：竹编的食器。豆：木制的食器。 ⑩炫（xuàn）：炫耀。惑：欺骗。瞽：盲人。 ⑪业是：以此为职业，做这个买卖。有年：已有许多年。 ⑫食（sì）吾躯：养活自己的躯体，即维持生活。 ⑬而独不足子所：却唯有不能使你满意。足，满足。子所，你那里。 ⑭虎符：刻成虎形的兵符，是古代武将用以调动军队的凭据。皋比（gāo pí）：虎皮，指将军的虎皮坐椅。 ⑮洸洸（guāng）乎：威武的样子。干城之具：抵御外敌、保卫祖国的人材。 ⑯孙：孙武、孙膑；吴：吴起。孙吴是春秋战国时著名的军事家。略：谋略，兵法。 ⑰峨：高，这里作动词用，意思是高高地戴着。绅：腰带。 ⑱昂

昂乎：高傲的样子。庙堂之器：指朝廷重臣。 ⑲伊皋：伊尹和皋陶（yáo），他们分别是商汤和虞舜时的贤臣。 ⑳斁（dù）：败坏。 ㉑坐：徒，白白地。糜：消耗。廪粟：国家发给的粮食。 ㉒醇醲（chún nóng）：美酒。饫（yù）：饱食。肥鲜：鲜美的鱼肉。 ㉓巍巍乎：高大的样子。赫赫乎：显赫的样子。象：效法。 ㉔何往而不：到哪儿不是。 ㉕是：这，代指上文提到的“金玉其外，败絮其中”的大人物。察：考察，认识。 ㉖类：象，类似。东方生：东方朔，字曼倩，汉武帝时人，以滑稽幽默著称。 ㉗愤世疾邪者：对社会怀着愤慨、对坏人充满痛恨的人。 ㉘托于柑以讽：假借柑来表达对社会的讽刺。（这是一篇寓言体的讽刺小品。借卖柑人的话，揭露了封建社会里那些文臣武将“金玉其外，败絮其中”的骗人本质。文章短小精悍，犀利泼辣，观点鲜明而又发人深思，具有杂文的艺术风格。）

* * * * *

狙　公[1]

楚有养狙以为生者，楚人谓之狙公。旦日[2]，必部分[3]众狙于庭，使老狙率以之山中，求草木之实，赋十一[4]以自奉。或不给，则加鞭箠[5]焉。群狙皆患苦之，弗敢违也。

一日，有小狙谓众狙曰：“山之果，公所树与[6]？”曰：“否也，天生也。”曰：“非公不得而取与？”曰：“否，皆得而取也。”曰：“然则吾何假于彼而为之役乎[7]？”言未既[8]，众狙皆寤[9]。

其夕，相与伺[10]狙公之寝，破栅毁柙[11]，取其积[12]，相携而入于林中，不复归。狙公卒馁而死。

郁离子[13]曰：“世有以术使民而无道揆者[14]，其如狙公乎？惟其昏而未觉也；一旦有开[15]之，其术穷[16]矣。”

①这篇文章选自《郁离子·术使》。狙（jū）：猴子。狙公：养猴的人。 ②旦日：早晨。 ③部分：布置，安排。 ④赋十一：征收十分之一。 ⑤箠（chuí）：鞭打。 ⑥树：种。与：同“欤”。 ⑦假于彼：凭藉他。为之役：替他服劳役。 ⑧未既：未尽。 ⑨寤：醒，觉悟。 ⑩伺：窥察。 ⑪柙（xiá）：关野兽的木笼。 ⑫积：积蓄的果实。 ⑬郁离子：书中假托的一个人物，常在篇末发表议论，代表作者的看法。 ⑭术：方法，手段。揆（kuí）：法度。 ⑮开：开导，启发。 ⑯穷：尽，这里是被人识破而无法继续使用的意思。

高　启

高启（1336—1374），字季迪，号槎轩，长洲（今江苏苏州）人。元末张士诚据吴，他住外家吴淞江畔的青丘，因自号青丘子。明初，朱元璋召他修《元史》，授翰林院编修。后朱元璋要提拔他任户部右侍郎，他固辞不赴，因遭忌恨。退隐青丘后，以教书治田为生。后朱元璋因怀疑他作诗有所讽刺，借苏州知府魏观一案，将他腰斩于南京。高启在明初被称为“海内诗宗”，其诗雄健有力，颇富才情。学诗兼采众家之长，避免了褊狭之病，但从汉魏一直摹拟到宋人，对前后七子的复古主义产生了一定的影响。述志感怀之作，风格雄劲奔放，近于李白。反映现实、同情人民的作品，写得质朴真切，富有生活气息。著有《高太史大全集》。

登金陵雨花台望大江①

大江来从万山中，山势尽与江流东②。钟山如龙独西上③，欲破巨浪乘长风④。江山相雄⑤不相让，形胜争夸天下壮。秦皇空此瘗黄金⑥，佳气葱葱至今王⑦。我怀郁塞⑧何由开？酒酣走上城南台⑨。坐⑩觉苍茫万古意，远自荒烟落日之中来。石头城⑪下涛声怒，武骑千群⑫谁敢渡？黄旗入洛竟何祥⑬？铁锁横江未为固⑭。前三国⑮，后六朝⑯，草生宫阙何萧萧⑰！英雄乘时务割据⑱，几度战血流寒潮⑲。我今幸逢圣人起南国⑳，祸乱㉑初平事休息。从今四海永为家㉒，不用长江限南北。

①这首诗作于明太祖洪武二年（1369），时作者在金陵修《元史》。金陵：今江苏南京市。雨花台：在南京中华门外。大江：长江。　②“山势”句：指万山的形势与长江的流向相同，都是由西而东。　③钟山：即紫金山，在南京市东。独西上：指钟山的山势与众山不同，是由东向西而上升。　④“欲破”句：比喻钟山如游龙的气势。　⑤相雄：互相争雄。　⑥“秦皇”句：相传秦始皇时有个望气的人说：“金陵有天子气。”秦始皇怕有人跟他争天下，便在钟山埋下金玉杂宝，并开凿秦淮河，加以镇压、破坏。空此：白白地这样做，即目的并未达到。瘗（yì），埋藏。　⑦“佳气”句：指明代当时建都金陵，说明“天子之气”并未压住，至今犹盛。葱葱，茂盛的样子。王（wàng），同“旺”，旺盛。　⑧郁塞：心中郁闷而无处言说。　⑨城南台：因雨花台在南京城南，故又称城南台。　⑩坐：因而。　⑪石头城：古城名，故址在今南京清凉山。　⑫武骑（jì）千群：犹言千军万马。　⑬“黄旗”句：

三国时，吴主孙皓因迷信“黄旗紫盖见于东南”的谣言，便携带王室宫女数千人到洛阳去当天子，“以顺天命”，结果途中阻雪，军心不稳，被迫返回。祥，祸福吉凶的征兆。 ⑭“铁锁”句：晋太康元年（280），西晋大将王濬率水军攻吴。吴军用铁缆、铁锥封锁长江，结果仍被王濬攻破，孙皓投降，吴亡。 ⑮ 前三国：指曹魏、蜀汉、东吴三国。 ⑯ 后六朝：指先后建都于建康（即南京）的东吴、东晋、宋、齐、梁、陈六朝。 ⑰ 草生宫阙：指历史上的那些王朝早已覆亡，当日的宫殿已是杂草丛生。萧萧：荒凉貌。 ⑱“英雄”句：指六朝开国的英雄们初来金陵建都时无不致力于割据。务，追求。 ⑲“几度”句：谓追求割据的英雄们最后都归于失败，几度战血，尽付空流。 ⑳ 圣人：指明太祖朱元璋。起南国：指朱元璋起事于安徽凤阳。 ㉑ 祸乱：指元末的战乱。 ㉒ 四海永为家：指全国统一。（这首诗写作者登上金陵雨花台时的所见所感，描绘了江山争雄的壮丽景色和长江的险要形势，回顾历史，俯仰古今，归结到歌颂朱元璋统一全国上。即景抒怀，感慨极深；风格雄劲，气势磅礴。）

*　　　*　　　*　　　*　　　*

猛虎行

阴气吹林[①]乌鹊悲，猛虎欲出人先知。目光熿熿[②]当路坐，将军一见弧矢[③]堕。几家插棘高作门，未到日没收猪豚[④]。猛虎虽猛犹可喜，横行只在深山里。

① 阴风吹林：猛虎过处必生风，故传猛虎出来前常有阴风吹林。 ② 熿熿（tóng）：形容猛虎的眼睛明亮发光。 ③ 弧矢：弓箭。 ④ 豚（tún）：小猪。

牧牛词

尔牛角弯环，我牛尾秃速[①]。共拈短笛与长鞭，南陇东冈去相逐。日斜草远牛行迟，牛劳牛饥唯我知；牛上唱歌牛下坐，夜归还向牛边卧。长年[②]牧牛百不忧，但恐输租[③]卖我牛。

①“尔牛”二句：牧童间的对话，故以“尔”“我”相呼。秃速：指牛尾毛短而稀疏。 ② 长年：整年。 ③ 输租：向官府交租。

于　谦

于谦（1398—1457），字廷益，号节庵，钱塘（今浙江杭州）人。永乐十九年（1421）进士，曾任御史、兵部右侍郎，巡抚河南、山西达十九年之久。为官清廉，关心人民，不畏强暴，不喜逢迎。英宗正统十四年（1449），蒙古瓦剌部在土木堡大败明军，英宗被俘，京师震恐，时于谦出任兵部尚书，坚持抗敌，保卫住了北京。后英宗听信谗言反将他杀害。于谦是著名的军事家和民族英雄，写诗仅是余事，因此他的诗风质朴自然，不事雕琢。著有《于肃愍公集》。

石灰吟①

千锤万击出深山，烈火焚烧若等闲。粉骨碎身全不怕，要留清白在人间。

①这首诗作于明成祖永乐十二年（1414），时作者年仅十七岁。（这是一首托物写志的诗，借石灰自吟表现了诗人不畏艰险、为国家敢于粉身碎骨的精神和高洁的品格。）

咏煤炭

凿开混沌得乌金①，藏蓄阳和②意最深。爝火燃回春浩浩③，洪炉④照破夜沉沉。鼎彝元赖生成力⑤，铁石犹存死后心。但愿苍生⑥俱饱暖，不辞辛苦出山林。

①混沌：本指天地形成以前的浑茫状态，此指煤矿开发以前的矿层。乌金：对煤炭的美称。　②阳和：本指温暖的阳光，此指煤炭中蕴蓄着的能给人温暖的内热。　③爝（jué）火：小火。春浩浩：无边无际的暖人的春光。　④洪炉：巨大的炉子。　⑤“鼎彝”句：鼎是古代铜铸的烹饪器，三足两耳。彝是古代铜铸的酒器。这句意思是：象鼎和彝这一类的铜铸物器，都是靠了煤炭的热力才生成的。元，同“原”。　⑥苍生：百姓。（这也是一首托物写志的诗，通过咏煤炭，表现了诗人牺牲自己、造福人类的博大胸怀和崇高品格。咏物和写志，浑然一体，十分自然贴切。）

归有光

归有光（1506—1571），字熙甫，号震川，昆山（今江苏昆山）人。九岁即能属文。嘉靖十九年（1540）考中举人，其后功名极不顺利，二十余年会试不第。于是退居嘉定（今属上海市）安亭江上，读书论道，讲学著文二十余年。六十岁时始中进士，先后任长兴知县、顺德府通判、南京太仆寺丞等职。他生活于前后七子之间，与王慎中、茅坤、唐顺之等人相率反对拟古，崇尚唐宋古文，提出变秦汉为欧、曾，力矫时弊，史称“唐宋派”。归有光是“唐宋派”散文家中创作成就最高的作家。他主张作文要写出真实的感情。他的散文长于细节描写，有真情实感，风格平易自然，淡远清新，但题材狭窄，多以家庭琐事为内容。著有《震川先生集》。

项脊轩志[①]

项脊轩，旧南阁子也。室仅方丈[②]，可容一人居。百年老屋，尘泥渗漉[③]，雨泽[④]下注；每移案[⑤]，顾视无可置者。又北向[⑥]，不能得日，日过午已昏。余稍为修葺[⑦]，使不上漏；前辟四窗，垣墙周庭[⑧]，以当南日，日影反照，室始洞然[⑨]。又杂植兰桂竹木于庭，旧时栏楯[⑩]，亦遂增胜[⑪]。借书满架，偃仰[⑫]啸歌，冥然兀坐[⑬]，万籁[⑭]有声。而庭阶寂寂，小鸟时来啄食，人至不去。三五[⑮]之夜，明月半墙，桂影斑驳[⑯]，风移影动，珊珊[⑰]可爱。

然余居于此，多可喜，亦多可悲。先是，庭中通南北为一。迨诸父异爨[⑱]，内外多置小门墙，往往而是[⑲]。东犬西吠，客逾庖而宴[⑳]，鸡栖于厅。庭中始为篱，已[㉑]为墙，凡再变[㉒]矣。

家有老妪[㉓]，尝居于此。妪，先大母[㉔]婢也，乳二世[㉕]，先妣抚之甚厚[㉖]。室西连于中闺[㉗]，先妣尝一至。妪每谓余曰：“某所而母立于兹[㉘]。”妪又曰：“汝姊在吾怀，呱呱[㉙]而泣，娘以指扣门扉曰：‘儿寒乎？欲食乎？’吾从板外相为应答。”语未毕，余泣，妪亦泣。余自束发[㉚]，读书轩中。一日，大母过[㉛]余曰：“吾儿，久不见若[㉜]影，何竟日[㉝]默默在此，大类女郎也？”比去[㉞]，以手阖门[㉟]，自语曰：“吾家读书久不效[㊱]。儿之成，则可待乎？”顷之，持一象笏[㊲]至，曰：“此吾祖太常公宣德间执此以朝[㊳]。他日汝当用之。”瞻顾遗迹，如在昨日，令人长号不自禁。

轩东，故[㊴]尝为厨，人往，从轩前过。余扃牖[㊵]而居，久之，能以足音辨人。

轩凡四遭火，得不焚，殆[41]有神护者。

项脊生[42]曰：蜀清守丹穴，利甲天下，其后秦皇帝筑女怀清台[43]；刘玄德与曹操争天下，诸葛孔明起陇中[44]。方二人之昧昧于一隅[45]也，世何足以知之？余区区[46]处败屋中，方扬眉瞬目[47]，谓有奇景；人知之者，其谓与坎井之蛙[48]何异？

余既为此志[49]，后五年，吾妻来归[50]。时[51]至轩中，从余问古事，或凭几学书[52]。吾妻归宁[53]，述诸小妹语曰："闻姊家有阁子，且何谓阁子也？"其后六年，吾妻死，室坏不修。其后二年，余久卧病无聊，乃使人复葺南阁子，其制[54]稍异于前。然自后余多在外，不常居。

庭有枇杷树，吾妻死之年所手植也，今已亭亭如盖[55]矣。

①项脊轩：归有光书斋的名字。关于它的取意，一种说法是：作者的远祖宋代的归道隆曾居住在太仓（今江苏太仓县）之项脊泾，作者以此名轩，是为了纪念远祖；另一种说法是：形容书斋的窄小。志：记，这里指一种记叙性散文文体。 ②方丈：一丈见方，形容屋子狭小。 ③渗漉（shèn lù）：渗漏。 ④雨泽：雨水。 ⑤案：桌子。 ⑥北向：坐南朝北。 ⑦修葺（qì）：修理房屋。 ⑧垣（yuán）墙周庭：修一圈矮墙把庭院围绕起来。 ⑨洞然：明亮的样子。 ⑩栏楯（shǔn）：栏杆。楯是栏杆上的横木。 ⑪增胜：增添美色。胜，美景。 ⑫偃（yǎn）仰：俯仰。 ⑬冥然：静默沉思的样子。兀（wù）坐：端坐。 ⑭万籁（lài）：大自然发出的各种声音。这句是形容环境非常安静，连各种声音都可以听到。 ⑮三五：阴历每月十五日。 ⑯斑驳：形容树影零乱错落。 ⑰珊珊（shān）：轻柔缓慢的样子。 ⑱迨（dài）：等到。诸父：叔父、伯父。异爨（cuàn）：分家单过。爨，烧火做饭。 ⑲往往而是：到处都是这样。 ⑳逾（yú）庖而宴：指这一家的客人要穿过另一家的厨房去就餐。庖，厨房。 ㉑已：已而，后来。 ㉒凡再变：一共变异了两次。 ㉓老妪（yù）：老妇人。 ㉔先大母：对已经去世的祖母的称呼。 ㉕乳二世：奶过两代孩子。 ㉖先妣（bǐ）：对已经去世的母亲的称呼。抚：照顾，优待。 ㉗中闺：内室。 ㉘而：通"尔"，你。兹：此，这里。 ㉙呱呱（gū）：小儿哭声。 ㉚束发：古代男孩到了成童之年（说法不一，有说八岁以上，有说十五岁，有说十五岁以上），把头发盘到头上作髻。 ㉛过：访，这里是探视的意思。 ㉜若：通"汝"，你。 ㉝竟日：整天。 ㉞比（bì）去：等到离开的时候。 ㉟阖（hé）门：关门。 ㊱不效：没有成效，指没有考中做官。 ㊲笏（hù）：古代大臣上朝时所持的手板，可以记事备忘。明代四品以上的大官用象牙制的笏。 ㊳太常公：指作者祖母的祖父夏昶（chǎng），字仲昭，昆山（今江苏昆山）人，永乐年间进士，以擅长书法得到明成祖朱棣的赏识，官至太常寺卿。宣德：明宣宗朱瞻基年号（1426—1435）。 ㊴故：过去。 ㊵扃牖（jiōng yǒu）：关着窗户。 ㊶殆：大概，也许。 ㊷项脊生：作者自称。 ㊸"蜀清守丹穴"三句：《史记·货殖列传》载：秦时蜀的巴邑有个名叫清的寡妇，她的先人经营丹砂矿致富，而清"能守其业，用财自卫，不见侵犯"，后来秦始皇把她看作贞妇，筑"女

怀清台”来尊崇她。丹穴，出产丹砂的矿穴。利甲天下，获利为天下第一。 ㊹“刘玄德”二句：《三国志·蜀志·诸葛亮传》载：诸葛亮，字孔明，汉末大乱时，他退居家乡南阳邓县的隆中，躬耕陇亩。刘备与曹操争天下，屯扎在新野时，曾三顾茅庐请他出山。后来诸葛亮辅佐刘备创建了蜀汉王朝。刘玄德，刘备，字玄德。陇中，陇亩之中，即田野之中。 ㊺方：当。昧昧：本意是昏暗，引申为默默无闻，不为人所知。隅（yú）：角落。 ㊻区区：这里是渺小不足道的意思。 ㊼扬眉瞬目：得意的样子。瞬目，眨眼。 ㊽坎井之蛙：浅井之蛙，比喻见闻浅陋的人。 ㊾此志：即这篇《项脊轩志》。以下文字为后来所作。 ㊿来归：出嫁。 (51)时：经常。 (52)凭几学书：伏在案旁学习写字。 (53)归宁：古时妇女出嫁后回娘家看父母。 (54)制：体制，规模。 (55)亭亭如盖：形容树木高大挺立的样子。盖，车盖，伞。形容枇杷树枝叶繁茂。（这是一篇记叙性的抒情散文。作者通过对他青少年时读书的书斋项脊轩变迁的记叙，写出了他家庭的种种变异和身世遭遇的不幸，抒写了他的希望和梦想，喜悦与悲哀。篇中充满了封建知识分子的生活情趣和浓重的感伤情调。文章借轩写人，借轩抒情，以项脊轩绾合全篇，自由挥洒而又十分紧凑，在艺术构思上很有特色。）

寒花葬志[①]

婢，魏孺人媵[②]也。嘉靖丁酉[③]五月四日死，葬虚丘。事我而不卒[④]，命也夫！

婢初媵[⑤]时，年十岁，垂双鬟，曳深绿布裳[⑥]。一日，天寒，爇火煮荸荠熟[⑦]，婢削之盈瓯[⑧]。予入自外，取食之；婢持去，不与。魏孺人笑之。孺人每令婢倚几旁饭[⑨]，即饭，目眶冉冉动[⑩]。孺人又指予以为笑。回思是时，奄忽[⑪]便已十年。吁！可悲也已！

①寒花：篇中所写婢女的名字。志：墓志。 ②魏孺人：指作者的妻子，姓魏。明清时期官员的妻子七品以下者封孺人。媵（yìng）：陪嫁的婢女。 ③嘉靖丁酉：明世宗朱厚熜嘉靖十六年（1537）。 ④卒：终，到头。 ⑤初媵：刚陪嫁来时。媵字在这里作动词用。 ⑥曳（yè）：拖着。布裳：布裙。 ⑦爇（ruò）火：烧火。荸荠：即荸荠。 ⑧瓯（ōu）：瓦盆。 ⑨饭：吃饭。 ⑩冉冉动：形容忽闪忽闪地转动的目光。 ⑪奄（yǎn）忽：很快地。（这篇文章以精炼的笔墨，通过几个有典型意义的细节，就栩栩如生地刻画出一个天真可爱的婢女形象。平淡自然，却含蓄而富有情致。）

宗 臣

宗臣（1525—1560），字子相，号方城山人，兴化（今江苏兴化）人。嘉靖二十九年（1550）进士，历任刑部主事、吏部员外郎、福州布政使司左参议、提学副使等职。为人刚正不阿，不趋附权贵，因此得罪权奸严嵩。在福建任上抵御倭寇立功。文学上主张复古，是“后七子”之一。创作上散文较诗歌成就为高。著有《宗子相集》。

报刘一丈书①

数千里外，得长者时赐一书，以慰长想，即亦②甚幸矣；何至更辱馈遗③，则不才④益将何以报焉！书中情意甚殷⑤，即⑥长者之不忘老父，知老父之念长者深也。

至以“上下相孚⑦，才德称位”语不才⑧，则不才有深感焉。夫才德不称，固自知之矣；至于不孚之病⑨，则尤不才为甚。

且今世之所谓孚者何哉？日夕策马⑩，候权者⑪之门。门者故不入⑫，则甘言媚词⑬，作妇人状，袖金以私⑭之。即门者持刺入⑮，而主者又不即出见。立厩中仆马之间⑯，恶气袭衣袖，即⑰饥寒毒热不可忍，不去也。抵暮，则前所受赠金者出，报客曰：“相公⑱倦，谢客矣；客请明日来。”即明日，又不敢不来。夜披衣坐，闻鸡鸣，即起盥栉⑲，走马抵门。门者怒曰：“为谁？”则曰：“昨日之客来。”则又怒曰：“何客⑳之勤也？岂有相公此时出见客乎？”客心耻之㉑，强忍而与言曰：“亡㉒奈何矣，姑容㉓我入。”门者又得所赠金，则起而入之，又立向所立厩中。幸主者出，南面㉔召见，则惊走匍匐㉕阶下。主者曰：“进。”则再拜，故迟不起，起则上所上寿金㉖。主者故不受，则固㉗请；主者故固不受，则又固请；然后命吏内㉘之，则又再拜，又故迟不起，起则五六揖㉙始出。出，揖门者曰：“官人幸顾我㉚，他日来，幸亡阻我也。”门者答揖。大喜，奔出。马上遇所交识，即扬鞭语曰：“适㉛自相公家来，相公厚我㉜！厚我！”且虚言状㉝。即所交识，亦心畏㉞相公厚之矣。相公又稍稍㉟语人曰：“某也贤，某也贤。”闻者亦心计交赞之㊱。此世所谓上下相孚也，长者谓仆㊲能之乎？

前所谓权门者，自岁时伏腊一刺㊳之外，即经年不往也。间㊴道经其门，则亦掩耳闭目，跃马疾走过之，若有所追逐者。斯则仆之褊衷㊵，以此常不见悦于长吏㊶。仆则愈益不顾也，每大言㊷曰：“人生有命，彼将奈我何矣！”长者闻此，得无厌其为迂㊸乎？

乡园多故[44]，不能不动客子[45]之愁。至于长者之抱才而困[46]，则又令我怆然[47]有感。天之与先生者甚厚[48]，亡论[49]长者不欲轻弃之，即天意亦不欲长者之轻弃之也，幸宁心[50]哉！

①这篇文章约作于明世宗嘉靖三十四年（1555）至三十六年（1557）之间，时作者任吏部郎官。报：答，复。刘一丈：字墀石，是作者父亲的朋友，为同乡先辈，时闲居在家，与作者常有书信来往。一，排行居长。丈，对长辈的敬称。 ②即亦：也就。 ③辱：谦词。馈遗（kuì wèi）：赠送礼物。 ④不才：对自己的谦称，犹言“不肖”。 ⑤殷：殷切，深厚。 ⑥即：依照，由……看来。 ⑦“上下相孚”：上下级互相信任，实际上指取信于上级。 ⑧“才德称（chèn）位”：才能和品德都跟所居的职位相称。语（yù）：告知，这里有劝诫之意。 ⑨不孚之病：不能取得上级信任的缺点。 ⑩策马：赶着马。策，马鞭，这里作动词用。 ⑪权者：有权势的人。 ⑫门者：守门的人。故不入：有意刁难，不让进门。 ⑬甘言媚词：讨好人的甜言蜜语。 ⑭私：这里是贿赂的意思。 ⑮即：及，至。刺：名片。 ⑯厩（jiù）：马圈。仆马：驾车的马。 ⑰即：即使。 ⑱相公：宰相的别称。这里影射当权的严嵩。 ⑲盥栉（guàn zhì）：指晨起洗脸梳头。 ⑳客：这里作动词，是作客、访问的意思。 ㉑心耻之：内心里为此事感到羞辱；而脸上却没有表现出来。 ㉒亡：同“无”。 ㉓容：允许。 ㉔南面：古代以面南而坐为尊位，这里表现主者的傲慢无礼。 ㉕匍匐（pú fú）：伏地而行。 ㉖寿金：礼金。 ㉗固：坚持。 ㉘内：同“纳”，收下。 ㉙揖（yī）：作揖，古人的一种行礼方式，抱拳高拱。 ㉚官人：对做大官的人的称呼，这里指相公。幸：希望。顾：照顾。 ㉛适：刚才。 ㉜厚我：待我很优厚，即很器重我。 ㉝虚言状：编造谎言称说相公厚待他的情状。 ㉞畏：敬畏。 ㉟稍稍：指不经意，顺便。 ㊱心计：内心盘算、考虑。交赞：交口称赞。 ㊲仆：作者对自己的谦称。 ㊳岁时伏腊：伏指伏日，在农历六月；腊指腊日，在农历十二月。伏日和腊日是古代进行祭祀的两个重大节日，这里泛指逢年过节需要进行礼节性交往的日子。一刺：送一张名片，即作一次礼节性拜访。 ㊴间（jiàn）：偶然。 ㊵褊（biǎn）衷：狭小的心胸，实指正直，有骨气。 ㊶长（zhǎng）吏：长官，上级。 ㊷大言：斗胆地扬言。 ㊸得无：恐怕，也许。厌：不喜欢。迂：迂腐，固执而不通人情。 ㊹乡园：家乡。故：事故，这里指沿海倭寇入侵之事。 ㊺客子：作者自指。因当时作者在北京，刘一丈在兴化。 ㊻抱才而困：怀才不遇，身处困境。 ㊼怆（chuàng）然：悲伤的样子。 ㊽厚：丰厚，指德才。 ㊾亡论：且不说。 ㊿宁心：安心。（这封书信实际上是一篇笔锋犀利的讽刺性杂文。作者以夸张的漫画化的手法，栩栩如生地刻画了权贵、奔走于权贵之门的阿谀奉迎者和权贵的走狗三种人的丑恶形象，寥寥数笔，他们的心理神态并皆跃然纸上，无可遁形。与这三种人相对立的，是藐视权贵、不事逢迎、刚正不阿、正气凛然的作者的自我形象，在正与邪、美与丑的鲜明比照中，传达了作者强烈的爱憎感情。）

袁宏道

袁宏道（1568—1610），字中郎，号石公，公安（今湖北公安县）人。万历二十年（1592）进士，多次做官又多次辞退。先后任过吴县县令、顺天教授、礼部仪制司主事、考功员外郎、稽勋郎中等职，晚年定居沙市（今湖北沙市）。他与兄袁宗道、弟袁中道并称公安派的“三袁”，“三袁”中以他文学成就最高。他猛烈抨击前后七子的复古主义，提出文随时变，一个时代有一个时代的文学，并倡导“独抒性灵，不拘格套”。诗文均有创作，以散文成就为高。他的散文题材广泛，无论记事、写景、写人，都写得清新自然，具有抒情特色。著有《袁中郎全集》。

满井游记①

燕②地寒，花朝节③后，余寒犹厉④，冻风时作⑤，作则飞沙走砾⑥。局促⑦一室之内，欲出不得。每冒风驰行⑧，未百步辄返。

廿二日，天稍和⑨，偕数友出东直⑩，至满井。高柳夹堤，土膏微润⑪，一望空阔，若脱笼之鹄⑫。于时冰皮⑬始解，波色乍明，鳞浪⑭层层，清澈见底，晶晶然⑮如镜之新开，而冷光之乍出于匣⑯也。山峦为晴雪⑰所洗，娟然如拭⑱，鲜妍明媚，如倩女之靧面⑲，而髻鬟之始掠⑳也。柳条将舒未舒，柔梢披风㉑。麦田浅鬣㉒寸许。游人虽未盛，泉而茗者㉓，罍㉔而歌者，红装而蹇㉕者，亦时时有。风力虽尚劲㉖，然徒步则汗出浃㉗背。凡曝沙㉘之鸟，呷浪之鳞㉙，悠然自得，毛羽鳞鬣㉚之间，皆有喜气。始知郊田之外，未始㉛无春，而城居者未之知也。

夫能不以游堕事㉜，而潇然㉝于山石草木之间者，惟此官㉞也。而此地适㉟与余近，余之游将自此始，恶能无纪㊱？己亥㊲之二月也。

① 这篇文章作于明神宗万历二十七年（1599）。满井：地名，在北京东北郊。 ② 燕（yān）：古国名，在今河北省北部一带。今北京旧属燕地，所以这里以燕指代北京。 ③ 花朝节：旧时以农历二月初二日为百花的生日，称为花朝节。 ④ 厉：厉害。 ⑤ 冻风时作：不时刮起寒风。 ⑥ 砾（lì）：小石子。 ⑦ 局促：形容屋子狭小。这里作动用，是范围于、拘禁于的意思。 ⑧ 驰行：快走。 ⑨ 和：温暖。 ⑩ 东直：即东直门，北京内城东北面的一个城门。 ⑪ 土膏：肥沃的土地。润：湿润。 ⑫ 若脱笼之鹄（hú）：象是放出笼子可以自由飞翔的鸟，这是形容到郊外时的舒畅心情。鹄，水鸟，即天鹅。 ⑬ 冰皮：水面

上的浮冰。 ⑭ 鳞浪：像鱼鳞一样细微的水波。 ⑮ 晶晶然：明亮的样子。 ⑯ 匣：承上句比喻，指镜匣。 ⑰ 晴雪：在阳光照耀下融化的雪。 ⑱ 娟然：秀丽的样子。拭：擦拭。 ⑲ 倩（qiàn）女：美丽的少女。靧（huì）面：洗脸。 ⑳ 髻（jì）鬟：环形的发髻。掠：梳拢。 ㉑ 披风：在风中披散。 ㉒ 浅鬣（liè）：兽类颈上短短的鬃毛。这里用以形容很低的麦苗。 ㉓ 泉而茗者：汲泉水而煮茶的人。 ㉔ 罍（léi）：古代的一种酒器，这里作动词用，指举杯饮酒。 ㉕ 红装：指妇女。蹇（jiǎn）：驴，这里是骑驴的意思。 ㉖ 劲：有力。 ㉗ 浃（jiā）：湿透。 ㉘ 曝沙：在沙滩上晒太阳。 ㉙ 呷（xiā）浪之鳞：在水波中吞吐嬉戏的鱼。 ㉚ 毛羽：指鸟类的羽毛。鳞鬣：指鱼的鳞和鳍。 ㉛ 未始：未尝，未必。 ㉜ 不以游堕事：不因为游赏风景而耽误正事。 ㉝ 潇然：自由无拘的样子。 ㉞ 此官：作者自指。时作者在北京任顺天府儒学教授，是个闲职。 ㉟ 适：恰好。 ㊱ 恶（wū）能：怎么能。纪：同“记”，指作文记述。 ㊲ 已亥：明神宗万历二十七年（1599）。（这篇游记以明畅清新的笔调，写出了北京郊外初春时节的喜人景色，并传达出作者自由舒展的心情，而文末又于欣喜中隐约地透露出对身居闲职的不满。）

*　　　*　　　*　　　*　　　*

虎丘记[①]

虎丘去城可七八里，其山无高岩邃壑[②]，独以近城，故箫鼓楼船，无日无之。凡月之夜，花之晨，雪之夕，游人往来，纷错如织，而中秋为尤胜。

每至是日，倾城阖户[③]，连臂而至。衣冠士女，下迨蔀屋[④]，莫不靓妆[⑤]丽服，重茵累席[⑥]，置酒交衢[⑦]间。从千人石[⑧]上至山门，栉比[⑨]如鳞，檀板丘积[⑩]，樽罍云泻[⑪]，远而望之，如雁落平沙，霞铺江上，雷辊电霍[⑫]，无得而状。

布席之初，唱者千百，声若聚蚊，不可辨识。分曹部署[⑬]，竞以歌喉相斗，雅俗既陈，妍媸自别。未几而摇手顿足者，得数十人而已。已而明月浮空，石光[⑭]如练，一切瓦釜[⑮]，寂然停声，属而和者，才三四辈。一箫，一寸管，一人缓板而歌，竹肉相发[⑯]，清声亮彻，听者魂销。比至夜深，月影横斜，荇藻凌乱[⑰]，则箫管亦不复用；一夫登场，四座屏息，音若细发[⑱]，响彻云际，每度[⑲]一字，几尽一刻，飞鸟为之徘徊，壮士听而下泪矣。

剑泉[⑳]深不可测，飞岩如削。千顷云得天池诸山作案[㉑]，峦壑竞秀，最可觞客[㉒]。但过午则日光射人，不堪久坐耳。文昌阁亦佳，晚树尤可观。面北为平远堂旧址，空旷无际，仅虞山[㉓]一点在望。堂废已久，余与江进之[㉔]谋所以复之，欲祠韦苏州、白乐天[25]诸公于其中；而病寻作，余既乞归[26]，恐进之之兴亦阑[27]矣。山川兴废，信有时哉！

吏吴[28]两载，登虎丘者六。最后与江进之、方子公同登，迟月生公石上[29]。歌者闻令来，皆避匿去。余因谓进之曰："甚矣，乌纱[30]之横，皂隶[31]之俗哉！他日去官，有不听曲此石上者，如月[32]！"今余幸得解官称吴客[33]矣，虎丘之月，不知尚识[34]余言否耶？

①虎丘，山名，在今江苏省苏州市，是苏州名胜之一。 ②邃（suì）壑：深谷。 ③阖户：闭门，谓全家出游。 ④下迨蔀（bù）屋：下至贫苦人民。迨，至。蔀屋，贫苦人家幽暗的住房，此处代指贫民。 ⑤靓（jìng）妆：涂抹脂粉。 ⑥重茵累席：出游者席地而坐，铺着几层垫褥或席子。茵，褥子。 ⑦交衢：大道。 ⑧千人石：在虎丘山半，大石如刀削，石面平坦，面积极大，可供千人坐。相传梁时高僧生公于此说法，有千人听讲。 ⑨栉（zhì）比：像梳齿那样密密地排着。 ⑩檀板：用檀板制成的歌板，演唱音乐时用以按拍节。丘积：可以堆积如山丘，形容其多。 ⑪樽罍（léi）：都是古代酒器。云泻：形容饮酒之多，倾倒时如云泻一般。 ⑫雷辊（gǔn）电霍：如雷鸣电闪。辊是车轮滚动发出的声音。 ⑬分曹部署：分组安排。 ⑭石光：石头在月亮照耀下的反光。 ⑮瓦釜：与黄钟相对，指粗俗的音乐。 ⑯竹肉相发：管乐和歌唱相配合。 ⑰荇（xìng）藻：本为水草，这里借以比喻月下斑驳的树影。 ⑱细发：如头发一样轻柔细弱。 ⑲度：歌唱。 ⑳剑泉：又名剑池，在千人石下，池水终年不涸。 ㉑千顷云：山名，在虎丘山上。天池：山名，又叫华山，在苏州阊门外三十里。作案：作为几案。 ㉒最可觞客：最适宜游人在那里饮酒赏乐。 ㉓虞山：山名，在江苏常熟县西北。 ㉔江进之：名盈科，字进之，桃源（今湖南桃源县）人。万历年间进士，曾任长洲县令。 ㉕韦苏州、白乐天：即唐代诗人韦应物和白居易，两人均任过苏州刺史。 ㉖乞归：请求退职归乡。 ㉗阑：尽。 ㉘吏吴：在吴县（苏州）做官。 ㉙迟（zhí）：等待。生公石：在千人石北面，相传为生公说法的讲坛。 ㉚乌纱：乌纱帽，代指官吏。 ㉛皂隶：衙门中的差役。 ㉜如月：指月为誓。 ㉝吴客：在吴县做客。 ㉞识（zhì）：记得。

徐弘祖

徐弘祖（1586—1641），字振之，号霞客，江阴（今江苏江阴县）人，明代著名的地理学家和游记散文家。自幼博览群书，尤喜史籍及图经地志。应试不第，绝意于仕途。从二十二岁起开始旅游生活，三十多年间，足迹至今华北、华东、中南和西南各地。他不畏艰险，不辞辛劳，将旅游所见所感，写成日记，去世后经人整理为《徐霞客游记》行世。他的游记散文，富于生活实感，文笔清新流丽，既记录了祖国的壮丽山川，又表现了他对生活和大自然的热爱。

游黄山日记后

戊午[①]九月初三日。出白岳[②]榔梅庵，至桃源桥。从小桥右下，陡甚，即旧向黄山路也。七十里，宿江邨[③]。

初四日。十五里至汤口[④]。五里至汤寺[⑤]，浴于汤池[⑥]。扶杖望朱砂庵[⑦]而登，十里上黄泥岗，向时[⑧]云里诸峰，渐渐透出，亦渐渐落吾杖底。转入石门[⑨]，越天都之胁[⑩]而下，则天都、莲花[⑪]二顶，俱秀出天半[⑫]。路旁一歧[⑬]东上，乃昔所未至者，遂前趋直上，几达天都侧。复北上，行石罅中[⑭]，石峰片片夹起，路宛转石间，塞者凿之，陡者级之[⑮]，断者架木通之，悬者植[⑯]梯接之。下瞰峭壑阴森，枫松相间，五色纷披[⑰]，灿若图绣。因念黄山当生平奇览，而有奇若此，前未一探，兹游快且愧矣。时夫仆俱阻险行后，余亦停弗上[⑱]。乃一路奇景，不觉引余独往。既登峰头，一庵翼然，为文殊院[⑲]，亦余昔年欲登未登者。左天都，右莲花，背倚玉屏风[⑳]，两峰秀色，俱可手擥[㉑]。回顾奇峰错列，众壑纵横，真黄山绝胜处。非再至，焉知其奇若此。遇游僧澄源[㉒]至，兴甚勇。时已过午，奴辈适至，立庵前指点两峰，庵僧谓天都虽近而无路，莲花可登而路遥，只宜近盼[㉓]天都，明日登莲顶。余不从，决意游天都。挟澄源、奴子[㉔]，仍下峡路，至天都侧，从流石蛇行[㉕]而上，攀草牵棘，石块丛起则历[㉖]块，石崖侧削则援[㉗]崖，每至手足无可着处，澄源必先登垂接。每念上[㉘]既如此，下何以堪，终亦不顾，历险数次，遂达峰顶。惟一石顶，壁起犹数十丈，澄源寻视其侧得级，挟予以登，万峰无不下伏[㉙]，独莲花与抗[㉚]耳。时浓雾半作[㉛]半止，每一阵至，则对面不见，眺莲花诸峰，多在雾中。独上天都，予至其前，则雾徙于后；予越其右，则雾出于左。其松犹有曲挺纵横者，柏虽大干如臂，无不平贴石上，如苔藓然。山高风钜[㉜]，雾气去来无定，下盼诸峰，时出为碧峤[㉝]，时没为银海[㉞]。再眺山下，则日光晶晶，别一区宇[㉟]也。日渐暮，遂前其足，手向后据地，坐而下脱。至险绝处，澄源并肩手相接。度险下至山坳，暝色已合，复从峡度栈[㊱]以上，止[㊲]文殊院。

初五日。平明[㊳]，从天都峰坳中北下二里，石壁岈然[㊴]，其下莲花洞[㊵]，正与前坑石笋[㊶]对峙，一坞[㊷]幽然，别澄源下山，至前歧路侧，向莲花峰而趋。一路沿危壁西行，凡再降升，将下百步云梯，有路可直跻[43]莲花峰，既陟而磴绝[44]，疑而复下。隔峰一僧高呼曰："此正莲花道也！"乃从石坡侧度石隙，径小而峻，峰顶皆巨石鼎峙[45]，中空如室，从其中迭级直上，级穷洞转，屈曲奇诡，如下上楼阁中，忘其峻出天表[46]也。一里，得茅庐，倚石罅中，方徘徊欲升，则前呼道之僧至矣。僧号凌虚，结茅于此者，遂与把臂[47]陟顶。顶上一石，悬隔二丈，僧取梯以度。其巅廓然[48]，四望空碧，即天都亦俯首矣。盖是峰居黄山之中，独出诸峰上，四面岩壁环耸，遇朝阳霁色[49]，鲜映层发，令人狂叫欲舞。久之返茅庵，凌虚出粥相饷[50]，啜一盂[51]乃下。至歧路侧，过大悲顶[52]，上天门[53]，三里，至炼丹台[54]，循台嘴而下。观玉屏风、三海门[55]诸峰，悉从深坞中壁立起。其丹台一冈中垂，颇无奇峻，惟瞰翠微[56]之背，坞中峰峦错耸，上下周映[57]，非此不尽瞻眺之奇耳。还过平天矼[58]，下后海[59]，入智空庵，别焉。三里，下狮子林[60]，趋石笋矼[61]，至向年[62]所登尖峰上，倚松而坐，瞰坞中峰石回攒[63]，藻缋[64]满眼，始觉匡庐、石门[65]，或具一体[66]，或缺一面[67]，不若此之闳博[68]富丽也。久之，上接引崖[69]，下眺坞中，阴阴觉有异[70]。复至冈上尖峰侧，践流石，援棘草，随坑而下，愈下愈深，诸峰自相掩蔽，不能一目尽也。日暮，返狮子林。

初六日。别霞光[71]，从山坑向丞相原[72]。下七里，至白沙岭[73]，霞光复至。因余欲观牌楼石[74]，恐白沙庵无指者[75]，追来为导。遂同上岭，指岭右隔坡，有石丛立，下分上并，即牌楼石也。余欲逾坑溯涧，直造[76]其下，僧谓棘迷路绝，必不能行，若从坑直下丞相原，不必复上此岭，若欲从仙灯[77]而往，不若即由此岭东向。余从之，循岭脊行，岭横亘天都、莲花之北，狭甚，旁不容足，南北皆崇峰夹映。岭尽北下，仰瞻右峰罗汉石[78]，圆头秃顶，俨然二僧也。下至坑中，逾涧以上，共四里，登仙灯洞。洞南向，正对天都之阴，僧架阁连板[79]于外，而内犹穹然[80]，天趣未尽刊[81]也。复南下三里，过丞相原，山间一夹地耳。其庵颇整，四顾无奇，竟不入。复南向循山腰行，五里，渐下，涧中泉声沸然，从石涧九级下泻，每级一下，有潭渊碧，所谓九龙潭也[82]。黄山无悬流飞瀑，惟此耳。又下五里，过苦竹滩[83]，转循太平县[84]路，向东北行。

① 戊午：明神宗万历四十六年（1618）。这是作者重游黄山，初游是在1616年。 ② 白岳：山名，在黄山西南。 ③ 江邨：黄山东北的一个小镇。 ④ 汤口：黄山下的一个小镇，上黄山必经此处。 ⑤ 汤寺：即祥符寺，因靠近汤泉，故俗称汤寺。 ⑥ 汤池：即汤

泉。 ⑦朱砂庵：又名慈光寺，在朱砂峰下。 ⑧向时：先前。 ⑨石门：峰名。 ⑩天都：天都峰，为黄山之主峰。胁：两边。 ⑪天都、莲花：黄山上著名的两大峰。 ⑫秀出天半：秀丽的山峰高耸于半天之中。 ⑬一歧：一条岔道。 ⑭石罅（xià）：石缝。 ⑮级：石级，这里作动词用，即凿出石级。 ⑯植：树立。 ⑰纷披：错杂纷乱的样子。 ⑱弗上：不上。 ⑲文殊院：寺名，在天都、莲花两峰之间。 ⑳玉屏风：即玉屏峰。 ㉑擥：同“揽”。 ㉒游僧：游方和尚。澄源：和尚之法号。 ㉓盼：看，观赏。 ㉔挟：扶持。奴子：奴仆。 ㉕蛇行：伏地而行。 ㉖历：超越。 ㉗援：攀。 ㉘上：上山。下句中的“下”指下山。 ㉙下伏：爬上天都顶峰，其他诸峰都伏在脚下。 ㉚抗：匹敌。指莲花峰与天都齐高。 ㉛作：兴起。 ㉜钜：同“巨”。 ㉝碧峤（qiáo）：青翠的山峰。峤，山尖而高。 ㉞银海：云气弥漫如银色的海洋。 ㉟区宇：区域，境界。 ㊱栈：栈道。 ㊲止：住宿。 ㊳平明：天大亮时。 ㊴岈（xiā）然：山谷深空的样子。 ㊵莲花洞：在莲花峰下。 ㊶石笋：峰名。 ㊷坞（wù）：四面高而中间低的山地。 ㊸跻（jī）：登。 ㊹陟（zhì）：登攀。蹬绝：没有了石级。 ㊺鼎峙：如鼎一样三足而立。 ㊻峻出天表：高峻出于天外。 ㊼把臂：挽臂相扶。 ㊽廓然：开阔的样子。 ㊾霁色：晴朗的天色。 ㊿相饷：请人吃饭。 (51)啜（chuò）一盂：喝一碗。 (52)大悲顶：山峰名。 (53)上天门：在天都峰脚。 (54)炼丹台：在炼丹峰上，相传黄帝在这里炼丹仙去。 (55)三海门：峰名，在石门峰与炼丹峰之间。 (56)翠微：峰名，在清潭峰北。 (57)周映：环照。 (58)平天矼（gōng）：在炼丹峰上。 (59)后海：黄山后部一大区域。 (60)狮子林：在炼丹峰左，高一千六百八十米，形似狮子回头，故名。 (61)石笋矼：在始信峰上，石如笋形。 (62)向年：往年。 (63)回攒：环曲簇聚。 (64)藻缋：即藻绘，色彩斑斓。 (65)匡庐：江西庐山。石门：石门山，在浙江青田县。 (66)具一体：只具备黄山的某一方面。 (67)缺一面：缺少黄山的某一方面。 (68)闳博：广大而又丰富。 (69)接引崖：山崖名。 (70)阴阴觉有异：阴森昏暗而感到与前不同。 (71)霞光：僧名。 (72)丞相原：在石门峰和钵盂峰之间。相传宋代丞相程元凤曾在此读书。 (73)白沙岭：在皮篷岭和丞相原之间。 (74)牌楼石：即天牌石，俗称“仙人榜”，在散花坞。 (75)指者：指点路径的人。 (76)造：到。 (77)仙灯：山洞名，在钵盂峰下。 (78)罗汉石：石形如罗汉者。 (79)架阁连板：用木板架设栈道。 (80)穹然：大而深的样子。 (81)天趣未尽刊：天然之趣没有完全失掉。刊，除，失。 (82)九龙潭：在丞相原附近，共有九潭，潭水深碧。 (83)苦竹滩：即苦竹溪，在九龙潭下。 (84)太平县：今安徽太平县，在黄山北麓。（这篇文章生动地描绘了黄山的秀丽景色，着重描绘的是天都、莲花两个主峰，奇峰错列，云雾变幻，怪石嶙峋，充分表现了黄山奇险峻秀的特色，行文感情充沛，处处都显示出作者不畏艰险和热爱大自然的精神。）

张　岱

张岱（1597—1689？），字宗子，一字石公，别号陶庵，山阴（今浙江绍兴）人。他原是一个大家子弟，一直过着富贵豪华的生活。他生性孤傲，一生不仕。明亡后，隐居四明山中，放情山水，读书著文。文学主张接近公安和竟陵派，反对复古主义，提倡抒写真性情。由于他由明入清，经历了社会动乱，历史的转折，散文创作的内容比“三袁”有所扩大，晚年著作中充满国破家亡之感。散文创作多短小精悍，流丽清新，语言平易流畅，富于诗情画意，是晚明小品文的代表作家。著有《琅嬛文集》和《陶庵梦忆》《西湖梦寻》。

西湖七月半①

西湖七月半，一无可看，只可看看七月半之人。看七月半之人，以五类看之。其一，楼船箫鼓②，峨冠③盛筵，灯火优傒④，声光相乱，名为看月而实不见月者，看之。其一，亦船亦楼，名娃闺秀，携及童娈⑤，笑啼杂之，还坐露台⑥，左右盼望，身在月下而实不看月者，看之。其一，亦船亦声歌，名妓闲僧⑦，浅斟低唱，弱管轻丝⑧，竹肉相发⑨，亦在月下，亦看月而欲人看其看月者，看之。其一，不舟不车，不衫不帻⑩，酒醉饭饱，呼群三五，跻⑪入人丛，昭庆、断桥⑫，嘄呼⑬嘈杂，装假醉，唱无腔曲⑭，月亦看，看月者亦看，不看月者亦看，而实无一看者，看之。其一，小船轻幌⑮，净几暖炉，茶铛旋煮⑯，素瓷静递⑰，好友佳人，邀月同坐，或匿影树下，或逃嚣⑱里湖，看月而人不见其看月之态，亦不作意⑲看月者，看之。

杭人游湖，巳出酉归⑳，避月如仇。是夕好名㉑，逐队争出，多犒门军酒钱㉒，轿夫擎燎㉓，列俟㉔岸上。一入舟，速舟子急放断桥㉕，赶入胜会㉖。以故二鼓以前，人声鼓吹㉗，如沸如撼㉘，如魇如呓㉙，如聋如哑。大船小船一齐凑岸㉚，一无所见，止见篙击篙，舟触舟，肩摩肩，面看面而已。少刻兴尽，官府席散，皂隶喝道去㉛。轿夫叫船上人，怖以关门㉜，灯笼火把如列星，一一簇拥而去。岸上人亦逐队赶门㉝，渐稀渐薄，顷刻散尽矣。

吾辈始舣舟㉞近岸。断桥石蹬始凉，席㉟其上，呼客纵饮。此时月如镜新磨，山复整妆，湖复颒面㊱，向之浅斟低唱者出，匿影树下者亦出，吾辈往通声气㊲，拉与同坐。韵友㊳来，名妓至，杯箸安㊴，竹肉发。月色苍凉，东方将白，客方散去。吾辈纵舟酣睡于十里荷花之中，香气拍人㊵，清梦甚惬㊶。

① 西湖：在今浙江省杭州市。七月半：农历七月十五日，旧时称中元节或鬼节，佛道两家都要举行隆重的祭祀活动，人们也常于此日夜出外观月游赏。 ② 楼船箫鼓：装饰华

贵的高大的游船上，吹箫击鼓，演奏热闹的音乐。 ③峨冠：高高的帽子，这里指富贵人家的穿戴。 ④优傒（xī）：倡优和仆人。 ⑤童娈（luán）：美童。 ⑥露台：楼船上的平台。 ⑦闲僧：在寺外追求游乐的和尚。 ⑧弱管轻丝：指轻柔地奏起音乐。管，管乐。丝，弦乐。 ⑨竹肉相发：以箫笛等管乐来为歌唱伴奏。竹，管乐器。肉，歌喉。 ⑩不衫不帻（zé）：指衣冠不整。帻，古代男子用来包发的头巾。 ⑪跻（jī）入：升入，挤入。 ⑫昭庆、断桥：指昭庆寺和断桥，都是西湖上的名胜。 ⑬嚎（xiāo）呼：狂呼乱叫。 ⑭无腔曲：随口哼出的不成腔调的曲子。 ⑮轻幌（huǎng）：柔细的帷幔。 ⑯茶铛（chēng）：一种煮茶的小锅。旋：立即。旋煮即新煮。 ⑰素瓷：指雅洁精致的杯子。静递：轻轻地传递。 ⑱逃嚣：躲避喧闹。 ⑲作意：用意，故意做作。 ⑳巳：上午九点到十一点。酉：下午五点到七点。酉时正是日落月出之时，说明游者本无意于赏月。 ㉑好（hào）名：追求虚名。 ㉒犒（kào）门军：犒赏守城门的军人。 ㉓擎（qíng）燎：举着火把。 ㉔列俟：排列等待。 ㉕速：催促。舟子：船夫。放：泛船，行船。 ㉖胜会：盛大的集会。 ㉗鼓吹：音乐声。 ㉘如沸如撼：像是水沸翻腾的声音，又像是东西震动的声音。 ㉙如魇（yǎn）如呓：如人在梦中惊叫和说话的声音。 ㉚凑岸：靠岸。 ㉛皂隶：官府中的衙役。喝道：衙役呼喊，要人们给官员让路。去：离开。 ㉜怖：恐吓。 ㉝赶门：赶在关城门以前回城。 ㉞舣（yǐ）舟：整船靠岸。 ㉟席：设席，摆酒宴。 ㊱颒（huì）面：洗脸。 ㊲通声气：打招呼，邀请。 ㊳韵友：情趣相投的朋友。 ㊴箸：筷子。安：置，摆。 ㊵香气拍人：形容香气扑面而来。 ㊶惬（qiè）：适意。（这篇文章是对昔日杭州人七月半游西湖的风习和情景的追忆。通过具体的描绘，表现了作者对达官贵人、名娃闺秀和无赖子弟一流人物庸俗趣味的蔑视，抒发了他清高自傲的思想和风雅不俗的情怀。文章构思精巧，语言明洁，描写生动，情景相生，充满诗情画意。）

* * * * *

湖心亭看雪①

崇祯五年②十二月，余住西湖。大雪三日，湖中人鸟声俱绝③。

是日，更定④矣，余拏⑤一小舟，拥毳衣⑥炉火，独往湖心亭看雪。雾凇沆砀⑦，天与云与山与水，上下一白。湖上影子，惟长堤一痕⑧，湖心亭一点，与余舟一芥⑨，舟中人两三粒⑩而已。

到亭上，有两人铺毡对坐，一童子烧酒，炉正沸。见余大喜，曰："湖中焉得更有此人？"拉余同饮。余强饮三大白⑪而别。问其姓氏，是金陵人，客此⑫。

及下船，舟子喃喃⑬曰："莫说相公⑭痴，更有痴似相公者。"

①湖心亭：在杭州西湖中。②崇祯五年：崇祯是明思宗朱由检年号（1628—1644）。崇祯五年是1632年。③绝：无。④更定：初更开始。古时夜间记时，将一夜分成五更。初更为刚入夜时，击鼓报告，叫做定更。⑤拏（ná）：这里是驾船的意思。⑥毳（cuì）衣：用鸟兽的细毛所织之衣。⑦雾凇沆砀（sōng hàng dàng）：雾凇是雾气结成水珠。沆砀是一片白色混茫的样子。⑧长堤：指西湖上的白堤。一痕：形容长堤在一片白色中模模糊糊地留下一道痕迹。⑨芥：小草。一芥，形容十分细小。⑩粒：微点。⑪大白：酒杯。⑫客此：旅居在这里。⑬喃喃：细语不断。⑭相公：对人的尊称，多指富贵人家子弟。

张　溥

张溥（1602—1641），字天如，太仓（今江苏太仓县）人。自幼即刻苦好学，读书必自手录。崇祯四年（1631）进士，被选为翰林院庶吉士。崇祯五年组织政治兼文学团体复社，提倡"兴复古学，务为有用"，复古而强调为现实斗争服务，与前后七子的复古主义不同，他的散文在明末较有名，风格质朴明快。著有《七录斋集》。

五人墓碑记①

五人者，盖当蓼洲周公②之被逮，激于义而死焉者也。至于今，郡之贤士大夫请于当道③，即除逆阉废祠④之址以葬之，且立石于其墓之门，以旌⑤其所为。呜呼，亦盛⑥矣哉！夫五人之死，去今之墓而葬⑦焉，其为时止⑧十有一月耳。夫十有一月之中，凡富贵之子，慷慨得志之徒⑨，其疾病而死，死而堙没不足道者⑩，亦已众矣，况草野之无闻者⑪欤！独五人之皦皦⑫，何也？

予犹记周公之被逮，在丁卯三月之望⑬。吾社之行为士先者⑭，为之声义⑮，敛赀财⑯以送其行，哭声震动天地。缇骑⑰按剑而前，问："谁为哀者⑱？"众不能堪，抶而仆之⑲。是时以大中丞抚吴⑳者，为魏之私人㉑，周公之逮，所由使㉒也。吴之民方痛心焉，于是乘其厉声以呵，则噪而相逐，中丞匿于溷藩㉓以免。既而以吴民之乱请于朝，按诛㉔五人，曰：颜佩韦、杨念如、马杰、沈扬、周文元，即今之傫然㉕在墓者也。然五人之当刑㉖也，意气阳阳㉗，呼中丞之名而詈㉘之，谈笑以死。断头置城上，颜色不少变。有贤士大夫发五十金㉙，买五人之脰而函㉚之，卒与尸合。故今之墓中，全㉛乎为五人也。

嗟夫！大阉之乱，缙绅[32]而能不易其志者，四海之大，有几人欤？而五人生于编伍[33]之间，素不闻诗书之训，激昂大义，蹈死不顾[34]，亦曷故[35]哉？且矫诏[36]纷出，钩党之捕[37]，遍于天下。卒以吾郡之发愤一击，不敢复有株治[38]；大阉亦逡巡畏义[39]，非常之谋[40]，难于猝发[41]。待圣人之出[42]，而投缳道路[43]，不可谓非五人之力也。

由是观之，则今之高爵显位，一旦抵罪[44]，或脱身以逃，不能容于远近；而又有剪发杜门[45]，佯狂不知所之[46]者，其辱人贱行[47]，视五人之死，轻重固何如哉？是以蓼洲周公，忠义暴[48]于朝廷，赠谥美显[49]，荣于身后；而五人亦得以加其土封[50]，列其姓名于大堤之上，凡四方之士，无有不过而拜且泣者，斯固百世之遇[51]也。不然，令五人者保其首领[52]，以老于户牖[53]之下，则尽其天年[54]，人皆得以隶使[55]之，安能屈豪杰之流[56]，扼腕[57]墓道，发其志士之悲哉？故予与同社诸君子，哀斯墓之徒有其石[58]也，而为之记；亦以明死生之大[59]，匹夫之有重于社稷也[60]。

贤士大夫者，冏卿因之吴公[61]、太史文起文公[62]、孟长姚公也[63]。

① 明熹宗时，政治黑暗，宦官魏忠贤专权，引起了以东林党为代表的一部分地主阶级知识分子的强烈反对，他们的斗争得到了广大人民的支持。天启六年（1626）魏忠贤派人到苏州逮捕东林党人周顺昌，引起了苏州人民的强烈反抗，愤而打死旗尉一人，打伤公差多人。朝廷下令对此事严加追究，市民斗争领袖人物颜佩韦、杨念如、马杰、沈扬、周文元，为了保护群众，挺身投案，英勇就义。苏州人民葬五人于苏州虎丘山，并为之立碑。这篇文章即为五人之死而作。 ② 蓼（liǎo）洲周公：即周顺昌，字景文，号蓼洲，吴县（今江苏苏州）人。神宗万历时进士，官至吏部员外郎，因反对魏忠贤被捕下狱，受酷刑而死。 ③ 郡：吴郡，即指苏州。贤士大夫：指与东林党有关的一些人物。当道：当权者，指当地的行政长官。 ④ 除：清除，收拾。逆阉：指魏忠贤。逆阉是对专权宦官的一种蔑称。废祠：魏忠贤因权势极大，其爪牙为他在各地建立不少生祠，废祠即被废除的生祠。 ⑤ 旌（jīng）：表彰。 ⑥ 盛：盛大，隆重。 ⑦ 墓而葬：建墓安葬。 ⑧ 止：仅仅。 ⑨ 慷慨得志之徒：做了官而志得意满的人。 ⑩ 堙（yīn）没：不为人所知。不足道：值不得一提。 ⑪ 草野：指生活在乡间的普通老百姓。 ⑫ 皦皦（jiǎo）：明亮洁白。这里指五人获得崇高的声誉。 ⑬ 丁卯：明熹宗天启七年（1627）。据史实，周顺昌被捕事在天启六年丙寅，作者系误记。望：农历每月的十五日。 ⑭ 吾社：指东林党。当时复社尚未成立，但许多东林党人后来转入复社；因张溥以复社继承东林，故称“吾社”。行为士先者：品行为一般士人表率的人物。 ⑮ 声义：声张正义。 ⑯ 敛赀（zī）财：募集资财。赀，同“资”。 ⑰ 缇骑（tí jì）：穿红色衣服的马队，这里指东厂派到苏州逮捕周顺昌的旗尉。缇，浅绛色。 ⑱ 谁为哀者：是谁在为周顺昌痛哭。 ⑲ 抶（chì）：殴打。仆：倒。 ⑳ 大中丞：指巡抚毛一鹭。中丞，官名，都察院的副都御史。抚吴：在吴郡任巡抚。 ㉑ 私人：私党。 ㉒ 所由使：

由他所主使。 ㉓匿：藏。溷（hùn）藩：厕所。 ㉔按诛：依照法律处死。 ㉕傫（lěi）然：多而重叠的样子。 ㉖当刑：受刑时。 ㉗意气阳阳：阳阳同“扬扬”，慷慨激昂，从容不迫的样子。 ㉘詈（lì）：骂。 ㉙发：拿出，捐赠。 ㉚脰（dòu）：本指脖子，这里代指头。函：匣子，这里作动词用，是用匣子盛的意思。 ㉛全：指尸首完整。 ㉜缙（jìn）绅：做官的人。缙同“搢”，插。绅，衣带。搢绅指官僚上朝时将朝板插在衣带上，故搢绅成为官僚的代称。 ㉝编伍：指平民。古时户口编制以五家为一伍。 ㉞蹈死不顾：赴死而毫无顾惜。 ㉟曷（hé）故：什么原故。 ㊱矫诏：假传皇帝的诏令。 ㊲钩党之捕：互相牵连，视为同党而加以逮捕。 ㊳株治：株连治罪。 ㊴逡（qūn）巡畏义：因害怕正义力量而犹豫不决。 ㊵非常之谋：指魏忠贤弑君篡位的阴谋。 ㊶难于猝（cù）发：不敢贸然发动。猝，突然。 ㊷圣人之出：指明思宗朱由检即皇帝位。他在即位后不久就严厉镇压阉党，逮捕魏忠贤。 ㊸投缳（huán）道路：天启七年（1627）十一月，明思宗将魏忠贤放逐到安徽凤阳，途中魏自缢身死。缳，绳套。 ㊹抵罪：因犯法而被治罪。 ㊺剪发：削发出家。杜门：闭门不出。 ㊻不知所之：不知去向。之，去，往。 ㊼辱人贱行：可耻的为人，卑劣的行径。 ㊽暴：显露。 ㊾赠谥（shì）美显：指明思宗给周顺昌以“忠介”的谥号。谥，对死者追赠称号。美显，美好光荣。 ㊿加其土封：加高其坟墓，以表示对他们的表彰与尊敬。封，坟堆。 (51)百世之遇：历史上很少遇到的。 (52)保其首领：指活命全身。 (53)老于户牖（yǒu）之下：在家中终老。户牖，门窗，指家中。 (54)尽其天年：长寿而终。 (55)隶使：当作奴仆使唤。 (56)屈豪杰之流：使英雄人物倾慕拜倒。 (57)扼腕：用一只手握住另一只手的手腕，以表示悲愤、激动、惋惜之类的感情。 (58)徒有其石：空有墓石。 (59)明死生之大：阐明死和生的重大意义。 (60)“匹夫”句：普通的百姓对国家也可以做出重要贡献。 (61)冏（jiǒng）卿因之吴公：吴默，字因之，官至太仆寺卿。习称太仆寺卿为冏卿。 (62)太史文起文公：文震孟，字文起，官至翰林院编修。太史是翰林的别称。 (63)孟长姚公：姚希孟，字孟长，任翰林院庶吉士。（这篇文章不同于一般的墓志碑记，而是一篇发诸胸臆、政治色彩强烈、爱憎感情十分鲜明的文章。作者热情地歌颂了激于大义、敢于同阉党作斗争、为保护群众而敢于自我牺牲的下层市民，在对比中充分地表现了他们的英雄气概和崇高品质。文章激情充沛，描写生动，人物形象栩栩如生。）

陈子龙

陈子龙（1608—1647），字卧子，号轶符，又号大樽，松江华亭（今上海市松江县）人。崇祯十年（1637）进士，任绍兴推官，弘光朝任兵科给事中，激愤于政治的腐败，辞官归乡。曾参加张溥等人组织的复社，后又与同乡夏允彝等组织几社。清兵破南京后，起兵抗清，表现了很高的民族气节，后事败被执，投水而死。文学上主张复古，但尚实用之学。他的诗歌多忧时抚事之作，有真情实感，富于现实内容。明亡后的诗作多抒发国破家亡的哀痛和抗清意志，风格苍凉雄浑。词和散文亦有创作，但成就不及诗。著有《陈忠裕全集》。

小车行[①]

小车班班[②]黄尘晚，夫为推，妇为輓[③]。出门何所之？青青者榆疗我饿[④]，愿得乐土共餔糜[⑤]。风吹黄蒿[⑥]，望见墙宇，中有主人当饲汝[⑦]。叩门无人室无釜[⑧]，踯躅[⑨]空巷泪如雨。

①这首诗作于明崇祯十年（1637）。这年陈子龙进士及第，选为惠州司李。六月，北京附近及山西大旱；七月，山东遭受蝗灾。广大饥民流离失所。诗当是作者离京南下赴任途中作。 ③班班：车声。 ③輓：同“挽”，牵引。 ④“青青者”句：言以榆树叶充饥。 ⑤乐土：《诗经·硕鼠》“适彼乐土”，指理想中能得温饱的地方。共餔糜：一起喝粥。汉乐府《东门行》：“他家但愿富贵，贱妾与君共餔糜。” ⑥黄蒿：因大旱，蒿草也枯黄。 ⑦饲汝：给你饭吃。 ⑧釜：锅。 ⑨踯躅（zhí zhú）：徬徨无所依的样子。（这首诗生动地记录了灾年人民群众流离失所的惨状，写出了他们弃家逃荒时的希望和失望，在他们企盼可能是“乐土”的地方，那里的主人也早已弃家出走。）

秋日杂感[①]（十首选一）

其　四

行吟坐啸独悲秋[②]，海雾江云[③]引暮愁。不信有天常似醉[④]，最怜无地可埋忧[⑤]。荒荒葵井多新鬼[⑥]，寂寂瓜田识故侯[⑦]。见说五湖供饮马[⑧]，沧浪何处着渔舟[⑨]！

①这组诗大约作于清世祖顺治三年（1646）。时作者抗清兵败，避居于吴中，见秋景而伤情，抒写怀抱。 ②“行吟”句：行坐都因感受到萧瑟的秋景而悲叹。 ③海雾江云：可能是写实，也有人认为是隐指跟福建的唐王朱聿键和浙江的鲁王朱以海之间的联系。 ④“不信”句：说天醉是认为天不公，令明王朝覆亡；不信天常醉，是说天帝也有清醒的时候，以此表达作者复明的希望和意志。 ⑤“最怜”句：汉仲长统《述志诗》：“寄愁天上，埋忧地下。”这里反用其意，是说连埋忧之地也没有，寓国土沦亡之痛。怜，在这里是悲痛的意思。 ⑥“荒荒”句：谓荒芜的井旁已是野葵丛生，清兵南下后无数的人惨遭杀戮。古诗《十五从军征》：“井上生旅葵。”葵，冬葵，蔬菜名。这句写广大人民家破人

亡。 ⑦“寂寂”句：谓明朝的许多士大夫拒不与清朝合作，默默无闻地隐居民间，以种瓜为生。故侯，用秦时邵平典，秦时邵平封东陵侯，秦亡后他隐居种瓜于长安城东。 ⑧“见说”句：听说五湖都已成为清兵的饮马之所，哪里还有逍遥隐居之地呢？见说，听说。五湖，泛指太湖流域一带的湖泊。 ⑨“沧浪”句：谓天下已无隐居泛舟垂钓之所。《孟子·离娄》：“沧浪之水清兮，可以濯吾缨；沧浪之水浊兮，可以濯吾足。”沧浪，一说指汉水下游，水青色，这里泛指江湖。（这首诗抒发了明亡后作者抗清失败的悲痛心情：一方面哀痛明之败亡，愤恨清兵之杀掠，一方面又因力不从心、势难挽回大局而感到十分痛苦，但抗清复明的不屈意志却隐含其中。全诗忧愤深广，风格沉郁悲壮。）

夏完淳

夏完淳（1631—1647），字存古，号小隐，松江华亭（今上海市松江县）人。在父亲夏允彝和老师陈子龙的思想影响下，自幼注重名节，有强烈的爱国思想。他天资聪慧，五岁读经史，七岁能作文。明亡后，他随父、师在南方起兵抗清，后被捕，坚强不屈，英勇就义，时年仅十七岁。他是中国历史上罕见的少年英雄和文学家。他诗文词赋都有创作，以诗的成就为高。早期有拟古倾向，后以反映现实和抒写爱国激情为主要内容，风格质朴爽朗、悲壮激越。著有《夏完淳集》。

即　事①（三首选一）

其　一

复楚情何极②，亡秦气未平③。雄风清角劲④，落日大旗明。缟素酬家国⑤，戈船⑥决死生。胡笳千古恨，一片月临城。

①这组诗约作于顺治三年（1646），时作者在吴易抗清军中任参谋。 ②复楚：用“楚虽三户，亡秦必楚”意，以复楚寓复明。极：通“亟”，急切，强烈。 ③亡秦：寓灭清。气：志气，意志。 ④清角劲：军中号角声清脆激越。 ⑤缟素：丧服。酬：报。 ⑥戈船：战船，这里指水战。吴易的抗清部队主要活动于太湖等水域。（这首诗表现了诗人抗清复明的坚强意志和献身的决心，写得意气昂扬，沉痛悲愤。）

别云间[①]

三年羁旅客[②]，今日又南冠[③]，无限河山泪[④]，谁言天地宽！已知泉路近[⑤]，欲别故乡难。毅魄[⑥]归来日，灵旗空际看[⑦]。

①这首诗作于清顺治四年（1647）作者被捕诀别家乡时。云间：作者的家乡松江的古称。 ②“三年”句：作者自顺治二年（1645）始参加抗清斗争，至被捕时适为三年。羁（jī）旅客，在外奔波作客，指为抗清而转徙各地。 ③南冠：被捕做了囚犯。《左传》成公九年：“晋侯观于军府，见钟仪，问之曰：‘南冠而縶者谁也？’有司对曰：‘郑人所献楚囚也！’”后因以南冠作为囚犯的别称。 ④河山泪：为河山尽失而流泪。 ⑤泉路：泉下，指牺牲。 ⑥毅魄：坚毅不屈的魂魄，指抗清意志至死不改。 ⑦灵旗：犹战旗。此句指自己死后，当有后来者继续抗清。（这首诗表现了诗人被捕蒙难前坚贞不屈的气节和视死如归的英雄气概，同时又表现出河山改色、抗清失败的悲愤和对故乡深沉的依恋之情。）

*　　　　*　　　　*　　　　*　　　　*

狱中上母书[①]

不孝完淳今日死矣！以身殉父，不得以身报母矣！痛自严君见背[②]，两易春秋[③]，冤酷[④]日深，艰辛历尽。本图复见天日[⑤]，以报大仇，恤死荣生[⑥]，告成黄土[⑦]。奈天不佑我，钟虐先朝[⑧]，一旅才兴[⑧]，便成齑粉[⑩]。去年之举[⑪]，淳已自分[⑫]必死，谁知不死，死于今日也。斤斤[⑬]延此二年之命，菽水[⑭]之养，无一日焉。致慈君托迹于空门[⑮]，生母寄生于别姓[⑯]。一门漂泊，生不得相依，死不得相问。淳今日又溘然先从九京[⑰]，不孝之罪，上通于天。呜呼！双慈在堂，下有妹女，门祚衰薄[⑱]，终鲜兄弟[⑲]。淳一死不足惜，哀哀八口，何以为生？

虽然已矣[⑳]，淳之身父之所遗，淳之身君之所用，为父为君，死亦何负[㉑]于双慈？但慈君推干就湿[㉒]，教礼习诗，十五年如一日。嫡母慈惠，千古所难。大恩未酬，令人痛绝。慈君托之义融女兄[㉓]，生母托之昭南女弟[㉔]。淳死之后，新妇遗腹得雄[㉕]，便以为家门之幸，如其不然，万勿置后[㉖]。会稽大望[㉗]，至今而零极[㉘]矣！节义文章，如我父子者几人哉？立一不肖[㉙]后，如西铭先生[㉚]为人所诟笑，何如不立之为愈耶？呜呼！大造茫茫[㉛]，总归无后。有一日中兴再造[㉜]，则庙食千秋[㉝]，岂止麦饭豚蹄不为馁鬼而已哉㉞！若有妄言立后者，淳且与先文忠在冥冥诛殛顽嚚㉟，决不肯舍㊱！兵戈天地，淳死后，乱且未有定期，双慈善保玉体，无以淳为念。二十年后，淳且与先文忠为北塞之举㊲矣。勿悲，勿悲，相托之言，慎勿相负！

武功甥将来大器㊳，家事尽以委之㊴。寒食、盂兰㊵，一杯清酒，一盏寒灯，不至作若敖之鬼㊶，则吾愿毕矣。新妇结褵㊷二年，贤孝素著，武功甥好为我善待之，亦武功渭阳情㊸也。

语无伦次，将死言善㊹。痛哉！痛哉！

人生孰无死，贵得死所耳！父得为忠臣，子得为孝子，含笑归太虚㊺，了我分内事。大道本无生㊻，视身若敝屣㊼，但为气所激，缘悟天人理㊽。恶梦十七年，报仇在来世，神游天地间，可以无愧矣！

①这篇文章是清顺治四年（1647）作者被捕后在南京狱中写给母亲的信。 ②严君：指父亲。见背：去世。作者之父夏允彝于1645年抗清失败，投水自尽，后谥“文忠”。 ③两易春秋：过了两年。春秋，四季的代称，指一年的岁月。夏允彝自沉距作者被捕入狱，正好两年。 ④冤酷：冤仇与惨痛。 ⑤复见天日：重见光明，指恢复明朝。 ⑥卹（xù）死荣生：使死者得到安慰，使生者享有光荣。卹，同“恤”，体恤，救助，这里是安慰的意思。 ⑦告成黄土：向黄土之下的父亲报告成功的消息。 ⑧钟：汇聚。虐：灾祸。先朝：指明朝。 ⑨旅：指抗清武装。兴：建立。 ⑩齑粉：粉末。这里比喻被消灭。 ⑪去年之举：指在1646年作者参加吴易领导的抗清军任参谋，不久兵败事。 ⑫自分（fèn）：自己料想。 ⑬斤斤：义近于“仅仅”，谓时间短促。 ⑭菽（shū）水之养：对父母的奉养。菽，豆。豆和水是最粗淡的饮食，但只要能使得父母高兴，也就算是尽孝了。 ⑮慈君：指作者的嫡母、夏允彝的正妻盛氏。托迹：寄身。空门：佛门。盛氏在夏允彝死后削发为尼。 ⑯生母：指作者的亲生母亲、夏允彝的侧室陆氏，她在夏允彝死后寄居亲戚家中。 ⑰溘（kè）然：忽然。九京：即九原，地下。从九京，指死去。 ⑱门祚（zuò）：家运。 ⑲终鲜（xiǎn）兄弟：没有兄弟。终，发语词。鲜，少。《诗经·郑风·扬之水》：“终鲜兄弟，维予与女。” ⑳已矣：完了。 ㉑负：对不起。 ㉒推干就湿：形容母亲养育子女的辛劳。《孝经援神契》：“母之于子也，鞠养殷勤，推燥居湿，绝少分甘。”意思是母亲把干处留给孩子，自己住在湿处。 ㉓义融女兄：指作者的姐姐夏淑吉，字美南，号荆隐，又号义融。 ㉔昭南女弟：指作者的妹妹夏惠吉，字昭南，号兰隐。 ㉕新妇：指作者之妻钱秦篆。遗腹：父亲死时尚未出生的子女。雄：男孩儿。 ㉖置后：立后嗣继承。 ㉗会（guì）稽：古郡名。作者的故乡华亭县古时属会稽郡。望：望族。夏姓在当地是有声望的大族。 ㉘零极：彻底衰落。 ㉙不肖（xiào）：指子弟的品行不好。 ㉚西铭先生：张溥，字天如，号西铭，复社领袖。生前无子，死后亲友为他立嗣子，名永锡。 ㉛大造：天地。茫茫：广大无边

的样子。 ㉜中兴再造：指明朝的复兴。衰而复兴叫中兴。 ㉝庙食千秋：指因有功于国家民族，死后为人们立庙祭食，一直到千秋万代。 ㉞麦饭豚（tún）蹄：祭祀死者的普通食品。馁鬼：得不到祭食的饿鬼。 ㉟且：将。先文忠：指作者死去的父亲夏允彝，谥文忠。冥冥：阴间。诛殛（jí）：杀死。顽嚚（yín）：顽固无行的人。 ㊱舍：放过。 ㊲北塞之举：指兴兵北伐，恢复明朝。 ㊳武功甥：作者的外甥侯檠，字武功。大器：有出息，能干一番大事业的人。 ㊴委：托付。 ㊵寒食：寒食节，在清明节前一二日。民间风俗，在寒食清明节时对死者扫墓祭祀。盂兰：即盂兰盆，亦作“乌蓝婆拿”，本为梵语，意思是解救苦难。旧时习俗，于旧历七月十五日中元节作盂兰盆会，施舍饿鬼，以解救死者的倒悬之苦。 ㊶若敖之鬼：没有后人的饿鬼。《左传》宣公四年记楚令尹子文语：“鬼犹求食，若敖氏之鬼，不其馁而！”若敖是复姓，令尹子文为若敖氏的后人，他担心其兄之子越椒将使若敖氏灭宗，所以说了这番话。后来越椒果然叛变，楚王就将若敖氏灭掉了。 ㊷结褵（lí）：妇女出嫁。褵为覆头巾，故结褵也就是上头，即结婚。 ㊸渭阳情：甥舅之间的情谊。春秋时，晋公子重耳流亡在外，秦穆公接纳了他。他从秦国归国时，他的外甥秦康公为他送行，至渭水之阳，并作《渭阳》诗（见《诗经·秦风》），有句云：“我送舅氏，曰至渭阳。”后因以“渭阳”比喻甥舅情谊。 ㊹将死言善：《论语·泰伯》：“曾子言曰：‘鸟之将死，其鸣也哀；人之将死，其言也善。’” ㊺归太虚：归天。 ㊻大道：常理。无生：佛教术语，与“涅盘”“法性”等含义相同，认为一切现象之生灭变化，其本质在于无生无灭。 ㊼敝屣（xǐ）：破鞋。 ㊽缘：因。天人理：天道与人事的道理。

二　明代散曲和民歌

王　磐

王磐（约 1470—1530），字鸿渐，高邮（今江苏高邮）人。出身于富家，喜读书，但不务科举功名，一生没有做官。放情于山水诗酒，曾筑楼于高邮城西，日与名流谈咏其间，因自号“西楼”。工诗能画，尤精通音律，以散曲著称。散曲作品多写自己的闲适生活，也有一部分讽刺现实之作。风格清丽雅俊，部分作品表现出幽默诙趣的特点。著有《王西楼乐府》。

朝天子①

咏喇叭

喇叭，锁哪②，曲儿小③，腔儿大④。官船来往乱如麻，全仗你抬身价。军听了军愁，民听了民怕，那里去辨什么真共假？眼见的吹翻了这家，吹伤了那家，只吹的水尽鹅飞罢⑤。

①这首曲词作于明武宗正德年间（1506—1521）。朝天子：曲牌名。　②锁哪：即唢呐，与喇叭相似的一种吹奏管乐器。曲中的喇叭、锁哪都隐喻宦官。　③曲儿小：以曲调旋律的简单比喻宦官本来地位低下，又缺乏才能。　④腔儿大：以喇叭声音之大比喻宦官依仗权势，气焰嚣张。　⑤水尽鹅飞罢：形容把百姓搜刮得倾家荡产。罢，尽，完结。（正德年间宦官当权，欺压百姓，为非作歹，船行时常吹号头以壮其声势。这支曲子即为讥斥宦官而作。全篇从咏喇叭落笔，却着眼于对人的讽刺。写得轻俏幽默，却于诙谐中见愤懑。）

一枝花套[①]

久　雪

【一枝花】乱飘来燕塞边[②]，密洒向程门外[③]，恰飞还梁苑去[④]，又舞过灞桥来[⑤]。攘攘皑皑[⑥]，颠倒把乾坤[⑦]碍，分明将造化[⑧]埋，盪磨的红日无光，隈逼[⑨]的青山失色。

【梁州】冻的个寒江上鱼沉雁杳，饿的个空林中虎啸猿哀。不成祥瑞[⑩]翻成害。侵伤陇麦，压损庭槐，眩昏柳眼[⑪]，勒绽梅腮[⑫]。遮蔽了锦重重禁阙[⑬]宫阶，填塞了绿沉沉舞榭歌台。把一个正直的韩退之拥住在蓝关[⑭]，将一个忠节的苏子卿埋藏在北海[⑮]，把一个廉洁的袁邵公饿倒在书斋[⑯]。哀哉！苦哉！长安贫者愁无奈。猛惊猜，忒奇怪，这的是天上飞来的冷祸胎，遍地下生灾。

【尾声】有一日赫威威[⑰]太阳真火当头晒，有一日暖拍拍和气春风滚地来，就有千万座冰山一时坏。扫彤云[⑱]四开，现青天一块，依旧晴光瑞烟霭[⑲]。

①套：套数，又称散套，散曲形式的一种，与小令相对。一般由几支曲子组成。一枝花，套曲曲调名。　②燕（yān）塞边：北方的边地。古代燕国在中国北部，故以燕代指北方。塞，边塞。　③程门：程指宋代理学家程颐，一次游酢和杨时去见他，他正闭目静坐，游杨二人不敢惊动他，在一旁侍立。门外正下雪，积一尺深时，程颐方才发觉。　④梁苑：或称梁园、兔园，汉代梁孝王刘武所建，故址在今河南商丘东。宋谢惠连作《雪赋》，假托梁孝王游梁苑遇雪，命司马相如作赋。　⑤灞（bà）桥：在陕西西安市东灞水上。　⑥攘攘：纷纷扬扬的样子。皑皑（ái）：形容洁白。　⑦乾坤：天地。　⑧造化：大自然。　⑨隈（wēi）逼：威逼。隈，同“偎”，本意为紧靠，这里引申为挤压。　⑩祥瑞：吉祥的征兆，一般认为瑞雪兆丰年。　⑪柳眼：初春时新绽出的柳叶芽。　⑫勒：摧压。梅腮：梅花瓣。　⑬禁阙：皇帝居住的宫殿。　⑭“把一个”句：唐代的韩愈因谏迎佛骨被贬潮州，途中作《左迁至蓝关示侄孙湘》，有句云：“云横秦岭家何在，雪拥蓝关马不前。”蓝关，在今陕西蓝田县东。　⑮“将一个”句：汉代苏武出使匈奴被拘，迫降不从，先将他关在大窖里，后又遣至北海牧羊，苏在大雪中以雪和毡毛充饥。苏子卿，苏武字子卿。　⑯“把一个”句：汉代袁安，家贫，大雪时，人多外出乞食，独他僵卧书斋。袁邵公，袁安字邵公。　⑰赫威威：形容太阳炽热猛烈。　⑱彤云：阴云。　⑲瑞烟霭：晴空中的云气。（这套曲词以自然界的雪喻写现实社会中的人，揭露和抨击了压迫摧残人们的罪恶势力，并对他们必然失败的下场作了充满信心的预示，写得婉曲含蓄而又爱憎分明。）

陈　铎

陈铎（1488？—1521？），字大声，号秋碧，下邳（今江苏邳县）人，家居金陵（今南京）。他是一个世袭的指挥官，却不理政事，以词曲为乐事。他精通音律，长于制曲，在金陵教坊子弟中有“乐王”之称。其散曲作品多写男女风情和闺怨相思，写得声婉辞艳，流丽清圆。抒怀咏物的作品也写得清新自然。反映城市下层人民生活的《滑稽余韵》最富于社会意义。著有《陈大声乐府全集》。

水仙子①

瓦　匠

东家壁土恰涂交②，西舍厅堂初瓦了③，南邻屋宇重修造。弄泥浆直到老，数十年用尽勤劳。金张第游麋鹿④，王谢宅长野蒿⑤，都不如手镘⑥坚牢。

①水仙子：曲牌名。　②恰涂交：刚刚涂抹完工。　③瓦（wǎ）：修整。了：完工。　④“金张”句：汉宣帝时的显宦金日磾（dī）、张安世，后世常以金张泛指显贵之家。全句意思是：富贵如金张者也是好景不长，他们的府第早已荒芜，成为麋鹿游乐之地了。　⑤“王谢”句：六朝时的王导、王湛和谢安，并称王谢，成为后世对世家大族的代称。全句意思是：像王谢那样的高门世族，也早已衰败，当年豪华的住宅长满了野蒿。　⑥手镘（màn）：瓦匠用以涂泥抹墙的工具。（这首曲词以朴素的语言热情地赞美了普通劳动者的技艺和勤劳，肯定了他们的劳动成果具有永恒的意义。这在艳羡富贵和轻视体力劳动极为普遍的封建时代是很杰出的思想。）

醉太平①

挑　担

麻绳是知己，扁担是相识。一年三百六十回②，不曾闲一日。担头上讨了些儿利⑤，酒房中买了一场醉，肩头上去了几层皮，常少柴没米。

①醉太平：曲牌名。　②回：日出日落为一回，犹言一天。　③讨了些儿利：赚了一

点钱。（这首曲词描写了下层劳动者劳动的艰辛，并对他们贫困的生活寄予同情。明白如话，幽默诙谐，在轻快中又透出怨苦。）

冯惟敏

冯惟敏（1511—1580？），字汝行，号海浮，青州临朐（今山东临朐县）人。明世宗嘉靖十六年（1537）中举，后累试进士不第。曾任涞水知县、镇江府学教授、保定通判等职。后弃职归乡，住海浮山下，自号海浮山人。他的散曲题材较为广泛，反映农民生活的痛苦，揭露统治阶级的罪行，有较强的现实性。风格奔放爽朗，语言朴素自然。著有《海浮山堂词稿》。

胡十八①

刈麦②有感（四首选一）

其　三

穿和吃不索愁③，愁的是遭官棒④。五月半间便开仓⑤，里正哥过堂⑥。花户每比粮⑦，卖田宅无卖的，典儿女陪⑧不上。

①这首曲词约作于明神宗万历二年（1574）前后。胡十八：曲牌名。　②刈（yì）麦：割麦。　③不索愁：不须愁。　④遭官棒：遭受官府棒打。　⑤开仓：指开始征收赋税。　⑥里正：下层小吏，又称里长。过堂：指将不能按时按量交纳税粮的人扭送公堂审问、棒打。　⑦花户：登录户口时，户称花户。比：比限，即限期交纳。　⑧陪：同“赔”。（这首曲词反映了农民们在官府繁重的租税下悲苦的生活和愁闷的心情。）

玉江引①

农家苦②

倒了房宅，堪怜生计蹙③。冲了田园，难将双手扢④。陆地水平铺，秋禾风乱舞，水旱相仍⑤，农家何日足⑥？墙壁通连⑦，穷年何处补？往常时不似今番苦，万事由天做。又无糊口粮，那有遮身布？几桩儿不由人不叫苦。

①玉江引：曲牌名。 ②原注："次洞厓韵"。洞厓，大约是作者的诗友。 ③生计蹙（cù）：生活艰难。蹙，紧迫，困窘。 ④"难将"句：困难到无法可想。扤（wù），摇动。 ⑤相仍：相继。 ⑥足：丰足。 ⑦"墙壁"二句：墙壁毁坏，邻里相通，灾年却无力修补。（这首曲词写农民在水旱灾年忍饥受冻的悲惨生活，出语凄苦，写得十分沉痛。）

中吕·朝天子[①]

感　述

矫情[②]，撇清[③]，心与口不相应。谁家猫犬怕闻腥？假意儿妆干净。掩耳盗铃[④]，踢天弄井[⑤]，露面贼不自省[⑥]。丑声，贯盈[⑦]，迟和早除邪佞[⑧]！

①朝天子：曲牌名。 ②矫情：装腔作势，感情不真实。 ③撇清：故意表现清白，其实很不干净。 ④掩耳盗铃：比喻自欺欺人。 ⑤踢天弄井：比喻闹得天翻地覆。井，二十八宿之一。 ⑥"露面"句：已经暴露了盗贼面目却还不自知。 ⑦贯盈：恶贯满盈，形容罪大恶极。 ⑧邪佞（nìng）：邪恶谄媚的人。（这首曲词揭露了两面派的丑恶嘴脸，并指出他们必然彻底败露，不会有好的下场。）

薛论道

薛论道（1531？—1600？），字谈德，号莲溪居士，定兴（今河北易县）人。足残，却喜读兵书，中年从军，戍边三十年，官至指挥佥事。因阉人弄权，遭到排斥，怀才不遇，愤而辞职返乡。他作小令一千首，成为曲坛上的一员猛将。描写戍边生活是他散曲作品的重要内容，另有一些揭露讽刺黑暗现实的作品，风格豪放，笔锋犀利。著有《林石逸兴》。

朝天子[①]

不平（四首选一）

其　二

廉洁的命穷，贪图的运通，方正的行不动[②]。眼前车马闹轰轰，几曾见真梁栋③？得意鸱鸮④，失时鸾凤⑤，大家捱胡撕弄⑥。认不的蚓龙，辨不出紫红，说起来人心动⑦。

①朝天子：曲牌名。 ②方正的：指为人做事正派的人。行不动：行动艰难，指处处碰壁。 ③梁栋：指支撑国家的有用之材。 ④鸱鸮（chī xiāo）：猫头鹰，这里比喻恶人。 ⑤失时：不走运，倒楣。鸾凤：古代传说中的一种祥鸟，这里用以比喻贤人。 ⑥捱：熬，忍受。胡撕弄：瞎搞一气。 ⑦动：激动，愤愤不平。（这首曲词尖锐地揭露和抨击了明代的黑暗政治，贤愚不辨，善恶不分，是非颠倒，令人愤激不平。）

水仙子

寄征衣（四首选一）

其　四

西风吹妾妾忧郎，为办寒衣检旧裳①，千针万线奴心上，一针针泪两行。瘦和肥仔细端详，两肩窝②削三寸，四停身③照旧长，不伤情铁打心肠④。

①检旧裳：检看旧的衣服，以量尺寸大小，亦兼有睹物思人之意。 ②肩窝：腋下。 ③四停身：前后襟和两袖。连上句意思是：长度不变，却要做得瘦一些，暗寓丈夫戍边生活艰苦，人已变瘦。 ④"不伤情"句：除非是铁打的心肠才会不感到悲伤。（这首曲词通过做寒衣真切地表现了戍边战士的妻子对丈夫的思念疼爱之情。）

黄莺儿①

塞上重阳（四首选一）

其　一

荏苒②又重阳，拥旌旄倚太行③，登临疑是青霄上。天长地长，云茫水茫，胡尘④静扫山河壮。望遐荒⑤，王庭⑥何处？万里尽秋霜。

①黄莺儿：曲牌名。 ②荏苒（rěn rǎn）：时光渐渐过去。 ③旌旄（jīng máo）：军中的大旗。太行：山名，在山西省。 ④胡尘：对异族入侵者的蔑称。 ⑤望遐（xiá）荒：极望边远之地。 ⑥王庭：指北方少数民族统治者设幕立朝之所。（这首曲词抒发了作者热爱祖国河山、抗击侵略者的豪情壮志，风格豪迈雄健。）

朱载堉

朱载堉（1536—？），字伯勤，号句曲山人。自称“狂生”。他是郑王朱厚烷的长子。因皇室争夺王位，其父被囚禁凤阳十九年，他痛父非罪被禁，便筑室于禁所门外，独处其中。父死后不愿承袭王位，潜心钻研乐律，作《乐律全书》，发现了十二等律，完成了七音的学说。他的散曲多讽刺社会现实，感叹人情冷暖，风格清新，在民间得到广泛流传。著有《醒世词》。

山坡羊①

十不足

逐日奔忙只为饥，才得有食又思衣。置下绫罗身上穿，抬头又嫌房屋低。盖下高楼并大厦，床前缺少美貌妻。娇妻美妾都娶下，又虑出门没马骑。将钱买下高头马，马前马后少跟随。家人招下十数个，有钱没势被人欺。一铨②铨到知县位，又说官小势位卑。一攀攀到阁老位③，每日思想要登基④。一日南面坐天下，又想神仙下象棋。洞宾⑤与他把棋下，又问那是上天梯？上天梯子未做下，阎王发牌鬼来催。若非此人大限到⑥，上到天上还嫌低。

①山坡羊：曲牌名。 ②铨（quán）：量才授官。唐宋至清官吏有铨选制度，经考试或捐纳的人均需到铨选司听候任命。这里指捐官。 ③阁老位：入阁做大学士。明代废丞相制，以大学士充顾问，入阁为大学士实有宰相之权。 ④登基：当皇帝。 ⑤洞宾：吕洞宾，传说中八仙之一。又称吕祖，是道教全真道的“北五祖”之一。 ⑥大限到：阳寿已满。（此曲为贪得无厌者画相，淋漓尽致，入木三分，在诙谐机趣中表现了作者对生活的清醒认识和严肃思考。）

民　歌

偷[①]

结识私情弗要慌，捉着子奸情奴自去当。拚得到官双膝馒头跪子从头说，咬钉嚼铁我偷郎。

① 此首选自《山歌》卷二《私情四句》。（这首民歌表现了在爱情婚姻不自由的条件下妇女追求爱情的勇敢精神。）

素　帕[①]

不写情词不写诗，一方素帕寄心知。心知接了颠倒看，横也丝来竖也丝[②]：这般心事有谁知？

① 此首选自《山歌》卷十《桐城时兴歌》。素帕：没有写字的白色手绢。　② 丝：同音双关谐“思”字。（这首民歌以同音双关机智巧妙地表现了相思之情。）

错　认[①]

月儿高，望不见我的乖亲到。猛望见窗儿外，花枝影乱摇，低声似指我的名儿叫。双手推窗看，原来是狂风摆花梢。喜变做羞来也，羞又变做恼。

① 此首选自《挂枝儿》卷一“私部”。（这首民歌生动地写出了幽会时急切盼望情人到来的微妙心理。）

分　离[①]

要分离，除非是天做了地；要分离，除非是东做了西；要分离，除非是官做了吏[②]。你要分时分不得我，我要离时离不得你。就死在黄泉也，做不得分离鬼。

① 此首选自《挂枝儿》卷二“欢部”。 ② 吏：官的下属。（这首民歌表现了对爱情的坚贞信念，是生死决不分离的誓言。）

描　真[①]

碧纱窗下描郎像。描一笔，画一笔，想着才郎。描不成，画不就，添惆怅。描只描你风流态，描只描你可意庞，描不出你温存也，停着笔儿想。

① 此首选自《挂枝儿》卷二“欢部”。（这首民歌描写一个姑娘想描画她的情人对自己的一腔柔情蜜意，她描不出来，惆怅了，这惆怅是沉醉于往日爱情甜蜜和幸福之中的一种特殊心理的表现。）

富贵荣华[①]

富贵荣华，奴奴[②]身躯错配他。有色金银价[③]，惹的旁人骂。嗏[④]，红粉牡丹花[⑤]，绿叶青枝又被严霜打[⑥]。便做僧尼不嫁他！

① 此首选自《新编四季五更驻云飞》。 ② 奴奴：犹言奴家，女子自称。 ③“有色”句：长得漂亮就跟金银一样值钱。 ④ 嗏（chā）：曲调定格中要求必须有的字，无义。 ⑤“红粉”句：比喻年轻美丽。 ⑥“绿叶”句：比喻婚姻不满意，身心受到摧残。（这首民歌表现了主人公高洁的人生追求，她要的是真挚纯洁的爱情，而藐视荣华富贵。）

京师民谣[①]

可笑严介溪[②]，金银如山积[③]，刀锯信手施[④]。尝将冷眼观螃蟹，看你横行到几时！

① 此首选自朱国祯的《涌幢小品》。 ② 严介溪：严嵩，字惟中，一字介溪。 ③“金银”句：指他搜刮民脂，家中极其富有。 ④“刀锯”句：指他滥施刑罚，随意杀人。（这首民谣表现了人民群众对嘉靖时的大权奸严嵩的强烈憎恨。）

三　明代小说

无名氏

杜十娘怒沉百宝箱[1]

扫荡残胡立帝畿[2]，龙翔凤舞势崔嵬[3]。左环沧海天一带[4]，右拥太行山万围[5]。戈戟九边雄绝塞[6]，衣冠万国仰垂衣[7]。太平人乐华胥世[8]，永永金瓯[9]共日辉。

这首诗，单夸我朝燕京[10]建都之盛。说起燕都的形势，北倚雄关，南压区夏[11]，真乃金城天府[12]，万年不拔之基。当先洪武爷[13]扫荡胡尘，定鼎[14]金陵，是为南京。到永乐爷从北平起兵靖难[15]，迁于燕都，是为北京。只因这一迁，把个苦寒地面，变作花锦世界。自永乐爷九传至于万历爷[16]，此乃我朝第十一代的天子。这位天子，聪明神武，德福兼全，十岁登基，在位四十八年，削平了三处寇乱。那三处？日本关白平秀吉[17]，西夏哱承恩[18]，播州杨应龙[19]。平秀吉侵犯朝鲜，哱承恩、杨应龙是土官[20]谋叛，先后削平。远夷莫不畏服。争来朝贡。真个是：

一人有庆[21]民安乐，四海无虞国太平。

话中单表万历二十年间，日本国关白作乱，侵犯朝鲜，朝鲜国王上表告急，天朝发兵泛海往救。有户部官奏准：目今兵兴之际，粮饷未充，暂开纳粟入监[22]之例。原来纳粟入监的有几般便宜：好[23]读书，好科举，好中，结末来又有个小小前程结果。以此宦家公子，富室子弟，倒不愿做秀才，都去援例做太学生。自开了这例，两京[24]太学生各添至千人之外。内中有一人，姓李名甲，字干先，浙江绍兴府人氏。父亲李布政[25]所生三儿，惟甲居长。自幼读书在庠[26]，未得登科，援例入于北雍。因在京坐监[27]，与同乡柳遇春监生同游教坊司[28]院内，与一个名姬相遇。那名姬姓杜名媺，排行第十，院中都称为杜十娘，生得：

浑身雅艳，遍体娇香。两弯眉画远山青，一对眼明秋水润。脸如莲萼[29]，分明卓氏文君[30]；唇似樱桃，何减白家樊素[31]。可怜一片无瑕玉，误落风尘花柳中。

那杜十娘自十三岁破瓜[32]，今一十九岁，七年之内，不知历过了多少公子王孙，一个个情迷意荡，破家荡产而不惜。院中传出四句口号[33]来，道是：

坐中若有杜十娘，斗筲之量[34]饮千觞；院中若识杜老媺，千家粉面[35]都如鬼。

却说李公子风流年少，未逢美色；自遇了杜十娘，喜出望外，把花柳情怀，一担儿挑在他身上。那公子俊俏庞儿，温存性儿，又是撒漫[36]的手儿，帮衬的勤儿[37]，与十娘一双两好，情投意合。十娘因见鸨儿[38]贪财无义，久有从良[39]之志；又见李公子忠厚志诚，甚有心向他。奈李公子惧怕老爷，不敢应承。虽则如此，两下情好愈密，朝欢暮乐，终日相守，如夫妇一般，海誓山盟，各无他志。真个：

恩深似海恩无底，义重如山义更高。

再说杜妈妈，女儿被李公子占住，别的富家巨室，闻名上门，求一见而不可得。初时李公子撒漫用钱，大差大使，妈妈胁肩谄笑[40]，奉承不暇。日往月来，不觉一年有余，李公子囊箧渐渐空虚，手不应心，妈妈也就怠慢了。老布政在家闻知儿子嫖院，几遍写字来唤他回去。他迷恋十娘颜色，终日延捱。后来闻知老爷在家发怒，越不敢回。

古人云："以利相交者，利尽而疏。"那杜十娘与李公子真情相好，见他手头愈短，心头愈热。妈妈也几遍教女儿打发李甲出院，见女儿不统口[41]，又几遍将言语触突李公子，要激怒他起身。公子性本温克[42]，词气愈和。妈妈没奈何，日逐[43]只将十娘叱骂道："我们行户[44]人家，吃客穿客，前门送旧，后门迎新，门庭闹如火，钱帛堆成垛。自从那李甲在此，混帐[45]一年有余，莫说新客，连旧主顾都断了。分明接了个钟馗[46]老，连小鬼也没得上门。弄得老娘一家人家有气无烟[47]，成什么模样！"杜十娘被骂，耐性不住，便回答道："那李公子不是空手上门的，也曾费过大钱来。"妈妈道："彼一时，此一时。你只教他今日费些小钱儿，把与老娘，办些柴米，养你两口也好。别人家养的女儿便是摇钱树，千生万活；偏我家晦气，养了个退财白虎[48]。开了大门七件事[49]，般般都在老身心上，倒替你小贱人白白养着穷汉，教我衣食从何处来？你对那穷汉说，有本事出几两银子与我，到得你跟了他去，我别讨个丫头过活却不好？"十娘道："妈妈，这话是真是假？"妈妈晓得李甲囊无一钱，衣衫都典尽了，料他没处设法，便应道："老娘从不说谎，当真哩。"十娘道："娘，你要他许多银子？"妈妈道："若是别人，千把银子也讨了；可怜那穷汉出不起，只要他三百两，我自去讨一个粉头代替。只一件：须是三日内交付与我，左手交银，右手交人；若三日没有银时，老身也不管三七二十一，公子不公子，一顿孤拐[50]打那光棍出去，那时莫怪老身。"十娘道："公子虽在客边乏钞，谅三百金还措办得来。只是三日忒近，限他十日便好。"妈妈想道："这穷汉一双赤手，便限他一百日，他那里来银子？没有银子，便铁皮包脸，料也无颜上门。那时重整家风，孍儿也没得话讲。"答应道："看你面，便宽到十日。第十日没有银子，不干老娘之事。"十娘道："若十日内无银，料他也无颜再见了。只怕有了三百两银子，妈妈又翻悔起来。"妈妈道："老身年五十一岁了，又奉十斋[51]，怎敢说谎？不信时与你拍掌为定。若翻悔时，做猪做狗！"

从来海水斗难量，可笑虔婆[52]意不良；料定穷儒囊底竭，故将财礼难娇娘。

是夜，十娘与公子在枕边议及终身之事。公子道："我非无此心，但教坊落籍[53]，其费甚多，非千金不可。我囊空如洗，如之奈何？"十娘道："妾已与妈妈议定，只要三百金，但须十日内措办。郎君游资虽罄[54]，然都中岂无亲友，可以借贷？倘得如数，妾身遂为君之所有，省受虔婆之气。"公子道："亲友中为我留恋行院，都不相顾。明日只做束装起身，各家告辞，就开口借贷路费，凑聚将来，或可满得此数。"起身梳洗，别了十娘出门。十娘道："用心作速，专听佳音。"

公子道："不须分付。"

公子出了院门，来到三亲四友处，假说起身告别，众人倒也欢喜。后来叙到路费欠缺，意欲借贷。常言道："说着钱，便无缘。"亲友们就不招架[55]。他们也见得是，道："李公子是风流浪子，迷恋烟花[56]，年许不归，父亲都为他气坏在家。他今日抖然[57]要回，未知真假。倘或说骗盘缠到手，又去还脂粉钱，父亲知道，将好意翻成恶意，始终只是一怪，不如辞了干净。"便回道："目今正值空乏，不能相济，惭愧，惭愧！"人人如此，个个皆然，并没有个慷慨丈夫，肯统口许他一十二十两。

李公子一连奔走了三日，分毫无获。又不敢回决十娘，权且含糊答应。到第四日又没想头，就羞回院中。平日间有了杜家，连下处也没有了，今日就无处投宿，只得往同乡柳监生寓所借歇。柳遇春见公子愁容可掬，问其来历。公子将杜十娘愿嫁之情，备细说了。遇春摇首道："未必，未必。那杜嫩曲中[58]第一名姬，要从良时，怕没有十斛明珠，千金聘礼，那鸨儿如何只要三百两？想鸨儿怪你无钱使用，白白占住他的女儿，设计打发你出门。那妇人与你相处已久，又碍却面皮，不好明言，明知你手内空虚，故意将三百两卖个人情，限你十日。若十日没有，你也不好上门；便上门时，他会说你笑你，落得一场亵渎[59]，自然安身不牢。此乃烟花逐客之计。足下三思，休被其惑。据弟愚意，不如早早开交[60]为上。"公子听说，半晌无言，心中疑惑不定。遇春又道："足下莫要错了主意。你若真个还乡，不多几两盘费，还有人搭救；若是要三百两时，莫说十日，就是十个月也难。如今的世情，那肯顾缓急二字的？那烟花也算定你没处告贷，故意设法难你。"公子道："仁兄所见良是。"口里虽如此说，心中割舍不下，依旧又往外边东央西告，只是夜里不进院门了。

公子在柳监生寓中，一连住了三日，共是六日了。杜十娘连日不见公子进院，十分着紧，就教小厮四儿街上去寻。四儿寻到大街，恰好遇见公子。四儿叫道："李姐夫，娘在家里望你。"公子自觉无颜，回复道："今日不得功夫，明日来罢。"四儿奉了十娘之命，一把扯住，死也不放，道："娘叫咱寻你，是必同去走一遭。"李公子心上也牵挂着表子，没奈何，只得随四儿进院。见了十娘，嘿嘿[61]无言。十娘问道："所谋之事如何？"公子眼中流下泪来。十娘道："莫非人情淡薄，不能足三百之数么？"公子含泪而言，道出二句："'不信上山擒虎易，果然开口告人[62]难'。一连奔走六日，并无铢两[63]，一双空手，羞见芳卿[64]，故此这几日不敢进院。今日承命呼唤，忍耻而来。非某不用心，实是世情如此。"十娘道："此言休使虔婆知道。郎君今夜且住，妾别有商议。”十娘自备酒肴，与公子欢饮。睡至半夜，十娘对公子道：“郎君果不能办一钱耶？妾终身之事，当如何也？”公子只是流涕，不能答一语。渐渐五更天晓，十娘道：“妾所卧絮褥内，藏有碎银一百五十两，此妾私蓄，郎君可持去。三百金，妾任其半，郎君亦谋其半，庶易为力[65]。限只四日，万勿迟误！”

十娘起身将褥付公子。公子惊喜过望，唤童儿持褥而去，径到柳遇春寓中。又把夜来之情与遇春说了。将褥拆开看时，絮中都裹着零碎银子。取出兑[66]时，果是一百五十两。遇春大惊道：“此妇真有心人也！既系真情，不可相负。吾当代为足下谋之。”公子道：“倘得玉成[67]，决不有负。”当下柳遇春留李公子在寓，自出头各处去借贷。两日之内，凑足一百五十两，交付公子道：“吾代为足下谋债[68]，非为足下，实怜杜十娘之情也。”

李甲拿了三百两银子，喜从天降，笑逐颜开，欣欣然来见十娘，刚是第九日，还不足十日。十娘问道：“前日分毫难借，今日如何就有一百五十两？”公子将柳监生事情又述了一遍。十娘以手加额[69]道：“使吾二人得遂其愿者，柳君之力也！”两个欢天喜地，又在院中过了一晚。

次早，十娘早起，对李甲道：“此银一交，便当随郎君去矣。舟车之类，合当预备。妾昨日于姊妹中借得白银二十两，郎君可收下为行资也。”公子正愁路费无出，但不敢开口，得银甚喜。说犹未了，鸨儿恰来敲门，叫道：“媺儿，今日是第十日了。”公子闻叫，启户相延道：“承妈妈厚意，正欲相请。”便将银三百两放在桌上。鸨儿不料公子有银，嘿然变色，似有悔意。十娘道：“儿在妈妈家中八年，所致[70]金帛，不下数千金矣。今日从良美事，又妈妈亲口所订。三百金不欠分毫，又不曾过期。倘若妈妈失信不许，郎君持银去，儿即刻自尽。恐那时人财两失，悔之无及也。”鸨儿无词以对。腹内筹划了半晌，只得取天平兑准了银子，说道：“事已如此，料留你不住了。只是你要去时，即今就去。平时穿戴衣饰之类，毫厘休想。”说罢将公子和十娘推出房门，讨锁来就落了锁。此时九月天气。十娘才下床，尚未梳洗，随身旧衣，拜了妈妈两拜。李公子也作了一揖。一夫一妇，离了虔婆大门。

鲤鱼脱却金钩去，摆尾摇头再不来。

公子教十娘且住片时：“我去唤个小轿抬你，权往柳荣卿寓所去，再作道理。”

十娘道："院中诸姊妹平昔相厚，理宜话别；况前日又承她借贷路费，不可不一谢也。"乃同公子到各处姊妹处谢别。姊妹中惟谢月朗、徐素素与杜家相近，尤与十娘亲厚。十娘先到谢月朗家。月朗见十娘秃髻[71]旧衫，惊问其故。十娘备述来因。又引李甲相见。十娘指月朗道："前日路资，是此位姐姐所贷，郎君可致谢。"李甲连连作揖。月朗便教十娘梳洗，一面去请徐素素来家相会。十娘梳洗已毕，谢、徐二美人各出所有，翠钿金钏[72]，瑶簪宝珥[73]，锦袖花裙，鸾带绣履[74]，把杜十娘装扮得焕然一新，备酒作庆贺筵席。月朗让卧房与李甲、杜媺二人过宿。次日，又大排筵席，遍请院中姊妹。凡十娘相厚者，无不毕集，都与他夫妇把盏称喜，吹弹歌舞，各逞其长，务要尽欢，直饮至夜分。十娘向众姊妹一一称谢。众姊妹道："十娘为风流领袖，今从郎君去，我等相见无日。何日长行[75]，姊妹们尚当奉送。"月朗道："候有定期，小妹当来相报。但阿姊千里间关[76]，同郎君远去，囊箧萧条，曾无约束[77]。此乃吾等之事，当相与共谋之，勿令姊有穷途之虑也。"众姊妹各唯唯而散。

是晚，公子和十娘仍宿谢家。至五鼓，十娘对公子道："吾等此去，何处安身？郎君亦曾计议有定着[78]否？"公子道："老父盛怒之下，若知娶妓而归，必然加以不堪，反致相累。辗转寻思，尚未有万全之策。"十娘道："父子天性，岂能终绝。既然仓卒难犯，不若与郎君于苏杭胜地，权作浮居[79]。郎君先回，求亲友于尊大人面前劝解和顺，然后携妾于归[80]，彼此安妥。"公子道："此言甚当。"

次日，二人起身，辞了谢月朗，暂往柳监生寓中，整顿行装。杜十娘见了柳遇春，倒身下拜，谢其周全之德："异日我夫妇必当重报。"遇春慌忙答礼道："十娘钟情所欢，不以贫窭[81]易心，此乃女中豪杰。仆因风吹火[82]，谅区区何足挂齿！"三人又饮了一日酒。

次早，择了出行吉日，雇倩[83]轿马停当。十娘又遣童儿寄信别谢月朗。临行之际，只见肩舆[84]纷纷而至，乃谢月朗与徐素素拉众姊妹来送行。月朗道："十姊从郎君千里间关，囊中消索，吾等甚不能忘情。今合具薄赆[85]，十姊可检收，或长途空乏，亦可少助。"说罢，命从人挈一描金文具[86]至前，封锁甚固，正不知什么东西在里面。十娘也不开看，也不推辞，但殷勤作谢而已。须臾，舆马齐集，仆夫催促起身。柳监生三杯别酒，和众美人送出崇文门外，各各垂泪而别。正是：

他日重逢难预必，此时分手最堪怜。

再说李公子同杜十娘行至潞河[87]，舍陆从舟，却好有瓜洲[88]差使船转回之便，讲定船钱，包了舱口。比及下船时，李公子囊中并无分文余剩。你道杜十娘把二十两银子与公子，如何就没了？公子在院中嫖得衣衫蓝缕，银子到手，未免在解库[89]中取赎几件穿着，又制办了铺盖，剩来只勾[90]轿马之费。公子正当愁闷，十娘道："郎君勿忧。众姊妹合赠，必有所济。"乃取钥开箱。公子在傍，自觉惭愧，也不敢窥觑箱中虚实。只见十娘在箱里取出一个红绢袋来，掷于桌上道："郎君可开看之。"公子提在手中，觉得沉重。启而观之，皆是白银，计数整五十两。十娘仍将箱子下锁，亦不言箱中更有何物，但对公子道："承众姊妹高情，不惟途路不乏，即他日浮寓吴越间[91]，亦可稍佐吾夫妻山水之费[92]矣。"公子且惊且喜道："若不遇恩卿，我李甲流落他乡，死无葬身之地矣！此情此德，白头不敢忘也！"自此，每谈及往事，公子必感激流涕。十娘亦曲意抚慰。一路无话。

不一日，行至瓜洲，大船停泊岸口。公子别雇了民船，安放行李，约明日侵晨剪江[93]而渡。其时仲冬[94]中旬，月明如水。公子和十娘坐于舟首。公子道："自出都门，困守一舱之中，四顾有人，未得畅语。今日独据一舟，更无避忌；且已离塞北，初近江南：宜开怀畅饮，以舒向来抑郁之气。恩卿以为何如？"十娘道："妾久疏谈笑，亦有此心。郎君言及，足见同志耳。"公子乃携酒具于船首，与十娘铺毡并坐，传杯交盏。饮至半酣，公子执卮[95]对十娘道："恩卿妙音，六院[96]推首，某相遇之初，每闻绝调[97]，辄不禁神魂之飞动。心事多违，彼此郁郁，鸾鸣凤奏，久矣不闻。今清江明月，深夜无人，肯为我一歌否？"十娘兴亦勃发，遂开喉顿嗓，取扇按拍，呜呜咽咽，歌出元人施君美《拜月亭》杂剧[98]上"状元执盏与婵娟"一曲，名《小桃红》。真个：

声飞霄汉云皆驻，响入深泉鱼出游。

①本篇选自冯梦龙编刻的《警世通言》卷三十二。 ②残胡：指元朝统治者。立帝畿（jī）：指建都。畿是靠近国都的地区。 ③崔嵬（wéi）：高峻的样子。 ④"左环"句：指北京东临大海。 ⑤"右拥"句：指北京西边有太行山。 ⑥九边：明代北方的九个边防区，即辽东、蓟州、宣府、太原、大同、延绥、宁夏、固原、甘肃。绝塞：辽远的边塞。 ⑦衣冠万国：泛指外国。仰：仰慕。垂衣：垂衣而治的意思，指皇帝垂衣拱手，端坐不语，而天下清平。 ⑧华胥世：神话传说中理想的清平世界。 ⑨金瓯（ōu）：金盆，比喻国土的完整和巩固。 ⑩燕京：即今北京。 ⑪区夏：中原地区，中国的别称。 ⑫金城：比

喻城池的坚固；天府：形胜而富庶的地方。 ⑬ 洪武爷：明太祖朱元璋，洪武是他的年号（1368—1398）。 ⑭ 定鼎：建都。 ⑮ 永乐爷：明成祖朱棣，永乐是他的年号（1403—1424）。靖难：平定祸患。明太祖死后传位给嫡孙朱允炆，即建文帝。朱棣是朱元璋的第四子，初封燕王，以“靖难”的名义起兵夺得了帝位。 ⑯ 万历爷：明神宗朱翊钧，万历是他的年号（1573—1620）。 ⑰ 关白平秀吉：关白是日本古代的官名，相当于中国的宰相。平秀吉：即丰臣秀吉。明万历二十年（1592）派兵侵略朝鲜，明朝出兵救援，终于获胜。 ⑱ 西夏哱承恩：西夏即宁夏镇，当时边防区之一。哱承恩是原宁夏镇副总兵哱拜的儿子，后袭父爵，万历二十年起兵叛明，后被平定。 ⑲ 播州：即今贵州省的遵义市。杨应龙当时任播州宣慰使，万历二十五年（1597）起兵反叛明朝，二十八年（1600）被平定。 ⑳ 土官：指边远地区由当地人担任官职者。 ㉑ 庆：福气。 ㉒ 纳粟入监：用向政府交纳米粟或银子的办法取得到国子监做监生的资格。监，国子监，当时的国立最高学府。明代初年，秀才中的优秀者或落第举人，才能入监读书，称为监生或太学生。后来可以用捐款纳粟的办法取得这种资格，并不一定要到国子监去念书。 ㉓ 好：便于，有利于。 ㉔ 两京：指北京和南京。当时在北京和南京都同时设有国子监，北京的称为“北雍”，南京的称为“南雍”。 ㉕ 布政：官名，即承宣布政使司布政使，省级的地方最高长官。 ㉖ 庠（xiáng）：古代学校名。 ㉗ 坐监：指正式在国子监读书。 ㉘ 教坊司：本为管理音乐歌舞等伎艺的机关。明代统治者将原来的官妓和籍没了的政敌的妻女都划作乐户，在京都的就设立教坊司来管领，教坊司就成为妓院的泛称。 ㉙ 莲萼：莲花瓣。 ㉚ 卓氏文君：卓文君，西汉时人，著名文学家司马相如的妻子。 ㉛ 白家樊素：唐代诗人白居易的歌姬。 ㉜ 破瓜：女子破身。 ㉝ 口号：诗歌的一种体裁，类似顺口溜。 ㉞ 斗筲（shāo）之量：形容酒量很小。斗，容十升，筲，容一斗二升。 ㉟ 粉面：指妓女。 ㊱ 撒漫：用钱挥霍，大手大脚。 ㊲ 帮衬的勤儿：指善于体贴、献殷勤的人。 ㊳ 鸨（bǎo）儿：妓院里的老板娘。 ㊴ 从良：指妓女脱籍嫁人。 ㊵ 胁肩谄笑：耸肩媚笑，一副奉承人的卑下丑态。 ㊶ 不统口：不同意，不答应。 ㊷ 温克：温和谦恭。 ㊸ 日逐：每天。 ㊹ 行（háng）户：指妓院。 ㊺ 混帐：这里是胡混、纠缠的意思。 ㊻ 钟馗（kuí）：民间传说中捉鬼的神。 ㊼ 有气无烟：形容穷到断炊。 ㊽ 退财白虎：白虎是传说中的凶神，退财白虎指耗费钱财的凶神。 ㊾ 七件事：指日常生活的必需品：油、盐、柴、米、酱、醋、茶。 ㊿ 孤拐：指脚踝骨。 51 十斋：信奉佛教的人逢夏历的初一、初八、十四、十五、十八、二十三、二十四、二十八、二十九、三十等十天不吃荤，以为这样做可以免灾。 52 虔婆：对老太婆的骂称，这里指鸨母。 53 落籍：从教坊乐籍上除名，即妓女从良。 54 罄（qìng）：尽。 55 招架：应承，照顾。 56 烟花：指妓女。 57 抖然：突然。 58 曲中：妓院中。 59 亵渎（xiè dú）：侮辱。 60 开交：放手。 61 嘿：同“默”。 62 告人：求告于人，即向人开口借钱。 63 铢（zhū）：重量单位，二十四铢为一两。 64 芳卿：男子对女子的爱称。 65 庶易为力：大概容易做到了。 66 兑：用秤称。 67 玉成：对别人成全，帮助自己的一种客气的说法。 68 谋债：设法借贷。 69 以手加额：一种表示高兴和庆幸的动作。 70 致：招致，这里是赚的意思。 71 秃髻：发髻上没有戴首饰。 72 翠钿（diàn）：用翡翠镶嵌的金属首饰。金钏：

金镯子。 ⑬ 瑶簪：玉簪。宝珥（ěr）：宝石耳环。 ⑭ 鸾带：绣有鸾凤的衣带。绣履：绣花鞋。 ⑮ 长行：远行。 ⑯ 间关：指崎岖辗转，行程艰难。 ⑰ 曾：加强语气的词。约束：这里指行李。 ⑱ 定着：确定无疑的着落。 ⑲ 浮居：短暂而不固定的居住。 ⑳ 于归：指女子出嫁到夫家。 ㉑ 贫窭（jù）：贫穷。 ㉒ 因风吹火：指顺势帮助，没有费多大的力气。 ㉓ 雇倩：雇请。 ㉔ 肩舆：轿子。 ㉕ 薄贶：临别时赠送一点薄薄的礼物。 ㉖ 描金文具：描绘着金色图案的文具箱。 ㉗ 潞河：北运河，在今北京市通县。 ㉘ 瓜洲：大运河入长江处，在今江苏省邗江县南部。 ㉙ 解库：典当铺。 ㉚ 勾：同"够"。 ㉛ 吴越间：指苏杭一带。 ㉜ 山水之费：旅费。 ㉝ 剪江：横江。 ㉞ 仲冬：农历十一月。 ㉟ 卮（zhī）：酒器。 ㊱ 六院：京都妓院的统称。 ㊲ 绝调：绝妙的歌声。 ㊳《拜月亭》，传奇名，又叫《幽闺记》，相传为元人施惠（字君美）所作。这里称杂剧，系误记。

却说他舟有一少年，姓孙名富，字善赉，徽州新安[1]人氏。家资巨万，积祖扬州种盐[2]。年方二十，也是南雍中朋友。生性风流，惯向青楼[3]买笑，红粉[4]追欢，若嘲风弄月[5]，到是个轻薄的头儿。事有偶然，其夜亦泊舟瓜洲渡口，独酌无聊。忽听得歌声嘹亮，凤吟鸾吹不足喻其美。起立船头，伫听半晌，方知声出邻舟。正欲相访，音响倏已寂然。乃遣仆者潜窥踪迹，访于舟人，但晓得是李相公雇的船，并不知歌者来历。孙富想道："此歌者必非良家，怎生得他一见？"辗转寻思，通宵不寐。捱至五更，忽闻江风大作。及晓，彤云密布，狂雪飞舞。怎见得？有诗为证：

千山云树灭[6]，万径人踪绝。扁舟蓑笠翁，独钓寒江雪。

因这风雪阻渡，舟不得开。孙富命艄公移船泊于李家舟之傍。孙富貂帽狐裘，推窗假作看雪。值十娘梳洗方毕，纤纤玉手揭起舟傍短帘，自泼盂中残水，粉容微露，却被孙富窥见了，果是国色天香[7]。魂摇心荡，迎眸注目，等候再见一面，杳不可得。沉思久之，乃倚窗高吟高学士[8]《梅花诗》二句道：

雪满山中高士卧，月明林下美人来。

李甲听得邻舟吟诗，舒头出舱，看是何人。只因这一看，正中了孙富之计：孙富吟诗，正要引李公子出头，他好乘机攀话。当下慌忙举手，就问："老兄尊姓何讳？"李公子叙了姓名乡贯，少不得也问那孙富。孙富也叙过了。又叙了些太学中的闲话，渐渐亲热。孙富便道："风雪阻舟，乃天遣与尊兄相会，实小弟之幸也。舟次[9]无聊，欲同尊兄上岸，就酒肆中一酌，少领清诲[10]，万望不拒。"公子道："萍水相逢，何当厚扰？"孙富道："说那里话！四海之内，皆兄弟也。"喝教艄公打跳[11]，童儿张伞，迎接公子过船，就于船头作揖。然后让公子先行，自己随后，各各登跳上涯[12]。行不数步，就有个酒楼。二人上楼，拣一副洁净坐头，靠窗而坐。酒保列上酒肴。孙富举杯相劝，二人赏雪饮酒。先说些斯文中套话[13]，渐渐引入花柳之事[14]。二人都是过来之人，志同道合，说得入港[15]，一发成相知了。

孙富屏去左右，低低问道："昨夜尊舟清歌者何人也？"李甲正要卖弄在行，遂实说道："此乃北京名姬杜十娘也。"孙富道："既系曲中姊妹，何以归兄？"公子遂将初遇杜十娘，如何相好，后来如何要嫁，如何借银讨他，始末根由，备细述了一遍。孙富道："兄携丽人而归，固是快事，但不知尊府中能相容否？"公子道："贱室[16]不足虑。所虑者，老父性严，尚费踌躇耳。"孙富将机就机，便问道："既是尊大人未必相容，兄所携丽人，何处安顿？亦曾通知丽人，共作计较否？"公子攒眉[17]而答道："此事曾与小妾议之。"孙富欣然问道："尊宠[18]必有妙策？"公子道："他意欲侨居苏杭，流连山水，使小弟先行，求亲友宛转于家君[19]之前，俟家君回嗔[20]作喜，然后图归。高明[21]以为何如？"孙富沉吟半晌，故作愀然[22]之色道："小弟乍会[23]之间，交浅言深，诚恐见怪。"公子道："正赖高明指教，何必谦逊？"孙富道："尊大人位居方面[24]，严帷薄之嫌[25]。平时既怪兄游非礼之地，今日岂容兄娶不节之人？况且贤亲贵友，谁不迎合尊大人之意者？兄枉去求他，必然相拒。就有个不识时务的进言于尊大人之前，见尊大人意思不允，他就转口了。兄进不能和睦家庭，退无词以回复尊宠，即使流连山水，亦非长久之计。万一资斧[26]困竭，岂不进退两难？"公子自知手中只有五十金，此时费去大半，说到资斧困竭，进退两难，不觉点头道是。孙富又道："小弟还有句心腹之谈，兄肯俯听否？"公子道："承兄过爱，更求尽言。"孙富道："'疏不间亲'[27]，还是莫说罢。"公子道："但说何妨？"孙富道："自古道：'妇人水性无常[28]。'况烟花之辈，少真多假。他既系六院名姝[29]，相识定满天下，或者南边原有旧约，借兄之力，挈带而来，以为他适之地[30]。"公子道："这个恐未必然。"孙富道："即不然，江南子弟，最工[31]轻薄，兄留丽人独居，难保无逾墙钻穴之事[32]；若挈之同归，愈增尊大人之怒。为兄之计，未有善策。况父子天伦，必不可绝。若为妾而触父，因妓而弃家，海内必以兄为浮浪不经[33]之人。异日妻不以为夫，弟不以为兄，同袍[34]不以为友，兄何以立于天地之间？兄今日不可不熟思也。”公子闻言，茫然自失，移席问计道：“据高明之见，何以教我？”孙富道：“仆有一计，于兄甚便。只恐兄溺[35]枕席之爱，未必能行，使仆空费词说耳。”公子道：“兄诚有良策，使弟再睹家园之乐，乃弟之恩人也，又何惮[36]而不言耶？”孙富道：“兄飘零岁余，严亲怀怒，闺阁[37]离心，设身以处兄之地，诚寝食不安之时也。然尊大人所以怒兄者，不过为迷花恋柳，挥金如土，异日必为弃家荡产之人，不堪承继家业耳。兄今日空手而归，正触其怒。兄倘能割衽席之爱[38]，见机而作，仆愿以千金相赠。兄得千金，以报尊大人，只说在京授馆[39]，并不曾浪费分毫，尊大人必然相信。从此家庭和睦，当无间言[40]。须臾之间，转祸为福。兄请三思。仆非贪丽人之色，实为兄效忠于万一也。”李甲原是没主意的人，本心惧怕老子，被孙富一席话，说透胸中之疑，起身作揖道：“闻兄大教，顿开茅塞[41]。但小妾千里相从，义难顿绝，容归与商之。得其心肯[42]，当奉复耳。”孙富道：“说话之间，宜放婉曲。彼既忠心为兄，必不忍使兄父子分离，定然玉成兄还乡之事矣。”二人饮了一回酒，风停雪止，天色已晚。孙富教家僮算还了酒钱，与公子携手下船。正是：

逢人且说三分话，未可全抛一片心。

却说杜十娘在舟中摆设酒果，欲与公子小酌，竟日未回，挑灯以待。公子下船，十娘起迎，见公子颜色匆匆[43]，似有不乐之意，乃满斟热酒劝之。公子摇首不饮，一言不发，竟自床上睡了。十娘心中不悦，乃收拾杯盘，为公子解衣就枕，问道：“今日有何见闻，而怀抱郁郁如此？”公子叹息而已，终不启口。问了三四次，公子已睡去了。十娘委决不下[44]，坐于床头而不能寐。

到夜半，公子醒来，又叹一口气。十娘道：“郎君有何难言之事，频频叹息？”公子拥被而起，欲言不语者几次，扑簌簌掉下泪来。十娘抱持公子于怀间，软言抚慰道：“妾与郎君情好，已及二载，千辛万苦，历尽艰难，得有今日。然相从数千里，未曾哀戚；今将渡江，方图百年欢笑，如何反起悲伤？必有其故。夫妇之间，死生相共，有事尽可商量，万勿讳[45]也。”公子再四被逼不过。只得含泪而言道：“仆天涯穷困，蒙恩卿不弃，委曲相从，诚乃莫大之德也。但反复思之，老父位居方面，拘于礼法，况素性方严，恐添嗔怒，必加黜逐[46]，你我流荡，将何底止[47]？夫妇之欢难保，父子之伦又绝。日间蒙新安孙友邀饮，为我筹及此事，寸心如割！”十娘大惊道：“郎君意将如何？”公子道：“仆事内之人，当局而迷。孙友为我画[48]一计颇善，但恐恩卿不从耳。”十娘道：“孙友者何人？计如果善，何不可从？”公子道：“孙友名富，新安盐商，少年风流之士也。夜间闻子清歌，因而问及。仆告以来历，并谈及难归之故。渠[49]意欲以千金聘汝。我得千金，可借口以见吾父母；而恩卿亦得所天[50]。但情不能舍，是以悲泣。”说罢，泪如雨下。十娘放开两手，冷笑一声道：“为郎君画此计者，此人乃大英雄也。郎君千金之资既得恢复，而妾归他姓，又不致为行李之累[51]；发乎情，止乎礼，诚两便之策也。那千金在那里？”公子收泪道：“未得恩卿之诺[52]，金尚留彼处，未曾过手。”十娘道：“明早快快应承了他，不可错过机会。但千金重事，须得兑足，交付郎君之手，妾始过舟，勿为贾竖子[53]所欺。”

时已四鼓，十娘即起身挑灯梳洗道：“今日之妆，乃迎新送旧，非比寻常。”于是脂粉香泽，用意修饰，花钿绣袄，极其华艳，香风拂拂，光彩照人。装束方完，天色已晓。孙富差家童到船头候信。十娘微窥公子，欣欣似有喜色，乃催公子快去回话，及早兑足银子。公子亲到孙富船中，回复依允。孙富道：“兑银易事，须得丽人妆台为信。”公子又回复了十娘。十娘即指描金文具道：“可便抬去。”孙富喜甚，即将白银一千两，送到公子船中。十娘亲自检看，足色[54]足数，分毫无爽[55]。乃手把船舷，以手招孙富。孙富一见，魂不附体。十娘启朱唇，开皓齿道：“方才箱子可暂发来，内有李郎路引[56]一纸，可检还之也。”孙富视十娘已为瓮中之鳖，即命家童送那描金文具，安放船头之上。十娘取钥开锁，内皆抽替[57]小箱。十娘叫公子抽第一层来看，只见翠羽明珰[58]，瑶簪宝珥，充牣[59]于中，约值数百金。十娘遽投之江中。李甲与孙富及两船之人，无不惊诧。又命公子再抽一箱，乃玉箫金管。又抽一箱，尽古玉紫金玩器，约值数千金。十娘尽投之于大江中。岸上之人，观者如堵[60]，齐声道：“可惜，可惜！”正不知什么缘故。最后又抽一箱，箱中复有一匣。开匣视之，夜明之珠，约有盈把；其他祖母绿、猫儿眼[61]，诸般异宝，目所未睹，莫能定其价之多少。众人齐声喝彩，喧声如雷。十娘又欲投之于江。李甲不觉大悔，抱持十娘恸哭。那孙富也来劝解。

十娘推开公子在一边，向孙富骂道：“我与李郎备尝艰苦，不是容易到此。汝以奸淫之意，巧为谗说[62]，一旦破人姻缘，断人恩爱，乃我之仇人。我死而有知，必当诉之神明，尚妄想枕席之欢乎？”又对李甲道：“妾风尘[63]数年，私有所积，本为终身之计。自遇郎君，山盟海誓，白首不渝。前出都之际，假托众姊妹相赠，箱中韫藏百宝，不下万金。将润色[64]郎君之装，归见父母，或怜妾有心，收佐中馈[65]，得终委托，生死无憾。谁知郎君相信不深，惑于浮议[66]，中道见弃，负妾一片真心。

今日当众目之前，开箱出视，使郎君知区区千金，未为难事。妾椟㊿中有玉，恨郎眼内无珠。命之不辰㊳，风尘困瘁㊴，甫㊵得脱离，又遭弃捐。今众人各有耳目，共作证明，妾不负郎君，郎君自负妾耳！”于是众人聚观者，无不流涕，都唾骂李公子负心薄幸。公子又羞又苦，且悔且泣，方欲向十娘谢罪，十娘抱持宝匣向江心一跳。众人急呼捞救，但见云暗江心，波涛滚滚，杳无踪影。可惜一个如花似玉的名姬，一旦葬于江鱼之腹！

三魂渺渺归水府，七魄悠悠入冥途。

当时旁观之人，皆咬牙切齿，争欲拳殴李甲和那孙富。慌得李、孙二人手足无措，急叫开船，分途遁去。李甲在舟中看了千金，转忆十娘，终日愧悔，郁成狂疾，终身不痊。孙富自那日受惊得病，卧床月余，终日见杜十娘在傍诟骂，奄奄而逝。人以为江中之报也。

却说柳遇春在京坐监完满，束装回乡，停舟瓜步[71]。偶临江净脸，失坠铜盆于水，觅渔人打捞。及至捞起，乃是个小匣儿。遇春启匣观看，内皆明珠异宝，无价之珍。遇春厚赏渔人，留于床头把玩。是夜梦见江中一女子，凌波[72]而来，视之，乃杜十娘也。近前万福，诉以李郎薄幸之事。又道：“向承君家慷慨，以一百五十金相助，本意息肩[73]之后，徐图报答。不意事无终始。然每怀盛情，悒悒[74]未忘。早间曾以小匣托渔人奉致，聊表寸心，从此不复相见矣。”言讫，猛然惊醒，方知十娘已死，叹息累日。

后人评论此事，以为孙富谋夺美色，轻掷千金，固非良士；李甲不识杜十娘一片苦心，碌碌蠢才，无足道者。独谓十娘千古女侠，岂不能觅一佳侣，共跨秦楼之凤[75]！乃错认李公子，明珠美玉，投于盲人，以致恩变为仇，万种恩情，化为流水，深可惜也！有诗叹云：

不会风流莫妄谈，单单情字费人参[76]；若将情字能参透，唤作风流也不惭。

①徽州新安：今安徽歙县。 ②积祖：祖祖辈辈，好几代人。种盐：制盐。 ③青楼：妓院。 ④红粉：指妓女。 ⑤嘲风弄月：喻指嫖妓。 ⑥“千山”四句：这里改用唐代柳宗元的《江雪》诗，原诗是：“千山鸟飞绝，万径人踪灭。孤舟蓑笠翁，独钓寒江雪。” ⑦国

色天香：形容女子容貌极美。 ⑧ 高学士：明代诗人高启，因他曾任翰林院编修，故称高学士。 ⑨ 舟次：行舟旅途中。 ⑩ 清诲：高雅的教诲。这是邀人谈话的一种敬词。 ⑪ 打跳：搭上跳板。 ⑫ 涯：岸。 ⑬ 斯文中套话：读书人相互间的客套话。 ⑭ 花柳之事：寻花问柳之事，喻指嫖妓。 ⑮ 入港：投机。 ⑯ 贱室：在人前对自己妻子的谦称。 ⑰ 攒（cuán）眉：皱眉。 ⑱ 尊宠：对别人妾的尊称。 ⑲ 家君：犹家父，在人前对自己父亲的称呼。 ⑳ 回嗔（chēn）：息怒。 ㉑ 高明：对人赞美其聪明有识见的敬称。 ㉒ 愀（qiǎo）然：神色严肃的样子。 ㉓ 乍会：初次见面。 ㉔ 位居方面：掌管一个政区大权的地方官。 ㉕ 帷薄之嫌：指男女之间不合封建礼法的交往。帷，幔。薄，帘。都是指将妇女居住的内室隔开的帘幕。 ㉖ 资斧：旅费。 ㉗ 疏不间亲：关系疏远的人不能挑拨离间关系亲近的人之间的关系。 ㉘ 水性无常：像水一样流动无定，比喻妇女爱情不专一。 ㉙ 姝（shū）：美女。 ㉚ 他适之地：另嫁他人的处所。 ㉛ 工：长于，善于。 ㉜ 逾墙钻穴：指男女间的偷情幽会。 ㉝ 浮浪不经：轻浮放浪，不守礼法。 ㉞ 同袍：情谊深重的朋友。 ㉟ 溺：沉醉。 ㊱ 惮（dàn）：害怕。 ㊲ 闺阁：这里指妻子。 ㊳ 衽（rèn）席之爱：即枕席之爱，指男女爱情。 ㊴ 授馆：做家庭教师。 ㊵ 间（jiàn）言：不和睦、有隔阂的话。 ㊶ 顿开茅塞：比喻心中忽然开朗。 ㊷ 心肯：同意。 ㊸ 颜色匆匆：神情着急的样子。 ㊹ 委决不下：犹疑不决，放心不下。 ㊺ 讳：隐瞒。 ㊻ 黜（chù）逐：斥责、驱逐。 ㊼ 将何底止：何处是归宿。 ㊽ 画：谋划。 ㊾ 渠：他。 ㊿ 所天：这里指丈夫。封建时代以君、父、夫权为至高无上，所以称君、父、夫为所天。 51 行李之累：旅途中的累赘。 52 诺：同意。 53 贾（gǔ）竖子：市侩小人。 54 足色：银子的成色纯正，质量很好。 55 爽：差错。 56 路引：为官府签发的行路执照。 57 抽替：同“抽屉”。 58 翠羽：羽毛形状的翡翠首饰。明珰：珠玉做的耳饰。 59 充牣（rèn）：充满。 60 如堵：形容人很多。堵，墙。 61 祖母绿：绿色透明的宝石。猫儿眼：一种类似猫眼的宝石。 62 谗说（shuì）：劝说别人做坏事。 63 风尘：指妓女生活。 64 润色：装点。 65 收佐中馈：辅佐主妇料理家务，意即留下做妾。封建时代，认为料理饭食是主妇的职责，因而中馈成为妻子的代称。 66 浮议：没有根据的不可靠的话。 67 椟（dú）：匣子。 68 命之不辰：生不逢时，命运不好。 69 困瘁：困苦忧患。 70 甫：才。 71 瓜步：即瓜步镇，在今江苏省六合县南瓜步山下。 72 凌波：在水波上行走。 73 息肩：这里是生活安定的意思。 74 悒悒：心中不畅，这里指心里放不下。 75 共跨秦楼之凤：神话传说，春秋时萧史善吹箫，秦穆公将女儿嫁给了他，两人志同道合，十分恩爱。一天，夫妻吹箫，招来了赤龙，紫凤，便双双乘龙跨凤一道升天。这里借以比喻结为美满的夫妻。 76 参：参悟：懂得。（这篇小说通过被侮辱、被迫害的妓女杜十娘的爱情悲剧，揭露和控诉了封建礼教和封建制度的罪恶，热情地歌颂了杜十娘的美好品质和对自由幸福生活的执着追求。杜十娘的爱情追求，体现了明代后期以“情”反“理”以及要求真诚、平等和对人格的尊重等新的时代内容。小说鞭挞了李甲和孙富怯懦、自私和卑劣的灵魂，对以李布政为代表的社会上强大而又冷酷的封建礼教的势力作了深刻的揭露。这篇小说是明代拟话本的优秀之作，在艺术上构思精巧，含意深刻；情节生动，结构完整；人物形象鲜明生动，富有典型性。）

沈小霞相会出师表[①]

闲向书斋阅古今[②]，偶逢奇事感人心；忠臣翻[③]受奸臣制，肮脏[④]英雄泪满襟。　　休解绶[⑤]，慢投簪，从来日月岂常阴？到头祸福终须应，天道还分贞与淫[⑥]。

话说国朝嘉靖年间，圣人[⑦]在位，风调雨顺，国泰民安。只为用错了一个奸臣，浊乱了朝政，险些儿不得太平。那奸臣是谁？姓严名嵩，号介溪，江西分宜人氏。以柔媚得幸[⑧]，交通宦官，先意迎合[⑨]，精勤斋醮[⑩]，供奉青词[⑪]，由此骤致贵显。为人外装曲谨，内实猜刻。谗害了大学士夏言[⑫]，自己代为首相，权尊势重，朝野侧目。儿子严世蕃，由官生直做到工部侍郎[⑬]。他为人更狠，但有些小人之才，博闻强记，能思善算。介溪公最听他的说话，凡疑难大事，必须与他商量，朝中有“大丞相”、“小丞相”之称。他父子济恶[⑭]，招权[⑮]纳贿，卖官鬻爵。官员求富贵者，以重赂献之，拜他门下做干儿子，即得超迁显位。由是不肖之人，奔走如市，科道[⑯]衙门，皆其心腹牙爪。但有与他作对的，立见奇祸，轻则杖谪，重则杀戮，好不利害！除非不要性命的，才敢开口说句公道话儿。若不是真正关龙逄[⑰]、比干[⑱]，十二分忠君爱国的，宁可误了朝廷，岂敢得罪宰相？其时有无名子[⑲]感慨时事，将《神童诗》[⑳]改成四句云：

少小休勤学，钱财可立身。君看严宰相，必用有钱人。

又改四句，道是：

天子重权豪，开言惹祸苗。万般皆下品，只有奉承高。

只为严嵩父子恃宠贪虐，罪恶如山，引出一个忠臣来，做出一段奇奇怪怪的事迹，留下一段轰轰烈烈的话柄[㉑]。一时身死，万古名扬。正是：

家多孝子亲安乐，国有忠臣世太平。

那人姓沈名炼，别号青霞，浙江绍兴人氏。其人有文经武纬之才[22]，济世安民之志。从幼慕诸葛孔明之为人，孔明文集上有《前出师表》《后出师表》，沈炼平日爱诵之，手自抄录数百遍，室中到处粘壁。每逢酒后，便高声背诵，念到“鞠躬尽瘁，死而后已”，往往长叹数声，大哭而罢。以此为常，人都叫他是狂生。嘉靖戊戌年[23]中了进士，除授知县之职。他共做了三处知县，那三处？溧阳[24]、茌平[25]、清丰[26]。这三任官做得好，真个是：

吏肃惟遵法，官清不爱钱。豪强皆敛手，百姓尽安眠。

因他生性伉直[27]，不肯阿奉上官，左迁锦衣卫经历[28]。一到京师，看见严家赃秽狼藉，心中甚怒。忽一日值公宴，见严世蕃倨傲之状，已自九分不象意[29]。饮至中间，只见严世蕃狂呼乱叫，旁若无人，索巨觥飞酒[30]，饮不尽者罚之。这巨觥约容酒斗余，两坐客[31]惧世蕃威势，没人敢不吃。只有一个马给事[32]，天性绝饮。世蕃固意将巨觥飞到他面前，马给事再三告免，世蕃不依。马给事略沾唇，面便发赤，眉头打结，愁苦不胜。世蕃自去下席，亲手揪了他的耳朵，将巨觥灌之。那给事出于无奈，闷着气，一连几口吸尽。不吃也罢，才吃下时，觉得天在下，地在上，墙壁都团团转动，头重脚轻，站立不住。世蕃拍手呵呵大笑。沈炼一肚子不平之气，忽然揎袖[33]而起，抢那巨觥在手，斟得满满的，走到世蕃面前说道：“马司谏承老先生赐酒，已沾醉不能为礼，下官代他酬老先生一杯。”世蕃愕然，方欲举手推辞，只见沈炼声色俱厉道：“此杯别人吃得，你也吃得。别人怕着你，我沈炼不怕你！”也揪了世蕃的耳朵灌去。世蕃一饮而尽。沈炼掷杯于案，一般拍手呵呵大笑。吓得众官员面如土色，一个个低着头，不敢则声。世蕃假醉，先辞去了。沈炼也不送，坐在椅上，叹道：“咳‘汉贼不两立’[34]！‘汉贼不两立’！”一连念了七八句。这句书也是《出师表》上的说话，他把严家比着曹操父子。众人只怕世蕃听见，倒替他捏两把汗。沈炼全不为意，又取酒连饮几杯，尽醉方散。

睡到五更醒来，想道：“严世蕃这厮，被我使气[35]，逼他饮酒，他必然记恨，来暗算我。一不做，二不休，有心只是一怪，不如先下手为强。我想严嵩父子之恶，神人怨怒。只因朝廷宠信甚固，我官卑职小，言而无益，欲待觑个机会，方才下手。如今等不及了，只当做张子房在博浪沙中椎击秦始皇[36]，虽然击他不中，也好与众人做个榜样。”就枕头上思想疏[37]稿，想到天明有了，起来焚香盥手，写就表章。

表上备说严嵩父子招权纳贿，穷凶极恶，欺君误国十大罪，乞诛之以谢天下。圣旨下道：“沈炼谤讪大臣，沽名钓誉，着[38]锦衣卫重打一百，发去口外[39]为民。”严世蕃差人分付锦衣卫官校，定要将沈炼打死。喜得堂上官[40]是个有主意的人，那人姓陆名炳[41]，平时极敬重沈公的节气；况且又是属官，相处得好的。因此反加周全，好生打个出头棍儿[42]，不甚利害。户部注籍[43]，保安州[44]为民。沈炼带着棒疮，即日收拾行李，带领妻子，雇着一辆车儿，出了国门[45]，望保安进发。

原来沈公夫人徐氏，所生四个儿子。长子沈襄，本府廪膳秀才[46]，一向留家。次子沈衮、沈褒，随任读书。幼子沈袠，年方周岁。嫡亲五口儿上路，满朝文武惧怕严家，没一个敢来送行。有诗为证：

一纸封章忤庙廊[47]，萧然行李入遐荒[48]。相知不敢攀鞍送，恐触权奸惹祸殃。

一路上辛苦，自不必说，且喜到了保安州了。那保安州属宣府[49]，是个边远地方，不比内地繁华，异乡风景，举目凄凉；况兼连日阴雨，天昏地黑，倍加惨戚。欲赁间民房居住，又无相识指引，不知何处安身是好。正在彷徨之际，只见一人打个小伞前来，看见路旁行李，又见沈炼一表非俗，立住了脚，相了一回，问道：“官人尊姓？何处来的？”沈炼道：“姓沈，从京师来。”那人道：“小人闻得京中有个沈经历，上本要杀严嵩父子，莫非官人就是他么？”沈炼道：“正是。”那人道：“仰慕多时，幸得相会。此非说话之处，寒家离此不远，便请携宝眷同行，到寒家权下[50]，再作区处。”沈炼见他十分殷勤，只得从命。行不多路便到了，看那人家，虽不是个大大宅院，却也精致。那人揖沈炼至于中堂，纳头便拜。沈炼慌忙答礼，问道：“足下是谁？何故如此相爱？”那人道：“小人姓贾名石，是宣府卫一个舍人[51]。哥哥是本卫千户[52]，先年身故无子，小人应袭。为严贼当权，袭职者都要重赂，小人不愿为官。托赖祖荫[53]，有数亩薄田，务农度日。数日前闻阁下弹劾严氏，此乃天下忠臣义士也。又闻编管[54]在此，小人渴欲一见，不意天遣相遇，三生有幸！”说罢又拜下去。沈公再三扶起，便教沈衮、沈褒与贾石相见。贾石教老婆迎接沈奶奶到内宅安置。交卸了行李，打发车夫等去了。分付庄客宰猪买酒，管待沈公一家。贾石道：“这等雨天，料阁下也无处去，只好在寒家安歇了。请安心多饮几杯，以宽劳顿。”沈炼谢道：“萍水相逢，便承款宿，何以当此？”贾石道：“农庄粗粝[55]，休嫌简慢。”当日宾主酬酢[56]，无非说些感慨时事的说话。两边说得情投意合，只恨相见之晚。

过了一宿，次早沈炼起身，向贾石说道：“我要寻所房子，安顿老小，有烦舍人指引。”贾石道：“要什么样的房子？”沈炼道：“只像宅上这一所，十分足意了。租价但凭尊教。”贾石道：“不妨事。”出去踅[57]了一回，转来道：“赁房尽有，只是龌龊低洼，急切难得中意的。阁下不若就在草舍权住几时，小人领着家小自到外家[58]去住。等阁下还朝，小人回来，可不稳便。”沈炼道：“虽承厚爱，岂敢占舍人之宅？此事决不可。”贾石道：“小人虽是村农，颇识好歹。慕阁下忠义之士，想要执鞭坠镫[59]，尚且不能；今日天幸降临，权让这几间草房与阁下作寓，也表得我小人一点敬贤之心。不须推逊。”话毕，慌忙分付庄客，推个车儿，牵个马儿，带个驴儿，一伙子将细软家私搬去，其余家常动使家伙，都留与沈公日用。沈炼见他慨爽，甚不过意，愿与他结义为兄弟。贾石道：“小人是一介村农，怎敢僭扳[60]贵宦？”沈炼道：“大丈夫意气相许，那有贵贱？”贾石小沈炼五岁，就拜沈炼为兄。沈炼教两个儿子拜贾石为义叔，贾石也唤妻子出来都相见了，做了一家儿亲戚。贾石陪过沈炼吃饭已毕，便引着妻子到外舅李家去讫。自此沈炼只在贾石宅子内居住。时人有诗叹贾舍人借宅之事，诗曰：

倾盖相逢[61]意气真，移家借宅表情亲。世间多少亲和友，竞产争财愧死人。

却说保安州父老，闻知沈经历为上本参严阁老[62]贬斥到此，人人敬仰，都来拜望，争识其面。也有运柴运米相助的，也有携酒肴来请沈公吃的，又有遣子弟拜于门下听教的。沈炼每日间与地方人等，讲论忠孝大节，及古来忠臣义士的故事。说到关心处[63]，有时毛发倒竖，拍案大叫；有时悲歌长叹，涕泪交流。地方若[64]老若小，无不耸听[65]欢喜。或时唾骂严贼，地方人等齐声附和，其中若有不开口的，众人就骂他是不忠不义。一时高兴，以后率以为常。又闻得沈经历文武全才，都来合他去射箭。沈炼教把稻草扎成三个偶人，用布包裹，一写“唐奸相李林甫”[66]，一写“宋奸相秦桧”[67]，一写“明奸相严嵩”，把那三个偶人做个射鹄。假如要射李林甫的，便高声骂道：“李贼看箭！”秦贼、严贼，都是如此。北方人性直，被沈经历哄[68]得热闹了，全不虑及严家知道。自古道：“若要不知，除非莫为。”世间只有权势之家，报新闻的极多。早有人将此事报知严嵩父子。严嵩父子深以为恨，商议要寻个事头杀却沈炼，方免其患。适值宣大总督[69]员缺，严阁老分付吏部，教把这缺与他门下干儿子杨顺做去。吏部依言，就将杨侍郎杨顺差往宣大总督。杨顺往严府拜辞，严世蕃置酒送行，席间屏人而语，托他要查沈炼过失。杨顺领命，唯唯而去。正是：

合成毒药惟需酒，铸就钢刀待举手。可怜忠义沈经历，还向偶人夸大口。

却说杨顺到任不多时，适遇大同鞑虏俺答[70]，引众入寇应州[71]地方，连破了四十余堡[72]，掳去男妇无算。杨顺不敢出兵救援，直待鞑虏去后，方才遣兵调将，为追袭之计。一般筛锣击鼓，扬旗放炮，都是鬼弄，那曾看见半个鞑子的影儿？杨顺情知失机，惧罪，密谕将士，搜获避兵的平民，将他剃头[73]斩首，充做鞑虏首级，解往兵部报功，那一时不知杀死了多少无辜的百姓。

沈炼闻知其事，心中大怒，写书一封，教中军官[74]送与杨顺。中军官晓得沈经历是个揽祸的太岁[75]，书中不知写甚么说话，那里肯与他送。沈炼就穿了青衣小帽[76]，在军门伺候杨顺出来，亲自投递。杨顺接来看时，书中大略说道：一人功名事极小，百姓性命事极大。杀平民以冒功，于心何忍？况且遇鞑贼止于掳掠，遇我兵反加杀戮，是将帅之恶，更甚于鞑虏矣。书后又附诗一首，诗云：

杀生报主意何如？解道功成万骨枯[77]。试听沙场风雨夜，冤魂相唤觅头颅。

杨顺见书大怒，扯得粉碎。

却说沈炼又做了一篇祭文，率领门下子弟，备了祭礼，望空祭奠那些冤死之鬼。又作《塞下吟》云：

云中一片虏烽[78]高，出塞将军已著劳。不斩单于[79]诛百姓，可怜冤血染霜刀。

又诗云：

本为求生来避虏，谁知避虏反戕生！早知虏首将民假，悔不当时随虏行。

杨总督标下有个心腹指挥[80]，姓罗名铠，抄得此诗并祭文，密献于杨顺。杨顺看了，愈加怨恨，遂将第一首诗改窜数字，诗曰：

云中一片虏烽高，出塞将军枉著劳。何似借他除佞贼，不须奏请上方刀[81]。

写就密书，连改诗封固，就差罗铠送与严世蕃。书中说：沈炼怨恨相国父子，阴结死士[82]剑客，要乘机报仇。前番鞑虏入寇，他吟诗四句，诗中有借虏除佞之语，意在不轨。

世蕃见书大惊，即请心腹御史[83]路楷商议。路楷曰："不才若往按彼处[84]，当为相国了当这件大事。"世蕃大喜，即分付都察院，便差路楷巡按宣大。临行，世蕃治酒款别，说道："烦寄语杨公，同心协力，若能除却这心腹之患，当以侯伯世爵[85]相酬，决不失信于二公也。"路楷领诺。不一日，奉了钦差敕令[86]，来到宣府到任，与杨总督相见了。路楷遂将世蕃所托之语，一一对杨顺说知。杨顺道："学生为此事朝思暮想，废寝忘餐，恨无良策，以置此人于死地。"路楷道："彼此留心，一来休负严公父子的付托，二来自家富贵的机会，不可错过。"杨顺道："说得是。倘有可下手处，彼此相报。"当日相别去了。

杨顺思想路楷之言，一夜不睡。次早坐堂，只见中军官报道："今有蔚州[87]卫拿获妖贼二名，解到辕门外，伏听钧旨[88]。"杨顺道："唤进来。"解官磕了头，递上文书。杨顺拆开看了，呵呵大笑。这二名妖贼，叫做阎浩、杨胤夔，系妖人萧芹之党。原来萧芹是白莲教[89]的头儿，向来出入虏地，惯以烧香惑众，哄骗虏酋俺答，说自家有奇术，能咒人使人立死，喝城使城立颓。虏酋愚甚，被他哄动，尊为国师。其党数百人，自为一营，俺答几次入寇，都是萧芹等为之向导，中国屡受其害。先前史侍郎[90]做总督时，遣通事[91]重赂虏中头目脱脱，对他说道："天朝情愿与你通好，将俺家布粟换你家马，名为'马市'，两下息兵罢战，各享安乐，此是美事。只怕萧芹等在内作梗，和好不终。那萧芹原是中国一个无赖小人，全无术法，只是狡伪，哄诱你家抢掠的地方，他于中取事。郎主[92]若不信，可要萧芹试其术法。委的喝得城颓，咒得人死，那时合当重用；若咒人人不死，喝城城不颓，显是欺诳，何不缚送天朝？天朝感郎主之德，必有重赏。'马市'一成，岁岁享无穷之利，煞强如抢掠的勾当。"脱脱点头道是，对郎主俺答说了。俺答大喜，约会萧芹，要将千骑随之，从右卫[93]而入，试其喝城之技。萧芹自知必败，改换服色，连夜脱身逃走，被居庸关守将盘诘，并其党乔源、张攀隆等拿住，解到史侍郎处。招称妖党甚众，山陕畿南[94]，处处俱有。一向分头缉捕。今日阎浩、杨胤夔亦是数内有名妖犯。杨总督看见获解到来，一者也算他上任一功，二者要借这个题目牵害沈炼，如何不喜？当晚就请路御史来后堂，商议道："别个题目摆布沈炼不了，只有白莲教通虏一事，圣上所最怒。如今将妖贼阎浩、杨胤夔招[95]中，窜入沈炼名字。只说浩等平日师事沈炼，沈炼因失职怨望，教浩等煽妖作幻，勾虏谋逆。天幸今日被擒，乞赐天诛，以绝后患。先用密禀[96]禀知严家，教他叮嘱刑部作速复本[97]。料这番沈炼之命，必无逃矣。"路楷拍手道："妙哉、妙哉！"两个当时就商量了本稿，约齐了同时发本。

严嵩先见了本稿及禀帖，便教严世蕃传话刑部。那刑部尚书[98]许论，是个罢软[99]没用的老儿，听见严府分付，不敢怠慢，连忙复本，一依杨、路二人之议。圣旨倒下[100]，妖犯着本处巡按御史即时斩决。杨顺荫一子锦衣卫千户；路楷纪功，升迁三级，俟京堂缺推用[101]。

话分两头。却说杨顺自发本之后，便差人密地里拿沈炼下于狱中。慌得徐夫人和沈衮、沈褒没做理会，急寻义叔贾石商议。贾石道："此必杨、路二贼为严家报仇之意，既然下狱，必然诬陷以重罪。两位公子及今[102]逃窜远方，待等严家势败，方可出头。若住在此处，杨、路二贼决不干休。"沈衮道："未曾看得父亲下落，如何好去？"贾石道："尊大人犯了对头，决无保全之理。公子以宗祀[103]为重，岂可拘于小孝，自取灭绝之祸？可劝令堂老夫人，早为远害全身之计。尊大人处贾某自当央人看觑，不烦悬念。"二沈便将贾石之言对徐夫人说知。徐夫人道："你父亲无罪陷狱，何忍弃之而去？贾叔叔虽然相厚，终是个外人。我料杨、路二贼奉承严氏，亦不过与你爹爹作对，终不然累及妻子。你若畏罪而逃，父亲倘然身死，骸骨无收，万世骂你做不孝之子，何颜在世为人乎？"说罢，大哭不止。沈衮、沈褒齐声恸哭。贾石闻知徐夫人不允，叹惜而去。

过了数日，贾石打听的实，果然扭入白莲教之党，问成死罪。沈炼在狱中大骂不止。杨顺自知理亏，只恐临时处决，怕他在众人面前毒骂，不好看相，预先问狱官责取病状，将沈炼结果了性命。贾石将此话报与徐夫人知道，母子痛哭，自不必说。又亏贾石多有识熟人情，买出尸首，嘱付狱卒，若官府要枭示[104]时，把个假的答应。却瞒着沈衮兄弟，私下备棺盛殓，埋于隙地。事毕，方才向沈衮说道："尊大人遗体已得保全，直待事平之后，方好指点与你知道，今犹未可泄漏。"沈衮兄弟感谢不已。贾石又苦口劝他弟兄二人逃走。沈衮道："极知久占叔叔高居，心上不安。奈家母之意，欲待是非稍定，搬回灵柩，以此迟延不决。”贾石怒道：“我贾某生平，为人谋而尽忠，今日之言，全是为你家门户，岂因久占住房，说发[105]你们起身之理？既嫂嫂老夫人之意已定，我亦不敢相强。但我有一小事，即欲远出，有一年半载不回，你母子自小心安住便了。”觑着壁上贴得有前、后《出师表》各一张，乃是沈炼亲笔楷书，贾石道：“这两幅字可揭来送我，一路上做个纪念；他日相逢，以此为信。”沈衮就揭下二纸，双手折叠，递与贾石。贾石藏于袖中，流泪而别。原来贾石算定杨、路二贼设心不善，虽然杀了沈炼，未肯干休。自己与沈炼相厚，必然累及，所以预先逃走，在河南地方宗族家权时居住。不在话下。

却说路楷见刑部复本，有了圣旨，便于狱中取出阎浩、杨胤夔斩讫，并要割沈炼之首，一同枭示。谁知沈炼真尸已被贾石买去了，官府也那里辨验得出。不在话下。再说杨顺看见止于荫子，心中不满，便向路楷说道：“当初严东楼[106]许我事成之日，以侯伯爵相酬，今日失言，不知何故？”路楷沉思半晌，答道：“沈炼是严家紧对头，今止诛其身，不曾波及其子。斩草不除根，萌芽复发。相国不足我们之意，想在于此。”杨顺道：“若如此，何难之有？如今再上个本，说沈炼虽诛，其子亦宜知情，还该坐罪，抄没家私，庶国法可伸，人心知惧。再访他同射草人的几个狂徒，并借屋与他住的，一齐拿来治罪。出了严家父子之气，那时却将前言取赏，看他有何推托？”路楷道：“此计大妙！事不宜迟，乘他家属在此，一网而尽，岂不快哉！只怕他儿子知风逃避，却又费力。”杨顺道：“高见甚明。”一面写表申奏朝廷，再写禀帖到严府知会，自述孝顺之意；一面预先行牌[107]保安州知州，着用心看守犯属，勿容逃逸。只等旨意批下，便去行事。诗曰：

> 破巢完卵从来少，削草除根势或然。可惜忠良遭屈死，又将家属媚当权。

再过数日，圣旨下了，州里奉着宪牌[108]，差人来拿沈炼家属，并查平素往来诸人姓名，一一挨拿。只有贾石名字，先经出外，只得将在逃开报，此见贾石见几[109]之明也。时人有诗赞云：

> 义气能如贾石稀，全身远避更知几。任他罗网空中布，争奈仙禽天外飞？

却说杨顺见拿到沈衮、沈褒，亲自鞫问[110]，要他招承通虏实迹。二沈高声叫屈，那里肯招？被杨总督严刑拷打，打得体无完肤，沈衮、沈褒熬炼不过，双双死于杖下。可怜少年公子，都入枉死城中。其同时拿到犯人，都坐个同谋之罪，累死者何止数十人。幼子沈袠尚在襁褓，免罪，随着母徐氏，另徙在云州[111]极边，不许在保安居住。

路楷又与杨顺商议道："沈炼长子沈襄，是绍兴有名秀才，他时得地[112]，必然衔恨于我辈。不若一并除之，永绝后患，亦要相国知我用心。"杨顺依言，便行文书到浙江，把做钦犯，严提沈襄来问罪。又分付心腹经历金绍，择取有才干的差人，赍[113]文前去，嘱他中途伺便，便行谋害，就所在地方，讨个病状回缴。事成之日，差人重赏，金绍许他荐本超迁[114]。

金绍领了台旨，汲汲[115]而回，着意的选两名积年干事的公差，无过是张千、李万。金绍唤他到私衙，赏了他酒饭，取出私财二十两相赠。张千、李万道："小人安敢无功受赐？"金绍道："这银两不是我送你的，是总督杨爷赏你的，教你赍文到绍兴去拿沈襄，一路不要放松他。须要如此如此，这般这般，回来还有重赏。若是怠慢，总督老爷衙门不是取笑的，你两个自去回话。"张千、李万道："莫说总督老爷钧旨，就是老爷分付，小人怎敢有违？"收了银两，谢了金经历。在本府领下公文，疾忙上路，往南进发。

却说沈襄，号小霞，是绍兴府学廪膳秀才。他在家久闻得父亲以言事获罪，发去口外为民，甚是挂怀。欲亲到保安州一看，因家中无人主管，行止两难。忽一日，本府差人到来，不由分说，将沈襄锁缚，解到府堂。知府教把文书与沈襄看了备细，就将回文和犯人交付原差，属他一路小心。沈襄此时方知父亲及二弟俱已死于非命，母亲又远徙极边，放声大哭。哭出府门，只见一家老小，都在那里搅做一团的啼哭。原来文书上有"奉旨抄没"的话，本府已差县尉封锁了家私，将人口尽皆逐出。沈小霞听说，真是苦上加苦，哭得咽喉无气。霎时间，亲戚都来与小霞话别，明知此去多凶少吉，少不得说几句劝解的言语。小霞的丈人孟春元，取出一包银子，送与二位公差，求他路上看顾女婿。公差嫌少不受。孟氏娘子又添上金簪子一对，方才收了。沈小霞带着哭，分付孟氏道："我此去死多生少，你休为我忧念，只当我已死一般，在爷娘家过活。你是书礼之家，谅无再醮[116]之事，我也放心得下。"指着小妻闻淑女说道："只这女子年纪幼小，又无处着落，合该教他改嫁。奈我三十无子，她却有两个半月的身孕，他日倘生得一男，也不绝了沈氏香烟。娘子你看我平日夫妻面上，一发[117]带她到丈人家去住几时，等待十月满足，生下或男或女，那时凭你发遣她去便了。”话声未绝，只见闻氏淑女说道：“官人说那里话，你去数千里之外，没个亲人朝夕看觑，怎生放下？大娘自到孟家去，奴家情愿蓬首垢面，一路伏侍官人前行，一来官人免致寂寞，二来也替大娘分得些忧念。”沈小霞道：“得个亲人做伴，我非不欲；但此去多分[118]不幸，累你同死他乡何益？”闻氏道：“老爷在朝为官，官人一向在家，谁人不知？便诬陷老爷有些不是的勾当，家乡隔绝，岂是同谋？妾帮着官人到官申辩，决然罪不至死。就使[119]官人下狱，还留贱妾在外，尚好照管。”孟氏也放丈夫不下，听得闻氏说得有理，极力撺掇[120]丈夫带淑女同去。沈小霞平日素爱淑女有才有智，又见孟氏苦劝，只得依允。

当夜众人齐到孟春元家，歇了一夜。次早，张千、李万催趱[121]上路。闻氏换了一身布衣，将青布裹头，别了孟氏，背着行李，跟着沈小霞便走。那时分别之苦，自不必说。

一路行来，闻氏与沈小霞寸步不离，茶汤饭食，都亲自搬取。张千、李万初时还好言好语，过了扬子江，到徐州起旱[122]，料得家乡已远，就做出嘴脸来，呼幺喝六，渐渐难为他夫妻两个来了。闻氏看在眼里，私对丈夫说道：“看那两个泼[123]差人，不怀好意。奴家女流之辈，不识路径，若前途有荒僻旷野的所在，须是用心提防。”沈小霞虽然点头，心中还只是半疑不信。又行了几日，看见两个差人不住的交头接耳，私下商量说话；又见他包裹中有倭刀[124]一口，其白如霜。忽然心动，害怕起来，对闻氏说道：“你说这泼差人其心不善，我也觉得有七八分了。明日是济宁府[125]界上，过了府去，便是太行山、梁山泺[126]。一路荒野，都是响马出入之所。倘到彼处，他们行凶起来，你也救不得我，我也救不得你，如何是好？”闻氏道：“既然如此，官人有何脱身之计，请自方便。留奴家在此，不怕那两个泼差人生吞了我。”沈小霞道：“济宁府东门内，有个冯主事[127]，丁忧[128]在家。此人最有侠气，是我父亲极相厚的同年[129]，我明日去投奔他，他必然相纳。只怕你妇人家，没志量打发这两个泼差人，累你受苦，于心何安？你若有力量支持他，我去也放胆。不然与你同生同死，也是天命当然，死而无怨。”闻氏道：“官人有路尽走，奴家自会摆布，不劳挂念。”这里夫妻暗地商量，那张千、李万辛苦了一日，吃了一肚酒，齁齁[130]的熟睡，全然不觉。

次日早起上路，沈小霞问张千道：“前去济宁还有多少路？”张千道：“只四十里，半日就到了。”沈小霞道：“济宁东门内冯主事，是我年伯[131]。他先前在京师时，借过我父亲二百两银子，有文契在此。他管过北新关[132]，正有银子在家。我若去取讨前欠，他见我是落难之人，必然慨付。取得这项银两，一路上盘缠，也得宽裕，免致吃苦。”张千意思有些作难。李万随口应承了，向张千耳边说道：“我看这沈公子是忠厚之人，况爱妾行李都在此处，料无他故。放他去走一遭，取得银两，都是你我二人的造化[133]，有何不可？”张千道：“虽然如此，到饭店安歇行李，我守住小娘子在店上，你紧跟着同去，万无一失。”

话休絮烦。看看巳牌时分[134]，早到济宁城外，拣个洁净店儿，安放了行李。沈小霞便道：“你二位同我到东门走遭，转来吃饭未迟。”李万道：“我同你去，或者他家留酒饭也不见得。”闻氏故意对丈夫道：“常言道：‘人面逐高低，世情看冷暖。’冯主事虽然欠下老爷银两，见老爷死了，你又在难中，谁肯唾手[135]交还？枉自讨个厌贱[136]。不如吃了饭赶路为上。”沈小霞道：“这里进城到东门不多路，好歹去走一遭，不折了什么便宜[137]。”李万贪了这二百两银子，一力撺掇该去。沈小霞分付闻氏道：“耐心坐坐，若转得快时，便是没想头了。他若好意留款，必然有些赍发[138]，明日顾个轿儿抬你去。这几日在牲口上坐，看你好生不惯。”闻氏觑个空，向丈夫丢个眼色，又道：“官人早回，休教奴久待则个。”李万笑道：“去多少时，有许多说话，好不老气[139]！”闻氏见丈夫去了，故意招李万转来嘱付道：“若冯家留饭坐得久时，千万劳你催促一声。”李万答应道：“不消分付。”比及李万下阶时，沈小霞已走了一段路了。李万托着大意，又且济宁是他惯走的熟路，东门冯主事家，他也认得，全不疑惑。走了几步，又里急[140]起来，觑个毛坑上自在方便了，慢慢的望东门而去。

却说沈小霞回头看时，不见了李万，做一口气急急的跑到冯主事家。也是小霞合当有救，正值冯主事独自在厅。两人京中旧时识熟，此时相见，吃了一惊。沈襄也不作揖，扯住冯主事衣袂[141]道：“借一步[142]说话。”冯主事已会意了，便引到书房里面。沈小霞放声大哭。冯主事道：“年侄[143]有话快说，休得悲伤，误其大事。”沈小霞哭诉道：“父亲被严贼屈陷，已不必说了；两个舍弟随任的，都被杨顺、路楷杀害；只有小侄在家，又行文本府提去问罪。一家宗祀，眼见灭绝。又两个差人，心怀不善，只怕他受了杨、路二贼之嘱，到前途太行、梁山等处暗算了性命。寻思一计，脱身来投老年伯。老年伯若有计相庇，我亡父在天之灵，必然感激。若老年伯不能遮护小侄，便就此触阶而死，死在老年伯面前，强似死于奸贼之手。”冯主事道：“贤侄不妨。我家卧室之后，有一层复壁，尽可藏身，他人搜检不到之处。今送你在内权住数日，我自有道理，”沈襄拜谢道：“老年伯便是重生父母。”冯主事亲执沈襄之手，引入卧房之后，揭开地板一块，有个地道。从此钻下，约走五六十步，便有亮光，有小小廊屋三间，四面皆楼墙围裹，果是人迹不到之处。每日茶饭，都是冯主事亲自送入。他家法极严，谁人敢泄漏半个字？正是：

深山堪隐豹，柳密可藏鸦。不须愁汉吏[144]，自有鲁朱家。

且说这一日，李万上了毛坑，望东门冯家而来。到于门首，问老门公道："主事老爷在家么？"老门公道："在家里。"又问道："有个穿白的官人来见你老爷，曾相见否？"老门公道："正在书房里吃饭哩。"李万听说，一发放心。看看等到未牌，果然厅上走一个穿白的官人出来。李万急上前看时，不是沈襄。那官人径自出门去了。李万等得不耐烦，肚里又饥。不免问老门公道："你说老爷留饭的官人，如何只管坐了去，不见出来。"老门公道："方才出去的不是？"李万道："老爷书房中还有客没有？"老门公道："这倒不知。"李万道："刚才那穿白的是甚人？"老门公道："是老爷的小舅，常常来的。"李万道："老爷如今在那里？"老门公道："老爷每常饭后，定要睡一觉，此时正好睡哩。"李万听得话不投机，心下早有二分慌了，便道："不瞒大伯说，在下是宣大总督老爷差来的。今有绍兴沈公子名唤沈襄，号沈小霞，系钦提人犯。小人提押到于贵府，他说与你老爷有同年叔侄之谊，要来拜望。在下同他到宅，他进宅去了。在下等候多时，不见出来，想必还在书房中。大伯，你还不知道，烦你去催促一声，教他快快出来，要赶路走。"老门公故意道："你说的是甚么说话？我一些不懂。"李万耐了气，又细细的说一遍。老门公当面的一啐，骂道："见鬼！何尝有什么沈公子到来？老爷在丧中，一概不接外客。这门上是我的干纪[145]，出入都是我通禀，你却说这等鬼话！你莫非是白日撞[146]么？强装什么公差名色，掏摸东西的？快快请退，休缠你爷的帐！"李万听说，愈加着急，便发作起来道："这沈襄是朝廷要紧的人犯，不是当要的，请你老爷出来，我自有话说。"老门公道："老爷正瞌睡，没甚事，谁敢去禀？你这獠子[147]，好不达时务！"说罢，洋洋的自去了。

李万道："这个门上老儿好不知事，央他传一句话甚作难？想沈襄定然在内，我奉军门钧帖[148]，不是私事，便闯进去怕怎的？"李万一时粗莽，直撞入厅来，将照壁拍了又拍，大叫道："沈公子，好走动了！"不见答应。一连叫唤了数声，只见里头走出一个年少的家童，出来问道："管门的在那里？放谁在厅上喧嚷？"李万正要叫住他说话，那家童在照壁后张了张儿，向西边走去了。李万道：“莫非书房在那西边？我且自去看看，怕怎的？”从厅后转西走去，原来是一带长廊。李万看见无人，只顾望前而行。只见屋宇深邃，门户错杂，颇有妇人走动。李万不敢纵步，依旧退回厅上，听得外面乱嚷。

李万到门首看时，却是张千来寻李万不见，正和门公在那里斗口。张千一见了李万，不由分说，便骂道：“好伙计，只贪图酒食，不干正事！巳牌时分进城，如今申牌将尽，还在此闲荡，不催趱犯人出城去，待怎么？”李万道：“呸！那有什么酒食？连人也不见个影儿。”张千道：“是你同他进城的。”李万道：“我只登了个东[149]，被蛮子[150]上前了几步，跟他不上。一直赶到这里，门上说有个穿白的官人在书房中留饭，我说定是他了。等到如今不见出来，门上人又不肯通报，清水也讨不得一杯吃。老哥，烦你在此等候等候，替我到下处医了肚皮[151]再来。”张千道：“有你这样不干事的人！是甚么样犯人，却放他独自行走？就是书房中，少不得也随他进去。如今知他在里头不在里头？还亏你放慢线儿[152]讲话。这是你的干纪，不关我事。”说罢便走。李万赶上扯住道：“人是在里头，料没处去。大家在此帮说句话儿，催他出来，也是个道理。你是吃饱的人，如何去得这等要紧？”张千道：“他的小老婆在下处，方才虽然嘱付店主人看守，只是放心不下。这是沈襄穿鼻的索儿[153]，有他在，不怕沈襄不来。”李万道：“老哥说得是。”当下张千先去了。

李万忍着肚饥守到晚，并无消息。看看日没黄昏，李万腹中饿极了，看见间壁有个点心店儿，不免脱下布衫，抵当几文钱的火烧来吃。去不多时，只听得扛门声响，急跑来看，冯家大门已闭上了。李万道：“我做了一世的公人，不曾受这般呕气！主事是多大的官儿，门上直恁作威作势？也有那沈公子好笑，老婆行李都在下处，既然这里留宿，信也该寄一个出来。事已如此，只得在房檐下胡乱过一夜，天明等个知事的管家出来，与他说话。”此时十月天气，虽不甚冷，半夜里起一阵风，簌簌的下几点微雨，衣服都沾湿了，好生凄楚。

捱到天明雨止，只见张千又来了。却是闻氏再三再四催逼他来的。张千身边带了公文解批[154]，和李万商议，只等开门，一拥而入，在厅上大惊小怪，高声发话。老门公拦阻不住，一时间家中大小都聚集来，七嘴八张，好不热闹。街上人听得宅里闹吵，也聚拢来，围住大门外闲看。惊动了那有仁有义守孝在家的冯主事，从里面踱将出来。且说冯主事怎生模样？

头带栀子花匾摺孝头巾，身穿反折缝稀眼粗麻衫，腰系麻绳，足着草履。

众家人听得咳嗽响，道一声："老爷来了。"都分立在两边。主事出厅问道："为甚事在此喧嚷？"张千、李万上前施礼道："冯爷在上，小的是奉宣大总督爷公文来的，到绍兴拿到钦犯沈襄，经由贵府。他说是冯爷的年侄，要来拜望。小的不敢阻挡，容他进见。自昨日上午到宅，至今不见出来，有误程限[155]，管家们又不肯代禀。伏乞[156]老爷天恩，快些打发上路。"张千便在胸前取出解批和官文呈上。冯主事看了，问道："那沈襄可是沈经历沈炼的儿子么？"李万道："正是。"冯主事掩着两耳，把舌头一伸，说道："你这班配军[157]，好不知利害！那沈襄是朝廷钦犯，尚犹自可；他是严相国的仇人，那个敢容纳他在家？他昨日何曾到我家来？你却乱话。官府闻知传说到严府去，我是当得起他怪的？你两个配军，自不小心，不知得了多少钱财，买放[158]了要紧人犯，却来图赖我！"叫家童："与我乱打那配军出去，把大门闭了，不要惹这闲是非，严府知道不是当耍！"冯主事一头骂，一头走进宅去了。大小家人，奉了主人之命，推的推，掇[159]的掇，霎时间被众人拥出大门之外，闭了门，兀自听得嘈嘈的乱骂。

张千、李万面面相觑，开了口合不得，伸了舌缩不进。张千埋怨李万道："昨日是你一力撺掇，教放他进城，如今你自去寻他。"李万道："且不要埋怨，和你去问他老婆，或者晓得他的路数[160]，再来抓寻便了。"张千道："说得是。他是恩爱的夫妻，昨夜汉子不回，那婆娘暗地流泪，巴巴的独坐了两三个更次。他汉子的行藏[161]，老婆岂有不知？"两个一头说话，飞奔出城，复到饭店中来。

却说闻氏在店房里面听得差人声音，慌忙移步出来，问道："我官人如何不来？"张千指李万道："你只问他就是。"李万将昨日往毛厕出恭，走慢了一步，到冯主事家，起先如此如此，以后这般这般，备细说了。张千道："今早空肚皮进城，就吃了这一肚寡气。你丈夫想是真个不在他家了，必然还有个去处，难道不对小娘子说的？小娘子趁早说来，我们好去抓寻。"说犹未了，只见闻氏噙着眼泪，一双手扯住两个公人叫道："好，好，还我丈夫来！"张千、李万道："你丈夫自要去拜什么年伯，我们好意容他去走走，不知走向那里去了，连累我们在此着急，没处抓寻；你倒问我要丈夫，难道我们藏过了他？说得好笑！"将衣袂掣开，气忿忿地对虎[162]一般坐下。闻氏倒走在外面，拦住出路，双足顿地，放声大哭，叫起屈来。

老店主听得，忙来劝解。闻氏道："公公有所不知。我丈夫三十无子，娶奴为妾，奴家跟了他二年了，幸有三个多月身孕。我丈夫割舍不下，因此奴家千里相从，一路上寸步不离。昨日为盘缠缺少，要去见那年伯，是李牌头[163]同去的。昨晚一夜不回，奴家已自疑心。今早他两个自回，一定将我丈夫谋害了。你老人家替我做主，还我丈夫便罢休。”老店主道：“小娘子休得急性，那排长与你丈夫前日无怨，往日无仇，着甚来由要坏他性命？”闻氏哭声转哀道：“公公，你不知道我丈夫是严阁老的仇人，他两个必定受了严府的嘱托来的，或是他要去严府请功。公公，你详情[164]他千乡万里，带着奴家到此，岂有没半句说话，突然去了？就是他要走时，那同去的李牌头怎肯放他？你要奉承严府，害了我丈夫不打紧，教奴家孤身妇女，看着[165]何人？公公，这两个杀人的贼徒，烦公公带着奴家同他去官府处叫冤。”张千、李万被这妇人一哭一诉，就要分析几句，没处插嘴。老店主听得闻氏说得有理，也不免有些疑心，倒可怜那妇人起来，只得劝道：“小娘子说便是这般说，你丈夫未曾死也不见得，好歹再等候他一日。”闻氏道：“依公公等候一日不打紧，那两个杀人的凶身乘机走脱了，这干系却是谁当？”张千道：“若果然谋害了你丈夫要走脱时，我弟兄两个又到这里则甚？”闻氏道：“你欺负我妇人家没张智[166]，又要指望奸骗我。好好的说，我丈夫的尸首在那里？少不得当官也要还我个明白。”老店官见妇人口嘴利害，再不敢言语。

店中闲看的，一时间聚了四五十人。闻说妇人如此苦切，人人恼恨那两个差人，都道：“小娘子要去叫冤，我们引你到兵备道[167]去。”闻氏向着众人深深拜福[168]，哭道：“多承列位路见不平，可怜我落难孤身，指引则个！这两个凶徒，相烦列位替奴家拿他同去，莫放他走了。”众人道：“不妨事，在我们身上。”张千、李万欲向众人分剖时，未说得一言半字，众人便道：“两个排长不消辩得，虚则虚，实则实，若是没有此情，随着小娘子到官，怕他则甚？”妇人一头哭，一头走，众人拥着张千、李万，搅做一阵的，都到兵备道前，道里尚未开门。

那一日正是放告[169]日期，闻氏束了一条白布裙，径抢进栅门，看见大门上架着那大鼓，鼓架上悬着个槌儿，闻氏抢槌在手，向鼓上乱挝，挝得那鼓振天的响。吓得中军官失了三魂，把门吏丧了七魄，一齐跑来，将绳缚住。喝道：“这妇人好大胆！”闻氏哭倒在地，口称泼天冤枉。只见门内吆喝之声，开了大门，王兵备坐堂，问击鼓者何人。中军官将妇人带进。闻氏且哭且诉，将家门不幸遭变，一家父子三口死于非命，只剩得丈夫沈襄，昨日又被公差中途谋害，有枝有叶的细说了一遍。王兵备唤张千、李万上来，问其缘故。张千、李万说一句，妇人就剪[170]一句，妇人说得句句有理，张千、李万抵搪不过。王兵备思想道："那严府势大，私谋害人之事，往往有之，此情难保其无。"便差中军官押了三人，发去本州勘审。

那知州姓贺，奉了这项公事，不敢怠慢，即时扣了店主人到来，听四人的口词。妇人一口咬定二人谋害她丈夫。李万招称为出恭慢了一步，因而相失。张千、店主人都据实说了一遍。知州委决不下。那妇人又十分哀切，像个真情；张千、李万又不肯招认。想了一回，将四人闭于空房，打轿去拜冯主事，看他口气若何。

冯主事见知州来拜，急忙迎接归厅。茶罢，贺知州提起沈襄之事。才说得沈襄二字，冯主事便掩着双耳道："此乃严相公仇家，学生虽有年谊[171]，平素实无交情。老公祖[172]休得下问，恐严府知道，有累学生。"说罢站起身来道："老公祖既有公事，不敢留坐了。"贺知州一场没趣，只得作别，在轿上想道："据冯公如此惧怕严府，沈襄必然不在他家，或者被公人所害也不见得；或者去投冯公见拒不纳，别走个相识人家去了，亦未可知。"

回到州中，又取出四人来，问闻氏道："你丈夫除了冯主事，州中还认得有何人？"闻氏道："此地并无相识。"知州道："你丈夫是甚么时候去的？那张千、李万几时来回复你的说话？"闻氏道："丈夫是昨日未吃午饭前就去的，却是李万同出店门。到申牌时分，张千假说催趱上路，也到城中去了，天晚方回来。张千兀自向小妇人说道："我李家兄弟跟着你丈夫冯主事家歇了，明日我早去催他出城。今早张千去了一个早晨，两人双双而回，单不见了丈夫，不是他谋害了是谁？若是我丈夫不在冯家，昨日李万就该追寻了，张千也该着忙，如何将好言语稳住小妇人？其情可知：一定张千、李万两个在路上预先约定，却教李万乘夜下手；今早张千进城，两个乘早将尸首埋藏停当，却来回复我小妇人。望青天爷爷明鉴[173]！"贺知州道："说得是。"张千、李万正要分辩，知州相公喝道："你做公差所干何事？若非用计谋死，必然得财买放，有何理说？"喝教手下将那张、李重责三十，打得皮开肉绽，鲜血迸流。张千、李万只是不招。妇人在旁，只顾哀哀的痛哭。知州相公不忍，便讨夹棍将两个公差夹起。那公差其实不曾谋死，虽然负痛，怎生招得？一连上了两夹，只是不招。知州相公再要夹时，张、李受苦不过，再三哀求道："沈襄实未曾死，乞爷爷立个限期，差人押小的挨寻[174]沈襄，还那闻氏便了。"知州也没有定见，只得勉从其言。闻氏且发尼姑庵住下。差四名民壮[175]，锁押张千、李万二人，追寻沈襄，五日一比[176]。店主释放宁家[177]。将情具由申详[178]兵备道，道里依缴[179]了。

张千、李万一条铁链锁着，四名民壮轮番监押。带得几两盘缠，都被民壮搜去，为酒食之费；一把倭刀，也当酒吃了。那临清[180]去处又大，茫茫荡荡，来千去万，那里去寻沈公子？也不过一时脱身之法。闻氏在尼姑庵住下，刚到五日，准准的又到州里去啼哭，要生要死。州守相公没奈何，只得苦批较差人张千、李万。一连比了十数限，不知打了多少竹批[181]，打得爬走不动。张千得病身死，单单剩得李万，只得到尼姑庵来拜求闻氏道："小的情极，不得不说了。其实奉差来时，有经历金绍，口传杨总督钧旨，教我中途害你丈夫，就所在地方，讨个结状[182]回报。我等口虽应承，怎肯行此不仁之事？不知你丈夫何故，忽然逃走，与我们实实无涉。青天在上，若半字虚情，全家祸灭！如今官府五日一比，兄弟张千已自打死，小的又累死[183]也是冤枉。你丈夫的确未死，小娘子他日夫妇相逢有日。只求小娘子休去州里啼啼哭哭，宽小的比限，完全狗命，便是阴德。"闻氏道："据你说不曾谋害我丈夫，也难准信。既然如此说，奴家且不去禀官，容你从容查访。只是你们自家要上紧用心，休得怠慢。"李万喏喏连声而去。有诗为证：

白金廿两酿凶谋，谁料中途已失囚。锁打禁持熬不得，尼庵苦向妇人求。

官府立限缉获沈襄，一来为他是总督衙门的紧犯，二来为妇人日日哀求，所以上紧严比[184]。今日也是那李万不该命绝，恰好有个机会。却说总督杨顺，御史路楷，两个日夜商量，奉承严府，指望旦夕封侯拜爵。谁知朝中有个兵科给事中吴时来，风闻杨顺横杀平民冒功之事，把他尽情劾奏一本，并劾路楷朋奸[185]助恶。嘉靖爷正当设醮祝釐[186]，见说杀害平民，大伤和气，龙颜大怒，着锦衣卫扭解来京问罪。严嵩见圣怒不测，一时不及救护；到底亏他于中调停，止于削爵为民。可笑杨顺、路楷杀人媚人，至此徒为人笑，有何益哉？再说贺知州听得杨总督去任，已自把这公事看得冷了；又闻氏连次不来哭禀，两个差人又死了一个，只剩得李万，又苦苦哀求不已。贺知州分付打开铁链，与他个广捕文书[187]，只教他用心缉访，明是放松之意。李万得了广捕文书，犹如捧了一道赦书，连连磕了几个头，出得府门，一道烟走了，身边又无盘缠，只得求乞而归。不在话下。

却说沈小霞在冯主事家复壁之中，住了数月，外边消息无有不知，都是冯主事打听将来，说与小霞知道。晓得闻氏在尼姑庵寄居，暗暗欢喜。过了年余，已知张千、李万都逃了，这公事渐渐懒散。冯主事特地收拾内书房三间，安放沈襄在内读书，只不许出外，外人亦无有知者。冯主事三年孝满，为有沈公子在家，也不去起复[188]做官。

光阴似箭，一住八年。值严嵩一品夫人[189]欧阳氏卒，严世蕃不肯扶柩还乡，唆父亲上本留己侍养，却于丧中簇拥姬妾，日夜饮酒作乐。嘉靖爷天性至孝，访知其事，心中甚是不悦。时有方士蓝道行[190]，善扶鸾[191]之术。天子召见，教他请仙，问以辅臣贤否[192]。蓝遭行奏道："臣所召乃是上界真仙，正直无阿，万一箕下判断有忤圣心，乞恕微臣之罪。"嘉靖爷道："朕正愿闻天心正论，与卿何涉？岂有罪卿之理？"蓝道行书符念咒，神箕自动，写出十六个字来，道是：

高山番草，父子阁老。日月无光，天地颠倒。

嘉靖爷爷看了，问蓝道行道："卿可解之。"蓝道行奏道："微臣愚昧未解。"嘉靖爷道："朕知其说。'高山'者，'山'字连'高'，乃是'嵩'字。'番草'者，'番'字'草'头，乃是'蕃'字。此指严嵩、严世蕃父子二人也。朕久闻其专权误国，今仙机示朕，朕当即为处分，卿不可泄于外人。"蓝道行叩头，口称"不敢"，受赐而出。

从此，嘉靖爷渐渐疏了严嵩。有御史邹应龙[193]，看见机会可乘，遂劾奏严世蕃凭藉父势，卖官鬻爵，许多恶迹，宜加显戮[194]。其父严嵩溺爱恶子，植党蔽贤，宜亟赐休退，以清政本。嘉靖爷见疏大喜，即升应龙为通政右参议[195]。严世蕃下法司[196]，拟成充军之罪；严嵩回籍。未几，又有江西巡按御史林润[197]，复奏严世蕃不赴军伍[198]，居家愈加暴横，强占民间田产，畜养奸人，私通倭虏，谋为不轨。得旨，三法司提问，问官勘实复奏。严世蕃即时处斩，抄没家财，严嵩发养济院[199]终老。被害诸臣尽行昭雪。

冯主事得此喜信，慌忙报与沈襄知道，放他出来，到尼姑庵访问那闻淑女。夫妇相见，抱头而哭。闻氏离家时，怀孕三月，今在庵中生下一孩子，已十岁了。闻氏亲自教他念书，五经皆已成诵。沈襄欢喜无限。冯主事方上京补官，教沈襄同去讼理父冤，闻氏暂迎归本家园上居住。沈襄从其言。

到了北京，冯主事先去拜了通政司邹参议，将沈炼父子冤情说了，然后将沈襄讼冤本稿送与他看。邹应龙一力担当。次日，沈襄将奏本往通政司挂号投递。圣旨下：沈炼忠而获罪，准复原官，仍进一级，以旌其直；妻子召还原籍；所没入财产，府县官照数给还；沈襄食廪年久，准贡[200]，敕授知县之职。沈襄复上疏谢恩，疏中奏道："臣父炼向在保安，因目击宣大总督杨顺杀戮平民冒功，吟诗感叹。适值御史路楷阴受严世蕃之嘱，巡按宣大，与杨顺合谋，陷臣父于极刑，并杀臣弟二人，臣亦几于不免。冤尸未葬，危宗几绝，受祸之惨，莫如臣家。今严世蕃正法，而杨顺、路楷安然保首领于乡，使边廷万家之怨骨衔恨无伸，臣家三命之冤魂含悲莫控[201]，恐非所以肃刑典而慰人心也。”圣旨准奏，复提杨顺、路楷到京，问成死罪，监刑部牢中待决。

沈襄来别冯主事，要亲到云州，迎接母亲和兄弟沈衮到京，依傍冯主事寓所相近居住；然后往保安州访求父亲骸骨，负归埋葬。冯主事道：“老年嫂[202]处适才已打听个消息，在云州康健无恙。令弟沈衮，已在彼游庠[203]了。下官当遣人迎之。尊公遗体要紧，贤侄速往访问，到此相会令堂可也。”

沈襄领命，径往保安。一连寻访两日，并无踪迹。第三日，因倦借坐人家门首，有老者从内而出，延进草堂吃茶。见堂中挂一轴子[204]，乃楷书诸葛孔明两次《出师表》也。表后但写年月，不着姓名。沈小霞看了又看，目不转睛。老者道：“客官为何看之？”沈襄道：“动问老丈，此字是何人所书？”老者道：“此乃吾亡友沈青霞之笔也。”沈小霞道：“为何留在老丈处？”老者道：“老夫姓贾名石，当初沈青霞编管此地，就在舍下作寓。老夫与他八拜之交，最相契厚。不料后遭奇祸，老夫惧怕连累，也往河南逃避。带得这二幅《出师表》，裱成一幅，时常展视，如见吾兄之面。杨总督去任后，老夫方敢还乡。嫂嫂徐夫人和幼子沈衮，徙居云州，老夫时常去看他。近日闻得严家势败，吾兄必当昭雪，已曾遣人去云州报信。恐沈小官人要来移取父亲灵柩，老夫将此轴悬挂在中堂，好教他认认父亲遗笔。”沈小霞听罢，连忙拜倒在地，口称“恩叔”。贾石慌忙扶起道：“足下果是何人？”沈小霞道：“小侄沈襄，此轴乃亡父之笔也。”贾石道：“闻得杨顺这厮，差人到贵府来提贤侄，要行一网打尽之计。老夫只道也遭其毒手，不知贤侄何以得全？”沈小霞将临清事情，备细说了一遍。贾石口称“难得”，便分付家童治饭款待。沈小霞问道：“父亲灵柩，恩叔必知，乞烦指引一拜。”贾石道：“你父亲屈死狱中，是老夫偷尸埋葬，一向不敢对人说知。今日贤侄来此搬回故土，也不枉老夫一片用心。”说罢，刚欲出门，只见外面一位小官人骑马而来。贾石指道：“遇巧，遇巧！恰好令弟来也。”那小官便是沈衮，下马相见。贾石指沈小霞道：“此位乃大令兄讳襄的便是。”此日弟兄方才识面，恍如梦中相会，抱头而哭。

贾石领路，三人同到沈青霞墓所，但见乱草迷离，土堆隐起。贾石引二沈拜了，二沈俱哭倒在地。贾石劝了一回道：“正要商议大事，休得过伤。”二沈方才收泪。贾石道："二哥、三哥，当时死于非命，也亏了狱卒毛公存仁义之心，可怜他无故被害，将他尸藁葬[205]于城西三里之外。毛公虽然已故，老夫亦知其处，若扶令先尊柩回去，一起带回，使他父子魂魄相依。二位意下何如？"二沈道："恩叔所言，正合愚弟兄之意。"当日又同贾石到城西看了，不胜悲感。次日，另备棺木，择吉破土，重新殡殓。二人面色如生，毫不朽败，此乃忠义之气所致也。二沈悲哭自不必说。当时备下车仗，抬了三个灵柩，别了贾石起身。临别，沈襄对贾石道："这一轴《出师表》，小侄欲问恩叔取去，供养祠堂，幸勿见拒。"贾石慨然许了，取下挂轴相赠。二沈就草堂拜谢，垂泪而别。

沈襄先奉灵柩到张家湾，觅船装载。沈襄复身又到北京，见了母亲徐夫人，回复了说话，拜谢了冯主事起身。此时京中官员，无不追念沈青霞忠义，怜小霞母子扶柩远归，也有送勘合[206]的，也有赠赙金[207]的，也有馈赆仪[208]的。沈小霞只受勘合一张，余俱不受。到了张家湾，另换了官座船，驿递[209]起人夫一百名牵缆，走得好不快。不一日来到临清，沈襄分付座船，暂泊河下。单身入城，到冯主事家投了主事平安书信，园上领了闻氏淑女并十岁儿子下船。先参了灵柩，后见了徐夫人。那徐氏见了孙儿如此长大，喜不可言。当初只道灭门绝户，如今依旧有子有孙；昔日冤家，皆恶死见报：天理昭然。可见做恶人的到底吃亏，做好人的到底便宜。

闲话休题。到了浙江绍兴府，孟春元领了女儿孟氏，在二十里外迎接。一家骨肉重逢，悲喜交集。将丧船停泊码头，府县官员都往吊孝。旧时家产，已自清查给还。二沈扶柩葬于祖茔，重守三年之制[210]，无人不称大孝。抚按又替沈炼建造表忠祠堂，春秋祭祀。亲笔《出师表》一轴，至今供奉在祠堂之中。

服满[211]之日，沈襄到京受职，做了知县。为官清正，直升到黄堂知府[212]。闻氏所生之子，少年登科，与叔叔沈袠同年进士。子孙世世书香不绝。

冯主事为救沈襄一事，京中重其义气，累官至吏部尚书。忽一日，梦见沈青霞来拜候道："上帝怜某忠直，已授北京城隍之职。屈年兄为南京城隍，明日午时上任。"冯主事觉来甚以为疑，至日午，忽见轿马来迎，无疾而逝。二公俱已为神矣。有诗为证，诗曰：

生前忠义骨犹香，魂魄为神万古扬。料得奸魂沉地狱，皇天果报自昭彰。

① 本篇选自冯梦龙编刻的《古今小说》卷四十。 ② 阅古今：阅读史籍。 ③ 翻：反

而。 ④肮脏：同“抗脏”，刚正不屈。 ⑤“休解绶（shòu）”二句：不要解去官印上的丝带，丢掉官帽上插发的簪子，意思是不要辞职去官。 ⑥贞与淫：正和邪，善和恶。 ⑦圣人：皇帝，这里指明世宗朱厚熜。 ⑧以柔媚得幸：因为奉迎献媚而得到宠幸。 ⑨先意迎合：靠揣摩别人的心理去迎合讨好。 ⑩斋醮（jiào）：道士们斋戒祈神的一种仪式。 ⑪供奉：为皇帝服务。青词：道士在斋醮祭神时用的祝文，表示祈求天神的愿望，因用朱笔写在青藤纸上，所以叫做青词。 ⑫夏言：字公瑾，贵溪（今江西贵溪县）人，曾任武英殿大学士，后被严嵩排挤诬陷而死。 ⑬官生：高级官员的子弟应乡试者称为官生。工部侍郎：明代中央分吏、户、礼、兵、刑、工六部，工部职掌营造、建筑等事。侍郎为部的副长官。 ⑭济恶：“同恶相济”之简称，指坏人互相勾结，共同作恶。 ⑮招权：抓权，弄权。 ⑯科道：明朝六科给事中和都察院各道监察御史的统称，主要职责是稽察、弹劾内外官员。 ⑰关龙逄（péng）：夏朝的忠臣，夏桀荒淫暴虐，他犯颜直谏，因而被杀。 ⑱比干：商朝的忠臣，他是纣王的叔父，因多次谏劝纣王，后被剖心而死。 ⑲无名子：不知（或隐藏）姓名的人。 ⑳《神童诗》：封建时代的儿童启蒙读物，据传为宋代汪洙所作。 ㉑话柄：本意是谈话的资料，这里是故事的意思。 ㉒文经武纬之才：能治理国家的文武全才。经、纬都是治理的意思。 ㉓嘉靖戊戌年：即嘉靖十七年（1538）。 ㉔溧（lì）阳：在今江苏溧阳县。 ㉕茌（chí）平：在今山东茌平县。 ㉖清丰：在今河南清丰县。 ㉗伉（kàng）直：刚直。 ㉘左迁：贬官。锦衣卫：明代的禁卫军，主管保卫、侦讯、缉捕等事，实际是皇帝的特务机关。经历：掌管公文出纳的官。 ㉙不象意：不满意。 ㉚巨觥（gōng）：大酒杯。 ㉛两坐客：桌席两边的坐客。 ㉜给事：官名，给事中的简称，是规谏皇帝、稽察中央政府各部门的官员，也称“司谏”。 ㉝揎（xuān）袖：捋袖，表示愤激的动作。 ㉞“汉贼不两立”：借三国时蜀汉和曹魏的关系，代指忠奸誓不两立。 ㉟使气：使性子、逞意气。 ㊱张子房：即张良，字子房，战国末期韩国人，韩被秦灭掉，他为了报仇，交结刺客，于博浪沙（今河南省原阳县城东）用铁椎袭击秦始皇，不中。 ㊲疏：向皇帝上奏章。 ㊳着：命令。 ㊴口外：关外。 ㊵堂上官：署衙里负责的长官。 ㊶陆炳：明平湖（今浙江平湖县）人，任锦衣卫指挥使，受到世宗宠幸，与严嵩有勾结，但有时也保全被诬陷的人。 ㊷出头棍儿：旧时衙役宽容受刑者的一种手法，用棍打人时，表面很用力，实际上棍头不打在身上，不致受伤。 ㊸注籍：登记户籍。 ㊹保安州：今河北省涿鹿县。 ㊺国门：京都的城门。 ㊻廪（lǐn）膳秀才：年资较深、考试成绩较优的秀才，每月可以从学官得到一伙食津贴，叫廪膳秀才。 ㊼庙廊：本来指皇帝坐朝的殿堂，这里引申为以皇帝为首的中枢政权。 ㊽遐荒：边远荒僻之地。 ㊾宣府：即宣府镇（府治在今河北宣化县）。 ㊿权下：暂且住下。 (51)宣府卫：卫是明代军队的一种编制名，大者叫卫，小者叫所，宣府为明代九个边防重镇之一，属大者，故称为宣府卫。舍人：明代卫、所应袭职的武官子弟称为“舍人”。 (52)千户：武官名。明代卫、府都设千户，统兵一千多人。 (53)祖荫：祖上的恩德庇护。 (54)编管：古代官吏得罪发配，即编制在所发配的地区，由该地区官吏加以管束，称为编管。 (55)粗粝（lì）：粗糙的饭食。 (56)酬酢（zuò）：相互劝酒。 (57)踅（xué）：来回走，转圈。 (58)外家：外祖父家或岳父家，这里指后者。 (59)执鞭坠镫：表示跟随左右，殷勤侍候，是一种极端敬仰的表示。镫，马鞍两旁的铁脚踏。 ⑥僭扳（jiàn pān）：超越自己的身分地位去高攀。 ⑥¹倾盖相逢：路上偶然相遇，匆促相会便成了亲密的朋友。盖，车上的顶篷。因两车紧相靠而使得车篷都有些倾斜了，所以叫倾盖。 ⑥²参：弹劾，向朝廷揭发。阁老：明以后称宰辅为阁老，严嵩以大学士行宰相之实，所以称他为阁老。 ⑥³关心处：动感情的地方。 ⑥⁴若：或。 ⑥⁵耸听：专注地听。 ⑥⁶李林甫：唐玄宗时宰相，奸诈阴险，专横弄权。 ⑥⁷秦桧：南宋时的权奸，当时对金投降派的代表人物。 ⑥⁸啠（huá）：原意为喘息，这里是大声斥骂的意思。 ⑥⁹宣大：指宣府和大同（今山西大同市）两镇。总督：也叫总督军务，是地方的最高军事长官，一般设置在数镇或数省的用兵地区。 ⑦⁰鞑虏：对当时北方鞑靼族入侵者的蔑称。俺答：鞑靼族的酋长。 ⑦¹应州：今山西省应县。 ⑦²堡（bǔ）：小集镇。 ⑦³劉（chán）头：劉字疑为“劗”字之误。劗同“剪”，劗头即剪发。古代汉族人不剪头发，盘在顶上，鞑靼人则剪去四周头发，留辫子。这里是说滥杀百姓，将死者头发剪去，以假充鞑靼人的首级向上级邀功。 ⑦⁴中军官：总督直属部队的首领官。 ⑦⁵揽祸的太岁：比喻胆子很大，专门惹事闯祸的人。太岁，旧时迷信以为每年有值岁的神称为太岁，冒犯太岁的人就会倒楣。 ⑦⁶青衣小帽：明代普通百姓的服装。 ⑦⁷解道：会说，会吟，一般用在引用前人的诗句前。功成万骨枯：原句是唐代诗人曹松的《己亥岁》诗：“凭君莫话封侯事，一将功成万骨枯。” ⑦⁸云中：今山西省大同市一带。虏烽：指入侵的鞑虏燃起的战火。 ⑦⁹单（chán）于：古代匈奴称君长为单于，这里指俺答。 ⑧⁰标下：即部下。明代督抚直属的部队称标。指挥：武官名。 ⑧¹上方刀：即尚方刀，皇帝御用的刀，皇帝将他赐给大臣，就表示授予他斩杀官吏的权威。 ⑧²死士：敢死之士，即不怕牺牲生命去行刺的人。 ⑧³御史：官名，又称监察御史，明代属都察院，司监察百官之职。 ⑧⁴按：巡按，皇帝派御史到各地巡察政治、考察官吏。 ⑧⁵侯伯世爵：封建时代，定公、侯、伯、子、男五等爵位，授与大臣，可以世代相袭，称为“世爵”。 ⑧⁶钦差：皇帝派出的官员。敕（chì）令：皇帝的诏令。 ⑧⁷蔚（yù）州：在今河北省蔚县一带。 ⑧⁸钧旨：对上级的指示和命令的一种客气的说法。 ⑧⁹白莲教：一种宗教性质的秘密结社，起源于宋代，明清两代广泛流行，常为农民起义所利用。 ⑨⁰史侍郎：即史道，字克弘，涿（今河北涿县）人，曾任宣大总督。 ⑨¹通事：翻译。 ⑨²郎主：对外国君主或少数民族酋长的尊称。 ⑨³右卫：即明代的右玉林卫，防地相当于今山西省右玉县。 ⑨⁴山陕畿（jī）南：山西陕西和京城以南。 ⑨⁵招：供状。 ⑨⁶密禀：秘密报告。禀是下级写给上级的报告。 ⑨⁷复本：对呈报奏章的批复。 ⑨⁸尚书：部的最高长官。 ⑨⁹罢（pí）软：软弱无能。 ⑩⁰倒下：批复下来。 ⑩¹京堂：中央政府各衙门的长官。缺：待补的职位空缺。 ⑩²及今：趁现在，趁早。 ⑩³宗祀：祖宗的香火，指嗣续。 ⑩⁴枭示：枭首示众，即砍下头挂起来示众，是封建时代的一种酷刑。 ⑩⁵说发：说动。 ⑩⁶严东楼：严嵩之子严世蕃，字东楼。 ⑩⁷牌：上级给下级的指令公文。 ⑩⁸宪：对上级的尊称。 ⑩⁹见几（jī）：能预见事情的发展。下文“知几”意同。 ⑪⁰鞫（jū）问：审问。 ⑪¹云州：在今河北省赤城县北。 ⑪²得地：出头，发迹。 ⑪³赍（jī）：送东西给人。 ⑪⁴荐本：向皇帝上本推荐。超迁：超越提升。 ⑪⁵汲汲：急促的样子。 ⑪⁶再醮（jiào）：再嫁。 ⑪⁷一发：索性。 ⑪⁸多分（fèn）：多半。 ⑪⁹就使：即使。 ⑫⁰擀掇（cuān duō）：怂恿。 ㉑催趱（zǎn）：催促赶快。 ㉒起旱：行陆路。 ㉓泼：骂人的话，犹如说无赖，可恶。 ㉔倭（wō）刀：日本制造的一种刀，十分锋利。 ㉕济宁府：在今山东济宁市。 ㉖梁山泺（pō）：即梁山泊，在今山东梁山、郓城县一带。 ㉗主事：官名，明代六部中各司郎中的属官，级别较低。 ㉘丁忧：封建时代，遇父母丧事，必须停官停考，在家守孝三年，称为丁忧。 ㉙同年：同科考中举人或进士的人称为同年。 ㉚齁齁（hōu）：鼻息声。 ㉛年伯：对父亲同年的称呼。 ㉜北新关：关卡名，在杭州武林门外，当时商旅多在那里集散。管过北新关，指在那里掌管过税务。 ㉝造化：好运气。 ㉞巳牌时分：上午九时至十一时。下文的未牌是下午一时至三时，申牌是下午三时至五时。 ㉟唾手：轻易。 ㊱厌贱：没趣。 ㊲"不折"句：不吃什么亏。 ㊳赍发：用钱财付人。 ㊴好不老气：好不唠叨。 ㊵里急：要大便。 ㊶衣袂（mèi）：衣袖。 ㊷借一步：客气的说法，意即请挪动一步，换个方便的地方说话。 ㊸年侄：对同年的儿子的称呼，与上文"年伯"相对。 ㊹"不须愁"二句：楚汉相争，项羽失败后，汉高祖通缉项羽的部将季布，季布逃到鲁地的朱家家里，朱家冒险救助了他。这里即用其事。 ㊺干纪：干系，责任。 ㊻白日撞：大白天闯入人家偷东西的小偷。 ㊼獠（lǎo）子：骂人的话。 ㊽军门钧帖：指宣大总督衙门所下达的公文。 ㊾登了个东：古时人家的厕所多建在住房的东边，故称上厕所为登东。 ㊿蛮子：对南方人的蔑称。 (151)下处：所住的旅店。医了肚皮：指填饱肚子。 (152)放慢线儿：慢条斯里地。 (153)穿鼻的索儿：指连在一起不能分开的。 (154)解批：押解犯人的公文。 (155)程限：押解犯人的规定日期。 (156)伏乞：向人提出请求时的一种卑词。 (157)配军：发配充军的罪犯叫配军，明代又多用来骂士兵。 (158)买放：因受贿赂而放走犯人。 (159)扨（sǒng）：推。 (160)路数：去处，下落。 (161)行藏：踪迹、底细。 (162)对虎：一种小孩游戏，两人怒目对视，谁先发笑谁输。 (163)牌头：对押差的一种尊称。军士本来叫牌子，小军官才叫牌子头，牌头并不符合李万的身分。下文"排长"意为排军之长，与称牌头相似。 (164)详情：据情理推断。 (165)看着：指望、依靠。 (166)张智：见识，主见。 (167)兵备道：明代设按察使司，主管一省的法政，下设按察分司，分管府州县的法政，称为分巡道，兼管军事的分巡道称为兵备道。 (168)拜福：即万福，旧时妇女行礼的一种方式。 (169)放告日期：旧时衙门受理百姓诉讼有一定的日期，叫放告日期。 (170)剪：截断话头，进行反驳。 (171)年谊：同年的情谊。 (172)老公祖：地方绅士对本地长官的尊称。 (173)明鉴：明察。 (174)捱寻：四处寻找。 (175)民壮：州县地方的警卫士兵。 (176)比：旧时官府限期责令差役完成某种任务，到期未完成的加以杖责，称为"比"或"比较"。因用竹批行刑，所以又称"批较"。 (177)宁家：回家。 (178)具由申详：将所有情由向上级报告。 (179)依缴：缴是旧时下级向上级缴差的复文，依缴就是批准复文。 (180)临清：疑为"济宁"之误。临清即今山东临清县。 (181)竹批：一种打人的刑具，竹棍的一端劈成竹片。 (182)结状：证明事情已经了结的文书，这里指犯人已死的证据。 (183)累死：遭连累而死。 (184)严比：比限的日期十分紧迫。 (185)朋奸：即朋比为奸，勾结起来，狼狈为奸。 (186)设醮祝釐（xī）：设祭坛祷告求福。釐。通"禧"。 (187)广捕文书：即不受时间、地域限制的缉捕罪犯的公文，等于通缉令。 (188)起复：丁忧期满，重新复职做官。 (189)一品夫人：旧时皇帝对妇女（一般为本人有功或其夫、其子有功者）的一种封号。 ⑲⓪ 方士：专门宣扬神仙道术的人。蓝道行：明代著名方士，以扶鸾术得幸，曾以乩仙之言让皇帝处死严嵩，后反被严嵩害死。 ⑲① 扶鸾：又叫扶乩或扶箕，是一种迷信活动，由两人扶一丁字形木架，假托神仙降临，在沙盘上写字，以预测吉凶祸福。 ⑲② 贤否（pǐ）：善恶、好坏。 ⑲③ 邹应龙：字云卿，长安（今陕西西安市）人，进士出身，官至兵部侍郎兼右佥都御史巡抚云南，后来被弹劾削职。 ⑲④ 显戮：斩首示众的意思。 ⑲⑤ 通政右参议：明代中央设通政使司，主管收受四方臣民的奏章，转达皇帝。通政使司设有左右参议各一人。 ⑲⑥ 法司：即三法司。明代中央设有都察院、刑部、大理寺三个平行机构，都主管政法，合称三法司，遇有重大案件时，皇帝交由三法司会同审理。 ⑲⑦ 林润：字若雨，莆田（今福建莆田县）人，与邹应龙同科进士，官至右佥都御史巡抚应天诸府。严世蕃系由他逮捕治罪。 ⑲⑧ 不赴军伍：被判充军之罪以后并不执行。 ⑲⑨ 养济院：由政府设置的收容孤苦无依贫民的慈善机关。⑳⓪ 准贡：准予获得贡生的资格。廪膳生员成了贡生后可以做小官。 ⑳① 控：控告，申诉。 ⑳② 老年嫂：对同年之妻的尊称。 ⑳③ 游庠（xiáng）：考中秀才在州县的学校读书。 ⑳④ 轴子：经过装裱的条幅字画。 ⑳⑤ 藁（gǎo）葬：用草席裹尸埋葬。 ⑳⑥ 勘合：明代官府公文，一式两分，加盖骑缝印以供勘验。这里指一路勘验放行的文书。 ⑳⑦ 赙（fù）金：助人办理丧事的礼金。 ⑳⑧ 赆（jìn）仪：送行的礼金。 ⑳⑨ 驿递：驿站。 ㉑⓪ 重守三年之制：按当时礼制重新守孝三年。 ㉑① 服满：三年守孝期满，脱下孝服，故称服满。 ㉑② 黄堂知府：知府衙门的正厅叫黄堂，所以称知府为黄堂知府。（这篇小说是明代拟话本中以时事为题材的代表作，反映了封建统治集团内部的忠奸斗争，暴露了权奸的专横跋扈和凶狠残暴，歌颂了忠直之士的刚正不阿和顽强的斗争精神。小说在真人真事的基础上写成，艺术提炼不够，松散冗长。闻淑女的形象显得比较鲜明突出。）

凌濛初

凌濛初（1580—1644），字玄房，号初成，别号即空观主人，湖州乌程（今浙江湖州）人。科举考试极不顺利，四十岁左右时曾写《绝交举子书》，后又改变归隐之念，于崇祯七年（1634）以副贡授上海县丞，继又任徐州通判。明末农民起义兴起时，他曾献《剿寇十策》以抗拒李自成义军，失利，忧愤呕血而死。凌濛初著作较多，著名的是白话短篇小说集《初刻拍案惊奇》和《二刻拍案惊奇》，合称“二拍”。

转运汉遇巧洞庭红　波斯胡指破鼍龙壳①

词云：

日日深杯酒满，朝朝小圃花开。自歌自舞自开怀，且喜无拘无碍。青楼几番春梦，红尘多少奇才。不须计较与安排，领取而今现在[②]！

这首词乃宋朱希真[③]所作，词寄《西江月》。单道着人生功名富贵，总有天数，不如图一个见前快活。试看往古来今，一部十七史[④]中，多少英雄豪杰？该富的不得富；该贵的不得贵；能文的倚马千言[⑤]，用不着时，几张纸，盖不完酱瓿。能武的穿杨百步[⑥]，用不着时，几竿箭，煮不熟饭锅。最是那痴呆懵懂，生来有福分的，随他文学低浅，也会发科发甲；随他武艺庸常，也会大请大受[⑦]，真所谓时也，运也，命也。俗语有两句道得好：

命若穷，掘得黄金化作铜；命若富，拾着白纸变成布。

总来只听掌命司[⑧]颠之倒之。所以吴彦高[⑨]又有词云：

造化小儿[⑩]无定据，翻来覆去，倒横直竖，眼见都如许！

僧晦庵[⑪]亦有词云：

谁不愿黄金屋？谁不愿千钟粟？算五行不是这般题目[⑫]。枉使心机闲计较，儿孙自有儿孙福。

苏东坡亦有词云：

蜗角虚名，蝇头微利，算来着甚奔忙？事皆前定，谁弱又谁强！

这几位名人说来说去，都是一个意思。总不如古语云：

万事分已定，浮生空自忙。

说话的，依你说来，不须能文善武，懒惰的，也只消天掉下前程，不须经商立业；败坏的，也只消天挣与家园，却不把人间向上的心都冷了？看官有所不知，假如人家出了懒惰的人，也就是命中该贱；出了败坏的人，也是命中该穷，此是常理。却又自有转眼贫富出人意外，眼前事分毫算不得准的哩！

且听说一人，乃宋朝汴京人，姓金双名维厚，乃是经纪行中人，少不得朝晨起早，晚夕眠迟，睡醒来，千思想，万算计，拣有便宜的才做。后来家事挣得从容[13]了，他便思想一个久远方法，手头用来用去的，只是那散碎银子。若是二两块头好银，便存着不动。约得百两，便熔成一大锭，把一综红线，结成一绦。系在锭腰，放在枕边。夜来摩弄一番，方才睡下。积了一生，整整熔成八锭，以后也就随来随去，再积不成百两，他也罢了。

金老生有四子，一日，是他七十寿旦，四子置酒上寿。金老见了四子，跻跻跄跄，心中喜欢，便对四子说道："我靠皇天覆庇，虽则劳碌一生，家事尽可度日。况我平日留心，有熔成八大锭银子，永不动用的，在我枕边。见将绒线做对儿结着。今将择个好日子分与尔等，每人一对，做个镇家之宝。"四子喜谢，尽欢而散。

是夜金老带些酒意，点灯上床，醉眼模糊，望去八个大锭，白晃晃排在枕边。摸了几摸，哈哈地笑了一声，睡下去了，睡未安稳，只听得床前有人行走脚步响，心疑有贼。又细听着，恰像欲前不前，相让一般。床前灯火微明，揭帐一看，只见八个大汉身穿白衣，腰系红带，曲躬而前日："某等兄弟，天数派定，宜在君家听令。今蒙我翁过爱，抬举成人，不烦役使，珍重多年，冥数将满。待翁归天后，再觅去向。今闻我翁将以我等分役诸郎君，我等与诸郎君，原无前缘，故此前来告别，往某县某村王姓某者投托，后缘未尽，还可一面。"语毕，回身便走。金老不知何事，吃了一惊。翻下床，不及穿鞋，赤脚赶去。远远见八人，出了房门，金老赶得性急，绊了房槛，扑的跌倒，飒然惊醒，乃是南柯一梦。急起挑灯明亮，点照枕边，已不见了八个大锭。细思梦中所言，句句是实。叹了一口气，哽咽了一会，道："不信我苦积一世，却没分与儿子每受用，到是别人家的？明明说有地方姓名，且慢慢跟寻下落则个。"一夜不睡，次早起来与儿子每说知，儿子中也有惊骇的，也有疑惑的。惊骇的道："不该是我们手里东西，眼见得作怪。"疑惑的道："老人家欢喜中说话有失，许了我们，回想转来，一时间就不割舍得分散了，造此鬼话，也未见得。"金老见儿子们疑信不等，急急要验个实话。遂访至某县某村果有王姓某者。叩门进去，只见堂前灯烛荧煌，三牲福物[14]正在那里献神。金老便开口问道："宅上有何事如此？"家人报知，请主人出来。主人王老儿见金老揖坐了，问其来因。金老道："老汉有一疑事，特造上宅，来问消息。今见上宅正在此献神，必有所谓，敢乞明示。"

王老道："老拙偶因寒荆小恙[15]，买卜先生[16]道：'移床即好。'昨寒荆病中，恍惚见八个白衣大汉，腰系红束，对寒荆道：'我等本在金家，今在彼缘尽，来投身宅上。'言毕，俱钻入床下。寒荆惊出了一身冷汗，身体爽快了。及至移床，灰尘中得银八大锭，多用红绒系腰，不知是那里来的？此皆神天福佑，故此买福物酬谢。金老丈来问，莫非晓得些来历么？"金老跌跌脚道："此老汉一生所积，因前日也做了一梦，就不见了。梦中也道出老丈姓名居址的确，故得访寻到此。可见天数已定，老汉也无怨处。但只求取出一看，也完了老汉心事。"王老道："容易。"笑嘻嘻的走进去，叫安童[17]四人，托出四个盘来。每盘两锭，多是红绒系束，正是金家之物。金老看了，眼睁睁无计所奈，不觉扑簌簌吊下泪来，抚摩一番道："老汉直如此命薄！消受不得。"王老虽然叫安童仍旧拿了进去，心里见金老如此，老大不忍。别取三两零银封了，送与金老作别。金老道："自家的东西，尚无福，何须尊惠！"再三谦让，必不肯受。王老强纳在金老袖中，金老欲待摸出还了，一时摸个不着，面儿通红，又被王老央不过，只得作揖别了。直至家中，对儿子们一一把前事说了，大家叹息了一回。因言王老好处，临行送银三两，满袖摸遍，并不见有，只说路中掉了。却原来金老推逊时，王老往袖中乱塞，落在着外面一层袖中。袖有断线处，在王老家摸时，已在脱线处落出，在门槛边了。客去扫门，仍旧是王老拾得。可见一饮一啄，莫非前定[18]。不该是他的东西。不要说八百两，就是三两，也得不去。该是他的东西，不要说八百两，就是三两也推不出。原无的到有了，并不由人计较。

而今说一个人在实地上行，步步不着，极贫极苦的，却在渺渺茫茫做梦不到的去处，得了一主没头没脑的钱财，变成巨富，从来稀有亘古[19]新闻。有诗为证，诗曰：

分内功名匣里财，不关聪慧不关呆。果然命是财官格，海外犹能送宝来。

话说国朝成化年间[20]，苏州府长洲县阊门外有一人姓文名实，字若虚。生来心思慧巧，做着便能，学着便会。琴棋书画，吹弹歌舞，件件粗通。幼年间，曾有人相他有巨万之富，他亦自恃才能，不十分去营求生产。坐吃山空，将祖上遗下千金家事，看看消下来，以后晓得家业有限，看见别人经商图利的，时常获利几倍，便也思量做些生意，却又百做百不着。

一日见人说："北京扇子好卖。"他便合了一个伙计，置办扇子起来。上等金面精巧的，先将礼物，求了名人诗画，免不得是沈石田、文衡山、祝枝山搨子几笔[21]，便值上两数银子，中等的自有一样乔人[22]，一只手学写了这几家字画，也就哄得人过，将假当真的买了，他自家也兀自做得来的；下等的无金无字画，将就卖几十钱，也有对合利钱[23]，是看得见的。拣个日子装了箱儿，到了北京。岂知北京那年自交夏来，日日淋雨不晴，并无一毫暑气，发市[24]甚迟。交秋早凉，虽不见及时，幸喜天色却晴，有妆晃[25]子弟要买把苏做的扇子袖中笼着摇摆。来买时，开箱一看，只叫得苦。元来北京历沴[26]，却在七八月。更加目前雨湿之气，斗着扇上胶墨之性，弄做了个“合而言之”[27]，揭不开了。用力揭开，东粘一层，西缺一片，但是有字有画，值价钱者，一毫无用。止剩下等没字白扇，是不坏的，能值几何？将就卖了，做盘费回家，本钱一空，频年做事，大概如此。不但自己折本，但是搭他作伴，连伙计也弄坏了，故此人起他一个混名“倒运汉”。不数年，把个家事干圆洁净[28]了，连妻子也不曾娶得。终日间靠着些东涂西抹，东挨西撞，也济不得甚事。但只是嘴头子谄得来，会说会笑，朋友家喜欢他有趣，顽耍去处，少他不得。也只好趁口[29]，不是做家的。况且他是大模大样过来的，帮闲行里，又不十分入得队。有怜他的，要荐他坐馆教学，又有诚实人家嫌他是个杂板[30]令，高不凑，低不就，打从帮闲的处馆的两项人见了他，也就做鬼脸，把“倒运”两字笑他，不在话下。

一日，有几个走海贩货[31]的，邻近做头的，无非是张大、李二、赵甲、钱乙一班人，共四十余人，合了伙将行。他晓得了，自家思想道：“一身落魄，生计皆无。便附了他们航海，看看海外风光，也不枉人生一世。况且他们定是不却我的，省得在家忧柴忧米，也是快活。”正计较间，恰好张大踱将来。元来这个张大名唤张乘运，专一做海外生意，眼里认得奇珍异宝，又且秉性爽慨，肯扶持好人，所以乡里起他一个混名叫张识货。文若虚见了，便把此意一一与他说了。张大道：“好，好。我们在海船里头，不耐烦寂寞。若得兄去在船中说说笑笑，有甚难过的日子？我们众兄弟料想多是喜欢的。只是一件，我们多有货物将去，兄并无所有，觉得空了一番往返，也可惜了。待我们大家计较，多少凑些出来，助你将就置办些东西去也好。”文若虚便道：“多谢厚情，只怕没人如兄肯周全小弟。”张大道：“且说说看。”一竟自去了。

恰遇一个瞽目先生敲着报君知[32]走将来，文若虚伸手顺袋里，摸了一个钱，扯他一卦，问问财气看。先生道：“此卦非凡，有百十分财气，不是小可。”文若虚自想道：“我只要搭去海外耍耍混过日子罢了，那里是我做得着的生意？要甚么赍助？就赍助得来，能有多少？便直恁地财爻[33]动？这先生也是混帐。”只见张大气忿忿走来，说道："说着钱便无缘，这些人好笑，说道'你去'，无不喜欢，说到'助你'，没一个则声。今我同两个好的弟兄，辨凑得一两银子在此，也办不成甚货，凭你买些果子船里吃罢。口食之类，是在我们身上。"若虚称谢不尽，接了银子。张大先行道："快些收拾，就要开船了。"若虚道："我没甚收拾，随后就来。"手中拿了银子，看了又笑，笑了又看，道："置得甚货么？"信步走去，只见满街上筐篮内盛着卖的：

红如喷火，巨若悬星。皮未皲，尚有余酸；霜未降，不可多得。元殊苏井诸家树[34]，亦非李氏千头奴[35]。较广[36]似曰"难兄"，比福亦云"具体"[37]。

原来乃是太湖中有一洞庭山，地软土肥，与闽广无异，所以广橘福橘，播名天下，洞庭有一样橘树绝与他相似，颜色正同，香气亦同。止是初出时，味略少酸，后来熟了，却也甜美，比福橘之价十分之一，名曰"洞庭红"。若虚看见了，便思想道："我一两银子买得百斤有余，在船可以解渴，又可分送一二，答众人助我之意。"买成装上竹篓，雇一闲的[38]，并行李挑了下船。众人都拍手笑道："文先生宝货来也！"文若虚羞惭无地，只得吞声上船，再也不敢提起买橘的事。

开得船来，渐渐出了海口，只见：

银涛卷雪，雪浪翻银。湍转则日月似惊，浪动则星河如覆。

三五日间，随风漂去，也不觉过了多少路程。忽至一个地方，舟中望去，人烟凑聚，城郭巍峨。晓得是到了什么国都了。舟人把船撑入藏风避浪的小港内，钉了桩橛，下了铁锚，缆好了。船中人多上岸打一看，元来是来过的所在，名曰吉零国。元来这边中国货物拿到那边，一倍就有三倍价。换了那边货物，带到中国也是如此。一往一回，却不便有八九倍利息，所以人都拚死走这条路，众人多是做过交易的，各有熟识经纪歇家通事人等[39]，各自上岸，找寻发货去了。只留文若虚在船中看船，路径不熟，也无走处。正闷坐间，猛可想起道："我那一篓红橘，自从到船中，不曾开看，莫不人气冲坏了？趁着众人不在，看看则个。"叫那水手在舱板底下，翻将起来，打开了篓看时，面上多是好好的。放心不下，索性搬将出来，都摆在艎板[40]上面，也是合该发迹，时来福凑。摆得满船红焰焰的，远远望来，就是万点火光，一天星斗。岸上走的人，都拢将来问道："是什么好东西呀？"文若虚只不答应，看见中间有个把一点头的[41]，拣了出来，掐破就吃。岸上看的，一发多了。惊笑道：“元来是吃得的。”就中有个好事的，便来问价，“多少一个？”文若虚不省得他们说话，船上人却晓得，就扯个谎哄他，竖起一个指头，说：“要一钱一颗。”那问的人揭开长衣，露出那兜罗锦红裹肚来，一手摸出银钱一个来，道：“买一个尝尝。”文若虚接了银钱，手中撇撇看，约有两把重。心下想道：“不知这些银子，要买多少？也不见秤秤，且先把一个与他看样。”拣个大些的，红得可爱的，递一个上去。只见那个人接上手，撇了一撇道：“好东西呀！”扑地就劈开来，香气扑鼻，连旁边闻着的许多人，大家喝一声采。那买的不知好歹，看见船上吃法，也学他去了皮，却不分囊[42]，一块塞在口里，甘水满咽喉，连核都不吐，吞下去了。哈哈大笑道：“妙哉！妙哉！”又伸手在裹肚里，摸出十个银钱来，说：“我要买十个进奉去。”文若虚喜出望外，拣十个与他去了。那看的人见那人如此买去了，也有买一个的，也有买两个、三个的，都是一般银钱。买了的，都千欢万喜去了。

元来彼国以银为钱，上有文采，有等龙凤文的，最贵重；其次人物，又次禽兽；又次树木；最下通用的，是水草。却都是银铸的，分两不异。适才买橘的，都一样水草文的，他道是把下等钱买了好东西去了，所以欢喜，也只是要小便宜心肠，与中国人一样。须臾之间，三停里卖了二停，有的不带钱在身边的，老大懊悔，急忙取了钱转来，文若虚已此剩不多了，拿一个班[43]道：“而今要留着自家用，不卖了。”其人情愿再增一个钱，四个钱买了二颗，口中哓哓说：“晦气！来得迟了。”旁边人见他增了价，就埋怨道：“我每还要买个。如何把价钱增长了他的？”买的人道：“你不听得他方才说，兀自不卖了。”正在议论间，只见首先买十个的那一个人，骑了一匹青骢马，飞也似奔到船边，下了马，分开人丛对船上大喝道：“不要零卖！不要零卖！是有的，俺多要买。俺家头目，要买去进奉克汗[44]哩。”看的人听见这话，便远远走开，站住了看。文若虚是伶俐的人，看见来势，已自瞧科[45]在眼里，晓得是个好主顾了。连忙把篓里尽数倾出来，止剩五十余颗。数了一数，又拿起班来说道：“适间讲过要留着自用，不得卖了。今肯加些价钱，再让几颗去罢。适间已卖出两个钱一颗了。”其人在马背上拖下一大囊，摸出钱来，另是一样树木纹的，说道：“如此钱一个罢了。”文若虚道：“不情愿，只照前样罢了。”那人笑了一笑，又把手去摸一个龙凤做的来道：“这样的一个如何？”文若虚道：“不情愿，只要前样的。”那人又笑道：“此钱一个抵百个，料也没得与你，只是与你耍。你不要俺这一个，却要那等的，是个傻子！你那东西，肯都与俺了，俺就加你一个那等的，也不打紧。文若虚数了有五十二个，准准的要了他一百五十六个水草银钱。那人连竹篓都要了，又丢了一个钱，把篓拴在马上，笑吟吟地一鞭去了，看的人见没得买了，一哄而散。

文若虚见人散了，到舱里把一个钱秤一秤，有八钱七分多重。秤过数个都是一般，总数一数，共有一千个差不多。把两个赏了船家，其余收拾在包里了。笑一声道："那盲子好灵卦也！"欢喜不尽，只等同船人来对他说笑则个。

说话的你说错了，那国里银子这样不值钱，如此做买卖，那久惯漂洋的，带去多是绫罗缎匹，何不多卖了些银子回来？一发百倍了。看官有所不知，那国里见了绫罗等物，都是以货交兑。我这里人也只是要他货物，才有利钱。若是卖他银钱时，他都把龙凤人物的来交易，作了好价钱，分量也只得如此，反不便宜。如今是买吃口东西，他只认做把低钱交易，我却只受分两，所以得利了。说话的，你又说错了。依你说来，那航海的，何不只买吃口东西只换他低钱，岂不有利？反着重本钱，置他货物怎地？看官又不是这话，也是此人，偶然有些横财，带去着了手，若是有心第二遭再带去，三五日不过海，等得希烂。即文若虚运未通时卖扇子就是榜样。扇子还是放得起的，尚且如此，何况果品！是这样执一论[46]不得的。

闲话休题，且说众人领了经纪主人到船发货，文若虚把上头事说了一遍，众人都惊喜道："造化！造化！我们同来，到是你没本钱的，先得了手也！"张大便拍手道："人都道他倒运，而今想是运转了！"便对文若虚道："你这些银钱在此置货，作价不多，除是转发在伙伴中，回[47]他几百两中国货物上去，打换些土产珍奇，带转去有大利钱，也强如虚藏此银钱在身边，无个用处。"文若虚道："我是倒运的，将本求财，从无一遭不连本送的。今承诸公挈带，做此无本钱生意，偶然侥幸一番，真是天大造化了！如何还要生利钱，妄想甚么？万一如前，再做折[48]了，难道再有洞庭红这样好卖不成？"众人多道："我们用得着的是银子，有的是货物。彼此通融，大家有利，有何不可？"文若虚道："一年被蛇咬，三年怕草索。说到货物，我就没胆气了。只是带了这些银钱回去罢。"众人齐拍手道："放着几倍利钱不取，可惜！可惜！"随同众人一齐上去，到了店家交货明白，彼此兑换，约有半月光景。文若虚眼中看过了若干好东好西，他已自志得意满，不放在心上。

众人事体完了，一齐上船，烧了神福[49]，吃了酒开洋。行了数日，忽然间天变起来。但见：

乌云蔽日，黑浪掀天。蛇龙戏舞起长空，鱼鳖惊惶潜水底。艨艟[50]泛泛，只如栖不定的数点寒鸦；岛屿浮浮，便似没不煞的几双水鹈[51]。舟中是方扬的米簸；舷外是正熟的饭锅。总因风伯太无情，以致篙师多失色。

那船上人见风起了，扯起半帆，不问东西南北，随风势漂去。隐隐望见一岛，便带住篷脚，只看着岛边便来，看看渐近，恰是一个无人的空岛。但见：

树木参天，草莱遍地。荒凉径界，无非些兔迹狐踪；坦迤[52]土壤，料不是龙潭虎窟。混茫内，未识应归何国？开辟来[53]，不知曾有人登？

船上人把[54]船后抛铁锚，将橹橛泥犁上岸去钉停当了，对舱里道："且安心坐一坐，候风势则个。"那文若虚身边有了银子，恨不得插翅飞到家里，巴不得行路，却如此守风呆坐，心里焦燥。对众人道："我且上岸去岛上望望则个。"众人道："一个荒岛，有何好看？"文若虚道："总是看看何碍。"众人都被风颠得头晕，个个是呵欠连天，都不肯同去。文若虚便自一个抖擞精神，跳上岸来。只因此一去，有分交：

千年败壳精灵显，一介[55]穷神富贵来。

若是说话的同年生，并时长，有个未卜先知的法儿，便双脚走不动，也拄个拐儿，随他同去一番也不妨的。

却说文若虚见众人不去，偏要发个狠，扳藤附葛，直走到岛上绝顶。那岛也苦不甚高，不费甚大力，只是荒草蔓延，无好路径。到得上边，打一看时，四望漫漫，身如一叶，不觉凄然，吊下泪来。心里道："想我如此聪明，一生命蹇。家业消亡，剩得只身，直到海外，虽然侥幸有得千来个银钱在囊内，知他命里是我的？不是我的？今在绝岛中间，未到实地，性命也还是与海龙王合着的哩。"正在感怆，抬头望去，远远草丛中一物突高，移步往前一看，却是床大一个败龟壳。大惊道："不信天下有如此大龟！船上人那里曾看见，说也不信的。我自到海外一番，不曾置得一件海外物事，今我带了此物去，也是一件希罕的东西，与人看看，省得空口说着，道是苏州人会调谎[56]。又且一件，锯将开来，一盖一板，多置四足，便是两张床，却不奇怪！"遂脱下两只裹脚接了[57]，穿在龟壳中间，打个扣儿，拖了便走。走至船边，船上人见他这等模样，都笑道："文先生那里又跎了纤[58]来？"文若虚道："好教列位得知，这就是我海外的货了。"众人抬头一看，便似一张无柱有底的硬脚床。吃惊道："好大龟壳？你拖来何干？"文若虚道："也是罕见的，带了他去。"众人笑道："好货不置一件，要此何用？"有的道："也有用处，有甚么天大的疑心事，灼他一卦[59]，只没有这样大龟药。"又有的道："是医家要煎龟膏拿去打碎了煎起来也当得几百个小龟壳。"文若虚道："不要管有用没用，只是希罕。又不费本钱，便带了回去。"当时叫个船上水手，一抬抬下舱来。初时山下空阔，还只如此；舱中看来，一发大了。若不是海船，也着不得这样狼犺[60]东西。

众人大家笑一回，说："到家时，有人问，只说文先生做了个大的乌龟买卖来了。"文若虚道："不要笑我，好歹有一个用处，决不是弃物。"随他众人取笑，文若虚只是得意，取些水来内外洗一洗净，抹干了，却把自己钱包行李都塞在龟壳里面，两头把绳一绊，却当了一个大皮箱了。自笑道："兀的不眼前就有用处了。"众人都笑将起来道："好算计！好算计！文先生到底是个聪明人。"

当夜无词，次日风息了，开船一走。不数日，又到了一个去处，却是福建地方了。才住定了船，就有一伙惯伺候接海客的小经纪牙人，攒将拢来，你说张家好，我说李家好。拉的拉，扯的扯，嚷个不住。船上众人拣一个一向熟识的，跟了去，其余的也就住了。众人到了一个波斯胡人店中坐定。里面主人见说海客到了，连忙先发银子，唤厨户，整办酒席几十桌，分付停当，然后踱将出来。

这主人是个波斯国里人，姓个古怪姓，是玛瑙的"玛"字，叫名玛宝哈，专一与海客兑换珍宝货物，不知有多少万数本钱。众人走海过的，都是熟主熟客，只是文若虚不认得。指眼看时，元来波斯胡住在中华久了，衣服言动都与中华不大分别，只是剃眉剪须，深眼高鼻，有些古怪。出来见了众人，行宾主礼，坐定了。两杯茶罢，站起身来，请到一个大厅上。只见酒筵多完备了。且是摆得齐楚。原来旧规，海舡[61]一到主人家，先领过这一番款待，然后发货讲价。主人家手执着一付法琅菊花盘盏，拱一拱手道："请将货单一看，好定坐席。"

看官，你道这是何意？元来波斯胡以利为重，只看货单上有奇珍异宝值得上万者，就送在首席。余者看货轻重，挨次坐去，不论年纪，不论尊卑，一向做下的规矩。舡上众人，货物贵的贱的，多的少的，你知我知，各自心照，差不多领了酒杯，各自坐了。单单剩得文若虚一个，呆呆站在那里。主人道："这位老客长，不曾会面，想是新出海外的，置货不多了。"众人道："这是我们好朋友，到海外耍去的。身边有银子，却到不曾置货。今日没奈何，只是屈他在末位坐了。”文若虚满面羞惭，坐了末席，主人坐在横头。饮酒中间，这一个说道：“我有猫儿眼多少。”那一个说：“我有祖母绿多少。”你夸我逞。文若虚一发嘿嘿无言，自心里也微微有些懊悔道：“我前日该听他们劝，置些货物来的是。今枉有几百银子在囊中，说不得一句说话。”又自叹了口气道：“我原是一些本钱没有的，今已大幸，不可不知足。”自思自忖，无心发兴吃酒。众人却猜拳行令，吃得狼藉。主人是个积年[62]，看出文若虚不快活的意思来，不好说破，虚劝了他几杯酒。众人都起身道：“酒勾了，天晚了，趁早上船去。明日发货罢。”别了主人去了。主人撤了酒席，收拾睡了。

明日起个清早，先走到海岸船边来拜这伙客人。主人登舟，一眼瞅去，那舱里狼狼犺犺这件东西，早先看见了。吃了一惊道：“这是那一位客人的宝货？昨日席上并不曾见说起，莫不是不要卖的？”众人都笑指道：“此敝友文兄的宝货。”中有一人衬道[63]：“又是滞货。”主人看了文若虚一看，满面挣得通红，带了怒色，埋怨众人道：“我与诸公相处多年，如何恁地作弄我？教我得罪于新客。把一个末座屈了他，是何道理！“一把扯住文若虚对众客道：“且慢发货，容我上岸谢过罪着。”众人不知其故，有几个与文若虚相知些的，又有几个喜事的，觉得有些古怪，共十余人，赶了上来到店中，看是如何。只见主人拉了文若虚，把交椅整一整，不管众人好歹，纳他头一位坐下了，道：“适间得罪得罪，且请坐一坐。”文若虚心中镬铎[64]，忖道：“不信此物是宝贝，这等造化不成？”

主人走了进去，须臾出来，又拱众人到先前吃酒去处，早又摆下几桌酒。为首一桌，比先更齐整。主人向文若虚一揖。就对众人道：“此公正该坐头一席，你每枉自一船的货，也还赶他不来。先前失敬失敬。”众人看见，又好笑，又好怪，半信不信的一带儿坐了。酒过三杯，主人就开口道：“敢问客长，适间此宝可肯卖否？”文若虚是个乖人，趁口答应道：“只要有好价钱，为甚不卖？”那主人听得肯卖，不觉喜从天降，笑逐颜开。起身道：“果然肯卖，但凭分付价钱，不敢吝惜。”文若虚其实不知值多少，讨少了，怕不在行；讨多了，怕吃笑。忖了忖，面红耳热，颠倒讨不出价钱来。张大便向文若虚丢个眼色，将手放在椅子背上，竖起三个指头，再把第二个指，空中一撇道：“索性讨他这些。”文若虚摇头竖一指道：“这些我还讨不出口在这里。”却被主人看见道：“果是多少价钱？”张大捣一个鬼道：“依文先生手势，敢像要五万哩。”主人呵呵大笑道：“这是不要卖，哄我而已。此等宝物，岂止此价钱！”众人见说，大家目睁口呆，都立起身来，扯文若虚去商议道：“造化！

造化！想是值得多哩。我们实实不知，如何定价？文先生不如开个大口。凭他还罢。”文若虚终是碍口识羞，待说又止。众人道：“不要不老气[65]！”主人又催道：“实说说，何妨。”文若虚只得讨了五万两。主人还摇头道：“罪过，罪过。没有此话。”扯着张大私问他道：“老客长们海外往来，不是一番了。人都叫你张识货，岂有不知此物就里的？必是无心卖他，奚落小肆罢了。”张大道：“实不瞒你说，这个是我的好朋友，同了海外顽耍的，故此不曾置货。适间此物，乃是避风海岛，偶然得来，不是出价置办的，故此不识得价钱。若果有这五万与他，勾他富贵一生，他也心满意足了。”主人道：“如此说，要你做个大保人，当有重谢，万万不可翻悔！”遂叫店小二拿出文房四宝来，主人家将一张供单绵纸料[66]，折了一折，拿笔递与张大道：“有烦老客长做主，写个合同文契，好成交易。”张大指着同来一人道：“此位客人褚中颖，写得好。”把纸笔让与他。褚客磨得墨浓，展好纸，提起笔来写道：

> 立合同议单张乘运等，今有苏州客人文实，海外带来大龟壳一个，投至波斯玛宝哈店，愿出银五万两买成，议定立契之后，一家交货，一家交银，各无翻悔。有翻悔者，罚契上加一[67]。合同为照。

一样两纸，后边写了年月日，下写张乘运为头，一连把在坐客人十来个写去，褚中颖因自己执笔，写了落末，年月前边，空行中间，将两纸凑着，写了骑缝一行，两边各半，乃是“合同议约”四字，下写“客人文实，主人玛宝哈”，各押了花押，单上有名的，从后头写起，写到了乘运道：“我们押字钱重些，这买卖才弄得成。”主人笑道：“不敢轻，不敢轻。”写毕，主人进内，先将银一箱抬出来道：“我先交明白了用钱，还有说话。”众人攒将拢来，主人开箱，却是五十两一包，共是二十包，整整一千两。双手交与张乘运道：“凭老客长收明，分与众客罢。”众人起初吃酒写合同时，大家撺哄鸟乱[68]，心下还有信有不信的意思，如今见他拿出精晃晃白银来做用钱，方知是实。

文若虚恰像梦里醉里，话都说不出来，呆呆的看。张大扯他一把道：“这用钱如何分散？也要文兄主张。”文若虚方说一句道：“且完了正事慢处。”只见主人笑嘻嘻的对文若虚道：“有一事要与客长商议，价银见在里面阁儿上，都是向来兑过的，一毫不少，只消请客长一两位进去，将一包过一过目，兑一兑为准，其余多不消兑得。却又一说，此银数不少，搬动也不是一时功夫。况且文客官是个单身，如何好将下船去？又要泛海回还，有许多不便处。”文若虚想了一想道：“见教得极是。而今却待怎样？”主人道：“依着愚见，文客官目下回去未得，小弟此间有个缎疋铺，有本三千两在内。其前后大小厅屋楼房，共百余间，也是个大所在，价值二千两，离此半里之地。愚见就把本店货物及房屋文契，作了五千两，尽行交与文客官，就留文客官在此住下了，做此生意。其银也做几遭搬了过去，不知不觉。日后文客官要回去，这里可以托心腹伙计看守，便可轻身往来。不然小店交出不难，文客官收贮却难也，愚意如此。”说了一遍，说得文若虚与张大跌足道：“果然是客纲客纪[69]，句句有理。”文若虚道：“我家里原无家小，况且家业已尽，就带了许多银子回去，没处安顿。依了此话，我就在这里，立起个家园来，有何不可？此番造化，一缘一会[70]，都是上天作成的，只索随缘做去便是。货物房屋价钱，未必有五千，总究落得的[71]。”便对主人说：“适间所言，诚万全之算，小弟无不从命。”主人便领文若虚进去阁上看，又叫张、褚二人：“一同来看，其余列位不必了，请略坐一坐。”他四人进去。众人不进去的，个个伸头缩颈，你三我四，说道：“有此异事！有此造化！早知这样，懊悔岛边泊船时节，也下去走走，或者还有宝贝，也未见得。”有的道：“这是天大的福气，撞将来的，如何强得？”

正欣羡间，文若虚已同张、褚二客出来了。众人都问：“进去如何了？”张大道：“里边高阁，是个上库放银两的所在，都是桶子存着。适间进去看了，十个大桶，每桶四千；又五个小桶，每个一千，共是四万五千，已将文兄的封皮记，封好了，只等交了货，就是文兄的了。”主人出来道：“房屋文书缎疋账目，俱已在此，凑足五千之数了。且到船上取货去。”一拥都到海船来。

文若虚于路对众人说：“船上人多，切勿明言！小弟自有厚报。”众人也只怕船上人知道，要分了用钱去，各各心照。文若虚到了船上，先向龟壳中，把自己包裹被囊取出了，手摸一摸壳口里，暗道：“侥幸，侥幸。”主人便叫店内后生二人来抬此壳，分付道：“好生抬进去，不要放在外边。”船上人见抬了此壳去，便道：“这个滞货，也脱手了。不知卖了多少？”文若虚只不做声，一手提了包裹，往岸上就走。这起初同上来的几个，又到岸上，将龟壳从头至尾，细细看了一遍，又向壳内张了一张，捽了一捽[72]，面面相觑道：“好处在那里？”主人仍拉了这十来个，一同上去，到店里说道：“而今且同文客官看了房屋铺面来。”众人与主人，一同走到一处，正是闹市中间，一所好大房屋！门前正中是个铺子，傍有一弄，走进转个弯，是两扇大石板门。门内大天井，上面一所大厅堂，上有一匾，题曰：“来琛堂”，堂旁有两楹侧屋，屋内三面有橱，橱内都是绫罗各色缎疋，以后内房，楼房甚多。文若虚暗道："得此为住居，王侯之家，不过如此矣。况又有缎铺营生，利息无尽，便做了这里客人罢了。还思想家里做甚？"就对主人道："好却好，只是小弟是个孤身，毕竟还要寻几房使唤的人才住得。"主人道："这个不难，都在小弟身上。"文若虚满心欢喜，同众人走归本店来。主人道："文客官今晚不消船里去，就在铺中住下。使唤的人，铺中现有，逐渐再讨便是。"众客人多道："交易事已成，不必说了，只是我们毕竟有些疑心，此壳有何好处？价值如此。还要主人见教一个明白。"文若虚道："正是，正是。"主人笑道："诸公枉了海上走了多遭，这些也不识得！列位岂不闻说，龙有九子乎？内有一种是鼍龙[73]，其皮可以鞔鼓[74]，声闻百里，所以谓之鼍鼓。鼍龙万年，到底蜕下此壳成龙。此壳有二十四肋，按天上二十四气，每肋中间节内有大珠一颗。若有肋未完全时节，成不得龙，蜕不得壳，也有生捉得他来，只好将皮鞔鼓。其肋中也未有东西，直待二十四肋，肋肋完全，节节珠满，然后蜕了此壳，变龙而去。故此，是天然蜕下，气候俱到，肋节俱完的，与生擒活捉，寿数未到的不同，所以有如此之大。这个东西，我们肚中虽晓得，知他几时蜕下？又在何处地方守得他着？壳不值钱，其珠皆有夜光，乃无价宝也！今天幸遇巧，得之无心耳。"众人听罢，似信不信。只见主人走将进去了一会，笑嘻嘻的走出来，袖中取出一西洋布的包来，说道："请诸公看看。"解开来，只见一团绵裹着寸许大一颗夜明珠，光彩夺目。讨个黑漆的盘，放在暗处，其珠滚一个不定，闪闪烁烁，约有尺余亮处。众人看了，惊得目睁口呆，伸了舌头，收不进去。主人回身转来，对众客逐个致谢道："多蒙列位作成了，只这一颗，拿到我国中，就值方才的价钱了。其余多是尊惠。"众人个个心惊，却是说过的话，又不好翻悔得。主人见众人有些变色，取了珠子，急急走到里边，又叫抬出一个缎箱来。除了文若虚，每人送与缎子二端，说道："烦劳了列位，做两件道袍穿穿，也见小肆中薄意。"袖中又摸出细珠上数串，每送一串道："轻鲜，轻鲜[75]。备送一茶罢了。"文若虚处另是粗些的珠子四串，缎子八疋，道："是权且做几件衣服。"文若虚同众人欢喜作谢了，主人就同众人送了文若虚到缎铺中，叫铺里伙计后生们，都来相见。说道："今番是此位主人了。"

主人自别了去道："再到小店中去去来。"只见须臾间数十个脚夫扛了好些杠来，把先前文若虚封记的十桶五匣都发来了。文若虚搬在一个深密谨慎的卧房里头去处，出来对众人道："多承列位挈带，有此一套意外富贵。感谢不尽。"走进去把自家包裹内所卖“洞庭红”的银钱，倒将出来，每人送他十个，止有张大与先前出银助他的两三个，分外又是十个。道：“聊表谢意。”

此时文若虚把这些银钱，看得不在眼里了。众人却是快活，称谢不尽。文若虚又拿出几十个来对张大说：“有烦老兄将此分与船上同行的人，每位一个，聊当一茶。小弟住在此间，有了头绪，慢慢到本乡来。此时不得同行，就此为别了。”张大道：“还有一千两用钱，未曾分得，却是如何？须得文兄分开，方没得说。”文若虚道：“这倒忘了。”就与众人商议，将一百两散与船上众人，余九百两照现在人数，另外添出两股，派了股数，各得一股。张大为头的，褚中颖执笔的，多分一股。

众人千欢万喜，没有说话。内中一人道：“只是便宜了这回回[76]，文先生还该多要他些。”文若虚道：“不要不知足，看我一个倒运汉。做着便折本的，造化到来，平空地有此一主财爻。可见人生分定，不必强取。我们若非这主人识货，也只当废物罢了。还亏他指点晓得，如何还好昧心争论？”众人都道：“文先生说得是，存心忠厚，所以该有此富贵。”大家千恩万谢，各各赍了所得东西，自到船上发货。

从此文若虚做了闽中一个富商，就在那里，娶了妻小，立起家业。数年之间，才到苏州走一遭，会旧相识故旧去了。至今子孙繁衍，家道殷富不绝。正是：

运退黄金失色，时来顽铁生辉。莫与痴人说梦！思量海外寻龟。

①本篇选自《初刻拍案惊奇》卷一。《今古奇观》选入此篇，题目简化为《转运汉遇巧洞庭红》。洞庭红：是产于太湖洞庭山的一种橘子名。胡：对少数民族和外国人的泛称。鼍（tuó）龙：一种鳄鱼。 ②领取而今现在：享受眼前快活。 ③朱希真：南宋词人，名敦儒，字希真，河南人。 ④十七史：指宋以前的十七部史书：《史记》《汉书》《后汉书》《三国志》《晋书》《宋书》《南齐书》《梁书》《陈书》《魏书》《北齐书》《后周书》《南史》《北史》《隋书》《唐书》《五代史》。 ⑤倚马千言：比喻文思敏捷，成文极快。《世说新语·文学》记袁虎为桓温草拟文书，倚马顷刻写成七纸。李白《与韩荆州书》：“请日试万言，倚马可待。” ⑥穿杨百步：比喻武艺高强，百发百中。《史记·周本纪》：“楚有养由基者，善射者也，去柳叶百步而射之，百发而百中。” ⑦大请大受：享受很高的俸禄。 ⑧掌命司：掌管命运的神。 ⑨吴彦高：吴激，字彦高，号东山，建州（今福建建瓯县）人。金代文学家，诗词书画并长。 ⑩造化小儿：对造物主（指化育万物的天地）的戏称。 ⑪晦庵：

南宋时诗僧。 ⑫五行：指金、木、水、火、土，旧时迷信，以五行相克相生之理为人算命。题目：这里指命运。 ⑬从容：宽裕。 ⑭三牲福物：祭神用的祭品，三牲指牛、羊、猪。 ⑮寒荆：对自己妻子的谦称。 ⑯买卜先生：看风水的先生。 ⑰安童：小童。 ⑱“一饮一啄”二句：一口水一口饭，都是命中注定的。 ⑲亘古：从古以来。 ⑳成化：明宪宗朱见深年号（1465—1487）。 ㉑沈石田：沈周，字启南，号石田，明代著名诗画家。文衡山：文璧，字徵明，号衡山，吴中四才子之一，工书画。祝枝山：祝允明，字希哲，号枝山，吴中四才子之一，工诗画。搨子：涂抹。子是语助词，无义。 ㉒乔人：弄虚作假的人。 ㉓对合（gě）利钱：对本对利，一倍的利钱。 ㉔发市：开张卖货。 ㉕妆晃：装样子。 ㉖历沴（lì）：阴雨潮湿的天气。 ㉗“合而言之”：是一句带俏皮意味的话，意思是粘连在一起。 ㉘干圆洁净：精光干净。 ㉙趁口：糊口。 ㉚杂板令：即杂班令，指非科举出身的做官人，这里指不是正途出身的士子。 ㉛走海贩货：出海做买卖。 ㉜报君知：算命人用来敲打作响以招揽顾主的金属片。 ㉝财爻（yáo）：爻是卜卦上的爻象，财爻指爻象上带财气，是发财的征兆。 ㉞苏井诸家树：《神仙传》载，苏耽在成仙前凿井种橘，告其母，明年有疫，取井水服橘叶可愈，以此救了乡里病人。 ㉟李氏千头树：意指千株橘树。相传东汉李衡曾种橘树千株，称“千头木奴”，谓可以仰之衣食。 ㊱广：指广州产的广橘。 ㊲福：指福州产的福橘。具体：犹具象，样子相似。 ㊳闲的：闲汉。 ㊴经纪：联系买卖的中间人。歇家：客店。通事：翻译。 ㊵艎（huáng）板：船板。艎是船的一种。 ㊶一点头的：长出白点子开始坏的。 ㊷分囊：分瓣。 ㊸拿一个班：即拿一个架子。 ㊹克汗：即可汗，这里指外国的君主。 ㊺瞧科：看清。 ㊻执一：固执于一端。 ㊼回：转买。 ㊽折：折本，赔本。 ㊾烧了神福：烧纸钱祭神，以求保佑一路平安。 ㊿艨艟（méng chōng）：一种战船，这里泛指航船。 51没不煞的：淹不死的。水鹈（tí）：水鸟名。 52坦迤（yí）：平坦广阔。 53开辟来：开天辟地以来。 54把船：停船。 55一介：一个。 56调谎：说谎骗人。 57裹脚：缠脚的布。 58跎了纤：拉纤，用绳子挎在肩上拉着走。 59灼他一卦：卜他一卦。古代用龟甲卜吉凶，以荆木烧龟甲。下句“龟药”即指灼卦时制荆木。 60狼犺（kàng）：大而笨重。 61海舡：海船。舡同“船”字。 62积年：年岁大而富有生活经验。 63衬道：帮话道。 64镬铎：糊涂，疑惑。 65不老气：不好意思，怕羞。 66供单绵纸料：一种韧性较强可供写单据契约的纸。 67罚契上加一：以契上原价加一成作为惩罚。 68撺哄鸟乱：吵吵嚷嚷，乱哄哄地。 69客纲客纪：谓老客商考虑周到。纲纪，指能够全面理事，有条不紊。 70一缘一会：一种缘分和机会。 71落得：犹乐得，乐于得到，即心甘情愿。 72捞了一捞（láo）：摸了一摸。 73鼍龙：俗称猪龙婆，皮可做鼓。与龟不同属。 74鞔（mán）鼓：用皮蒙鼓面。 75轻鲜：犹言微薄。鲜，少。 76回回：穆斯林，这里指波斯胡玛哈宝。（这篇小说通过文若虚随人出海经商意外发财致富的故事，反映了明代海外贸易的繁荣和商人经商致富的幻想。小说带有浓厚的命定论色彩，缺乏积极的进取精神。）

［附录］

一、关于《三国演义》的参考资料

贾仲名曰：罗贯中，太原人，号湖海散人。与人寡合。乐府、隐语，极为清新。与余为忘年交，遭时多故，各天一方。至正甲辰夏会，别来又六十余年，竟不知其所终。（《录鬼簿续编》）

高儒曰：《三国志通俗演义》二百四卷。晋平阳陈侯陈寿史传，明罗贯中编次。据正史，采小说，证文辞，通好尚，非俗非虚，易观易入，非史氏苍古之文，去瞽传诙谐之气，陈叙百年，该括万事。（《百川书志》卷六）

王圻曰：文至院本、说本，其变极矣。然非绝世轶材，自不妄作。如宗秀罗贯中、国初葛可久，皆有志图王者；乃遇真主，而葛寄神医工，罗传神稗史。（《稗史汇编》卷一百三）

蒋大器曰：若东原罗贯中，以平阳陈寿传，考诸国史，自汉灵帝中平元年，终于晋太康元年之事，留心损益，目之曰《三国志通俗演义》，文不甚深，言不甚俗，事纪其实，亦庶几乎史。益欲读诵者，人人得而知之，若诗所谓里巷歌谣之义也。（《三国志通俗演义序》）

金圣叹曰：三国者，乃古今争天下之一大奇局，而演《三国》者，又古今为小说之一大奇手也。异代之争天下，其事较平，取其事以为传，其手又较庸，故迥不得与《三国》并也。……作演义者，以文章之奇，而传其事之奇，而且无所事于穿凿，第贯穿其事实，错综其始末，而已无之不奇，此又人事之未经见者也。（毛宗岗评《三国志演义序》）

毛宗岗曰：古史甚多，而人独贪看《三国志》者，以古今人材之众未有盛于三国者也。观才与不才敌，不奇，观才与才敌则奇；观才与才敌，而一才又遇众才之匹，不奇；观才与才敌，而众才尤让一才之胜，则更奇。吾以为三国有三奇，可称三绝：诸葛孔明一绝也，关云长一绝也，曹操亦一绝也。（《读三国志法》）

又曰：《三国》一书，乃文章之最妙者。叙三国不自三国始也，三国必有所自始，则始之以汉帝。叙三国不自三国终也，三国必有所自终，则终之以晋国。……刘备、曹操于第一回出名，而孙权则于第七回方出名。曹氏之定许都在第十一回，孙氏之定江东在第十二回，而刘氏之取西川则在第六十回后。假令今人作稗官，欲平空拟一三国之事，势必劈头便叙三人，三人便各据一国。有能如是之绕乎其前，出乎其后，多方以盘旋乎其左右者哉？古事所传，天然有此等波澜，天然有此等层折，以成绝世妙文。然则读《三国》一书，诚胜读稗官万万耳。（同上）

又曰：《三国》叙事之佳，直与《史记》仿佛，而其叙事之难则有倍难于《史记》者。《史记》各国分书，各人分载，于是有本纪、世家、列传之别。今《三国》则不然，殆合本纪、世家、列传而总成一篇，分则文短而易工，合则文长而难好也。（同上）

又曰：读《三国》胜读《西游记》。《西游》捏造妖魔之事，诞而不经，不若《三国》实叙帝王之事，真而可考也。（同上）

章学诚曰：凡演义之书，如《列国志》《东西汉》《说唐》及《南北宋》多纪实事，《西游记》《金瓶梅》之类全凭虚构，皆无伤也。唯《三国演义》则七分事实，三分虚构，以致观者往往为所惑乱，如桃园等事，士大夫有作故事用者矣。故演义之属，虽无当于著述之论，然流俗耳目渐染，实有益于劝惩，但须实则概从其实，虚则明著寓言，不可错杂如《三国》之淆人耳。(《丙辰札记》)

徐时栋曰：史事演义，唯罗贯中之《三国志》最佳。其人博极典籍，非特借陈志裴注，敷衍成书而已；往往正史及注，并无此语，而杂史小说乃遇见之，知其书中无来历者希矣。至其序次前后，变化生色，亦复高出稗官，盛传至今，非幸也。（《烟屿楼笔记》）

刘廷玑曰：演义者，本有其事，而添设敷演，非无中生有者比也。蜀、吴、魏三分鼎足，依年次序，虽不能体《春秋》正统之义，亦不肯效陈寿之徇私偏侧。中间叙述曲折，不乖正史，但桃园结义，战阵回合，不脱稗官窠臼。（《在园杂志》）

谢鸿申曰：《三国》人才既多，事迹更杂，且真迹十居八九，如一团乱丝，既不能寸寸斩断，复不能处处添设，若自首至尾有条不紊，固极难矣；而又各各描摹，能不遗漏，似觉更难。乃作者好整以暇，安置妥帖，令人不觉事迹之繁多，而但觉头绪之清楚。以《列国志》较之，优劣自见矣。（《东池草堂尺牍·答周同甫书》）

觚庵曰：历史小说最难作，过于翔实，无以异于正史。读《东周列国志》，觉索然无味者，正以全书随事随时，摘录排比，绝无匠心经营于其间，递不足刺激读者精神，鼓舞读者兴趣。若《三国演义》，则起伏开合，萦拂映带，虽无一事不本史乘，实无一语未经陶冶，宜其风行数百年，而妇孺皆耳熟能详也。（《觚庵漫笔》）

二、关于《水浒传》的参考资料

李贽曰:《水浒传》者，发愤之所作也。盖自宋室不競，冠屦倒施，大贤处下，不肖处上。驯致夷狄处上，中原处下。一时君相，犹然处堂燕雀，纳币称臣，甘心屈膝于犬羊而已矣。施、罗二公，身在元，心在宋;虽生元日，实愤宋事，是故愤二帝之北狩，则称大破辽以泄其愤;愤南渡之苟安，则称灭方腊以泄其愤。敢问泄愤者谁乎？则前日啸聚水浒之强人也，欲不谓之忠义不可也。是故施、罗二公传《水浒》，而复以忠义名其传焉。（《忠义水浒传序》）

又曰:《水浒传》事节都是假的，说来却似逼真，所以为妙。常见近来文集，乃有真事说做假者，真钝汉也;何堪与施耐庵、罗贯中作奴？（《明容与堂刻本水浒传》回评）

又曰:《水浒传》文字，妙绝千古，全在同而不同处有辨。如鲁智深、李逵、武松、阮小七、石秀、呼延灼、刘唐等众人，都是急性的，渠形容刻画来，各有派头，各有光景，各有家数，各有身分，一毫不差，半些不混，读去自有分辨，不必见其姓名，一睹事实，就知某人某人也。（同上）

胡应麟曰:《水浒》余尝戏以拟《琵琶》，谓皆不事文饰，而曲尽人情耳。然《琵琶》自本色外,《长空万里》等篇，即词人中不妨翘举。而《水浒》撰所语稍涉声偶者，辄呕哕不足观，信其伎俩易尽;第述情叙事，针工密致，亦滑稽之雄也。（《少室山房笔丛》卷四十一）

吴从先曰:及读稗史《水浒传》，其词轧札不雅，怪诡不经。独其叙宋江以罪亡之躯，能当推戴，而诸人以穷窜之合，能听约束，不觉抚卷叹曰:天下有道，其气伸于朝;天下无道，其气磔于野。信哉！（《小窗自纪》）

袁宏道曰:里中有好读书者，缄默十年，忽一日拍案狂叫曰:“异哉，卓吾老子吾师乎！客惊问其故，曰:“人言《水浒传》奇，果奇。予每捡《十三经》或《二十一史》，一展卷，即忽忽一睡去，未有若《水浒》之明白晓畅，语语家常，使我捧玩不能释手者也。若无卓老揭出一段精神，则作者与读者，千古俱成梦境。”（《东西汉通俗演义序》）

大涤余人曰:亦知《水浒》惟以招安为心，而名始传，其人忠义也。施、罗惟以人情为辞，而书始传，其言忠义也。所杀奸贪淫秽，皆不忠不义者也。道揆法守，讵不相因哉？故能大法小廉，不拂民性，使好勇疾贫之辈，无以为口实，则盗弭矣。

且既以此写愚夫愚妇之情者，写圣贤之情，则文体亦得矣。正辞禁非，或有权巧。盖正史不能摄下流，而稗说可以醒通国。化血气为德性，转鄙俚为菁华，其于人文之治，未必无小补云。（《刻忠义水浒传缘起》）

金圣叹曰:《水浒》所叙，叙一百八人，人有其性情，人有其气质，人有其形状，人有其声口。夫以一手而画数面，则将有兄弟之形；一口而吹数声，斯不免再映也。施耐庵以一心所运，而一百八人各自入妙者，无他，十年格物而一朝物格；斯以一笔而写百千万人，固不以为难也。（《水浒传序三》）

又曰：某尝道《水浒》胜似《史记》，人都不肯信。殊不知某却不是乱说。其实《史记》是以文运事，《水浒》是因文生事。以文运事，是先有事生成如此如此，却要算计出一篇文字来。虽是史公高才，也毕竟是吃苦事。因文生事即不然，只是顺着笔性去，削高补低都由我。（《读第五才子书法》）

又曰:《水浒传》一个人出来，分明便是一篇列传。至于中间事迹，又逐段逐段自成文字。亦有两三卷成一篇者，亦有五六句成一篇者。

别一部书，看过一遍即休。独有《水浒传》，只是看不厌。无非为他把一百八个人性格，都写出来。

《水浒传》写一百八个人性格，真是一百八样。若别一部书，任他写一千个人，也只是一样。便只写得两个人，也只是一样。（同上）

又曰:《水浒传》只是写人粗卤处，便有许多写法：如鲁达粗卤是性急，史进粗卤是少年任气，李逵粗卤是蛮，武松粗卤是豪杰不受羁靮，阮小七粗卤是悲愤无说处，焦挺粗卤是气质不好。（同上）

又曰：一部大书，七十回，将写一百八人也。乃开书未写一百八人，而先写高俅者，盖不写高俅，便写一百八人，则是乱自下生也；不写一百八人，先写高俅，则是乱自上作也。乱自下生，不可训也。作者之所必避也；乱自上作，不可长也，作者之所深惧也。一部大书七十回，而开书先写高俅，有以也。(《水浒传》第一回回评）

王仕云曰：施耐庵著《水浒》，申明一百八人之罪状，所以责备徽宗、蔡京之暴政也。然严于论君相，而宽以待盗贼，令读之者日生放辟邪耻之乐，且归罪朝廷以为口实，人又何以惮而不为盗？余故深亮其著书之苦心，而又不能深憾其读书之流弊。（《水浒传总论》）

李渔曰：言者，心之声也。欲代此一人立言，先宜代此一人立心。……务使心曲隐微，随口唾出，说一人肖一人，勿使雷同，弗使浮泛，若《水浒传》之叙事，吴道子之写生，斯称此道中之绝技。（《闲情偶记》卷三）

句曲外史曰：孰谓施耐庵《水浒》一书，取一百八人而传之，分之而人各为一人，合之而事则为一事；以一百八人刚柔燥湿之性，各写其声音笑貌，而遂以揭其心思，纤者毋使之为弘，疏者毋使之为密，非如化工之鼓舞万物，欲其各肖而无一同也？虽以一百八人邈若山河，岂惟走险者啸而复离，抑且守正者仇而未合，非如化工之鼓舞万物，欲其纵横组织，一合而无不同也？虽然，则《水浒》者，耐庵恢史公之合传而广之者也。（《水浒传序》）

张潮曰：《水浒传》是一部怒书，《西游记》是一部悟书，《金瓶梅》是一部哀书。（《幽梦影》）

刘廷玑曰：如《水浒》本施耐庵所著，一百八人，人各一传，性情面貌，装束举止，俨有一人跳跃纸上。天下最难写者英雄，而各传则各色英雄也；天下更难写者英雄美人，而其中二三传，则别样英雄别样美人也；串插连贯，各具机杼，真是写生妙手。（《在园杂志》卷二）

王钟麒曰：施氏少负异才，自少迄老，未获一伸其志。痛社会之黑暗，而政府之专横也，乃以一己之理想，构成此书。设言壮武慷慨之士，与俗有所忤，愤而为盗。其人类皆非常之材，敢于复大仇，犯大难，独行其志无所于悔。生民以来，未有以百八人组织政府，而人人平等者。有之，惟《水浒传》。使耐庵而生于欧美也，则其人之著作，当与柏拉图、巴枯宁、托尔斯泰、迭盖司诸氏相抗衡。观其平等级，均财产，则社会主义之小说也；其复仇怨，贼污吏，则虚无党之小说也；其一切组织，无不完备，则政治小说也。（《中国三大小说家论赞》）

燕南尚生曰：施耐庵生于专制政府之下，痛世界之惨无人理，欲平反之，手无寸权，于是本其思想发为著述，以待后之阅是书者，以待后之阅是书而传播是书者，以待后之阅是书而应用是书、实行是书之学说者。（《水浒传新或问》）

眷秋曰：世之读《水浒》者，多喜其痛快淋漓，为能尽豪放之致。《水浒》之叙事雄快，令人读之块磊俱消，自是其长处。然《水浒》之能冠古今诸作者，正不在此，实以其思想之伟大，见地之超远，为古今人所不能及也。（《小说杂评》）

又曰：小说中之《水浒》《石头记》，于词中可比周、辛。《石头记》之境界惝恍，措语幽咽，颇类清真。其叙黛玉之满怀幽怨，抑郁缠绵，便不减美成《兰陵王》《瑞鹤仙》诸作。《水浒》之雄畅沉厚，直逼稼轩。读《北固亭怀古》及《别茂嘉十二弟》

之词，乃令人忆及林武师、武都头。（同上）

三、关于《西游记》的参考资料

吴承恩曰：……后来群魔出孔窍，白昼搏人繁聚啸，终南进士老钟馗，空向宫帏啖虚耗。民灾翻出衣冠中，不为猿鹤为沙虫。坐观宋室用五鬼，不见虞廷诛四凶。野夫有怀多感激，抚事临风三叹息。胸中磨损斩邪刀，欲起平之恨无力。救月有矢救日弓，世间岂谓无英雄？谁能为我致麟凤，长令万年保合清宁功。(《二郎搜山图歌》)

又曰：余幼年即好奇闻。在童子社学时，每偷市野言稗史，惧为父师诃夺，私求隐处读之。比长，好益甚，闻益奇。迨于既壮，旁求曲致，几贮满胸中矣。

……虽然，吾书名为志怪，盖不专名鬼，时纪人间变异，亦微有鉴戒寓焉。昔禹受贡金，写形魑魅，欲使民违弗若。读兹编者，傥慢易虑，庶几哉有夏氏之遗乎！国史非余敢议，野史氏其何让焉？作《禹鼎志》。（《禹鼎志序》）

宋祖舜等曰：吴承恩性敏而多慧，博极群书，为诗文下笔立成，清雅流丽，有秦少游之风。复善谐剧，所著杂记几种，名震一时。数奇，竟以明经授县贰，未久，耻折腰，遂拂袖而归，放浪诗酒，卒。有文集存于家，丘少司徒汇而刻之。（《淮安府志》卷十六）

袁于令曰：文不幻不文，幻不极不幻。是知天下极幻之事，乃极真之事；极幻之理，乃极真之理。故言真不如言幻，言佛不如言魔。魔非他，即我也。我化为佛，未佛皆魔。魔与佛力齐而位逼，丝发之微，关头匪细。摧挫之极，心性不惊。此《西游》之所以作也。（《西游记题词》)。

谢肇淛曰：《西游记》曼衍虚诞，而其纵横变化，以猿为心之神，以猪为意之驰，其始之放纵，上天下地，莫能禁制，而归于紧箍一咒，能使心猿驯伏，至死靡他，盖亦求放心之喻，非浪作也。（《五杂俎》卷十五）

睡乡居士云：至演义一家，幻易而真难，固不可相衡而论矣。有如《西游》一记，怪诞不经，读者皆知其谬。然据其所载，师弟四人，各一性情，各一动止，试摘取其一言一事，遂使暗中摸索，亦知其出自何人，则正以幻中有真，乃为传神阿堵，而已有不如《水浒》之讥，岂非真不真之关，固奇不奇之大较也哉。（《二刻拍案惊奇序》）

张书绅曰：予今批《西游记》一百回，亦一言以蔽之，曰："只是教人诚心为学，不要退悔。"此其大略也。至于逐段逐节，皆寓正心修身，黾勉警策，克己复礼之至要，实包罗天地万象，四海九州，士农工商，三教九流，诸子百家，无非一部《西游记》也。以一人读之，则是一人为一部《西游记》；以士农工商、三教九流、诸子百家各自读之，各自有一部《西游记》，务必迁善改过，以底于至善而后已若是乎？（《西游记总论》）

又门：《西游》一书，古人命为证道书，原是证圣贤儒者之道。至谓证仙佛之道，则误矣。……《西游》一书，以言仙佛者，不一而足。初不思佛之一途，清静无为，必至空门寂灭而后成。即仙之一道，虽与不同，然亦不过采炼全真，希图不死。斯二者皆远避人世，惟知独善一身，以视斯世斯民之得失，漠不相关。至于仁义礼智之学，三纲五伦之道，更不相涉。此仙佛之事也。今《西游记》，是把《大学》诚意正心、克己明德之要，竭力备细，写了一尽，明显易见，确然可据，不过借取经一事，以寓其意耳。亦何有于仙佛之事哉？（《新说西游记总批》）

又曰：《西游记》，却从东胜写起，唐僧又在中华，其相隔不知几万千也，如何会合得来？看他一层一层，有经有纬，有理有法，贯串极其神妙。方知第一回落笔之际，全部的大局，早已在其胸中。非是作了一段，又去想出一段也。（同上）

刘一明曰：《西游记》者，元初长春邱真君之所著也。其书阐三教一家之理，传性命双修之道。俗语常言中，暗藏天机；戏谑笑谈处，显露心法。古人所不敢道者，真君道之；古人所不敢泄者，真君泄之。一章一篇，皆从身体力行处写来；一辞一意，俱在真履实践中发出。其造化枢纽，修真窍妙，无不详明且备。可谓拔天根而钻鬼窟，开生门而闭死户，实还元返本之源流，归根复命之阶梯。悟之者在儒即可成圣，在释即可成佛，在道即可成仙。（《西游原旨序》）

又曰：《西游》立言，与禅机颇同。其用意处，尽在言外。或藏于俗语常言中，或托于山川人物中。或在一笑一戏里，分其邪正；或在一言一字上，别其真假。或借假以发真，或从正以劈邪。千变万化，神出鬼没，最难测度，学者须要极深研几，莫在文字上隔靴搔痒。（《西游原旨读法》）

雨香曰：《西游记》无句不真，无句不假。假假真真，随手拈来，头头是道。看之如山阴道上，应接不暇；思之如抽茧剥蕉，层出不穷。解之以诠，如珠喷星汉，攀不可阶；如锦织云霞，梭成无缝。（《西游记叙言》）

冥飞曰：《西游记》随手写来，羌无故实，毫无情理之可言，而行文之乐，则纵绝古今，横绝世界，未有如作者之开拓心胸者矣。谢君直选《文章轨范》，有大胆文、小心文之称，《西游记》于说部中，可谓大胆文矣。

昔人谓写鬼怪易，写人物难，以人物确有标准，鬼怪茫无对证也。作《西游》者本此意，一味胡说乱道，任意大开顽笑，有时自难自解，亦无甚深微奥妙之旨，无非随手提起，随手放倒，此于作文则真能取乐，而实则并不成为文法者也，（《古今小说评林》）

梁启超曰：言英雄则《三国》《水浒》《说唐》《征西》，言哲理则《封神》《西游》，言情绪则《红楼》《西厢》。自余无量数之长章短帙，樊然杂陈，而各皆分占势力之一部分。（《告小说家》）

四、关于《金瓶梅》的参考资料

欣欣子曰：窃谓兰陵笑笑生作《金瓶梅传》，寄意于时俗，盖有谓也。……吾友笑笑生为此，爰罄平日所蕴者，著斯传，凡一百回，其中语句新奇，脍炙人口，无非明人伦，戒淫奔，分淑慝，化善恶，知盛衰消长之机，取报应轮回之事，如在目前，始终如脉络贯通，如万丝迎风而不乱也，使观者庶几可以一哂而忘忧也。……此一传者，虽市井之常谈，闺房之碎语，使三尺童子闻之，如饫天浆而拔鲸牙，洞洞然易晓。虽不比古之集，理趣文墨，绰有可观。（《金瓶梅词话序》）

弄珠客曰：借西门庆以描画世之大净，应伯爵以描画世之小丑，诸淫妇以描画世之丑婆净婆，令人读之汗下。盖为世戒，非为世劝也。余尝曰：读《金瓶梅》而生怜悯心者，菩萨也；生畏惧心者，君子也；生欢喜心者，小人也；生效法心者，乃禽兽耳。（《金瓶梅序》）

廿公曰：《金瓶梅传》，为世庙时一巨公寓言，盖有所刺也。然曲尽人间丑态，其亦先师不删郑、卫之旨乎？中间处处埋伏因果，作者亦大慈悲矣。（《金瓶梅跋》）

谢肇淛曰：《金瓶梅》一书，不著作者名代。相传永陵中有金吾戚里，凭怙奢汰，淫纵无度，而其门客病之，采摭日逐行事，汇以成编，而托之西门庆也。……其中朝野之政务，官私之晋接，闺闼之媟语，市里之猥谈，与夫势交利合之态，心输背笑之局，桑中濮上之期，尊罍枕席之语，驵验之机械意智，粉黛之自媚争妍，狎客之从臾逢迎，奴佁之嵇唇淬语，穷极境象，駴意快心。譬之范工抟泥，妍媸老少，

人鬼万殊，不徒有其貌，且其神传之。信稗官之上乘，炉锤之妙手也。（《金瓶梅跋》）

袁宏道曰：《金瓶梅》从何得来？伏枕略观，云霞满纸，胜于枚生《七发》多矣。（《袁宏道集·与董思白》）

袁中道曰：（《金瓶梅》）大约模写儿女情态俱备……琐碎中有无限烟波，亦非慧人不能。（《游居柿录》）

沈德符曰：闻此为嘉靖间大名士手笔，指斥时事，如蔡京父子则指分宜，林灵素则指陶仲文，朱勔则指陆炳，其他各有所属云。（《万历野获编》）

张竹坡曰：若《金瓶》乃隐大段精采于琐碎之中，只分别字句，细心者皆可为，而反失其大段精采也。（《第一奇书凡例》）

又曰：我喜其文之洋洋一百回，而千针万线同出一丝，又千曲万折不露一线，闲窗独坐，读史读诸家文，少暇偶一观之，曰：如此妙文，不为之递出金针，不几辜负作者千秋苦心哉！……盖其书之细如牛毛，乃千万根共具一体，血脉贯通，藏针伏线，千里相牵，少有所见，不禁望洋而退。（《竹坡闲话》）

又曰：稗官者，寓言也，其假捏一人，幻造一事，虽为风影之谈，亦必依山点石，借海扬波。故《金瓶》一部，有名人物不下百数，为之寻端竟委，大半皆属寓言。庶因物有名，托名摭事，以成此一百回曲曲折折之书。（《寓意说》）

又曰：《金瓶梅》是一部《史记》。然而《史记》有独传，有合传，却是分开做的。《金瓶梅》却是一百回共成一传，而千百人总合一传，内却又断断续续，各人自有一传。固知作《金瓶梅》者，必能作《史记》也。（《批评第一奇书金瓶梅读法》）

又曰：《金瓶梅》妙在善用犯笔而不犯也。如写一伯爵，更写一希大；然毕竟伯爵是伯爵，希大是希大，各自的身分，各人的谈吐，一丝不紊。写一金莲，更写一瓶儿，可谓犯矣；然又始终聚散，其言语举动，又各各不乱一丝。写一王六儿；偏又写一贲四嫂；写一李桂姐，又写一吴银姐、郑月儿；写一王婆，偏又写一薛媒婆、一冯妈妈、一文嫂儿、一陶媒婆。写一薛姑子，偏又写一王姑子、刘姑子。诸如此类，皆妙在特特犯手，却又各各一款，绝不相同也。（同上）

又曰：凡人谓《金瓶梅》是淫书者，想必伊只知看其淫处也。若我看此书，纯是一部史公文字。

做《金瓶梅》之人，若令其做忠臣孝子之文，彼必能又出手眼，摹神肖影，追魂取魄，另做出一篇忠孝文字也。我何以知之？我于其摹写奸夫淫妇知之。

作《金瓶梅》者，必曾于患难穷愁，人情世故，一一经历过，入世最深，方能

为众脚色摹神也。（同上）

刘廷玑曰：深切人情世务，无如《金瓶悔》，真称奇书。欲要止淫，以淫说法；欲要破迷，引迷入悟。其中家常日用，应酬世务，奸诈贪狡，诸恶皆作，果报昭然。而文心细如牛毛茧丝。凡写一人，始终口吻酷肖到底，掩卷读之，但道数语，便能默会为何人。结构铺张，针线缜密，一字不漏，又岂寻常笔墨可到者哉！（《在园杂志》）

平子曰：《金瓶梅》一书，作者抱无穷冤抑，无限深痛，而又处黑暗之时代，无可与言，无从发泄，不得已借小说以鸣之。其描写当时之社会情状，略具一斑，然与《水浒传》不同。《水浒》多正笔，《金瓶》多侧笔；《水浒》多明写，《金瓶》多暗刺；《水浒》多快语，《金瓶》多痛语；《水浒》明白畅快，《金瓶》隐抑凄恻；《水浒》抱奇愤，《金瓶》抱奇冤。处境不同，故下笔亦不同。且其中短简小曲，往往隽韵绝伦，有非宋词元曲所能及者。又可征当时小人女子之情状，人心思想之程度，真正一社会小说，不得以淫书目之。《小说丛话》）

曼殊曰：至于《金瓶梅》，吾固不能谓为非淫书，然其奥妙，绝非在写淫之笔，盖此书的是描写下等妇人社会之书也。（同上）

四　明代戏曲

李开先

李开先（1502—1568），字伯华，号中麓山人、中麓子、中麓放客。章丘（今山东章丘县）人。嘉靖八年（1529）进士，历任吏部考功司主事、稽勋司员外、文选司郎中、太常寺少卿等职。因上疏抨击朝政，揭露严嵩等人，被削职返乡。闲居中，广泛搜集研究戏曲及民间文学作品，并从事创作，小曲及戏曲作品颇富。今存戏曲《园林午梦》《打哑禅》《宝剑记》，散曲《中麓小令》《卧病江皋》《四时悼内》，以及杂著诗文集多种。有今人路工辑校的《李开先集》。

宝剑记[①]

林冲夜奔

（生上，唱）

【点绛唇】数尽更筹[②]，听残银漏[③]。逃秦寇[④]，好教我有国难投，那搭儿[⑤]相求救？

（白）欲送登高千里目，愁云低锁衡阳路[⑥]。鱼书不至雁无凭[⑦]，几番欲作悲秋赋[⑧]。回首西山日又斜，天涯孤客真难度[⑨]。丈夫有泪不轻弹，只因未到伤心处。念我一时忿怒，杀死奸细[⑩]，幸得深夜无人知觉，密投柴大官人[⑪]庄上隐藏。昨闻故人公孙胜[⑫]使人报知：今遣指挥徐宁[⑬]领兵沧州地界捉拿。亏承柴大官人怜我孤穷，写书荐达，径往梁山逃命。日里不敢前行，今夜路经济州[⑭]地界，恰才天明月朗，霎时雾暗云迷，况山路崎岖，高低不辨，教我怎生行蓦[⑮]！那前边黑洞洞的，想是村店，只得紧行几步。呀，原来是一座禅林[⑯]。夜深无人，我向伽蓝殿[⑰]前暂憩片时。（生作睡介）（净扮神上，白）生前能护国，没世[18]号伽蓝，眼观十万里，日赴九千坛。吾乃本庙护法之神。今有上界武曲星[19]受难，官兵追急，恐伤他性命。兀那林冲，休推睡梦，今有官兵过了黄河，咫尺赶上，急急起来逃命去罢！吾神去也。凡人心不昧，处处有灵神。但愿人行早，神天不负人。（生醒白）諕死我也！刚才合眼，忽见神像指着道："林冲急急起来，官兵到了！"想是伽蓝神圣指引迷途。我林冲若得一步之地[20]，重修宝殿，再塑金身。撒开脚步去也！（唱）

【双调新水令】按龙泉[21]血泪洒征袍，恨天涯一身流落。专心投水浒，回首望天朝[22]。急走忙逃，顾不的忠和孝。

【驻马听】良夜迢迢，投宿休将门户敲。遥瞻残月，暗度重关，急步荒郊。身轻不惮路迢遥，心忙只恐人惊觉。魄散魂消，魄散魂消，红尘误了武陵年少[23]。

【水仙子】一朝谏诤触权豪，百战勋名做草茅，半生勤苦无功效。名不将青史标，为家国总是徒劳。再不得倒金樽杯盘欢笑，再不得歌金缕筝琶络索[24]，再不得谒金门环佩逍遥[25]！

【折桂令】封侯万里班超[26]，生逼做叛国的红巾[27]，背主的黄巢[28]。恰便似脱扣苍鹰，离笼狡兔，摘网腾蛟。救急难谁诛正卯[29]？掌刑罚难得皋陶[30]！鬓发萧骚[31]，行李萧条。这一去，博得个斗转天回[32]，须教他海沸山摇。

【雁儿落】望家乡去路遥，想妻母将谁靠？我这里吉凶未可知，他那里生死应难料。

【得胜令】呀！諕的我汗浸浸身上似汤浇，急煎煎心内类油调。幼妻室今何在？老尊堂恐丧了！劬劳[33]，父母恩难报，悲嚎，英雄气怎消。

【沽美酒】怀揣着雪刃刀，行一步哭号咷。拽长裾急急蓦羊肠路[34]，且喜这灿灿明星下照。忽然间昏惨惨云迷雾罩[35]，疏喇喇风吹叶落，振山林声声虎啸，溪涧哀哀猿叫。吓的我魂飘、胆消，百忙里走不出山前古庙。

【收江南】呀！又只见乌鸦阵阵起松梢，数声残角断渔樵[36]。忙投村店伴寂寥。想亲帏梦杳[37]，空随风雨度良宵！

故国徒劳梦，思归未得归。

此身无所托，空有泪沾衣。

（下）

①《宝剑记》演述的是水浒英雄林冲被逼上梁山的故事，但情节与《水浒传》有较大的出入。身为边关统制的林冲，因反对权奸而被贬为禁军提辖。但他不畏惧，不屈服，一

再上本揭露高俅和童贯的罪行，结果被高、童设计陷害，刺配沧州；高俅之子又乘机图谋夺取林冲的妻子张真娘。林冲终于被逼上梁山，参加农民起义军，并最后杀死了高俅父子，报仇雪恨，夫妻团聚。剧本突出了忠奸斗争，融进了明代反权奸的现实内容。全剧共五十二出，《林冲夜奔》是第三十七出。 ② 更筹：古代夜间报时的竹签。一夜分为五更，每更约两小时。 ③ 银漏：古代一种计时的工具，以银壶盛水，水慢慢滴漏，壶中标记便显示出时刻。 ④ 秦寇：本指秦兵，这里借指高俅奸党。 ⑤ 那搭儿：何处。 ⑥ 衡阳路：湖南衡阳有回雁峰，传说北雁南飞到此即止，这里指与家乡间传递信息之路。 ⑦ 鱼书：古代传说鱼可传书。《古诗十九首》："呼童烹鲤鱼，中有尺素书。"雁无凭：也是指没有得到书信。 ⑧ 悲秋赋：宋玉《九辩》："悲哉，秋之为气也。"后因以悲秋赋泛指秋日抒写愁怀的文字。 ⑨ 难度：指时日难捱。 ⑩ 奸细：指高俅的爪牙陆谦和傅安。 ⑪ 柴大官人：指柴进，他帮助林冲投奔梁山。 ⑫ 公孙胜：水浒英雄之一，剧中情事与《水浒传》不同。他任参军，奉旨到沧州盘点粮草，在驿站与林冲相遇，救了林冲的性命。 ⑬ 徐宁：水浒英雄之一，其情事亦与《水浒传》所写不同。 ⑭ 济州：今山东济宁市。 ⑮ 蓦：大步跨越，快行。 ⑯ 禅林：寺庙。 ⑰ 伽(qié)蓝：佛教中的护法神。 ⑱ 没世：死后。 ⑲ 武曲星：旧时迷信，认为世上的杰出人物都是天上的星宿下凡，武曲星代表英勇刚强有武功的人物，这里指林冲。 ⑳ 得一步之地：指走运，有了出头发迹之日。 ㉑ 龙泉：古宝剑名，这里泛指宝剑。 ㉒ 天朝：京都，这里指朝廷。 ㉓ 红尘：这里指争名夺利的尘世。武陵年少：即五陵年少。五陵是汉初高帝、惠帝、景帝、武帝、昭帝的陵墓，为贵族豪门聚居之地。 ㉔"再不得"句：再不能过那种歌舞欢乐的生活了。金缕：曲调名，这里泛指乐曲。筝琶：都是弦乐器。络索：乐器上的饰物。 ㉕ 金门：汉代宫门名，这里代指皇宫。环佩：古代显贵人物衣服上的玉饰。全句意思是，再不能进宫朝见皇帝，即向皇帝尽忠了。 ㉖ 班超：东汉时名将，因开发西域有功，封定远侯，林冲因屡建战功，故以此自喻。 ㉗ 红巾：农民起义军的泛称。 ㉘ 黄巢：唐代末年农民起义军的领袖，这里指投身于农民起义。 ㉙ 正卯：少正卯，春秋时鲁国的大夫，史载他"心逆而险，行僻而坚，言伪而辩，记丑而情，顺非而泽"，后为任鲁司寇的孔子所诛。这里代指高俅等权奸。 ㉚ 皋陶(yáo)：传说中虞舜公正无私的法官。 ㉛ 萧骚：稀疏、凌乱的样子。 ㉜ 斗转天回：比喻天翻地覆的巨大变化。 ㉝ 劬(qú)劳：指父母养育子女的劳苦。《诗经·蓼莪》："哀哀父母，生我劬劳。" ㉞ 裾(jū)：衣服的前襟。急急蓦：急匆匆地奔走。 ㉟"忽然间"句：此句以下为带【太平令】调(带过曲)。 ㊱ 断渔樵：是说天晚了打渔和打柴的人都已收工归家。 ㊲ 亲帏(wéi)：亲人。梦杳：谓梦里也难见到。(这出戏以情景交融的手法写出了林冲被逼奔上梁山时的悲愤情怀和复杂心理，一方面写他是一个痛恨权奸，刚正不屈、有血性有正义感的英雄人物；另一方面又将他渲染成一个忠臣孝子，揭示了他有国难投、有家难奔的内心痛苦。曲词悲壮沉郁，富于艺术感染力。)

徐 渭

徐渭（1521—1593），字文长，一字文青，号天池，又号青藤，山阴（今浙江绍兴市）人。二十岁时考中秀才，但此后屡应乡试不中。37岁时在浙江总督胡宗宪幕下为书记，兼参机要，参加了抗倭战争。后因胡宗宪获罪而受累，以致精神失常，以杀妻罪入狱。出狱后放情山水，困顿以终。徐谓的思想带有叛逆色彩，是一个不拘礼法、卓荦不凡、愤世嫉俗的人物。他是一个兴趣广泛的艺术天才，诗文、书画、戏曲均有成就。杂剧创作以《四声猿》为代表，包括《狂鼓史渔阳三弄》《玉禅师翠乡一梦》《雌木兰替父从军》及《女状元辞凰得凤》四个短剧。有戏曲论著《南词叙录》及诗文集《徐文长集》。今人汇诗文及戏曲作品为《徐渭集》，由中华书局出版。

四声猿

雌木兰替父从军①

第一出

（旦扮木兰女上）妾身姓花名木兰。祖上在西汉时，以六郡良家子②，世住河北魏郡③。俺父亲名弧，字桑之，平生好武能文，旧时也做一个有名的千夫长④。娶过俺母亲贾氏，生下妾身，今年才一十七岁。虽有一个妹子木难，和小兄弟咬儿，可都不曾成人长大。昨日闻得黑山贼首豹子皮，领着十来万人马，造反称王。俺大魏拓跋克汗⑤下郡征兵，军书络绎，有十二卷来的，卷卷有俺家爷的名字。俺想起来，俺爷又老了，以下又再没一人。况且俺小时节一了⑥有些小气力，又有些小聪明，就随着俺的爷也读过书，学过些武艺。这就是俺今日该替爷的报头⑦了。你且看那书上说，秦休和那缇萦两个⑧：一个拼着死，一个拼着入官为奴，都只为着父亲。终不然⑨，这两个都是包网儿、带帽儿、不穿两截裙袄⑩的么？只是一件，若要替呵，这弓马、枪刀、衣鞋等项，却须索从新另做一番，也要略略的演习一二，才好把这要替的情由，告诉他们得知。他岂不知事出无奈，一定也不苦苦留俺。叫小鬟那里？（丑扮小鬟上）（木）小鬟，你瞒过老爷和奶奶，随着俺到街坊上走一回者。（向内买诸物介，引鬟持诸物上）（鬟）大姑娘，把马拴在那里？（木）且寄养在对门王三家。（唱）

【点绛唇】休女身拚，缇萦命判，这都是裙钗[11]伴，立地撑天，说什么男儿汉！

【混江龙】军书十卷，书书卷卷把俺爷来填。他年华已老，衰病多缠。想当初搭箭追鹏穿白羽，今日呵，扶藜[12]看雁数青天。呼鸡喂狗，守堡看田；调鹰手软，打兔腰拳[13]。提携[14]咱姊妹，梳掠[15]咱丫环。见对镜添妆开口笑，听提刀厮杀把眉攒。长嗟叹，道两口儿北邙[16]近也，女孩儿东坦萧然[17]。

要演武艺，先要放掉了这双脚[18]，换上那双鞋儿，才中用哩。（换鞋作痛楚状）（唱）

【油葫芦】生脱下半折[19]凌波袜一弯，好些难。几年价才收拾得凤头尖[20]，急忙得改抹做航儿泛[21]。怎生就凑得满帮儿楦[22]。回来俺还要嫁人，却怎生？这也不愁他，俺家有个漱金莲方子[23]，只用一味硝，煮汤一洗，比偌咱[24]还小些哩。（唱）把生硝提得似雪花白，可不霎时间漱瘦了金莲瓣。

鞋儿倒七八也稳了，且换上这衣服者。（换衣，戴一军毡帽介）（唱）

【天下乐】穿起来怕不是从军一长官，行间，正好瞒。紧绦钩，厮称这细褶子系刀环[25]。软哝哝衬锁子甲，暖烘烘当夹被单，带回来又好脱与咬儿穿。

衣鞋都换了，试演一会刀看。（演刀介）（唱）

【哪吒令】这刀呵，这多时不拈，俺则道不便；才提起一翻，也比旧一般。为何的手不酸，习惯了锦梭穿。越国女尚要白猿教[26]，俺替爷军怎不捉青蛇炼[27]？绕红裙一股霜抟[28]。

演了刀，少不得也要演枪。（演枪介）（唱）

【鹊踏枝】打磨出苗叶鲜[29]，栽排上绵木杆，抵多少月舞梨花[30]，丈八蛇钻[31]。等待得脚儿松，大步重挪捻，直翻身戳倒黑山尖。

箭呵，这里演不得，也则把弓来拉一拉，看俺那机关和那绑子[32]，比旧日如何。（拉弓介）（唱）

【寄生草】指决儿[33]薄，鞘靶儿[34]圆；一拳头揝住黄蛇㩧[35]，一胶翎[36]拨尽了乌鹏扇，一肐膊挺做白猿健。长歌壮士入关来[37]，那时方显天山箭。

俺这骑驴跨马，倒不生疏，可也要做个撒手登鞍的势儿。（跨马势）（唱）

【幺】绣裲裆[38]坐马衣，嵌珊瑚掉马鞭，这行装不是俺兵家办。则与他两条皮生捆出麒麟汗[39]，万山中活捉个猢狲伴[40]，一箭头平踹了狐狸堑[41]。到门庭才显出女多娇，坐鞍轿谁不道英雄汉。

所事儿都已停当，却请出老爷和奶奶来，才与他说话。（向内请父、母、弟、妹介）（外扮爷、老扮娘、小生扮弟、贴扮妹同上，见旦惊介，云）儿，今日呵，你怎的那等样打扮？一双脚又放大了，好怪也，好怪也！（木）娘，爷该从军，怎么不去？（娘）他老了，怎么去得？（木）妹子、兄弟也就去不得了？（娘）你疯了，他两个多大的人，去得？（木）这等样儿，都不去吧。（娘）正为此没个法儿，你的爷急得要上吊。（木）似孩儿这等样儿，去得去不得？（娘）儿，娘晓得你的本事，去倒去得。（哭介）只是俺两老口怎么舍得你去！又一桩，便去呵，你又是个女孩儿，千乡万里，同行搭伴，朝食暮宿，你保得不露出那话儿么？这成什么勾当？（木）娘，你尽放心，还你一个闺女儿回来。（众哭介，扮二军上，云）这里可是花家么？（外）你问怎么？（军）俺们也是从征的，俺本官说这坊厢里有个花弧，教俺们来催发他一同走路，快着些。（木）哥儿们少坐，待我略收拾些儿，就好同行。小鬟，你去带回马来。（木收拾器械介）（众看介，云）好马，好器械。（娘）儿，你去一定成功喝彩回来，好歹信儿可要长捎一封，也免得俺老两口儿作念。偌咱要递你一杯酒儿，又忙劫劫[42]的。才叫小鬟买得几个热波波[43]，你拿着，路上也好嚼一嚼。有些针儿线儿，也安在你搭连[44]里了。也预备着，也好连些破衣断甲。（二军叫云）快着些！（众哭别，先下）（木出见军介，云）大哥们，劳久待了，请就上马趱行[45]。（作上马行介）（二军私云）这花弧倒生得好个模样儿，倒不像个长官，倒是个秫秫[46]，明日倒好拿来应应急。（木唱）

【幺】离家来没一箭，远听黄河流水溅。马头低遥指落芦花雁，铁衣单忽点上霜花片。别情浓就瘦损桃花面。一时价想起密缝衣，两行儿泪脱珍珠线。

【六幺序】呀，这粉香儿犹带在脸，那翠窝儿[47]抹也连日不曾干。却扭做生就的丁添[48]。百忙里跨马登鞍，靴插金鞭，脚踹铜环，丢下针尖，挂上弓弦。未逢人先准备弯腰见[49]，使不得站堂堂矬倒裙边[50]。不怕他鸳鸯作对求姻眷，只愁这水火熬煎[51]，这些儿要使机关。

【幺】哥儿们说话之间，不待加鞭；过万点青山，近五丈红关，映一座城栏，竖几手旗竿。破帽残衫，不甚威严，敢是个把守权官，兀的不你我一般。趁着青年，靠着苍天，不惮艰难，不爱金钱，倒有个阁上凌烟[52]，不强似谋差夺掌把声名换[53]，抵多少富贵由天。便做道黑山贼寇犯了弥天案[54]，也无多些子，差一念心田。

（指问介，唱）

【赚煞】那一答是那些？咫尺间如天半，趄坡子长蛇倒绾[55]。敢是大帅登坛坐此间，小缇萦礼合参官[56]。这些儿略觉心寒，久已后习弄得雄心惯。领人马一千，扫黑山一战，俺则教花腮上旧粉扑貂蝉[57]。（众）

说话之间，且喜到主帅驻扎的地方了，俺们且先寻下了安顿的所在，明日一齐见主帅者。（下）

① 这部杂剧以北朝乐府《木兰诗》为本事，写木兰女扮男装，代父从军，在战场上英勇杀敌，屡立战功，热情地歌颂了一个普通女子非凡的军事才能和勇敢精神。功成后返乡，增加了嫁王郎的情节。 ② 六郡良家子：郡是西汉时的行政区划名，比县大。六郡指陇西、天水、安定、北地、上郡、西河一带地区。良家子：清白人家的子女。 ③ 魏郡：西汉时置，郡治在今河北临漳西南邺镇。 ④ 千夫长：率领千人的小首领。 ⑤ 大魏：北魏的自称。拓跋克汗（kè hán）：北魏的君主。北魏统治者是鲜卑族，拓跋是姓，克汗是君主的称号。 ⑥ 一了：一向。 ⑦ 报头：报答。 ⑧ 秦休：古乐府有《秦女休行》，写秦女休为父报仇，杀仇人于市，后被赦罪之事。缇（tí）萦：汉文帝时人，她的父亲淳于意犯罪当判刑，她上书愿充官婢为父赎罪，后其父终被赦免。 ⑨ 终不然：难道。 ⑩ 包网儿、带帽儿、不穿两截裙袄：都是古时男子的穿戴。 ⑪ 裙钗：代指女子。 ⑫ 扶藜：拄着藜杖。 ⑬ 腰拳：腰部拳曲不直。 ⑭ 提携：这里是抚育培养的意思。 ⑮ 梳掠：这里是训导的意思。 ⑯ 北邙（máng）：即邙山，在河南洛阳市北。汉魏时王公贵族死后多葬于此，后因以泛指墓地。 ⑰ “女孩儿”句：指女儿尚未找到婆家。东坦：晋代王羲之因东床坦腹而被太尉郗鉴选作女婿，事见《晋书·王羲之传》，后因以东床或东坦代指女婿。 ⑱ 放掉了这双脚：古时女子缠脚，故女扮男装须首先放脚。女子缠脚始于何时说法不一，一般认为始于南唐，但《雌木兰》并非严格的历史剧，不必拘泥。 ⑲ 折：大拇指与食指伸直时的距离为一折，半折形容很短。 ⑳ 凤头尖：形容被缠死脚的尖小。 ㉑ 航儿：形容放开后脚的形状如船。 ㉒“怎生”句：意思是刚放了脚怎么可能一下子就塞满了大鞋。楦（xuàn）：用来撑大鞋内中空部分的木制模具。 ㉓ 漱金莲方子：又叫瘦金莲方，旧时妇女缠脚时用药水洗脚的药方，据传用这种药洗脚，脚即变小。金莲：指小脚。 ㉔ 偌咱：现在。 ㉕ 厮称：相称，相配合。褶（dié）子：夹衣。 ㉖ “越国女”句：传说春秋时吴越两国开战，越国一女子善剑术，往见越王途中遇一老者，两人比剑，老者飞身上树，变成白猿。 ㉗ 青蛇：指宝剑。 ㉘ 霜抟（tuán）：形容舞剑时白光闪亮，犹如寒霜聚合。 ㉙ 苗叶鲜：叶形的枪头。 ㉚ 梨花：梨花枪。 ㉛ 丈八蛇钻：一种长矛。 ㉜ 机关：疑指射箭的诀窍或技巧。绑子：指弓弦与弓背相接的地方，又叫帮子。或疑“绑子”为“膀子”之误，指臂力。 ㉝ 指决儿：拉弓扣指的地方。 ㉞ 鞘靶儿：弓的两端。 ㉟ 黄蛇撺：形容弓弧像弯曲的黄蛇。 ㊱ 胶翎：箭翎。 ㊲ “长歌壮士”二句：唐太宗时，薛仁贵与铁勒族战于天山，敌数十骁骑向薛挑战，薛连发三箭射倒三位首领，余敌败降，当时有“将军三箭定天山，壮士长歌入汉关”的赞语。 ㊳ 裲裆：又写作“两当”，俗称“马甲”或“背心”。 ㊴ 麒麟汗：麒麟指马。旧称战功为汗马功劳。 ㊵ 猢狲伴：据传马喜睡，多睡则易生病，养马人常在马厩中置一猴，以搅扰使马不多睡。 ㊶ “一辔头”句：意思是勒紧了辔头就会走暗坑沟堑如履平地。辔头：控制马的笼头和缰绳。 ㊷ 忙劫劫：匆匆忙忙地。 ㊸ 热波

波：热饽饽（点心）。 ㊹ 搭连：即褡裢，一种可以盛钱物的布袋。 ㊺ 趱（zǎn）行：快走。 ㊻ 秫秫（shú）：高粱的代称，以凑合解馋的食物比喻木兰，带调侃戏谑意味。 ㊼ 翠窝儿：在脸上贴翠钿留下的痕迹。 ㊽ 丁添：疤痕。 ㊾ 弯腰见：男子相见时弯腰作揖的礼节。 ㊿ "使不得"句：千万不能堂堂直立露出女相。矬（cuó）：矮小。 51 水火熬煎：指大小便。 52 阁上凌烟：凌烟阁是唐代为功臣画像的地方，这里是为国立功的意思。 53 谋差（chāi）夺掌：谋取差事，争夺权利。把名声换：指扬名于世。 54 弥天案：罪恶弥天的大案件。 55 趄（qiè）坡子长蛇倒绾（wǎn）：迟疑地走上一条像长蛇盘结的坡道。 56 参官：参拜长官。 57 貂蝉：武官帽子上用貂尾及黄金珰作的饰物。（这出戏表现了木兰代父从军的决心、参军前的习武准备，以及行军路上的种种心理活动。）

第二出

（外扮主帅上）下官征东元帅辛平的就是。蒙主上教我领十万雄兵，杀黑山草贼。连战连捷。争奈贼首豹子皮，躲住在深崖坚壁不出。向日新到有二千好汉，俺点名试他武艺。有一个花弧，像似中用。俺如今要辇载①那大炮石，攻打他深崖，那贼首免不得出战。两阵之间，却令那花弧拦腰出马，管取②一鼓成擒。叫花弧与众新军那里？（木同众上，跪见介）（外）花弧，俺明日去攻打黑山，两阵之后，你可放马横冲，管取生擒贼首。俺与你奏过官里，你的赏可也不小。违者处斩。（木）得令。（外）就此起兵前去。（唱）

【清江引】黑山小寇真见浅，躲住了成何干？花开蝶满枝，树倒猢狲散。你越躲着我越寻你见。（众唱）

【前腔】黑山小寇真高见，右右他输得惯。一日不害羞，三餐吃饱饭，你越寻他他越躲着看。

（众禀）主帅，已到贼营了。（外）叫军中举炮。（放炮介）（净扮贼首三出战）（木冲出擒介）（外）就收兵回去。（众唱）

【前腔】咱们元帅真高见，算定了方才干。这贼假的是花开蝶满枝，真的是树倒猢狲散。凯歌回带咱们都好看。（帅唱）

【前腔】众军士们，好消息时下还伊见，每月钞加一贯。又不是一日不害羞，管教伊三餐吃饱饭。论成功是花弧居多半。

（到京，内鸣钟鼓作坐朝介，帅奏云）征东元帅臣辛平谨奏：昨蒙圣恩，命臣征讨黑山巨寇，今悉已荡平。贼首豹子皮，的系军人花弧临阵亲擒，见解听决③。其余有功人员，各具册书，分别功次，均望上裁④。（丑扮内使捧旨上，云）奉圣旨：卿剿贼功多，特封常山侯，给券世袭[5]。花弧可尚书郎[6]。念其劳役多年，令驰驿还乡，休息三月，仍听取用。就给与冠带[7]，一同辛平谢恩。豹子皮就决了[8]。其余功次，候查施行。（木换冠带介）（帅、木谢恩介，受诏书，丑下）（木）花弧感蒙主帅的提拔，叨[9]此荣恩。只因省亲心急，不得到行台[10]亲谢，就此叩头，容他日效犬马之报。（帅）此是足下力量所致，于下官何预。匆忙中我也不得遣贺叙别[11]。（木）今日得君提挈起，（帅）下官也是因船顺水借帆风。（帅先别下）（木唱）

【前腔】万般想来都是幻，夸什么吾成算。我杀贼把王擒，是女将男换。这功劳得将来不费星儿汗。

（二军追上云）花大爷，你偌咱就这等样好了。（木）二位怎么这样来迟？（二军）咱两个次候查功，如今也讨得个百户[12]，到本伍[13]到任，望大爷携带。（木）可喜，正好同行。（二军唱）

【前腔】想起花大哥真希罕，拉溺也不教人见。（伴）这才是贵相哩，天生一贵人，侥幸三同伴。咱两个呵，芝麻大小官儿抬起眼看一看。（木唱）

【前腔】我花弧有什么真希罕，希罕的还有一件。俺家紧隔壁那庙儿里，泥塑一金刚，忽变做嫦娥面。（二军）有这等事？（木）你不信到家时我引你去看。（下）

（爷、娘、小鬟上）自从孩儿木兰去了，一向没个消息。喜得年时王司训的儿子王郎，说木兰替爷行孝，定要定下他为妻。不想王郎又中上贤良、文学那两等科名[14]，如今见以校书郎[15]省亲在家。木兰又去了十来年，两下里都男长女大得不是耍[16]。却怎么得他回来，就完了这头亲，俺老两口儿就死也死得干净。（二军同木上）（二军）花大爷，且喜到贵宅了，俺二人就告辞家去。（木）什么说话，请左厢坐下，过了午[17]去。（二军应，虚下）（木进见亲介）（娘）小鬟，快叫二姑娘、三哥出来，说大姑娘回了。（小鬟叫弟、妹上介）（木对镜换女装，拜爷娘介）（唱）

【耍孩儿】孩儿去把贼兵剪，似风际残云一卷。活拿贼首出天关，这乌纱亲递来克汗[18]。（娘）你这官是什么官？（木）是尚书郎，奶奶，我紧牢拴，几年夜雨梨花馆，交还你依旧春风荳蔻函[19]。怎肯辱爷娘面？（娘）我儿，亏杀了你！（木）非自奖，真金烈火，倘好比浊水红莲。（拜弟、妹介）（唱）

【二煞】去时节只一丢[20]，回时节长并肩，像如今都好替爷征战。妹子，高堂多谢你扶双老；兄弟，同辈应推你第一班。我离京时，买不迭香和绢，送老妹只一包儿花粉，帮贤弟有两匣儿松烟[21]。

（二军忙跑上）花大爷，你原来是个女儿。俺们与你过活十二年，都不知道一些儿。

原来你路上说的金刚变嫦娥，就是这个谜子，此岂不是千古的奇事，留与四海扬名，万人作念[22]么。（木唱）

【三煞】论男女席不沾，没奈何才用权[23]。巧花枝稳躲过蝴蝶恋。我替爷呵，似叔援嫂溺难辞手[24]；我对你呵，似火烈柴干怎不瞒。鹭鸶般雪隐飞才见。算将来十年相伴，也当个一半姻缘。

（二军）他们这般忙，俺们不好不达时务，且不别而行吧。（先下）（鬟报云）王姑夫来作贺。（娘）这个就是前日寄你书儿上说的这个女婿，正要请将他来与你成亲，来得恰好。（生冠带扮王郎上，相见介）（娘）王姑夫且慢拜，我才子看了日子了，你两口儿似生铜铸赖象，也铁大了[25]。今日成就了亲吧，快拜快拜！（木作羞背立介）（娘）女儿，十二年的长官，还害什么羞哩。（木兰回身拜介）（唱）

【四煞】甫能个小团圞，谁承望结姻缘？乍相逢怎不羞生汗。久知你文学朝中贵，自愧我干戈阵里还。配不过东床眷。谨追随神仙价萧史，莫猜疑妹子像孙权[26]。

【尾】我做女儿则十七岁，做男儿倒十二年。经过了万千瞧，那一个解雌雄辨？方信道辨雌雄的不靠眼。

黑山尖是谁霸占，木兰女替爷征战。

世间事多少糊涂，院本打雌雄不辨。（并下）

①辇（niǎn）载：用人力车运载。 ②管取：管保。 ③见解听决：现在解送来听候处理。 ④上裁：皇上决定。 ⑤给券世袭：赐予可以让子孙世袭做官的凭据。 ⑥尚书郎：东汉时，从孝廉中选取有才能的入尚书台，在皇帝左右处理政务，工作满一年的称为尚书郎。魏晋以后，尚书分为若干曹，如吏部、屯田、水部等，有侍郎、郎中等官，综理各曹曹务，统称为尚书郎。 ⑦冠带：指与其官职相应的衣帽、腰带。给与冠带就表示正式授官。 ⑧决：处决。 ⑨叨：叨光，得益。 ⑩行台：主帅的行营。 ⑪遣贺叙别：送贺礼，叙别情。 ⑫百户：武官名，百夫之长。为元代军制。 ⑬本伍：本队。 ⑭贤良、文学那两等科名：汉文帝时，下诏令各地选举贤良方正文学材力之士，被举的人可以获得很高的官位。贤良和文学后来便成为选举人材的科名。 ⑮校书郎：官名，专管校勘典籍。 ⑯不是要：不是开玩笑的事，应该认真对待。 ⑰过了午：吃过午饭。 ⑱“这乌纱”句：是因擒贼首而做官的一种幽默说法。 ⑲春风荳蔻函：含苞未放的花朵，比喻仍是处女。旧时称少女十三、四岁为荳蔻年华。 ⑳只一丢：只一点点。 ㉑松烟：指墨。 ㉒万人作念：万人称颂。 ㉓用权：采用权宜之计。 ㉔“似叔”句：按封建礼教，男女授受不亲，叔嫂间也不例外；但当嫂子落水快溺死时，夫弟则可不受此约束而伸出援助之手。 ㉕似生铜铸赖象，也铁大了：明代谚语，用生铜铸成黄色的大象，日久变为灰黑色，也和铁铸的

一样。这里比喻木兰与王郎均已长大成人，应该完婚。 ㉖妹子像孙权：三国时吴国孙权之妹好武，与刘备成亲时洞房中仍陈列着武器。（这折戏正面描写木兰在战场上亲擒贼首，热情地歌颂了她的勇敢精神和杰出的武艺。立了战功以后又毫无愧色地接受皇帝赐官，归家后并未向同行的军官隐瞒自己的女儿身，剧本最后以与王郎完婚结束。这样的艺术处理，突出地表现了作者要求男女平等的反封建的思想倾向。剧中的雌木兰乃是一个堂堂英伟大丈夫的形象。）

汤显祖

汤显祖（1550—1616），字义仍，号若士，又号海若，别署清远道人。临川（今江西临川县）人。少有才华，并刻苦读书，二十一岁时中举。他为人正派刚直，不肯趋附权贵，因此得罪了宰相张居正和申时行等人，三十四岁时才考取进士。四十岁时任南京礼部祠祭司主事。因作《论辅臣科臣疏》，批评朝政，弹劾首辅申时行，被贬广东徐闻县典史，后又调任浙江遂昌知县。为官廉正，关心人民，颇有善政。他不满于当时的黑暗政治，与早期东林党人顾宪成、高攀龙等人结为政治上的好友。四十九岁时愤然辞官归里，以后即在临川闲居，读书、创作并进行戏剧活动，他受到当时左派王学进步思潮的影响，反对程朱理学，追求个性解放，对具有叛逆思想的李贽和紫柏禅师（即达观）十分敬慕。同对也受到佛道思想的消极影响。戏剧主张重意趣神色，不受音律束缚，与以沈璟为代表的“吴江派”相对立，形成戏剧史上的“临川派”。戏曲创作主要有《紫钗记》、《牡丹亭》（又称《还魂记》）、《南柯记》和《邯郸记》，合称“临川四梦”或“玉茗堂四梦”。他还创作了大量的诗文书札等作品。上海古籍出版社汇为《汤显祖戏曲集》和《汤显祖诗文集》出版。

牡丹亭[①]

闺　塾[②]

（末上）吟余改抹前春句，饭后寻思午晌茶。蚁上案头沿砚水，蜂穿窗眼咂[③]瓶花。我陈最良杜衙设帐[④]，杜小姐家传《毛诗》[⑤]，极承老夫人管待。今日早膳已过，我且把《毛诗》潜玩[⑥]一遍。（念科）“关关雎鸠[⑦]。在河之洲；窈窕淑女，君子好逑。”好者，好也；逑者，求也。（看科）这早晚了，还不见女学生进馆，却也娇养的凶。待

我敲三声云板[8]。（敲云板科）春香，请小姐上书[9]。（旦引贴[10]捧书上）

【绕地游】素妆才罢，款步[11]书堂下，对净几明窗潇洒。（贴）《昔氏贤文》[12]，把人禁杀[13]，恁时节[14]则好教鹦哥唤茶。

（见科）（旦）先生万福[15]！（贴）先生少怪！（末）凡为女子，鸡初鸣[16]，咸盥漱栉笄，问安于父母；日出之后，各供其事。如今女学生以读书为事，须要早起。（旦）以后不敢了。（贴）知道了。今夜不睡，三更时分请先生上书。（末）昨日上的《毛诗》可温习？（旦）温习了，则待讲解。（末）你念来。（旦念科）"关关雎鸠，在河之洲；窈窕淑女，君子好逑。"（末）听讲。"关关雎鸠"："雎鸠"是个鸟；"关关"，鸟声也。（贴）怎样声儿？（末作鸠声）（贴学鸠声诨[17]科）（末）此鸟性喜幽静。"在河之洲"……（贴）是了。不是昨日是前日，不是今年是去年，俺衙门关着个斑鸠儿，被小姐放去，一去去在何知州家。（末）胡说！这是兴[18]。（贴）兴个甚的那？（末）兴者，起也，起那下头。"窈窕淑女"，是幽闲女子；有那等君子，好好的来求他。（贴）为甚好好的求他？（末）多嘴！（旦）师父，依注解书，学生自会，但把《诗经》大意敷演[19]一番。

【掉角儿】（末）论六经《诗经》最葩[20]，闺门内许多风雅：有指证姜产哇[21]，不嫉妒后妃贤达[22]；更有那咏鸡鸣[23]、伤燕羽[24]、泣江皋[25]、思汉广[26]，洗尽铅华[27]，有风有化[28]，宜室宜家[29]。（旦）这经文偌多[30]！（末）《诗》三百[31]，一言以蔽之，没多些，只"无邪"两字，付与儿家[32]。

（末）书讲了。春香取文房四宝来模字。（贴下，取上）纸、笔、墨、砚在此。（末）这甚么墨？（旦）丫头错拿了。这是螺子黛[33]，画眉的。（末）这甚么笔？（旦笑科）这便是画眉细笔。（末）俺从不曾见。拿去，拿去！这是甚么纸？（旦）薛涛笺[34]。（末）拿去，拿去！只拿那蔡伦[35]造的来。这是甚么砚？是一个是两个？（旦）鸳鸯砚。（末）许多眼[36]？（旦）泪眼[37]。（末）哭甚么子？一发[38]换了来。（贴背科）好个标老儿[39]！待换去。（下，换上）这可好？（末看科）着[40]。（旦）学生自会临书[41]。春香还劳把笔[42]。（末）看你临。（旦写字科）（末看惊科）我从不曾见这样好字。这甚么格[43]？（旦）是卫夫人传下美女簪花之格[44]。（贴）待俺写个奴婢学夫人[45]。（旦）还早哩。（贴）先生，学生领出恭牌[46]。（下）（旦）敢问师母尊年[47]？（末）目下平头六十[48]。（旦）学生待绣对鞋儿上寿，请个样儿。（末）生受[49]了！依《孟子》上样儿，做个"不知足而为屦"[50]罢了。（旦）还不见春香来。（末）要唤他么？（末叫三度科）（贴上）害淋的[51]！（旦作恼科）劣丫头，那里来？（贴笑科）溺尿去来。原来有座大花园，花明柳绿，好耍子哩。（末）哎也！不攻书，花园去，待俺取荆条来。（贴）荆条要做甚么？

【前腔】女郎行[52]，那里应文科判衙[53]？止不过识字儿书涂嫩鸦[54]。（起科）（末）古人读书，有囊萤的[55]，趁月亮的[56]，知道么？（贴）待映月，耀蟾蜍眼花[57]；待囊萤，把虫蚁儿活支煞[58]。（末）悬梁[59]、刺股[60]呢？（贴）比似你悬了梁，损头发；刺了股，添疤痆[61]。有甚光华？（内叫卖花科）（贴）小姐，你听，一声声卖花，把读书声差[62]。（末）又引逗小姐哩，待俺当真打一下。（末做打科）（贴闪科）你待打，打这哇哇，桃李门墙[63]，崄把负荆人[64]唬煞。

（贴抢荆条投地科）（旦）死丫头，唐突[65]了师父，快跪下！（贴跪科）（旦）师父，看他初犯，容学生责认[66]一遭儿。

【前腔】手不许把秋千架拿，脚不许把花园路踏。（贴）则瞧罢。（旦）还嘴！这招风嘴[67]，把香头来绰疤[68]；招花眼[69]，把绣针儿签瞎。（贴）瞎了中甚用？（旦）则要你守砚台，跟书案，伴"诗云"，陪"子曰"，没的争差[70]。（贴）争差些罢。（旦挦[71]贴发科）则问你几丝儿头发？几条背花[72]？敢也怕些些夫人堂上那些家法[73]。

（贴）再不敢了。（旦）可知道！（末）也罢，松[74]这一遭儿。起来。（贴起科）

【尾声】（末）女弟子则争个不求闻达[75]，和男学士一般儿教法。你们功课完了，方可回衙。咱和相公陪话[76]去。（合）怎辜负的这一弄[77]明窗新绛纱。

（末下）（贴做指末背骂科）村[78]老牛！痴老狗！一些趣也不知。（旦作扯科）死丫头，一日为师，终身为父，他打不得你？俺且问你，那花园在那里？（贴做不说）（旦笑问科）（贴指科）兀那[79]不是！（旦）可有甚么景致？（贴）景致么，有亭台六七座，秋千一两架；绕的流觞曲水[80]，面着太湖山石[81]。名花异草，委实华丽。（旦）原来有这等一个所在。且回衙去。

（集唐）[82]　　也曾飞絮谢家庭[83]，（李山甫）
欲化西园蝶未成[84]。（张泌）
无限春愁莫相问，（赵嘏）
绿阴终借暂时行。（张祜）

①《牡丹亭》：又名《还魂记》或《牡丹亭还魂记》。内容写南安太守之女杜丽娘，自小受到封建礼教的教育和严格的约束，但在《诗经》中爱情诗的启发和自由活泼的伴读丫头春香的诱导下，青春觉醒，在梦中和自己理想中的情人柳梦梅发生了爱情。梦醒后，因思念情人，感病而死。死前自画小像，并嘱家人将她葬于后花园的梅树下，画像藏于太湖石底。青年书生柳梦梅到南安游学，在梅花观拾得丽娘画像，产生爱慕之情，既而和丽娘

的鬼魂相爱。为情所感，杜丽娘死而复生。柳梦梅携丽娘到京城临安，考中状元之后，经过一番曲折，丽娘的婚姻终于得到父母的承认，最后以团圆结局。 ② 闺塾：《牡丹亭》全剧五十五出，《闺塾》是第七出。封建时代称私人设立的学校为塾，闺塾是指专门为贵族小姐设立的学舍。 ③ 咂（zā）：吸吮。 ④ 设帐：东汉马融曾坐在绛纱帐中教学生，所以后来称坐馆教书叫设帐。 ⑤《毛诗》：相传为战国末鲁人毛亨和赵人毛苌所传，汉时有《毛诗》二十九卷，《毛诗故训传》三十卷，都是解释《诗经》的书。后来传《诗经》的齐鲁韩三家书散失，《毛诗》遂用作《诗经》的代称。 ⑥ 潜玩：默默地思索玩味。 ⑦"关关雎鸠"四句：这是《诗经》首篇《关雎》中的头四句。关关：鸟鸣声。雎鸠（jū jiū）：水鸟名，常雌雄相伴不离。窈窕（yǎo tiǎo）：美好的样子。好逑（qiú）：好的配偶。 ⑧ 云板：一种铁制的乐器，这里用作书房中的传讯物。 ⑨ 上书：上课。 ⑩ 贴：戏曲角色名，"贴旦"的简称，扮演次要的女性人物，这里指丫头春香。 ⑪ 款步：慢步。 ⑫《昔氏贤文》：一种用格言形式编成的宣扬儒家思想的启蒙读物。 ⑬ 把人禁杀：把人拘禁死了。 ⑭ 恁时节：这时候。 ⑮ 万福：唐宋时妇女见人时的一种礼节，口称"万福"，后亦泛指妇女行礼。 ⑯"鸡初鸣"三句：这是封建礼教所规定的妇女生活守则，《礼记·内则》："子事父母，鸡初鸣，咸盥、漱、栉、纵、笄，……以适父母舅姑之所"。盥（guàn）：洗脸。栉（zhì）：梳头。笄（jī）：用簪子绾住头发。 ⑰ 诨（hùn）：打诨，取笑。 ⑱ 兴（xìng）：《诗经》中的表现手法之一，由某种事物引起联想，进而抒写自己的思想感情，叫托物起兴。 ⑲ 敷演：阐述、解释。 ⑳ 葩（pā）：花。这里指华美，有文彩。韩愈《进学解》有"诗正而葩"之句，后人因称《诗经》为"葩经"。 ㉑ 姜嫄（yuán）产哇：见《诗经·大雅·生民》，传说姜嫄为帝喾（kù）之妃，因在野外踩了巨人之迹而怀孕生了后稷。哇，同"娃"。 ㉒ 后妃贤达：指后妃美好的品德。《诗经》中许多爱情诗，都被儒家曲解为宣扬后妃之德的作品。 ㉓ 咏鸡鸣：指《诗经·齐风·鸡鸣》，《诗序》认为是"思贤妃，刺齐公"的，实际是描写夫妇生活的诗。 ㉔ 伤燕羽：指《诗经·邶风·燕燕》，《诗序》认为是写"庄姜（卫庄公之妻，齐东宫得臣之妹）送归妾"的，实际是一首描写惜别的诗。 ㉕ 泣江皋：指《诗经·召南·江有汜》，《诗序》认为是写"嫡（正妻）不以媵（妾媵，古时诸侯嫁女，常以妹妹或侄女从嫁）备数，媵无怨，嫡亦自悔"的，实际是描写女子被遗弃的诗。 ㉖ 思汉广：指《诗经·周南·汉广》，《诗序》认为它是写"文王之道被于南国，美化行于江汉之域，无思犯礼，求而不可得"的，实际是描写女子失恋的诗。 ㉗ 洗尽铅华：一洗华丽之习而归于朴素。铅华，搽脸用的铅粉。 ㉘ 有风有化：有益于社会道德风尚，即有教育意义。 ㉙ 宜室宜家：语本《诗经·周南·桃夭》："之子于归，宜其室家。"意思是，女子出嫁后，使夫家生活和顺。 ㉚ 偌（ruò）多：这么多。 ㉛"《诗》三百"二句：语出《论语·为政》："《诗》三百，一言以蔽之，曰：思无邪。"《诗》三百：《诗经》在汉以前不称"经"，取其三百零五篇的约数，称《诗》三百。蔽：概括。思无邪：思想纯正，即不违背封建统治阶级的道德规范。 ㉜ 付与儿家：教给后辈。 ㉝ 螺子黛：古代妇女用以画眉的一种青色颜料。 ㉞ 薛涛笺：薛涛是唐代名妓，女诗人，她命匠人特制的一种狭小便于写诗的笺纸，称为薛涛笺。 ㉟ 蔡伦：东汉时人，相传他发明用树皮、破布等作原料造纸。 ㊱ 眼：质地上等的砚台，常有天然石纹圆晕如眼。 ㊲泪眼：据《砚谱》，砚眼又有活眼、泪眼、死眼之分。泪眼，指砚石上的眼纹四旁浸渍，不甚鲜明。 ㊳一发：一齐。 ㊴标老儿：不知趣的老头儿。 ㊵着：应答之词，行，可以。 ㊶临书：照着字帖习字。 ㊷把笔：手把手教人写字。 ㊸格：指书法的气格体式。 ㊹卫夫人：晋代著名的女书法家。美女簪花之格：形容一种秀美的书法风格。梁代袁昂评卫恒的书法说："如插花美女，舞笑镜台。"卫夫人是卫恒的侄女，得卫恒书法的真传。 ㊺奴婢学夫人：比喻学得不像样。 ㊻出恭牌：科举考试时，规定考生上厕所必须领一块写有"出恭入敬"的牌子，称出恭牌。 ㊼尊年：问人年纪的一种尊敬的说法。 ㊽平头六十：整整六十岁。 ㊾生受：多承费心关切的意思。 ㊿"不知足而为屦（jù）"：语出《孟子·告子》，意思是不知道足的大小就去做鞋。此处是作者信手拈来附会取笑的。 (51)害淋的：骂人的话，淋指淋病，中医对排尿障碍等泌尿系统疾病的总称，又叫"五淋"。 (52)女郎行（háng）：女儿家。行，有辈或家的意思。 (53)应文科：应科举考试。判衙：坐堂判案。全句意思是：应举做官不是女孩儿家的事。 (54)书涂嫩鸦：形容写字写得很难看。 (55)囊萤：古代著名的苦读故事。晋代的车胤家贫无油点灯，在夏夜囊聚萤火虫取光读书。 (56)趁月亮的：南齐时江泌，家贫无灯，常借星月之光读书。 (57)蟾蜍（chán chú）：癞蛤蟆。传说月亮里有蟾蜍，故借蟾蜍为月的代称。 (58)活支煞：活活地折磨死。 (59)悬梁：汉代孙敬在太学钞书写经，将头发悬在梁上，以免困时睡觉。 (60)刺股：战国时苏秦以锥刺股，发愤读书。 (61)疤痆（nà）：疤痕。 (62)差（chà）：搅扰。 (63)桃李门墙：指培养造就学生的地方。 (64)崄：同"险"。负荆人：有过失而知悔悟的人。 (65)唐突：冒犯，冲撞。 (66)责认：责备。 (67)招风嘴：招惹是非的嘴巴。 (68)焯：通"灼"，烧。 (69)招花眼：指不遵从非礼勿视的礼法规范，爱瞧热闹而招惹是非的眼睛。 (70)争差：差错。 (71)挦（xián）：扯。 (72)背花：背上被鞭打的伤痕。 (73)家法：封建家长处罚人的工具。 (74)松：饶恕。 (75)则争：只差。不求闻达：不追求出名和地位显达。 (76)陪话：陪着谈话。 (77)一弄：一派。 (78)村：野。 (79)兀：发语词。兀那：就是那，但语气较强。 (80)流觞曲水：古人常在三月三日上巳节，聚会在适宜于游宴的曲折的小溪旁，将盛上酒的杯子放到曲水之中，让其顺水流动，坐在溪旁的人可以顺手取饮。觞，酒杯。 (81)太湖山石：产于太湖的一种多孔的石头，常用来叠山，装点园林。 (82)集唐：凑集唐人现成的诗句成为一首完整的诗。《牡丹亭》每出之后都有一首集唐诗。 (83)"也曾"句：东晋女诗人谢道韫，下雪时其叔父问何所似，道韫答以"柳絮因风起"。此用其事。 (84)"欲化"句：《庄子·齐物论》记庄周曾梦见自己化成一只蝴蝶。此用其事。（这出戏主要描写了杜丽娘所受的封建教育，以及她对这种教育的不满和反抗。表现了杜丽娘在《诗经》中爱情诗的启发下青春的初步觉醒，她向往大自然的美好春光，追求着个性自由。剧中刻画了塾师陈最良的迂腐可笑，通过机智幽默的侍读丫头春香，对他进行了辛辣的嘲讽。春香自由活泼的性格跟杜丽娘的含蓄矜持形成鲜明的对比，表现了杜丽娘作为一个贵族小姐在思想上受到封建礼教的束缚，在反抗礼教的道路上，迈步是十分艰难的。）

惊　梦[1]

【绕地游】（旦上）梦回莺转[2]，乱煞年光遍[3]。人立小庭深院。（贴）炷尽沉烟[4]，抛残绣线[5]，恁今春关情[6]似去年？

〔乌夜啼〕“（旦）晓来望断梅关[7]，宿妆残。（贴）你侧着宜春髻子[8]恰凭栏。（旦）剪不断[9]，理还乱，闷无端[10]。（贴）已分付催花莺燕借春看。”（旦）春香，可曾叫人扫除花径？（贴）分付了。（旦）取镜台衣服来。（贴取镜台衣服上）“云髻罢梳还对镜，罗衣欲换更添香。”镜台衣服在此。

【步步娇】（旦）袅晴丝[11]吹来闲庭院，摇漾春如线。停半晌，整花钿[12]。没揣菱花[13]，偷人半面，迤逗的彩云偏[14]。（行介）步香闺怎便把全身现！

（贴）今日穿插的好[15]。

【醉扶归】（旦）你道翠生生出落的裙衫儿茜[16]，艳晶晶花簪八宝填[17]，可知我常一生儿爱好是天然[18]。恰三春好处无人见[19]。不提防沉鱼落雁鸟惊喧[20]，则怕的羞花闭月[21]花愁颤。

（贴）早茶时了，请行。（行介）你看：“画廊金粉半零星，池馆苍苔一片青。踏草怕泥[22]新绣袜，惜花疼煞小金铃[23]。”（旦）不到园林，怎知春色如许！

【皂罗袍】原来姹紫嫣红开遍[24]，似这般都付与断井颓垣[25]。良辰美景奈何天[26]，赏心乐事谁家院[27]！恁般景致，我老爷和奶奶再不提起。（合）朝飞暮卷[28]，云霞翠轩[29]；雨丝风片，烟波画船——锦屏人忒看的这韶光贱[30]！

（贴）是花[31]都放了，那牡丹还早。

【好姐姐】（旦）遍青山啼红了杜鹃[32]，荼蘼外烟丝醉软[33]。春香呵，牡丹虽好，他春归怎占的先[34]！（贴）成对儿莺燕呵，（合）闲凝眄[35]，生生燕语明如剪[36]，呖呖莺歌溜的圆[37]。

（旦）去罢。（贴）这园子委是观之不足也。（旦）提他怎的！（行介）

【隔尾】观之不足由他缱[38]，便赏遍了十二亭台是枉然[39]。到不如兴尽回家闲过遣[40]。

（作到介）（贴）“开我西阁门，展我东阁床。瓶插映山紫[41]，炉添沉水香。”小姐，你歇息片时，俺瞧老夫人去也。（下）（旦叹介）“默地游春转[42]，小试宜春面[43]。”春呵，得和你两留连[44]，春去如何遣？咳，恁般天气，好困人也。春香那里？（作左右瞧介）

（又低首沉吟介）天呵，春色恼人，信有之乎！常观诗词乐府，古之女子，因春感情[45]，遇秋成恨，诚不谬矣。吾今年已二八，未逢折桂之夫[46]；忽慕春情，怎得蟾宫之客？昔日韩夫人得遇于郎[47]，张生偶逢崔氏[48]，曾有《题红记》[49]、《崔徽传》[50]二书。此佳人才子，前以密约偷期，后皆得成秦晋[51]。（长叹介）吾生于宦族，长在名门。年已及笄，不得早成佳配，诚为虚度青春，光阴如过隙耳[52]。（泪介）可惜妾身颜色如花，岂料命如一叶[53]乎！

【**山坡羊**】没乱里春情难遣[54]，蓦地里怀人幽怨。则为俺生小婵娟[55]，拣名门一例、一例里神仙眷[56]。甚良缘，把青春抛的远[57]！俺的睡情谁见？则索因循腼腆[58]。想幽梦谁边，和春光暗流转[59]？迁延[60]，这衷情那处言！淹煎[61]，泼残生[62]，除问天！

身子困乏了，且自隐几而眠[63]。（睡介）（梦生介）（生持柳枝上）"莺逢日暖歌声消[64]，人遇风情[65]笑口开。一径落花随水入，今朝阮肇到天台[66]。"小生顺路儿跟着杜小姐回来，怎生不见？（回看介）呀！小姐，小姐！（旦作惊起介）（相见介）（生）小生那一处不寻访小姐来，却在这里！（旦作斜视不语介）（生）恰好花园内，折取垂柳半枝。姐姐，你既淹通[67]书史，可作诗以赏此柳枝乎？（旦作惊喜，欲言又止介）（背想）这生素昧平生[68]，何因到此？（生笑介）小姐，咱爱杀你哩！

【**山桃红**】则为你如花美眷，似水流年[69]，是答儿[70]闲寻遍。在幽闺自怜。小姐，和你那答儿[71]讲话去。（旦作含笑不行）（生作牵衣介）（旦低问）那边去？（生）转过这芍药栏前，紧靠着湖山石边。（旦低问）秀才，去怎的？（生低答）和你把领扣松，衣带宽，袖梢儿揾着牙儿苫也[72]，则待你忍耐温存一晌眠。（旦作羞）（生前抱）（旦推介）（合）是那处曾相见，相看俨然[73]，早难道[74]这好处相逢无一言！

（生强抱旦下）（末扮花神束发冠，红衣插花上）"催花御史惜花天[75]，检点春工[76]又一年。蘸客伤心红雨下[77]，勾人悬梦彩云边。"吾乃掌管南安府后花园花神是也。因杜知府小姐丽娘，与柳梦梅秀才，后日有姻缘之份，杜小姐游春感伤，致使柳秀才入梦。咱花神专掌惜玉怜香，竟来保护他，要他云雨[78]十分欢幸也。

【**鲍老催**】（末）单则是混阳蒸变[79]，看他似虫儿般蠢动把风情扇。一般儿娇凝翠绽魂儿颤。这是景上缘[80]，想内成[81]，因中见[82]。呀，淫邪展污了[83]花台殿。咱待拈片落花儿惊醒他。（向鬼门[84]丢花介）他梦酣春透了怎留连？拈花闪碎的红如片。

秀才才到的半梦儿，梦毕之时，好送杜小姐仍归香阁。吾神去也。（下）

【**山桃红**】（生、旦携手上）（生）这一霎天留人便[85]，草藉花眠。小姐可好？（旦低头介）（生）则把云鬟点[86]，红松翠偏[87]。小姐休忘了呵，见了你紧相偎，慢厮连，恨不得肉儿般团成片也，逗的个日下胭脂雨上鲜。（旦）秀才，你可去呵？（合）是那处曾相见，相看俨然，早难道这好处相逢无一言！

（生）姐姐，你身子乏了，将息[88]，将息。（送旦依前作睡介）（轻拍旦介）姐姐，俺去了。（作回顾介）姐姐，你可十分将息，我再来瞧你那。"行来春色三分雨，睡去巫山一片云。"（下）（旦作惊醒，低叫介）秀才，秀才，你去了也？（又作痴睡介）（老旦上）"夫婿坐黄堂[89]，娇娃立绣窗。怪他裙衩上，花鸟绣双双。"孩儿，孩儿，你为甚瞌睡在此？（旦作醒，叫秀才介）咳也。（老旦）孩儿怎的来[90]？（旦作惊起介）奶奶到此！（老旦）我儿，何不做些针指，或观玩书史，舒展[91]情怀？因何昼寝于此？（旦）孩儿适花园中闲玩，忽值春暄[92]恼人，故此回房。无可消遣，不觉困倦少息。有失迎接，望母亲恕儿之罪。（老旦）孩儿，这后花园中冷静，少去闲行。（旦）领母亲严命。（老旦）孩儿，学堂看书去。（旦）先生不在，且自消停[93]。（老旦叹介）女孩儿长成，自有许多情态，且自由他。正是："宛转[94]随儿女，辛勤做老娘。"（下）（旦长叹介）（看老旦下介）哎也，天哪，今日杜丽娘有些侥幸也。偶到后花园中，百花开遍，睹景伤情。没兴而回，昼眠香阁。忽见一生，年可弱冠[95]，丰姿俊妍。于园中折得柳丝一枝，笑对奴家说："姐姐既淹通书史，何不将柳枝题赏一篇？"那时待要应他一声，心中自忖，素昧平生，不知名姓，何得轻与交言。正如此想间，只见那生向前说了几句伤心话儿，将奴搂抱去牡丹亭畔，芍药栏边，共成云雨之欢。两情和合，真个是千般爱惜，万种温存。欢毕之时，又送我睡眠，几声"将息"。正待自送那生出门，忽值母亲来到，唤醒将来。我一身冷汗，乃是南柯一梦[96]。忙身参礼母亲，又被母亲絮了许多闲话。奴家口虽无言答应，心内思想梦中之事，何曾放怀。行坐不宁，自觉如有所失。娘呵，你教我学堂看书去，知他看那一种书消闷也！（作俺泪介）

【绵搭絮】雨香云片[97]，才到梦儿边。无奈高堂[98]，唤醒纱窗睡不便。泼新鲜冷汗粘煎[99]，闪的俺心悠步亸[100]意软鬟偏。不争多费尽神情[101]，坐起谁忺[102]？则待去眠。

（贴上）"晚妆销粉印，春润费香篝[103]。"小姐，薰了被窝睡罢。

【尾声】（旦）困春心游赏倦，也不索香薰绣被眠。天呵，有心情那梦儿还去不远。

春望逍遥出画堂，（张说）
间梅遮柳不胜芳。（罗隐）
可知刘阮逢人处[104]？（许浑）
回首东风一断肠。（韦庄）

①《惊梦》选自《牡丹亭》第十出。 ②梦回莺啭：黄莺的鸣叫惊醒了迷梦。啭：鸟鸣。 ③乱煞年光遍：乱人心的春光又到来了。遍：周遍，周而复始。 ④炷(zhù)尽沉香：炷本指灯芯，这里作动词用，是燃的意思。沉烟，沉水香燃起的烟。 ⑤抛残绣线：抛下刺绣针线活不做，连封建规范要求的女工也懈怠了。 ⑥关情：牵动感情，指春光扰人。 ⑦梅关：即大庾岭，宋代在此设有关城，为广东、江西来往的通道，位置在杜丽娘所居住的南安府以南。 ⑧宜春髻子：饰有宜春彩燕的发髻。相传古代在立春那天，妇女们将丝绸剪成燕子形状，上贴“宜春”字样，戴在发髻上，故称为“宜春髻”。 ⑨“剪不断”二句：形容杜丽娘内心的愁闷无法摆脱。语出南唐后主李煜的《乌夜啼》词。 ⑩无端：无由。 ⑪袅：缓缓飘动的样子。晴丝：春天晴日空间的游丝。 ⑫花钿：妇女头上戴的嵌有金花珠宝的首饰。 ⑬没揣：没料到，即突然间。菱花：镜子，古代铜镜背面常铸有菱花花纹，故以菱花代指镜子。 ⑭迤逗(tuō dòu)：挑逗，招引。彩云：妆饰美丽的头发。 ⑮穿插：即穿戴。 ⑯出落：显出。翠生生：色彩鲜艳。茜：红色。 ⑰艳晶晶：形容光艳夺目。填：镶嵌。 ⑱天然：天性如此。 ⑲三春好处：以绚丽的春色暗寓自己的美丽。 ⑳沉鱼落雁：形容女子非常漂亮。语出《庄子·齐物论》：“毛嫱、丽姬，人之所美者，鱼见之深入，鸟见之高飞。” ㉑羞花闭月：比花和月更漂亮，也是形容女子美丽的套语。 ㉒泥：作动词用，污染的意思。 ㉓“惜花”句：据传唐玄宗时，宁王用红丝绳密缀金铃，系于花梢之上，有鸟鹊来时，就叫人拉绳索将鸟鹊惊走。 ㉔姹(chà)紫嫣(yān)红：形容春天花色繁丽鲜艳。 ㉕断井颓垣：败落的庭院。断井，废井。颓垣，断墙。 ㉖良辰：美好的时辰。这里指春天。奈何天：无法排解的意思。 ㉗谁家院：哪一家的院。连上句语出谢灵运《拟魏太子邺中集诗序》：“天下良辰美景，赏心乐事，四者难并。” ㉘朝飞暮卷：语出唐人王勃《滕王阁》诗：“画栋朝飞南浦云，珠帘暮卷西山雨。”形容轩阁的高旷。 ㉙云霞翠轩：云霞笼罩着华丽精美的轩阁。 ㉚锦屏人：指富贵人家幽居而与自然风光隔绝的人。韶光：美好的春光。 ㉛是花：所有的花。 ㉜杜鹃：杜鹃花，晚春时开放。这里又关合杜鹃啼血的传说。 ㉝荼蘼(tú mí)：花名，属蔷薇科，花黄白色，暮春开放。烟丝：即游丝。醉软：形容游丝飘荡袅娜多姿的样子。 ㉞“他春归”句：借牡丹虽美却春归时才开放，以表达内心因青春被耽误而产生的幽怨。 ㉟凝眄(miàn)：斜着眼凝视。 ㊱生生：燕子鸣叫的声音。剪：形容燕语的清脆明快。 ㊲溜的圆：形容莺歌的圆润柔和。 ㊳缱(qiǎn)：留恋不舍， ㊴十二：这里是虚指，犹言所有的。枉然：徒然，没有意思。 ㊵过遣：消遣，排遣。 ㊶映山紫：映山红的一种，色呈红紫色。 ㊷默地：悄悄地。 ㊸宜春面：头上梳起宜春髻的一种打扮。这里泛指梳妆打扮。 ㊹两留连：相互留恋。 ㊺感情：动情，伤情。 ㊻折桂：指科举及第。下句“蟾宫”意同。 ㊼韩夫人得遇于郎：唐传奇《流红记》载：唐僖宗时，宫女韩夫人在红叶上题诗，从御沟流出宫外，为于祐拾得。于亦于红叶上题诗，由御沟上游流入宫内，适为韩氏拾得，最后两人结为夫妇。 ㊽张生偶逢崔氏：指《西厢记》中张君瑞和崔莺莺的爱情故事。 ㊾《题红记》：明代王骥德所作传奇，据《流红记》故事写成。 ㊿《崔徽传》：疑为《莺莺传》或《西厢记》之误。《崔徽传》写的是士子裴敬中和妓女崔徽的爱情故事，见《丽情集》。 (51)得成秦晋：春秋时，秦、晋两国世代结为婚姻，

后因以秦晋之好代指联姻。 ㉜光阴如过隙：指时间过得很快。《庄子·知北游》："人生天地之间，若白驹之过隙，忽然而已。"白驹指骏马，这里指日光；隙指缝隙。 ㉝命如一叶：指命薄。 ㉞没乱里：形容心中很难理清的千愁万绪。 ㉟婵娟：娟秀美好的样子。 ㊱拣名门：在贵族之家择配。神仙眷：神仙的眷属，指物质生活的豪华舒适。 ㊲"甚良缘"二句：意思是，在名门贵族中择配只会断送自己的青春，不会有什么良缘。 ㊳则索：只得。索，要，须。因循：守旧，这里指受封建礼教的束缚。腼腆：害羞。 ㊴流转：消逝。 ㊵迁延：指时光缓慢地流逝。 ㊶淹煎：受熬煎。 ㊷泼：原是骂人的话，这里表示厌恶的感情。 ㊸隐几：凭靠着几案。 ㊹消：停歇。 ㊺风情：指男女欢会。 ㊻"今朝"句：指跟相爱的人实现了欢会。相传东汉时阮肇、刘晨入天台山采药，在桃花溪畔遇见两位仙女，于是相爱。 ㊼淹通：精通。 ㊽素昧平生：以前从未见过面。 ㊾似水流年：形容时光如水一样流去。 ㊿是答儿：是处，到处。 (71)那答儿：那边。 (72)"袖梢儿"句：用牙咬着衣袖遮住自己，是一种不好意思的样子。搵（wèn）：擦。苫（shàn）：遮盖。 (73)俨然：样子很像。 (74)早难道：即难道，语气较强。 (75)催花御史：唐穆宗时置"惜花御史"，职掌护惜鲜花之事。这里借用。 (76)检点春工：指在春天司百花开放之职。 (77)蘸（zhàn）：沾。红雨：指落花。 (78)云雨：喻指男女欢合之事。 (79)"单则是"三句：这是从花神眼中形容杜丽娘与柳梦梅幽会的情景。 (80)景上缘：景同"影"，景上缘意为如影子般不实的姻缘，只是一场梦幻。这是佛家的说法。 (81)想内成：指在幻想中实现的事。 (82)因中见：见同"现"，因中见，佛家认为一切事均由因缘造成。 (83)展污：弄脏，玷污。 (84)鬼门：又称古门，旧戏舞台上演员上下场的门。 (85)天留人便：上天给人方便。 (86)云鬟：这里代指头。 (87)红松翠偏：头上的装饰被弄乱了。 (88)将息：将养，休息。 (89)坐黄堂：指任太守之职。古代太守衙门的正厅称黄堂，后因以黄堂代指太守。 (90)怎的来：怎么样了。 (91)舒展：排解，宽松。 (92)春暄（xuán）：指绚丽温暖的春光。 (93)消停：休息。 (94)宛转：照顾周全。 (95)弱冠：古代男子二十岁行加冠礼，表示成年。 (96)南柯一梦：唐代李公佐作传奇《南柯太守传》，写淳于棼梦中被大槐安国招为驸马，并做了南柯郡太守，历尽荣华富贵、人世沉浮，醒来发现大槐安国不过是大槐树下的一个蚁穴，南柯郡则是另一蚁穴，后来南柯便用作梦的代称。 (97)雨香云片：即云雨，指与柳梦梅梦中的幽会。 (98)高堂：对父母的尊称，这里指母亲。 (99)泼：很，非常，表程度的副词。 (100)闪的俺：弄得我。心悠步亸（duǒ）：心神不定，步履歪斜。亸，偏斜。 (101)不争多：差不多，几乎。 (102)坐起谁忺（xiān）：无论坐起都不适意。忺：惬意。 (103)香篝（gōu）：薰香用的香笼。 (104)刘阮：即刘晨阮肇。（这出戏分前后两个部分，前面写游园，后面写惊梦。游园部分写杜丽娘青春觉醒，向往于大自然的春色，终于大胆地挣破了封建礼教的束缚，走向了一个新的充满生命活力的世界。通过几支优美的曲词，生动真实地揭示了女主人公又是惊喜、又是羞怯的复杂微妙的心理状态，表现了她对桎梏她的封建礼教的不满和怨恨，以及对自身命运的悲叹。惊梦部分写她在梦中与情人的幽会，这大胆的行动正是前面思想的发展，母亲来后又写出了她内心的冲突。）

[附录]

关于汤显祖的评价

王骥德曰:《还魂》“二梦”，如新出小旦，妖冶风流，令人魂消肠断，第未免有误字错步。（《曲律》卷四）

又曰:临川之于吴江，故自冰炭。吴江守法，斤斤三尺，不欲令一字乖律，而毫锋殊拙;临川尚趣，直是横行，组织之工，几与天孙争巧，而屈曲聱牙，多令歌者齰舌。吴江尝谓:“宁协律而不工。读之不成句，而讴之始协，是为曲中之工巧。”曾为临川改易《还魂》字句之不协者，吕吏部玉绳以致临川，临川不怿，复书吏部曰:“彼恶知曲意哉！余意所至，不妨拗折天下人嗓子。”其志趣不同如此。郁蓝生谓临川近狂，而吴江近狷，信然哉！（同上）

沈德符曰:汤义仍《牡丹亭梦》一出，家传户诵，几令《西厢》减价。奈不谙曲谱，用韵多任意处，乃才情自足不朽也。（《万历野获编》）

茅暎曰:南音北调不啻充栋，而独有取于《牡丹亭》一记何耶?吾以家弦而户习，声遏行云，响流洪水者，往哲已具论。第曰传奇者，事不奇幻不传，辞不奇艳不传;其间情之所在，自有而无，自无而有，不魂奇愕眙者亦不传;而斯记有焉。（《题牡丹亭记》）

陈继儒曰:吾朝杨用修长于论词，而不娴于造曲。徐文长《四声猿》能排突元人，长于北而又不长于南。独汤临川最称当行本色。以《花间》《兰畹》之余彩，创为《牡丹亭》，则翻空转换极矣。……张新建相国尝语汤临川云:“以君之辩才，握麈而登皋比，何讵出濂、洛、关、闽下?而逗漏于碧萧红牙队间，将无为青青子衿所笑！”临川曰:“某与吾师终日共讲学，而人不解也。师讲性，某讲情。”张公无以应。夫乾坤首载乎《易》，郑卫不删于《诗》，非情也乎哉！不若临川老人括男女之思而托之于梦。梦觉索梦，梦不可得，则至人与愚人同矣;情觉索情，情不可得，则太上与吾辈同矣。化梦还觉，化情归性，虽善谈名理者。其孰能与于斯！张长公、次公曰:“善。不作此观，大丈夫七尺腰领，毕竟罨杀五欲瓮中。”临川有灵，未免叫屈。（《牡丹亭题词》）

王思任曰:即若士自谓一生“四梦”，得意处惟在《牡丹》。情深一叙，读未三行，人已魂销肌栗;而安顿出字，亦自确妙不易。其款置数人，笑者真笑，笑即有声;

啼者真啼，啼即有泪；叹者真叹，叹即有气。杜丽娘之妖也，柳梦梅之痴也，老夫人之软也，杜安抚之古执也，陈最良之雾也，春香之贼牢也，无不从筋节窍髓，以探其七情生动之微也。……如此等人，皆若士玄空中增减圬塑，而以毫风吹气生活之者也。然此犹若士之形似也。而其立言神指：《邯郸》，仙也；《南柯》，佛也；《紫钗》，侠也；《牡丹亭》，情也。若士以为情不可以论理，死不足以尽情，百千情事，一死而止，则情莫有深于阿丽者矣。（《批点玉茗堂牡丹亭词叙》）

沈际飞曰：临川作《牡丹亭》词，非词也，画也；不丹青，而丹青不能绘也：非画也，真也；不啼笑而啼笑，即有声也。以为追逐唐音乎，鞭箠宋调乎，抽翻元剧乎？当其意得，一往追之，快意而止。非唐，非宋，非元也。柳生骏绝，杜女妖绝，杜翁方绝，陈老迂绝，甄母愁绝，春香韵绝；石姑之妥，老驼之勚，小癞之密，使君之识，牝贼之机，非临川飞神吹气为之，而其人遁矣。（《牡丹亭题词》）

张琦曰：临川学士旗鼓词坛。今玉茗堂诸曲，争脍人口。其最者，《杜丽娘》一剧，上薄风骚，下夺屈宋，可与实甫《西厢》交胜。独其宫商半拗，得再调协一番，辞调两到，讵非盛事与？惜乎其难之也。（《衡曲麈谭》）

周亮工曰：汤义仍《牡丹亭》剧初出，一前辈劝之曰："以子之才，何不讲学？"义仍应声曰："我固未尝不讲也！公所讲性，我所讲情。"（《因树屋书影》）

李渔曰：汤若士，明之才人也。诗文尺牍尽有可观；而其脍炙人口者，不在尺牍诗文，而在《还魂》一剧。使若士不草《还魂》，则当日之若士，已虽有而若无，况后代乎？是若士之传，《还魂》传之也。（《闲情偶寄》卷一）

又曰：无论其他；即汤若士《还魂》一剧，世以配飨元人，宜也。问其精华所在，则以"惊梦"、"寻梦"二折对。予谓二折虽佳，犹是今曲，非元曲也。……而予最赏心者，不专在"惊梦"、"寻梦"等折，谓其心花笔蕊，散见于前后各折之中。（同上）

毛先舒曰：曲至临川，临川曲至《牡丹亭》，惊奇瑰壮，幽艳淡沲，古法新制，机杼递见，谓之集成，谓之诣极。音节失谱，百之一二；而风调流逸，读之甘口，稍加转换，便已爽然。雪中芭蕉，政自不容割缀耳。（《诗辩坻》卷四）

胡介祉曰：汤临川先生所著传奇，文情兼美；其脍炙人口者，以《牡丹亭》为最。祇以不便于歌，遂受吕玉绳改窜，大非先生本意。盖先生以如海才，拈生花笔，兴之所发，任意所之，有浩瀚千里之势，未尝不知有轶于格调之外者，第惜其词而不之顾也。（《格正还魂记词调序》）

孔尚任曰:《牡丹亭》死者可以复生,《桃花扇》离者可以复合，皆是拿定情根。（《桃花扇·逃难》眉批）

李慈铭曰:病渐愈能起,看书数行,便苦心目不继,因检汤若士《牡丹亭》阅之。临川此书，全是楚骚支流余裔，不得以寻常曲子视之。（《越缦堂读书记》八）

吴梅曰:此记肯綮在生死之际。记中“惊梦”、“寻梦”、“诊祟”、“写真”、“悼殇”五折，由生而之死；“魂游”、“幽媾”、“欢挠”、“冥誓”、“回生”五折，自死而之生。其中搜抉灵根，掀翻情窟，为从来填词家屐齿所未及，遂能雄踞词坛，历劫不磨也。（《中国戏曲概论》卷中）

高　濂

高濂，生卒年不详。字深甫，号瑞南，钱塘（今浙江杭州）人。主要创作活动约在万历前期。曾在北京任鸿胪寺官，“才誉腾于仕籍”（见吕天成《曲品》），后隐居西湖。今存剧本三种:《赋归记》、《陈情记》（二剧合称《节孝记》）、《玉簪记》，另有少数散曲作品传世。

玉簪记[①]

弦里传情[②]

【懒画眉】（生扮潘必正上）月明云淡露华浓，欹枕愁听四壁蛩[③]。伤秋宋玉赋西风[④]，落叶惊残梦，闲步芳尘数落红[⑤]。

小生看此溶溶[⑥]夜月，悄悄闲庭，背井离乡，孤衾独枕，好生烦闷！只得在此闲玩片时，不免到白云楼下散步一番，多少是好[⑦]！

【前腔】（旦）粉墙花影自重重[⑧]，帘卷残荷水殿风[⑨]。抱琴弹向月明中，香袅金猊[⑩]动，人在蓬莱[⑪]第几宫？

妙常连日冗冗[⑫]俗事，未得整此冰弦[⑬]。今夜月明风静，水殿凉生，不免弹《潇湘水云》[⑭]一曲，少寄幽情，有何不可！（作弹科）（生上听琴科）

【前腔】（生）步虚声度许飞琼[⑮]，乍听还疑别院风。凄凄楚楚那声中，谁家夜月琴三弄[⑯]？细数离情曲未终。

此是陈姑弹琴，不免到他堂中细听一番。

【前腔】（旦）朱弦声杳恨溶溶[17]，长叹空随几阵风。（生）仙姑弹得好琴。（旦弹科）仙郎何处入帘栊[18]？早是[19]人惊恐。（生）小生得罪了。（旦）莫不是为听云水声寒一曲[20]中？

（生）小生孤枕无眠，步月闲吟，忽听花下琴声嘹呖[21]，清响绝伦，不觉步入到此。（旦）小道亦见明月如洗，夜色新凉，故尔操弄丝桐[22]，少寄岑寂。欲乘此兴，请教一曲如何？（生）小生略知一二，弄斧班门[23]，休笑，休笑！（生弹科）

【琴曲】雉朝雊兮清霜[24]，惨孤飞兮无双；念寡阴兮少阳[25]，怨鳏居兮彷徨。

（旦）此曲乃《雉朝飞》[26]也。君方盛年，何故弹此无妻之曲？（生）小生实未有妻。（旦）也不干我事。（生）敢请仙姑面教一曲？（旦）既听佳音[27]，以清俗耳，何必初学，又乱芳声？（生）休得太谦。（旦）污耳，污耳。（作弹科）

【琴曲】烟淡淡兮轻云，香霭霭[28]兮桂阴；喜长宵兮孤冷，抱玉琴兮自温。

（生）此《广寒游》[29]也，正是[30]仙姑所弹。争奈终朝孤冷，难消遣些儿。（旦）相公，你听我道。

【朝元歌】长清短清[31]，那管人离恨？云心水心[32]，有甚闲愁闷？一度春来，一番花褪[33]，怎生上我眉痕？云掩柴门，钟儿磬儿枕上听，柏子坐[34]中焚，梅花帐绝尘[35]，果然是冰清玉润[36]。长长短短，有谁评论？怕谁评论？

【前腔】（生）更深漏深，独坐谁相问？琴声怨声，两下无凭准[37]。翡翠衾[38]寒，芙蓉月印[39]，三星照人如有心[40]。露冷霜凝，衾儿枕儿谁共温？（旦作怒科）先生出言太狂，屡屡讥讪[41]。莫非春心飘荡，尘念顿起？我就对你姑娘[42]说来，看你如何分解？（作背立科）（生）小生信口相嘲，出言颠倒，伏乞海涵[43]！（作跪科）（旦扶科）（生）巫峡恨云深[44]，桃源羞自寻[45]。你是个慈悲方寸[46]，望恕却少年心性，少年心性。

小生就此告辞。肯[47]把心肠铁石坚，（旦背立科）岂无春心恋尘凡。（生）今朝两下轻离别，一夜相思枕上看。（生作下科）（旦）潘相公，花阴深处，仔细行走。（生回转科）借一灯行如何？（旦急闭门科）（生暗云）陈姑十分有情，不免躲在此间，听他说些甚么，便知分晓。（旦）呀，听他寂然无声，想是进书馆去了。咳，潘郎呀潘郎！

【前腔】你是个天生后生，曾占[48]风流性。无情有情，只看你笑脸来相问。我也心里聪明，脸儿假狠，口儿里装做硬。待要应承，这羞惭怎应他那一声？我见了他假惺惺[49]，别了他常挂心。我看这些花阴月影，凄凄冷冷，照他孤另，照奴孤另。

夜深人静，不免抱琴进去安息则个[50]。此情空满怀，未许人知道。明月照孤帏，泪落知多少？（下）（生）小生在此听了半晌，虽不甚明白——

【前腔】我想他一声两声，句句含愁恨；我看他人情道情，多是尘凡性。妙常，你一曲琴声，凄清风韵，怎教你断送青春？那更玉软香温[51]，情儿意儿，那些儿不动人？他独自理瑶琴，我独立苍苔冷，分明是西厢形境[52]。（揖科）老天，老天！早成就少年秦晋，少年秦晋。

闲庭看明月，有话和谁说？

榴花解相思，瓣瓣飞红血。

①《玉簪记》：这部剧作描写道姑陈妙常和书生潘必正的爱情故事。南宋时陈娇莲在避乱途中与母亲失散，到金陵城外女真观做道姑，法名妙常。书生潘必正是观主之侄，考试落第，寄居观中。两人以琴诗传情，彼此相爱，私相幽会。被观主发现后，潘必正被迫赴京应试。潘必正走后，妙常雇小舟追赶，赠玉簪一支，潘以鸳鸯扇坠相酬。潘必正赴试及第，两人结为夫妻。全剧共三十四出，这是第十六出。 ②《弦里传情》：这出戏又名《寄弄》，通行名称为《琴挑》。 ③ 蛩（qióng）：即蟋蟀。 ④“伤秋”句：战国时辞赋家宋玉作《九辩》，描写秋景，表现出浓重的感伤情调。 ⑤ 芳尘：指园中散发出芳香的土地。落红：落花。 ⑥ 溶溶：形容月光如水荡漾的样子。 ⑦ 多少是好：该有多好。“生”在念完此句后应下场，接“旦上”。 ⑧“粉墙”句：月光下花的影子重重叠叠地投射在粉墙上。 ⑨ 水殿：建造在水上的亭阁。苏轼《洞仙歌》有“水殿风来暗香满”之句。 ⑩ 袅（niǎo）：香烟缭绕上升的样子。金霓：当作“金猊”，狮子形的香炉。 ⑪ 蓬莱：传说中的仙山。 ⑫ 冗冗：繁杂琐碎。 ⑬ 冰弦：琴弦。传说杨贵妃所用的琵琶以绿冰蚕丝为弦，后称琴弦为冰弦。 ⑭《潇湘水云》：琴曲名，宋末郭沔制，抒写故国之痛和身世之感。 ⑮“步虚声”句：意思是乐声像仙人许飞琼演奏步虚词一样悠扬、缥缈。步虚声，即步虚词，乐府杂曲歌名。《乐府解题》：“步虚词，道家曲也，备言众仙缥缈轻举之美。”度，度曲，这里指按曲谱演奏。许飞琼，传说中西王母的侍女，善弹琴。 ⑯ 弄：演奏乐曲。三弄指多次演奏。 ⑰ 恨溶溶：怨恨的感情像水波一样起伏不平，荡漾开去。 ⑱ 入帘栊：这里指进到屋内。栊，窗户。 ⑲ 早是：已是，先自。 ⑳ 云水声寒：指《潇湘水云》曲曲调凄清悲凉。 ㉑ 嘹呖：嘹亮清脆。 ㉒ 丝桐：古琴多用桐木制成，上装丝弦，故称琴为丝桐。 ㉓ 弄斧班门：通作“班门弄斧”，意即在内行面前卖弄本领。班，鲁班，春秋时的著名工匠，后世的木工和石工奉他为祖师。 ㉔ 雉（zhì）：野鸡。雊（gòu）：雄雉的叫声。《诗经·小雅·小弁》：“雉之朝雊，尚求其雌。” ㉕ 寡阴：男子无妻。少阳：女子无夫。 ㉖《雉朝飞》：琴曲篇名。相传战国时处士犊沐子，年五十无妻，因感于野雉双飞而作成此曲。 ㉗ 佳音：与下文的“芳声”，都指美妙动听的琴声。 ㉘ 香霭霭（ǎi）：香气缭绕的样子， ㉙《广寒游》：琴曲名。广寒，传说中的月宫名。 ㉚ 正是：正适合。 ㉛ 长清短清：琴曲名，见《琴历》。 ㉜ 云心水心：出家人以云水比喻自己心境的清净淡泊。 ㉝ 花褪（tuì）：花凋谢。 ㉞ 柏子：一

种香料。坐：同“座”。 ㉟梅花帐：绣有梅花的帐子，或说用梅花纸制成的帐子。绝尘：与尘世隔绝。 ㊱冰清玉洁：形容人的品格纯洁美好。 ㊲无凭准：没有凭据，不可靠。 ㊳翡翠衾：绣着翡翠鸟的被子。 ㊴芙蓉月印：月光照在绣有芙蓉花的被子上。 ㊵“三星”句：天上的星光照人，好像是有意成全他们的结合。《诗经·唐风·绸缪》有“三星在天”之句。三星，指参宿三星。 ㊶讪讪（shàn）：讥笑，这里是挑逗、调戏的意思。 ㊷姑娘：姑母。女贞观的观主，陈妙常的师父。 ㊸伏乞：对人表示请求的一种谦虚的说法。海涵：宽容，原谅。 ㊹巫峡恨云深：这里以巫山神女比喻陈妙常，意思是妙常容貌动人，却被礼教和道规所拘束，不敢大胆地表示自己的爱情，犹如巫山之云掩藏了神女的面目，故引为恨事。 ㊺桃源羞自寻：用刘晨、阮肇入天台山桃源洞遇仙女的故事，意思是陈妙常如此生气，即如刘、阮也不好意思到桃源寻仙了。 ㊻方寸：指心。 ㊼肯：愿。 ㊽占：具有。 ㊾假惺惺：指假装正经。 ㊿则个：语尾语气词，无义。 ⑤①玉软香温：即软玉温香，形容女子体态优美柔软。 ⑤②西厢形境：像《西厢记》中崔莺莺和张君瑞相爱传情的情景。（这出戏写陈妙常借琴曲传情，潘必正借琴声试探，两人都彼此倾慕有情，却又难于直白；很好地表现了那种既无视教规与封建礼教束缚却又未完全挣脱枷锁大胆自由地相爱的复杂矛盾心理。情景交融，曲词优美，富于戏剧性和喜剧色彩。）

五　清代诗文

吴伟业

吴伟业（1609—1672），字骏公，号梅村。祖籍昆山，祖父时迁太仓（今江苏太仓县）。崇祯四年（1631）进士，曾任翰林编修、东宫讲读官、南京国子监司业等职。他是复社领袖张溥的学生，曾与阉党余孽作斗争。南明福王时任少詹事，因与马士英等人不合，不久辞官。入清后被迫赴京，任秘书院侍讲、国子监祭酒，后因母丧辞归。因屈节事清，深以为憾，晚年闲居故里，生活痛苦寂寞。他身处易代动乱时期，诗多反映现实，取法盛唐诸大家及元白，诗风早年清丽，晚趋苍凉，以七言歌行为长。著有《梅村家藏稿》。

圆圆曲[①]

鼎湖当日弃人间[②]，破敌收京下玉关。恸哭六军俱缟素[③]，冲冠一怒为红颜。红颜流落非吾恋[④]，逆贼天亡自荒宴[⑤]。电扫黄巾定黑山[⑥]，哭罢君亲再相见[⑦]。相见初见田窦家[⑧]，侯门歌舞出如花[⑨]。许将戚里空侯伎[⑩]，等取将军油壁车[⑪]。家本姑苏浣花里[⑫]，圆圆小字娇罗绮[⑬]。梦向夫差苑里游[⑭]，宫娥拥入君王起。前身合是采莲人[⑮]，门前一片横塘水[⑯]。横塘双桨去如飞，何处豪客强载归[⑰]。此际岂知非薄命[⑱]，此时只有泪沾衣。熏天意气连宫掖[⑲]，明眸皓齿无人惜。夺归永巷闭良家[⑳]，教就新声倾坐客。坐客飞觞红日暮[㉑]，一曲哀弦向谁诉？白皙通侯最少年[㉒]，拣取花枝屡回顾。早携娇鸟出樊笼[㉓]，待得银河几时渡[㉔]？恨杀军书底死催[㉕]，苦留后约将人误。相约恩深相见难，一朝蚁贼满长安[㉖]。可怜思妇楼头柳[㉗]，认作天边粉絮看。遍索绿珠围内第[㉘]，强呼绛树出雕阑[㉙]。若非壮士全师胜[㉚]，争得蛾眉匹马还？蛾眉马上传呼进[31]，云鬟不整惊魂定。蜡炬迎来在战场，啼妆满面残红印[32]。专征箫鼓向秦川[33]，金牛道上车千乘。斜谷云深起通楼，散关月落开妆镜。传来消息满江乡[34]，乌臼红经十度霜。教曲妓师怜尚在[35]，浣纱女伴忆同行[36]。旧巢共是衔泥燕[37]，飞上枝头变凤凰[38]。长向尊前悲老大[39]，有人夫婿擅侯王[40]。当时只受声名累[41]，贵戚名豪竞延致。一斛珠连万斛愁[42]，关山漂泊腰支细。错怨狂风飏落花[43]，无边春色来天地。尝闻倾国与倾城[44]，翻使周郎受重名。妻子岂应关大计[45]，英雄无奈是多情[46]。全家白骨成灰土[47]，一代红妆照汗青[48]。君不见馆娃初起鸳鸯宿[49]，越女如花看不足[50]，香径尘生鸟自啼[51]，屟廊人去苔空绿[52]。换羽移宫万里愁[53]，珠歌翠舞古梁州[54]。为君别唱吴宫曲[55]，汉水东南日夜流[56]！

①这首诗约作于清顺治十六年（1659）之后。圆圆：陈圆圆，名沅，字畹花，明末苏州名妓，后归吴三桂。 ②"鼎湖"二句：指1644年2月李自成攻入北京后，崇祯皇帝去世，吴三桂引清兵入关攻打李自成军，入北京，李自成率军返陕。顺治二年（1645），清兵破潼关入西安。鼎湖，相传黄帝在荆山（在今河南灵宝县南）下铸鼎，鼎成，乘龙而去，后世因称其地为鼎湖。（见《史记·封禅书》）这里喻指崇祯之死。敌，这里指李自成起义军。京，北京。玉关，在甘肃敦煌西。这里借指西北。 ③"恸哭"二句：指明朝军队听说崇祯帝自杀，都服丧哀悼，而吴三桂却因自己的爱姬陈圆圆被李自成部将俘获而怒发冲冠。六军，这里指明王朝的军队。缟素，丧服。红颜，年轻漂亮的女子，这里指陈圆圆。 ④红颜流落：指陈圆圆被李自成部将所获。吾：拟吴三桂自指。以后四句都是吴三桂对自己罪行的辩护。 ⑤逆贼：对李自成的诬称。天亡自荒宴：沉溺于荒淫宴乐，是天意要他灭亡。 ⑥"电扫"句：指吴三桂对李自成农民起义军的攻击。电扫，用《后汉书·吴汉传赞》"电扫群孽"语，比喻出击的神速。黄巾，汉末张角领导的农民起义军，头裹黄巾，称黄巾军。黑山，汉末张燕领导的农民起义军，活动于常山一带，号黑山军。这里黄巾和黑山都借指李自成农民起义军。 ⑦君亲：指崇祯皇帝和吴三桂的父母。史载，李自成义军攻占北京后，命吴三桂之父吴襄写信给吴三桂招降，吴三桂拒绝，吴襄为义军所杀。 ⑧田窦：指武安侯田蚡和魏其侯窦婴，都是汉代著名的外戚。这里喻指崇祯皇帝田妃的父亲田畹。 ⑨"侯门"句：陈圆圆为田畹家的歌舞乐伎，在招待吴三桂的宴席上表演歌舞，为吴所识。如花，比喻陈圆圆的美貌。 ⑩许：允许。戚里：指外戚居住的地方，这里指田畹家。空侯：即"箜篌"，一种弹拨乐器，体长而曲，二十三弦。空侯伎：指弹奏箜篌的乐伎，即陈圆圆。 ⑪将军：指吴三桂。油壁车：用油涂饰车壁的车子，多指美人所乘。古乐府《苏小小歌》："我乘油壁车，郎乘青骢马。" ⑫姑苏：今江苏省苏州市。浣花里：唐代蜀中名妓薛涛所居地名浣花溪，这里借用为陈圆圆所居地。 ⑬小字：小名。娇罗绮：比喻美丽娇好。江淹《别赋》："罗与绮兮娇上春。" ⑭夫差：春秋时吴国的君主。苑：宫苑。 ⑮前身：前世。采莲人：指西施，春秋时越国的美女，吴王夫差战败越王勾践后，接受越国所

献美女西施，荒淫失政，终于败亡。 ⑯ 横塘：在今苏州市胥门外。 ⑰ “何处”句：指陈圆圆先为田畹所得，成为歌伎。 ⑱ “此际”二句：陈圆圆当时思嫁冒襄，因而进入权贵之家并非本愿，所以伤薄命而泪沾衣。 ⑲ “熏天”二句：指外戚之家田畹权势很大，将圆圆献入宫中，崇祯不纳。熏天，形容权势很大。宫掖，指后宫。掖庭为宫中的旁舍，嫔妃所居。 ⑳ “夺归”二句：据载，陈圆圆进宫后未被召见，不久遇到外放永巷宫人，田妃将陈圆圆名字窜入宫人名单中，后被放出，复归于田畹家，这两句即指其事。永巷，宫中长巷，为宫女所居。闭，锁闭，深藏。良家，这里指田畹家。新声，时行的新曲调。倾坐客，使座上客倾倒。 ㉑ “坐客”句：指田畹家宴请宾客，饮酒作乐，直到日落入暮。觞，酒器。 ㉒ 白皙（xī）：皮肤白净。通侯：汉代爵位名，后来用作武官的美称，这里指吴三桂。 ㉓ 娇鸟：喻指陈圆圆。樊笼：鸟笼。这里指田畹家。 ㉔ “待得”句：以牛郎织女每年七月七日相会事，喻指吴三桂因军情紧急，匆匆离陈而去，后会难期。 ㉕ “恨杀”二句：指吴三桂留恋陈圆圆，迟迟不赴山海关任所，后军书紧催，终于离别而去，空留相约之言，令人十分痛苦。底死催，拼命催。 ㉖ 蚁贼：对李自成起义军的蔑称。长安：这里指北京。崇祯十七年（1644）三月，李自成起义军攻入北京。 ㉗ “可怜”二句：意谓陈圆圆已成为吴三桂的妾，却仍被人当作轻贱的妓女看待。思妇楼头柳，王昌龄《闺怨》：“闺中少妇不知愁，春日凝妆上翠楼，忽见陌头杨柳色，悔教夫婿觅封侯。”此用其意。天边粉絮，比喻未从良的妓女。 ㉘ 绿珠：西晋时石崇的爱妾。石崇失势后，孙秀矫诏捕崇，欲夺绿珠，绿珠坠楼自杀。这里绿珠喻指陈圆圆。内第：指妇女居住的内室。全句借指李自成部将搜索陈圆圆。 ㉙ 绛树：汉末著名舞妓，魏文帝曹丕的宠姬，这里喻指陈圆圆。 ㉚“若非”二句：意谓要不是吴三桂取得全胜，怎能夺回陈圆圆？壮士指吴三桂。他引清兵入关后大败李自成，故云“全师胜”。争得，怎得。蛾眉，指陈圆圆。 ㉛ “蛾眉”二句：吴三桂攻占北京后，追李自成至山西，尚不知陈圆圆下落。部将于都城访得，立即飞骑传送。吴三桂结彩楼，列旌旗，箫鼓三十里，亲往迎接。此记其事。传呼，喝道。 ㉜ 残红印：眼泪沾湿脂粉，在脸上留下了痕迹。 ㉝“专征”四句：写吴三桂携陈圆圆出镇云南的情形。专征，古代帝王授予有功的将帅掌握军旅的特权，不待天子之命，即可自行征伐，独当一面。顺治十六年（1659）吴三桂封平西王，出镇云南，为清初四大藩镇之一，故称“专征”。秦川，今陕西一带。金牛道，古栈道名，又称金牛峡，自今陕西省勉县而西，南至剑阁县大剑关口。车千乘，形容随从很多。斜（yé）谷，在今陕西省眉县西南，即褒斜谷。散关，大散关，在今陕西省宝鸡市西南大散岭上，与褒斜谷相通。通楼，复道相通的高楼。 ㉞“传来”二句：意谓消息传到陈圆圆的家乡，已是她离家十年之时了。乌臼，即乌桕树，一种落叶乔木，秋天叶子变红。温庭筠《西州词》：“门前乌桕树，惨淡天将曙。”写的是男女临别时的景色。十度霜，十度经霜，即十年，这里是举成数。 ㉟ 教曲妓师：指教陈圆圆学曲的师父。 ㊱ 浣纱女伴：指儿时在乡里的女友。 ㊲ 衔泥燕：比喻乡里的旧友本来都同是地位低贱的人。 ㊳ 变凤凰：比喻陈圆圆由贱变贵，成了侯王夫人。 ㊴“尊前”句：尊前，即樽前，指饮酒。这里是说圆圆旧时同伴的自悲感，有借酒浇愁之意。悲老大，因年纪大而悲伤。 ㊵ 夫婿：丈夫。擅王侯：据有王侯之位。 ㊶ “当时”二句：意谓当年陈圆圆为歌妓时，声名很大，贵族富豪竞相招致，反而受累。 ㊷“一斛”二句：意谓陈受吴三桂宠爱，却招来无限的哀愁，后来的漂泊生活把人也折磨瘦了。一斛珠，事出《梅妃传》，唐玄宗思念梅妃，适外国进贡珠宝，便密赐一斛给梅妃。梅妃作诗，玄宗命乐工度曲，称《一斛珠》。古以十斗为一斛，后改为五斗。 ㊸“错怨”二句：意谓陈圆圆曾抱怨自己身世不幸，如被狂风吹打飘零的落花，但后来享受富贵，却如无边春色。 ㊹“尝闻”二句：意谓三国时周瑜因娶著名美女小乔为妻而出名，以比喻吴三桂亦因娶陈圆圆而出名。倾国倾城，形容妇女极其美貌。李延年《李夫人歌》：“宁不知倾城与倾国，佳人难再得。” ㊺大计：指国家大计。 ㊻英雄：这里指吴三桂。 ㊼“全家”句：指吴襄一家八口被李自成农民起义军所杀。 ㊽一代红妆：指陈圆圆。照汗青：留名史册。 ㊾馆娃：馆娃宫，吴王夫差为越女西施所建，后两人在宫中过一种形影不离的鸳鸯般生活。 ㊿越女：西施。这里喻指陈圆圆。 ⑤①香径：采香径，今名箭径，在今苏州市西。尘生：形容人迹不到，一片荒芜。 ⑤②屧（xiè）廊：响屧廊，吴王宫中的廊，传说专为西施而建，以梓板铺地，西施着屧行其中而有声，故名。屧，同“屟”，古时一种木底鞋。 ⑤③换羽移宫：以曲调的变换比喻改朝换代，吴三桂降清。羽和宫是古代五音中的两个音阶。 ⑤④珠歌翠舞：指吴三桂沉湎声色的生活。古梁州：汉中南郑为古梁州所在地。吴三桂于顺治五年（1648）移驻汉中。一说古梁州指云南，《明史・地理志》：“云南，《禹贡》‘梁州徼外地’。”吴三桂最后镇守云南，并在那里反叛清廷。 ⑤⑤别唱：另唱一支。吴宫曲：吴王夫差时咏叹吴宫盛衰的歌曲，这里喻指《圆圆曲》。 ⑤⑥汉水：汉中临汉水，汉水东南流入长江。李白《江上吟》：“功名富贵若长在，汉水亦应西北流。”这句比喻吴三桂富贵难常。（这首诗通过吴三桂与陈圆圆悲欢离合的故事，揭露和讽刺了吴三桂为一红颜而叛明降清的丑恶嘴脸，部分地反映了明末清初的动乱现实。诗中作者以维护亡明统治的态度，指斥李自成农民起义为盗贼，显然是一种地主阶级的偏见。）

过吴江有感①

落日松陵②道，堤长欲抱城③。塔盘湖势动④，桥引月痕生⑤。市静人逃赋⑥，江宽客避兵⑦。廿年交旧散⑧，把酒叹浮名⑨。

①这首诗大约作于清康熙七年（1668）或稍后。吴江：今江苏省吴江县。 ②松陵：即指吴江。松陵原属吴县，后为吴江县治，所以吴江又称松陵。 ③“堤长”句：长堤在吴江县东吴淞江岸，宋庆历二年（1042）筑，明万历十三年（1585）重筑，长八十里。 ④“塔盘”句：意谓在湖的四周都可以见到塔，就好像湖在围绕着塔转动。塔，指吴江县东门外宁境华严寺方塔，共七层，宋元祐四年（1089）建。 ⑤“桥引”句：意谓月光下桥影投入水中，如引生出一道长痕。桥，指吴江县长桥，有七十二孔。 ⑥人逃赋：人因赋重而

逃亡。 ⑦客避兵：人们因战乱避兵而客居在外。 ⑧“廿（niàn）年”句：据靳荣藩《吴诗集览》引《吴江县志》：顺治七年（1650）吴江遗民组织惊隐诗社，康熙二年（1663）因《明史》案株连而星散。诗社之起至作此诗时约二十年。廿，二十。交旧，旧时的朋友。 ⑨把酒：举杯饮酒。叹浮名：感叹为虚名所累，暗寓被迫出仕事。（这首诗通过吴江景物和萧条景象的描写，反映了在重赋和战乱条件下民不聊生的情况，并抒发了自己的身世感叹。）

* * * * *

捉船行[①]

官差捉船为载兵，大船买脱[②]中船行。中船芦港且潜避，小船无知[③]唱歌去。郡符[④]昨下吏如虎，快桨追风摇急橹[⑤]。村人露肘捉头来[⑥]，背似土牛[⑦]耐鞭苦。苦辞船小要何用？争执汹汹路人拥。前头船见不敢行，晓事篙师[⑧]敛钱送。船户家家坏十千[⑨]，官司查点候如年[⑩]。发回仍索常行费[⑪]，另派门摊云雇船[⑫]。君不见官舫嵬峨[⑬]无用处，打鼓插旗马头住[⑭]。

①捉船：抢夺船只。清初地方官吏借口军运需要，随意抢夺老百姓的船只，借机百般勒索，致使人民怨声载道。这首诗真实地反映了这一情况。 ②买脱：花钱买免官差。 ③无知：不知道捉船的情况。 ④郡：即府，清代的府与古代的郡相当。符：公文。 ⑤“快桨”句：形容派往各地捉船的官船行船的迅速。 ⑥村人：指穷苦船民。捉头：指役吏凶暴地揪着船民的头发去见官。 ⑦土牛：古代风俗，迎春时制土牛，用鞭子抽打，叫“鞭春”。 ⑧晓事：懂事。篙（gāo）师：船工。敛：凑集。 ⑨坏十千：破费一万个铜钱（即十贯）。 ⑩“官司”句：官吏借口要查点船只后才能将船民放还，故意拖延时间，船民听候查点，度日如年。 ⑪常行费：照常例应送交官的钱。 ⑫门摊：按户分派的额外捐税。云：说，这里是借口的意思。 ⑬官舫：官船。嵬峨：高大的样子。 ⑭马头：同“码头”。

黄宗羲

黄宗羲（1610—1695），字太冲，号梨洲，又号南雷，余姚（今浙江余姚县）人。他是明清之际著名的思想家、历史学家和文学家。其父黄尊素为东林党人，因反对阉党被诬害，死于狱中。自幼重气节操守，嫉恶如仇，曾与阉党余孽阮大铖等人进行坚决的斗争。明亡后，在浙东起兵抗清，并受监国鲁王授予的左副御史等衔。抗清失败后隐居著述，多次拒绝清朝的征召，表现了坚贞的民族气节。作文重内容，主张言之有物，反对摹拟。散文成就较高，风格纵横恣肆，浑朴宏伟。著述宏富，有《黄梨洲文集》《黄梨洲诗集》《明儒学案》《宋元学案》《明夷待访录》等。

柳敬亭传[①]

余读《东京梦华录》《武林旧事记》[②]，当时演史小说者[③]数十人。自此以来，其姓名不可得闻。乃近年共称柳敬亭之说书。

柳敬亭者，扬之泰州人[④]，本姓曹。年十五，犷悍无赖[⑤]，犯法当死，变姓柳，之盱眙市[⑥]中为人说书，已能倾动[⑦]其市人。久之，过江[⑧]，云间[⑨]有儒生莫后光见之，曰："此子机变[⑩]，可使以其技鸣[⑪]。"于是谓之曰："说书虽小技，然必句性情[⑫]，习方俗[⑬]，如优孟摇头而歌[⑭]，而后可以得志[⑮]。"敬亭退而凝神定气[⑯]，简练揣摩[⑰]，期月而诣莫生[⑱]。生曰："子之说，能使人讙咍嗢噱矣[⑲]。"又期月，生曰："子之说，能使人慷慨涕泣矣。"又期月，生喟然[⑳]曰："子言未发而哀乐具乎其前[㉑]，使人之性情不能自主，盖进乎技矣[㉒]。"由是之扬，之杭[㉓]，之金陵[㉔]，名达于缙绅间[㉕]。华堂旅会[㉖]，闲亭独坐，争延之使奏其技[㉗]，无不当于心称善也[㉘]。

宁南南下[㉙]，皖帅欲结欢宁南[㉚]，致敬亭于幕府[㉛]。宁南以为相见之晚，使参机密[㉜]。军中亦不敢以说书目[㉝]敬亭。宁南不知书[㉞]，所有文檄，幕下儒生设意修词，援古证今，极力为之，宁南皆不悦。而敬亭耳剽口熟[㉟]，从委巷活套[㊱]中来者，无不与宁南意合。尝奉命至金陵，是时朝中皆畏宁南，闻其使人来，莫不倾动加礼[㊲]，宰执以下俱使之南面上坐[㊳]，称柳将军，敬亭亦无所不安也。其市井小人昔与敬亭尔汝者[㊴]，从道旁私语："此故吾侪[㊵]同说书者也，今富贵若此！"

亡何国变[㊶]，宁南死。敬亭丧失其资略尽[㊷]，贫困如故时，始复上街头理其故业。敬亭既在军中久，其豪猾大侠[㊸]、杀人亡命、流离遇合、破家失国之事，无不身亲见之，且五方土音[㊹]，乡俗好尚[㊺]，习见习闻，每发一声，使人闻之，或如刀剑铁骑[㊻]，飒然浮空[㊼]，或如风号雨泣，鸟悲兽骇，亡国之恨顿生，檀板之声无色[㊽]，有非莫生之言可尽者矣。

马帅镇松时[㊾]，敬亭亦出入其门下，然不过以倡优遇之[㊿]。钱牧斋[51]谓人曰："柳敬亭何所优长？"人曰："说书。"牧斋曰："非也，其长在尺牍[52]耳。"盖敬亭极喜写书撰文，别字满纸，故牧斋以此谐之[53]。嗟乎！宁南身为大将而以倡优为腹心，其所授摄[54]官皆市井若己者，不亡何待乎？

①柳敬亭：名逢春，明末著名的说书艺人，技艺精绝，品格高尚。 ②《东京梦华录》：南宋孟元老著，追忆北宋首都汴京的繁华情况以及风俗民情等。《武林旧事记》：即《武林旧事》，南京泗水潜夫（即周密）著，是作者在宋亡后追忆南宋都城临安旧事而作。武林，原为西湖西北面的山名，因以代指杭州。 ③演史小说者：说唱讲史、小说的说书艺人。演，演唱，讲说。讲史和小说是宋元时代说书艺术中的重要家数，讲史演述历史故事，可连说多次，小说讲唱现实故事，多当场结束。 ④扬：扬州府，府治在今江苏省扬州市。泰州：属扬州府，州治在今江苏省泰州市。 ⑤犷悍无赖：粗野凶悍，不讲道理。 ⑥盱眙（xū yí）：今江苏省盱眙县。市：市街。 ⑦倾动：令人惊佩、倾倒。 ⑧过江：盱眙在长江之北，过江指到江南。 ⑨云间：松江府的别称，府治在今上海市松江县。 ⑩机变：机智灵巧。 ⑪以其技鸣：以他的技艺获得很高的名声。鸣，出名。 ⑫句（gōu）性情：勾画出所讲故事中人物的性格和感情。 ⑬习方俗：研习各地的风土人情。 ⑭优孟摇头而歌：语出《史记·滑稽列传》。优孟，春秋时楚国优人，名孟，长于滑稽讽谏，后用以作演员的代称。 ⑮得志：实现自己的理想。 ⑯凝神定气：犹如说“聚精会神”。 ⑰简练：选择训练，指在学术或技艺上下功夫磨练。揣摩：思考探索。《战国策·秦策一》：“（苏秦）得太公《阴符》之谋，伏而诵之，简练以为揣摩。” ⑱期（jī）月：一个月。诣：去，到。 ⑲驩咍嗢噱（huān hāi wà jué）：驩：同“欢”。咍：欢乐。嗢噱：大笑不止。 ⑳喟（kuì）然：感叹的样子。 ㉑具乎其前：表现在说话之前。具，有，表现。 ㉒进乎技：技艺到了极精的程度。 ㉓杭：今杭州市。 ㉔金陵：今南京市。 ㉕达：显扬。缙绅：亦写作“搢绅”。搢，插。绅，大带子。搢绅即将笏插于衣带上。后因以缙绅泛指官僚显贵人物。 ㉖旅会：聚会。旅，众。 ㉗延：请。奏：这里是表演、献艺的意思。 ㉘当（dàng）于心：适于心，即满意。 ㉙宁南：左良玉，字昆山，山东临清人，明末著名将领，曾先后与清军和张献忠、李自成农民起义军作战，曾封为宁南伯、宁南侯，世称左宁南。 ㉚皖帅：指柳敬亭的故交，提督杜宏域。结欢：交好。 ㉛致：送，这里是介绍、推荐的意思。幕府：武将的衙门，因用帐幕，故称幕府。 ㉜参机密：参与军中的机密大事。 ㉝目：看待。 ㉞不知书：没有文化。 ㉟耳剽（piào）口熟：耳朵随意听来的，口头上经常说的。 ㊱委巷：偏僻小巷，指民间。活套：俗语常谈。 ㊲加礼：以恭敬之礼接待。 ㊳宰执：宰相和执掌政务的大官。明代大学士为宰相职。这里指南明王朝的高官。南面上坐：请在尊位上坐。古以面朝南为尊位。 ㊴尔汝：以“你”相称，形容彼此关系十分亲近。 ㊵吾侪（chái）：我辈。 ㊶亡（wú）何：同“无何”，不久。国变：指明王朝覆亡。 ㊷资：财物。略尽：几乎全没了。 ㊸豪猾大侠：豪爽机警的侠义人物。 ㊹五方土音：各地方言。五方，东南西北中。 ㊺乡俗好尚：各地的风俗爱好。 ㊻铁骑（jì）：穿铁甲的骑兵。 ㊼飒（sà）然：强劲有力的样子。 ㊽“檀板”句：形容说唱的声音激昂高亢，将伴奏的檀板声也压下去了。檀板，檀木制成的拍板，歌舞或演唱时用以调节节拍。 ㊾马帅：指马逢知，当时率军镇

守松江。 ⑩以倡优遇之：以倡优的待遇对待他。倡优，亦称俳优，古时对艺人的称呼。 ⑪钱牧斋：即钱谦益（1582—1664），字受之，号牧斋，江苏常熟人，明末清初著名诗人，明亡后曾仕清。 ⑫尺牍（dú）：这里指书信一类应用文。 ⑬谐：诙谐，这里是讥笑的意思。 ⑭授：任命。摄：代理。在正式任命前往往先委以代职。（这篇文章记叙了柳敬亭学艺的过程和他精绝的说唱技艺，既写了他刻苦研习的精神，又写了他丰富的生活阅历对他学艺的影响，人物的精神风貌都能从他说书的技艺中传达出来。文末批评了左良玉身为大将而与市井倡优交朋友，表现了封建文人的一种偏见。）

顾炎武

顾炎武（1613—1682），本名继绅，更名绛，字忠清。明亡后改名炎武，字宁人，号亭林。昆山（今江苏昆山县）人。他是明清之际著名的思想家、学者和文学家。弘光朝以贡生荐授兵部司务。清兵南下时，参加了昆山、嘉定一带的抗清斗争；失败后流亡各地，考察祖国的山川形势，时刻不忘反清复明。在学术上主张经世致用，反对空谈。治学范围十分广泛，又能将读书和实地考察结合起来。文学上主张作文要有益于天下，反对摹拟和复古。诗歌创作主张"言意"，抒写性情，不务奇巧。他的诗作具有较强的现实性和政治性，风格沉郁苍凉，刚健质朴。散文内容充实，不事藻饰，语言简明朴实。著有《亭林诗文集》和《日知录》等。

海上①（四首选一）

其　一

日入空山海气侵②，秋光千里自登临。十年天地干戈老③，四海苍生痛哭深。水涌神山来白鸟④，云浮仙阙见黄金。此中何处无人世⑤？只恐难酬壮士心⑥。

①这组诗写于清顺治三年（1646）。顺治二年（1645），南明福王（弘光）朱由崧、潞王朱常淓相继降清，郑芝龙、黄道周、郑鸿逵等人拥立唐王朱聿键于福州，建元隆武，遥授顾炎武为兵部职方司主事，因故未赴，却十分兴奋。郑芝龙因与黄道周一派不和，为了一已私利，与大汉奸洪承畴暗订降清密约。尽撤仙霞岭二百里防线上的守军，清军于是长驱直入福建。1646 年福州失守，唐王逃至汀州（今福建长汀）被俘死，郑芝龙降。郑芝龙之子郑成功等率所部入海，坚持抗清。诗即感此事而作。 ②"日入"二句：写作者登

山望海所见景象，太阳落山，海气侵逼，秋光无限，借以引起下文的无限感慨。 ③“十年”二句：写连年战火不息，全国百姓陷于水深火热之中。苍生，百姓。 ④“水涌”二句：写他神驰海上，似乎看见白鸟从仙山飞来，还看见了神仙居住的黄金宫阙。《史记·封禅书》：“此三神山（方丈、蓬莱、瀛州）者，其传在渤海中……诸神仙及不死之药在焉。其物禽兽尽白，黄金银为宫阙。” ⑤“此中”句：海中哪里都可以过人世的生活。 ⑥酬：实现。壮士心：指郑成功等反清复明的理想。（这首诗写作者观海而怀想郑成功等入海的抗清壮士，写得悲壮沉郁。）

精　卫①

“万事有不平，尔②何空自苦；长将一寸身，衔木到终古③？”“我愿平东海，身沉心不改；大海无平期④，我心无绝⑤时！”呜呼！君不见，西山衔木众鸟多⑥，鹊来燕去自成窠。

①这首诗作于清顺治四年（1647）。精卫：传说中的一种鸟。《山海经·北山经》载：“发鸠之山，有鸟状如乌，文首（花头）白喙（白嘴）赤足，名曰精卫。常衔西山之木，以湮于东海。” ②尔：指精卫。 ③终古：永远。 ④平期：填平的时候。 ⑤绝：断绝，这里指改变。 ⑥“西山”二句：以燕鹊忙于构筑自己的小窠讽刺那些为了个人私利而降清仕清的人们，并与衔木填海的精卫作对比。（这首诗借精卫填海的神话故事，表现了诗人反清复明、誓不屈服的顽强意志和崇高的民族气节。）

与友人论学书①

比往来南北②，颇承友朋推一日之长③，问道于盲④。窃叹夫百余年以来之为学者⑤，往往言心言性⑥，而茫乎不得其解也。

命与仁⑦，夫子之所罕言也。性与天道⑧，子贡之所未得闻也。性、命之理，著之《易传》⑨，未尝数以语人⑩。其答问士也⑪，则曰“行己有耻”。其为学⑫，则曰“好古敏求”。其与门弟子言，举尧、舜相传所谓“危微精一⑬”之说，一切不道，而但曰：“允执其中⑭，四海困穷，天禄永终。”呜呼！圣人之所以为学者，何其平易而可循也⑮！故曰“下学而上达⑯”。颜子之几乎圣⑰也，犹曰“博我以文⑱”。其告哀公也⑲，明善之功，先之以博学。自曾子⑳而下，笃实无若子夏㉑，而其言仁也，则曰：“博学而笃志㉒，切问而近思。”

今之君子[23]则不然。聚宾客门人之学者数十百人，“譬诸草木[24]，区以别矣”，而一[25]皆与之言心言性，舍多学而识[26]，以求一贯之方；置四海之困穷不言，而终日讲“危微精一”之说。是必其道之高于夫子，而其门弟子之贤于子贡，祧东鲁而直接二帝之心传者也[27]。我弗敢知[28]也。

《孟子》一书，言心言性，亦谆谆[29]矣。乃至万章、公孙丑、陈代、陈臻、周霄、彭更之所问[30]，与孟子之所答者，常在乎出处、去就、辞受、取与之间[31]。以伊尹之元圣[32]，尧、舜其君其民之盛德大功[33]，而其本乃在乎千驷、一介之不视不取[34]。伯夷、伊尹之不同于孔子也[35]；而其同者[36]，则以行一不义，杀一不辜，而得天下，不为。是故，性也、命也、天也，夫子之所罕言，而今之君子之所恒言[37]也；出处、去就、辞受、取与之辨，孔子、孟子之所恒言，而今之君子所罕言也。谓忠与清之未至于仁[38]，而不知不忠与清而可以言仁者，未之有也。谓不忮不求之不足以尽道[39]，而不知终身于忮且求而可以言道者，未之有也。我弗敢知也。

愚[40]所谓圣人之道者如之何？曰“博学于文[41]”，曰“行己有耻”。自一身以至于天下国家，皆学之事也；自子臣弟友[42]以至出入、往来、辞受、取与之间，皆有耻之事也。耻之于人大矣[43]！不耻恶衣恶食[44]，而耻匹夫匹妇之不被其泽[45]。故曰：“万物皆备于我矣[46]，反身而诚。”呜呼！士而不先言耻，则为无[47]本之人；非好古而多闻，则为空虚之学。以无本之人而讲空虚之学，吾见其日从事于圣人而去之弥远[48]也。虽然，非愚之所敢言也。且以区区之见[49]，私诸同志[50]，而求起予[51]。

① 论学：讨论学术和学风问题。 ② 比：近来。往来南北：顾炎武是南方人，长期居住江南，清兵南下时又在苏州参加抗清斗争，失败后北游至山东、山西、陕西、河南、河北等地。 ③ 推一日之长（zhǎng）：因年纪稍长而受到敬重。《论语·先进》：“以吾一日长乎尔，毋无以也。”此用其意，带有谦虚的意思。 ④ 问道于盲：向瞎子问路，比喻向没有学问的人求教。这是作者的谦词。韩愈《答陈生书》：“足下求速化之术，不于其人，乃以访愈，是所谓借听于聋，求道于盲。” ⑤ 窃：谦词，犹言私自。为学者：研究学问的人，这里指明代思想家王畿、罗汝芳一派人物。 ⑥ 言心言性：指宋明理学的主张，认为“心”是宇宙万物的本原，又根据孟子性善说的精神阐释性同天理、人欲及道德的关系。 ⑦“命与仁”二句：语本《论语·子罕》：“子罕言利与命与仁。”命，命运。仁，仁德。夫子，指孔子。罕，少。 ⑧“性与天道”二句：语本《论语·公冶长》：“子贡曰：‘夫子之文章，可得而闻也；夫子之言性与天道，不可得而闻也。’”性，指人的本性。天道，这里指自然与人类社会的关系。子贡，孔子的弟子，姓端木，名赐。 ⑨ 著之《易传》：写在《易传》上。《易传》，儒家学者解释《易经》的著作，相传为孔子所作，但不可靠，可能是战国末期或秦、汉时

人所作。《易传》上所载关于性、命之理的话，如《系辞》上："乐天知命，故不忧。"《说卦》："昔者圣人之作易也，将以顺性命之理。" ⑩数（shuò）以语（yù）人：多次以（性、命之理）告诉人。语，作动词用，告诉。 ⑪"其答问士也"三句：语出《论语·子路》："子贡问曰：'何如斯可谓之士矣？'子曰：'行己有耻，使于四方，不辱君命，可谓士矣。'"子贡问孔子怎样才可以叫做士，孔子的回答中有"行己有耻"一条，意思是对自己的立身行事，能够用羞耻之心来约束。 ⑫"其为学"三句：语出《论语·述而》："子曰：'我非生而知之者，好古，敏以求之者也。'"好古，喜欢古代的文化典籍。敏，勤奋敏捷。 ⑬危微精一：《尚书·大禹谟》："人心惟危，道心惟微，惟精惟一，允执厥中。"据孔颖达疏，大意是：人的心易私而难公，所以是危险的；道心难明而易昧，所以是微妙的；只有精心一意，才能执守其中正之道。据说这是尧、舜、禹心心相传的话。 ⑭"允执其中"三句：语见《论语·尧曰》，意思是，为政之道，在于掌握不偏不倚的准则，否则国人就会因政治混乱而穷困，执政者的福分也就永远终止了。允，信，确实。中，无过无不及，即不偏不倚。 ⑮平易可循：浅显易懂，可以遵循。 ⑯下学而上达：语出《论语·宪问》："不怨天，不尤人，下学而上达。"意思是，不怨恨天，也不责备人，学习一些平常的知识，却透彻了解很高深的道理。或说下学人事而可上达天命。 ⑰颜子：孔子最得意的弟子，名回，字子渊，鲁国人。几乎圣：接近于圣人。颜渊在后世有"复圣"之称。 ⑱博我以文：语出《论语·子罕》："颜渊喟然叹曰：'……夫子循循然善诱人，博我以文，约我以礼，欲罢不能。'"意思是用各种文献来丰富我的知识。文，指诗书礼乐等各种文献。 ⑲"其告哀公"三句：《礼记·中庸》："哀公问政。子曰：……诚身有道，不明乎善，不诚乎身矣。……博学之，审问之，慎思之，明辨之，笃行之。"大意是，只有辨别善恶，才能诚身（修养以求专一）有道；而明善的方法有多种，首要的是博学。其，指孔子。哀公，指鲁哀公。 ⑳曾子：孔子的弟子曾参，字子舆，鲁国人。 ㉑笃实：纯厚朴实。子夏：孔子的弟子，姓卜名商，字子夏，晋国（一说卫国）人。 ㉒"博学"二句：悟出《论语·子张》："子夏曰：'博学而笃志，切问而近思，仁在其中矣。'"其，指子夏。笃志，志向坚定专一。切问，切实地提出问题。近思，考虑问题符合实际，不空想。 ㉓君子：对有道德学问的人的尊称。 ㉔"譬诸草木"二句：语出《论语·子张》："君子之道，孰先传焉？孰后传焉？譬诸草木，区以别矣。"意思是，学术的传授就如草木一样，是应该有区别的。这里指学者的情况各不相同。 ㉕一：一律，不加区别。 ㉖"舍多学而识"二句：语出《论语·卫灵公》："子曰：'赐也，女以予为多学而识之者与？'对曰：'然，非与？'曰：'非也，予一以贯之。'"舍，抛弃。识（zhì），记住。一贯之方，贯穿自己整个学行的精神与方法。 ㉗祧（tiāo）：远祖庙。这里引申为超越。东鲁：指孔子，因孔子是鲁人。二帝：指尧和舜。心传：不以文字而以心相传。这里指上文所说的"危微精一"之说。 ㉘弗敢知：犹如说"不敢苟同"，"不敢接受"，一种表示反对的客气说法。 ㉙谆谆：诲人不倦的样子。 ㉚万章、公孙丑、陈代、彭更：都是孟子的弟子。陈臻：齐国人。周霄：魏国人。他们都曾问事或问学于孟子，见于《孟子》一书。 ㉛出处：出仕和隐居。去就：离职和就任。辞受：谢绝和接受。取与：拿来和给与。以上都是指一个人立身行世的态度和方法。 ㉜伊尹：传说中辅佐商汤建国的大臣。名伊，尹是官名。元圣：大圣。 ㉝尧舜其君民：使其国君成为像尧舜那样的国君，使其人民成为如尧舜时的人民。 ㉞“而其本”句：《孟子·万章上》：“伊尹耕于有莘之野，而乐尧舜之道焉。非其义也，非其道也，禄之以天下，弗顾也；系马千驷，弗顾也。非其义也，非其道也，一介不以与人，一介不以取诸人。”大意是，一切以合于道义为准，如不合道义，即使以天下为俸禄，有千驷之富贵，也不值一顾；如不合道义，哪怕极微小的东西也不给人，也不接受别人给予的。驷，一车四马。一介，同“一芥”，比喻极微小的东西。 ㉟“伯夷、伊尹”句：伯夷，商末孤竹君之子，反对武王伐纣，周灭商后，不食周粟，饿死于首阳山。《孟子·公孙丑上》：“（公孙丑问）曰：‘伯夷、伊尹何如？’曰：‘不同道。非其君不事，非其民不使，治则进，乱则退，伯夷也。何事非君，何使非民，治亦进，乱亦进，伊尹也。可以仕则仕，可以止则止，可以久则久，可以速则速，孔子也。’”讲了伯夷、伊尹、孔子在出处问题上的不同态度。又《万章下》：“伯夷，圣之清（清高）者也；伊尹，圣之任（能负责任）者也；孔子，圣之时（识时务，顺乎潮流）者也。” ㊱“而其同者”五句：语出《孟子·公孙丑上》：“‘然则有同与？’曰：‘有，得百里之地而君之，皆能以朝诸侯，有天下；行一不义，杀一不辜，而得天下，皆不为也，是则同。’”意谓伯夷、伊尹、孔子三个人的相同之处在于，做一件不义之事，或杀死一个无辜的人，而得到天下，都是不愿意的。不辜，无罪的人。 ㊲恒言：常常谈论的。 ㊳“谓忠与清”三句：《论语·公冶长》：“子张问曰：‘令尹子文三仕为令尹，无喜色；三已之，无愠色。旧令尹之政，必以告新令尹，何如？’子曰：‘忠矣。’曰：‘仁矣乎？’曰：‘未知。焉得仁？’‘崔子（齐国大夫）弑齐君。陈文子（齐国大夫）有马十乘，弃而违之（躲避崔子）。至于他邦，则曰：“犹吾大夫崔子也。”违之。之一邦，则又曰：“犹吾大夫崔子也。”违之。何如？’子曰：‘清矣。’曰：‘仁矣乎？’曰：‘未知，焉得仁？’”忠，指尽忠于国家。清，保持清白，不肯同流合污。 ㊴不忮（zhì）不求：《论语·子罕》：“不忮不求，何用不臧？’子路终身诵之。子曰：‘是道也，何足以臧！’”《诗经·邶风·雄雉》：“不忮不求，何用不臧？”忮，忌恨。求，贪得。臧，善。 ㊵愚：我。谦称。 ㊶博学于文：《论语·雍也》：“子曰：‘君子博学于文，约之以礼。’”又《颜渊》：“子曰：‘博学于文，约之以礼。’” ㊷子臣弟友：指父子、君臣、兄弟、朋友的关系和道德准则。 ㊸“耻之”句：语见《孟子·尽心上》，意思是，羞耻之心对于人的关系是极重大的。 ㊹不耻恶衣恶食：不以衣食的粗鄙为耻。语出《论语·里仁》：“子曰：‘士志于道，而耻恶衣恶食者，未足与议也。’”恶，不好的。 ㊺“而耻”句：而以天下的百姓有未受到他的恩泽为羞耻。语出《孟子·万章上》：“思天下之民匹夫匹妇有不被尧舜之泽者，若已推而内（纳）之沟中。”被，受到。泽，恩泽。 ㊻“万物”二句：语见《孟子·尽心上》：“孟子曰：‘万物皆备于我矣。反身而诚，乐莫大焉。’”意思是，世界万物我都具备了，反躬自省，自己是忠诚踏实的，便是最大的快乐。 ㊼本：做人的根本，立足点。 ㊽从事于圣人：指学习圣人之道。去之弥远：离圣人之道更远了。 ㊾且：姑且。区区：形容很小。 ㊿私诸同志：私下里告知志同道合的朋友。私，不公开。 ⑤①起予：启发我。《论语·八佾》：“起予者商也，始可与言诗已矣。”（这篇文章针对明末开口“言心言性”的空疏学风，提出“博学于文，行己有耻”的主张，倡导关心国家大事，注重实际，注重个人的品德修养，这在当时是有积极意义的。文章论点鲜明，结构严谨，征引丰富，具有很强的说服力。由于作者以恢复儒学为旗帜，所以文中引述了大量儒家经典的话，给今天的读者带来了一定的阅读困难。）

魏　禧

魏禧（1624—1681），字冰叔，一字叔子，号裕斋，宁都（今江西宁都县）人。明末诸生，明亡后不仕，隐居翠微峰，因所居地名勺庭，人称为勺庭先生。他曾与其兄魏际端、弟魏礼等九人以讲学论道相结合，实际以反清复明为目的，人称“易堂九子”（“易堂”是其父隐居山中时的堂名）。兄弟三人都善诗古文，时称“宁都三魏”，以魏禧成就为高。其文叙述简洁，风格雄肆，有刚劲之气。著有《魏叔子文集》。

大铁椎传[①]

庚戌十一月[②]，予自广陵归[③]，与陈子灿同舟[④]。子灿年二十八，好武事，予授以左氏兵谋兵法[⑤]，因问：“数游南北，逢异人乎？”子灿为述大铁椎，作《大铁椎传》。

大铁椎，不知何许人[⑥]，北平陈子灿省兄河南[⑦]，与遇宋将军家。宋，怀庆[⑧]青华镇人，工技击[⑨]，七省好事者皆来学，人以其雄健，呼宋将军云。宋弟子高信之，亦怀庆人，多力善射，长子灿七岁，少同学，故尝与过宋将军[⑩]。

时座上有健啖客[⑪]，貌甚寝[⑫]，右胁夹大铁椎，重四五十斤，饮食拱揖[⑬]不暂去。柄铁摺叠环复[⑭]，如锁上练[⑮]，引[⑯]之长丈许。与人罕言语，语类楚声[⑰]。扣其乡及姓字[⑱]，皆不答。

既同寝，夜半，客曰：“吾去矣！”言讫不见[⑲]。子灿见窗户皆闭，惊问信之。信之曰：“客初至，不冠不袜，以蓝手巾裹头，足缠白布，大铁椎外，一物无所持，而腰多白金[⑳]。吾与将军俱不敢问也。”子灿寐而醒[㉑]，客则鼾睡炕上矣。

一日，辞宋将军曰：“吾始闻汝名，以为豪[㉒]，然皆不足用。吾去矣！”将军强[㉓]留之，乃曰：“吾数击杀响马贼[㉔]，夺其物，故仇我。久居，祸且[㉕]及汝。今夜半，方期我决斗某所[㉖]。”宋将军欣然曰：“吾骑马挟矢以助战。”客曰：“止！贼能[㉗]且众，吾欲护汝，则不快吾意。”宋将军故自负[㉘]，且欲观客所为，力请客[㉙]。客不得已，与偕行。将至斗处，送将军登空堡上，曰：“但观之，慎弗声[㉚]

令贼知也。”

时鸡鸣月落，星光照旷野，百步见人。客驰下，吹觱篥㉛数声。顷之㉜，贼二十余骑四面集，步行负弓矢从者百许人。一贼提刀突奔客，客大呼挥椎，贼应声落马，马首裂。众贼环而进㉝，客奋椎左右击，人马仆地，杀三十许人。宋将军屏息观之，股栗㉞欲堕。忽闻客大呼曰：“吾去矣。”尘滚滚东向驰去。后遂不复至。

魏禧论曰：“子房得力士㉟，椎秦皇帝博浪沙中，大铁椎其人与？天生异人，必有所用之。予读陈同甫《中兴遗传》㊱，豪俊侠烈魁奇之士，泯泯然㊲不见功名于世者又何多也？岂天之生才不必为人用与？抑用之自有时㊳与？子灿遇大铁椎为壬寅岁㊴，视其貌当年三十㊵，然则大铁椎今四十耳。子灿又尝见其写市物帖子㊶，甚工楷书㊷也。

① 大铁椎（chuí）：兵器名，这里因传主不知姓名，因以他使用的兵器来指代。 ② 庚戌：康熙九年（1670）。 ③ 广陵：今江苏省扬州市。 ④ 陈子灿：生平不详。从文中看，当是作者的学生和朋友。 ⑤ 左氏兵谋兵法：《左传》长于描写战争，总结了不少有关战略战术方面的经验。 ⑥ 何许人：何处的人。 ⑦ 北平：即现在的北京市，明初称北平府。省（xǐng）兄：探望哥哥。 ⑧ 怀庆：府名，在今河南省北部沁阳县一带。 ⑨ 技击：搏击。 ⑩ 过：访问。 ⑪ 健啖（dàn）客：食量很大的客人。啖，吃。 ⑫ 寝：丑陋。 ⑬ 拱揖：古人行礼，拱手作揖。 ⑭ 柄铁摺叠环复：锤柄上的铁链摺叠环绕着。 ⑮ 如锁上练：好像是锁上的链子。 ⑯ 引：发，拉开。 ⑰ 楚声：两湖一带的方言。 ⑱ 扣：问。乡：乡里。 ⑲ 讫：完。 ⑳ 白金：银子。 ㉑ 寐而醒：睡着以后又醒来。 ㉒ 豪：豪爽之士。 ㉓ 强：极力。 ㉔ 响马贼：拦路抢劫的强盗，因抢劫时先放响箭而得名。 ㉕ 且：将。 ㉖ 期：相约。 ㉗ 能：本领高强。 ㉘ 故：一向，素来。 ㉙ 力请客：极力请求客人允许同去。 ㉚ 慎弗声：千万别出声。 ㉛ 觱篥（bì lì）：一种乐器，以竹做管，以芦苇做嘴，汉代由西域传入。 ㉜ 顷之：一会儿。 ㉝ 环而进：缩小包围圈。 ㉞ 股栗：两腿发颤。 ㉟“子房”二句：汉初张良，字子房。他原为韩人，秦灭韩后，他为了替韩报仇，得力士，用百二十斤铁椎在博浪沙（在今河南省阳武县东南）击秦始皇未中。 ㊱ 陈同甫：陈亮字同甫，南宋时著名的思想家和文学家。《中兴遗传》：书名，陈同甫著，二十卷，记宋南渡前后忠臣、名将、侠士、盗贼各种人物事，共分十二门类。 ㊲ 泯泯然：默默无闻，不为人所知。 ㊳ 有时：有机遇。 ㊴ 壬寅岁：康熙元年（1662）。 ㊵ 当：大约。 ㊶ 市物帖子：买东西的账单。 ㊷ 甚工楷书：楷书写得非常工整漂亮。（这篇文章记述了一个市井异人，写了他精绝的武艺、豪爽的性格和诡秘的行踪，文笔精炼生动，人物形象栩栩如生。文末的论赞，表现了作者对这样的人物功名不显于世的惋惜和同情。）

王士祯

王士祯（1634—1711），字子真，一字贻上，号阮亭，别号渔洋山人，新城（今山东桓台县）人。顺治年间进士，官至刑部尚书，谥文简。他论诗标举神韵，追求一种言语之外的意趣和韵致，以清远为尚。他的诗歌创作是他理论的实践。他各体都写，但以绝句和律诗较为出色。内容多为描写山水，抒发个人情怀，或酬赠友朋，缺乏现实内容。一些小诗写得委婉含蓄，格调清新，富于情韵，但终嫌格局太小，缺少气势。著有《带经堂全集》。

江　上①

吴头楚尾②路如何？烟雨秋深暗白波③。晚趁寒潮渡江去，满林黄叶雁声多。

①这首诗约作于清顺治十七年（1660）。这年八月，王士祯充江南乡试同考试官，由扬州过江到南京。王丹麓《今世说》载："阮亭为同考，至白门（南京），夜鼓柁行大江中，漏下将尽，始抵燕子矶。王兴发欲登，会天雨新霁，林木萧飒，江涛喷涌，与山谷相应答。从者顾视色动，王径呼束苞以往，题数诗于石壁，从容屐步而还。翌日诗传白下，和者凡数十家。" ②吴头楚尾：《方舆胜览》："豫章之地，吴头楚尾。"豫章，古地名，其地在淮南江北之界。又汉置豫章郡，属扬州，郡治在江南，辖区相当于今江西省，因此吴头楚尾又指江西。这里当指江北淮南一带。 ③白波：指江上水波。（这首诗写江上所见深秋景色，有声有色，意境深远。）

秦淮杂诗①（十四首选一）

其　一

年来肠断秣陵舟②，梦绕秦淮水上楼。十日雨丝风片里③，浓春烟景似残秋。

①这组诗作于清顺治十八年（1661），时作者客居金陵，馆于秦淮布衣丁继之家。秦淮：秦淮河，在南京城南。这里代指南京。 ②秣陵：即南京。秦时改金陵为秣陵，晋又以建业为秣陵，其地都在今天的南京市。 ③雨丝风片：细雨微风。汤显祖《牡丹亭》："雨丝风片，烟波画船。"（这首诗以秦淮景象的残败，追想昔日繁华，抒写感伤情绪。）

真州绝句[①]（五首选一）

其　四

江干多是钓人居[②]，柳陌菱塘一带疏[③]。好是日斜风定后，半江红树[④]卖鲈鱼。

①这组诗写于清康熙元年（1662）。真州：今江苏仪征县。　②江干：江岸。钓人居：渔民居住的地方。　③疏：疏朗明丽。　④半江红树：指夕阳照在柳树上，把树梢染成红色，树倒映在江中，连江水也映红了。（这首诗生动地描写了江边明丽迷人的风景和渔民们欢乐的生活，疏淡清隽，含蓄有味。）

查慎行

查慎行（1650—1727），初名嗣连，字夏重，后改名悔余，号初白，又号他山。海宁（今浙江海宁县）人。康熙四十二年（1703）以举人特赐进士出身，授翰林院编修。诗歌宗宋人，尤受到苏轼和陆游的影响。诗以白描见长，多纪游吊古之作，诗风宏丽稳惬。著有《敬业堂集》。

村家四月词[①]（十首选一）

其　十

山妻赤脚子蓬头，从此劳劳直过秋[②]。海角[③]为农知更苦，合家筋力替耕牛[④]。

①这组诗写夏四月农村的景象和诗人的感受。　②劳劳：勤劳辛苦的耕作生活。直过秋：直到秋天收割完毕。　③海角：海角荒僻之地。　④“合家”句：耕地以人代牛。（这首诗写海边农民耕作的艰辛。）

珠江棹歌词[①]（四首选一）

其　四

米价高于珠价无[②]？就船剖蚌换青蚨[③]。近来官长清如水[④]，不是珠池亦产珠[⑤]。

①这组诗作于清康熙五十七年（1718），时作者在广州。珠江：在广东省广州市南。棹（zhào）歌：即渔歌。棹，船桨。 ②“米价”句：米价比珍珠价还贵吗？当时米价很贵，渔民为了糊口，只好贱卖珍珠。 ③就船剖蚌：等不及运回家，就在船上剖开蚌壳，取出珍珠。青蚨（fú）：钱的别称。原为虫名，传说以母虫血涂钱八十一文，以子虫血涂钱八十一文，购物时，或先用母钱，或先用子钱，用后都再飞回，轮转不已。 ④清如水：比喻为官廉洁清白，这是讽刺性反语， ⑤珠池：广东合浦县古来盛产珍珠，有“珠池”之称。《后汉书·孟尝传》载，合浦郡守贪婪，采取过分，珠子便转移到他处，孟尝继任后，革除前弊，去珠复还。此用其事，借以讥刺官吏的贪婪，却假说珍珠很多，价贱于米，是因为官吏的廉洁。（这首诗通过广东粮贵珠贱、渔民生活的痛苦，揭露了官吏的贪婪，语含讽刺，意味隽永。）

方　苞

方苞（1668—1749），字凤九，一字灵皋，晚号望溪，桐城（今安徽桐城县）人。康熙三十八年（1699）中乡试第一名；康熙四十五年（1706）中进士，因母病未参加殿试。后因戴名世《南山集》案株连入狱，论死。经营救得赦，入汉军旗籍，得到康熙重视，入南书房，后又充武英殿修书总裁，累官至翰林院侍讲学士、内阁学士兼礼部侍郎。七十五岁因年迈自请免职回乡。他是桐城派散文的开山祖，思想上尊奉程朱理学，散文宗唐宋，提倡“义法”，主张“言有物”“言有序”。所作散文简练雅洁，议论文字不够深刻，叙事抒情散文有生动可读之作。著有《方望溪先生全集》等。

左忠毅公逸事①

先君子②尝言：乡先辈左忠毅公视学京畿③，一日，风雪严寒，从数骑出。微行④，入古寺，庑⑤下一生伏案卧，文方成草⑥。公阅毕，即解貂覆生⑦，为掩户。叩之寺僧⑧，则史公可法⑨也。及试，吏呼名至史公，公瞿然⑩注视；呈卷，即面署第一⑪。召入，使拜夫人，曰：“吾诸儿碌碌⑫，他日继吾志者，惟此生耳。”

及左公下厂狱⑬，史朝夕狱门外。逆阉⑭防伺甚严，虽家仆不得近。久之，闻左公被炮烙，旦夕且⑮死。持五十金，涕泣谋于禁卒⑯，卒感焉。一日，使史更敝衣草屦⑰，背筐，手长镵⑱，为除不洁者⑲。引入，微指左公处，则席地倚墙而坐，面额焦烂不可辨，左膝以下筋骨尽脱矣。史前跪，抱公膝而呜咽。公辨其声而目不可开，乃奋臂以指拨眦[20]，目光如炬，怒曰："庸奴[21]，此何地也，而汝来前！国家之事，糜烂[22]至此。老夫已矣[23]，汝复轻身而昧大义[24]。天下事谁可支拄[25]者？不速去，无俟奸人构陷[26]，吾今即扑杀汝！"因摸地上刑械，作投击势。史噤[27]不敢发声，趋[28]而出。后常流涕述其事以语人，曰："吾师肺肝，皆铁石所铸造也！"

崇祯[29]末，流贼[30]张献忠出没蕲、黄、潜、桐间。史公以凤庐道奉檄守御[31]。每有警，辄数月不就寝，使壮士更休[32]，而自坐幄幕外。择健卒十人，令二人蹲踞而背倚之[33]，漏鼓移[34]，则番代[35]。每寒夜起立，振[36]衣裳。甲[37]上冰霜迸落，铿然[38]有声。或劝以少休，公曰："吾上恐负朝廷，下恐愧吾师也。"

史公治兵[39]，往来桐城，必躬造左公第[40]，候太公、太母起居[41]，拜夫人于堂上。

余宗老涂山[42]，左公甥也，与先君子善[43]，谓狱中语，乃亲得之于史公云。

①左忠毅公：左光斗（1575—1625），字遗直，号浮丘，桐城人。明万历年间进士，官至左佥都御史。因弹劾宦官魏忠贤，被陷下狱死。弘光时追谥"忠毅"。逸事：为史书不载而在民间流传的事迹。 ②先君子：对自己已死父亲的称呼。方苞的父亲名仲舒，字逸巢。 ③乡先辈：同乡的长辈。视学：督察学务。京畿：京城管辖的地区。明天启初，左光斗由御史出督畿辅学政。 ④微行：古时皇帝或高级官员改换百姓衣服访察民间称微行。 ⑤庑（wǔ）：廊屋。 ⑥成草：写成草稿。 ⑦解貂：解下貂皮大衣。 ⑧叩：问。 ⑨史公可法：史可法（1601—1645），字宪之，号道邻，祥符（今河南省开封市）人。崇祯年间进士。南明福王时官至兵部尚书、大学士，出镇扬州，坚守孤城，兵败不屈死。 ⑩瞿（jù）然：吃惊而注视的样子。 ⑪面署第一：当面签字，选为第一。 ⑫碌碌：平庸无能。 ⑬厂狱：明代特务机关东厂所设的监狱。 ⑭逆阉：叛逆的宦官，这里指魏忠贤及其一党。 ⑮旦夕：早晨或晚上，形容时间很短。且：将。 ⑯谋：商量，求情。禁卒：看守监狱的衙役。 ⑰更：换上。敝衣草屦（jù）：破衣草鞋。 ⑱手长镵（chán）：手里拿着长镵。手，作动词用，拿着。长镵，一种长柄的掘土工具。 ⑲为除不洁者：化装成打扫卫生的人。 ⑳眦（zì）：眼眶。 ㉑庸奴：目光短浅、不识大体的庸才。 ㉒糜烂：指政治腐败。 ㉓已矣：完了，指将死。 ㉔轻身：不看重自己的生命。昧大义：不明大义。 ㉕支拄：犹支撑。 ㉖无俟：不等。奸人：指阉党。构陷：捏造罪名陷害。 ㉗噤（jìn）：闭口。 ㉘趋：快步走。 ㉙崇祯：明思宗年号（1628—1644）。 ㉚流贼：封建统治阶级对农民起义的诬称。张献忠：明末著名的农民起义领袖，在四川称帝，建大西国。清顺治三年（1646）战死。蕲（qí）：蕲州府，今湖北蕲春县一带。黄：黄州府，今湖北黄冈县一带。潜：今安徽潜山县。桐：今安徽桐城县。 ㉛以凤庐道：以凤阳、庐州道员的身分。道，明清时期在省、府间设监察区，有分巡道、兵备道等之别，长官称道员。檄：征讨的文书。 ㉜更休：轮换休息。 ㉝踞（jù）：

蹲坐在地上。背倚之：指史可法的背倚靠着健卒。 ㉞漏鼓移：指过一段时间。漏，古代滴水计时的器具。鼓，更的别称。古代夜里击鼓以报时。 ㉟番代：轮换代替。 ㊱振：抖动。 ㊲甲：古代将士的军衣，用金属或皮革制成。 ㊳铿然：响亮的声音。 ㊴治兵：统帅和管理军队。 ㊵躬造左公第：亲自到左公的家宅去。 ㊶候……起居：问候安好。太公太母：指左光斗的父母。 ㊷宗老：同一宗族的前辈。涂山：方苞族祖父的号。 ㊸善：交好。（这篇文章通过左光斗和史可法的关系，着重表现了左光斗公而忘私，以国家利益为重，将个人的生死荣辱置之度外的崇高品质和斗争精神。作者善于提炼典型的场面和细节，叙事简练集中，语言生动，人物形象栩栩如生。）

袁 枚

袁枚（1716—1797），字子才，号简斋，钱塘（今浙江杭州市）人。乾隆四年（1739）进士，初授翰林院庶吉士，后到溧水、江宁等地任知县。中年即辞官，退居江宁（今南京市）小仓山之随园，因号随园。他酷爱山水园林，过一种自由清狂的生活，以从事诗文著述为乐。他论诗标举性灵，主张在诗中要写出诗人的真情实感和个性，反对拟古和形式主义倾向。但他的诗由于生活范围狭小，多抒写个人的生活感受和思想情趣，内容浅薄，缺乏现实性和社会意义。他的诗技巧较高，选材别致，表现新颖，格律也严整妥帖。风格清新流丽，但有部分作品流于浮浅油滑。著有《小仓山房诗文集》和《随园诗话》等。

马 嵬①（四首选一）

其 四

莫唱当年《长恨歌》②，人间亦自有银河③。石壕村里夫妻别④，泪比长生殿上多⑤。

①这组诗是清乾隆十七年（1752），诗人赴陕西候补任官，经过马嵬坡时所作。马嵬：即马嵬坡，在陕西省兴平县西二十五里。唐天宝十四载（755），安禄山起兵叛乱，唐玄宗携杨贵妃仓皇逃往四川，途经马嵬坡时，护驾士兵杀死扬国忠，并要求将杨贵妃处死，玄宗无奈，赐死贵妃。这组诗即有感于这一史事而作。 ②《长恨歌》：白居易的一首著名长诗，描写唐玄宗与杨贵妃的爱情故事，对他们的生离死别，给予深厚的同情。 ③“人间”

句：神话传说，牛郎织女相爱，却被银河分隔，每年只能于七月七日相会一次。全句意思是，人间的夫妻离别的也不少。 ④“石壕”句：杜甫《石壕吏》写安史之乱中由于官府征兵征役，在石壕村里一对老年夫妻惨别的情景。 ⑤长生殿：旧址在今陕西省临潼县城东南骊山华清宫内，相传唐玄宗与杨贵妃在这里定情密誓。《长恨歌》：“七月七日长生殿，夜半无人私语时。在天愿作比翼鸟，在地愿为连理枝。”（这首诗认为，杜甫《石壕吏》中民间老夫妻的惨别，要比当年唐玄宗与杨贵妃的生离死别更值得同情，因而认为《长恨歌》不值得传唱。这表现了作者不同凡俗的历史眼光和文学见解。）

苔①

白日不到处②，青春恰自来③。苔花如米小，也学牡丹开。

①苔（tái）：青苔。 ②“白日”句：苔生于阴湿之处。 ③自来：因不需阳光，所以称自来。（诗人于人们不经意处发现了生命的活力和生命的价值，从一个独特的角度歌颂了青春的美好，别具慧眼。）

赵　翼

赵翼（1727—1814），字云崧，一字耘崧，号瓯北，阳湖（今江苏常州市）人。乾隆二十六年（1761）进士，历任翰林院编修，镇安、广州知府、贵西兵备道。后辞官家居，以诗文著述自娱。曾一度主讲扬州安定书院。他论诗与袁枚接近，主张创新，推重性灵，具有文学随时代发展的观点。他的诗在当时与袁枚、蒋士铨齐名，合称“乾隆三大家”。长于五言古诗，风格明快流畅，但有时议论过多。著有《瓯北诗集》《瓯北诗话》等。

论　诗（五首选一）

其　二

李杜①诗篇万口传，至今已觉不新鲜。江山代有才人出②，各领风骚③数百年。

①李杜：指唐代伟大的诗人李白和杜甫。 ②代：时代。才人：优秀的人才，这里指

杰出的诗人。 ③风骚：风原指《诗经》中的国风，骚原指屈原的《离骚》，都是古代最优秀的诗歌作品，这里用以指具有时代特色的诗歌创作。（这首诗表现了作者反对拟古因袭，主张创新的文学观点，充满一种极为可贵的文学创作的自信心。）

姚 鼐

姚鼐（1731—1815），字姬传，一字梦谷，因室名惜抱轩，世称惜抱先生，安徽桐城人。乾隆二十八年（1763）进士，曾担任过几任考官，参加了《四库全书》的修纂，官至刑部郎中。后辞官，主讲梅花、紫阳等书院四十余年。他是继方苞、刘大櫆之后桐城派的代表作家，也是桐城派理论的集大成者。提倡作文应将“义理”“考据”“辞章”三方面合而为一，又要求将文章的格律声色和神理气味结合起来。他按照这套理论编选的古文选本《古文辞类纂》流传很广。散文创作宗唐宋，并学明代归有光，简洁雅淡，雍容和易。著有《惜抱轩全集》。

登泰山记①

泰山之阳②，汶水③西流；其阴④，济水⑤东流。阳谷⑥皆入汶，阴谷⑦皆入济。当其南北分者⑧，古长城⑨也。最高日观峰⑩，在长城南十五里。

余以乾隆⑪三十九年十二月，自京师乘⑫风雪，历齐河、长清⑬，穿泰山西北谷，越长城之限⑭，至于泰安。是月丁未⑮，与知府朱孝纯子颍⑯由南麓登。四十五里，道皆砌石为磴⑰，其级七千有余。泰山正南面有三谷。中谷绕泰安城下，郦道元所谓环水⑱也。余始循以⑲入；道少半⑳，越中岭；复循西谷，遂至其巅。古时登山，循东谷入，道有天门㉑。东谷者，古谓之天门溪水，余所不至也。今所经中岭及山巅，崖限㉒当道者，世皆谓之天门云。道中迷雾冰滑，磴几不可登。及既上，苍山负雪㉓，明烛㉔天南。望晚日照城郭㉕，汶水、徂徕㉖如画，而半山居雾㉗若带然。

戊申晦㉘，五鼓，与子颍坐日观亭㉙，待日出。大风扬积雪击面。亭东自足下皆云漫㉚，稍见云中白若摴蒱㉛数十立者，山也。极天㉜云一线，异色㉝，须臾成五彩，日上，正赤如丹㉞，下有红光，动摇承之㉟。或曰，此东海也。回视日观以西峰，或得日或否㊱，绛皜驳色㊲，而皆若偻㊳。

亭西有岱祠㊴，又有碧霞元君㊵祠。皇帝行宫㊶在碧霞元君祠东。是日，观道中石刻，自唐显庆[42]以来，其远古刻尽漫失[43]。僻不当道者[44]皆不及往。

山多石，少土。石苍黑色，多平方[45]，少圜[46]。少杂树，多松，生石罅[47]，皆平顶。冰雪，无瀑水。无鸟兽音迹。至日观数里内无树，而雪与人膝齐。

桐城姚鼐记。

①这篇文章作于清乾隆三十九年十二月底（已入1775年），时作者辞官归里，途经泰安，登上泰山。泰山：我国著名"五岳"之一，在山东泰安县北，为登览胜地。 ②阳：山的南面。 ③汶水：大汶河，发源于山东省莱芜县东北的原山，向西南流经泰安县东。 ④阴：山的北面。 ⑤济水：又叫沇水，发源于河南省济源县附近的王屋山，向东流经山东。 ⑥阳谷：南面的山谷。 ⑦阴谷：北面的山谷。 ⑧南北分者：南北水流分界之处。 ⑨古长城：指战国时齐国所筑的长城。 ⑩日观峰：泰山东南的顶峰，可观海中日出。 ⑪乾隆：清高宗弘历的年号（1736—1795）。 ⑫京师：北京。 ⑬历：经过。齐河、长清：县名，在今山东省。 ⑭限：界限。 ⑮丁未：十二月二十八日。 ⑯知府：府的最高行政长官。朱孝纯：字子颖，号海愚，历城（今山东济南市）人，这时任泰安知府。 ⑰磴（dèng）：石级。 ⑱郦道元：字善长，北魏时人，我国古代著名的地理学家，《水经注》的作者。环水：指泰安城的护城河。《水经注·汶水》中说："又合环水，水出泰山南溪。" ⑲循：沿着。 ⑳道少半：走了一小半。道，作动词用。 ㉑天门：泰山由南麓攀登要经过三个天门，即一天门、中天门、南天门。 ㉒崖限：象门槛一样横在路上的山崖。 ㉓负雪：覆盖着雪。 ㉔明烛：照亮。 ㉕晚日：夕阳。城郭：城市的内外。外城叫郭。 ㉖徂徕（cú lái）：山名，在泰安县城东南四十里，为大汶河、小汶河的分界处。 ㉗居雾：缭绕不散的雾气。 ㉘戊申：这年的十二月二十九日。晦：阴历每月的最后一天。 ㉙日观亭：在日观峰上。 ㉚云漫：弥漫着的云气。 ㉛摴蒱（chū pú）：古代的一种赌具，共五子，木制，又称"五木"，类似后来的骰子。 ㉜极天：在天尽头。 ㉝异色：颜色奇异。 ㉞正赤：纯正的红色。丹：朱砂。 ㉟承之：托住它。 ㊱或否：有的地方没有得到阳光。 ㊲绛：红色。皜（hào）：白色。驳：颜色驳杂。 ㊳偻（lóu）：腰背弯曲的样子。形容所见山峰的形态。 ㊴岱祠：又称玉帝观、东岳祠，东岳大帝的庙。因泰山又称岱宗，故称东岳祠为岱祠。 ㊵碧霞元君：女神，传说中东岳大帝的女儿。 ㊶行宫：皇帝出行在外居住的地方。 ㊷显庆：唐高宗李治的年号（656—660）。 ㊸刻：石刻。漫失：磨蚀缺失。 ㊹僻不当道者：地处偏僻而不在路边的。 ㊺平方：平整方正。 ㊻圜：同"圆"。 ㊼罅（xià）：缝隙。（这篇文章简括而生动地介绍了泰山的地理形势，当时登山的路径，以及山上的建筑古迹等，而重点在描写日观亭观日出的壮美景象。作者能于客观景象的描绘中抓住特点，并能融入自己的切身感受，因而真实生动，不一般化。文章还体现了桐城派古文家将义理、考据、辞章三者结合的特点。）

汪 中

汪中（1744—1794），字容甫，江都（今江苏扬州市）人。幼年时即孤贫，无力就学，由其母启蒙。因受雇于书商，才获得博览群书的机会，为他日后在哲学、文学、史学多方面取得成就奠定了坚实的基础。他怀才不遇，一生中主要以做幕僚和卖文为生。他秉性刚直，嫉恶如仇，敢于反对传统思想。能诗，尤工骈文，是清代骈文的代表作家。他的骈文吸取了魏晋六朝骈文之长，情致高远，属对工巧，风格凄丽哀婉。著有《述学》《广陵通典》《容甫遗诗》等。

哀盐船文①

乾隆三十五年十二月乙卯②，仪征③盐船火，坏船百有三十，焚及溺死者千有四百。是时盐纲④皆直达，东自泰州⑤，西极于汉阳⑥，转运半天下焉。惟仪征绾⑦其口。列樯⑧蔽空，束江而立⑨，望之隐若城郭。一夕并命⑩，郁为枯腊⑪，烈烈⑫厄运，可不悲邪！

于时，玄冥告成⑬，万物休息，穷阴涸凝⑭，寒威凛栗⑮，黑眚拔来⑯，阳光西匿。群饱方嬉⑰，歌咢⑱宴食，死气交缠⑲，视面惟墨⑳。夜漏始下㉑，惊飚勃发㉒，万窍怒号㉓，地脉荡决㉔。大声发于空廓，而水波山立。于斯时也，有火作焉，摩木自生㉕，星星为血。炎光一灼，百舫尽赤，青烟睒睒㉖，熛若沃雪㉗。蒸云气以为霞㉘，炙阴崖而焦爇㉙，始连楫以下碇㉚，乃焚如以俱没㉛。跳踯火中，明见毛发，痛暴田田㉜，狂呼气竭，转侧张皇，生涂㉝未绝。倏阳焰㉞之腾高，鼓腥风而一吷㉟，洎㊱埃雾之重开，遂声销而形灭。齐千命于一瞬，指人世以长诀。发冤气之焄蒿㊲，合游氛㊳而障日，行当午而迷方㊴，扬沙砾之嫖疾㊵。衣缯㊶败絮，墨查㊷炭屑，浮江而下，至于海不绝。

亦有没者㊸善游，操舟若神，死丧之威，从井有仁㊹，旋入雷渊㊺，并为波臣㊻。又或择音无门㊼，投身急濑㊽，知蹈水之必濡㊾，犹入险而思济㊿。挟惊浪以雷奔，势若阶[51]而终坠，逃灼烂之须臾，乃同归乎死地。积哀怨于灵台[52]，乘精爽而为厉[53]，出寒流以浃辰[54]，目睊睊而犹视[55]。知天属之来抚[56]，憖流血以盈眦[57]，诉强死[58]之悲心，口不言而以意[59]。若其焚剥支离[60]，漫漶[61]莫别，圆者如圈，破者如玦[62]，积埃填窍[63]，攦指失节[64]。嗟狸首[65]之残形，聚谁何而同穴[66]？收然灰之一抔[67]，辨焚余之白骨。

呜呼哀哉！且夫众生乘化[68]，是云天常[69]，妻孥[70]环之，气绝寝床。以死卫上[71]，用登明堂[72]，离而不惩[73]，祀为国殇[74]。兹也无名[75]，又非其命[76]，天乎何辜，罹[77]此冤横？游魂不归，居人[78]心绝，麦饭壶浆，临江呜咽。日坠天昏，凄凄鬼语，守哭迍邅[79]，心期冥遇[80]。惟血嗣[81]之相依，尚腾哀而属路[82]，或举族之沉没，终狐祥而无主[83]。悲夫！从冢有坎[84]，泰厉[85]有祀。强饮强食[86]，冯其气类[87]。尚群游之乐，而无为妖祟[88]。人逢其凶也邪？天降其酷也邪？夫何为而至于此极哉！

①这篇文章为作者二十七岁时作。文前有杭世骏序，今略。 ②乾隆三十五年：即1770年。这次大火，《嘉庆扬州府志》《重修仪征县志》并载发生于乾隆三十六年十二月，未知孰是。乙卯日，即十九日。 ③仪征：今江苏省仪征县。 ④盐纲：旧时分批大量运送货物，计数并编立字号，称为纲，如茶纲、花石纲等。这里指盐运，即运盐的船只。 ⑤泰州：今江苏省泰州市，盛产盐。 ⑥汉阳：治所在今湖北武汉市汉阳，辖境相当今湖北长江以北、黄陂以西，孝感、汉川以南，沔阳以东地区。 ⑦绾（wǎn）其口：指仪征处于船运的枢纽地位。绾，联结，控扼。 ⑧列樯：排列着的船桅，形容船很多。 ⑨束江而立：指许多船聚集在一起，似乎江面也被束缚住了。 ⑩并命：同时丧命。 ⑪郁为枯腊（xī）：意思是在烈火的炙烧下，人的尸体变成了焦枯的干肉。语出《汉书·杨王孙传》："其尸块然独处，欲化不得，郁为枯腊。"郁，聚集。腊，干肉。 ⑫烈烈：火盛貌。 ⑬玄冥告成：指冬天快要结束时。玄冥，主管冬令的神。告成，告终。《礼记·月令》："季冬之月，其神玄冥。" ⑭穷阴：指冬末天气极其阴冷。涸凝：凝结，形容天气很冷。 ⑮凛栗：严寒使人战栗。 ⑯黑眚（shěng）拔来：黑色的云雾突然而来。眚，原意为眼睛生翳，引申为云雾。拔，猝，突然。 ⑰群饱方嬉：大家吃饱了饭正在嬉戏。 ⑱歌咢（è）：有的唱歌，有的击鼓。咢，只击鼓，不歌唱。 ⑲死气交缠：旧时认为人有凶兆，脸上即现死气。 ⑳墨：指脸上的阴晦之气，即死气。 ㉑夜漏始下：指刚入夜时分。漏，古时用漏壶滴水计时。 ㉒惊飙（biāo）：狂风。 ㉓万窍怒号：指大自然发出的各种声音。万窍，千孔万穴。古人认为自然界的声音都是由洞穴中发出的。 ㉔地脉：指江水。江河为地的脉络。 ㉕摩木自生：《庄子·外物》："木与木相摩则然（燃）。" ㉖睒（shǎn）睒：光焰闪烁的样子。 ㉗熛（biāo）若沃雪：飞火烧船，犹如开水浇雪一样，形容火势很猛，蔓延迅速。熛，飞火。 ㉘"蒸云"句：云气被火焰烤得一片赤红，像彩霞一样。 ㉙阴崖：背阴的崖岸。爇（ruò）：烧灼。 ㉚连楫：指船与船相连。楫，船桨，这里指船。下碇（dìng）：抛锚停船。 ㉛焚如：焚烧。如，语助词。没：因着火而沉没。 ㉜痛暴（bó）：痛楚的呼喊声。田田：形容声音很大。 ㉝生涂：生路。涂，通"途"。 ㉞阳焰：明亮的火焰。 ㉟吷（xuè）：象声词，指如风过一样的微小声音。 ㊱洎（jì）：等到。 ㊲焄（xūn）蒿：焄指气，蒿指气的蒸发。 ㊳游氛：指空中飘游的凶气。 ㊴行当午：将到中午（指次日）。迷方：迷失方向。

指游氛尚未飘散。 ㊵嫖（piào）疾：轻捷迅猛。 ㊶缯（zēng）：丝织品的总称。 ㊷墨查：烧焦变黑的木头。查，同“楂”。 ㊸没者：善于潜水的人。 ㊹从井有仁：语出《论语·雍也》：“仁者，虽告之曰‘井有仁（人）焉’。其从之也？”从，跟从，跟着下去。后因以“从井有人”比喻对别人没有好处而徒然危害自己的行为。这里指冒着生命的危险去救助别人。 ㊺雷渊：指水底。语出《楚辞·招魂》：“旋入雷渊，靡散而不可止些。” ㊻波臣：本指水族，这里指淹死的人。 ㊼择音（yìn）无门：无处逃生。音，通“荫”，躲避灾难之处。《左传》文公十七年：“鹿死不择音。” ㊽急濑（lài）：急流。 ㊾蹈水：投水。濡：沾湿，引申为淹没。 ㊿思济：希望得救。 ⑤①隮（jī）：同“跻”，上升。 ⑤②灵台：指心。 ⑤③乘：依凭。精爽：魂魄。为厉：犹言作祟。厉，恶鬼。 ⑤④浃辰：十二天。古代以干支纪日，自子至亥十二天一周称浃辰。 ⑤⑤睊睊（juàn）：侧视貌。犹视：指尚未闭上眼睛。 ⑤⑥天属：天然的亲属，指至亲。抚：抚慰。 ⑤⑦憖（yìn）：哀伤。眦：眼眶。 ⑤⑧强死：非疾病而死，横死。 ⑤⑨“口不”句：语出《汉书·贾谊传》：“口不能言，请对以意。”意，胸臆，心意。 ⑥⓪焚剥支离：因被烧而肢体残缺不全。 ⑥①漫漶（huàn）：模糊不清。 ⑥②玦（jué）：环形而有缺口的玉。比喻尸体残缺不全。 ⑥③埃：尘土。窍：眼、耳、口、鼻等七窍。 ⑥④捩（lì）：折断。节：骨节。 ⑥⑤狸首：指形体不全。韩愈《〈残形操〉序》：“曾子梦见一狸，不见其首作。” ⑥⑥谁何：谁人，何人。同穴：同一墓穴。 ⑥⑦然：同“燃”。一抔（póu）：一捧。 ⑥⑧乘化：顺乎自然规律而死去，指人的善终。 ⑥⑨天常：天的常道，即自然规律。 ⑦⓪孥（nú）：儿女。 ⑦①以死卫上：因保卫君王而死。 ⑦②用：因。登：上。明堂：古代天子进行登基、朝会、庆赏之所。这句指可以享受到君王的祭祀。 ⑦③离而不惩：指身首异处而不悔。语出《楚辞·国殇》：“身首离兮心不惩。” ⑦④国殇：为国战死的人。 ⑦⑤兹也无名：指这次遇难的人死得没有名声。 ⑦⑥非其命：指不是善终。 ⑦⑦罹（lí）：遭受（灾难）。 ⑦⑧居人：活着的人，指死者的亲属。 ⑦⑨迍邅（zhūn zhān）：徘徊不进的样子。 ⑧⓪冥遇：在阴间相遇。指痛不欲生，想以死相随。 ⑧①血嗣：嫡亲子孙。 ⑧②腾哀：放声哀哭。属（zhǔ）路：相连接于道路。 ⑧③狐祥：即孤伤，指死后无人祭祀。《战国策·楚策》：“鬼狐祥而无食。”《史记·春申君列传》引作“鬼神孤伤，无所血食”。主：神主，祭祀死者时所立的牌位。 ⑧④丛冢：许多人埋葬在一起的坟地。坎：墓穴。 ⑧⑤泰厉：死而无后者。 ⑧⑥强饮强食：祝祭之词，告知鬼魂勉强吃些喝些。 ⑧⑦冯：通“凭”，依凭。气类：气味相投的人。 ⑧⑧无为妖祟：不要作祟于人。（这篇文章生动具体地描述了仪征盐船失火时的情景，烈焰冲天，浮尸遍江，其惨状历历在目，令人惊心动魄。文中对死难者寄予了深切的哀悼之情。）

黄景仁

黄景仁（1749—1783），字汉镛，一字仲则，号鹿菲子，武进（今江苏常州市）人。幼年丧父，十七岁补博士弟子员，但此后屡赴乡试不中，以秀才终一生。年青时开始浪游生活，在一些官僚处做幕客。二十七岁时高宗东巡召试，他列为二等，授武英殿书签官。后纳资为县丞，未补官而卒，死时才三十五岁。他是一个身世凄凉、怀才不遇、多愁善感的才子，其诗多抒发穷愁悲凉的身世之感，哀怨感伤是其基调。一部分七言歌行写得较有气势，受到李白的影响。著有《两当轩集》。

癸巳除夕偶成①（二首选一）

其　一

千家笑语漏迟迟②，忧患潜从物外知③。悄立市桥④人不识，一星如月看多时。

①这两首诗作于清乾隆三十八年（1773）。时作者在安徽督学朱筠幕中，除夕归家过年，有感而作。　②漏：漏壶，古代计时仪器。迟迟：指时间过得很慢。　③潜：暗中，悄悄地。物外知：从时间流逝、外物变迁中感觉出来。　④市桥：指作者家乡市镇中的桥。江南城镇多傍水为街，市中多桥。（这首诗抒发了在千家万户欢度除夕之时作者内心孤寂苦闷的感情，写得情词凝重，凄哀感人。）

都门秋思①（四首选一）

其　三

五剧车声隐若雷②，北邙③唯见冢千堆。夕阳劝客登楼去④，山色将秋绕郭来⑤。寒甚更无修竹倚⑥，愁多思买白杨栽⑦。全家都在风声里⑧，九月衣裳未剪裁。

①这组诗作于清乾隆四十二年（1777），时作者在北京任武英殿书签官。母亲妻子来京，生活十分困难。都门：指北京。　②五剧：四通八达的道路。隐：同“殷”。像车声。　③北邙（máng）：本为山名，在洛阳北，因东汉时王侯公卿多葬于此，后因代指坟地。　④“夕阳”句：意谓夕阳无限好，好像在劝客登楼观赏。　⑤将：带，送。郭：城郭。　⑥“寒甚”句：用杜甫《佳人》诗“天寒翠袖薄，日暮倚修竹”句意，形容生活寒苦，一无所有。　⑦“愁多”句：汉乐府《驱车上东门行》：“驱车上东门，遥望北郭墓。白杨何萧萧，松柏夹广路。”此用其意，谓穷愁潦倒，恐不久于人世，故想到买白杨树到坟地栽种。　⑧“全家”二句：用《诗经·豳风·七月》“七月流火，九月授衣”句意，谓九月秋风骤起，全家受冻，寒衣尚无着落。（这首诗写诗人居京时生活的贫困和内心的悲苦感情。）

六 清 词

陈维崧

陈维崧（1625—1682），字其年，号迦陵，宜兴（今江苏宜兴县）人。入清后为诸生，康熙十八年（1679）举博学鸿词，授翰林院检讨，后参加修纂《明史》。工骈文和词，以词名为显。他长调和小令都作，数量颇富，今存词一千多首。他词学苏、辛，风格豪放，也有部分作品气韵娴雅，接近周、姜。清初与朱彝尊齐名，并称朱陈，有二人合刻词集《朱陈村词》行世。他是“阳羡派”代表词人。著有《湖海楼诗文词全集》，词集题《湖海楼词》，又名《迦陵词》。

点绛唇

夜宿临洺驿①

晴髻离离②，太行山势如蝌蚪③。稗花盈亩④，一寸霜皮厚⑤。　　赵魏燕韩⑥，历历堪回首。悲风吼，临洺驿口，黄叶中原走。

①临洺（míng）驿：关名，在今河北省永年县西。　②晴髻：形容晴空下山峦如妇女头上的发髻。离离：犹“历历”，分明的样子。　③太行山：绵延于山西高原与河北平原之间，山势险峻。由临洺驿西望，太行山起伏的山势如游动的蝌蚪。　④稗：稻田中的一种杂草，花小而白。　⑤“一寸”句：形容白色的稗花聚集，如凝结上一层厚厚的白霜。　⑥赵魏燕韩：战国时的四个诸侯国。这里指自己的游迹经历了四国故地。（这首词寓情于景，通过作者的所见所感，在客观景物的生动描绘中，写出一种萧瑟清冷的境界，寄寓了他对身世遭遇的感慨。全词意境雄阔，气势豪迈，设喻奇特，造语不凡。）

醉落魄[①]

咏　鹰

寒山几堵[②]，风低削碎中原路[③]。秋空一碧无今古。醉袒貂裘[④]，略记寻呼处。　男儿身手和谁赌[⑤]？老来猛气还轩举[⑥]。人间多少闲狐兔[⑦]，月黑沙黄[⑧]，此际偏思汝[⑨]。

①《醉落魄》：词调一名《一斛珠》。　② 堵：座。　③“风低”句：形容苍鹰在北方广阔平原上迅疾低飞的情景。　④“醉袒”二句：写醉后携鹰出猎，袒开貂皮袍，露出胳膊，使栖于臂上的雄鹰飞出。　⑤ 和谁赌：指无人可与比赛。　⑥ 轩举：神气飞扬的样子。　⑦ 狐兔：指被追猎之物，这里暗寓社会上的坏人。　⑧ 月黑沙黄：正是狐兔出来活动的时候。　⑨ 汝：指鹰。（这首词借咏物以抒怀，通过对搏击狐兔的苍鹰的描绘，表现了自己决心消灭人间狐兔的豪情壮志。）

朱彝尊

朱彝尊（1629—1709），字锡鬯，号竹垞，又号金风亭长，晚号小长芦钓师。秀水（今浙江嘉兴市）人。康熙十八年（1679）举博学鸿词，授翰林院检讨，入直南书房，曾参加纂修《明史》。博通经史，诗文考据均所擅长。诗与王士祯南北齐名。他是浙西词派的代表词人，宗姜夔、张炎，词作题材狭小，咏物词和集句词偏重形式。著有《曝书亭集》等。

卖花声

雨花台[①]

衰柳白门湾[②]，潮打城还[③]。小长干接大长干[④]。歌板酒旗零落尽，剩有渔竿。　秋草六朝寒[⑤]，花雨空坛[⑥]。更无人处一凭阑。燕子斜阳来又去[⑦]，如此江山[⑧]！

① 雨花台：在南京南城三里聚宝门外，据冈阜最高处。　② 白门：本指建康（即南京）

台城的外门，后因以白门指建康。 ③潮打城还：用刘禹锡《石头城》诗“山围故国周遭在，潮打空城寂寞回”句意。城，指石头城，在今南京清凉山一带。 ④小长干、大长干：南京城南地名。刘渊林《吴都赋注》：“江东谓山间为干。建业南五里有山冈，其间平地，吏民杂居。东长干中有大长干、小长干，皆相连。大长干在越城东，小长干在越城西，地有长短，故号大、小长干。” ⑤六朝：吴、东晋、宋、齐、梁、陈都建都建康，史称六朝。寒：荒寒。 ⑥花雨空坛：相传梁武帝时有云光法师讲经，感天雨花，因称其地为雨花台。这句说当年繁盛的雨花台，如今已荒落而成空坛。 ⑦“燕子”句：用刘禹锡《乌衣巷》诗“旧时王谢堂前燕，飞入寻常百姓家”句意，谓时移境迁，当年南京的贵族大家皆已败落。 ⑧如此江山：谓江山依旧而人事已非。（这首词以南京城的萧条冷落景象，寄托作者的兴亡之感。）

解珮令

自题词集

十年磨剑[①]，五陵结客[②]，把平生、涕泪都飘尽。老去填词，一半是、空中传恨[③]。几曾围、燕钗蝉鬓[④]？　　不师秦七[⑤]，不师黄九[⑥]，倚新声、玉田差近[⑦]。落拓江湖，且分付、歌筵红粉[⑧]。料封侯、白头无分！

①“十年”句：比喻读书作文，长期刻苦用功。 ②“五陵”句：意谓广交豪侠朋友。五陵，指汉代五个皇帝的陵墓，即高帝长陵、惠帝安陵、景帝阳陵、武帝茂陵、昭帝平陵，在今陕西咸阳市附近。汉时经营帝王陵墓，使豪杰名家迁住其地，故五陵多豪侠少年。 ③空中传恨：用词表现胸中的怨恨。旧称歌词为“空中语”。《冷斋夜话》：“法云师尝谓鲁直曰：‘诗多作无害，艳歌小词可罢之。’鲁直曰：‘空中语耳，非杀非偷，终不坐此堕恶道。’” ④燕钗蝉鬓：代指女人。 ⑤秦七：北宋词人秦观，行七。 ⑥黄九：北宋词人黄庭坚，行九。 ⑦倚新声：指按谱填词。玉田：南宋词人张炎号玉田。 ⑧歌筵红粉：指歌女。（这首词既表现了词人对自己失意遭遇的感叹和怨恨，也表现了他在作词艺术上的追求，他不学秦观和黄庭坚而宗张炎，这对了解他词作的内容和风格都很有意义。）

纳兰性德

纳兰性德（1655—1685），原名成德，字容若，号楞伽山人。其先祖原为蒙古吐默特氏，后为满洲正黄旗人，父明珠为康熙时大学士。二十二岁时殿试赐进士出身，做过康熙的侍卫，很得宠幸。词作以小令见长，清新自然，直抒胸臆，风格接近李煜。内容多抒写个人的相思离别和哀感闲愁，情调感伤低沉，凄婉哀怨。感情自然真挚，多用白描手法。著有《饮水词》，又名《纳兰词》。

长相思①

山一程，水一程，身向榆关那畔行②。夜深千帐灯③。　　风一更④，雪一更，聒碎乡心梦不成⑤。故国无此声⑥。

①这首词于清康熙二十一年（1682）作者随康熙出巡山海关外，途中所作。　②榆关：即山海关，在今河北省秦皇岛市东北。那畔：那边。　③千帐：极言跟随康熙出巡卫军的营帐很多。　④“风一”二句：意思是风雪一夜不停。更，旧时夜里的计时单位，每夜五更，每更约相当于两个小时。　⑤聒（guō）：声音嘈杂，这里指风雪声。　⑥故国：家乡，这里指北京。（这首词生动地描写了出巡关外的漫长行程以及夜宿军营的情景，并抒发了思乡的愁苦之情。语言简淡朴素，情致深沉缠绵。）

蝶恋花

又到绿柳曾折处①，不语垂鞭②，踏遍清秋路。衰草连天无意绪③，雁声远向萧关去④。　　不恨天涯行役苦，只恨西风、吹梦成今古⑤。明日客程还几许，沾衣况是新寒雨。

①“又到”句：又到了从前分别的地方。古人折柳赠别。吴文英《桃源忆故人》：“潮带旧愁生暮，曾折垂杨处。”　②“不语”二句：意谓沉思昔日相别时情景，默默无言，垂鞭让马缓行。　③“衰草”句：遥望秋日野外衰草连天，引起无限愁绪。无意绪，没有好的心绪。　④萧关：在今宁夏固原县东南，这里泛指边塞之地。　⑤“只恨”句：是说西风吹断了对往事的回忆，旧日的情景如梦一样变得遥远而不可即。（这首词写别情兼写旅愁，深婉缠绵，充满惆怅之感。）

张惠言

张惠言（1761—1802），字皋文，武进（今江苏常州市）人。嘉庆四年（1799）

进士，改庶吉士，授翰林院编修。工词和散文。散文受桐城派的影响，开阳湖一派。后又学韩、欧。他有感于浙西词派题材内容的狭窄，提倡“比兴寄托”，比较注重思想内容，是常州词派的开创者和代表词人。词风微婉沉郁，有时却又流于隐晦。著有《茗柯文集》及《茗柯词》。

木兰花慢

杨　花

尽飘零尽了①，何人解②，当花看。正风避重帘，雨回深幕③，云护轻幡④。寻他一春伴侣，只断红⑤、相识夕阳间。未忍无声委地，将低重又飞还。　疏狂情性，算凄凉耐得春阑⑥。便月地和梅，花天伴雪，合称清寒。收将十分春恨，做一天、愁影绕云山。看取青青池畔，泪痕点点凝斑。

①尽：任凭。　②解：理解，懂得。　③幕：帐幕。　④幡（fān）：护花幡。　⑤断红：落花。　⑥春阑：春尽。（这是一首咏物词，写杨花又兼抒发人生感慨。疏狂的性情，清寒的风格，飘零的命运，既属杨花也属人，二者融合为不可分的整体。虽不免愁恨感伤，却有较高的标格。）

七　清代小说

蒲松龄

蒲松龄（1640—1715），字留仙，一字剑臣，号柳泉居士。山东淄川（今山东淄博市）人。他出身于一个累世书香逐渐败落的地主阶级家庭，自幼由父亲蒲槃亲自启蒙教读，十九岁时以县、府、道三个第一考中秀才，以后却屡试不中，直到七十二岁时才援例补为岁贡生。一生中除三十一岁到三十二岁时到江苏宝应、高邮做幕宾外，几十年间主要在家乡缙绅家设帐坐馆。从小喜爱搜集民间精怪鬼魅传说，从中吸取营养，穷毕生精力创作出一部杰出的文言短篇小说集《聊斋志异》。作品除小说外，还有《墙头记》《姑妇曲》等通俗俚曲十四种，以及《聊斋文集》《聊斋诗集》等。

叶　生[①]

淮阳[②]叶生者，失其名字[③]。文章词赋，冠绝[④]当时；而所如不偶[⑤]，困于名场[⑥]。会关东[⑦]丁乘鹤，来令是邑[⑧]。见其文，奇之；召与语，大悦。使即官署受灯火[⑨]，时赐钱谷恤[⑩]其家。值科试[⑪]，公游扬于学使[⑫]，遂领冠军[⑬]。公期望綦切[⑭]。闱[⑮]后，索文读之，击节[⑯]称叹。不意时数[⑰]限人，文章憎命[⑱]，榜既放[⑲]，依然铩羽[⑳]。生嗒丧[㉑]而归，愧负知己，形销骨立[㉒]，痴若木偶。公闻，召之来而慰之。生零涕[㉓]不已。公怜之，相期考满[㉔]入都，携与俱北[㉕]。生甚感佩。辞而归，杜门不出。

无何[㉖]，寝疾[㉗]。公遗问[㉘]不绝；而服药百裹[㉙]，殊罔所效[㉚]。公适以忤[㉛]上官免，将解任[㉜]去。函[㉝]致生，其略云："仆东归[㉞]有日，所以迟迟者，待足下耳。足下朝至，则仆夕发[㉟]矣。"传[㊱]之卧榻。生持书啜泣[㊲]。寄语[㊳]来使："疾革难遽瘥[㊴]，请先发。”使人返白[40]，公不忍去，徐待之。

逾数日，门者忽通[41]叶生至。公喜，逆[42]而问之。生曰：“以犬马[43]病，劳夫子[44]久待，万虑不宁。今幸可从杖履[45]。”公乃束装戒旦[46]。抵里[47]，命子师事生[48]，夙夜[49]与俱。公子名再昌，时年十六，尚不能文。然绝惠[50]，凡文艺三两过[51]，辄无遗忘。居之期岁[52]，便能落笔成文。益之公力[53]，遂入邑庠[54]。生以生平所拟举子业[55]，悉录授读。闱中七题[56]，并无脱漏，中亚魁[57]。

公一日谓生曰：“君出余绪[58]，遂使孺子成名。然黄钟[59]长弃奈何？”生曰：“是殆有命[60]。借福泽为文章吐气，使天下人知半生沦落，非战之罪也[61]，愿亦足矣。且士得一人知己，可无憾，何必抛却白纻[62]，乃谓之利市[63]哉？”公以其久客，恐误岁试[64]，劝令归省。[65]惨然不乐。公不忍强[66]，嘱公子至都，为之纳粟[67]。公子又捷南宫[68]，授部中主政[69]。携生赴监[70]，与共晨夕。逾岁，生入北闱[71]，竟领乡荐[72]。

会公子差南河典务[73]，因谓生曰：“此去离贵乡不远。先生奋迹云霄[74]，锦还[75]为快。”生亦喜。择吉就道，抵淮阳界，命仆马送生归。归见门户萧条，意甚悲恻。逡巡[76]至庭中，妻携簸具[77]以出，见生，掷具骇走。生凄然曰：“我今贵矣。三四年不觌[78]，何遂顿[79]不相识？”妻遥[80]谓曰：“君死已久，何复言贵？所以久淹君柩[81]者，以家贫子幼耳。今阿大亦已成立[82]，行将卜窀穸[83]。勿作怪异吓生人。”生闻之，怃然[84]惆怅。逡巡入室，见灵柩俨然[85]，扑地而灭[86]。妻惊视之，衣冠履舄如脱委[87]焉。大恸，抱衣悲哭。子自塾[88]中归，见结驷[89]于门，审所自来[90]，骇奔告母。母挥涕告诉。又细询从者，始得颠末[91]。从者返，公子闻之，涕堕垂膺[92]。即命驾[93]哭诸其室；出橐营丧[94]，葬以孝廉[95]礼。又厚遗其子，为延师教读。言于学使，逾年游泮[96]。

异史氏曰[97]：魂从知己，竟忘死耶？闻者疑之，余深信焉。同心倩女[98]，至离枕上之魂；千里良朋[99]，犹识梦中之路。而况茧丝蝇迹[100]，呕学士之心肝[101]；流水高山[102]，通我曹[103]之性命者哉！嗟呼！遇合难期[104]，遭逢不偶。行踪落落[105]，对影长愁；傲骨嶙嶙[106]，搔头自爱。叹面目之酸涩[107]，来鬼物之揶揄[108]。频居康了之中[109]，则须发之条条可丑[110]；一落孙山之外[111]，则文章之处处皆疵[112]。古今痛哭之人，卞和惟尔[113]；颠倒逸群之物[114]，伯乐伊谁[115]？抱刺于怀[116]，三年灭字；侧身以望[117]，四海无家。人生世上，只须合眼放步，以听造物之低昂[118]而已。天下之昂藏[119]沦落如叶生其人者，亦复不少，顾安得令威[120]复来，而生死从之也哉？噫！

①本篇选自《聊斋志异》卷一。 ②淮阳：今河南省淮阳县。 ③失其名字：名字已失传。 ④冠绝：超群出众。 ⑤所如：所到之处，处处。如，往，到。不偶：命运不好，所遇都不顺利。古人以为偶（双）数代表吉祥，奇（单数）代表不吉利，故以不偶和数奇代指命运不好。 ⑥名场：科举考试的考场。古代士子通过科举考试求取功名，因称科举考试为名场。 ⑦会：适逢。关东：指山海关以东地区，包括今天辽宁、吉林、黑龙江等省。 ⑧令：县令，这里作动词用，是担任县令的意思。 ⑨即：到。灯火：夜晚读书需用灯火，这里用以指代学习费用。 ⑩恤（xù）：帮助，周济。 ⑪科试：或称科考，乡试之前的预考，科考合格的人才能参加乡试。 ⑫公：对丁乘鹤的敬称。游扬：到处宣扬。学使：又称提学使、学政、学道，主管一省教育事务的官员。 ⑬领冠军：指科考获得第一名。 ⑭綦（qí）切：十分殷切。 ⑮闱（wéi）：科举考试的考场，这里代指乡试。 ⑯击节：表示赞赏的一种动作。节是一种打击乐器，演奏乐曲时用来打拍子。 ⑰时数：命运。 ⑱文章憎命：意思是文章写得好反而妨碍了命运的显达。语出杜甫《天末怀李白》："文章憎命达。" ⑲放：公布。 ⑳铩（shā）羽：原意是鸟的翅膀受到摧残而无法奋飞，这里喻指考试落榜。 ㉑嗒（tà）丧：垂头丧气，失魂落魄的样子。 ㉒形销骨立：因失意而形容消瘦枯槁。 ㉓零涕：形容泪如雨下。 ㉔相期：互相约定。考满：在任期满。清代地方官三年一考，考核其政绩表现，以定升降。满一任期进行一次考核，故以考代指任期。 ㉕俱北：一起北上入都。 ㉖无何：不多久。 ㉗寝疾：生病卧床。 ㉘遗（wèi）问：赠送物品以表示慰问。 ㉙裹：付，剂。 ㉚殊罔所效：毫无效果。 ㉛忤（wǔ）：触犯。免：免职。 ㉜解任：去任。 ㉝函：这里作动词用，写信。 ㉞仆：对自己的谦称。东归：从淮阳回到家乡辽东去。 ㉟发：动身。 ㊱传：送到。 ㊲啜（chuò）泣：吞声抽噎。 ㊳寄语：请……口头传话。 ㊴革（jí）：通"亟"，危重。遽瘥（chài）：很快痊愈。 ㊵白：禀白，告诉。 ㊶通：通报，传达。 ㊷逆：迎。 ㊸犬马：对自己的谦称，表示自己无足轻重。 ㊹夫子：犹今称先生。 ㊺从杖履：跟随出行（这里指东归）。杖指拐杖，履指鞋，习惯称老年人出门为杖履，这里有表示尊敬的意思。 ㊻束装：整理好行装。戒旦：等待天亮。 ㊼抵里：回到乡里。 ㊽师事生：拜叶生为老师。 ㊾夙夜：早晚。 ㊿绝惠：非常聪明。 (51)过：遍。 (52)期（jī）岁：满一年。 (53)益：加上。公力：指他父亲的声望和社会关系。 (54)邑庠（xiáng）：县学。入县学即取得了秀才的资格。 (55)拟：撰写。举子业：指八股文。 (56)七题：明清科举考试制度规定，乡试和会试要考三场，头场考题共有七道。 (57)亚魁：指乡试第二名。 (58)余绪：多余的才学。 (59)黄钟：古代乐器，其发音可校正音乐十二律中的第一律"中阳律"，因此常用黄钟来象征正宗的音乐。这里喻指叶生出众的才学。 (60)是：代词，指考试不中这件事。殆：大概，也许。有命：命中注定。 (61)非战之罪：《史记·项羽本纪》载：项羽兵败垓下时，感叹说："此天之亡我，非战之罪也。"意思是，是上天要我失败，不是不会打仗。这里借指叶生并不是没有才学。 (62)白纻（zhù）：白布衣服，古时平民所穿。 (63)利市：幸运。 (64)岁试：科举制度中规定的一种考试，每三年由省里的学政到各地府、州、县学对生员（即秀才）进行考核，以定优劣奖惩。 (65)归省（xǐng）：回家探亲。 (66)强：强迫，勉强。 (67)纳粟：用

交钱粮的方法取得监生的资格。 ⑱ 捷南宫：指参加会试取得了胜利。会试由礼部主持，南宫是礼部的别称，因以南宫代指会试。 ⑲ 主政：又称主事，是明清中央各部中最低一级的属官。 ⑳ 监（jiàn）：国子监，明清时期的最高学府。 ㉑ 入北闱：参加在顺天府（今北京）举行的乡试。明清时期的乡试在顺天府和应天府（清代为江宁府，今南京）及各省举行。在顺天府举行的称“北闱”，在应天府举行的称“南闱”。 ㉒ 领乡荐：指参加乡试，中了举人。原意是指唐代由州、县长官推荐人才赴京应试。 ㉓ 差：派遣。南河典务：到南河河道担任典务（管理查工、核料、税收一类事务）的差使。 ㉔ 奋迹云霄：对考中举人的一种恭维的说法。 ㉕ 锦还：衣锦还乡的省略。 ㉖ 逡（qūn）巡：因有顾虑而徘徊不前。 ㉗ 簸具：一种竹制的簸扬谷物的工具。 ㉘ 觌（dí）：见面。 ㉙ 顿：顿时，忽然。 ㉚ 遥：因害怕而站得远远地。 ㉛ 淹：淹留，停留。柩：灵柩。 ㉜ 成立：长大成人。 ㉝ 卜：选择。窀穸（zhūn xī）：墓穴。 ㉞ 怃然：茫然若失的样子。 ㉟ 俨然：清清楚楚的样子。 ㊱ 灭：消失。 ㊲ 履舄（xì）：指鞋。古代的鞋有两种，单底叫履，复底叫舄，以后都成为鞋的泛称，不再分别。脱委：即蜕委，像蝉蜕壳那样褪下来。 ㊳ 塾：读书的地方。 ㊴ 结：拴着。驷：四匹马拉的车，这里指马。 ㊵ 审：询问。 ㊶ 颠末：始末，事情的来龙去脉。 ㊷ 膺（yīng）：胸。 ㊸ 命驾：命人驾车。 ㊹ 出橐（tuó）营丧：花钱料理丧事。 ㊺ 孝廉：明清时称举人为孝廉。 ㊻ 游泮（pàn）：入学读书，即中了秀才，取得了生员的资格。古代的学校称为泮宫，故入学称游泮。 ㊼ 异史氏：《聊斋志异》作者蒲松龄自称。 ㊽ 倩女：唐陈玄祐作传奇《离魂记》中的女主人公，她与王宙相爱，却受父阻不能结合，灵魂便离开躯体而跟情人生活在一起。 ㊾ 千里良朋：《后汉书·范式传》载，山阳人范式和汝南人张劭是好朋友，二人分别时相约范式到汝南跟张劭相会。后张劭死，托梦给范式，范式不辞千里赶到汝南，为张劭办理了后事。 ㊿ 茧丝蝇迹：形容学习写作的艰辛，文思如蚕吐丝，字迹如蝇头般细小。 (101)“呕学”句：学子学习作文，呕心沥血，绞尽脑汁。 (102) 流水高山：一般作“高山流水”，比喻知音。春秋时俞伯牙善弹琴，钟子期最能听懂他弹的意思，伯牙弹琴时想着高山，想着流水，他都能准确地指出来。 (103) 我曹：我辈，指读书应举的人。 (104) 遇合：本指臣民受到君主的赏识，这里指被人理解、欣赏。 (105) 落落：孤苦失意的样子。 (106) 嶙嶙：形容人的性格孤傲不屈如突兀峭拔的山势。 (107) 酸涩：形容面色的穷愁憔悴。 (108) 揶揄：嘲笑。用《世说新语》中罗友遇鬼的典故，是说人的命运不好，连鬼也要来嘲笑。 (109)“频居”句：是说长期参加科举考试都未考中。康了，用唐人柳冕的典故：柳冕因安乐的乐字跟落第的“落”字同音，要仆人称安乐为安康。后来他参加考试，仆人看榜后向他报告说：“秀才康了。”后因以康了代指落第。 (110)“则须”句：意思是因久试未中，内心痛苦，形容憔悴，连须发都显得丑陋难看。 (111)“一落”句：指考试不中。相传宋代有个秀才名叫孙山，一同乡跟他一起应考，孙山取在最后一名，同乡落榜，后因以“名落孙山”或“孙山之外”代指落第。 (112) 疵：指缺点。 (113) 卞和：春秋时楚人，他于山中得一玉璞，献于楚厉王，厉王让玉工辨认，玉工说是石头，厉王便砍去卞和的左脚；厉王死，卞和又把玉璞献给武王，又被砍去了右脚。文王即位后，卞和抱玉在荆山下痛哭，文王命玉工剖开玉璞，果然得一美玉。这就是著名的和氏璧。事见《韩非子·和氏篇》。卞和惟尔，是说古今空有才学、怀才不遇的人都跟卞和一样。 ⑭ 颠倒：反复辨识。逸群：超群出众，比喻人才杰出。 ⑮ 伯乐伊谁：除了伯乐还有谁？伯乐，相传古代一位善于相马的人。 ⑯“抱刺”二句：是说把名片揣在怀里，希望有人赏识，可是时间过了很久，连名片上的字都磨掉了，还是受人冷落。这里用了汉代祢衡的典故，见《后汉书·祢衡传》。刺，名片。 ⑰ 侧身以望：一种生活失意的动作神态。 ⑱ 造物：上天。低昂：升降。 ⑲ 昂藏：气宇不凡的样子。 ⑳ 顾：不过，只是。令威：指丁令威，汉代人，传说他学道成仙，变成鹤飞回家乡，劝人修道成仙。事见《搜神后记》。这里借指丁乘鹤，说明知己难得。（这篇小说通过才学出众的叶生屡试不中，以致落魄潦倒，忧愤而死的遭遇，从压抑和埋没人才的角度揭露了科举考试制度的不合理。小说写得十分沉痛，显然融入了作者蒲松龄的切身体验在内。）

婴宁[①]

王子服，莒[②]之罗店人。早孤，绝慧，十四入泮。母最爱之，寻常不令[③]游郊野。聘[④]萧氏，未嫁而夭[⑤]，故求凰未就[⑥]也。会上元[⑦]，有舅氏子吴生，邀同眺瞩[⑧]。方至村外，舅家有仆来，招吴去。生见游女如云，乘兴独遨[⑨]。有女郎携婢，拈梅花一枝，容华绝代，笑容可掬。生注目不移，竟忘顾忌。女过去数武[⑩]，顾婢子笑曰：“个儿郎目灼灼[⑪]似贼！”遗花地上，笑语自去。生拾花怅然，神魂丧失，怏怏[⑫]遂反。至家，藏花枕底，垂头而睡，不语亦不食。母忧之。醮禳益剧[⑬]，肌革锐减[⑭]。医师诊视，投剂发表[⑮]，忽忽若迷。母抚问所由[⑯]，默然不答。适吴生来，嘱密诘[⑰]之。吴至榻前，生见之泪下。吴就榻[⑱]慰解，渐致研诘[⑲]。生具吐其实，且求谋画。吴笑曰：“君意亦复痴，此愿有何难遂？当代访之。徒步于野，必非世家[⑳]。如其未字[㉑]，事固谐[㉒]矣；不然，拚以重赂[㉓]，计必允遂[㉔]。但得痊瘳[㉕]，成事在我。”生闻之，不觉解颐[㉖]。吴出告母，物色女子居里[㉗]，而探访既穷[㉘]，并无踪绪[㉙]。母大忧，无所为计。然自吴去后，颜顿开，食亦略进。数日，吴复来。生问所谋，吴绐[㉚]之曰：“已得之矣。我以为谁何人，乃我姑氏女，即君姨妹，今尚待聘。虽内戚有婚姻之嫌[㉛]，实告之，无不谐者。”生喜溢眉宇，问：“居何里？”吴诡曰：“西南山中，去此可三十余里。”生又付嘱再四，吴锐身自任[㉜]而去。

生由此饮食渐加，日就平复。探视枕底，花虽枯，未便凋落，凝思把玩，如见其人。怪吴不至，折简[㉝]招之。吴支托不肯赴召。生恚怒[㉞]，悒悒不欢。母虑其复病，急为议姻。略与商榷，辄摇首不愿。惟日盼吴。吴迄无耗[㉟]，益怨恨之。转思三十里非遥，何必仰息[36]他人？怀梅袖中，负气自往，而家人不知也。伶仃独步，无可问程[37]，但望南山行去。约三十余里，乱山合沓[38]，空翠爽肌，寂无行人，止有鸟道[39]。遥望谷底，从花乱树中，隐隐有小里落[40]。下山入村，见舍宇无多，皆茅屋，而意甚修雅[41]。北向一家，门前皆丝柳，墙内桃杏犹繁，间以修竹，野鸟格磔[42]其中。意其园亭[43]，不敢遽入[44]。回顾对户，有巨石滑洁，因据坐少憩[45]，俄闻墙内有女子长呼："小荣！"其声娇细。方伫听间，一女郎由东而西，执杏花一朵，俯首自簪；举头见生，遂不复簪，含笑捻花而入。审视[46]之，即上元途中所遇也。心骤喜，但念无以阶进[47]。欲呼姨氏，顾从无还往，惧有讹误，门内无人可问。坐卧徘徊，自朝至于日昃[48]，盈盈望断[49]，并忘饥渴。时见女子露半面来窥，似讶其不去者。忽一老媪扶杖出，顾生曰："何处郎君？闻自辰刻[50]便来，以至于今，意将何为？得勿[51]饥耶？"生急起揖之，答云："将以盼亲[52]。"媪聋聩[53]不闻。又大言之。乃问："贵戚何姓？"生不能答。媪笑曰："奇哉！姓名尚自不知，何亲可探？我视郎君，亦书痴耳，不如从我来，啖以粗粝[54]，家有短榻可卧。待明朝归，询知姓氏，再来探访，不晚也。"生方腹馁[55]思啖，又从此渐近丽人，大喜，从媪入。见门内白石砌路，夹道红花，片片坠阶上。曲折而西，又启一关，豆棚花架满庭中。肃[56]客入舍，粉壁光明如镜；窗外海棠，枝朵探入室中；茵藉[57]几榻，罔不洁泽[58]。甫[59]坐，即有人自窗外隐约相窥。媪唤："小荣，可速作黍[60]。"外有婢子噭声[61]而应。坐次[62]，具展宗阀[63]。媪曰："郎君外祖，莫姓吴否？"曰："然。"媪惊曰："是吾甥也！尊堂[64]，我妹子。年来以家窭贫[65]，又无三尺男[66]，遂致音问梗塞。甥长成如许，尚不相识。"生曰："此来即为姨也，匆遽遂忘姓氏。"媪曰："老身秦姓，并无诞育[67]，弱息[68]仅存，亦为庶产[69]。渠母改醮[70]，遗我鞠养[71]，颇亦不钝[72]；但少教训，嬉[73]不知愁。少顷，使来拜识。"未几，婢子具饭，雏尾盈握[74]。媪劝餐已，婢来敛具。媪曰："唤宁姑来。"婢应去。良久，闻户外隐有笑声。媪又唤曰："婴宁！汝姨兄在此。"户外嗤嗤笑不已。婢推之以入，犹掩其口，笑不可遏。媪瞋目曰："有客在，咤咤叱叱[75]，是何景象！"女忍笑而立，生揖之。媪曰："此王郎，汝姨子。一家尚不相识，可笑人[76]也。"生问："妹子年几何矣？"媪未能解，生又言之。女复笑，不可仰视。媪谓生曰："我言少教诲，此可见矣。年已十六，呆痴才如婴儿。"生曰："小于甥一岁。"曰："阿甥已十七矣，得非庚午属马[77]者耶？"生首应[78]之。又问："甥妇阿谁？"答云："无之。"曰："如甥才貌，何十七犹未聘耶？婴宁亦无姑家[79]，极相匹敌[80]，惜有内亲之嫌。"生无语，目注婴宁，不暇他瞬[81]。婢向女小语云："目灼灼，贼腔未改。”女又大笑，顾婢曰：“视碧桃开未？”遽起，以袖掩口，细碎连步[82]而出。至门外，笑声始纵。媪亦起，唤婢襆被[83]，为生安置。曰：“阿甥来不易，宜留三五日，迟迟[84]送汝归。如嫌幽闷，舍后有小园可供消遣，有书可读。”

次日，至舍后，果有园半亩，细草铺毡，杨花糁径[85]。有草舍三楹[86]，花木四合其所。穿花小步，闻树头苏苏有声，仰视，则婴宁在上。见生来，狂笑欲堕。生曰：“勿尔[87]！堕矣！”女且下且笑，不能自止。方将及地，失手而堕，笑乃止。生扶之，阴捘其腕[88]。女笑又作，倚树不能行，良久乃罢。生俟其笑歇，乃出袖中花示之。女接之曰：“枯矣，何留之？”曰：“此上元妹子所遗，故存之。”问：“存之何意？”曰：“以示相爱不忘也。自上元相遇，凝思成疾，自分化为异物[89]，不图得见颜色，幸垂[90]怜悯！”女曰：“此大细事[91]，至戚何所靳惜[92]？待兄行时，园中花，当唤老奴来，折一巨捆负送之。”生曰：“妹子痴耶？”女曰：“何便是痴？”生曰：“我非爱花，爱捻花之人耳。”女曰：“葭莩之情[93]，爱何待言？”生曰：“我所谓爱，非瓜葛[94]之爱，乃夫妻之爱。”女曰：“有以异乎？”曰：“夜共枕席耳。”女俯思良久，曰：“我不惯与生人睡。”语未已，婢潜至，生惶恐遁去。少时，会母所。母问：“何往？”女答以园中共话。媪曰：“饭熟已久，有何长言，周遮乃尔[95]？”女曰：“大哥欲我共寝。”言未已，生大窘，急目瞪之，女微笑而止。幸媪不闻，犹絮絮究诘[96]。生急以他词掩之，因小语责女。女曰：“适此语不应说耶？”生曰：“此背人语。”女曰：“背他人，岂得背老母？且寝处亦常事，何讳之？”生恨其痴，无术可以悟之。

食方竟，家中人捉双卫[97]来寻生。先是，母待生久不归，始疑。村中搜觅几遍，竟无踪兆[98]，因往询吴。吴忆曩[99]言，因教于西南山行觅。凡历数村，始至于此。生出门，适相值[100]。便入告媪，且请偕女同归。媪喜曰：“我有志，匪伊朝夕[101]，但残躯不能远涉[102]。得甥携妹子去，识认阿姨，大好。”呼婴宁，宁笑至。媪曰：“有何喜，笑辄不辍？若不笑，当为全人。”因怒之以目。乃曰：“大哥欲同汝去，可便装束。”又饷[103]家人酒食，始送之出，曰：“姨家田产丰裕，能养冗人[104]。到彼且勿归，小学诗礼[105]，亦好事翁姑[106]。即烦阿姨为汝择一良匹。”二人遂发。至山坳回顾，犹依稀见媪倚门北望也。

抵家，母睹姝丽[107]，惊问为谁。生以姨妹对。母曰：“前吴郎与儿言者，诈也。我未有姊，何以得甥？”问女，女曰：“我非母出。父为秦氏，没[108]时，儿在褓中[109]，不能记忆。”母曰：“我一姊适[110]秦氏，良确[111]。然殂谢[112]已久，那得复存？”因细诘面庞痣赘，一一符合。又疑曰：“是矣。然亡已多年，何得复存？”疑虑间，吴生至，女避入室。吴询得故，惘然[113]久之。忽曰：“此女名婴宁耶？”生然之。吴极称怪事。问所自知[114]，吴曰：“秦家姑去世后，姑丈鳏居[115]，祟于狐[116]，病瘠死[117]。狐生女名婴宁，绷[118]卧床上，家人皆见之。姑丈殁，狐犹时来。后求天师符[119]粘壁间，狐遂携女去。将勿[120]此耶？”彼此疑参[121]。但闻室中吃吃，皆婴宁笑声。母曰：“此女亦太憨生[122]。”吴请面之[123]。母入室，女犹浓笑不顾。母促令出，始极力忍笑，又面壁移时，方出。才一展拜，翻然遽入，放声大笑。满室妇女，为之粲然[124]。吴请往觇其异[125]，就便执柯[126]。寻至村所，庐舍全无，山花零落而已。吴忆姑葬处，仿佛不远，然坟垄湮没[127]，莫可辨识，诧叹而返。母疑其为鬼，入告吴言，女略无骇意[128]；又吊[129]其无家，亦殊无悲意，孜孜[130]憨笑而已。众莫之测[131]。母令与少女同寝止，昧爽即来省问[132]。操女红[133]，精巧绝伦。但善笑，禁之亦不可止。然笑处嫣然[134]，狂而不损其媚，人皆乐之。邻女少妇，争承迎之。母择吉将为合卺[135]，而终恐为鬼物。窃于日中窥之，形影殊无少异。至日，使华妆行新妇礼，女笑极，不能俯仰[136]，遂罢。生以其憨痴，恐泄漏房中隐事，而女殊秘密，不肯道一语。每值母忧怒，女至，一笑即解。奴婢小过，恐遭鞭楚[137]，辄求诣母共话，罪婢投见，恒得免。而爱花成癖，物色遍戚党[138]，窃典[139]金钗购佳种，数月，阶砌藩溷[140]，无非花者。

庭后有木香[141]一架，故邻西家[142]。女每攀登其上，摘供簪玩。母时遇见，辄诃[143]之，女卒[144]不改。一日，西邻子见之，凝注倾倒[145]，女不避而笑。西邻谓女意属己[146]，心益荡。女指墙底，笑而下。西邻子谓示约处[147]，大悦。及昏而往，女果在焉。就而淫之，则阴如锥刺，痛彻于心，大号而踣[148]。细视，非女，则一枯木卧墙边，所接乃水淋窍也。邻父闻声，急奔研问，呻而不言。妻来，始以实告。爇火烛[149]窍，见中有巨蝎，如小蟹然。翁碎木，捉杀之。负子至家，半夜寻卒。邻人讼生，讦发[150]婴宁妖异。邑宰素仰生才，稔知其笃行士[151]，谓邻翁讼诬，将杖责之。生为乞免，遂释而归。母谓女曰：“憨狂尔尔[152]，早知过喜而伏忧也。邑令神明，幸不牵累；设糊涂官宰，必逮妇女质公堂[153]，我儿何颜见戚里[154]？”女正色，矢[155]不复笑。母曰：“人罔不笑，但须有时。”而女由是竟不复笑，虽故逗之，亦终不笑；然竟日未尝有戚容[156]。

一夕，对生涕零。异之。女哽咽曰：“曩以相从日浅，言之恐致骇怪；今日察姑及郎，皆过爱无有异心，直告或无妨乎？妾本狐产。母临去，以妾托鬼母，相依十余年，始有今日。妾又无兄弟，所恃者惟君。老母岑寂山阿[157]，无人怜而合厝[158]之，九泉辄为悼恨。君倘不惜烦费，使地下人消此怨恫[159]，庶养女者不忍溺弃[160]。"生诺之，然虑坟冢迷于荒草。女但言："无虑。"刻日[161]，夫妻舆榇[162]而往。女于荒烟错楚[163]中，指示墓处，果得媪尸，肤革犹存。女抚哭哀痛。舁[164]归，寻秦氏墓合葬焉。是夜，生梦媪来称谢，寤而述之。女曰："妾夜见之，嘱勿惊郎君耳。"生恨不邀留，女曰："彼鬼也，生人多，阳气盛，何能久居？"生问小荣，曰："是[165]亦狐，最黠[166]。狐母留以视妾。每摄果饵相哺，故德之[167]，常不去心[168]。昨问母，云已嫁之。"由是，岁至寒食[169]，夫妻登秦墓，拜扫无缺。女逾年生一子，在怀抱中，不畏生人，见人辄笑，亦大有母风[170]云。

异史氏曰：观其孜孜憨笑，似全无心肝者；而墙下恶作剧，其黠孰甚焉[171]？至凄恋鬼母，反笑为哭，我婴宁殆隐于笑[172]者矣。窃闻山中有草，名"笑矣乎"，嗅之，则笑不可止。房中植此一种，则合欢、忘忧[173]并无颜色矣；若解语花[174]，正嫌其作态耳[175]。

①本篇选自《聊斋志异》卷二。 ②莒（jǔ）：今山东莒县一带。 ③不令：不许。 ④聘：订婚。 ⑤夭：夭折，早死。 ⑥求凰未就：指未成婚配。凤凰是传说中的一种鸟，雌的称凰，雄的称凤。求凰指男方向女方求亲。 ⑦上元：旧历正月十五日为上元节。 ⑧眺瞩（tiào zhǔ）：远望，这里是游览的意思。 ⑨遨：游玩。 ⑩数武：几步。迈一次脚的距离为一武。 ⑪个：这个。灼灼：目光明亮的样子，这里引申为张大眼睛盯着。 ⑫怏怏（yàng）：郁郁不乐的样子。 ⑬醮禳（jiào ráng）：请和尚或道士设坛祈祷，以求福消灾。益剧：病情更加严重。 ⑭肌革锐减：身体很快消瘦。 ⑮投剂：下药。发表：中医用药将人体内病气发散出来称为发表。 ⑯抚问：关切地询问。所由：得病的原因。 ⑰诘：询问。 ⑱就榻：坐在床上。 ⑲研诘：细问。 ⑳世家：世代做官的富贵人家。 ㉑未字：未许婚。 ㉒谐：成功。 ㉓拚以重赂：不惜以重金去求婚。赂，财物。 ㉔计：估计。允遂：同意。 ㉕痊瘳（chōu）：病愈。 ㉖解颐（yí）：开颜为笑。颐，面颊。 ㉗物色：探寻。居里：住处。 ㉘穷：遍。 ㉙踪绪：踪迹，线索。 ㉚绐（dài）：诳骗。 ㉛内戚：母系亲戚。嫌：避忌。 ㉜锐身：挺身。 ㉝折简：写一封短信。 ㉞恚（huì）怒：恼怒。 ㉟迄（qì）：终究。耗：消息。 ㊱仰息：仰人鼻息，即依赖别人。 ㊲无可问程：无处可以问路。 ㊳合沓（tà）：重叠聚积。 ㊴鸟道：只有鸟能飞过的高险的山道。 ㊵里落：村落。 ㊶意：风格意趣。修雅：整齐幽雅。 ㊷格磔（zhé）：鸟叫声，这里用作动词。 ㊸意：猜想。园亭：富贵人家的园林亭阁。 ㊹遽（jù）入：贸然进入。 ㊺憩（qì）：休息。 ㊻审视：仔细地看。 ㊼无以阶进：找不到进去的理由。阶进，阶梯，引申为缘由。 ㊽日昃（zè）：太阳过午。 ㊾盈盈望断：犹言望眼欲穿。盈盈，目光流转的样子。 ㊿辰刻：指上午七时至九时。 51 得勿：莫非，是否。 52 盼亲：探望亲戚。 53 聋聩（kuì）：耳

聋。 ⑭ 啖（dàn）：吃。粗粝（lì）：糙米，这里指粗茶淡饭。 ⑮ 馁（něi）：饿。 ⑯ 肃：恭敬地导引。 ⑰ 茵（yīn）藉：坐席，垫褥。 ⑱ 罔：无。洁泽：光洁明亮。 ⑲ 甫：刚。 ⑳ 作黍：做饭。黍，黍子，去皮后叫黄米。 ㉑ 嗷（jiào）声：大声。 ㉒ 坐次：坐着的时候，即入座以后。次，指某种行为或事件正在进行中。 ㉓ 展：展示，这里是自我介绍的意思。宗阀：家世门第。 ㉔ 尊堂：即令堂，旧时对别人母亲的尊称。 ㉕ 窭（jù）贫：贫穷。 ㉖ 三尺男：指儿子。 ㉗ 诞育：生育。 ㉘ 弱息：弱女，这里指婴宁。息，子女。 ㉙ 庶产：妾所生。 ⑰ 渠：他。改醮：改嫁。 ⑱ 鞠养：抚养。 ⑲ 钝：愚笨。 ⑳ 嬉：嬉戏，玩耍。 ㉔ 雏尾盈握：《礼记·内则》："雏尾不盈握弗食。"意思是鸡鸭之类尾部抓着还不满一手，说明尚未长大，不应该食用，故雏尾盈握就是指肥大的鸡鸭。 ㉕ 咤（zhà）咤叱（chì）叱：形容笑声，这里带有无拘束、不检点的意思。 ㉖ 可笑人：令人笑话。 ㉗ 庚午属马：生在庚午年，属相为马。 ㉘ 首应：点头答应。 ㉙ 姑家：婆家。姑，指婆婆。 ㉚ 匹敌：这里指婚姻上相配。 ㉛ 他瞬：看别的东西。 ㉜ 细碎连步：每步迈得很小，却走得很快。 ㉝ 襆（fú）被：准备被褥。 ㉞ 迟迟：慢慢。 ㉟ 糁（sǎn）径：散落在路径上。糁，原意是将米和在羹汤里，这里比喻杨花点点落在小路上，如米粒之和于羹内。 ㊱ 三楹：三间。楹，原指厅堂的前柱，后用为计算房屋的单位，一间为一楹（或说一列为一楹）。 ㊲ 勿尔：不要这样。 ㊳ 阴捘（zùn）其腕：暗中捏她的手腕。 ㊴ 自分（fèn）：自以为。化为异物：指死去。 ㊵ 幸垂：犹如说希望俯赐，一种客气的说法。 ㊶ 大细事：很小的事。 ㊷ 靳（jìn）惜：吝惜。 ㊸ 葭（jiā）莩之情：葭莩是芦苇内的薄膜，比喻较疏远的亲戚，这里泛指亲戚关系。 ㊹ 瓜葛：两种蔓生植物，这里用以喻指亲戚关系。 ㊺ 啁嗻（zhōu zhè）：形容话多。乃尔：竟然如此。 ㊻ 絮絮：唠叨不断。究诘：查问。 ㊼ 捉双卫：牵着两头驴。卫，驴的别称。 ㊽ 踪兆：踪影。 ㊾ 曩（nǎng）：从前。 ⑩ 相值：相逢。 ⑩ 匪伊朝夕：不是一朝一夕。匪，通"非"。伊，语助词，无义。 ⑩ 残躯：犹言"老身"。远涉：远行。 ⑩ 饷（xiǎng）：款待。 ⑩ 冗人：闲人。 ⑩ 小学：稍微学一点。诗礼：指《诗经》《礼记》一类封建时代对女子进行教育的儒家经典。 ⑩ 事翁姑：侍奉公婆。 ⑩ 姝（shū）丽：美貌女子。 ⑩ 没：同"殁"，死。 ⑩ 褓：包裹婴儿的被服。 ⑩ 适：出嫁。 ⑪ 良确：千真万确。 ⑪ 殂（cú）谢：死亡。 ⑪ 惘然：迷惑不解的样子。 ⑪ 所自知：从何而知。 ⑪ 鳏（guān）：成年男子无妻独居。 ⑪ 祟于狐：被狐狸精作祟。 ⑪ 病瘠（jí）死：得虚病而死。病，这里作动词用。瘠，虚弱之症。 ⑪ 绷：即小儿襁褓。 ⑪ 天师符：指道教为人驱怪治病的符咒。天师，即张天师。东汉张道陵创道教，世代相传，元代封其三十六世孙张宗演为辅汉天师，人称张天师。 ⑫ 将勿：莫不是。 ⑫ 疑参：怀疑猜想。 ⑫ 憨（hān）：痴傻。生，语助词，无义。⑫ 面：作动词用，指见面。 ⑫ 为之粲然：因为她而大笑。 ⑫ 觇（chān）：私下观察。 ⑫ 执柯：作媒。语本《诗经·豳风·伐柯》："伐柯如何？匪斧不克。取妻如何？匪媒不得。"后因称作媒为执柯或作伐。 ⑫ 湮（yān）没：埋没。 ⑫ 略无骇意：一点没有害怕的表情。 ⑫ 吊：同情，抚慰。 ⑬ 孜孜：不停地。 ⑬ 莫之测：对她猜不透。 ⑬ 昧爽：天刚亮。省（xǐng）问：请安。 ⑬ 女红（gōng）：妇女做的针线活。 ⑬ 嫣然：妩媚的样子。 ⑬ 合卺（jǐn）：举行婚礼。古时举行婚礼时，将葫芦剖为两半，新郎新娘各执一半饮酒，称为“合卺”。故称结婚为“合卺”。 ⑬⑥俯仰：指婚礼时起立、下跪一类动作。⑬⑦鞭楚：鞭打。楚，打人的荆条。 ⑬⑧戚党：亲戚朋友。 ⑬⑨典：典当。 ⑭⓪阶砌：台阶。藩溷（hùn）：厕所。 ⑭①木香：即醛酴醿，又叫“荼蘼”“佛见笑”，蔷薇科，条有刺，初夏开白花。 ⑭②故邻西家：本来同西边一户人家相邻。 ⑭③诃：同“呵”，斥责。 ⑭④卒：终于，到底。 ⑭⑤倾倒：十分爱慕。 ⑭⑥意属（zhǔ）己：倾心于自己。 ⑭⑦约处：幽会的地方。 ⑭⑧踣（bó）：跌倒。 ⑭⑨爇（ruò）火：燃火。烛：照。 ⑮⓪讦（jié）发：告发。 ⑮①稔（rěn）知：熟知。笃行士：品德诚实的读书人。 ⑮②尔尔：如此。 ⑮③质：对质。 ⑮④里：邻里。 ⑮⑤矢：同“誓”。 ⑮⑥戚容：愁容。 ⑮⑦山阿（ē）：山坳。 ⑮⑧合厝（cuò）：合葬。 ⑮⑨怨恫（tōng）：怨恨和哀痛。 ⑯⓪“庶养”句：自己做为女儿而能使母亲死后得到安宁，这样也许可以使世上养育女儿的人不再以为生活无靠而忍心将女婴在刚出生后溺死。 ⑯①刻日：选定一个日子。 ⑯②舆榇（chèn）：用车子运载棺材。榇，棺材。 ⑯③错楚：杂乱的树丛。 ⑯④舁（yú）：抬。 ⑯⑤是：此，这人，指小荣。 ⑯⑥黠（xiá）：聪慧，狡猾。 ⑯⑦德：感谢。 ⑯⑧不去心：心中不能忘怀。 ⑯⑨寒食：寒食节，在清明前两日，民间习俗在这一天不生火做饭，故称为寒食。 ⑰⓪母风：母亲的风貌、秉性。 ⑰①“其黠”句：她的机灵谁能超过呢？ ⑰②隐于笑：掩藏于笑的后面，指她孝敬母亲等善良美好的品质。 ⑰③合欢、忘忧：花草名。合欢夏天开红花；忘忧即萱草，夏天开红黄色的花。 ⑰④解语花：唐玄宗曾称杨贵妃为“解语花”，即懂得说话（能领会人意）的花，后人因以“解语花”称聪慧的美人。 ⑰⑤作态：矫揉造作的样子。（这篇小说塑造了一个独特的妇女形象婴宁，她外憨内慧，天真、爽朗、纯洁、善良，自由放纵，不受礼法的拘束。全篇以笑作点染，将她的性格风貌从内到外写得栩栩如生；用花作烘托，以一种优美的艺术气氛和意境，使人物显得更加美丽可爱。）

红　玉[①]

广平[②]冯翁有一子，字相如。父子俱诸生[③]。翁年近六旬，性方鲠[④]，而家屡空。数年间，媪与子妇又相继逝，井臼[⑤]自操之。一夜，相如坐月下，忽见东邻女自墙上来窥。视之，美。近之，微笑。招以手，不来亦不去。固[⑥]请之，乃梯[⑦]而过。遂共寝处。问其姓名，曰：“妾，邻女红玉也。”生大爱悦，与订永好，女诺之。夜夜往来，约半年许。翁夜起，闻子舍[⑧]笑语，窥之，见女，怒。唤生出，骂曰：“畜生！所为何事？如此落寞[⑨]，尚不刻苦，乃学浮荡耶？人知之，丧汝德[⑩]；人不知，亦促[⑪]汝寿。”生跪自投[⑫]，泣言知悔。翁叱女曰：“女子不守闺戒[⑬]，既自玷[⑭]，而又复玷人。倘事一发[⑮]，当不仅贻寒舍羞[⑯]！”骂已，愤然归寝。女流涕曰：“亲庭[⑰]罪责，良足[⑱]愧辱，我两人缘分尽矣！”生曰：“父在不得自专[⑲]。卿[⑳]如有情，尚当含垢[㉑]

为好。”女言辞决绝，生乃洒涕。女止之曰：“妾与君无媒妁之言[22]，父母之命，逾墙钻隙[23]，何能白首？此处有一佳耦[24]，可聘[25]也。”生告以贫。女曰：“来宵相俟，妾为君谋之。”次夜，女果至，出白金[26]四十两赠生。曰：“此去六十里，有吴村卫氏女，年十八矣，高其价[27]，故未售[28]也。君重啖之[29]，必合谐允[30]。”言已，别去。

生乘间语父[31]，欲往相[32]之，而隐馈金[33]，不敢告父。翁自度[34]无资，以是故止之。生又婉言：“试可乃已[35]。”翁颔[36]之。生遂假仆马[37]，诣卫氏。卫故田舍翁[38]，生呼出外，与间语[39]。卫知生望族[40]，又见仪采轩豁[41]，心许之，而虑其靳于资[42]。生听其词意吞吐，会其旨[43]，倾囊陈几上。卫乃喜，浼邻生居间[44]，书红笺而盟焉[45]。生入拜媪。居室逼侧[46]，女依母自障[47]。微睨[48]之，虽荆布之饰[49]，而神情光艳，心窃喜。卫借舍款婿，便言：“公子无须亲迎，待少作衣妆，即合舁[50]送去。”生与订期而归。诡告翁，言：“卫爱清门[51]，不责资[52]。”翁亦喜。至日，卫果送女至。女勤俭，有顺德[53]，琴瑟甚笃[54]。逾二年，举[55]一男，名福儿。

会清明，抱子登墓[56]，遇邑绅[57]宋氏。宋官御史[58]，坐行赇[59]，免居林下[60]，大扇威虐[61]。是日亦上墓归，见女，艳[62]之。问村人，知为生配。料冯贫士，诱以重赂，冀可摇[63]，使家人风示[64]之。生骤闻，怒形于色；既[65]思势不敌，敛怒为笑。归告翁，翁大怒奔出，对其家人指天划地，诟骂[66]万端。家人鼠窜而去。宋氏亦怒，竟遣数人入生家，殴翁及子，汹若沸鼎[67]。女闻之，弃儿于床，披发号救。群篡舁[68]之，哄然便去。父子伤残，呻吟在地，儿呱呱啼室中。邻人共怜之，扶置榻上。经日[69]，生杖[70]而能起。翁忿不食，呕血，寻毙。生大哭，抱子兴词[71]，上至督抚[72]，讼几遍[73]，卒不得直[74]。后闻妇不屈死，益悲。冤塞胸吭[75]，无路可伸。每思邀路[76]刺杀宋，而虑其扈从[77]繁，儿又罔托[78]。日夜哀思，双睫为之不交。忽一丈夫吊[79]诸其室，虬髯阔颔[80]，曾与无素[81]。挽坐，欲问邦族[82]。客遽[83]曰：“君有杀父之仇，夺妻之恨，而忘报乎？”生疑为宋人之侦，姑伪应之。客怒，眦欲裂[84]，遽出曰：“仆以君人也，今乃知不足齿之伧[85]！”生察其异，跪而挽之曰：“诚恐宋人餂[86]我。今实布腹心[87]：仆之卧薪尝胆[88]者，固有日[89]矣；但怜此褓中物[90]，恐坠宗祧[91]。君义士，能为我杵臼[92]否？”客曰：“此妇人女子之事，非所能。君所欲托诸人者[93]，请自任之；所欲自任者，愿得而代庖[94]焉。”生闻，崩角[95]在地。客不顾[96]而出。生追问姓字，曰：“不济[97]，不任受怨；济，亦不任受德[98]。”遂去。生惧祸及，抱子亡去[99]。

至夜，宋家一门俱寝，有人越重垣[100]入，杀御史父子三人，及一媳一婢。宋家具状告官，官大骇。宋执谓[101]相如，于是遣役捕生。生遁，不知所之[102]，于是情益真。宋仆同官役诸处冥搜[103]，夜至南山，闻儿啼，迹[104]得之，系缧[105]而行。儿啼愈嗔[106]，群夺儿抛弃之。生冤愤欲绝。见邑令，问："何杀人？"生曰："冤哉！某以夜死，我以昼出，且抱呱呱者[107]，何能逾垣杀人？"令曰："不杀人，何逃乎？"生词穷，不能置辩，乃收诸狱。生泣曰："我死无足惜，孤儿何罪？"令曰："汝杀人子多矣，杀汝子，何怨？"生既褫革[108]，屡受梏惨[109]，卒无词。令是夜方卧，闻有物击床，震震有声，大惧而号。举家惊起，集而烛之，一短刀，铦利[110]如霜，剁床入木者寸余，牢不可拔。令睹之，魂魄丧失。荷戈遍索，竟无踪迹。心窃馁[111]；又以宋人死，无可畏惧。乃详诸宪[112]，代生解免，竟释生。生归，瓮无升斗，孤影对四壁。幸邻人怜馈饮食，苟且自度。念大仇已报，则輾然[113]喜；思惨酷之祸，几于灭门[114]，则泪潸潸[115]堕；及思半生贫彻骨，宗支不续[116]，则于无人处大哭失声，不复能自禁。如此半年，捕禁益懈，乃哀邑令，求判还卫氏之骨。既葬而归，悲怛[117]欲死，辗转空床，竟无生路。

忽有款门[118]者，凝神寂听，闻一人在门外，哝哝[119]与小儿语。生急起窥觇[120]，似一女子。扉初启，便问："大冤昭雪，可幸无恙[121]？"其声稔熟[122]，而仓卒不能追忆。烛之，则红玉也。挽一小儿，嬉笑胯下。生不暇问，抱女呜哭[123]。女亦惨然。既而推儿曰："汝忘尔父耶？"儿牵女衣，目灼灼视生。细审之，福儿也。大惊，泣曰："儿那得来？"女曰："实告君：昔言邻女者，妄[124]也，妾实狐。适[125]宵行，见儿啼谷中，抱养于秦[126]。闻大难已息，故携来与君团聚耳。"生挥涕拜谢。儿在女怀，如依其母，竟不复能识父矣。天未明，女即遽起。问之，答曰："奴欲去。"生裸跪床头，涕不能仰。女笑曰："妾诳君耳。今家道新创，非夙兴夜寐[127]不可。"乃剪莽拥篲[128]，类男子操作。生忧贫乏，不能自给。女曰："但请下帷读[129]，勿问盈歉[130]，或当不殍[131]饿死。"遂出金治[132]织具，租田数十亩，雇佣耕作。荷镵诛茅[133]，牵萝补屋[134]，日以为常。里党[135]闻妇贤，益乐资助之。约半年，人烟腾茂[136]，类素封[137]家。生曰："灰烬之余[138]，卿白手再造矣。然一事未就安妥，如何？"诘之，答云："试期已迫，巾服尚未复耳[139]。"女笑曰："妾前以四金寄广文[140]，已复名在案。若待君言，误之已久。"生益神之[141]。是科遂领乡荐[142]。时年三十六，腴田连阡[143]，夏屋渠渠[144]矣。女袅娜[145]如随风飘去，而操作过农家妇，虽严冬自苦，而手腻如脂。自言三十八岁，人视之，常若二十许人。

异史氏曰：其子贤，其父德，故其报之也侠[146]。非特人侠，狐亦侠也，遇亦奇矣！然官宰悠悠[147]，竖人毛发，刀震震入木[148]，何惜不略移床上半尺许哉？使苏子美读之[149]，必浮白曰："惜乎击之不中！"

①本篇选自《聊斋志异》卷二。 ②广平：府名，府治在今河北省永年县。 ③诸生：明清时期指已入学的生员。 ④方鲠（gěng）：方正耿直。 ⑤井臼（jiù）：汲水舂米一类的家务劳动。 ⑥固：坚持。 ⑦梯：这里作动词用，指攀梯越墙。 ⑧子舍：正房旁的偏房，一说指儿子的居室，亦通。 ⑨落寞：因家境贫寒而受人冷落。 ⑩丧：败坏。德：品德，操守。 ⑪促：减少，缩短。 ⑫自投：自首，自己承认错误。 ⑬闺戒：指封建社会中用来束缚妇女思想行为的封建道德。 ⑭玷（diàn）：玷辱。 ⑮发：败露。 ⑯贻寒舍羞：给家里带来羞辱。贻，带给。 ⑰亲庭：父亲的代称。孔子曾经当庭教训儿子。后因称父训为庭训。 ⑱良足：非常地。 ⑲自专：不经父母同意而自己决定事情。 ⑳卿：对情人的昵称。 ㉑含垢：忍辱。 ㉒媒妁（shuò）之言：媒人的说合。 ㉓逾墙钻隙：封建时代专指男女之间的私相幽会，带有贬斥的意思。《孟子·滕文公下》："不待父母之命，媒妁之言，钻隙穴相窥，逾墙相从，则父母国人皆贱之。" ㉔佳耦：理想的配偶。耦，同"偶"。 ㉕聘：这里指订亲，迎娶。 ㉖白金：银子。 ㉗高其价：指索求很高的聘金。 ㉘售：这里指出嫁。这里表现了封建时代嫁女的买卖婚姻性质。 ㉙啖（dàn）：原意是给人吃，这里是给人财物的意思。 ㉚必合谐允：肯定会得到许诺。 ㉛乘间（jiàn）：寻找机会。语：告诉。 ㉜相：看，相亲。 ㉝馈（kuì）金：赠送的银子。 ㉞度（duó）：考虑。 ㉟"试可"句：试试看行不行，如不行再作罢。可，在这里作可否解。乃已，罢了。 ㊱颔（hàn）：点头表示同意。 ㊲假：借。仆马：仆人和马匹。借仆马是为了表示自己家里有钱。 ㊳故：原来。田舍翁：老农民。 ㊴间（xián）语：间通"闲"，闲语即秘密地谈话。 ㊵望族：世家大族。 ㊶仪采：仪容风采，指外貌风度。轩豁：态度开朗大方。 ㊷虑：担心。靳于资：舍不得出聘金。靳，吝啬，小气。 ㊸会其旨：领会了他的意思。 ㊹浼（měi）：托请。居间：做中间人，以作证。 ㊺"书红"句：在红纸上写下婚约。 ㊻居室逼侧：住房窄小。 ㊼"女依"句：形容卫氏女害羞的样子。障，隐藏。 ㊽睨（nì）：斜视，偷看。 ㊾荆布之饰：荆钗布裙，贫家妇女的打扮。 ㊿舁（yú）：用轿子抬。 51清门：本指寒素人家，这里指家世清白的书香门第。 52不责资：不求资财（指聘金）。 53顺德：指妇女出嫁后顺从丈夫，这是封建礼教所谓"三从四德"一类对妇女的要求。 54琴瑟：指夫妻间的感情。《诗经·小雅·棠棣》："妻子好合，如鼓琴瑟。"琴和瑟是两种经常合奏的乐器，因其发音和谐，故用以比喻和美的夫妻关系。笃（dǔ）：深厚。 55举：生下。 56登墓：指清明节扫墓。 57邑绅：地方豪绅。 58御史：封建时代负责监察和考核官吏政绩的官职。 59坐：坐罪，犯法。行赇（qiú）：用财物行贿以求免罪。 60免：被罢官。居林下：住在乡间。 61大扇威虐：肆无忌惮逞威风、压迫人。 62艳：艳羡，这里指迷恋于卫氏女的姿色。 63摇：动摇，指动摇冯相如对妻子的感情。 64风示：传话暗示。 65既：既而，随即。 66垢（gòu）骂：辱骂。万端：凡能骂的话都骂出来了。 67汹若沸鼎：气势汹汹，人声喧嚷，

如开锅的水一样。 ⑱篡舁：用轿子强行抬走。篡，抢夺。 ⑲经日：过了一天。 ⑳杖：扶杖。 ㉑兴词：到官府去告状。 ㉒督抚：督，总督，明末及清代为一省的最高军政长官。抚，巡抚，清代为一省的最高行政长官，职权略低于总督。 ㉓讼几遍：差不多各级府官都去告遍了。讼，告状。 ㉔卒：最后，终究。直：伸冤昭雪。 ㉕吭（háng）：喉咙。 ㉖邀路：半路拦截。 ㉗扈从：跟从保卫的人。 ㉘罔托：无可托付。 ㉙吊：探访慰问。 ⑳虬（qiú）髯：蜷曲的络腮胡子。阔颔：宽大的下巴。 ㉑"曾与"句：素不相识。曾，向来。无素，没有交往，引申为互不认识。素，等于说素交、素友，即真诚的朋友。 ㉒邦族：籍贯和姓氏。 ㉓遽：突然。 ㉔眦（zì）欲裂：形容瞪眼发怒的样子。眦，眼角。 ㉕不足齿：即不足挂齿，不值得一提，表示轻蔑。伧（cāng）：粗鄙而没有血性的人。 ㉖铦（tiǎn）：欺骗。 ㉗实布腹心：老老实实地把心里话讲出来。 ㉘卧薪尝胆：春秋时，越国被吴国所灭，为了报仇雪耻，越王勾践睡在干柴上，头上悬着苦胆，时时刻刻能尝着苦味，兢兢业业，艰苦奋斗，终于打败了吴国，实现了报仇雪恨的目的。事见《史记·越王勾践世家》。卧薪表示不敢安逸，尝胆表示不近甘味。后因以"卧薪尝胆"表示刻苦自励、立志复仇。 ㉙固有日：实在有些日子了。 ㊵襁中物：指婴儿。 ㊶恐坠宗祧（tiāo）：生怕断绝了香火，指担心绝了后代，没有人到宗祠里去祭祀。 ㊷杵臼：指春秋时期人公孙杵臼。晋灵公时，晋国的大夫赵朔与屠岸贾不和，屠将赵氏满门抄斩，又企图捕杀赵朔的遗腹子。赵朔的门客程婴和公孙杵臼设法营救赵氏孤儿，程婴将自己的儿子与赵氏孤儿调包，由公孙杵臼将程婴之子抱持逃往山中，然后程婴出首告发，结果屠岸贾将杵臼及冒充赵氏孤儿的程婴之子捉杀，使程婴得以安全地保存和抚养了赵氏孤儿，终于为赵家报了仇。这里从下文文意看，"能为我杵臼否"应是指替自己抚养儿子，历史上代为抚养赵氏孤儿的是程婴，不是杵臼，当是作者误记。 ㊸欲托诸人者：想托付给别人办的事情。 ㊹代庖（páo）：代别人去完成本来不是自己分内的任务。语出《庄子·逍遥游》。 ㊺崩角：磕响头，是一种表示非常感激的礼节。角，额头。 ㊻不顾：不回头看，表示十分坚决。 ㊼不济：不成功。 ㊽德：报恩。 ㊾亡去：逃走。 ⑩重垣：多重院墙。 ⑩执谓：坚持认为。 ⑩所之：逃往的地方。 ⑩冥搜：暗中查访搜捕。 ⑩迹：踪迹。这里作动词用，循声探迹的意思。 ⑩系缧（léi）：用绳子捆绑。缧，捆人的绳子。 ⑩嗔：本指嗔怒，这里是哭声更大的意思。 ⑩呱（gū）呱者：指婴儿。呱呱，状婴儿的哭声。 ⑩褫（chǐ）革：科举时代，秀才犯了罪，须先革除他的秀才功名，并不许他穿秀才的制服，然后才审讯判刑。褫革即指革除功名。 ⑩梏（gù）惨：残酷的刑罚。 ⑩铦（xiān）利：锋利。 ⑪窃馁（něi）：心里暗自害怕。 ⑫详：本指下级向上级呈报的公文，这里用作动词，即呈报的意思。宪：对上级官员的尊称。 ⑬冁（chǎn）然：欢笑的样子。 ⑭灭门：全家死绝。 ⑮潸（shān）潸：泪流不止的样子。 ⑯宗支不续，指小儿死去，无人承继宗族。 ⑰悲怛（dá）：悲痛。 ⑱款门：敲门。 ⑲侬（nóng）侬：形容话多。 ⑳窥觇（chān）：观看。 ㉑恙：疾病或忧愁。 ㉒稔（rěn）熟：非常熟悉。 ㉓呜哭：低声哭泣。 ㉔妄：虚妄，不真实。 ㉕适：适逢，正值。 ㉖秦：古秦地，在今陕西省一带。 ㉗夙（sù）兴夜寐：早起晚睡，形容勤苦持家。 ㉘莽：杂草。拥篲（huì）：用扫帚打扫。 ㉙下帷读：指不受外界影响，专心一意地读书。 ⑬⓪ 盈歉：盈是满，歉是亏，这里指家庭收入的多和少。 ⑬① 殍（piǎo）：饿死。殍饿死，即饿死，同义反复。 ⑬② 治：置办。 ⑬③ 荷镵（chán）：锄草工具。 ⑬④ 萝：女萝，一种蔓生植物。牵萝补屋：形容生活的艰辛。 ⑬⑤ 里党：指邻里乡亲。古时以二十五家为里，五百家为党。 ⑬⑥ 人烟腾茂：形容人丁繁旺，家业兴盛。 ⑬⑦ 类：类似。素封：不做官而富有的人家。 ⑬⑧ 灰烬之余：比喻大难之后。 ⑬⑨ "巾服"句：指尚未恢复被革除的秀才资格，不恢复就没有资格参加科举考试。巾服，指秀才穿戴的服饰。 ⑭⓪ 广文：明清时期对学官的通称。 ⑭① 神之：对她感到惊奇敬佩。 ⑭② 是科：这一次科举考试。领乡荐：指乡试考中举人，取得了进京参加会试（考进士）的资格。 ⑭③ 腴（yú）田：肥沃的土地。连阡：连成一大片，指很多。阡，田间小路，也泛指田野。 ⑭④ 夏屋：高大的房屋。渠渠：高大的样子。 ⑭⑤ 袅娜：形容轻盈柔美的风姿。 ⑭⑥ 侠：指锄恶助困的侠义行为。 ⑭⑦ 悠悠：指昏庸腐败。 ⑭⑧ "刀震"句：指文中所写虬髯豪侠深夜以刀剁县令床入木寸余事。 ⑭⑨ "苏子美"三句：宋代文学家苏舜钦，字子美。相传他读《汉书·张良传》，当读到张良与刺客袭击秦始皇而不中时，拍掌感叹道："惜乎击之不中！"然后"浮一大白"（即喝一大杯酒）。作者引用这一典故，借以表达他对贪官污吏的强烈憎恨。（这篇小说通过一个爱情婚姻的悲惨故事，揭示了一个具有鲜明政治色彩的社会主题。一方面，揭露了土豪劣绅的罪恶和官府的黑暗腐败；另一方面，又描写了怀着强烈的正义感的虬髯侠客和狐女红玉对恶人的惩罚及对冯相如的热情帮助，歌颂了锄暴扶弱、乐于助人的侠义行为和美好品德。情节生动曲折，作者爱憎分明，感情强烈。）

促　织[1]

宣德[2]间，宫中尚[3]促织之戏，岁征[4]民间。此物故非西产[5]，有华阴令[6]欲媚上官，以一头进，试使斗而才[7]，因责常供[8]。令以责之里正[9]。市中游侠儿[10]，得佳者笼养之，昂其值[11]，居为奇货。里胥猾黠[12]，假此科敛丁口[13]，每责一头，辄倾[14]数家之产。

邑[15]有成名者，操童子业[16]，久不售[17]。为人迂讷[18]，遂为猾胥报充里正役[19]，百计营谋不能脱。不终岁[20]，薄产累尽。会征促织，成不敢敛户口[21]，而又无所赔偿[22]，忧闷欲死。妻曰："死何裨益[23]？不如自行搜觅，冀有万一之得。"成然之。早出暮归，提竹筒、铜丝笼，于败堵[24]丛草处，探石发穴[25]，靡计不施[26]，迄无济[27]。即捕得三两头，又劣弱不中于款[28]。宰严限追比[29]，旬余，杖至百，两股间脓血流离[30]，并虫亦不能行捉矣。转侧床头，惟思自尽。

时村中来一驼背巫[31]，能以神卜[32]。成妻具资诣问[33]，见红女白婆[34]，填塞门户。入其舍，则密室垂帘，帘外设香几[35]。问者爇香于鼎[36]，再拜。巫从旁望空代祝，唇吻翕辟[37]，不知何词。各各竦立[38]以听。少间，帘内掷一纸出，即道人意中事，无毫发爽[39]。成妻纳钱案上，焚拜如前人。食顷[40]，帘动，片纸抛落。视之，非字而画。中绘殿阁，类兰若[41]；后小山下怪石乱卧，针针丛棘[42]，青麻头[43]伏焉；旁一蟆[44]，若将跳舞。展玩[45]不可晓。然睹促织，隐中胸怀[46]。摺藏之，归以示成。成反复自念：得无教我猎虫所[47]耶？细瞻景状，与村东大佛阁逼似。乃强起扶杖，执图诣寺后，有古陵蔚起[48]。循陵而走，见蹲石鳞鳞[49]，俨然类画。遂于蒿莱中[50]，侧听徐行，似寻针芥，而心目耳力俱穷，绝无踪响[51]。冥搜未已[52]，一癞头蟆猝然[53]跃去。成益愕，急逐趁[54]之，蟆入草间。蹑迹披求[55]，见有虫伏棘根。遽扑之，入石穴中。掭[56]以尖草，不出；以筒水灌之，始出，状极俊健。逐而得之，审视，巨身修尾，青项金翅，大喜。笼归，举家庆贺，虽连城拱璧不啻[57]也。上于盆而养之，蟹白栗黄[58]，备极护爱。留待限期，以塞官责。

成有子九岁，窥父不在，窃发盆[59]。虫跃掷径出，迅不可捉。及扑入手，已股落腹裂，斯须[60]就毙。儿惧，啼告母。母闻之，面色灰死，大骂曰："业根[61]！死期至矣！而翁[62]归，自与汝覆算[63]耳！"儿涕而出。未几成归，闻妻言，如被冰雪。怒索儿，儿渺然不知所往。既[64]得其尸于井，因而化怒为悲，抢呼[65]欲绝。夫妻向隅[66]，茅舍无烟，相对默然，不复聊赖[67]。日将暮，取儿藁葬[68]，近抚之，气息惙然[69]。喜置榻上，半夜复苏。夫妻心稍慰。但儿神气痴木，奄奄思睡。成顾蟋蟀笼虚，则气断声吞，亦不复以儿为念。自昏达曙，目不交睫。

东曦既驾[70]，僵卧长愁。忽闻门外虫鸣，惊起觇视[71]，虫宛然尚在。喜而捕之，一鸣辄跃去，行且速。覆之以掌，虚若无物；手才举，则又超忽[72]而跃。急趁之，折过墙隅，迷其所往。徘徊四顾，见虫伏壁上。审谛[73]之，短小，黑赤色，顿[74]非前物。成以其小，劣之。惟彷徨瞻顾，寻所逐者。壁上小虫，忽跃落襟袖间。视之，形若土狗[75]，梅花翅，方首长胫[76]，意似良，喜而收之。将献公堂，惴惴[77]恐不当意，思试之斗以觇之。村中少年好事者，驯养一虫，自名"蟹壳青"，日与子弟角[78]，无不胜。欲居之以为利，而高其值，亦无售[79]者。径造庐[80]访成。视成所蓄，掩口胡卢[81]而笑。因出己虫，纳比笼中[82]。成视之，庞然修伟，自增惭怍[83]，不敢与较。少年固强之。顾念[84]蓄劣物终无所用，不如拚博一笑[85]，因合纳斗盆[86]。小虫伏不动，蠢若木鸡[87]。少年又大笑。试以猪鬣毛撩拨虫须，仍不动。少年又笑。屡撩之，虫暴怒，直奔，遂相腾击，振奋作声。俄见小虫跃起，张尾伸须，直龁敌领[88]。少年大骇，解令休止。虫翘然矜鸣[89]，似报主知。成大喜。方其瞻玩，一鸡瞥[90]来，径进一啄。成骇立愕呼。幸啄不中，虫跃去尺有咫[91]。鸡健进，逐逼之，虫已在爪下矣。成仓卒[92]莫知所救，顿足失色。旋见鸡伸颈摆扑，临视[93]，则虫集[94]冠上，力叮不释。成益惊喜，掇[95]置笼中。

翌日[96]进宰，宰见其小，怒诃[97]成。成述其异，宰不信。试与他虫斗，虫尽靡[98]；又试之以鸡，果如成言。乃赏成，献诸抚军[99]。抚军大悦，以金笼进上[100]，细疏其能[101]。既入宫中，举天下所贡蝴蝶、螳螂、油利挞、青丝额……一切异状，遍试之，无出其右者[102]。每闻琴瑟之声，则应节[103]而舞。益奇之。上大嘉悦[104]，诏赐抚臣名马衣缎。抚军不忘所自[105]，无何，宰以"卓异"闻[106]。宰悦，免成役；又嘱学使[107]，俾入邑庠[108]。后岁余，成子精神复旧，自言："身化促织，轻捷善斗，今始苏耳。"抚军亦厚赉[109]成。不数岁，田百顷，楼阁万椽[110]，牛羊蹄躈各千计[111]。一出门，裘马过世家[112]焉。

异史氏曰：天子偶用一物，未必不过此已忘，而奉行者即为定例。加以官贪吏虐，民日贴妇[113]卖儿，更无休止。故天子一跬步[114]，皆关民命，不可忽也。独是成氏子以蠹[115]贫，以促织富，裘马扬扬[116]。当其为里正，受扑责时，岂意其至此哉！天将以酬长厚者[117]，遂使抚臣、令尹并受促织恩荫[118]。闻之：一人飞升[119]，仙及鸡犬。信夫[120]！

① 本篇选自《聊斋志异》卷四。促织：蟋蟀的别名。 ② 宣德：明宣宗朱瞻基的年号(1426—1435)。 ③ 尚：崇尚，喜好。 ④ 岁：每年。征：征收。 ⑤ 故：原本。西：指陕西。 ⑥华阴：县名，在今陕西省渭南县境。令：县令。 ⑦才：有才干，指蟋蟀善斗。 ⑧责：责令。常供：按时进奉。 ⑨ 里正：乡里基层小吏，犹以前之保甲长。 ⑩ 游侠儿：原指古代那些仗义锄恶、济困扶危的好汉，这里指乡里游手好闲、不务正业的浪荡子弟。 ⑪ 昂其值：抬高蟋蟀的价钱。 ⑫ 里胥：政府派到乡间办事的小官吏。猾黠(xiá)：狡猾奸诈。 ⑬ 假：借。科敛丁口：按人口摊派费用。 ⑭ 倾：倒，花光。 ⑮ 邑：县的别称，这里指华阴县。 ⑯ 童子：即童生。科举时代，应考的读书人在考取秀才之前一律称为童生。操童子业，即指童生为应考而读书。 ⑰ 久不售：长期没有考中。 ⑱ 迂讷(nè)：迂阔呆板，不善言辞。 ⑲ 奔里正役：奔任里正的职务。 ⑳ 不终岁：不到一年。 ㉑ 敛户口：按户和人丁数目摊派征收。 ㉒ 无所赔偿：拿不出钱来垫赔。 ㉓ 裨(bì)益：好处。 ㉔ 败堵：断墙。 ㉕ 探石发穴：在石缝和洞穴里探寻。 ㉖ 靡计不施：什么办法都用尽了。 ㉗ 迄：到头来，终究。无济：无济于事，未获成功。 ㉘ 不中于款：不符合要求。 ㉙ 宰：县令。严限：严格规定完成任务的期限。追比：旧时代官府限令差役或地方当值人员在规定期限内完成某种任务，到期未完成者则加拷打，过一次期限拷打一次，称为"追比"。 ㉚ 股：

大腿。流离：血肉模糊的样子。 ㉛ 巫：用迷信方法为人判断祸福吉凶的人。 ㉜ 以神卜：借用神的力量预卜吉凶。 ㉝ 具资诣问：准备好钱去求问。 ㉞ 红女白婆：年轻妇女和白发老太太。 ㉟ 香几：烧香拜神的几案。 ㊱ 爇（ruò）香：点燃香。鼎：三脚香炉。 ㊲ 唇吻：嘴唇。翕（xī）辟：一张一闭，口中念念有词。 ㊳ 竦（sǒng）立：严肃而恭敬地站立。 ㊴ 无毫发爽：没有丝毫不相符合的地方。 ㊵ 食顷：吃一顿饭的功夫。 ㊶ 兰若（rě）：即寺庙，佛教梵文译名“阿兰若”的简称。 ㊷ 针针丛棘：一丛丛带刺的灌木。 ㊸ 青麻头：和下文的蝴蝶、螳螂、油利挞、青丝额等，都是蟋蟀的名称。 ㊹ 蟆：癞蛤蟆。 ㊺ 展玩：展示玩味。 ㊻ 隐中胸怀：暗合心中所想的事。 ㊼ 得无：也许，莫非。猎虫所：捉促织的地方。 ㊽ 古陵：古墓。蔚起：古墓上长着茂盛的草木。 ㊾ 蹲石鳞鳞：一块块石头如蹲在地上，好像一片片鱼鳞似的。 ㊿ 蒿莱中：杂草丛中。 (51) 踪响：踪迹和响声。 (52) 冥搜：暗中搜寻。未已：不停止。 (53) 猝然：突然。 (54) 逐趁：追逐。 (55) 蹑迹：循着踪迹追寻。披求：拨开草丛寻找。 (56) 掭（tiàn）：撩拨。 (57) 连城：价值连城，说明是一种珍品。拱璧：双手合抱的大璧玉。不啻（chì）：不止。 (58) 蟹白栗黄：螃蟹腿的肉和煮熟的栗子仁，都是喂蟋蟀的高级养料。 (59) 窃发盆：偷偷地将盆打开。 (60) 斯须：不一会儿。 (61) 业根：佛家语，即业障。这里是成名之妻用来骂儿子的话，等于说“祸种”。 (62) 而翁：即尔翁，你爸爸。 (63) 覆算：算账。 (64) 既：既而，随后。 (65) 抢（qiāng）呼：用头撞地，仰天悲号。 (66) 向隅：对着墙角，形容十分悲哀。 (67) 不复聊赖：不再有所凭借和寄托，指儿子死了，断绝了希望。 (68) 藁（gǎo）葬：用草席裹尸埋葬。 (69) 惙（chuò）然：呼吸十分微弱的样子。 (70) 东曦（xī）既驾：指天亮。神话传说，太阳每天早晨是由曦和（太阳神）驾着六条龙拉的车子从东方升起来的。 (71) 觇（chān）视：察看。 (72) 超忽：突然而又迅速的样子。 (73) 审谛：仔细观察。 (74) 顿：截然，显然。 (75) 土狗：即蝼蛄，俗称土狗子。 (76) 胫：小腿。 (77) 惴惴：忧惧不安貌。 (78) 角：比斗。 (79) 售：这里是买的意思。 (80) 造庐：登门，上门。 (81) 胡卢：窃笑，表示轻蔑。 (82) 纳比笼中：放进比斗前用的笼子里。 (83) 惭怍（zuò）：惭愧。 (84) 顾念：回头想想。 (85) 拚博一笑：豁出去比斗，即使输了也能博取大家一笑。 (86) 合纳斗盆：一起放进比斗用的盆子里。 (87) 蠢若木鸡：形容愚笨不中用。《庄子·达生》篇里说，善于养斗鸡的人，要把鸡训练得十分镇定，这样才能不动声色，不恃意气，最后战胜对方。 (88) 龁（hé）：咬。领：脖子。 (89) 翘然：张开翅膀很得意的样子。矜鸣：骄傲地鸣叫。 (90) 瞥（piē）：原意为很快地看一眼，这里是眨眼之间的意思。 (91) 尺有咫（zhǐ）：一尺八寸。古称八寸为一咫。 (92) 仓卒（cù）：同“仓猝”，急迫匆忙之间。 (93) 临视：靠近去看。 (94) 集：落到。 (95) 掇（duō）：小心翼翼地双手合捧。 (96) 翌（yì）日：第二天。 (97) 诃（hē）：同“呵”，斥责。 (98) 尽靡：都被战败。 (99) 抚军：巡抚的别称。 (100) 上：指皇帝。 (101) 疏：陈述。 (102) 无出其右者：没有一只能战胜它的。古代以右为尊、为上。 (103) 应节：按着音乐的节拍。 (104) 大嘉悦：非常高兴。 (105) 所自：（好处）从哪里来。 (106) 卓异：才能突出，政绩卓著。 (107) 学使：掌握一个地区教育事务的学官。 (108) 俾（bǐ）：使。邑庠（xiáng）：县学。古代的乡学称庠。 (109) 重赉（lài）：厚厚地赏赐。 (110) 楼阁万椽（chuán）：指房屋极多。椽，指放在檩上架着屋顶的木条。 (111) 蹄躈（qiào）：躈同“噭”，嘴。古人以蹄（脚）和口计算牲口的头数，四蹄一口为一头，“千计”当指二百头。这是虚指，言其数量很多。 ⑫裘马：指穿的和骑的都十分豪华。世家：世代显贵的人家。 ⑬贴妇：典卖妻子。 ⑭跬（kuǐ）：一举足的距离，即半步。 ⑮蠹（dù）：蛀虫。这里指敲诈人民的贪官污吏。 ⑯裘马扬扬：穿戴豪华，出门骑马，十分得意的样子。 ⑰长厚者：忠厚老实的人。 ⑱令尹：指县令。恩荫：恩惠和好处。 ⑲“一人”二句：传说汉代淮南王刘安炼丹修道，飞升成仙，家里的鸡和狗吃了他剩下的丹药，也都升天成了神仙。这里是借以讽刺县令和抚臣都因成名的促织而得到了好处。 ⑳信夫：千真万确啊！（这篇小说运用以小见大的艺术手法，以一只促织的得失、生死、优劣为情节线索，巧妙而深刻地揭露了封建社会的最高统治者皇帝的享乐生活是建立在普通百姓的深重苦难基础之上的，同时也揭露了封建官吏不过是满足皇帝的需要而压迫摧残百姓的工具。情节曲折生动，出人意外，悬念丛生，又紧扣主人公的命运和喜怒哀乐感情的变化，具有激动人心又发人深思的艺术力量。）

席方平[①]

席方平，东安[②]人。其父名廉，性戆拙[③]。因与里中富室羊姓有隙[④]，羊先死，数年，廉病垂危，谓人曰：“羊某今贿嘱冥使搒我[⑤]矣！”俄而身赤肿，号呼遂死；席惨怛[⑥]不食，曰：“我父朴讷[⑦]，今见凌[⑧]于强鬼，我将赴地下，代伸冤气耳。”自此不复言，时坐时立，状类痴，盖魂已离舍[⑨]矣。

席觉初出门，莫知所往，但见路有行人，便问城邑。少选[⑩]，入城，其父已收狱中。至狱门，遥见父卧檐下，似甚狼狈，举目见子，潸然涕流。便谓：“狱吏悉受贿嘱，日夜搒掠，胫股[⑪]摧残甚矣！”席怒，大骂狱吏：“父如有罪，自有王章[⑫]，岂汝等死魅所能操耶[⑬]！”遂出，抽笔为词[⑭]。值城隍早衙[⑮]，喊冤以投。羊惧，内外贿通，始出质理[⑯]。城隍以所告无据，颇不直席[⑰]。席忿气无所复伸，冥行[⑱]百余里，至郡，以官役私状[⑲]，告之郡司。迟至半月，始得质理。郡司扑[⑳]席，仍批城隍覆案[㉑]。席至邑，备受械梏[㉒]，惨冤不能自舒[㉓]。城隍恐其再讼，遣役押送回家。役至门辞去。席不肯入，遁赴冥府[㉔]，诉郡邑之酷贪。冥王立拘[㉕]质对。二官密遣腹心，与席关说[㉖]，许以千金。席不听。过数日，逆旅[㉗]主人告曰：“君负气已甚，官府求和而执不从[㉘]，今闻于王前各有函进[㉙]，恐事殆[㉚]矣。”席以道路之口[㉛]，犹未深信。俄有皂衣人[㉜]唤入。升堂，见冥王有怒色，不容置词，命笞[㉝]二十。席厉声问：“小人何罪？”冥工漠若不闻。席受笞。喊曰：“受笞允当[㉞]，谁教我无钱耶！”冥王益怒，命置火床。两鬼捽[㉟]席下，见东墀[㊱]有铁床，炽火[㊲]

其下，床面通赤。鬼脱席衣，掬[38]置其上，反复揉捺[39]之。痛极，骨肉焦黑，苦不得死。约一时许，鬼曰："可矣。"遂扶起，促使下床着衣，犹幸而能行，复至堂上，冥王问："敢再讼乎？"席曰："大冤未伸，寸心不死，若言不讼，是欺王也。必讼！"又问："讼何词？"席曰："身所受者，皆言之耳。"冥王又怒，命以锯解其体。二鬼拉去，见立木，高八九尺许，有木板二，仰置其下，上下凝血模糊。方将就缚，忽堂上大呼"席某"，二鬼即复押回。冥王又问："尚敢讼否？"答云："必讼！"冥王命捉去速解。既下，鬼乃以二板夹席，缚木上。锯方下，觉顶脑渐辟，痛不可禁，顾亦忍而不号。闻鬼曰："壮哉此汉！"锯隆隆然寻[40]至胸下。又闻一鬼云："此人大孝无辜，锯令稍偏，勿损其心。"遂觉锯锋曲折而下，其痛倍苦。俄顷，半身辟矣[41]。板解，两身俱仆。鬼上堂大声以报。堂上传呼，令合身来见。二鬼即推令复合，曳[42]使行。席觉剧缝一道，痛欲复裂，半步而踣[43]。一鬼于腰间出丝带一条授之，曰："赠此以报汝孝。"受而束之，一身顿健[44]，殊无少苦[45]。遂升堂而伏。冥王复问如前，席恐再罹酷毒[46]，便答："不讼矣。"冥王立命送还阳界，隶率[47]出北门，指示归途，返身遂去。

席念阴曹之暗昧尤甚于阳间，奈无路可达帝听[48]；世传灌口二郎为帝勋戚[49]，其神聪明正直，诉之当有灵异。窃喜两隶已去，遂转身南向。奔驰间有二人追至，曰："王疑汝不归，今果然矣。"回复见冥王。窃意冥王益怒，祸必更惨，而王殊无厉容，谓席曰："汝志诚孝，但汝父冤，我已为若雪之矣[50]。今已往生富贵家，何用汝鸣呼[51]为？今送汝归，予以千金之产、期颐之寿[52]，于愿足乎？"乃注籍中[53]，嵌以巨印[54]，使亲视之。席谢而下。鬼与俱出，至途，驱而骂曰："奸猾贼！频频反复，使人奔波欲死！再犯，当捉入大磨中，细细研[55]之！"席张目叱曰："鬼子胡为者[56]！我性耐刀锯，不耐挞楚。请返见王，王如令我自归，亦复何劳相送！"乃返奔。二鬼惧，温语劝回。席故蹇缓[57]，行数步，辄憩路侧，鬼含怒不敢复言。

约半日，至一村，一门半开，鬼引与共坐，席便据门阈[58]。二鬼乘其不备，推入门中。惊定自视，身已生为婴儿。愤啼不乳，三日遂殇[59]，魂摇摇不忘灌口。约奔数十里，忽见羽葆[60]来，幡戟[61]横路，越道避之，因犯卤簿[62]，为前马所执，絷[63]送车前。仰见车中一少年，丰仪瑰玮[64]。问席："何人？"席冤愤正无所出，且意[65]是必巨官，或当能作威福，因缅述[66]毒痛。车中人命释其缚，使随车行。俄至一处，官府十余员，迎谒[67]道左。车中人各有问讯，已而指席谓一官曰："此下方人[68]，正欲往愬[69]，宜即为之剖决[70]。"席询之从者，始知车中即上帝殿下九王[71]，所嘱即二郎也。席视二郎，修躯多髯[72]，不类世间所传。九王既去，席从二郎至一官廨[73]，则其父与羊姓并衙隶俱在。少顷，槛车[74]中有囚人出，则冥王及郡司、城隍也。当堂对勘[75]，席所言皆不妄。三官战栗，状若伏鼠。二郎援笔立判[76]。顷之，传下判语，令案中人共视之。判云：

勘得冥王者，职膺王爵[77]，身受帝恩。自应贞洁以率巨僚[78]，不当贪墨以速官谤[79]。而乃繁缨棨戟[80]，徒夸品秩之尊[81]；羊狠狼贪[82]，竟玷人臣之节。斧敲[83]斫，斫入木，妇子之皮骨皆空；鲸吞鱼[84]，鱼食虾，蝼蚁之微生可悯。当掬西江之水[85]，为尔湔肠[86]；即烧东壁之床[87]，请君入瓮。城隍、郡司，为小民父母之官[88]，司上帝牛羊之牧[89]。虽则职居下列，而尽瘁者不辞折腰[90]；即或势逼大僚[91]，而有志者亦应强项[92]。乃上下其鹰鸷之手[93]，既罔念[94]夫民贫；且飞扬其狙狯之奸[95]，更不嫌乎鬼瘦。惟受赃而枉法，真人面而兽心！是宜剔髓伐毛[96]，暂罚冥死[97]；所当脱皮换革[98]，仍令胎生。隶役者，既在鬼曹[99]，便非人类。只宜公门修行[100]，庶还落蓐之身[101]；何得苦海[102]生波，益造弥天之孽[103]？飞扬跋扈[104]，狗脸生六月之霜[105]；隳突叫号[106]，虎威断九衢之路[107]。肆淫威于冥界[108]，咸[109]知狱吏为尊；助酷虐于昏官，共以屠伯是惧[110]。当于法场之内，剁其四肢；更向汤镬[111]之中，捞其筋骨。羊某，富而不仁，狡而多诈。金光盖地[112]，因使阎摩殿上，尽是阴霾；铜臭熏天，遂教枉死城[113]中，全无日月。余腥犹能役鬼[114]，大力直可通神[115]。宜籍[116]羊氏之家，以赏席生之孝。即押赴东岳[117]施行。”

又谓席廉：“念汝子孝义，汝性良懦[118]，可再赐阳寿三纪[119]。”因使两人送之归里。席乃抄其判词，途中父子共读之。既至家，席先苏；令家人启棺视父，僵尸犹冰，俟之终日，渐温而活。及索抄词，则已无矣。

自此，家日益丰；三年间，良沃[120]遍野；而羊氏子孙微矣[121]，楼阁田产，尽为席有。里人或有买其田者，夜梦神人斥之曰：“此席家物，汝乌得有之[122]！”初未深信，既而耕作。则终年升斗无所获，于是复鬻归席[123]。席父九十余岁而卒。

异史氏曰：人人言净土[124]，而不知生死隔世，意念都迷[125]，且不知其所以来，又乌知其所以去；而况死而又死，生而复生者乎？忠孝志定，万劫[126]不移，异哉席生，何其伟也！

①本篇选自《聊斋志异》卷十。 ②东安：在今河北省安次县附近。 ③戆（zhuàng）拙：刚直朴拙。 ④富室：富户。隙（xì）：嫌隙，有仇。 ⑤冥使：阴间的官吏。搒（péng）：

鞭打。 ⑥惨怛（dá）：忧伤痛苦。 ⑦朴讷（nè）：朴实而不会说话。 ⑧见凌：被欺侮。 ⑨魂已离舍：灵魂已离开肉体。 ⑩少选：稍过片刻。 ⑪胫股：小腿和大腿。 ⑫王章：王法。 ⑬死魅：死鬼。操：操持，指随意摆布人的命运。 ⑭词：诉讼的状词。 ⑮城隍：古时迷信，认为阴间也有管理地方的官吏，称为城隍。早衙：早晨升堂办公。 ⑯质理：原告与被告对质，各自申诉理由。 ⑰不直席：以席方平为不直，即认为他没有道理。 ⑱冥行：在阴间走路。 ⑲“以官”二句：将官吏差役徇私枉法的事实向阴司府一级的官吏控告。 ⑳扑：鞭打。 ㉑覆案：重审。 ㉒备受械梏（gù）：受尽各种刑罚。 ㉓舒：倾吐冤苦。 ㉔冥府：指阎王殿。下句的冥王即指阎王。 ㉕拘：指拘捕郡司和城隍。 ㉖关说：托人徇私说情。关，关节，说情就是为了打通关节。 ㉗逆旅：旅店。 ㉘求和：要求和平解决。执：坚执，固执。 ㉙函进：指贿赂。函，装钱物的封套。 ㉚殆：危险。 ㉛道路之口：道听途说。 ㉜皂衣人：穿黑衣服的人，即衙门里的差役，因古代衙役穿黑衣。 ㉝笞（chī）：打板子。 ㉞允当（dàng）：犹如说“活该”。 ㉟捽（zuó）：揪。 ㊱东墀（chí）：东面台阶下的平地。 ㊲炽（chì）火：烧着烈火。 ㊳掬（jū）：双手捧起来。 ㊴捺（nà）：按。 ㊵隆隆然：形容锯声很大。寻：不久。 ㊶半身辟：身子被劈成两半。 ㊷曳（yì）：拖。 ㊸踣（bó）：跌倒。 ㊹顿健：立刻恢复完整的身体。 ㊺殊无少苦：完全没有一点痛苦。 ㊻再罹（lí）酷毒：再遭受酷刑。 ㊼隶率：由衙役带领。 ㊽达帝听：上达到皇帝的耳中。帝，指迷信传说中的玉皇大帝。 ㊾灌口：地名，在今四川省灌县。灌口二郎，本指李冰的次子。但这里实指杨戬（jiǎn），因迷信传说二郎神杨戬是玉帝的外甥。勋戚：高贵的亲戚。 ㊿若：你。雪：昭雪，伸冤。 51呜呼：鸣冤叫屈。 52期颐之寿：活一百岁的寿命。 53注籍中：写到载有人阳寿的生死簿里去。 54嵌以巨印：盖上冥府的大印，以示郑重可靠。 55研：磨。 56胡为者：要干什么。 57蹇（jiǎn）缓：慢慢地走。蹇，行走困难。 58门阈（yù）：门槛。 59殇（shāng）：未成年而死。 60羽葆：古代车盖上的装饰品，用五彩的鸟羽连缀而成。 61幡（fān）戟（jǐ）：指举旗仗（一种长柄兵器）的仪仗队。 62卤簿：仪仗。 63絷：缚。 64丰仪瑰玮：仪容丰采，奇伟不凡。 65意：猜想。 66缅述：追述。 67谒：拜见。 68下方人：即阳世间的人。 69愬（sù）：同“诉”，告状。 70剖：辨明是非。决：判决。 71殿下：古代对太子、亲王的尊称。 72修躯多髯：身材高大，胡须很多。 73官廨（xiè）：官署，衙门。 74槛车：押解犯人的囚车。 75对勘：对质，查问。 76援笔立判：提起笔来立即判决。 77职膺（yīng）王爵：担任王爵的官职。 78贞洁：忠贞廉洁。以率臣僚：作为下属的表率。 79贪墨：贪赃枉法。速：招致。官谤：做官不称职而遭人攻击。 80繁（pán）缨：系在马肚下的饰带。棨（qǐ）戟：木制的戟。繁缨棨戟，均指仪仗。 81“徒夸”句：徒然夸耀自己官位的尊贵。 82“羊狠”二句：冥王又狠又贪，玷污了作大臣的节操。“狠如羊，贪如狼”，语出《史记·项羽本纪》，这里用以比喻官吏的贪暴。玷（diàn），污辱。 83斲：这里是“凿”（záo）的借字。斧敲斲，即用斧子敲凿子，比喻官吏剥削人民深入骨髓。所以下文说“凿入木，妇子之皮骨皆空”。 84“鲸吞”三句：意思是大鱼吃小鱼，小鱼又吃虾，老百姓微小的生命如蝼蛄、蚂蚁一样毫无保障，令人同情。 ⑧⑤西江之水：即长江之水。 ⑧⑥湔（jiān）肠：洗肠子。 ⑧⑦“即烧”二句：意思是用重刑惩处。东壁之床，指上文残酷拷打席方平时的东墀铁床。请君入瓮（wèng），唐武则天时周兴犯了罪，武则天密令来俊臣审问。来俊臣先问周：要是犯人不肯认罪，有什么办法对付他？周回答：用一个大瓮，四周用火烧热，把犯人置于瓮中，就不怕他不招。来俊臣便按他所说准备好大瓮，然后对周说，我奉命来审讯你，请君入瓮吧！周于是被迫伏罪。这里是以其人之道还治其人之身的意思。 ⑧⑧父母之官：旧时人们称州县官为父母官。 ⑧⑨司：主管。牛羊之牧：饲养牛羊。封建社会里地方官是按皇帝的旨意统治人民的，犹如牧人按主人的命令放牧牛羊。这里是说城隍、郡司为上帝统治人民。 ⑨⓪尽瘁者：指忠于职守、尽最大劳力去完成任务的官吏。不辞折腰：不因受耻辱而不干。折腰，鞠躬行礼，表示恭顺。这句是说，为百姓尽心尽力的地方官，是不怕自己受委屈的。 ⑨①势逼大僚：为大官僚的权势所逼迫。 ⑨②强项：硬挺着脖子，表示不屈服。 ⑨③上下其鹰鸷（zhì）之手：上下其手，指互相勾结，通同作弊。语出《左传·襄公二十九年》。鹰鸷，猛禽，比喻官吏的残暴。 ⑨④罔念：不去怜惜。 ⑨⑤飞扬：放肆地施展。狙（jū）：猴子。狯（kuài）：狡猾。 ⑨⑥剔髓伐毛：抽去骨髓，刮去毛发。 ⑨⑦冥死：阴间的死刑。 ⑨⑧“所当”二句：应该将城隍、郡司的人皮剥掉，换上兽皮，让他们投胎变成牲畜。革，兽皮。胎生，泛指牛羊猪狗等动物。 ⑨⑨鬼曹：鬼类。 ⑩⓪公门：衙门，官署。修行：行善，做好事。 ⑩①落蓐之身：指人身。蓐，同“褥”。落蓐指婴儿降生。 ⑩②苦海：指地狱中的海。 ⑩③益：更。孽：罪孽。 ⑩④飞扬跋扈：指差役们狗仗人势，凶横残暴。 ⑩⑤“狗脸”句：指斥走狗们脸上的表情有如六月下霜，冰冷严峻。 ⑩⑥隳（huī）突：摧毁破坏。叫号（háo）：大呼狂叫。 ⑩⑦虎威：“狐假虎威”的省略说法。九衢（qú）之路：四通八达的大路。 ⑩⑧肆：肆意，无所顾忌地。淫威：滥用的权威。 ⑩⑨咸：都。 ⑪⓪屠伯：屠夫，比喻凶残的官吏。 ⑪①汤镬（huò）：热油锅，一种残酷的刑具。 ⑪②“金光”三句：是说金钱的光亮遮住了一切，致使阎王殿上也被阴云所遮蔽了。阎摩殿，即阎王殿。阴霾（mái）：阴暗混浊的云。 ⑪③枉死城：迷信传说中阴间屈死鬼所居的地方。 ⑪④余腥：剩下的铜臭味，喻指少量的钱。役鬼：买通役使鬼卒。 ⑪⑤“大力”句：大量的钱则可以买通神灵。直，简直。 ⑪⑥籍：籍没，查抄。 ⑪⑦东岳：指泰山。古代迷信传说，人死后灵魂归于泰山，因此以为东岳的神是执行阴间法令的。 ⑪⑧良懦：善良胆小。 ⑪⑨三纪：十二年为一纪，三纪为三十六年。 ⑫⓪良沃：肥沃的好地。 ⑫①微：衰微，指败落破产。 ⑫②乌得有之：怎么能占有它。 ⑫③鬻（yù）：卖。 ⑫④净土：佛教传说中的西方极乐世界为净土。 ⑫⑤意念：意识知觉。迷：消失。 ⑫⑥万劫：指无穷尽的时间。佛教认为，世界由形成到毁灭为一劫，须经历很长的时间。（这篇小说借阴间写阳世，通过席方平到阴间为父伸冤的曲折情节，尖锐地揭露了封建官府自上而下都是极其腐败、黑暗和残酷的，贪赃枉法，凶狠残暴，黑白颠倒，令人发指。同时小说又塑造了一个坚强不屈的复仇者的形象。大冤终于昭雪的结局显然是理想化的。）

[附录]

一、关于《聊斋志异》的参考资料

方作霖曰：淄川蒲松龄，字留仙，号柳泉。辛卯岁贡。以文章风节著一时。弱冠应童子试，即受知于施愚山先生，文名籍甚。乃决然舍去，一肆力于古文。与同邑李希梅、张历友诸名士结为诗社，以风雅道义相切劘。新城王渔洋先生素奇其才，谓非寻常流辈所及也。家所藏撰述颇富，而《聊斋志异》一书，尤脍炙人口云。（《淄川县志》）

蒲松龄曰：才非干宝，雅爱搜神；情类黄州，喜人谈鬼。闻则命笔，遂以成编。久之，四方同人，又以邮筒相寄，因而物以好聚，所积益夥。……门庭之凄寂，则冷淡如僧；笔墨之耕耘，则萧条似钵。……集腋为裘，妄续《幽冥》之录；浮白载笔，仅成孤愤之书：寄托如此，亦足悲矣！（《聊斋自志》）

张元曰：其生平之侘傺失志，濩落郁塞，俯仰时事，悲愤感慨，又有以激发其志气，故其文章颖发苕竖，诡恢魁垒，用能绝去町畦，自成一家。而蕴结未尽，则又搜抉奇怪，著有《志异》一书。虽事涉荒幻，而断制谨严，要归于警发薄俗，而扶树道教，则犹是其所以为古文者而已，非漫作也。（《柳泉蒲先生墓表》）

蒲箬曰：自是我父灰心场屋，而甄匋一世之意，始托于著述焉。思所及，中人情之膏肓；笔所书，导物理之肯綮；至于蕴藉诙谐，一着纸而解人颐，犹其末也。（《柳泉公行述》）

王洪谋曰：凡忠孝节烈、鬼怪仙灵，以及崄巇炎凉，平陂往复之迭更变幻，皆有以能发其志气，而感通其性灵，故有感辄作，随物赋形，无不尽态极妍，成为《志异》一书。要其淋漓谐谑，嘲笑雷轰，总以为人心世道之劝惩，非如此《齐谐》志怪、《虞初》记异者比，而犹恨不如晨钟暮鼓，可尽破村庸之迷，而顿醒世媪之梦也。（《柳泉居士行略》）

高珩曰：勃窣文心，笔补造化，不止生花，且同炼石。佳狐佳鬼之奇俊也，降福既以孔皆，敦伦更复无斁，人中大贤，犹有愧焉。是在解人不为法缚，不死句下可也。（《聊斋志异序》）

南村曰：聊斋少负艳才，牢落名场无所遇，胸填气结，不得已为是书。余观其寓意之言，十固八九，何其悲以深也！向使聊斋早脱韝去，奋笔石渠、天禄间，为

一代史局大作手，岂暇作此郁郁语，托街谈巷议，以自写其胸中磊块诙奇哉！（《聊斋志异跋》）

余集曰：平生奇气，无所宣渫，悉寄之于书。故所载多涉诙诡荒忽不经之事，至于惊世骇俗，而卒不顾。嗟夫！世固有服声被色，俨然人类，叩其所藏，有鬼蜮之不足比，而虎豹之难与方者。下堂见虿，出门触蜂，纷纷沓沓，莫可穷诘。惜无禹鼎铸其情状，镯镂决其阴霾，不得已而涉想于杳冥荒怪之域，以为异类有情，或者尚堪晤对；鬼谋虽远，庶其警彼贪淫。呜呼！先生之志荒，而先生之心苦矣！（《聊斋志异序》）

冯镇峦曰：先生此书，议论纯正，笔端变化，一生精力所聚，有意作文，非徒纪事。

署清令阳湖张安溪曰："《聊斋》一书，善读之令人胆壮，不善读之令人入魔。"予谓泥其事则魔，领其气则壮，识其文章之妙，窥其用意之微，得其性情之正，服其议论之公，此变化气质、淘成心术第一书也。多言鬼狐，款款多情；间及孝悌，俱见血性，较之《水浒》《西厢》，体大思精，文奇义正，为当世不易见之笔墨，深足宝贵。

读《聊斋》，不作文章看，但作故事看，便是呆汉。惟读左、国、史、汉，深明体裁作法者，方知其妙。或曰：何不迳读左、国、史、汉？不知举左、国、史、汉而以小说体出之，使人易晓也。

《聊斋》之妙，同于化工赋物，人各面目，每篇各具局面，排场不一，意境翻新，令读者每至一篇，另长一番精神。如福地洞天，别开世界；如太池未央，万户千门；如武陵桃源，自辟村落。不似他手，黄茅白苇，令人一览而尽。

说鬼亦要有伦次，说鬼亦要得性情。谚语有之：说谎亦须说得圆。此即性情伦次之谓也。试观《聊斋》说鬼狐，即以人事之伦次，百物之性情说之。说得极圆，不出情理之外；说来极巧，恰在人人意愿之中。虽其间亦有意为补接，凭空捏造处，亦有大段吃力处，然却喜其不甚露痕迹牵强之形，故所以能令人人首肯也。

盖虽海市蜃楼，而描写刻画，似幻似真，实一一如乎人人意中所欲出。诸法俱备，无法不臻。写景则如在目前，叙事则节次分明，铺排安放，变化不测，字法句法，典雅古峭，而议论纯正，实不谬于圣贤一代杰作也。

盖凭空突然说出一句，读者并不解其用意安在，及至下文，层层疏说明白，遂令题意雪亮。再玩篇首，始知落墨甚远，刻题甚近，初若于题无关，细味乃知俱从题之精髓抉摘比并出来，此即文家之突阵法也。《聊斋》用笔跳脱超妙，往往于中一二突接之处，仿佛遇之，唯会心人能格外领取也。(《读聊斋杂说》)

邹弢曰：蒲留仙先生《聊斋志异》，用笔精简，寓意处全无迹相，盖脱胎于诸子，非仅抗手于左史龙门也。(《三借庐笔谈》)

纪昀曰：《聊斋志异》盛行一时，然才子之笔，非著书者之笔也。虞初以下，干宝以上，古书多佚矣。其可见完帙者，刘敬叔《异苑》、陶潜《续搜神记》，小说类也；《飞燕外传》《会真记》，传记类也。《太平广记》事以类聚，故可并收。今一书而兼二体，所未解也。小说既述见闻，即属叙事，不比剧场关目，随意装点。……今燕昵之词，媟狎之态，细微曲折，摹绘如生。使出自言，似无此理；使出作者代言，则何从而闻见之？又所未解也。留仙之才，余诚莫逮其万一；唯此二事，则夏虫不免疑冰。(盛时彦《阅微草堂笔记姑妄听之跋》引)

刘玉书曰：或言蒲松龄胸中应具无数鬼狐，余谓唯松龄胸中无一鬼狐，莫被留仙瞒过。(《常谈》)

邱炜萲曰：《聊异志异》，妙在人情、物理、世态上体会入微，各具面目，无一篇一笔重复。即偶尔诙谐，亦是古雅入化。微不足者，笔近纤巧耳。(《五百洞天挥麈》)

二、关于《儒林外史》的参考资料

程晋芳曰：寒花无冶姿，贫士无欢颜。嗟嗟吴敏轩，短褐不得完。家世盛华缨，落魄中南迁。偶游淮海间，设帐依空园。飕飕窗纸响，槭槭庭树喧。山鬼忽调笑，野狐来说禅。心惊不得寐，归去澄江边。白门三日雨，灶冷囊无钱。逝将乞食去，亦且赁舂焉。《外史》纪儒林，刻画何工妍！吾为斯人悲，竟以稗说传。(《勉行堂诗集·春帆集·怀人诗》十八首之十六)

又曰：先生姓吴氏，讳敬梓，字敏轩，一字文木，全椒人。世望族，科第仕宦多显者。先生生而颖异，读书才过目，辄能背诵。稍长，补学官弟子员。袭父祖业，有二万余金；素不习治生，性复豪上，遇贫即施，偕文士辈往还，饮酒歌呼穷日夜，不数年而产尽矣。

安徽巡抚赵公国麟闻其名，招之试，才之，以博学鸿词荐，竟不赴廷试；亦自此不应乡举，而家益以贫。乃移居江城东之大中桥，环堵萧然，拥故书数十册，日夕自娱。窘极，则以书易米。或冬日苦寒，无酒食，邀同好汪京门、樊圣谟辈五六人，乘月出城南门，绕城堞行数十里，歌吟啸呼，相与应和；逮明，入水西门，各大笑散去，夜夜如是，谓之“暖足”。……至，则不食二日矣。然先生得钱，则饮酒歌啾，未尝为来日计。

其学尤精《文选》，诗赋援笔立成，夙构者莫之为胜。……生平见才士，汲引如不及；独嫉时文士如仇，其尤工者，则尤嫉之。

所著有《文木山房集》、《诗说》若干卷；又仿唐人小说为《儒林外史》五十卷，穷极文士情态，人争传写之。(《勉行堂文集·文木先生传》)

王又曾曰：古风慷慨迈唐音，字字卢仝《月食》心；但诋父师专制举，此言便合铸黄金。(“如何父师训，专储制举才。”诗中句也。)

一首《老伶》吴祭酒，几篇乐府白尚书；人间具眼定能辨，论属盖棺非面誉。

杜老唯耽旧草堂，征书一任鹤衔将。闲居日对钟山坐，赢得《儒林外史》详。(先生著有《儒林外史》)(《丁辛老屋集·书吴征君敏轩先生〈文木山房诗集〉后》十首录三)

顾云曰：且并脱诸生籍，去居江宁。江宁雨花台，明所建先贤祠在焉，祀吴泰伯以下五百余人，岁久，圮矣。征君与同志议复其旧，资弗继，则独鬻全椒老屋成之，故愈益贫困。先世门生故吏既半天下，尝所施予，亦往往致达官，顾夷然不以屑意。……世所传《儒林外史》，亦征君著也，雕画物态，如大禹之铸九鼎，神奸无遁形。虽稗官家言，或亦通人所不废耶？(《盋山志·吴敬梓传》)

闲斋老人曰：夫曰《外史》，原不自居正史之列也；曰“儒林”，迥异玄虚荒渺之谈也。其书以功名富贵为一篇之骨：有心艳功名富贵而媚人下人者；有倚仗功名富贵而骄人傲人者；有假托无意功名富贵自以为高，被人看破耻笑者；终乃以辞却功名富贵，品地最上一层，为中流砥柱。篇中所载之人，不可枚举，而其人之性情心术，一一活现纸上，读之者，无论是何人品，无不可取以自镜。(卧闲草堂本《儒林外史序》)

卧闲草堂本评曰：“功名富贵”四字是全书第一着眼处。故开口即叫破，却只轻轻点逗。以后千变万化，无非从此四个字现出地狱变相。可谓一茎草化丈六全身。(第一回回末总评)

又曰：余友云：“慎毋读《儒林外史》，读竟乃觉日用酬酢之间无往而非《儒林外史》。”此如铸鼎象物，魑魅魍魉毛发毕现。(第三回回末总评)

又曰：是书之用笔，千变万化，未可就一端以言其妙。如写女子小人，舆儓皂隶，莫不尽态极妍；至于斗方名士，七律诗翁，尤为题中之正面，岂可不细细为之写照？上文如杨执中、权勿用等人，绘声绘影，能令阅者拍案叫绝，以为铸鼎象物，至此真无以加矣；而孰知写到赵景诸人，又另换一副笔墨，丝毫不与杨、权诸人同。建章宫中千门万户，文笔奇诡何以异兹！（第十七回回末总评）

又曰：祭泰伯祠是书中第一个大结束。凡作一部大书，如匠石之营宫室，必先具结构于胸中：孰为厅堂，孰为卧室，孰为书斋、灶厩，一一布置停当，然后可以兴工。此书之祭泰伯祠，是宫室中之厅堂也。从开卷历历落落写诸名士，写到虞博士是其结穴处，故祭泰伯祠亦是其结穴处。譬如岷山导江，至敷浅原，是大总汇处。以下又迤逦入于海。书中之有泰伯祠，犹之乎江汉之有敷浅原也。（第三十三回回末总评）

金和曰：是书则先生嬉笑怒骂之文也。盖先生遂志不仕，所阅于世事者久，而所忧于人心者深，彰阐之权，无假于万一，始于是书焉发之，以当木铎之振，非苟焉愤时疾俗而已。（苏州群王斋本《儒林外史》跋）

天目山樵（张文虎）曰：是书特为名士下针砭，即其写官场、僧道、隶役、娼优及王太太辈，皆是烘云托月，旁敲侧击。读者宜处处回光返照，有则改之，无则加勉，勿负著书者一肚皮眼泪，则批书者之所望也。（庚辰花朝天目山樵识语）

邱炜萲曰：《儒林外史》一书，意在警世，颇得主文谲谏之义。其描写炎凉世态，纯从阅历上得来，警世小说而能不涉腐气，断推此种。（《菽园赘谈·续小说闲评》）

浴血生曰：社会小说，愈含蓄愈有味。读《儒林外史》者，盖无不叹其用笔之妙，如神禹铸鼎，魑魅魍魉，莫遁其形。然而作者未尝落一字褒贬也。（《小说丛话》）

三、关于《红梦楼》的参考资料

敦敏曰：傲骨如君世已奇，嶙峋更见此支离。醉余奋扫如椽笔，写出胸中块垒时。（《懋斋诗抄·题芹圃画石》）

又曰：碧水青山曲径遐，薜萝门巷足烟霞。寻诗人去留僧舍，卖画钱来付酒家。燕市哭歌悲遇合，秦淮风月忆繁华。新愁旧恨知多少，一醉毷氉白眼斜。（同上《赠芹圃》）

又曰：可知野鹤在鸡群，隔院惊呼意倍殷。雅识我惭褚太傅，高谈君是孟参军。

秦淮旧梦人犹在，燕市悲歌酒易醺。忽漫相逢频把袂，年来聚散感浮云。（同上《芹圃曹君霑别来已一载余矣。偶过明君琳养石轩，隔院闻高谈声，疑是曹君，急就相访，惊喜意外，因呼酒话旧事，感成长句》）

又曰：东风吹杏雨，又早落花辰。好枉故人驾，来看小院春。诗才忆曹植，酒盏愧陈遵。上巳前三日，相劳醉碧茵。（同上《小诗代简寄曹雪芹》）

敦诚曰：少陵昔赠曹将军，曾曰魏武之子孙。君又无乃将军后，于今环堵蓬蒿屯。扬州旧梦久已觉（原注：雪芹曾随其先祖寅织造之任），且著临邛犊鼻裈。爱君诗笔有奇气，直追昌谷破篱樊。当时虎门数晨夕，西窗剪烛风雨昏。接䍦倒著容君傲，高谈雄辨虱手扪。感时思君不相见，蓟门落日松亭樽（原注：时余在喜峰口）。劝君莫弹食客铗，劝君莫叩富儿门。残杯冷炙有德色，不如著书黄叶村。（《四松堂集·寄怀曹雪芹霑》）

又曰：满径蓬蒿老不华，举家食粥酒常赊。衡门僻巷愁今雨，废馆颓楼梦旧家。司业青钱留客醉，步兵白眼向人斜。何人肯与猪肝食？日望西山餐暮霞。（《鹪鹩庵杂记·赠曹雪芹》）

又曰：四十萧然太瘦生，晓风昨日拂铭旌。肠回故垄孤儿泣（原注：前数月伊子殇，因感伤成疾），泪迸荒天寡妇声。牛鬼遗文悲李贺，鹿车荷锸葬刘伶。故人欲有生刍吊，何处招魂赋楚蘅？

开箧犹存冰雪文，故交零落散如云。三年下第曾怜我，一病无医竟负君。邺下才人应有恨，山阳残笛不堪闻。他时瘦马西州路，宿草寒烟对落曛。（同上《挽曹雪芹》）

又曰：四十年华付杳冥，哀旌一片阿谁铭？孤儿渺漠魂应逐（原注：前数月伊子殇，因感伤成疾），新妇飘零目岂瞑？牛鬼遗文悲李贺，鹿车荷锸葬刘伶。故人唯有青山泪，絮酒生刍上旧坰。（《四松堂集·挽曹雪芹甲申》）

张宜泉曰：君诗曾未等闲吟，破刹今游寄兴深。碑暗定知含雨色，墙隤可见补云阴。蝉鸣荒径遥相唤，蛩唱空厨近自寻。寂寞西郊人到罕，有谁曳杖过烟林？（《春柳堂诗稿·和曹雪芹西郊信步憩废寺原韵》）

又曰：爱将笔墨逞风流，结庐西郊别样幽。门外山川供绘画，堂前花鸟入吟讴。羹调未羡青莲宠，苑召难忘立本羞。借问古来谁得似，野心应被白云留。（同上《题芹溪居士图姓曹名霑，字梦阮，号芹溪居士，其人工诗善画》）

又曰：谢草池边晓露香，怀人不见泪成行。北风图冷魂难返，白雪歌残梦正长。

琴裹坏囊声漠漠，剑横破匣影铓铓。多情再问藏修地，翠叠空山晚照凉。（同上《伤芹溪居士，其人素性放达好饮，又善诗画，年未五旬而卒》）

永忠曰：传神文笔足千秋，不是情人不泪流。可恨同时不相识，几回掩卷哭曹侯。

颦颦宝玉两情痴，儿女闺房语笑私。三寸柔毫能写尽，欲呼才鬼一中之。

都来眼底复心头，辛苦才人用意搜。混沌一时七窍凿，争数天不赋穷愁。（《延芬室稿·因墨香得观红楼梦小说吊雪芹三绝句姓曹》）（编者按：诗上有弘旿眉批曰："此三章诗极妙。第《红楼梦》非传世小说，余闻之久矣，而终不欲一见，恐其中有碍语也。"）

西清曰：《红楼梦》始出，家置一编，皆曰此曹雪芹书，而雪芹何许人，不尽知也。雪芹名沾，汉军也。其曾祖寅，字子清，号楝亭，康熙间名士，累官通政。为织造时，雪芹随任，故繁华声色，阅历者深。然竟坎壈半生以死。宗室懋斋（名敦敏）、敬亭与雪芹善。懋斋诗："燕市哭歌悲遇合，秦淮风月忆繁华"；敬亭诗："劝君莫弹食客铗，劝君莫叩富儿门，残杯冷炙有德色，不如著书黄叶村。"两诗画出雪芹矣。（《桦叶述闻》）

裕瑞曰：雪芹二字，想系其字与号耳，其名不得知。曹姓。汉军人，亦不知其隶何旗。闻前辈姻戚有与之交好者。其人身胖头广而色黑，善谈吐，风雅游戏，触境生春。闻其奇谈娓娓然，令人终日不倦，是以其书绝妙尽致。（《枣窗闲笔·后红楼梦书后》）

脂砚斋评曰：诗曰：浮生着甚苦奔忙，盛席华筵终散场。悲喜千般同幻渺，古今一梦尽荒唐。谩言红袖啼痕重，更有情痴抱恨长。字字看来皆是血，十年辛苦不寻常。（《甲戌本凡例》）

又曰：能解者方有辛酸之泪，哭成此书。壬午除夕，书未成，芹为泪尽而逝。余尝哭芹，泪亦待尽。每意觅青埂峰再问石兄，奈余不遇獭（癞）头和尚何！怅怅！（第一回甲戌眉批）

又曰：一种用淡三色行云流水之法，写出贵公子家常不迹（即）不离气致。经历过者则喜其写真，未经者恐不免嫌繁。（第八回甲戌本眉批）

又曰：这方是宝卿正传，与前写黛玉之传一齐参看，各极其妙，各不相犯，使其人难其左右于毫末。

画神鬼易，画人物难，写宝卿正是写人之笔，若与黛玉并写更难。今作者写得

一毫难处不见，且得二人真体实传，非神助而何。（同上）

又曰：写晴雯是晴雯走下来，断断不是袭人平儿莺儿等语气。（同上）

又曰：借可卿之死，又写出情之变态，上下大小男女老少，无非情感而生情。且又籍凤姐之梦，更化就幻空中一片贴切之情。所谓寂然不动，感而遂通。所感之象，所动之萌，深浅诚伪，随神必报，所谓幻者此也，情者亦此也。何非幻，何非情，情即是幻，幻即是情，明眼者自见。（第十三回有正本总批）

又曰：摹一人，一人必到纸上活现。（第十五回庚辰本夹批）

又曰：《石头记》一部中，皆是近情近理必有之事，必有之言，又如此等荒唐不经之谈，间亦有之，是作者故意游戏之笔耶？以破色取笑，非如别书认真说鬼话也。（第十六回庚辰本眉批）

又曰：复至"情悟梨香院"一回，更将和盘托出，与余三十年前目睹身亲之人，现形于纸上。使言《石头记》之为书，情之至极，言之至恰，然非领略过乃事，迷陷过乃情，即观此茫然嚼蜡，亦不知其神妙也。（第十七十八回己卯本夹批）

又曰：形容一事，一事毕真，《石头》是第一能手矣。（第十九回己卯夹批）

按此书中写一宝玉，其宝玉之为人，是我辈于书中见而知有此人，实未目曾亲睹者。又写宝玉之发言，每每令人不解；宝玉之生性，件件令人可笑。不独于世上亲见这样的人不曾，即阅今古所有之小说传奇中，亦未见这样的文字。于颦儿处更为甚，其囫囵不解之中实可解，可解之中又说不出理路。合目思之，却如真见一宝玉，真闻此言者，移之第二人万不可，亦不成文字矣。（同上）

梦觉主人曰：至于日用事物之间，婚丧喜庆之类，俨然大家体统，事有重出，词无再犯，其吟咏诗词，自属清新，不落小说故套；言语动作之间，饮食起居之事，竟是庭闱形表，语谓因人，词多彻性，其诙谐戏谑，笔端生活未坠村编俗俚。此作者工于叙事，善写性骨也。（甲辰本卷首《红楼梦序》）

刘铨福曰：《红楼梦》虽小说，然曲而达，微而显，颇得史家法。（甲戌本卷末《脂砚斋重评石头记跋》）

潘德舆曰：余始读《红楼梦》而泣，继而疑，终而叹。夫谓《红楼梦》之侍铺写盛衰兴替以感人，并或爱其诗歌词采者，皆浅者也。吾谓作是书者，殆实有奇苦极郁在于文字之外者，而假是书以明之，故吾读其书之所以言情者，必泪涔涔下，而心怦怦三日不定也。（《金壶浪墨·读红楼梦题后》）

二知道人曰：蒲聊斋之孤愤，假鬼狐以发之；施耐庵之孤愤，假盗贼以发之；

曹雪芹之孤愤，假儿女以发之：同是一把酸辛泪也。

盲左、班、马之书，实事传神也；雪芹之书，虚事传神也。然其意中，自有实事，罪花业果，欲言难言，不得已而托诸空中楼阁耳。

大观园之结构，即雪芹胸中邱壑也；壮年吞之于胸，老去吐之于笔耳。吾闻雪芹，缙绅裔也，使富侔崇、恺，何难开拓其悼红轩，叠石为山，凿池引水，以供朋侪游憩哉？惜乎绘诸纸上，为亡是公之名园也。

小说家之结构，大抵由悲而欢，由离而合，引人入胜。《红楼梦》则由欢而悲也，由合而离也。非图壁垒一新，正欲引人过梦觉关耳。（《红楼梦说梦》）

诸联曰：全部一百二十回书，吾以三字概之，曰真，曰新，曰文。（《红楼评梦》）

又曰：自古言情者，无过《西厢》。然《西厢》只两人事，组织欢愁，摛词易工。若《石头记》，则人甚多，事甚杂，乃以家常之说话，抒各种之性情，俾雅俗共赏，较《西厢》为更胜。（同上）

王希廉曰：《红楼梦》一书，全部最关键是"真假"二字。读者须知，真即是假，假即是真；真中有假，假中有真；真不是真，假不是假。明此数意，则甄宝玉、贾宝玉是一是二，便心目了然，不为作者冷齿，亦知作者匠心。（《新评绣像红楼梦全传》卷首《红楼梦总评》）

江顺怡曰：《红楼梦》，悟书也。其所遇之人皆阅历之人，其所叙之事皆阅历之事，其所写之情与景皆阅历之情与景，正如白发宫人涕泣而谈天宝，不知者徒艳其纷华靡丽，有心人视之皆缕缕血痕也。（《读红楼梦杂记》）

王国维曰：《红楼梦》一书，与一切喜剧相反，彻头彻尾之悲剧也。……吾国之文学，以挟乐天之精神故，故往往说诗歌的正义，善人必令其终，而恶人必离其罚，此亦吾国戏曲、小说之特质也。《红楼梦》则不然。赵姨、凤姐之死，非鬼神之罚，彼良心自己之苦痛也。……由此种种原因，而金玉以之合，木石以之离，又岂有蛇蝎之人物、非常之变故行于其间哉？不过通常之道德、通常之人情、通常之境遇为之而已。由此观之，《红楼梦》者，可谓悲剧中之悲剧也。（《红楼梦评论》）

八　清代戏曲

李　玉

李玉（约1615前后—1671后），字玄玉（一作元玉），号苏门啸侣，又号一笠庵主人。吴县（今江苏苏州市）人。生卒年及生平事迹不可详考。他与著名诗人吴伟业有过交往。因其父曾是明万历时大学士申时行府中奴仆，李玉本人也可能做过申时行之子申用懋的家人。因此受抑而不得应科举。好奇学古，极有才思，至明末始中副贡。明亡后绝意仕进，专力从事戏曲创作和研究。今见于著录的有剧作四十二种，存十八种，另有残本三种，余皆亡佚。其著者有《一捧雷》《人兽关》《永团圆》《占花魁》（合称为"一笠庵四种曲"，或称"一、人、永、占"）。《清忠谱》是他入清后的代表作。还著有《北词广正宫九谱》。

清忠谱[①]

闹　诏

（贴[②]青衣、小帽上）苦差合县[③]有，惟我独充当。自家吴县青带[④]便是。北京校尉来捉周乡宦，该应吴县承值[⑤]。校尉坐在西察院，本县老爷要拨人去听差，这些大阿哥[⑥]，都叮嘱了书房里，不开名字进去。竟拿我新着役、苦恼子[⑦]公人，点去承值，关在西察院内。那些校尉动不动叫差人，叫差人要长要短，偶然迟了，轻则靴尖乱踢，重则皮鞭乱打。一个钱也没处去赚，倒受了无数的打骂！方才攮[⑧]了一肚子烧酒，如今在里边吆吆喝喝，又走出来了。不免躲在厢房，听他说些什么。（暗下）（副扮差官，丑、小生扮二校[⑨]，喝上[⑩]）

【梨花儿】（副）驾上差来天也塌[11]。推托穷官没钱刮[12]，恼得咱家心性发，嗏！拿到京中活打杀。

李老爷呢？（小生）李老爷睡在那里。（副）快请出来。（校向内介）张老爷请李老爷。（净内应介）来了！（净扮差官上）

【前腔】（净）久惯拿人手段滑[13]，这番差使差了瞎[14]。自家干儿不设法[15]，嗏！一把松香便决撒[16]。

（副）李老爷，咱们奉了驾帖[17]，差千差万，到处拿人，不知赚了多少银子。如今差到苏州，又拿一个吏部。自古道：上说天堂，下说苏、杭。岂不晓得苏州是个富饶的所在？况且吏部是个美官[18]，值不得拿万把银子，送与咱们？开口说是个穷官，一个钱也没有，你道恼也不恼！难道咱们三千七百里路来到这里，自白回去了不成？（净）可笑那毛一鹭，做了咱家的官儿，咱们到来，他也该竭力设法，怎么丢咱们住在冷屋里边，自己来也不来？哥阿！若是周顺昌[19]弄不出，咱们定要倒毛一鹭的包哩[20]！（副）李老爷说的是！差人那里？（连叫介）（丑）差人！差人！（贴走出跪介）老爷有何分付？（副）差你在这里伺候，脸面子也不见，不知躲在那里？（净）连连叫唤，才走出来，要你这里做什么！（副）李老爷不要与他说，只是打便了。（净）拿皮鞭来！（贴磕头介）小的在这里伺候，求老爷饶打。（副）你快去与毛一鹭说：俺老爷们，奉了皇爷的圣旨，厂爷的钧旨[21]，到此拿人，你做那一家的官儿，不值得在犯官身上弄万把银子送俺们！若有银子，快快抬来，若没有银子，咱们也不要周顺昌了。咱们自上去，教他自己送周顺昌到京便了。快去说！就来回复。（贴）小的是个县差，怎敢去见都老爷[22]？怎敢把许多言语去禀？（净、副大怒介）哇！你这狗头不走么？（贴拜介）小的委实不敢说。（副）要你这狗头何用？（将皮鞭乱打介）（净乱踢介）（贴在地乱滚，叫痛哀求介）（副）这样狗攮的，不中用。（贴爬下）（副向丑介）你照方才的言语，快去与毛一鹭说！俺们立等回话。（内众声喧喊介）（丑望介）呀！门外人山人海，想是来看开读的。这般挨挤，如何走得！（副又与小生说介）你把皮鞭打开了路，送他出去便了。（向净介）咱家到里边喝杯凉酒。少不得毛一鹭定然自来回复。（净）有理。（副）只等飞廉[23]传信去，（净）管教贯索[24]就擒来。（同下）（小生）咄！百姓们闪开，闪开！咱家奉旨来拿犯官，什么好看！什么好看！（丑）闪开，闪开！让咱走路！（将皮鞭乱打下）

（旦、贴扮二皂[25]喝上）（外，黑三髯[26]、冠带，扮寇太守[27]上）

【西地锦】（外）民愤雷呼辕下[28]，泪飞血洒尘沙。

（内众乱喊介）周吏部第一清廉乡宦，地方仰赖，众百姓专候太老爷做主，鼎言[29]救援哩！（大哭介）（末，短胡髯，冠带，扮陈知县急上）（向内摇手介）众百姓休得啼哭！休得啼哭！上司自有公平话。且从容，莫用喧哗。

（内众又喊介）陈老爷是周乡宦第一门生，益发坐视不得的呢！爷爷嗄！（又哭介）（末见外介）老大人，众百姓执香号泣者，塞巷填街，哀声震地，这却怎么处？（外）足见周老先生平日深得人心，所以致此。贵县且去分付士民中一二老成的上前讲话。（末）是！（向内介）众百姓听着！寇太爷分付，士民中老成的，止唤一二人上前讲话。（小生、老旦，扮生员[30]上）（作仓惶状介）（小生）生，生，生员王节。（老旦）生，生员刘羽仪。（小生、老旦）老，老，老公祖，老，老，老父母在上。周，周，周铨部居官侃侃[31]，居乡表表[32]。如此品行，卓然[33]千古。蓦罹[34]奇冤，实实万姓怨恫[35]。老公祖，老父母，在地方亲炙高风[36]，若无一言主持公道，何以安慰民心？（净急上跪介）青天爷爷啊！周乡宦若果得罪朝廷，小的们情愿入京代死。（丑喊上）不是这样讲，不是这样讲！让我来说。青天爷爷啊！今日若是真正圣旨来拿周乡宦，就冤枉了周乡宦，小的们也不敢说了。今日是魏太监假传圣旨，杀害忠良，众百姓其实不服。就杀尽了满城百姓，再不放周乡宦去的。（大哭介）（内齐声号哭介）（外）众百姓听着！这桩事，非府县所能主张。少刻都老爷到了，你百姓齐声叩求，本府与吴县自然极力周旋。（内齐声应介）太爷是真正青天了。（内敲锣、喝道声介）（净、丑）都老爷来了！列位，大家上前号哭去！（喊介）（小生、老旦）全赖老公祖、老父母鼎力[37]挽回。（外、末）自然，自然！（小生、老旦下）（外、末在场角伺候，打躬迎接介）（内喊介）（副，胡髯、冠带，扮毛抚台，歪戴纱帽，脱带撒袍，众百姓乱拥上）（众喊介）求宪天爷爷[38]做主，出疏保留周乡宦呢！（外、末喝退众下介）（副作大怒，乱喘乱喘大叫介）反了，反了！有这等事！皇上拿人，百姓抗拒，地方大变了，大变了！罢了，罢了，做官不成了！（外、末跪介）老大人请息怒。周宦深得民心，也是平日正气所感，或者有一线可生之路，还望老大人挽回。（副大怒介）咳！逆党聚众，抗提钦犯，叛逆显然了。有什么挽回？有什么挽回？（作怒状，冷笑介）

【风入松】呼群鼓噪闹官衙，圣旨公然不怕。你府县有地方干系[39]，可晓得官旗[40]是哪一家差来的？天家缇骑[41]魂惊吓，（作手势介）若抗拒，一齐搭咤[42]。

（外、末拱介）是！（副低说介）且住了！逆了朝廷，还好弥缝[43]。今日逆了厂公，（皱眉介）咦！比着

抗圣旨，题目[44]倍加。头颅上，怎好戴乌纱！

（内众又乱喊介）宪天爷爷，若不题疏[45]力救周乡宦，众百姓情愿一个个死在宪天台下。（外、末又跪介）老大人，卑职不敢多言。民情汹汹如此，还求老大人一言抚慰才是。（副）抚慰些什么来？抚慰些什么来？拿几个进来打罢了！（外、末又跪介）老大人息怒。众百姓呵，

【前腔】（外、末）哭声震地惨嗟呀！卑职呵，不敢施威喝打。倘一言激变，难禁架[46]，定弄出祸来天大。

（末又跪介）老大人若无一言抚慰，就是周宦在外，卑职也不敢解进辕门。（副）为何？（末）

人儿拥，纷如乱麻，就有几皂隶，也难拿。

（副沉思介）嗄！也罢！既如此，快去传谕[47]百姓且散。若要保留周宦，且具一公呈进来，或者另有商量。（外、末起介）是！领命！（即下）（副）哈哈哈！好个骙[48]官儿。苦苦要本院保留，这本儿怎么样写？怎么样写？且待犯官进来，再作道理，（向内叫介）张爷那里？李爷那里？（叫下）（小生扮校尉上，扯住副立定介）毛老爷，不要乱叫。我们的心事，怎么样了？到京去，还要咱们在厂爷面前讲些好话的哩！（副）知道了！知道了！自然从厚。（携手下）

（生，青衣、小帽；旦、贴扮皂押上）（生）平生尽忠孝，今日任风波。（净、丑、末拥上）周老爷且慢。我们众百姓已禀过都爷，出疏保留了。（生拱谢介）列位素昧平生，多蒙过爱。我周顺昌自矢无他[49]，料到京师，决不殒命[50]。列位请回。（净、丑、末）当今魏太监弄权，有天无日，决不放周爷去的。（哭，唱）

【前腔】（净、丑、末）权珰势焰把人挝[51]，到口便成肉鲊[52]。周老爷呵，死生交界应非要，怎容向鬼门占卦[53]？

（老、小生急上）周老先生，好了！好了！晚生辈三学朋友[54]，已具公呈保留，台驾且回尊府。晚生辈静候抚公批允便了。

（生）多谢诸兄盛情。咳！诸兄，小弟与兄俱读圣书，君命召[55]，驾且不俟。今日奉旨来提，敢不趋赴。顺昌此去，有日还苏，再与诸兄相聚，万分有幸了。（小生、老旦）老先生说出此言，晚生辈愈觉心痛了。（大哭介）（净、丑、末，各抱生哭介）（小生、老旦）老先生，你看被逮诸君，那一个保全的？还是不去的是。

投坑阱都成浪花[56]，见那个得还家。

（生）列位休得悲哀。我周顺昌呵，

【前腔】（生）打成草稿在唇牙，指佞[57]庭前拚骂。叠成满腹东林话[58]，苦挣着正人

声价。诸兄日后将我周顺昌呵，姑苏志[59]休教谬夸。我只是完臣节，死非差[60]。

（外扮中军上）都老爷分付开读且缓，传请周爷快进商议。

（净、丑、小生、老旦、末）有何商量？（外）列位既具公呈，自然要议妥出本的。（众）出本保留，是士民公事，何消周爷自议？不要听他。（生）列位还是放学生进去的是。（众）不妨，料无后门走了。（外扶生入介）（内）分付掩门。（内、副掩门介）（众）奇怪！为何掩门起来？列位，大家守定大门，听着里边声息便了。（作互相窥听介）（内念诏介）跪听开读！（众惊介）列位，不是了！为何开读起来？（又听介）（内高声喊介）犯官上刑具。（众怒介）益发不是了！列位，拼着性命，大家打进去！（打门介）（副扮差官执械上）咄！砍头的，皇帝也不怕，敢来抢犯人么？叫手下拿几个来，一并解京去砍头！

【前腔】（副）妖民结党起波查[61]，倡乱苏城独霸[62]。抢咱钦犯思逆驾，擒将去千刀万剐。（众）咳！你传假旨，思量吓咱！（拍胸介）我众好汉，怎饶他！

（副）嗄！你这般狗头，这等放肆，都拿来砍！都拿来砍！（作拔刀介）（净）你这狗头，不知死活！可晓得苏州第一个好汉颜佩韦么？（末）可晓得真正杨家将杨念如么？（丑、旦、贴）可晓得十三太保周老男[63]、马杰、沈扬么？（副）真正是一班强盗！杀！杀！杀！（将刀砍介）（净）众兄弟，大家动手！（打倒副介）（副奔进介）（众赶入打介）天花板上还有一个。（众打进打出三次介）（二旦扛一死尸上）打得好快活！这样不经打的，把尸骸抛在城脚下喂狗便了。（下）

（外扮寇太守扶生上）（生）老公祖，此番大闹，我周顺昌倒无生路了。怎么处？怎么处？（外）老先生休虑。且到本府衙内，再有商量。（扶生下）

（末扮陈知县扶副上）（副）这等放肆。快走，快走！各执事[64]不知那里了，怎么处？（末）执事都在前面。只得步行前去。知县护送老大人。（副）走，走，走！（同末下）

（净、丑、旦、贴内大喊。众复上）还有几个狗头，再去打，再去打！（作赶入介）（即出介）一个人也不见了，官府也去了，连周乡宦也不知那里去了。怎么处？快寻，快寻！（各奔介）

【前腔】（合）凶徒打得尽成柤[65]，倒地翻天无那[66]。逋逃没影真奇诧，空察院止堪养马。周乡宦，深藏那家？细详察，觅根芽。（共奔下）

①《清忠谱》的作者，除李玉外，朱素臣、毕万后、叶雉斐也参加了创作。这是一部历史剧，描写了明代天启六年（1626）东林党人和苏州市民反抗阉党魏忠贤黑暗统治的斗争。剧本着力歌颂了东林党人周顺昌清廉刚正的优秀品格，同时展示了轰轰烈烈的群众斗

争场面，并成功地塑造了颜佩韦等五位市民领袖的英雄形象。全剧共二十五折，《闹诏》是第十一折。　②贴：戏曲行当名，一般为扮演次要的女角，但这里扮演的是男性人物。因本剧人物较多，演员角色分配不受行当的限制。　③合县：全县。　④青带：系青带子的人，即下等衙役。　⑤承值：值班承担役使。　⑥大阿哥：吴语称大哥为大阿哥，这里指上等衙役。　⑦新着役：新任的衙役。苦恼子：犹如说倒霉蛋。　⑧攮（nǎng）：拼命地吃。　⑨二校：两个小兵。　⑩喝上：吆喝着上场。　⑪“驾上”句：是说自己由皇帝派来，威势无比。这里是魏忠贤矫旨派锦衣卫捕人，故称“驾上差来”。驾上，指皇帝。天也塌，夸张势头之大。　⑫“推托”句：推托说是个穷官，使自己无钱可刮。　⑬滑：熟练。　⑭差了瞎：指落空，没有油水可捞。　⑮自家干儿：指毛一鹭，他因趋奉魏忠贤而做了他的干儿子。当时任应天府巡抚。　⑯“一把”句：旧戏舞台上常用撒松香粉取得烟火效果，这里借以比喻大闹一场，像放一把火那样迅速解决问题。决撒，败露，完蛋。　⑰驾帖：皇帝签发的逮捕状。　⑱吏部是个美官：吏部是封建时代中央掌管官员任免升降事务的机构，在吏部任职因权重而成为肥缺，故云“美官”。　⑲周顺昌（1584—1626）：字景文，号蓼洲，江苏吴县人。曾任福州推官、文选司员外郎。　⑳倒包：指讹诈、敲竹杠。　㉑厂爷：指魏忠贤，明熹宗叫他任司礼秉笔太监，兼掌皇家特务机关东厂，自称九千岁，所以下面的人尊称他为厂爷。钧旨：对上级命令的一种尊敬的说法。　㉒都老爷：指巡抚兼副都御史的毛一鹭。　㉓飞廉：一作蜚谦，殷商时人，善走。这里喻指差役。　㉔贯索：原为星名，《晋书·天文志》：“贯索九星，贱人之牢也。”这里借指犯人周顺昌。　㉕皂：皂隶，衙役。　㉖黑三髯：三绺黑须，对演员髯口的舞台提示。　㉗寇太守：指寇慎，字礼亭，天启三年（1623）任苏州知府，为官清廉。　㉘辕下：指署衙的大门之外。　㉙鼎言：古代称有分量能起作用的话为“一言重于九鼎”。　㉚生员：科举时代凡经考试进入府、州、县学学习的，称为生员，亦即秀才。　㉛铨部：因吏部职掌铨选（量才授官），故别称铨部。侃侃：正直。　㉜表表：超群出众。　㉝卓然：卓异特出的样子。　㉞蓦罹（lí）：突然遭到不幸的事情。　㉟恫（tōng）：哀痛。　㊱亲炙高风：亲身感受到周顺昌高尚的品德。　㊲鼎力：大力，对别人支持帮助的一种恭维说法。　㊳宪天爷爷：明清时期老百姓对执法之官的一种尊称。　㊴“你府县”句：意思是百姓们闹事，你们作为地方官脱不了干系。　㊵官旗：指上级官府派来逮捕人的人马。　㊶缇骑（tí jì）：对逮捕犯人的禁卫吏役的称呼。缇，丹黄色。古代负责京城治安的官员着丹黄色帛衣，故有缇骑之称。　㊷搭咤（ké zhà）：象声词，这里指砍头。　㊸弥缝：弥合，遮盖。　㊹题目：指罪名。　㊺题疏：即题本，由官员用印具题，向皇帝上奏章。　㊻难禁架：难以制止招架。　㊼谕：古时上告下称谕。　㊽骏（ái）：呆傻。　㊾自矢无他：自问没有做过什么坏事。矢，发誓。　㊿殒命：丧命，指被杀。　51权珰：指专权的宦官，古代宦官帽上饰以珰（金珠子），故以珰指称宦官。挝（zhuā）：击，打。　52肉鲊（zhǎ）：肉酱。　53向鬼门占卦：意即拿生命来冒险。　54三学：唐代称国子学、太学、四门学为三学；宋代将太学分为外、内、上三舍，也称三学。这里泛指学校中人。　55“君命”二句：君王下令召见，做臣子的不等驾好车就要赶快动身。语出《论语·乡党》：“君命召，不俟驾矣。”俟，等候。　56“投坑”二句：

投到他们的陷阱里，像抛下一块石头，只会激起一阵浪花，有去无回的。 ㊼ 指佞（nìng）：草名，又叫屈轶草，传说尧时有指佞草生于庭，见奸臣入朝则屈而指之。这里是周顺昌引以自喻。 ㊽ 叠成：积累成。东林：指东林党，明末以江南士大夫为主体的政治集团，因讲学于无锡东林书院而得名，对魏忠贤阉党进行了坚决的斗争。 ㊾ 姑苏志：苏州的地方志。姑苏为苏州的别称。 ㊿ 死非差：死时没有丧失原则。 61 波查：波折，风波。 62 独霸：独为厉害。 63 十三太保：相传唐末义子十三人都作太保官。十三太保即李存孝，年最少而最勇。周文元自称“老男”，是五人中最年少的，故以十三太保自称。 64 执事：供役使的差人。 65 楂（zhā）：一种落叶灌木的果实，一名木桃，圆形，色微黄，味酸。这里用以形容校尉被打后的狼狈相。此处原书眉注云：“自五人倡义之后，缇骑绝迹，不能复出。” 66 无那：犹“无奈”，是说做出了倒地翻天的事，谁也奈何我们不得。（这折戏描写了苏州市民在颜佩韦等五人的领导下，抗争闹诏，保护刚正廉直的周顺昌，跟魏忠贤派来捉人的阉党走狗毛一鹭进行了坚决的斗争，使得毛及校尉狼狈不堪，显示了群众斗争的正义性和巨大的声威。人物众多，场面宏伟，头绪分明，形象栩栩如生。）

洪　升

洪升（1645—1704），字昉思，号稗畦，又号稗村、南屏樵者，钱塘（今浙江杭州市）人。他出身于一个生活优裕的仕宦家庭，从小受到较好的文化教育。他的外祖父黄机，康熙朝曾官至吏部尚书和文华殿大学士。曾从学于著名学者陆繁弨、毛先舒等人。他勤奋好学，又富有才华，诗文词曲都有创作，受到人们的称赏。但一生功名极不顺利。康熙七年（1668）到北京国子监肄业，直至康熙二十八年（1689）因《长生殿》演出而被革去国子监生籍，二十多年间未得到一官半职。生计艰难时，竟以卖文度日。但他生性孤傲，愤世嫉俗，“交游宴集，每白眼踞坐，指古摘今”。（《长生殿·徐麟序》）康熙三十年（1691）携家南归，康熙四十三年（1704）在浙西乌镇不幸因酒醉落水而死。著有诗集《稗畦集》《稗畦续集》《啸月楼集》，剧作多种，今仅存杂剧《四婵娟》和传奇《长生殿》。

长生殿[①]

惊　变

（丑上）“玉楼天半起笙歌，风送宫嫔[②]笑语和；月殿影开闻夜漏，水晶帘卷近秋河[③]。”

咱家高力士[4]，奉万岁爷之命，着咱在御花园中，安排小宴，要与贵妃娘娘，同来游赏，只得在此伺候！（生、旦乘辇[5]，老旦、贴[6]随后，二内侍引行上）

【北中吕】【粉蝶儿】[7]天淡云闲，列长空数行新雁。御园中秋色斓斑[8]：柳添黄，苹减绿，红莲脱瓣。一抹[9]雕阑，喷清香桂花初绽。

（到介）（丑）请万岁爷、娘娘下辇。（生、旦下辇介）（丑同内侍暗下）（生）妃子，朕[10]与你散步一回者！（旦）陛下请！（生携旦手介）

【南泣颜回】携手向花间，暂把幽怀同散。凉生亭下，风荷映水翩翩；爱桐阴静悄，碧沉沉并绕回廊看。恋香巢秋燕依人，睡银塘鸳鸯蘸眼[11]。

（生）高力士，将[12]酒过来，朕与娘娘小饮数杯。（丑）宴已排在亭上，请万岁爷娘娘上宴。（旦作把盏，生止住介）妃子坐了！

【北石榴花】不劳你玉纤纤[13]高捧礼仪烦，子待借小饮对眉山[14]。俺与你浅斟低唱互更番[15]，三杯两盏，遣兴消闲。妃子，今日虽是小宴，倒也清雅。回避了御厨中，回避了御厨中，烹龙炰凤[16]堆盘案，咿咿哑哑，乐声催攒[17]；只几味脆生生，只几味脆生生，蔬和果，清肴馔[18]，雅称[19]你仙肌玉骨美人餐。

妃子，朕与你清游小饮，那些梨园[20]旧曲，都不耐烦听他。记得那年，在沉香亭上赏牡丹，召翰林李白，草《清平调》三章[21]，命李龟年度[22]成新谱，其词甚佳，不知妃子还记得么？（旦）妾还记得。（生）妃子，可为朕歌之，朕当亲倚玉笛以和[23]。（旦）领旨！（老旦进玉笛，生吹介）（旦按板[24]介）

【南泣颜回】花繁，秾艳想容颜，云想衣裳光璨；新妆谁似？可怜飞燕[25]娇懒。名花国色，笑微微常得君王看。向春风解释[26]春愁，沉香亭同倚阑干。

（生）妙哉！李白锦心[27]，妃子绣口，真双绝矣！宫娥，取巨觞[28]来，朕与妃子对饮。（老旦、贴送酒介）（生）

【北斗鹌鹑】畅好是喜孜孜驻拍停歌[29]，喜孜孜驻拍停歌，笑吟吟传杯送盏。妃子干一杯！（作照干介）不须他絮烦烦射覆藏钩[30]，闹纷纷弹丝弄板[31]。（又作照杯介）妃子，再干一杯！（旦）妾不能饮了。（生）宫娥每跪劝！（老旦、贴）领旨。（跪旦[32]介）娘娘请上这一杯！（旦勉饮介）（老旦、贴作连劝介）（生）我这里无语持觞仔细看，早子见花一朵上腮间。（旦作醉介）妾真醉矣！（生）一会价软咍咍柳亸花欹[33]，软咍咍柳亸花欹，困腾腾莺娇燕懒。

妃子醉了。宫娥每，扶娘娘上辇进宫去者！（老旦、贴）领旨！（作扶旦起介）（旦作醉态呼介）万岁！（老旦、贴扶旦行，旦作醉态介）

【南扑灯蛾】态恹恹[34]轻云软四肢，影蒙蒙空花乱双眼；娇怯怯柳腰扶难起，困沉沉强抬娇腕，软设设金莲倒褪[35]，乱松松香肩亸云鬟[36]；美甘甘思寻凤枕，步迟迟倩[37]宫娥搀入绣帏间。

（老旦、贴扶旦下）（丑同内侍暗上）（内击鼓介）（生惊介）何处鼓声骤发？（副净[38]急上）渔阳鼙鼓[39]动地来，惊破霓裳羽衣曲[40]。（问丑介）万岁在那里？（丑）在御花园内。（副净）军情紧急，不免迳入。（进见介）陛下不好了！安禄山[41]起兵造反，杀过潼关[42]，不日就到长安了。（生大惊介）守关将士何在？（副净）哥舒翰[43]兵败，已降贼了。（生）呀！

【北上小楼】你道失机的哥舒翰，称兵[44]的安禄山，赤紧的[45]离了渔阳，陷了东京[46]，破了潼关。吓得人胆战心摇，吓得人胆战心摇，肠慌腹热，魂飞魄散，早惊破月明花粲。

卿有何策，可退贼兵？（副净）当日臣曾再三启奏，禄山必反，陛下不听，今日果应臣言。事起仓卒，怎生抵敌；不若权时幸蜀[47]，以待天下勤王[48]。（生）依卿所奏，快传旨诸王百官，即时随驾幸蜀便了！（副净）领旨！（急下）（生）高力士，快些整备军马！传旨令右龙武将军陈元礼，统领御林军[49]士三千，扈驾[50]前行。（丑）领旨！（下）（内侍）请万岁爷回宫！（生转行叹科）唉！正尔欢娱，不想忽有此变，怎生是了也！

【南扑灯蛾】稳稳的宫庭宴安，扰扰的边廷造反；冬冬的鼙鼓喧，腾腾的烽火黫[51]。的溜扑碌[52]臣民儿逃散，黑漫漫乾坤[53]覆翻，碜磕磕[54]社稷[55]摧残，碜磕磕社稷摧残，当不得萧萧飒飒西风送晚，黯黯的一轮落日冷长安。

（向内问介）宫娥每，杨娘娘可曾安寝？（老旦、贴内应介）已睡熟了。（生）不要惊他，且待明早五鼓同行。（泣介）天那！寡人不幸，遭此播迁[56]，累[57]他玉貌花容，驱驰道路，好不痛心也！

【南尾声】在深宫兀自娇慵惯，怎样支吾[58]蜀道难？（哭介）我那妃子呵！愁杀你玉软花柔，要将途路趱[59]。

宫殿参差落照间，
渔阳烽火照函关[60]；
遏云[61]声绝悲风起，
何处黄云是陇山[62]！

①这部剧以唐代安史之乱为背景，描写了唐玄宗和杨贵妃之间曲折的爱情故事。作者对这一从中唐以来就广泛流传、被多次描写过的传统题材，加以融汇总结，作了重新处理。有感于“情之所钟，在帝王家罕有”（《长生殿·例言》），剧本着重强调了李杨二人真挚的爱情关系；与此同时，剧本又融进了较多的政治内容，触及到安史之乱以前复杂的社会矛盾，对帝王后妃的奢侈享乐生活和朝政的腐败，都作了一定的揭露和批判。全剧共五十出，《惊变》是第二十四出。 ②宫嫔（pín）：宫女。嫔，宫中女官名。 ③秋河：银河。近秋河，极言楼阁之高。 ④高力士：唐玄宗时太监，最得宠幸，曾任左监门大将军知内侍省事、骠骑大将军等职。 ⑤辇（niǎn）：帝王乘坐的车子。 ⑥贴：戏曲角色名，属旦行。女主角称旦，次要的旦角称为贴旦，简称贴。 ⑦【北中吕】【粉蝶儿】：以下各曲均未标明为谁所唱，但本剧采用南北曲合套，一般是生唱北曲，旦唱南曲，故曲牌前标“北”字的为生所唱，标“南”字的为旦所唱。 ⑧斓斑：色彩缤纷。 ⑨一抹：一排，一带。 ⑩朕：皇帝自称。 ⑪蘸（zhàn）眼：招眼，引人注目。 ⑫将：拿。 ⑬玉纤纤：形容手的白嫩细腻。 ⑭子待：同“只待”。眉山：指眉毛。古代妇女用黛青色画眉，色如远山，故云。这里用眉山代指杨贵妃。 ⑮互更番：指饮酒和唱歌，迭相更替。 ⑯烹龙炰（páo）凤：泛指各种山珍海味的食品。炰，煮。 ⑰趱（zǎn）：催促。 ⑱清肴馔（yáo zhuàn）：清淡可口的食品。肴是荤菜的泛称，馔指饭食。从文意看，这里的肴馔指蔬果点心。 ⑲雅称：非常适合。雅，甚。 ⑳梨园：唐玄宗时教习宫廷歌舞艺人的地方。 ㉑《清平调》三章：相传为李白在长安供奉翰林时所作，据说有一次唐玄宗和杨贵妃在沉香亭观赏牡丹花，当时的宫廷乐师李龟年率梨园弟子奏乐，玄宗不喜听旧时乐词，便召翰林学士李白，命作新词，李白即作《清平调》三首。 ㉒度：谱曲。 ㉓倚：吹奏。和（hè）：伴奏。 ㉔按板：打拍子。 ㉕飞燕：指汉成帝的皇后赵飞燕。这里借指杨贵妃。 ㉖解释：消解，解除。 ㉗“李白”二句：指李白文思优美，杨贵妃歌声动听。语出柳宗元《乞巧文》：“骈四俪六，锦心绣口。” ㉘觞：酒杯。 ㉙畅好是：正好是。驻：停止。 ㉚射覆：一种类似猜字谜用来行酒令的游戏。藏钩：一种把东西藏起来让人猜测的游戏。 ㉛弹丝弄板：指演奏乐曲。 ㉜跪旦：向旦（即剧中的杨贵妃）跪下。 ㉝一会价：一会儿。软咍咍（hāi）：软绵绵。亸（duǒ）：下垂。攲（qī）：倾斜。柳、花和下句中的莺、燕都代指杨贵妃。 ㉞恹恹（yān）：疲乏的样子。 ㉟金莲：指女子的小脚。褪：同“退”。 ㊱香肩亸云鬟：头发散乱地披在肩头上。 ㊲倩：请。 ㊳净：戏曲行当名，俗称花脸。一般扮演性格豪爽或暴躁、悍厉的男性人物。副净是净这类角色中较次要的人物，这里指杨国忠。 ㊴渔阳：唐郡名，治所在今天津市蓟县，时安禄山任平卢、范阳、河东三镇节度使，作乱时在此起兵。鼙（pí）鼓：古代军中用的小鼓，这里代指战事。 ㊵霓裳羽衣曲：即《霓裳羽衣舞》，唐代宫廷乐舞，相传曾经唐玄宗润色改制。 ㊶安禄山：唐营州柳城（在今辽宁省朝阳县南）人，少数民族出身，于天宝十四载（755）在范阳起兵叛乱。 ㊷潼关：关名，在今陕西省潼关县北。 ㊸哥舒翰：唐玄宗时大将，曾兼河西节度使，封西平郡王。安禄山叛乱时被起用为兵马副元帅，率重兵守潼关，后兵败被俘。 ㊹称兵：起兵。 ㊺赤紧的：同“吃紧的”，这里是很快的意思。 ㊻东京：指洛阳。唐代称洛阳为

东都。 ㊼幸蜀：到四川去避难。古时称天子到某地为幸。 ㊽勤王：指朝廷有难，各地兵马前来救授。 ㊾御林军：皇帝的禁卫军。 ㊿扈（hù）驾：跟从并保护皇帝的车驾。 (51)黫（yān）：黑色。 (52)的溜朴碌：形容仓皇逃难时的狼狈样子。 (53)乾坤：天地。 (54)磣磕磕：形容十分悲惨。磣，同“惨”。磕磕，一作“可可”，助词，无义。 (55)社稷：指国家。 (56)播迁：流离迁徙。 (57)累：连累。 (58)支吾：这里是对付的意思。 (59)趱：赶路。 (60)函关：函谷关，这里泛指长安一带。 (61)遏云：响遏行云，形容乐声响入云霄，将行云也遏止住了。遏，阻止。 (62)陇山：山名，在陕西、甘肃一带，由长安去成都，须经陇山东麓而南行。（这出戏写唐代的一次巨大的政治变乱——安史之乱惊破了唐玄宗和杨贵妃温柔乡中的美梦。戏的前半写两人在御花园中饮酒作乐，忘情歌舞；后半写安禄山造反的消息传来，肠慌腹热，魂飞魄散。在气氛和人物的思想感情上都形成了鲜明的对比，有利于揭示这场政治危机跟帝王后妃荒淫享乐生活的内在关系，为后世提供了乐极悲来的历史鉴戒。）

[附录]

关于《长生殿》的评价

洪升曰：余览白乐天《长恨歌》及元人《秋雨梧桐》剧，辄作数日恶。南曲《惊鸿》一记，未免涉秽。从来传奇家非言情之文，不能擅场；而近乃子虚乌有，动写情词赠答，数见不鲜，兼乖典则。因断章取义，借天宝遗事，缀成此剧。凡史家秽语，概削不书，非曰匿瑕，亦要诸诗人忠厚之旨云尔。然而乐极哀来，垂戒来世，意即寓焉。且古今来逞侈心而穷人欲，祸败随之，未有不悔者也。（《长生殿自序》）

又曰：后又念情之所钟，在帝王家罕有，马嵬之变，已违夙誓，而唐人有玉妃归蓬莱仙院、明皇游月宫之说，因合用之，专写钗合情缘，以《长生殿》题名，诸同人颇赏之。

史载杨妃多污乱事，予撰此剧，止按白居易《长恨歌》、陈鸿《长恨歌传》为之。而中间点染处，多采《天宝遗事》《杨妃全传》。若一涉秽迹，恐妨风教，绝不阑入，览者有以知予之志也。

棠村相国尝称予是剧乃一部闹热《牡丹亭》，世以为知言。予自惟文采不逮临川，而恪守韵调，罔敢稍有逾越。（《长生殿例言》）

李调元曰：洪昉思升作《长生殿》，尽删太真秽事，时朱门、绮席、酒社、歌楼，非此曲不奏缠头。宫詹赵执信以听演去官，不复起，有“可怜一曲《长生殿》，断送功名到白头”之句，可想其工。其《弹词》为一篇警策，所谓：“白头宫女在，闲坐说玄宗。”（《雨村曲话》卷下）

查为仁曰：洪昉思以诗名长安，交游燕集，每白眼踞坐，指古摘今，无不心折。作《长生殿》传奇，尽删太真秽事，深得风人之旨。一时朱门、绮席、酒社、歌楼，非此曲不奏。好事者借事生风，旁加指斥。以致秋谷、初白诸君，皆挂吏议，此康熙己巳秋事也。（《莲坡诗话》）

梁廷枏曰：钱塘洪昉思升撰《长生殿》，为千百年来曲中巨擘。以绝好题目，作绝大文章，学人、才人一齐俯首。自有此曲，毋论《惊鸿》《彩毫》空惭形秽，即白仁甫《秋夜梧桐雨》亦不能稳占元人一席矣。如《定情》《絮阁》《窥浴》《密誓》数折，俱能细针密线，触绪生情，然以细意熨贴为之，犹可勉强学步；读至《弹词》第六、七、八、九转，铁钹铜琶，悲凉慷慨，字字倾珠落玉而出，虽铁石人不能不为之断肠，为之下泪！笔墨之妙，其感人一至于此，真观止矣！（《曲话》卷三）

孔尚任

孔尚任（1648—1718），字聘之，又字季重，号东塘、岸堂，自称云亭山人，晚年又称桃花词隐。山东曲阜人。孔子六十四代孙。父孔贞璠，崇祯时进士，有气节，终生不仕，对孔尚任思想有一定影响。1684年以前隐居于曲阜县北的石门山中，闭门读书，爱好诗文，又努力学习礼乐兵农。1684年康熙南巡，在曲阜行祭孔礼，孔尚任因在御前讲经受到康熙褒奖，破格授予国子监博士。次年进京，开始仕宦生活，先后任户部主事、户部广东司员外郎。早在石门隐居时期，即已开始《桃花扇》创作的准备，后经过十年时间，三易其稿，于康熙三十八年（1699）最后完成了《桃花扇》，轰动一时。次年被罢官，以后回到故乡曲阜，重过石门隐居生活。著作除《桃花扇》外，还有传奇《小忽雷》（与顾彩合著），诗文集《湖海集》《石门山集》《长留集》等，今人汪蔚林汇辑为《孔尚任诗文集》出版。

桃花扇[①]

却　奁[②]　癸未三月[③]

（杂扮保儿掇马桶上[④]）龟尿龟尿，撒出小龟；鳖血鳖血，变成小鳖。龟尿鳖血，看不分别；鳖血龟尿，说不清白。看不分别，混了亲爹；说不清白，混了亲伯。（笑介）胡闹，胡闹！昨日香姐上头[⑤]，乱了半夜；今日早起，又要刷马桶，倒溺壶，忙个不了。那些孤老表子[⑥]，还不知搂到几时哩。（刷马桶介）

【**夜行船**】（末）人宿平康深柳巷[⑦]，惊好梦门外花郎[⑧]。绣户未开，帘钩才响，春阻十层纱帐。

下官杨文骢[⑨]，早来与侯兄[⑩]道喜。你看院门深闭，侍婢无声，想是高眠未起。（唤介）保儿，你到新人窗外，说我早来道喜。（杂）昨夜睡迟了，今日未必起来哩。老爷请回，明日再来罢。（末笑介）胡说！快快去问。（小旦[⑪]内问介）保儿，来的是那一个？（杂）是杨老爷道喜来了。（小旦忙上）倚枕春宵短，敲门好事多。（见介）多谢老爷，成了孩儿一世姻缘。（末）好说。（问介）新人起来不曾？（小旦）昨晚睡迟，都还未起哩。（让坐介）老爷请坐，待我去催他。（末）不必，不必。（小旦下）

【**步步娇**】（末）儿女浓情如花酿，美满无他想，黑甜共一乡[⑫]。可也亏了俺帮衬[⑬]，珠翠辉煌，罗绮飘荡，件件助新妆，悬出风流榜。

（小旦上）好笑，好笑！两个在那里交扣丁香[⑭]，并照菱花[⑮]，梳洗才完，穿戴未毕。请老爷同到洞房，唤他出来，好饮扶头卯酒[⑯]。（末）惊却好梦，得罪不浅。（同下）

（生、旦艳妆上）

【**沈醉东风**】（生、旦）这云情接着雨况，刚搔了心窝奇痒，谁搅起睡鸳鸯。被翻红浪，喜匆匆满怀欢畅。枕上余香，帕上余香，消魂滋味，才从梦里尝。

（末、小旦上）（末）果然起来了，恭喜，恭喜！（一揖，坐介）（末）昨晚催妆拙句[⑰]，可还说的入情么？（生揖介）多谢！（笑介）妙是妙极了，只有一件。（末）那一件？（生）香君虽小，还该藏之金屋[⑱]。（看袖介）小生衫袖，如何着得下[⑲]？（俱笑介）（末）夜来定情，必有佳作。（生）草草塞责，不敢请教。（末）诗在那里？（旦）诗在扇头。（旦向袖中取出扇介）（末接看介）是一柄白纱宫扇。（嗅介）香的有趣。（吟诗介）妙，妙！只有香君不愧此诗。（付旦介）还收好了。（旦收扇介）

【**园林好**】（末）正芬芬桃香李香，都题在宫纱扇上；怕遇着狂风吹荡，须紧紧袖中藏，须紧紧袖中藏。

（末看旦介）你看香君上头之后，更觉艳丽了。（向生介）世兄[20]有福，消此尤物[21]。（生）香君天姿国色，今日插了几朵珠翠，穿了一套绮罗，十分花貌，又添二分，果然可爱。（小旦）这都亏了杨老爷帮衬哩。

【江儿水】送到缠头锦[22]，百宝箱，珠围翠绕流苏帐[23]，银烛笼纱通宵亮，金杯劝酒合席唱。今日又早早来看，恰似亲生自养，赔了妆奁，又早敲门来望。

（旦）俺看杨老爷，虽是马督抚[24]至亲，却也拮据作客，为何轻掷金钱，来填烟花之窟？在奴家受之有愧，在老爷施之无名；今日问个明白，以便图报。（生）香君问得有理。小弟与杨兄萍水相交[25]，昨日承情太厚，也觉不安。（末）既蒙问及，小弟只得实告了。这些妆奁酒席，约费二百余金，皆出怀宁[26]之手。（生）那个怀宁？（末）曾做过光禄的阮圆海[27]。（生）是那皖人阮大铖么？（末）正是。（生）他为何这样周旋？（末）不过欲纳交[28]足下之意。

【五供养】（末）羡你风流雅望，东洛才名[29]，西汉文章[30]；逢迎随处有，争看坐车郎[31]。秦淮妙处[32]，暂寻个佳人相傍，也要些鸳鸯被、芙蓉妆。你道是谁的？是那南邻大阮[33]，嫁衣全忙。

（生）阮圆老原是敝年伯[34]，小弟鄙其为人，绝之已久。他今日无故用情，令人不解。（末）圆老有一段苦衷，欲见白[35]于足下。（生）请教。（末）圆老当日曾游赵梦白[36]之门，原是吾辈。后来结交魏党，只为救护东林。不料魏党一败，东林反与之水火[37]。近日复社[38]诸生，倡论攻击，大肆殴辱。岂非操同室之戈[39]乎？圆老故交虽多，因其形迹可疑，亦无人代为分辩。每日向天大哭，说道："同类相残，伤心惨目，非河南侯君，不能救我。"所以今日谆谆[40]纳交。（生）原来如此。俺看圆海情辞迫切，亦觉可怜。就便真是魏党，悔过来归，亦不可绝之太甚，况罪有可原乎？定生、次尾[41]，皆我至交，明日相见，即为分解[42]。（末）果然如此，吾党之幸也。（旦怒介）官人是何说话？阮大铖趋附权奸，廉耻丧尽，妇人女子，无不唾骂。他人攻之，官人救之，官人自处于何等也？

【川拨棹】不思想，把话儿轻易讲。要与他消释灾殃，要与他消释灾殃，也提防旁人短长[43]。官人之意，不过因他助俺妆奁，便要徇私废公；那知道这几件钗钏衣裙，原放不到我香君眼里。（拔簪脱衣介）脱裙衫，穷不妨，布荆人[44]，名自香。

（末）阿呀！香君气性，忒[45]也刚烈。（小旦）把好好东西，都丢一地，可惜，可惜！（拾介）（生）好！好！好！这等见识，我倒不如，真乃侯生畏友[46]也。（向末介）老兄休怪，弟非不领教，但恐为女子所笑耳。

【前腔】（生）平康巷，他能将名节讲；偏是咱学校朝堂，偏是咱学校朝堂，混贤奸不问青黄[47]？那些社友平日重俺侯生者，也只为这点义气；我若依附奸邪，那时群起来攻，自救不暇，焉能救人乎？节和名，非泛常[48]；重和轻，须审详[49]。

（末）圆老一段好意，也还不可激烈[50]。（生）我虽至愚，亦不肯从井救人。（末）既然如此，小弟告辞了。（生）这些箱笼，原是阮家之物，香君不用，留之无益，还求取去罢。（末）正是：多情反被无情恼[51]，乘兴而来兴尽还[52]。（下）（旦恼介）（生看旦介）俺看香君天姿国色，摘了几朵珠翠，脱去一套绮罗，十分容貌，又添十分，更觉可爱。（小旦）虽如此说，舍了许多东西，到底可惜。

【尾声】金珠到手轻轻放，惯成了娇痴模样，辜负俺辛勤做老娘。

（生）些须东西，何足挂念？小生照样赔来。（小旦）这等才好。

（小旦）花钱粉钞[53]费商量，

（旦）裙布钗荆也不妨；

（生）只有湘君能解佩[54]，

（旦）风标不学世时妆[55]。

①《桃花扇》是一部以南明王朝的兴亡为内容的历史剧，它以复社文人侯方域和秦淮名妓李香君的恋爱故事为线索，表现了以侯方域、吴次尾、陈定生等人为代表的复社文人与以阮大铖、马士英为代表的权奸之间的斗争，揭露了南明王朝政治的腐败，在广阔的时代背景上，反映了明末动乱的社会面貌，并以作者所能达到的思想高度，总结了明亡的历史经验。全剧共四十出（另有试、闰、加、续四出），《却奁》是第七出。 ②却：谢绝。奁（lián）：妆奁，女子出嫁时的嫁妆。这里指为侯方域、李香君订婚而送的礼物。 ③癸未三月：明崇祯十六年（1643）旧历三月。 ④保儿：在妓院中干杂活的仆役。掇（duō）：提着。 ⑤香姐：指秦淮名妓李香君。上头：本指女子十五岁时把头发总束到头上用簪子束住，这里指妓女第一次接客，又称“梳栊”。 ⑥孤老：妓女对长期固定嫖客的称呼。表子：即婊子，对妓女的贱称。 ⑦平康：唐代长安坊里名，为妓女聚居之处，后因以代指妓院。柳巷：也指妓院。 ⑧花郎：指卖花的人。 ⑨杨文骢：字龙友，贵阳（今贵州贵阳市）人。明万历间举人，曾任知县。南明弘光朝官兵部副使，出任常、镇二府巡抚。南京失陷后，随宗室唐王起兵抗清，兵败被杀。他善书画，有文才，喜推奖名士。 ⑩侯兄：即侯方域（1618—1654），字朝宗，商丘（今河南省商丘县）人。能诗文，是复社文人的代表之一。入清后应乡试，中副榜举人。为本剧中的男主人公。 ⑪小旦：这里指李香君的养母李贞丽。 ⑫黑甜：俗以黑甜乡为睡梦中的境界。 ⑬帮衬：帮忙，撮合。 ⑭交扣丁香：

丁香本为花名，这里指衣服上形似丁香花的纽扣，又称为丁香结。交扣丁香，指互相替对方扣衣服。 ⑮ 菱花：指镜子。古代镜子用铜制成，背后常镂刻菱花图案，后因以菱花指代镜子。 ⑯ 扶头卯酒：指振奋精神的早酒。卯酒，指早晨卯时（上午五至七时）饮的酒。扶头，指振奋精神；或指酒性浓烈容易喝醉的酒。 ⑰ 催妆拙句：指写给别人喜结良缘的诗，拙句是谦词。这里指上出《眠香》中杨文骢送给侯、李二人的催妆诗。 ⑱ 藏之金屋：用汉武帝“金屋藏娇”的典故。相传汉武帝做太子时，他的姑妈长公主问他要不要妻子，他说要。长公主指左右百余位宫女，他都说不要。当指到长公主自己的女儿阿娇时，汉武帝说：“若得阿娇作妇，当作金屋贮之也。”后来便以金屋藏娇喻指丈夫对妻子的宠爱。金屋，极其豪华的屋子。 ⑲ 着得下：放得下。因杨文骢催妆诗中有“怀中婀娜袖中藏”之句，故侯方域有此戏语。 ⑳ 世兄：原指世交之家平辈子弟之间的互称，后来一般朋友间也有以此相称的，以表示关系的亲密。 ㉑ 消：消受，享用。尤物：本指特殊人物，后常用来指姿色艳丽的女人。 ㉒ 缠头锦：以帛锦之类送给妓女的财物称为缠头锦。 ㉓ 流苏帐：周围用流苏装饰的帐子。流苏，用彩色丝线或羽毛做成的垂饰。 ㉔ 马督抚：指马士英，当时任凤阳督抚。 ㉕ 萍水相交：比喻偶然相遇，交情不深。 ㉖ 怀宁：指阮大铖，他是安徽怀宁人。 ㉗ 光禄：光禄寺卿，管理皇帝膳食的官。阮圆海：阮大铖别号圆海。 ㉘ 纳交：向人赠送财物礼品以求结交。 ㉙ 东洛才名：晋代左思花了十年时间写成《三都赋》，才名大显，人们广为传抄，致使洛阳纸贵。这里比喻侯方域文章写得很好，名气很大。 ㉚ 西汉文章：指西汉时文学家司马迁及司马相如等人的文章。这也是借以称颂侯方域的才名的。 ㉛“争看”句：相传晋代的潘岳长得很漂亮，每次坐车出游，沿途的妇女都争着看他。这也是称颂侯方域的。 ㉜ 秦淮妙处：南京秦淮河畔当时是妓女聚居之处。 ㉝ 南邻大阮：晋代的阮籍和阮咸为叔侄，二人都是当时著名的文士，人称大阮、小阮。这里借指阮大铖。因他的家乡安徽怀宁在阮籍的家乡河南陈留的南面，故称他为南邻大阮。 ㉞ 敝年伯：敝是对自己的谦称。年伯：科举时代，同年登第的人互称“同年”，儿子称父亲的同年为同年伯。阮大铖和侯方域之父侯恂为同年，所以称阮大铖为年伯。 ㉟ 见白：表白，剖白。 ㊱ 赵梦白：即赵南星，字梦白，号侪鹤，明末高邑（今河北省元氏县）人，天启初拜吏部尚书，为人刚正耿直，因得罪魏忠贤，被贬到代州而死，谥号忠毅。 ㊲ 水火：比喻誓不两立，不能相容。 ㊳ 复社：明代天启年间以江苏太仓人张溥等人为代表发起成立的一个进步的文学与政治团体，以恢复古学相号召，代表中小地主阶级的政治利益。他们继承东林党人的主张和精神，反对阉党。 ㊴ 操同室之戈：即同室操戈。本指兄弟之间互相残杀，这里指同一派别的人互相攻击。 ㊵ 谆谆：殷勤，热诚。 ㊶ 定生：复社文人陈贞慧，字定生。次尾：复社文人吴应箕，字次尾。 ㊷ 分解：分辩，解释。 ㊸ 旁人短长：指旁人说长道短的议论。 ㊹ 布荆人：指以布衣荆钗做服饰的贫家妇女。 ㊺ 忒（tè）：义同“太”。 ㊻ 畏友：指方正刚直的朋友。 ㊼ 青黄：是非曲直。 ㊽ 泛常：寻常。 ㊾ 审详：仔细考虑。 ㊿ 激烈：这里指过于绝情。 51“多情”句：苏轼词《蝶恋花》（花褪残红青杏小）里的句子，稍有改动，原句是“多情却被无情恼”。这里的意思是，好心好意，自寻烦恼。 52“乘兴”句：相传东晋王子猷雪夜乘船去访戴安道，半途而回，人问其故，答曰："乘兴而来，兴尽而返，何必见戴？"这里指杨文骢碰壁而归。 ⑬ 花粉钱钞：指妇女用于花粉妆饰上的费用。 ⑭ 湘君能解佩：屈原《九歌·湘君》中有"遗余佩兮澧浦"的句子，因"湘君"与"香君"同音，便借用来赞美香君的却奁行为。 ⑮ 风标：指风度，品格。世时妆：指世俗的入时打扮。（这出戏集中地刻画了女主人公李香君的形象。她在复杂的政治斗争中，头脑清醒，眼光敏锐，一下就看穿了阮大铖送妆奁纳交侯方域的阴谋，立即拔簪脱衣，断然拒绝，并无情地揭露了阮大铖的丑恶嘴脸，还斥责了侯方域的软弱动摇。作者运用对比的手法，将一个下层女子非凡的眼光、思想、胸怀、气节生动地表现了出来。）

[附录]

关于《桃花扇》的评价

孔尚任曰：《桃花扇》一剧，皆南朝新事，父老犹有存者。场上歌舞，局外指点，知三百年之基业，隳于何人？败于何事？消于何年？歇于何地？不独令观者感慨涕零，亦可惩创人心，为末世之一救矣。盖予未仕时，山居多暇，博采遗闻，入之声律，一句一字，抉心呕成。（《桃花扇小引》）

又曰：《桃花扇》何奇乎？其不奇而奇者，扇面之桃花也；桃花者，美人之血痕也；血痕者，守贞待字，碎首淋漓，不肯辱于权奸者也；权奸者，魏阉之余孽也；余孽者，进声色，罗货利，结党复仇，隳三百年之帝基者也。帝基不存，权奸安在？惟美人之血痕，扇面之桃花，啧啧在口，历历在目，此则事之不奇而奇，不必传而可传者也。（《桃花扇小识》）

又曰：予未仕时，每拟作此传奇，恐闻见未广，有乖信史；寤歌之余，仅画其轮廓，实未饰其藻采也。然独好夸于密友曰："吾有《桃花扇》传奇，尚秘之枕中。"及索米长安，与僚辈饮燕，亦往往及之。又十余年，兴已阑矣。少司农田纶霞先生来京，每见必握手索览。予不得已，乃挑灯填词，以塞其求。凡三易稿而书成，盖己卯之六月也。（《桃花扇本末》）

李调元曰：孔东塘《桃花扇》，今盛行。其曲包括明末遗事；所写南渡诸人，而口吻毕肖，一时有纸贵之誉。（《雨村曲话》卷下）

梁廷枏曰：《桃花扇》笔意疏爽，写南朝人物，字字绘影绘声。至文词之妙，其艳处似临风挑蕊，其哀处似着雨梨花，固是一时杰构。然就中亦有未惬人意者：

福王三大罪、五不可之议，倡自周镳、雷演祚，今《阻奸》折竟出自史阁部，则与《设朝》折大相径庭，使观者直疑阁部之首鼠两端矣。且既以《媚座》为二十一折矣，复加入《孤吟》一折，其词义犹之“家门大意”，是为蛇足，总属闲文。(《曲话》卷三)

又曰:《桃花扇》以《余韵》折作结，曲终人杳，江上峰青，留有余不尽之意于烟波缥缈间，脱尽团圆俗套。乃顾天石改作《南桃花扇》，使生旦当场团圆，虽其排场可快一时之耳目，然较之原作，孰劣孰优，识者自解辨之。(同上)

方成培

方成培（生卒年不详），字仰松，号岫云词逸。徽州（今安徽歙县）人。他幼年多病，未能赴举业，便致力于词曲创作。《雷峰塔》传奇是他的戏曲代表作，系根据黄图珌和陈嘉言父女的两种本子改编而成。另有传奇《双泉记》已佚。此外还著有《香研居词麈》《香研居谈咫》等书，均不传。

雷峰塔[①]

断　桥

(旦、贴上)(旦)

【商调山坡羊】顿然间鸳鸯折颈[②]，奴薄命孤鸾照镜[③]。好教我心头暗哽，怎知他一旦多薄幸[④]。(贴)娘娘，吃了苦了。(旦)青儿，不想许郎听信法海言语，竟不下山。我和他争斗，奈他法力高强，险被擒拿，幸借水遁[⑤]，来到临安[⑥]。哎呀，不然险遭一命[⑦]。(贴)娘娘，仔细想将起来，都是许宣那厮薄幸。若此番见面，断断不可轻恕！（旦）便是。(贴)如今我每往那里去藏身才好？（旦）我向闻许郎有一姐姐，嫁与李仁，在此居住。我和你且投奔到彼。(贴)只是从未识面，倘不相留，如何是好？（旦）我每到彼，再作区处[⑧]。(贴)如此，娘娘请。(旦行作腹痛介)哎哟！（贴）娘娘为甚么呵？（旦）青儿，我腹中疼痛，寸步难行，怎生挨得到彼。(贴)只怕要分娩了。前面已是断桥亭，待我且扶到亭内，少坐片时，再行便了。(旦)咳，许郎呵，我为你恩情非小，不想你这般薄幸，阿呀，好不凄惨人也！（贴）可怜。(旦)歹心肠铁做成，怎不教人泪雨零[⑨]。奔投无处形怜影，细想前情气怎平？（合）凄清，竟不念山海盟；伤情，更说甚共和鸣。

（同下）

（生随外上）（外）许宣，你且闭着眼。

【前腔】一程程钱塘将近，蓦[10]过了千山万岭。锦重重[11]遥望层城，虚飘飘到来俄顷。许宣，来此已是临安了。（生惊介）果然是临安了。奇呵！（外）你此去若见此妖，不必害怕。待他分娩之后，你可到净慈寺来，付汝法宝收取便了。（生）是。待弟子相送到彼。（外）不消。你可作速归家，方才之言不可忘了！记此行漏言祸匪轻。（下）（生）前情往事重追省[12]，只怕他怨雨愁云恨未平。萍梗[13]，叹阽危[14]命欲倾；伤情，痛遭魔心暗惊。

（旦、贴内）许宣，你好狠心也！（生跌介）阿呀，吓，吓，死我也。你看那边，明明是白氏青儿。哎哟，我今番性命休矣！

【仙吕宫引五供养】今朝蹭蹬[15]。（旦、贴内）许宣，你好薄情也！（生）忽听他怒喊连声，遥看妖孽到，势难撄[16]。空叫苍天，更没处将身遮隐。怎支撑？不如拼命向前行。（奔下）（贴扶旦上）（旦）

【仙吕过曲玉交枝】轻分鸾镜，那知他似狼心性。思量到此真堪恨，全不念伉俪[17]深情。（贴）娘娘，你看许宣见了我每，略不回头，潜身逃避，咦，好不可恨！（旦）不必多言，我和你急急赶上前去！恶狠狠裴航翻欲绝云英[18]，喘吁吁叹苏卿赶不上双渐的影。（闪介）（贴）娘娘看仔细。（旦）哎哟，望长堤疾急前征[19]，顾不得绣鞋帮褪。（同下）（生上）阿呀！阿呀！

【川拨棹】真不幸，共冤家狭路行。吓得我气绝魂惊，吓得我气绝魂惊。且住，方才禅师[20]说：此去若遇妖邪，不必害怕。那，那，那，看他紧紧追来，如何是好？也罢，我且上前相见，生死付之天命便了！我向前时，又不觉心中战兢。（旦、贴上）（旦）谢伊家曩日[21]多情，恨奴家平日无情。

（见生扯住介）许宣，你还要往哪里去？你好薄幸也！（哭介）（生）阿呀娘子，为何这般狼狈？（旦、贴）你听信谗言，把夫妇恩情，一旦相抛，累我每受此苦楚，还来问甚么？（生）娘子，请息怒。你且坐了，听卑人一言相告。（贴）那，那，他又来了。（生）那日上山之时，本欲就回，不想被法海那厮，将言煽惑，一时误信他言，致累娘子受此苦楚，实非卑人之故嘘！（哭介）（贴）啐！你且收了这假慈悲。走来，听我一言。（生）青姐，有何说话？（贴）我娘娘何等待你？（生）娘子是好的呵。（贴）可又来，也该念夫妻之情，亏你下得这般狠心！（生）阿呀，冤哉！（贴）于心何忍呢？（生）青姐，这都是那妖僧不肯放我下山。（贴回头不理介）（生）娘子，望恕卑

人之罪！（旦）咳，许郎呵！（贴代旦挽发介）（旦）

【商调集曲金落索】〔金梧桐〕我与你噫噫[22]弋雁鸣，永望鸳交颈。不记当时，曾结三生证[23]。如今负此情，〔东瓯令〕背前盟。（生）卑人怎敢？（旦）贝锦如簧[24]说向卿，因何耳软轻相信？（拭泪起唱介）〔针线箱〕摧挫娇花任雨零，〔解三醒〕真薄幸。〔懒画眉〕你清夜扪心也自惊。（生）是卑人不是了。〔寄生子〕（旦）害得我飘泊零丁，几丧残生，怎不教人恨、恨！（转坐哭介）（贴揉旦背介）娘娘，不要气坏了身子。（生）

【前腔】愁烦且暂停，念我诚堪悯。连理交枝，实只愿偕欢庆。风波意外生，望委曲垂情。（旦）你既知夫妇之情，怎么听信秃驴言语？（生）叵耐妖僧忒煞狠[25]，教人怎不心儿惊。听他一刬[26]胡言，我合受惩。（旦）阿哟，气死我也！（生）只看平日恩情呵，求容忍。（旦）啐！（贴）这时候陪罪，可不迟了？（生）善言劝解全赖你娉婷[27]，蹙眉山泪雨休零，且暂消停。

（跪介）（旦）下次可再敢如此？（生）再不敢了。（旦）起来，起来，起来呀。（生）多谢娘子。（贴气介）咳！（旦）只是如今我每向何处安身便好？（生）不妨，请娘子权且到我姐夫家中住下，再作区处。（旦）此去切不可说起金山之事，倘若泄漏，我与你决不干休！（贴）与你定不干休！（生）谨依尊命。青姐，我和你扶娘娘到前面去。（贴不应介）（生）娘子，你看青姐，总是怨着卑人，怎么处？（旦）青儿，青儿！（贴）娘娘。（旦）我想此事，非关许郎之过，都是法海那厮不好，你也不要太执性了。（贴）娘娘，你看官人，总是假慈悲，假小心，可惜辜负娘娘一点真心。（旦）咳。（生）娘子请。（旦）哎哟，只是我腹中十分疼痛，寸步难行。（生）不妨，我和青姐且扶到前面，唤乘小轿而行便了。（旦）

【尾声】此行休似东君泄漏柳条青[28]，（生）还学并蒂芙蓉交映。（合）再话前欢续旧盟。

（旦）还恐添成异日愁，（温庭筠）
（贴）朝成恩爱暮仇雠。（翁绶）
（生）当年顾我长青眼，（许浑）
纵杀微躯未足酬。（方干）

（同下）

① 这部戏演述的是长期在民间流传的白蛇的故事。蛇精白云仙姑因羡慕人间生活，由峨眉山来到杭州西湖，与许宣相遇并发生爱情，结为夫妇。但遭到了以法海和尚为代表的封建势力的阻挠和破坏。一次白娘子因酒后偶现原形，吓死了许宣，她又亲自到嵩山取回

仙草救活了许宣。后法海将许宣引诱到金山寺禁闭起来，并将白娘子合入钵中，镇压在雷峰塔下。白娘子是一个勇敢、乐观、善良、多情的妇女形象，具有人间妇女的美好品格，她对爱情幸福的热烈追求和最后的悲剧结局，都深深地博得了读者的同情。全剧共三十四出，《断桥》是第二十六出。本出选自清代玩花主人编、钱德苍续编的《缀白裘》，情节和文字与后来经过整理的演出本略有出入。 ②鸳鸯折颈：比喻夫妻被拆开。 ③孤鸾照镜：相传罽宾王获彩鸾鸟，对镜睹影，悲鸣而死。后因以喻夫妻分离。 ④薄幸：薄情。 ⑤水遁：借水脱逃。 ⑥临安：南宋京城，今浙江省杭州市。 ⑦险遭一命：险些丢掉性命。 ⑧区处：打算，安排。 ⑨泪雨零：泪水像下雨一样流下。零，下雨。 ⑩蓦（mò）：突然，这里是顷刻之间的意思。 ⑪锦重重：形容彩云重叠。 ⑫追省（xǐng）：追忆、反省。 ⑬萍梗：飘萍断梗，比喻亲人离散。 ⑭阽（dàn）危：危险。阽，临边欲坠。 ⑮蹭（cèng）蹬（dèng）：失势难进的样子。 ⑯撄（yīng）：触犯。 ⑰伉（kàng）俪（lì）：夫妻。 ⑱"恶狠"二句：翻用裴航遇云英及双渐赶苏卿的故事，意思是说许宣虽狠心绝情，自己仍要追赶他。 ⑲前征：往前赶路。 ⑳禅师：指法海和尚。 ㉑曩（nàng）日：从前。 ㉒噰（yōng）噰：鸟和鸣声。 ㉓三生证：永远相爱的誓言。三生，佛家用语，指前生、今生和来生。证，誓言。 ㉔贝锦：比喻诬陷人的谗言如编织成的彩色锦文。《诗经·小雅·苍伯》："萋兮斐兮，成是贝锦。"萋斐是文彩交错的意思。如簧：形容花言巧语。簧，乐器里的发声器。 ㉕叵（pǒ）耐：原意为"不可耐"，这里引申为"可恨"。忒煞：非常，实在。 ㉖一刬（chǎn）：一派。 ㉗娉（pīng）婷（tíng）：原意是美好的样子，引申为说好话、周全一类意思。 ㉘东君泄漏柳条青：意即泄漏真情。东君，春神。（这出戏描写白娘子与小青在金山寺被法海战败后，于西湖断桥与许宣邂逅相遇的情景，通过矛盾冲突，生动地展示了人物不同的思想性格：白娘子热情善良，执着地追求爱情幸福；小青爱憎分明，嫉恶如仇；许宣胆小懦弱中又透出某种狡黠虚伪。）

近　代

一　近代诗文

龚自珍

龚自珍（1792—1841），字尔玉，又字瑟人；更名易简，字伯定；又更名巩祚，号定庵，仁和（今浙江杭州市）人。出身于世代官僚文士家庭，自幼即学经学、文学，得到很好的文化教养。二十七岁中举，三十八岁进士及第，担任过内阁中书、礼部主客司主事等小官。因政治抱负不得实现，四十八岁辞官南归，五十岁去世。他在学术上经由正统考据学而转向现实政治，主张“经世致用”，注意考察社会现实。主张文学必须有用，他的诗文创作都有充实的社会内容，表现了一个历史家和政治家的眼光与胸怀。他是中国历史处于转折时期的一位杰出的思想家和文学家，敏锐地感受到时代变革的到来，并为之呼喊，开风气之先。他的诗歌想象奇异，形象生动，富于浪漫主义特色。著有《龚自珍全集》。

咏　史①

金粉东南十五州②，万重恩怨属名流③。牢盆狎客操全算④，团扇才人踞上游⑤。避席畏闻文字狱⑥，著书都为稻粱谋⑦。田横五百人安在⑧，难道归来尽列侯？

①这首诗作于清道光五年（1825）冬，时作者客居江苏昆山。　②金粉：旧时妇女化妆用的铅粉，这里是繁华绮丽的意思。东南十五州：泛指长江下游一带。　③“万重”句：社会上那些有名气的头面人物彼此猜忌倾轧，恩怨重重。　④“牢盆”句：豪门清客总揽一切。牢盆，本指煮盐的器具，这里借指把持盐政的官僚。狎客，官僚权贵的帮闲清客。操全算，操纵一切。　⑤团扇才人：指不学无术的轻薄文人。踞上游：占居高位。《宋书·乐

志》载：晋王珉（王导之孙）因是贵族子弟，虽不学无术，但很年轻就当上了地位很高的中书令。他喜持白团扇，与嫂婢私通，嫂挞婢，婢作《团扇歌》。 ⑥避席：古人席地而坐，在表示尊敬或心怀畏惧时即离坐而起，称为避席，这里指后者。 ⑦稻粱谋：指谋生。杜甫《同诸公登慈恩寺塔》："君看随阳雁，各有稻粱谋。"⑧"田横"二句：田横的五百壮士到哪里去了，难道投奔汉朝人人都能封侯吗？意思是要一般士大夫不要醉心功名利禄，对惯于欺骗的清统治者不要抱有幻想。田横事见《史纪·田儋列传》：楚汉相争时田横自立为齐王，汉灭楚后，田横率五百余人逃往海岛，刘邦几次招降，说："田横来，大者王，小者乃侯耳！不来，且举兵加诛焉。"田横终因不愿归附汉朝而自刎，海上五百人闻讯后皆自杀。列侯，汉代异姓封侯的称为列侯。（这首诗借咏史而讥刺现实，对社会政治的黑暗，士流和官吏的腐朽，都作了尖锐的揭露，同时表明作者对清统治者有着清醒的认识。）

己亥杂诗①（三百十五首选二）

其　五

浩荡离愁白日斜②，吟鞭东指即天涯③。落红不是无情物④，化作春泥更护花。

①己亥：清道光十九年（1839）。这年夏天作者辞官南归，旋又北上接眷，在往返九千里的旅途中陆续写成七言绝句三百一十五首，总名《己亥杂诗》。这是一组内容极其广泛丰富的大型组诗，是纪实而兼抒情的自叙诗，既真实地反映了我国封建社会处于转折时期的社会面貌，也揭示了作为一个诗人兼进步思想家的作者的精神风貌。 ②浩荡：深广貌。白日斜：夕阳西下时节。 ③吟鞭东指：指诗人策马向东行。天涯：天边，指离京城很远的地方。这句纪实，诗人当时由北京外城东面的广渠门出城。 ④"落红"二句：即景托喻以抒情怀，是说自已如落花那样即使化作春泥也要护育新花。（这首诗写辞官归乡时的离愁，并表示愿继续为国家社会效力。）

其一百二十五①

九州生气恃风雷②，万马齐喑究可哀③。我劝天公重抖擞④，不拘一格降人材⑤。

①这首诗诗末作者自注："过镇江，见赛玉皇及风神、雷神者，祷祠万数，道士乞撰青词。"意思是：诗人经过镇江时，看见当地正在祭祀玉皇大帝及风神雷神，数以万计的人到祠中去祷告，道士请他代写一篇青词（道教向玉皇大帝的祀文，因用朱笔写在青藤纸上，故称青词）。 ②九州：中国的代称。恃：凭藉，依靠。风雷：风神和雷神，这里喻指风雷激荡的社会变革。 ③喑（yīn）：嘶哑。万马齐喑：喻指一种死气沉沉的政治局

面。究：毕竟，实在。 ④天公：指主宰世界的玉皇大帝，实际是借指人间的最高统治者。抖擞：振作精神，奋发有为。 ⑤不拘一格：不墨守、不拘泥于旧有的规格，意即打破传统的束缚。降：天公对人间称“降”，这里含有产生、选用的意思。（这首祭神诗言在此而意在彼，表达了诗人对黑暗政治的不满，他呼唤改革，呼唤人材，充满了政治激情和奇特的想象。）

病梅馆记[①]

江宁之龙蟠[②]，苏州之邓尉[③]，杭州之西谿[④]，皆产梅。或曰：梅以曲[⑤]为美，直则无姿；以欹[⑥]为美，正则无景；梅以疏[⑦]为美，密则无态。固也[⑧]。此文人画士，心知其意未可明诏大号[⑨]，以绳[⑩]天下之梅也；又不可以使天下之民，斫[⑪]直、删[⑫]密、锄正，以夭[⑬]梅、病[⑭]梅为业以求钱也。梅之欹、之疏、之曲，又非蠢蠢[⑮]求钱之民，能以其智力为[⑯]也。有以文人画士孤癖之隐[⑰]，明告鬻梅者：斫其正，养其旁条；删其密，夭其稚枝[⑱]；锄其直，遏其生气[⑲]：以求重价。而江、浙之梅皆病[⑳]。文人画士之祸[㉑]之烈至此哉！

予购三百盆，皆病者，无一完者。既泣之三日，乃誓疗之，纵[㉒]之，顺[㉓]之。毁其盆，悉埋于地[㉔]，解其棕缚[㉕]。以五年为期，必复之[㉖]，全之。予本非文人画士，甘受诟厉[㉗]，辟病梅之馆以贮之[㉘]。呜呼！安得使予多暇日，又多闲田，以广[㉙]贮江宁、杭州、苏州之病梅，穷[㉚]予生之光阴以疗梅也哉？

①这篇文章又题《疗梅说》，写于道光十九年（1839）作者辞官南归以后。 ②江宁：即今南京市。龙蟠：地名，即龙蟠里，在南京清凉山下，因乌龙潭而得名。一说指钟山，即紫金山。 ③邓尉：山名，在今江苏省苏州市西南。相传汉代邓尉曾在此隐居，因此得名。 ④西谿：地名，在今杭州市灵隐山西北。 ⑤曲：指枝干弯曲。 ⑥欹（qī）：指枝干歪斜。 ⑦疏：指枝条稀疏。 ⑧固也：原本是这样的。 ⑨明诏大号：公开地宣告和大肆鼓吹。诏，告示，宣告。号，号令。 ⑩绳：以一定的标准衡量和约束。 ⑪斫（zhuó）：砍。 ⑫删：剪除。 ⑬夭：夭折，这里是摧残梅树使之早死的意思。 ⑭病：这里用作动词，是使之生病的意思。 ⑮蠢蠢：无知的样子。 ⑯能以其智力为：能用他们的智慧力量达到目的。 ⑰孤癖之隐：与众不同的独特癖好心理。癖，偏好。隐，隐衷，内心深处。 ⑱稚枝：嫩枝。 ⑲遏：抑制。生气：生机。 ⑳病：指长成畸形。 ㉑文人画士之祸：文人画士所造成的灾祸。 ㉒纵：解除束缚。 ㉓顺之：让其按自然之势生长，也就是使病者愈、曲者直、欹者正。 ㉔埋于地：从盆里移植到地上。 ㉕棕缚：捆在梅树上的棕绳。 ㉖复：恢复。使动用法，复之就是使之恢复。下句“全”字用法同，全之就是使之完好。 ㉗诟

厉：羞辱和斥骂。 ㉘辟：开设。贮（zhù）：积存，保存。 ㉙广：尽可能多地。 ㉚穷：竭尽。（这篇文章包含着深刻的寓意：通过梅花被扭曲摧残以及自己爱梅、疗梅并辟病梅馆的叙写，表达了作者对封建统治阶级压制和摧残人材的强烈愤恨，对个性解放的热烈追求。构思新颖，比喻奇妙，寓意深微而又泼辣明快。）

* * * * *

西郊落花歌[①]

出丰宜门[②]一里，海棠大十围者八九十本[③]，花时车马太盛，未尝过也。三月二十六日，大风；明日风少定，则偕金礼部应城[④]、汪孝廉潭[⑤]、朱上舍祖穀、家弟自谷[⑥]出城饮而有此作。

西郊落花天下奇，古来但赋伤春诗。西郊车马一朝尽，定庵先生沽酒来赏之。先生探春人不觉，先生送春人又嗤[⑦]。呼朋亦得三四子，出城失色神皆痴[⑧]。如钱塘潮夜澎湃[⑨]，如昆阳战晨披靡[⑩]；如八万四千天女洗脸罢[⑪]，齐向此地倾胭脂。奇龙怪凤爱漂泊[⑫]，琴高之鲤何反欲上天为[⑬]？玉皇宫中空若洗[⑭]，三十六界无一青蛾眉[⑮]。又如先生[⑯]平生之忧患，恍惚怪诞百出难穷期[⑰]。先生读书尽三藏[⑱]，最喜《维摩》卷里多清词[⑲]。又闻净土[⑳]落花深四寸，冥目[㉑]观想尤神驰。西方净国未可到，下笔绮语何漓漓[㉒]！安得树有不尽之花更雨新好者[㉓]，三百六十日长是落花时。

①这首诗作于清道光七年（1827）暮春。 ②丰宜门：金代京城（中都）南面城门有三门，西为丰宜门，旧址约在今北京右安门西南右安门至丰台间。 ③本：棵。张祥河《关陇舆中偶忆》："京师丰宜门外三官庙，海棠最盛，花时为士大夫燕集之所。" ④金礼部应城：金应麟之弟，曾在礼部任职。 ⑤汪孝廉潭：汪潭字印三，号寄松，浙江钱塘人。汪潭为举人，明清时期俗称举人为孝廉。 ⑥朱祖穀、龚自谷：生平未详。上舍：清代对监生的别称。 ⑦嗤：讥笑。 ⑧痴：惊奇而又入迷的样子。 ⑨钱塘潮：钱塘江的潮水汹涌澎湃，极为壮观。 ⑩昆阳战：中国历史上以少胜多的著名战例。汉更始元年（23），汉光武刘秀以八九千军于昆阳（今河南叶县）击败王莽四十余万大军，获得大胜。 ⑪八万四千：佛家用语，形容数量极多。 ⑫奇龙怪凤：比喻落花的奇异。 ⑬琴高：人名。唐陆广微《吴地记》："郡人丁法海与琴高友善。……二人同行田畔，忽见一大鲤鱼，高可

丈余，一角两足双翼，舞于高田。法海试上鱼背，静然不动，良久遂下，请高登鱼背，鱼乃举翼飞腾，冲天而去。”⑭“玉皇”句：指天女全都下凡，玉皇宫中像洗过一样，空荡荡的。⑮三十六界：道教传说中人世与玉皇宫之间有三十六层天。青蛾眉：古代妇女以黛色画眉，称青蛾眉，这里指美女。⑯先生：诗人自指。⑰难穷期：难有穷尽之日，即没完没了。⑱三藏（zàng）：佛教经典经藏、律藏、论藏的总称。⑲《维摩》：即《维摩诘所说经》，其中载有天女散花的故事。清词：清丽的词句。⑳净土：佛教认为佛国是“西方极乐世界”，是“净土”或“净国”。㉑冥目：同瞑目，闭上眼睛。㉒绮语：佛家语，指绮丽不正的言词，为佛戒十恶之一。《大乘义章》：“邪言不正，其犹绮色，从喻立称，故名绮语。”滴滴：形容说话滔滔不绝，淋漓尽致。㉓更雨新好者：落下新的更多的好花来。雨，作动词用，像下雨一样落下。

自春徂秋，偶有所触，拉杂书之，漫不诠次，得十五首①（选二）

其　二

黔首本骨肉②，天地本比邻③。一发不可牵④，牵之动全身。圣者胞与言⑤，夫岂夸大陈⑥？四海变秋气⑦，一室难为春。宗周若蠢蠢⑧，嫠纬烧为尘。所以慷慨士⑨，不得不悲辛。看花忆黄河⑩，对月思西秦。贵官勿三思⑪，以我为杞人⑫。

①这组诗作于清道光七年（1827），时作者在北京。全组诗共十五首，内容广泛地涉及对社会问题的认识，以及对身世遭遇的感叹和抱负理想的抒发等。徂（cú）：到。漫不诠次：随便地放在一次，没有按内容作系统的排列。②黔首：百姓。秦始皇时更名民曰黔首。黔是黑色的意思，当时老百姓用黑布包头，故称黔首。③比邻：邻居。④“一发”二句：比喻局部和全体有不可分割的联系。⑤圣者：思想道德超凡的人，这里指宋代思想家张载。胞与言：关于“胞与”的话。张载《西铭》：“民吾同胞，物吾与也。”胞，同胞。与，同党。⑥夫：此。夸大陈：夸大的话。陈，陈说。⑦“四海”二句：谓全局萧条，局部难再繁盛。⑧“宗周”二句：《左传·昭公二十四年》：“嫠不恤其纬，而忧宗周之陨，为将及焉。”意思是：鲁国的寡妇不担心自己织布机上的纬线不够用，却担心周王朝会覆亡，因为国家亡了，自己的财产也会毁灭。两句意思是说个人利益与国家利益分不开。宗周，周王朝。蠢蠢，动乱的样子。嫠（lí），寡妇。⑨慷慨士：爱国而有抱负的人。⑩“看花”二句：看花时想起黄河水患给人民带来的灾难，对月时又想到西北边境地区的不安定。道光初黄河连年水患，道光六年（1826）新疆张格尔叛乱，故有此语。这两句表现了作者无时无刻不在忧国忧民。⑪贵官：指统治阶级中地位很高却对社会危机视而不见、毫不

关心的大官僚。勿三思：不会再三慎重思考的。 ⑫杞人：《列子·天瑞》："杞国有人忧天地崩坠，身无所寄，废寝食者。"

其　十

兰台序九流①，儒家但居一。诸师自有真②，未肯附儒术。后代儒益尊③，儒者颜益厚④。洋洋朝野间⑤，流亦不止九⑥。不知古九流⑦，存亡今孰多？或言儒先亡⑧，此语又如何？

①兰台：指班固，他曾任兰台令史。九流：《汉书·艺文志》将先秦学术流派分为十家，即儒、道、阴阳、法、名、墨、纵横、杂、农、小说，并说"诸子十家，其可观者，九家而已"。后世因以"九流"概指先秦各学派。 ②诸师：指儒家以外各派的代表人物。自有真：各有自己的独立见解。 ③"后代"句：自汉武帝采纳儒家学者董仲舒"罢黜百家，独尊儒术"以后，在长期封建社会中，儒家学派都处于中国学术文化的正统地位。 ④颜益厚：脸皮愈来愈厚、不知羞耻。 ⑤洋洋：河水泛滥貌，这里形容流派之多。 ⑥不止九：指儒家学派在发展中又分出许多复杂的派别，大大超过九派之数了。 ⑦"不知"二句：先秦时九个学术流派，流传至今，哪家保存得多些，哪家亡佚得多些，是很难确知的。意思是并非如历史的表面现象所显示的那样儒家是保存得最多的。 ⑧"或言"二句：有人认为儒家学说早就灭亡了，这话又讲得怎么样呢？意思是，就保存真儒的精神来说，儒家确是早就亡了。

己亥杂诗

其八十三①

只筹一缆十夫多②，细算千艘渡此河。我亦曾糜太仓粟③，夜闻邪许泪滂沱④！

①诗末作者自注："五月十二日抵淮浦作。"淮浦：今江苏省清江市，旧名清江浦。当时南方的粮食靠运河北运，过水闸时全靠纤夫拉纤，诗人感此而作。 ②筹：用来计数的小竹牌，这里用作动词，计算的意思。缆：拉船的纤绳。一条船用一根大缆，故一缆即指一条船。夫：拉船的纤夫。 ③糜：消耗，享用。太仓：政府的粮仓。 ④邪许（yé hǔ）：像拉纤时船夫号子之声。泪滂沱：泪如雨下。

［附录］

关于龚自珍的评价

段玉裁曰：仁和龚自珍者，余女之子也。……年才弱冠，余索观所业诗文甚夥，间有治经史之作，风发云逝，有不可一世之概。尤喜为长短句，其曰《怀人馆词》者三卷，其曰《红禅词》者又二卷。造意造言，几如韩、李之于文章，银碗盛雪，明月藏鹭，中有异境。此事东涂西抹者多，到此者少也。自珍以弱冠能之，则其才之绝异，与其性情之沉逸，居可知矣。（《怀人馆词序》）

林昌彝曰：（龚瑟人）古文词奇崛渊雅，不可一世。余尝选其文入《近代十二家文钞》。其为学，凡经学六书子史，下至金石、钟鼎古文，皆悉心精究。诗亦奇境独辟，如千金骏马，不受绁，美人香草之词，传遍万口。善倚声。道州何子贞师谓其诗为近代别开生面，则又赏识于弦外弦味外味矣。（《射鹰楼诗话》）

程金凤曰：天下震矜定庵之诗，徒以其行间璀璨，吐属瑰丽；夫人读万卷书供驱使，璀璨瑰丽何待言？要之有形者也。若其声情沈烈，恻悱遒上，如万玉哀鸣，世鲜知之。抑人抱不世之奇材与不世之奇情，及其为诗，情赴乎辞，而声自异，要亦可言者也。至于变化从心，倏忽万匠，光景在目，欲捉已逝，无所不有，所过如扫，物之至也无方，而与之为无方，此其妙明在心，世乌从知之？凤知之而卒不能言之。尝闻神全者，哀不能感，乐不能眩，风雨不能蚀，晦朔不能移，乃至火不能烧，水不能溺，此道家言，似不足以测学佛者之涘，抑古今语言所可到之境止于此，定公其殆全于神者哉！全于神者哉！（《已亥杂诗书后》）

曹籀曰：定庵，天下之奇才也，尤卓荦有英气。……君平生著作等身，出入于九经七纬，诸子百家，足以继往开来，自成一家：言天人性命之奥，则取法乎《易》；帝王政事之大，则取法于《书》；美恶劝惩之义，是非褒贬之条，则取法于《诗》与《春秋》；验国家之兴亡，知人物之臧否，则必征诸三《传》；考典章之明备，审制度之精详，则必征诸三《礼》；以及遗闻佚事，故书雅训，则又杂采于周秦传记之书；其雄辞传论，纵横而驰骤也，则似孟似庄，其奥义深文，佶屈而聱牙也，则似墨似鬻；其义理精微，辞采丰伟，或守正道之纯粹，或尚权谋之诡谲，则又似荀似列，似管似晏；他如韩非、慎到、吴起、孙膑、尹文、尸佼、屈原、吕不韦、燕太子丹、赵公孙龙、尉缭、关尹、鹖冠、鬼谷之伦，虽各分门而别户，亦皆殊途而

同归。卓哉斯人，其诸通天地人而为儒者欤！（《定庵文集序》）

李慈铭曰：（瑟人）文章瓌诡，本孙樵、杜牧，参之《史》《汉》《庄》《列》《楞华》之言，近代霸才也。（《越缦堂日记》）

又曰：其诗不主格律家教，笔力矫健，而未免疵累，其情至者，往往有独到语。《己亥杂诗》则其以礼部主事乞假出都，又自杭入都携家归，述其身世交游著述及道途游览赠答也。词胜于诗，而出自名隽，亦复不主故常。（同上）

又曰：定庵文笔横霸，然足副其才，其独至者往往警绝似子，诗亦以霸才行之，而不能成家。又好为释家语，每似偈赞，其下者竟成公安派矣。（同上）

谭献曰：定公词能为飞仙剑客之语，填词家长爪、梵志也。昔人评山谷诗，如食蝤蛑，恐发风动气，予于定公词亦云。（《箧中词》）

又曰：阅《定庵诗词》新刻本。诗，佚宕旷邈，而豪不就律，终非当家。词，绵丽沈扬，意欲合周、辛而一之奇作也。（《复堂日记》）

周自庵曰：定庵……古文辞奇崛深懿，不可一世。其为学靡书不览，喜与人辩驳，虽小屈，必旁征博引，以伸己说，有毛西河、杭堇浦之风。诗亦奇境独辟，不受羁绁。著作等身。晚宗大乘，名其诗曰《破戒草》。（《国朝杭郡诗三辑》卷四十八）

朱一新曰：近时龚定庵、魏默深纵横学《国策》，廉悍学《韩非》，颇足补桐城之所未逮。龚胜于魏，而伪体尤多。定庵才气，一时无两，好为深湛之思，而中周、秦诸子之毒，有时为彼教语，亦非真有得于彼教，聊以佐其荡肆而已。刻深峭厉，既关性情；荡检偷闲，亦伤名教。学之颇多流弊。魏氏虽不及其精深，尚未至如是横决。（《无邪堂答问》卷二）

徐世昌曰：定庵天性肫挚，学出外家；龚、魏齐名，能开风气。光绪甲午以后，其诗盛行，家置一编，竞事摹拟。自尚宋诗，群遂厌弃。平心论之，定庵博通群籍，余事为诗，天骥莞尔，终殊凡马。杨利叔《题定庵集》云："长吟字字原忠孝，故衍大藏成烟波。要知奇处正平实，抉公秘钥公毋诃。"论最平允。（《晚晴簃诗汇》卷一百五十三）

李伯元曰：仁和龚定庵，为我朝文章大家，学术渊懿，设想尤超旷绵远，绝不作黏皮带骨语，饮冰梁氏翕然推服，谓亭林、梨州后一人而已。（《南亭四话·庄谐诗话》）

梁启超曰：综自珍所学，病在不深入，所有思想，仅引其绪而止，又为瑰丽之词所掩，意不豁达。虽然，晚清思想之解放，自珍确与有功焉。光绪中所谓新学家者，大率人人皆过崇拜龚氏之一时期。初读《定庵文集》，若受电然，稍进乃厌其浅薄。然今文学派之开拓，实自龚氏。（《清代学术概论》）

魏　源

魏源（1794—1857），原名远达，字默深，又字墨生、汉士，晚年信佛，法名承贯。湖南邵阳（今隆回县）人。学问文学与龚自珍齐名，人称“龚魏”。道光二十四年（1844）中礼部会试，次年进士及第。曾任东台、兴化知县、高邮知州等职。学术上他反对脱离实际的空谈心性，主张经世致用。他具有强烈的爱国思想，力主革除弊政，抵御外国侵略。文学上主张为政事和教化服务。他的诗反映民生疾苦，揭露弊政，表现了强烈的爱国精神，风格质朴自然，以奇伟豪放为主要特色。散文有政治家、时务家色彩，与桐城派古文异趣。著有《魏默深文集》《古微堂诗集》《清夜斋诗稿》等，中华书局汇为《魏源集》出版。

寰海十章①

其　九

城上旌旗城下盟②，怒潮已作落潮声③。阴疑阳战玄黄血④，电挟雷攻水火并⑤。鼓角且真天上降⑥，琛珠合向海王倾⑦。全凭宝气销兵气⑧，此夕蛟宫万丈明⑨。

① 这组诗作者自注作于清道光二十年（1840），按诗的内容当大部分作于次年（1841）。作者曾在两江总督裕谦幕中数月，时裕谦率军在浙江防御英军。　② 城下盟：指敌人兵临城下，被迫与之订立屈辱投降的盟约。《左传·桓公十二年》：“楚伐绞，军其南门……大败之，为城下之盟而还。”杜预注：“城下盟，诸侯所深耻。”这里指奕山和英侵略军签订丧权辱国的“广州和约”事。道光二十一年（1841）五月，英军入侵广州，清廷派往广州主持军务的靖逆将军奕山屈膝求和，接受五项停战条款，包括清军六天内退出广州，一周内交英军赎城费六百万银元和赔偿英商损失三十万银元。“城下盟”即指此事。　③“怒潮”句：指清廷的抗英情绪因奕山广州之役的溃败而低落。　④“阴疑”句：《周易·乾卦》上六爻辞：“龙战于野，其血玄黄。”文言：“阴疑于阳必战。”阴阳是《周易》关于自然观的两个基本概念。孔颖达正义：“阴盛为阳所疑，阳乃发动，欲除去此阴；阴既强盛，不肯退避，故必

战也。”这里借用其意，指英国侵略者依仗自己的军事力量欺压中国，迫使中国人民不得不起来浴血奋战。玄黄，杂色。 ⑤“电挟”句：形容战争的激烈。 ⑥“鼓角”句：意谓英军并非从天而降的神兵，广州之败只是清廷的腐败和守将的懦弱无能。《汉书·周勃传》载，汉景帝时派周亚夫平定吴楚七国之乱，赵涉建议亚夫率部由守军不备的右路进攻，“走蓝田，出武关，抵洛阳”，“直入武库，击鸣鼓，诸侯闻之，以为将军从天而下也”。这里借此隐指英军攻打广州时，守军闻炮响即逃散事。 ⑦“琛（chēn）珠”句：指对英的巨额赔款事。琛珠，珍宝。海王，海龙王，借指实行海上霸权的英国侵略者。 ⑧“全凭”句：指清廷以巨额赔款求和。 ⑨“此夕”句：谓海龙王得到珍宝而使龙宫大放光明。（这首诗以极其愤慨的感情揭露和斥责了清统治者对英帝国主义侵略势力的屈膝投降政策。）

黄遵宪

黄遵宪（1848—1905），字公度，别号人境庐主人。广东嘉应州（今梅州市）人。出身于商人兼官僚的家庭。光绪二年（1876）中举，次年出国，此后十几年间先后在我国驻日本、美国、英国、新加坡等国使馆任职，考察了资本主义国家的政治制度，并广泛地接触了资产阶级的政治和文化思想。回国后参加变法维新活动，入“强学会”，创办《时务报》。戊戌政变后放归故里。在诗歌创作上，他反对拟古主义，主张“我手写我口”。他的诗广泛地反映了近代中国社会的基本矛盾和重大事变，有“诗史”之称。多写古体，常采用散文化的笔法，风格宏肆奔放。著有《日本杂事诗》《人境庐诗草》等。

哀旅顺 ①

海水一泓烟九点 ②，壮哉此地实天险。炮台屹立如虎阚 ③，红衣大将威望俨 ④。下有洼池列巨舰 ⑤，晴天雷轰夜电闪。最高峰头纵远览，龙旗百丈迎风飐 ⑥。长城万里此为堑 ⑦，鲸鹏相摩图一啖 ⑧。昂头侧睨何眈眈 ⑨，伸手欲攫终不敢。谓海可填山易撼 ⑩，万鬼聚谋无此胆。一朝瓦解成劫灰，闻道敌军蹈背来。

① 旅顺：又称旅顺口，在辽宁省辽东半岛南端，是一个形势险要的军港。清光绪二十年（1894）十月二十一日，日军进犯旅顺，守兵相继溃败，旅顺遂被日军占领。这首诗作于旅顺失陷以后。 ②“海水”句：李贺《梦天》诗：“遥望齐州九点烟，一泓海水杯中泻。”齐州，指中国。九点烟，中国古代分为九州，称九点烟，从天视之，极言其

小。一泓（hóng），一片。泓，水深的样子。这句写旅顺的形势，面临茫茫大海，为中国本土的屏障。 ③虎阚（hǎn）：老虎发怒的样子。《诗经·大雅·常武》："阚如虓虎。"据范文澜《中国近代史》载，甲午战争时，旅顺港设海岸炮台十三座，陆路炮台九座。 ④红衣大将：大炮名。清太宗天聪五年（1632），红衣大炮造成，皇帝定名为"天佑助威大将军"。 ⑤洼池：指大船坞，光绪十一年（1885）造。 ⑥龙旗：清朝的国旗，上绣龙象。飐（zhǎn）：招展。 ⑦堑（qiàn）：战争中用于防御的壕沟。 ⑧"鲸鹏"句：比喻帝国主义国家像巨鲸大鹏一样竞相吞食中国。摩，迫近。啖（dàn），吃。 ⑨睨：斜视。眈眈：注视貌，这里是"虎视眈眈"的意思。 ⑩"谓海"四句：意思是在旅顺的清朝守军自以为有填山撼海之力，各帝国主义国家不敢聚谋来犯，但一朝听说敌军从背面攻来（时日军没有从旅顺正面进攻，而从背面的花园港登陆），便立即溃败瓦解。万鬼，喻指各帝国主义国家。劫灰，佛教所谓劫火之余灰。《高僧传·竺法兰》："昔汉武穿昆明池底，得黑灰，以问东方朔。朔云：'不知，可问西域胡人。'后法兰既至，众人追以问之。兰云：'世界终尽，劫火洞烧，此灰是也。'"此指兵火毁坏后的灰烬。（这是一首旅顺失陷的纪实诗，抒发了诗人的爱国情怀，对清廷的腐败无能强烈不满，对帝国主义的武力侵入充满仇恨，写得沉痛悲愤。）

书　愤[①]（五首选一）

其　一

一自珠崖弃[②]，纷纷各效尤[③]。瓜分惟客听[④]，薪尽向予求[⑤]。秦楚纵横日[⑥]，幽燕十六州[⑦]。未闻南北海[⑧]，处处扼咽喉[⑨]？

①这组诗作于清光绪二十四年（1898）。 ②"一自"句：指清政府同意德帝国主义者强租胶州湾。珠崖，汉代郡名，辖地相当于今天海南省北部地区。汉元帝初元元年（前48），珠崖等郡人民发动起义，汉元帝想发兵镇压，贾捐之认为关东地区民众久困，希望汉元帝"弃珠崖，专用恤关东之忧"。后因以"弃珠崖"泛指放弃国土。此句下作者自注云："胶州"。这是指光绪二十三年（1897）十一月，德帝国主义借口其传教士在山东巨野县被杀，悍然出兵强占胶州湾，以后又与清政府签订不平等条约，使胶州湾沦为德帝国主义殖民地事。 ③效尤：仿效学习坏的行为。这句下作者自注云："旅顺、大连湾、威海卫、广南湾"。这是指：在光绪二十三年德国占领胶州湾之后，十二月帝俄占领了旅顺和大连湾，次年又强迫清政府签订《旅大租借条约》，强占我辽东半岛。光绪二十四年（1898）七月，英帝国主义者又强迫清政府签订条约，将威海卫、威海湾内的岛屿及全湾沿岸十英里以内的地方都划为英国管辖。以后法帝国主义者也强租了广州湾，并将云南、广西、广东三省划为自己的势力范围。 ④瓜分：指各帝国主义国家纷纷抢占中国土地，像分瓜一样。惟

客听:《左传·成公二年》载，齐国与晋国交战，齐败后派使臣去晋营，表示愿意奉献土地、财物以求和，并说:“不可，则惟客之所为！”意思是，“如果认为这样不行的话，那就任随你们爱怎么办就怎么办吧。”此用其典，“客”代指瓜分中国的各帝国主义国家。这句指责清政府的腐败无能，任人宰割。 ⑤“薪尽”句:指斥帝国主义列强对中国的侵略欲壑难填，永无止境。《庄子·养生主》里说:薪（柴）是可以烧完的，而火却可以因不断加柴而不断燃烧下去。此用其意。予，我，指中国。 ⑥“秦楚”句:秦楚指战国时期的秦国和楚国。纵横指当时秦楚所采用的统一全国的方法合纵和连横。这句以秦楚指代帝国主义列强，说他们像当年的秦楚那样，实行合纵或连横的办法侵吞中国。 ⑦“幽燕”句:幽燕泛指我国北方地区。五代时石敬塘任后唐河东节度使，他勾结契丹贵族灭了后唐，被契丹册封为帝，建立后晋，割燕云十六州给契丹，年献帛三十万匹，自称儿皇帝。这里借用这一历史事实以揭露和指斥清政府对帝国主义的屈节投降。 ⑧南北海:指从南到北漫长的海岸线。 ⑨咽喉:比喻沿海港口及边防要地。（这首诗对帝国主义列强瓜分中国以及清政府的腐败无能、丧权辱国进行了揭露和谴责。诗中洋溢着昂扬的爱国主义激情，语言通俗易懂，于平实中寓含着深广的忧愤。）

章炳麟

章炳麟（1869—1936），字枚叔，别号太炎，后改名绛。浙江余杭人。年轻时曾从著名学者俞樾学习经史，接受王夫之、顾炎武、黄宗羲等人进步思想的影响。一度与改良派有联系，参加“强学会”，编撰《时务报》。戊戌变法失败后，摆脱了改良主义思想影响，积极投入资产阶级民主革命运动，并对改良派展开斗争。他因宣传革命而被捕。后参加“光复会”，出狱后在日本主编《民报》。“五四”运动以后政治上趋于保守，学术上陷入复古主义泥坑。晚年主张抗日，表现了爱国主义思想。他的政论文成就较高，表现了很强的战斗性。诗作不多，多为五、七言旧体，尤以五言为多，但多古奥难懂。早年一些小诗，语言通俗易懂，充满革命激情。著有《章氏丛书》初编、续编、三编。

狱中赠邹容①

邹容吾小弟②，被发下瀛洲③，快剪刀除辫④，干牛肉作糇⑤。英雄一入狱，天地亦悲秋⑥。临命须掺手⑦，乾坤只两头⑧。

①邹容（1885—1905），著名的旧民主主义革命家，原名绍陶，字蔚丹，四川巴县人。在留学日本期间即参加爱国学生运动，回国后投身反清革命，写出充满激进革命思想的《革命军》，章炳麟为之作序。《革命军》于1903年5月在上海出版后，《苏报》上曾发表文章加以介绍。章炳麟的《驳康有为论革命书》也在《苏报》上发表，文中有骂光绪皇帝的话。1903年6月30日清政府勾结帝国主义逮捕了章炳麟。邹容不愿章炳麟一人受害，于7月1日自动投案，两年后病死狱中。这就是近代革命史上著名的《苏报》案。这首诗即是1903年7月22日章炳麟在狱中赠给邹容的。　②“邹容”句：1903年，章炳麟、张继、章士钊、邹容等结为兄弟，章炳麟年纪最大，邹容年纪最小，所以深情地称邹为“吾小弟”。　③被（pī）发：同“披发”，形容邹容很年青，古代男子二十岁成年束发，邹容去日本留学时年仅十七岁，故称“被发”。瀛洲：古代传说海上有三座仙山，即蓬莱、方丈、瀛洲。这里借指日本。　④“快剪”句：满清政府强迫人民蓄发留辫，旧民主主义革命时期，许多革命者愤然剪去发辫，以表示自己的反满思想和意志。邹容在日本留学期间不仅剪去了自己的发辫，还跟同学一起剪掉了当时清朝派往日本监督留学生的官员姚文甫的辫子。这是当时十分激进的革命行动。　⑤干牛肉：即牛肉干，这里指西方人的食品。糇（hóu）：干粮。这里泛指饮食。　⑥“天地”句：天地也为英雄的被捕而悲伤。古人认为萧瑟的秋天主悲，因此常以秋来表现悲伤的感情。　⑦临命：临死。掺手：携手。　⑧乾坤：天地之间。两头：指诗人自己和邹容两人为革命而献出自己的头颅。（这首诗表现了对一同罹难的战友深挚的感情和为革命视死如归的英雄气概。语言明快流畅，风格质朴豪壮。）

梁启超

梁启超（1873—1929），字卓如，号任公，别号饮冰室主人。广东新会人。他是康有为的学生，当时以康梁并称，同为戊戌变法的主要领导人。变法前，与康有为等人在上海组织“强学会”，创办《时务报》等报刊，介绍西方政治文化思想，宣传资产阶级改良主义。变法失败后流亡日本，资产阶级民主革命时期成为保皇派。辛亥革命以后曾效力于北洋军阀政府，先后任过司法总长和财政总长，但反对袁世凯称帝和张勋复辟。晚年在天津、北京任教并致力于著述。他积极倡导文学改良，提出“诗界革命”“小说界革命”和“文界革命”，在创作上诗歌、散文、戏曲、小说都有尝试，而以散文成就为高。他的报刊政论文，立论新颖，文笔酣畅，在当时影响很大。诗歌多作于流亡国外期间，多反映民族危机和抒发内心愤慨。著有《饮冰室合集》。

读陆放翁集[①]（四首选一）

其　一

诗界千年靡靡风[②]，兵魂销尽国魂空[③]。集中什九从军乐[④]，亘古男儿一放翁[⑤]。

① 这首诗作于清光绪二十五年（1899）流亡日本时。陆放翁：南宋时著名的爱国诗人陆游，字务观，寓居成都时自号放翁。他的诗集自题为《剑南诗稿》。　② 千年：指南宋以来将近千年的时间。靡靡风：指诗歌的风格柔媚无力。　③ 兵魂：指描写抵御外国入侵者斗争的战斗作品。销尽：慢慢地变得一点也没有了。国魂：指诗歌中的爱国主义精神。　④ 集：指陆游诗集。什九：十分之九。从军乐：以歌颂投身于杀敌报国的战斗为乐。　⑤ 亘古：从古至今。男儿：有血性的男子汉，即英雄好汉。作者于诗末自注云："中国诗家无不言从军苦者，惟放翁则慕为国殇（为国捐躯的战士），至老不衰。"（这首诗对南宋爱国诗人陆游作了热烈的赞美和崇高的评价，从中抒发了诗人的爱国感情，同时表达了他对诗歌创作的独特见解。）

少年中国说[①]

日本人之称我中国也，一则曰老大帝国，再则曰老大帝国。是语也，盖袭译欧西人之言也[②]。呜呼！我中国其果老大矣乎？梁启超曰：恶[③]！是何言！是何言！吾心目中有一少年中国在。

欲言国之老少，请先言人之老少。老年人常思既往，少年人常思将来。惟思既往也，故生留恋心；惟思将来也，故生希望心。惟留恋也故保守，惟希望也故进取。惟保守也故永旧，惟进取也故日新。惟思既往也，事事皆其所已经者，故惟知照例；惟思将来也，事事皆其所未经者，故常敢破格。老年人常多忧虑，少年人常好行乐。惟多忧也，故灰心；惟行乐也，故盛气。惟灰心也，故怯懦；惟盛气也，故豪壮。惟怯懦也，故苟且；惟豪壮也，故冒险。惟苟且也，故能灭世界；惟冒险也，故能造世界。老年人常厌事，少年人常喜事。惟厌事也，故常觉一切事无可为者；惟好事也，故常觉一切事无不可为者。老年人如夕照，少年人如朝阳。老年人如瘠牛[④]，少年人如乳虎。老年人如僧，少年人如侠。老年人如字典，少年人如戏文。老年人如鸦片烟，少年人如泼兰地酒。老年人如别行星之陨石，少年人如大洋海之珊瑚岛[⑤]。老年人如埃及沙漠之金字塔[⑥]，少年人如西比利亚之铁路。老年人如秋后之柳，少年人如春前之草。老年人如死海之潴为泽[⑦]，少年人如长江之初发源。此老年与少年性格不同之大略也。梁启超曰：人固有之，国亦宜然。

梁启超曰：伤哉，老大也！浔阳江头琵琶妇[⑧]，当明月绕船，枫叶瑟瑟，衾寒于铁，似梦非梦之时，追想洛阳尘中春花秋月之佳趣。西宫南内[⑨]，白发宫娥，一灯如穗，三五对坐，谈开元天宝间遗事，谱霓裳羽衣曲。青门种瓜人[⑩]，左对孺人[⑪]，顾弄孺子[⑫]，忆侯门似海[⑬]，珠履杂遝[⑭]之盛事。拿破仑之流于厄蔑[⑮]，阿剌飞之幽于锡兰[⑯]，与三两监守吏，或过访之好事者，道当年短刀匹马驰骋中原，席卷欧洲，血战海楼，一声叱咤，万国震恐之丰功伟烈，初而拍案，继而抚髀[⑰]，终而揽镜。呜呼，面皴[⑱]齿尽，白发盈把，颓然老矣！若是者，舍幽郁之外无心事，舍悲惨之外无天地，舍颓唐之外无日月，舍叹息之外无音声，舍待死之外无事业，美人豪杰且然[⑲]，而况于寻常碌碌者耶？生平亲友，皆在墟墓；起居饮食，待命于人。今日且过，遑知[⑳]他日？今年且过，遑恤[㉑]明年？普天下灰心短气之事，未有甚于老大者。于此人也，而欲望以拏云[㉒]之手段，回天之事功，挟山超海之意气[㉓]，能乎不能？

呜呼！我中国其果老大矣乎？立乎今日以指畴昔[㉔]，唐虞三代，若何之郅治[㉕]；秦皇汉武，若何之雄杰；汉唐来之文学，若何之隆盛；康乾间之武功，若何之烜赫[㉖]。历史家所铺叙，词章家所讴歌，何一非我国民少年时代良辰美景赏心乐事之陈迹哉！而今颓然老矣，昨日割五城，明日割十城，处处雀鼠尽，夜夜鸡犬惊。十八省之土地财产[㉗]，已为人怀中之肉，四百兆[㉘]之父兄子弟，已为人注籍之奴[㉙]，岂所谓“老大嫁作商人妇”[㉚]者耶？呜呼！“凭君莫话当年事，憔悴韶光[㉛]不忍看！”楚囚相对[㉜]，岌岌顾影[㉝]，人命危浅[㉞]，朝不虑夕。国为待死之国，一国之民为待死之民，万事付之奈何，一切凭人作弄，亦何足怪。

梁启超曰：我中国其果老大矣乎？是今日全地球之一大问题也。如其老大也，则是中国为过去之国，即地球上昔本有此国，而今渐澌灭[㉟]，他日之命运殆将尽也。如其非老大也，则是中国为未来之国，即地球上昔未现此国，而今渐发达，他日之前程且方长也。欲断今日之中国为老大耶，为少年耶？则不可不先明国字之意义。夫国也者，何物也？有土地，有人民，以居于其土地之人民，而治其所居土地之事，自制法律而自守之；有主权，有服从，人人皆主权者，人人皆服从者，夫如是，斯谓之完全成立之国[㊱]。地球上之有完全成立之国也，自百年以来也。完全成立者，壮年之事也。未能完全成立而渐进于完全成立者，少年之事也。故吾得一言以断之曰：欧洲列邦在今日为壮年国，而我中国在今日为少年国……。

龚自珍氏之集有诗一章，题曰：《能令公少年行》[37]。吾尝爱读之，而有味乎其用意之所存。我国民而自谓其国之老大也，斯果老大矣；我国民而自知其国之少年也，斯乃少年矣。西谚有之曰："有三岁之翁，有百岁之童。"然则国之老少，又无定形，而实随国民之心力以为消长者也。吾见乎玛志尼之能令国少年也[38]，吾又见乎我国之官吏士民能令国老大也。吾为此惧！夫以如此壮丽浓郁翩翩绝世之少年中国，而使欧西日本人谓我为老大者，何也？则以握国权者，皆老朽之人也。非哦几十年八股[39]，非写几十年白摺[40]，非当几十年差，非捱几十年俸，非递几十年手本[41]，非唱几十年诺[42]，非磕几十年头，非请几十年安，则必不能得一官，进一职。其内任卿贰以上[43]，外任监司以上者[44]，百人之中，其五官不备者，殆九十六七人也。非眼盲，则耳聋，非手颤，则足跛，否则半身不遂也。彼其一身，饮食步履视听言语，尚且不能自了，须三四人在左右扶之捉之，乃能度日，于此而乃欲责之以国事，是何异立无数木偶而使之治天下也！且彼辈者，自其少壮之时，既已不知亚细欧罗为何处地方，汉祖唐宗是那朝皇帝，犹嫌其顽钝腐败之未臻其极，又必搓磨之，陶冶之，待其脑髓已涸，血管已塞，气息奄奄，与鬼为邻之时，然后将我二万里山河，四万万人命，一举而畀[45]于其手。呜呼！老大帝国，诚哉其老大也！而彼辈者，积其数十年之八股、白摺、当差，捱俸、手本、唱诺、磕头、请安，千辛万苦，千苦万辛，乃始得此红顶花翎之服色[46]，中堂[47]大人之名号，乃出其全副精神，竭其毕生力量，以保持之。如彼乞儿拾金一锭，虽轰雷盘旋其顶上，而两手犹紧抱其荷包，他事非所顾也，非所知也，非所闻也。于此而告之以亡国也，瓜分也，彼乌[48]从而听之，乌从而信之。即使果亡矣，果分矣，而吾今年既七十矣，八十矣，但求其一两年内，洋人不来，强盗不起，我已快活过了一世矣。若不得已，则割三头两省[49]之土地，奉申贺敬，以换我几个衙门，卖三几百万之人民作仆为奴，以赎我一条老命，有何不可？有何难办？呜呼！今以所谓老后、老臣、老将、老吏，其修身齐家治国平天下之手段，皆具于是矣。"西风一夜催人老，凋尽朱颜白尽头。"使走无常[50]当医生，携催命符以祝寿。嗟乎痛哉！以此为国，是安得不老且死，且吾恐其未及岁而殇也。

梁启超曰：造成今日之老大中国者，则中国老朽之冤业也，制出将来之少年中国者，则中国少年之责任也。彼老朽者何足道，彼与此世界作别之日不远矣，而我少年乃新来而与世界为缘。如僦屋[51]者然，彼明日将迁居他方，而我今日始入此室处。将迁居者，不爱护其窗栊，不洁治其庭庑[52]，俗人恒情，亦何足怪。若我少年者，前程浩浩，后顾茫茫。中国而为牛为马为奴为隶，则烹脔鞭箠[53]之惨酷，惟我少年当之；中国如称霸宇内，主盟地球，则指挥顾盼之尊荣，惟我少年享之；于彼气息奄奄，与鬼为邻者何与焉。彼而漠然置之，犹可言也；我而漠然置之，不可言也。使举国之少年而果为少年也，则吾中国为未来之国，其进步未可量也。使举国之少年而亦为老大也，则吾中国为过去之国，其澌亡可翘足而待[54]也。故今日之责任，不在他人，而全在我少年。少年智则国智，少年富则国富，少年强则国强，少年独立则国独立，少年自由则国自由，少年进步则国进步，少年胜于欧洲，则国胜于欧洲，少年雄于地球，则国雄于地球。红日初升，其道大光。河出伏流[55]，一泻汪洋。潜龙腾渊，鳞爪飞扬。乳虎啸谷，百兽震惶。鹰隼[56]试翼，风尘吸张。奇花初胎，矞矞皇皇[57]。干将发硎[58]，有作其芒[59]。天戴其苍，地履其黄。纵有千古，横有八荒[60]。前途似海，来日方长。美哉我少年中国，与天不老！壮哉我中国少年，与国无疆！

①这篇文章作于清光绪二十六年（1900）。 ②袭：沿袭，依照。欧西：指欧美西方世界。 ③恶（wū）：感叹词，表示否定和反感。 ④瘠（jí）牛：瘦弱的牛。 ⑤珊瑚岛：海中由珊瑚虫的骨骼堆积成的岛屿。因逐渐聚积而成，与上文陨石之突然坠落不同。 ⑥金字塔：古代埃及帝王的坟墓，用石头堆成三面或多面的角锥形，如汉字中的“金”字。这里取其古老之意。 ⑦死海：西南亚著名的大咸水湖，在约旦和巴勒斯坦之间。湖水含盐度很高，水生植物及鱼类不能生存，故称死海。潴（zhū）：水聚积。泽：积水之地。 ⑧“浔阳”六句：白居易《琵琶行》叙写长安歌女年老色衰，嫁作浔阳江上的商人妇，追怀往事，不胜凄凉。诗中有“浔阳江头夜送客，枫叶荻花秋瑟瑟”及“去来江口守空船，绕船明月江水寒”。此用其意。长安误作洛阳。浔阳江，今江西九江以北的一段长江。 ⑨“西宫”六句：白居易《长恨歌》写杨贵妃死后唐玄宗对她的追忆时，有句云：“西宫南内多秋草，落叶满阶红不扫；梨园弟子白发新，椒房阿监青娥老。”又元稹《行宫》诗云：“寥落古行宫，宫花寂寞红。白头宫女在，闲坐说玄宗。”这里化用其意。西宫，唐代宫殿名，即西内，又称太极宫。南内，唐宫殿名，即兴庆宫。开元、天宝，都是唐玄宗年号。霓裳羽衣曲：唐代宫廷乐舞，来自印度，传为开元中西凉节度使杨敬述所献，初名《婆罗门曲》，后经玄宗润色，改用此名。 ⑩“青门”句：汉长安城东南门本名霸城门，因门为青色，俗称为青门。种瓜人，指汉代邵平，他本为秦东陵侯，秦亡后种瓜于青门，人称青门瓜。 ⑪孺人：古称大夫之妻为孺人。 ⑫孺子：指儿童。 ⑬侯门似海：形容公侯贵族之家门禁之森严。 ⑭珠履：缀有珠子的鞋。又用以指豪门食客。 ⑮“拿破仑”句：一八一四年，拿破仑流放于地中海中之厄尔巴岛。厄蔑：即厄尔巴之异译。 ⑯“阿剌飞”句：阿剌飞，

一译作阿拉比帕沙（1839—1911），埃及人，曾任陆军部长，提倡国家主义，反对外国干涉埃及内政，被英军打败后流放于锡兰岛。 ⑰抚髀（bì）：用手拍大腿，表示感叹。 ⑱面皴（cūn）：脸上有皱纹。 ⑲且然：尚且如此。 ⑳遑知：即不遑知，没有空闲，来不及知。 ㉑恤（xù）：忧虑。 ㉒拏云：即拿云，比喻有雄心壮志。李贺《致酒行》："少年心事当拏云。" ㉓挟山超海：比喻创造非凡业绩之能力。《孟子·梁惠王》："挟泰山以超北海。" ㉔畴昔：往昔。 ㉕郅（zhì）治：至治，极治，犹言盛世。 ㉖烜（xuǎn）赫：形容声势盛大。 ㉗十八省：清初全国分为十八行省，光绪末年增至二十三省，但习惯仍以十八省概指全国。 ㉘四百兆：一百万为一兆，四百兆即四亿，这是当时中国的人口总数。 ㉙注籍之奴：注册登记的奴隶。 ㉚"老大嫁作商人妇"：白居易《琵琶行》中的诗句，这里借指国家的老大衰朽。 ㉛韶光：美好的时光，比喻青春年华。 ㉜楚囚相对：《世说新语·言语》篇载：东晋时，南渡的士大夫相邀新亭宴饮。周顗叹曰："风景不殊，正自有山河之异。"众人相视而泣。王导愀然变色曰："当共戮力王室，克复神州，何至作楚囚相对？"楚囚，《左传·成公九年》："楚子重侵陈以救郑。晋侯观于军府，见钟仪，问之曰：'南冠而絷者，谁也？'有司对曰：'郑人所献楚囚也。'"本指楚人之被俘者，后用以指处境窘迫的人。 ㉝岌岌（jí）：十分危险的样子。顾影：自顾形影。 ㉞人命危浅：谓病重活不久长。 ㉟澌（sī）灭：消灭。 ㊱完全成立之国：意指近代资产阶级民主国家。 ㊲《能令公少年行》：是龚自珍的一首长诗，描写他将来隐居太湖时的闲适生活，充满浪漫主义的理想色彩。诗中认为只要不追求功名利禄，放宽胸怀，就能使自己颜丹鬓绿，保持少年的风采。 ㊳玛志尼（1805—1872）：近代意大利资产阶级民主革命者，曾组织少年意大利党，创办《少年意大利报》，鼓吹革命，屡败屡起，终于完成了意大利的独立统一事业。与加里波的、喀富尔并称为意大利三杰。 ㊴哦：诵读。八股：八股文，明清科举考试所规定的文体，除内容规定必须以儒家经义为依据外，形式上亦规定每篇必须由破题、承题、起讲、入手、起股、中股、后股和束股八部分组成。由起股到束股是正式的议论，四段中各有两股排比对偶文字，合共八股，故称为八股文。 ㊵白摺：清时科举考试考卷之一种，由白纸折叠成的折叶。殿试用大卷，殿试通过后授官前举行的朝考用白摺。 ㊶手本：明清时门生见座师或下级见上级时所用的名帖，分红白两种，称红禀、白禀。红禀用于书写官衔姓名（官衔手本）、履历（履历手本）或庆贺之事，白禀用于普通叙事。 ㊷唱几十年诺：唱诺当作唱喏（rě），古时人们相见时的一种礼节，打躬作揖，口称颂词。 ㊸内任：在朝廷里做官。卿贰：旧时称中央六部（吏、户、礼、兵、刑、工）的长官（尚书）为六卿，其副职（侍郎）为卿之贰，因合称卿贰。 ㊹监司：清代布政使、按察使和道员的通称。 ㊺畀（bì）：给予。 ㊻红顶花翎之服色：清代官制，以官员的冠饰及其质地、颜色区别其品级。红顶即以红宝石或红珊瑚做冠顶，花翎即以孔雀翎做为饰物，都是高级官贵的冠饰。文武一二品官可戴红顶；花翎最初只有有武功或特赐者才能佩戴，咸丰后五品以上的官都可佩戴一眼花翎，但双眼和三眼花翎只有宗室亲王和有殊勋的人臣才能佩戴。 ㊼中堂：宰相的别称，因宰相在中书省内的政事堂办公而得名。明清时内阁大学士掌握宰相的权力，故亦称大学士为中堂。 ㊽乌：何，哪里。 ㊾三头两省：闽粤方言，即三两省的意思。 ⑩ 走无常：旧时迷信，认为活人的灵魂可以到阴司做鬼役，去勾摄应死者的灵魂，事毕后又返魂阳身。这种人称为走无常。 ⑪ 僦（jiù）屋：租赁房屋。 ⑫ 庭庑（wǔ）：庭院走廊。 ⑬ 烹脔（luán）鞭箠（chuí）：烹脔是把肉切成碎块进行烹煮，鞭箠是用鞭子抽打，这里泛指各种酷刑。 ⑭ 翘足而待：指很快就会到来。翘足，抬足，指十分容易，时间短暂。 ⑮ 河出伏流：河，黄河；伏流，地下潜流。《水经注·河水》："河出昆仑，伏流地中万三千里。" ⑯ 鹰隼（sǔn）：悍厉的猛禽。 ⑰ 矞（yù）矞皇皇：明丽繁盛貌。 ⑱ 干将：古剑名，相传为春秋时吴人干将所铸，后用以泛称宝剑。发硎：新开刀刃。硎，磨刀石。 ⑲ 有作其芒：放射出光芒。有，语助词。 ⑳ 八荒：八方荒远之地，言地域之广阔。（这是一篇充满爱国激情的政论文。作者对当时清政府的腐朽统治进行了无情的揭露和抨击，而将中华民族未来的希望寄托在充满青春活力、奋发有为的年轻一代身上，字里行间，洋溢着自强自立的积极进取精神。作者虽受到改良主义思想的限制，不能提出使祖国繁荣富强的切实有力的办法，但他的理想和热情，至今仍具有极大的鼓舞力量。）

秋　瑾

秋瑾（1875—1907），字璿卿，号竞雄，别署鉴湖女侠、汉侠女儿。浙江绍兴人。她出身于一个官僚地主家庭，但觉醒很早，敢于冲破封建思想的束缚，表现出追求妇女解放的反抗精神。光绪二十二年（1896）与湘潭王廷钧结婚。婚后入京，目睹国家民族的严重危机，受到资产阶级民主革命思想的影响，立志从事革命活动。1904 年赴日本留学，次年参加同盟会，宣传革命，并积极准备进行武装斗争。回国后在上海创办《中国女报》。后回绍兴，主持大通师范学堂，与徐锡麟等人组织"光复军"，积极准备武装起义。后因事败被捕，英勇就义。工于诗词，少作多写个人幽怨，有较浓的感伤情调，投身革命后则多忧时感事，抒写壮怀，风格亦趋于豪迈爽朗。遗作今人辑为《秋瑾集》出版。

黄海舟中日人索句并见日俄战争地图 [1]

万里乘风去复来 [2]，只身东海挟春雷 [3]。忍看图画移颜色 [4]？肯使江山付劫灰 [5]！浊酒不销忧国泪 [6]，救时应仗出群才 [7]。拼将十万头颅血，须把乾坤力挽回 [8]。

① 这首诗在《秋瑾史迹》中题作《日人银澜使者索题，并见日俄战地，早见地图，有

感》。1904 年，日俄两个帝国主义国家为了争夺中国的领土而在中国的东北开战。腐败的清政府丧权辱国，竟然宣布“中立”。诗人 1904 年夏天到日本留学，同年冬返国，1905 年春再到日本。这首诗可能即这次再赴日本时于舟中所作。 ② 乘风：乘风而行。去复来：指诗人 1904 年赴日后返国，次年春再赴日本。 ③ 只身：孤身一人。挟春雷：喻指为使祖国获得新生而奔走和追求革命真理。 ④ 忍看：哪忍看，即不忍看。图画：指地图。移颜色：改变颜色，指中国的领土被日俄帝国主义蹂躏和侵占。 ⑤ 肯使：岂肯使，即不敢使。江山：这里指作为日俄战争主要战场的我国领土东北三省。劫灰：佛家语，劫火之灰。这里指遭受日俄战争的战火焚毁后的残迹。 ⑥ “浊酒”句：人言“借酒浇愁”，可作者却连饮酒也不能消除心中忧国忧民的悲愁。 ⑦ 救时：指挽救祖国危难的时局。仗：依靠。出群才：超群出众的人才。 ⑧ 乾坤：天地。这里指祖国的危难。（这首诗表现了诗人对帝国主义侵略行径的极大愤慨，同时抒发了热烈的爱国感情和决心为祖国而献身的革命英雄主义。写得慷慨悲壮，气势磅礴。）

柳亚子

柳亚子（1887—1958），原名慰高，字安如；后更名人权，字亚卢；复更名弃疾，字亚子。江苏吴江人。1902 年入中国教育会，次年入上海爱国学社，1906 年加入同盟会，积极投身资产阶级民主革命运动，并从事诗文创作。1909 年与陈去病，高旭等人创建文学社团“南社”，进行革命宣传，成为“南社”中最激进的诗人。辛亥革命后反对袁世凯称帝和北洋军阀的统治。1924 年加入国民党，拥护孙中山的三大政策，成为国民党中的左派。以后又加入中国民主同盟和中国国民党革命委员会，成为中国共产党的拥护者和朋友。他先后经历了旧民主主义革命、新民主主义革命和社会主义建设三个历史时期，能跟随时代的发展而不断前进。建国后曾任中央人民政府委员、全国人大常委会委员等职。他诗文词都有创作，以诗的成就为高，但散文在早年颇负盛誉。诗歌主要抒写爱国激情和革命思想，富于政治性和战斗性，风格慷慨雄健，苍凉悲壮。著有《磨剑室诗词集》《磨剑室文集》（未刊）。

孤　愤①

孤愤真防决地维②，忍抬醒眼看群尸③？美新已见杨雄颂④，劝进还传阮籍词⑤。岂有沐猴能作帝⑥，居然腐鼠亦乘时⑦。宵来忽作亡秦⑧梦，北伐⑨声中起誓师。

① 这首诗作于民国四年（1915），当时袁世凯正积极准备称帝。孤愤：指正直之士内心不见容于世的悲愤。　② 决：使断裂。地维：古人认为天是有九柱支撑的，地是有四维（四条绳子）系缀的，故不塌不陷。决地维，意即使系缀大地的绳子都断裂了。　③ 忍：不忍，不屑意。醒眼：指自己及革命派清醒明亮的目光。群尸：作者指斥那些支持袁世凯称帝的无耻官僚们为没有灵魂的行尸走肉。　④ "美新"句：西汉末年，王莽篡汉自立，改国号为"新"。杨雄在新朝时校书天禄阁，官至大夫，曾上《剧秦美新》书对王莽进行阿谀奉承。这里借用这一故实讽刺那些向袁世凯劝进和献媚的人。　⑤ "劝进"句：魏末时，司马昭想当相国，阮籍代表众公卿草拟劝进书。这句也是借此讽刺当时劝进袁世凯称帝的那些人的无耻行径的。　⑥ 沐猴：即猕猴。《史记·项羽本纪》中讽刺项羽虚有威仪而不能成就大事，曾用"沐猴而冠"来形容，这里借以写袁世凯是个衣冠禽兽。　⑦ 腐鼠：比喻那些企图通过拥护袁世凯称帝来达到个人卑鄙目的的人们。乘时：乘机。　⑧ 亡秦：消灭秦国。这里指打倒袁世凯。　⑨ 北伐：指南方各省为声讨袁世凯而发动的护国战争。（这是一首抒情与讽刺相结合的政治诗。诗中对辛亥革命以后妄图恢复帝制的袁世凯以及拥护袁世凯称帝的一些无耻官僚政客们进行了愤怒的抨击和尖锐的嘲讽，表现了诗人的革命义愤和斗争意志。写得尖锐泼辣，沉着痛快。）

二　近代戏曲

无名氏

庆顶珠[1]

（旦内唱）

【倒板】太湖石上海水发，（末、旦同上，旦唱）

【西皮】江水照得满眼花，青山绿水难描画，那个渔翁得在家？（末唱）父女们打鱼在江下，贫穷那怕人笑咱。松篷忙把网来下，（白）嗄吓，（旦白）爹爹看仔细！（末唱）怎奈我年迈苍苍，气力不加[2]。

（旦白）爹爹年迈了，河下生意难做了。（末白）是吓，为父年迈了，河下生意也做不得了。儿吓，把那几尾鲜鱼收拾熟了，为父饮酒。（旦白）是。（生、付[3]同上，生唱）闲来无事江边走，（副唱）海水滔滔往东流。（生唱）钓竿须得南山竹，（副唱）不钓鳌[4]鱼誓不休。

（生白）来此已是河下了，知那是萧兄的船，待我叫他一声，萧兄！（旦白）爹爹，岸上有人叫你。（末白）吓，是那一个叫我吓？岸上可是李俊贤弟么？（生白）正是。（末白）莫非要到小舟上坐坐么？（生白）正是。（末白）少待，等我将船摇过来。搭上扶手，顺下跳板。（生白）有礼。（末白）还礼。（付白）这就是萧兄么？（生白）正是。（付白）久闻萧兄是好的，待我试他一试，试他的武艺如何。（末白）贤弟，这是何人？（生白）这就是卷毛虎倪荣。（末白）吓，这就是倪荣贤弟吆！（付白）这就是萧兄，请来见礼。（末白）还礼。（付白）吓，招打！（末、付打介，末白）呔！（付白）哈，他的的的……（末白）儿吓，这是你二位叔父，上前见礼。（旦白）二位叔父，这厢有礼。（生、付同白）还礼。吓，萧兄，这是何人？（末白）这就是小女。

（生、付同白）吓，原来就是令爱。（末白）不敢，就是小女。吓，二位贤弟来在小舟，无物可敬，只有小鱼美酒奉上。（生、付同白）吓，到此就要叨扰了。（旦白）爹爹，酒菜好了。（末白）看酒来！二位贤弟，在小舟上饮酒，比不得岸上，不许说“干旱”二字呢。如说“干旱”二字，是要罚酒一大杯。（生、付同白）使得呢。（末白）请！（生白）请！（末白）请！（付白）干！（末白）罚酒！（笑介）（丑上，唱）

昨日一梦到西霞，酒不酒来茶不茶。一步来在河崖下，船头上坐定一枝花。

（白）吓，船头上坐着这个女子真好，待我仔细瞧瞧他。（瞧介）（付白）呔，作什么的？（丑白）我是问路的。（末白）问的那一家？（丑白）问的丁家。（末白）那厢就是。（付白）去罢。（丑白）嗳呀，这个人好威势吓。（付白）他是作怎么的？（末白）他是问路的。（付白）我的哥，他那里是问路的，分明是观他的。（末白）那是什么话！（丑上白）走吓，（唱）

离了家中到河下，急忙寻他把话答。

（白）来此已是，呔，那可是萧恩的船吓？（末白）是那个吓？原来是丁府大叔。（丑白）不敢。（末白）做什么来了？（丑白）做什么？取渔税银子。（末白）吓，这几日天旱水浅，鱼不上网，等到河下有了生意，改日将银子送上府去。（丑白）你这个改日改得太多了，我来得有些不耐烦了。（末白）怎奈无有么，明日一准送去。（丑白）你要不送去，又待我来。（末白）有劳大叔的驾。（丑白）罢了。（生白）呔，走回来！（丑白）你瞧，叫我走过去走过来的，做什么？（生白）你是哪里来的？（丑白）你问我么？丁府上来的。（生白）来做什么？（丑白）做什么？要渔税银子的么！（生白）回去拜上你家爷，说萧恩乃是我好友，将这渔税银子免了便罢。（丑白）如不免，（生白）如若不免，下次与他个大大的不便。（丑白）嗳呀，你说这话，吓了我一跳。你叫什么名字？（生白）你问我？我就是混江龙李俊。（丑白）那个混江龙李俊就是你！（付白）呔！滚回来！（丑白）又一个！（付白）你是那里来的？（丑白）你大叔是丁府上来的！（付白）汰！作什么的？（丑白）我是要渔税银子的么。（付白）你回去拜上那扒山虎，说别人的渔税任他讨取，惟有萧兄是个好友，叫他将这渔税免了便罢。（丑白）要不免呢？（付白）要不免，挖他的眼，剥他的皮！（丑白）呵，好利害！你叫甚名字？（付白）我就是卷毛虎倪荣，是你爷爷！（丑白）你什么凑的？（付白）待我打这王八入的！（生、末拦介）（末白）贤弟，不要跟那小人一般见识。（付白）看在二位哥哥，饶了这个狗娘养的。（生、付同白）萧兄，令爱可曾许配人家无有？（末白）许配神箭手花荣之子，名叫花逢春。（生、付同白）吓，门户倒也相对。萧兄年纪迈了，河下的生意不做也罢。（末白）二位贤弟，不做河下生意，家中如何度日？（生白）小弟送来。（末白）何劳贤弟费心。（生、付同白）我等告辞了。（末白）奉送。（生、付同白）不敢。（生唱）

听说令爱许花家，（副唱）久闻此人也不差。（生唱）待到令爱来岳家，（白）萧兄，（唱）准备彩礼来送嫁。（生、副同下）（旦白）爹爹，他是何人？（末白）儿呀，你若问他们，听了：（唱）

【西皮】他本是水浒人豪杰，独擒方腊就是他；金带紫袍他不要，情愿江河做生涯。（白）儿吓，天色已晚，将船摇回去罢。（旦白）是。（末唱）摇往太湖不到家，（旦唱）打渔父女做生涯；（末唱）恋醉不知红尘路，（旦唱）日出扶桑[⑤]万里华。（同下）

（郭上，白）自己丢别事，专与人儿忙。来此已是，里边有人么？（众杂白）来了，是那个？吓，原来是先生到了。（郭白）劳烦通报。（杂白）郭先生，老爷有请。（净白）家有万户粉[⑥]，前合与后仓。何事？（杂白）郭先生求见。（净白）请。（郭白）小弟有礼。（净白）请坐。（郭白）告坐。（净白）到此何事？（郭白）今有杭州太守催讨渔税。（净白）也曾差人去讨，想必就回。（丑白）走吓！参见老爷。（净白）回来了。（丑白）回来了。（净白）催讨渔税怎么样了？（丑白）小人前去催讨税银，萧恩说这几日天旱水浅，鱼不上网，再等几日差人送来。（净白）这还罢了。（丑白）然后又走两个人来，他问我：“你是那里来的？”我说：“丁府上的。”他说：“回去拜上你家爷，说萧恩是他好友，将这渔税免了便罢。”我说：“不免呢？”那一个就说：“与你个大大的不便。”那一个就说：“要挖你的眼，还要剥你的皮。”（净白）呀，他叫什么名字？（丑白）一个叫混江龙李俊，一个叫卷毛虎倪荣。（净白）吓，有这等事，待我前去会他。（郭白）些些小事，待小弟前去。（净白）怎敢劳动。（郭白）理当效劳。（净白）你们同郭先生前去打仗。（众白）是。（郭白）走罢。（众白）等等我邀教习哪。（郭白）请你师父。（众白）有请师父。（杂白）叫我怎么？（众白）郭先生请你。（杂白）郭先生在那里？（众白）先生，我师父来了。（郭白）吓，教习爷么？（杂白）吓，你是郭先生？有礼。（郭白）还礼。（净白）请我做什么？（郭白）请教习爷打仗。（杂白）怎么，打仗也用我们么？（众白）打仗就是打架。（郭白）吓，就是打架。（众白）提起了打架，是我们的本事，一天不滚蛋，如同无吃饭的一般。（杂白）这个事须要托付你了。（郭白）是交给我了。（众白）走吓。（郭白）擒你们的，你们要上那里去？（众白）找萧恩去。（净白）找萧恩你去罢，我不去。（众白）师父不去，我们也不敢去了。（郭白）吓，是了，你们不敢去，叫师父挨打去。（众白）师父去给我们大个胆子，也

是好的。（郭白）那个自然。徒弟们，跟着师父走，找萧恩去。（众白）走吓。（同下）

（末上唱）

【西皮】昨夜晚吃醉酒和衣而卧，架上鸡惊醒了梦里南柯。二贤弟在河下相劝于我，他劝我打鱼事一旦去却。我本当不打鱼在家中闲坐，怎奈是家贫寒无计奈何。清早起推柴扉乌鸦飞过，飞过来叫过去却是为何？将身儿来至在草堂闷坐，叫英儿端茶来为父解渴。（旦上，唱）我的母去了世丢儿难过，流落在江河上打鱼为活，见了人我只得藏藏躲躲，还是我女孩家对着谁说？我爹爹在草堂呼唤于我，急忙忙上前去问是为何？

（白）爹爹请茶。（末白）唔，为父的言过，不叫你渔家打扮，又是这样打扮。（旦白）孩儿生在渔家，长在渔家，怎么不叫孩儿渔家打扮？（末白）哦，你这不遵为父，就为不孝。（旦白）爹爹莫要生气，孩儿从今以后改过了。（末白）好，看茶来。（旦白）是。（众上白）走吓，吓，到了。（杂白）到了那是啦？（众白）到了萧恩这里。（杂白）这就是他家么？（众白）是他家。（杂白）前去叫门。（众白）谁去叫门？（杂白）你们去叫门。（众白）我们不敢去。（杂白）这块骨头石胎子么？你们都走开，瞧师父的。（叫介，小声）萧恩那，萧恩那。（众白）你那大声的叫。（杂白）大声的叫，他听见呢？（众白）为的是叫他听见呢。（杂白）徒弟们都拿起架子来，要大声叫。吓，萧恩师哪！（末白）来了。（杂白）提防着，来了。（末白）你们是那里来的？（杂白）你问我们哪？丁府上来的。（末白）到此作甚？（杂白）要鱼税么，做什么！（末白）昨日言道，这几日天旱水浅，鱼不上网，再等几日有了生意，差人送上府去。怎么今日又来了。（杂白）我们来一趟说送去，来二趟说送去，左一趟右一趟，到底是有没有？（末白）没有。（杂白）我们今日要定了。（末白）且慢，我且问你，你们这要鱼税，可有圣上的旨意？（杂白）无有。（末白）六部[7]的公文？（杂白）无有。（末白）一无圣上旨意，二无六部公文，尔等凭着何来？（杂白）凭县太爷所断。（末白）那狗官俱是你们一党。（杂白）吓，萧恩哪！你今日不给鱼税银子，我们今要打架。（末白）幼年之间提起了打架，好有一比。（杂白）比作何来？（末白）好比小娃娃穿新鞋的一般。（杂白）怎么讲？（末白）越发的欢喜。（众白）如今呢？（末白）如今年迈了，是打不动架了。（杂白）徒弟们把家伙拿出来！（拿锁介，白）吓，萧恩，你看这是什么东西！（末白）吓，这是什么吓？（杂白）这是你姥姥怕你活不长，给你打来的百家锁，要锁你！（末白）你要锁那个？（杂白）要锁你。（末白）当真的要锁？（杂白）当真的要锁。（末白）果然的要锁？（杂白）果然的要锁。（末白）来锁！（杂白）徒弟们，锁这东西！

（打介，锁杂介。众拉介，白）锁上了，拉着走。（杂白）得啦，得啦，你们怎么把师父锁上了！（众白）如何把师父锁上了？快放开罢！（杂白）说不得，徒弟上手。一同闪开了。（末打杂介，唱）

提起来不由人七孔冒火[8]。（众白）太爷八孔冒烟。（杂白）走开，瞧这一手！（打介，末唱）你在那江河上打探于我，（杂白）我亦早知道你。（末唱）俺萧恩最不怕虎狼一窝。（杂白）你也不认得太爷。（末唱）你本是奴下奴敢来欺我！（众白）师父，他骂咱们奴下奴。（杂白）咱们奴下奴是丁府上的，不是他萧恩的。（末白）呸！（唱）休得要闹嚷嚷倚仗人多。怒起来我这里一拳一个，管叫你臭屎蛋命见阎罗！（打介，众下。杂白）打了半天，也打不出了个名儿来。（末白）怎么叫名儿？（杂白）你瞧这几抱写。（旦上，打介，下）（末唱）想不到遇见他们这是怎说？

（白）儿吓，看为父的衣帽来！（旦白）爹爹要上那里去？（末白）为父的要前去告他们。（旦白）爹爹，常言道："贫不与富斗，民不与官斗"，不去也罢。（末白）不要管为父，看衣帽过来。（旦白）吓，爹爹要小心了。（末白）好好看守门户。（末下）（众上，杂白）走吓。（众白）那里去？（杂白）回去养伤去。（众下）（旦上，唱）

恨只恨扒山虎势大皆犬，结交那狗赃官欺压黎民。我的父前去将他告，但不知那赃官怎样发落？（末上唱）到公堂原被告一概不讲，责打我四十板推出衙门，想起了扒山虎令人痛恨，今夜晚过江去杀他满门。（白）哎吓！

（旦白）爹爹回来了。（末白）回来了。（旦白）爹爹前去告他，怎么样了？（末白）哎呀，儿吓，为父上得堂去，那赃官不由分说，将为父责打四十。（旦白）哎呀，爹爹吓！（末白）儿吓，这还罢了，还叫为父过江赔罪。（旦白）吓，爹爹，还是去吓不去呢？（末白）为父的恨不能插翅飞过江去，我要刺……（旦白）吓，爹爹要刺什么？（末白）我要刺杀了丁家满门的！（旦白）孩儿也要前去。（末白）儿吓，只知闺中刺绣，如何知道杀人？不要前去。（旦白）儿虽不能杀人，与爹爹壮胆也是好的吓。（末白）儿，快收拾家伙，随为父前去。（旦白）是。（末白）儿吓，你将那婆家聘礼，还有那"庆顶珠"，一并带在身旁。（旦白）孩儿知道。爹爹，戒刀在此。（末白）儿吓，随为父走罢。（旦白）门还未关呢。（末白）那门关也罢，不关也罢。（旦白）还有家伙呢。（末白）那些家伙都不要了。（旦白）爹爹，孩儿还要回来呢。（末白）嗐，这不省事的冤家，他还要回来呢！儿吓，将铁锚倒上来。（旦白）是。（末白）儿吓，夜晚开船，比不得白天，儿要仔细了，随为父走。（旦白）孩儿知道。（末白）儿吓，那"庆顶珠"可曾带好了？（旦白）带好了。（末白）走！（唱）

扒山虎有银钱买官欺我，恨不能飞过江把他结果！船行在半江中因何不走，问桂英船不行却是为何？

（白）儿吓，船行半江之中，因何不走？（旦白）爹爹要刺杀丁家满门，还是真是假？（末白）为父恨不能飞过江去，杀了他的满门，方解我心头之恨，怎么问“真假”二字。（旦白）孩儿心中害怕，我不去了。（末白）吓，先前言道不叫你去，儿一定要去，如今行至半江之中，敢是又要回去吓？（旦白）孩儿也不回去。（末白）却是为何？（旦白）儿舍不得爹爹年迈了。（末白）哎吓！（唱）

听儿说这句话如同刀割，他说我年纪迈发鬓皆白。思量起为父的却犯的过，可叹他无娘儿无倚无托。

（白）到了。儿吓，将衣放在岸上。（旦白）是。（末白）儿吓，撒下铁锚，上岸来罢。那“庆顶珠”可曾带好了？（旦白）带来了。（末白）为父杀人，儿要是害怕，带着“庆顶珠”从水路逃往花家去罢。（旦白）爹爹呢？（末白）为父呢，哎，少要你管。到了，开门来。（杂上，唱）

萧恩的武艺真不错，揍的教习赔膏药。

（白）吓，萧恩么，你又干什么来了？（末白）前来赔罪。（杂白）你不懂的赔罪呢！我说你不敢来。（末白）怎么不敢来？（杂白）既来了，我与你通报。（末白）你到容我进去。（杂白）随我进来，有请家主。（净上，唱）

昨夜一梦大不祥，有人请我见阎王。

（白）何事？（杂白）萧恩前来赔罪。（净白）传他进来。（杂白）老爷传你进去。（末白）儿随为父进去吓。（旦白）是。（末白）请了。（净白）萧恩，你是何等之人，敢与我拱手？（末白）我且问你，你要鱼税，可有圣上旨意？（净白）无有。（末白）可有六部公文？（净白）无有。（末白）一无圣上旨意，二无六部公文，要鱼税凭自何来？（净白）知州太爷所断。（末白）呵，就是那丁子地！（净白）你还不付？（末白）嗐！（唱）

丁子地他为官多有不正，把着那三江口欺压黎民。

（白）儿吓，你与我骂！（旦白）奸贼子吓，（唱）

骂一声贼子太欺心，为什么把我父要税银？你仗着官宦家行事霸道，全不想贫民人怎度光阴？

（末白）闪开了！（唱）

提起了扒山虎令人可恨，今夜晚管叫你命见阎君！

（净白）大胆的萧恩敢来骂我，来吓，将他父女捆起来！（众白）呀！（末白）且慢！我在江中捞得一物，我父女前来献宝。（净白）拿来我看！（末白）夫奴甚多，不敢献出。（净白）你等退下。（末白）儿，还不动手，更待何时！（旦白）是。（末白）你来看宝刀！（杀净，众上打介，杀众下介）（末白）儿吓，将贼杀死，你我逃回去罢！（旦白）走！（末白）这才消我心头之火吓！走！（同下）

① 本剧原为秦腔剧目，后被改编为京剧，成为京剧中一个著名的保留剧目，其他许多剧种如川剧、汉剧、豫剧等都有这个剧目。这里所据是较早的“京调义顺和班”的演出本，后来的整理改编本通名《打渔杀家》，分为六场，文字有较大歧异。亦有另题作《讨渔税》的。剧情略据清人陈忱的《后水浒传》九、十两回，写梁山英雄阮小七在起义事业失败后，化名萧恩，偕女儿桂英流落江湖，以打渔为生。但渔霸丁子地催逼渔税，并派教师爷上门大打出手。萧恩告至官府，但渔霸以钱买通官府，反将萧恩痛打四十大板。萧恩父女出于义愤，以赔罪和献庆顶珠为名，杀了渔霸一家。 ② 不加：同“不佳”。 ③ 付：戏曲行当名，多用于昆曲及京剧，又称二面或副，是介于丑净之间的脚色。 ④ 鳌（áo）：传说中海里的一种大龟。 ⑤ 扶桑：神话传说中的树木名。《山海经·海外东经》：“汤谷上有扶桑，十日所浴。”后因谓朝日升于扶桑之上。 ⑥“家有”二句：“粉”字疑为“粮”字之误，“合”字疑为“仓”字之误。 ⑦ 六部：隋唐以后，中央行政机构设吏、户、礼、兵、刑、工，合称六部。这里泛指中央最高行政机关。 ⑧ 七孔冒火：犹“七窍生烟”，形容气愤已极，好像耳、目、口、鼻（共七孔）都冒出火来。（这部剧通过萧恩父女被迫害的遭遇，反映了封建压迫与剥削的残酷和无孔不入，作者热情地歌颂了被压迫者的反抗斗争精神。全剧矛盾冲突尖锐，情节紧凑，结构完整，人物形象鲜明生动。）